BASTEI
LÜBBE
TASCHENBUCH

Weitere Titel der Autorin:

Der Fluch der Maorifrau
Im Tal der großen Geysire
Das Geheimnis des letzten Moa
Der Schwur des Maorimädchens
Die Maori-Prinzessin
Die Spur des Maori-Heilers
Das Erbe des Maori-Häuptlings

Das Versteck am Ende der Klippen

Über die Autorin:

Laura Walden studierte Jura und arbeitete einige Jahre als Rechtsanwältin in Hamburg. Doch auf Dauer siegte ihre Leidenschaft für das Erzählen spannender Geschichten, und so entschied sie sich, die Schriftstellerei zu ihrem Beruf zu machen. Ihr größtes Hobby, das Reisen, ist ihr dabei ebenfalls sehr nützlich: Mit Neuseeland und Schottland machte sie ihre beiden Lieblingsziele zu den Schauplätzen ihrer äußerst erfolgreichen Romane, bei denen es immer um dunkle Familiengeheimnisse vor atemberaubender Landschaft geht.

Laura Walden

MELODIE DER ZAUBERBUCHT

Neuseelandroman

BASTEI LÜBBE
TASCHENBUCH

BASTEI LÜBBE TASCHENBUCH
Band 17 568

MIX
Papier aus verantwortungsvollen Quellen
FSC® C083411
FSC
www.fsc.org

Originalausgabe

Lektorat: Bettina Steinhage
Textredaktion: Antje Steinhäuser, München
Titelillustration: © mauritius images/age; © Meck & Nölke Fotografie
Umschlaggestaltung: Jeannine Schmelzer
Satz: Urban SatzKonzept, Düsseldorf
Gesetzt aus der Adobe Garamond
Druck und Verarbeitung: CPI books GmbH, Leck – Germany
Printed in Germany
ISBN 978-3-404-17568-0

5 4 3 2 1

Sie finden uns im Internet unter www.luebbe.de
Bitte beachten Sie auch: www.lesejury.de

Prolog

Dass der Tod bereits an ihre Tür klopfte, wusste Moana. Spätestens seit der Nacht, in der ihr ihre Mutter Pania im Traum erschienen war. In sachlichem Ton hatte sie ihr mitgeteilt, dass sie einander demnächst wiedersehen würden. Keine Träne, kein Bedauern, keine Spur von Empathie. Moana aber hatte gewusst, was nun zu tun war. Sie hatte ihr Testament aufgesetzt und Aroha zu sich gerufen. Ihre Tochter hatte dieser Erscheinung allerdings nicht jene Bedeutung zugemessen wie ihre Mutter. Wie hätte sie auch, denn ihre Mutter hatte wie das blühende Leben gewirkt. Doch bereits wenige Monate später hatte das schnelle Sterben ihrer Mutter unerbittlich eingesetzt.

Erst als Doc Stevens Aroha versichert hatte, dass gegen den Krebs, der im Körper ihrer Mutter wütete, nichts mehr helfen würde, hatte auch sie dem Spuk Bedeutung beigemessen. Trotzdem weigerte sich Aroha, den Zustand ihrer Mutter auf den Fluch zu schieben. Sehr zum Kummer Moanas. Sie war nämlich fest davon überzeugt, ihre schreckliche Krankheit wäre eine Strafe dafür, dass sie einst den Schwur gebrochen hatte. Niemals hätte sie das Besitztum ihrer Familie, die Insel Taupatiti, was übersetzt so viel hieß wie Zauberinsel, verlassen dürfen, um ihr Glück an einem anderen Ort zu suchen. Die Verpflichtung, die Insel ein Leben lang zu hüten, oblag einer alten Familientradition zufolge jedem potenziellen Erben. Und das war den Gesetzen der

Ahnen entsprechend das älteste Kind. Diese Regel hatte Moana ihrer Tochter eingebläut, beim Anzeichen des geringsten Widerspruches auch hin und wieder mittels einer saftigen Ohrfeige. Infolge dieser Anordnung der Ahnen hatten sich auf der Insel in schöner Regelmäßigkeit Dramen abgespielt. In den vergangenen Generationen waren die Erben überwiegend weiblich gewesen und ihre Ehemänner dazu verdonnert, ihr Leben auf der Insel zu fristen und die zweite Geige neben den Herrinnen von Taupatiti im Paradies zu spielen. Einige waren am Suff zugrunde gegangen, Großmutter Panias Ehemann, der die Insel hinter dem Rücken seiner Frau sogar beinahe verscherbelt hätte, war bei einer Prügelei erschlagen worden, und wieder andere waren auf Nimmerwiedersehen verschwunden, so auch Moanas Ehemann.

Ungestraft konnte sich jedenfalls kein Erbe dieser Verpflichtung entziehen. Diejenigen Unglücksraben, die es je wagen sollten, Taupatiti zu verlassen, statt ihre Verpflichtung in Würde zu tragen, wurden mit einem Fluch belegt. Jedenfalls wurde Moana nicht müde, ihre Tochter mit dieser Drohung einzuschüchtern und dadurch zu verhindern, dass sie eigene Wege ging. Immer wenn Aroha den nötigen Respekt vor dieser Strafe vermissen ließ und das Ganze ins Lächerliche zu ziehen versuchte, setzte Moana nach: Diejenigen, die es wagen würden, Taupatiti in fremde Hände zu geben, waren demnach sogar zu einem qualvollen Sterben verdammt. Daran glaubte Moana jedenfalls fest. Die Krankheit, die sie mitten aus dem blühenden Leben riss, war deshalb ihrer Meinung nach die späte Rache für ihren Frevel, dass sie einst zumindest in Gedanken so weit gegangen wäre, Taupatiti zu verkaufen.

Damals, nach dem hässlichen Streit mit ihrer Mutter, als sie nach Auckland zu ihrem Geliebten, dem attraktiven Farmer Daniel Wilson, geflohen war. Dabei hatte sie es sich wirklich nicht leicht gemacht, aber die Liebe hatte schließlich über die

Treue zum Erbe ihrer Ahnen und über all jene Ängste gesiegt, die ihre Mutter ihr seit Jugendtagen eingepflanzt hatte. Auf seiner Farm hatten sie sich niederlassen und eine Familie gründen wollen, denn Moana glaubte damals – jedenfalls kurzfristig –, sie könnte den Fluch besiegen, wenn sie nur weit genug vor ihm flüchtete. Sie hatte ein paar glückliche Momente fern der Heimat verbracht. Ja, sie hatte in den Northlands sogar eine Landschaft wiedergefunden, die der ihrer Heimat gar nicht so fremd war. Dann aber hatte ein Brief ihrer Mutter Pania, in dem sie ihre Tochter beschworen hatte, sofort nach Taupatiti zurückzukehren, wenn sie ihre Mutter noch einmal lebend wiedersehen wollte, all diese Pläne zunichtegemacht.

Moana hatte um keinen Preis zurück auf die Insel reisen wollen, weil sie geträumt hatte, dass Daniel sie verlassen würde, wenn sie dies täte. Doch Daniel hatte ihre Ängste als Humbug verlacht und darauf gedrungen, dass sie sich ihrem Erbe stellte. Was Moana damals für ein tiefes Verständnis seinerseits für die Gesetze ihrer Familie gehalten hatte, hatte sich schon bald als ein für ihn praktischer Ausweg aus seinen eigenen Schwierigkeiten entpuppt. Daniel war nämlich zum damaligen Zeitpunkt mit seiner Farm finanziell am Ende gewesen und hatte die Aussicht, eine Insel samt einem lukrativen Fischereigeschäft zu erben, durchaus als Verlockung empfunden. Dass er selbst bald darauf im Übermaß dem Alkohol zusprechen und seiner Frau die ganze Arbeit überlassen würde, hatte niemand ahnen können. Am wenigstens er selbst, denn er war ein dynamischer Kerl von einem Mann gewesen, der die attraktive Moana einst wirklich geliebt hatte.

Moana war damals schließlich entgegen ihrer Bedenken nach Taupatiti zurückgekehrt, um ihre Mutter noch ein letztes Mal zu sehen und ihr Erbe anzutreten. Pania hatte bei ihrer Ankunft bereits in den letzten Zügen gelegen und Moana mit schlimmen Flüchen überzogen: dass ihr einst dasselbe Schicksal widerfahren würde. Ihr einziges Kind würde Taupatiti nach Moanas Tod verraten, womit sich das untreue Mädchen der Strafe der Ahnen sicher sein konnte. Pania war gestorben, ohne ihrer Tochter die geringste Chance auf Versöhnung zu gewähren. Und Moana hatte die alleinige Schuld dafür bei Daniel gesucht. Schon bald nach der Geburt ihrer gemeinsamen Tochter war er in ihren Augen von der großen Liebe zum Fehler ihres Lebens geworden.

Und was Aroha anging, hegte Moana inzwischen nicht mehr den geringsten Zweifel, dass sich die Prophezeiungen ihrer Mutter nun tatsächlich erfüllen sollten, denn sie war sich sicher, dass es Aroha fort von Taupatiti zog. Obwohl ihre geliebte Tochter noch kein Wort über ihre Pläne geäußert hatte, spürte Moana tief im Herzen, dass ihr einziges Kind in Gedanken längst auf einem weit entfernten Planeten lebte. Und sie ahnte, dass sie den Fehler ihrer Mutter wiederholen würde, nämlich, das Land der Ahnen zu verlassen, weil sie irrtümlich meinte, die Liebe an einem anderen Ort gefunden zu haben. Und dass Liebe eine Chimäre war, wusste keine besser als Moana. Liebe war nur eine Versuchung, eine Prüfung der Ahnen, ob sie ihrem Erbe treu bleiben oder es für ein flüchtiges und trügerisches Gefühl verraten würde.

Ja, Moana war am Ende ihres Lebens weiser als damals. Da hatte sie noch an die magische Macht der Liebe geglaubt und die Schauergeschichten um den Familienfluch, nach dem die Abtrünnigen gestraft wurden, weit von sich gewiesen. Und nun fand sie sich, vierzigjährig, in der Rolle der todgeweihten Mahnerin wieder. Und ihre Tochter war mit derselben Blindheit geschlagen wie sie damals. Natürlich entging einer Mutter weder das selige Lächeln im Gesicht ihres Kindes noch die fadenscheinigen Ausreden, warum sie manchmal tagelang nicht nach Hause kam.

Moanas hochgewachsene blonde achtzehnjährige Tochter hatte für diese Prophezeiungen der Ahnen allerdings nur ein müdes Lächeln übrig. Deshalb stand Moana eine dringende Aussprache mit ihrer Tochter bevor. Sie wusste, dass Reden allein kaum helfen würde, die lebensfrohe junge Frau von den Tücken der Liebe zu überzeugen. Nein, sie musste sich schnell etwas Überzeugenderes einfallen lassen, als bloße Drohungen von sich zu geben, wie es einst ihre Mutter getan hatte. Doch sie hatte eine Idee, wie sie das anstellen sollte. Dass ihre Tochter derart immun gegen Flüche ihrer Vorfahren war, lag nicht zuletzt daran, dass ihr Vater, so haltlos er auch ansonsten gewesen war, sich intensiv um seine Tochter gekümmert und sie mit britischem Gedankengut gefüttert hatte. Er hatte sie stets davor gewarnt, an die Geister der Maorifrauen zu glauben. Moana hatte nichts dagegen unternehmen können, denn ihre Tochter hatte dem wortgewandten Daniel geradezu an den Lippen gehangen und jedes seiner Worte kritiklos angenommen. Selbst als er eines Tages spurlos von der Insel verschwunden war, hatte ihre Tochter noch nach Entschuldigungen für sein Verhalten gesucht. Moana aber hatte ihrer Tochter strikt verboten, den Namen ihres Vaters jemals wieder zu erwähnen. Jedenfalls in Gegenwart der Mutter. Die Tochter war damals vierzehn und hin- und hergerissen gewesen zwischen der paradiesischen Welt auf der Maori-Insel und dem normalen Leben, das es auf der anderen Seite des Mahau Sounds, der zu dem großen Pelorus Sound gehörte und an dessen Ende der kleine Ort Havelock lag, gab.

Seit ihrer Kindheit spielte sich ein Teil ihres Alltags drüben, auf der anderen Seite, ab, denn die Schule befand sich in Picton. Obwohl der Schulweg von Havelock aus an die neunzehn Meilen betrug, hatte Moana darauf bestanden, dass ihre Tochter die Strecke jeden Tag mit dem Schulbus zurücklegte. Das war ungewöhnlich, denn die meisten Mädchen aus ihrer Klasse, die in den Sounds lebten, wohnten unter der Woche im Internat, um ihnen die täglichen Fahrzeiten zu ersparen. Moana aber war der Meinung, es wäre wichtiger für ihr Kind, die Nächte auf der Insel zu verbringen. Moana selbst war noch von Hauslehrern auf Taupatiti unterrichtet worden, denn ihre Familie war vermögend genug gewesen, um sich einen englischen Erzieher und eine französische Gouvernante zu leisten.

In der Schule hatte Aroha einige Freundinnen gehabt, was Moana stets kritisch beäugt hatte, weil sie sich sorgte, diese Mädchen könnten sie dem Inselleben entfremden, aber allein ihr langer Schulweg hatte ihr nie viel Gelegenheit gelassen, sich mit den anderen etwa noch in der Stadt zu vergnügen. Sie war jeden Tag gleich nach Schulschluss in einen Bus gestiegen, der sie von Picton zurück nach Havelock gebracht hatte. In Havelock war sie dann bei Wind und Wetter in ein stabiles seefestes Motorboot gestiegen, um auf ihre Insel zu gelangen. Oft war sie erst bei Dunkelheit zu Hause angekommen, aber diese Strapazen waren Moana lieber, als ihre Tochter in der Gesellschaft der anderen Mädchen und vor allem der Jungen zu wissen. Ganz selten, wenn der Sturm zu heftig tobte, durfte sie notgedrungen bei ihrer Freundin Helen übernachten, die auch jeden Tag mit ihr im Schulbus saß und die Moana ein besonderer Dorn im Auge war, weil sie Aroha dazu überreden wollte, mit ihr für ein Jahr als Austauschschülerin in die USA zu gehen. Gegen die Kräfte der Natur war dann allerdings auch Moana machtlos. Der Einfluss der Freundin war gegenüber einem qualvollen Ertrinken im Sound doch das kleinere Übel. Nach so einer Nacht in dem verschlafenen Ort Havelock war ihr Liebling dann jedes Mal mit solcher Begeisterung auf die Insel zurückgekehrt, dass Moana keinerlei Arg hegte, dieses mit Taupatiti verwurzelte Naturkind würde ihr jemals solche Sorgen bereiten. Schließlich liebte ihre Tochter jeden Flecken des Paradieses mit Inbrunst und besonders die Bucht im Süden der Insel, in der ihr Zuhause lag, ein weißes Gebäude aus Holz, das auf Pfählen gebaut war, damit auch im Winter das überschäumende Meerwasser keine Chance bekam, das Haus zu beschädigen.

Natürlich ahnte Moana, was ihre Tochter über ihre todbringende Krankheit dachte. Dass es nicht der Fluch war, der ihre Mutter umbrachte, sondern die filterlosen Zigaretten, die sie pausenlos rauchte.

Selbst in diesem Augenblick, in dem Moana mit eingefallenen Wangen in ihren Kissen lag und der Tod bereits ungeduldig vor ihrem Bett auf den letzten Atemzug wartete, flehte sie ihre Tochter an, ihr eine Zigarette zu drehen, obwohl sie wusste, wie abgrundtief diese Tabak verabscheute. Doch ohne eine Miene zu verziehen, kam ihre Tochter dem Ansinnen nach, was ihrer Mutter ein leichtes Grinsen auf das gequälte Gesicht zauberte. »Danke!«, hauchte sie, bevor sie von einem heftigen Hustenanfall geschüttelt wurde, doch kaum war das letzte Keuchen verklungen, griff sie nach dem Glimmstängel und nahm einen kräftigen Zug, woraufhin sich ihre Gesichtszüge entspannten.

»Aroha, ich muss mit dir sprechen«, verkündete Moana in scharfem Ton.

Die Angesprochene zuckte zusammen. Wie lange hatte ihre Mutter sie nicht mehr bei ihrem Maori-Namen genannt? Spätestens, seit sie im Alter von zwölf Jahren verlangt hatte, bei ihrem Taufnamen Stella gerufen zu werden. Ihr Taufname war auch so ein Vermächtnis ihres geliebten Vaters. Daniel hatte darauf bestanden, dass seine Tochter einen englischen Namen erhielt. Ihre Mutter hatte das pro forma mitgemacht und Stella stets unbeirrt weiterhin Aroha genannt, wenn der Vater nicht in der Nähe gewesen war. Bis Stella ihr das verboten hatte. Und nun tat sie es wieder. Aber an diesem Tag hätte Stella ihr alles nachgesehen, denn sie war untröstlich. Ihre Mutter war stets ein Fels in der Brandung gewesen, hatte die Muschelfarm im Griff und galt in der Gegend als ernst zu nehmende Geschäftspartnerin. Bis auf ihre vom übermäßigen Rauchen frühzeitig gealterte Haut schien sie unsterblich, und nun war sie nur noch ein Schatten ihrer selbst.

Aber es gab noch einen anderen Grund, warum Stella der strenge Ton in der Stimme ihrer Mutter erschreckte. So, als ob Moana etwas wüsste. Dabei hatte Stella sich doch gar nichts von ihren Plänen anmerken lassen. Jedenfalls hatte sie das bis zu diesem Moment geglaubt. Jetzt war sie nicht mehr so sicher, obwohl sie extrem vorsichtig gewesen war. Sie hatte weder seinen Namen erwähnt noch ihn außer dem einen Mal heimlich mit nach Taupatiti genommen. Dabei hatte er darauf gebrannt, ihre Insel näher kennenzulernen und sie noch einmal an dem einsamen Strand zu lieben, den man nur vom Wasser aus mit einem Boot erreichen konnte. Doch nun war er weit fort, und sie konnte sich nicht einmal Trost bei ihm holen. Sie hatte ihn darum gebeten, ihr ein wenig Zeit zu lassen, um ihre Mutter schonend auf die Wahrheit vorzubereiten, doch das würde sie nun nicht mehr übers Herz bringen. Sollte ihre Mutter ruhig in dem Glauben sterben, ihre Tochter würde ihr Leben auf der Insel fristen und Muscheln züchten. Niemals würde Stella ihr auf dem Totenbett schonungslos alle Illusionen nehmen. Der Tod ihrer Mutter brachte ihre Zukunftspläne ohnehin völlig durcheinander, weil sie natürlich davon ausgegangen war, dass Moana noch lange die Herrin von Taupatiti bleiben und damit die Frage nach dem Schicksal der abtrünnigen Erbin Zukunftsmusik sein würde. Nein, Stella mochte sich beileibe nicht vorstellen, was für Konsequenzen es nach dem Tod ihrer Mutter haben mochte, wenn sie ihrem Liebsten nach London folgte. Da gab es wohl nur eines: den Verkauf der Insel. Ein Gedanke, der ihre Mutter, wäre sie nicht schon sterbenskrank, schier umbringen würde. Was hatte Moana schon für Angebote ausgeschlagen. Millionen hatte man ihr für Taupatiti geboten …

Ihre Mutter blickte sie einen Augenblick schweigend an. Ihre blasse Haut, die sie von ihrem Vater geerbt hatte, hatte einen kalkigen Weißton angenommen, und ihr schönes schwarzes Haar, ein Erbe der Mutter, war stumpf und glanzlos. Dieser desolate Zustand ihrer Mutter verbunden mit dem quälenden Schweigen ließ Stella für einen Augenblick hoffen, dass sie nichts von ihren Absichten ahnte und in Frieden sterben würde.

»Wer ist der Bursche?« Mit dieser Frage machte ihre Mutter diese Hoffnungen zunichte.

»Welcher Bursche?«, versuchte sich Stella herauszureden.

»Der, der dich dazu zwingen will, das Erbe deiner Väter zu verraten!«, entgegnete Moana mit einer derart klaren Stimme, dass man meinen konnte, sie wäre kerngesund.

Stella wurde in schnellem Wechsel heiß und kalt. Sollte sie versuchen zu lügen?

»Ich weiß gar nicht, wovon du sprichst«, sagte sie mit belegter Stimme, aber es klang wenig überzeugend.

»Schwöre mir, dass du nach meinem Tod auf Taupatiti bleibst und die Hüterin unserer Insel und der Muscheln wirst!«

»Ich ... Mutter, alles wird gut, du musst dich jetzt schonen«, stammelte Stella.

»Schwöre!«

»Ich ... nein, das möchte ich nicht. Zwinge mich nicht dazu«, flehte Stella, aber ihre Mutter kannte kein Erbarmen.

»Wer ist der Kerl? Ich will es aus deinem Mund hören ...« Ein entsetzlicher Hustenfall hinderte sie am Weitersprechen.

Stella nahm ein feuchtes Tuch, das sie bereits auf dem Nachttisch bereitgelegt hatte, zur Hand und wischte ihrer Mutter den Schweiß, der ihr aus allen Poren tropfte, aus dem Gesicht. »Mutter, bitte, bitte reg dich nicht auf. Bitte. Es ist alles gut.«

Kaum war der Anfall vorüber, richtete sich ihre Mutter ächzend auf.

»Soll ich Doc Stevens holen? Oder wir fahren gleich ins Krankenhaus«, stieß Stella panisch hervor.

»Kein Doktor und kein steriles Krankenzimmer. Ich will in

meinem Bett sterben, ohne dass unser Doc vorwurfsvoll auf meinen Tabak starrt. Und außerdem wird das jetzt fix gehen, nachdem du mir die Wahrheit gesagt hast.«

»Sag doch nicht so was!«

»Schwöre, dass du dein Erbe antreten wirst. Ich habe ein Recht, in Frieden zu gehen«, entgegnete ihre Mutter kämpferisch. »Ich höre!«

In Stellas Kopf ging alles durcheinander. Sie wusste nicht, was sie tun sollte. Schwören, lügen oder die Wahrheit sagen, wohl wissend, dass sie ihre Mutter damit entsetzlich quälen würde?

»Aroha, du weißt, was dein Name bedeutet, oder? Großmutter Pania hat ihn dir gegeben.«

Stella nickte schwach und zuckte bei Nennung des Namens ihrer Großmutter leicht zusammen. Sie hatte sie zwar nicht persönlich kennengelernt, aber die Geschichten, die ihre Mutter ihr stets voller Bewunderung für diese in Arohas Augen herzlose und strenge Frau erzählte, erzeugten ein unangenehmes Schaudern bei ihr. Es ging ständig um Flüche, Schwüre, Treue zu Taupatiti und Tod. Wie hatte ihr Vater ihr immer geraten? *Nimm diesen Spuk bloß nicht ernst!* Bei dem Gedanken an ihren Vater wurde sie traurig. Was hätte sie darum gegeben, wenn er in diesem Moment an ihrer Seite wäre, aber er war ja vor vielen Jahren auf Nimmerwiedersehen verschwunden.

»Es heißt Liebe. Aber es meint die Liebe zu deinen Wurzeln und nicht zu einem Mann. Du weißt, wohin mich dieser Irrtum gebracht hat. Hätte ich bloß auf meine Mutter gehört, aber ich habe ihr ins Gesicht geschleudert, dass ich zu diesem Kerl gehöre und lieber auf seiner Farm schufte als in den Muschelbänken.« Ihre Mutter griff so überraschend nach ihrer Hand und hielt sie mit einer Kraft fest, die sie der Sterbenden nicht zugetraut hätte, dass sie vor Schreck erstarrte.

»Was du auch immer vorhast, lass es sein! Du gehörst hierher!

Du bist die Erbin von Taupatiti und hast kein Recht, dein Erbe und damit dein Leben wegzuwerfen«, zischte ihre Mutter und presste ihre Hand noch heftiger zusammen. Stella hatte das Gefühl, sie wäre in einem Schraubstock eingeklemmt, und stöhnte laut auf.

»Mutter, bitte, lass es gut sein. Ich, ich ... es fällt mir doch auch nicht leicht, aber ich habe keine Wahl«, brachte sie schließlich verzweifelt hervor.

Der Blick, den ihre Mutter ihr nun zuwarf, ließ Stella förmlich das Blut in den Adern gefrieren. Als hätte der Tod den Wahnsinn gleich mitgebracht. Das ist kein menschliches Antlitz mehr, durchfuhr es Stella eiskalt, und sie schloss die Augen, doch das brachte ihr keine Erleichterung, denn nun erschien ihr vor dem inneren Auge der Sensenmann mit einer grinsenden Maske. Erschrocken öffnete sie die Augen wieder. Ihre Mutter starrte sie immer noch auf eine Weise an, dass es zum Fürchten war.

»Wer kann es wert sein, dass du dein Leben aufs Spiel setzt?«

Stella atmete ein paarmal tief durch, bevor sie den Blick ihrer Mutter suchte und ihm standhielt.

»Mutter, er ist Pianist und braucht die internationalen Bühnen der Welt, um sein Talent auszuleben. Er kann nicht auf unserer abgeschiedenen Insel leben. Ich werde ihm nach London folgen«, sagte sie mit fester Stimme, was sie selbst am meisten verwunderte, denn sie war doch selbst innerlich tausend Tode gestorben, bevor sie die Zusage gegeben hatte, ihm zu folgen. Er hatte reichlich Überzeugungsarbeit leisten müssen. Er hatte ihr unendlich viele Bilder von dem Herrenhaus gezeigt, das er jüngst von seinen Eltern geerbt hatte. Es lag direkt an einem See, und das hatte sie schließlich davon überzeugt, ihre Insel zu verlassen. Ohne Wasser konnte sie nicht leben und ... nicht ohne Oliver. Nicht mehr jedenfalls! Das Anwesen in Kingsley sollte ihr gemeinsames Zuhause sein. Von dieser Basis aus würde er seine Konzertreisen unternehmen und sie sich ihren Traum von einem Studium der Kunstgeschichte erfüllen. Das war der Plan, dessen Umsetzung sie einander immer wieder liebestrunken versichert hatten. Sie wusste sehr wohl, dass Kunstgeschichte ein absonderliches Interesse für ein Inselmädchen aus den abgelegenen Marlborough Sounds war, aber auch in ihrer Schule in Picton gab es Lehrer, die ihre Schülerinnen für die Werke der alten europäischen Meister zu begeistern verstanden. Und Stella war die beste Schülerin von Mr Blake gewesen.

»Aroha, nein, das kannst du nicht tun. Siehst du denn nicht, was mit mir geschehen ist, weil ich den Schwur gebrochen habe? Ich werde von innen aufgefressen. Mein ganzer Körper ist ein einziger Tumor. Verstehst du nicht, dass du sterben musst, sobald du unsere Insel an Fremde verkaufst?« Die Stimme ihrer Mutter bekam jetzt einen flehenden Klang.

»Wenn es sein muss, dann ... dann, verschenke ich sie oder ... oder ich finde jemanden, der hier leben und die Muscheln züchten möchte«, erwiderte Stella verzweifelt.

»Das wird dich nicht retten, mein Kind. Ich bin sogar zurückgekehrt, aber die Ahnen wissen, dass es nicht aus freiem Willen geschehen ist ...«

Stella spürte, wie ihre Finger unter dem eisernen Griff, mit dem ihre Mutter ihre Hand immer noch festhielt, langsam taub wurden, aber sie traute sich nicht, ihre Mutter zu bitten, sie freizugeben.

»Mein Kind, du bist eine begnadete Muschelzüchterin, du darfst das alles nicht hinter dir lassen«, beschwor ihre Mutter sie. Stellas Atem beschleunigte sich. Das allerdings entsprach der Wahrheit, was ihre Mutter da sagte. Schon als Kind hatte sie sich voller Inbrunst um die Aufzucht der Muscheln gekümmert, aber das war doch nur eine Seite von ihr. Warum wollte ihre Mutter nicht sehen, dass so viel mehr in ihr steckte? Dass ihr die

Bücher über die Maler aus aller Welt und ihre Werke, die sie an stürmischen Winterabenden am kuscheligen Ofen verschlungen hatte, ihr nicht mehr genügten? Wie oft hatte Mrs Pritches, die Schul-Bibliothekarin, nur für sie Kunstbücher bestellt? Nein, sie wollte etwas anderes erleben. Hinaus in die Welt! In die europäische Welt, aus der die Familie ihres Vaters einst auf einem Auswandererschiff in das Land der langen weißen Wolke gekommen war.

»Glaubst du, es fällt mir leicht, Taupatiti gegen London einzutauschen? Aber ich kann nicht mehr ohne Oliver leben«, gab sie stöhnend zu bedenken.

»Unsinn, du bist achtzehn. Du bist noch ein Kind. Sei doch vernünftig. In London wirst du eingehen. Du gehörst hierher!« Ihre Mutter schlug sich die Hände vors Gesicht und brach abrupt in ein lautes Schluchzen aus.

Stella musste erst einmal ihre Hände aneinanderreiben, um ihre Fingerkuppen wieder zu spüren. Ach, es war wirklich verhext, dass ihre Mutter viel zu früh gehen musste. Es wäre schwierig genug gewesen, ihr zu offenbaren, dass sie mit Oliver auf Probe nach England gehen und sofort nach Hause zurückkehren würde, wenn sie es nicht ohne ihre Insel aushielt. Aber nun war alles so endgültig, weil von ihr erwartet wurde, ihr Erbe unverzüglich anzutreten. Und wenn sie ehrlich war, kannte sie keinen, der besser geeignet war als sie, das Geschäft ihrer Mutter fortzuführen. Es sei denn, sie wollte die Muschelzucht einem Konkurrenten überlassen. Diesen Gedanken traute sie sich in dem Augenblick gar nicht zu Ende zu denken, geschweige denn auszusprechen. Sie befürchtete, dann würde ihre Mutter auf der Stelle ihren letzten Seufzer tun.

Aber konnte ihre Mutter wirklich verlangen, dass sie darauf verzichtete, Oliver zu folgen? Natürlich hatten die beiden Liebenden die Problematik ihrer zwei unterschiedlichen und kaum zu vereinbarenden Welten in langen Nächten diskutiert. Ja,

Oliver hatte sogar vorgeschlagen, dass er dann wohl bei ihr bleiben müsste. Dass das von Herzen so gemeint war, hatte Stella nie bezweifelt. Aber das atemberaubende Angebot seiner Agentur, das ihn am nächsten Tag aus London erreicht hatte, hatte diese Pläne ad absurdum geführt. Man hatte ihm, dem Nachwuchstalent, eine Konzertreise durch ganz Europa angeboten. Ein alter Meister der Tastenkunst war schwer erkrankt, und die Wahl, die Tournee zu retten, war auf ihn gefallen. Eine große Ehre. Keine Frage. In der Agentur hätte man ihn für geisteskrank erklärt, wenn er dieses Angebot abgelehnt hätte. Oliver hatte trotzdem gezögert, weil das bedeutete, dass er seine Neuseelandreise sofort abbrechen und Stella verlassen musste. Sie aber hatte ihm keine Wahl gelassen und auf ihn eingewirkt, diese Chance nicht ungenutzt verstreichen zu lassen. Das war jetzt genau zwei Monate her. Jeden Tag war ein schmachtender Brief von ihm gekommen, den die Postbotin Lucie, die mit ihrem Boot die Inselbewohner mit den Briefen und Paketen belieferte, ihr auf Stellas ausdrücklichen Wunsch nur persönlich ausgehändigt hatte. Ihre Bitte war bei Lucie auf volles Verständnis gestoßen. Man kannte sich in den Sounds, und jedermann wusste um das Schicksal der Taupatiti-Mädchen, wie die Erbinnen der Insel bezeichnet wurden. Die tragischen Geschichten um ihre verlorenen Lieben gehörten am Pelorus Sound zum Allgemeinwissen. Und dass Moana mit Sicherheit nicht guthieß, dass ihre Tochter täglich Post aus dem fernen London bekam, ahnte die Postbotin.

Stella war so tief in Gedanken versunken, dass sie gar nicht gemerkt hatte, wie die Mutter ein vergilbtes Heft aus der Nachttischschublade hervorgezogen hatte. Erst als sie es ihr mit den Worten reichte: »Das hat meine Großmutter Manuka einst aufgeschrieben. Es gibt nicht nur den einen Fluch, der die abtrünnigen Erben betrifft, sondern auch einen anderen, der die weiblichen Erben betrifft. Ausgesprochen von der Frau ihres älteren

Bruders, Rere. Als nach dem Willen seines Vaters ihre ältere Schwester Marama Herrin von Taupatiti wurde, hat Rere alle Frauen verflucht, die jemals ...«

Während Stella das Büchlein entgegennahm, spürte sie plötzlich eine unbestimmte Angst, die ihr durch den ganzen Körper rieselte. »Mutter, bitte, das ist doch alles bloß Panikmacherei«, sagte sie mit bebender Stimme.

»Ich schweige gleich, und zwar für immer. Keine Sorge!«, entgegnete Moana mit dem Anflug eines Lächelns auf den Lippen.

Stella spürte in diesem Augenblick etwas von dem Flair durchblitzen, das ihre Mutter in allen Lebenslagen ausgezeichnet hatte. Moana war nämlich eine Frau von ausgesprochen trockenem Humor, der in den Sounds gleichermaßen beliebt wie gefürchtet war.

»Mutter, du wirst nicht gleich sterben!«, log Stella in ihrer Verzweiflung und kam sich schon in demselben Augenblick wie eine Heuchlerin vor. Ihre Mutter aber ignorierte diesen hilflosen Versuch ihrer Tochter, das Unabänderliche schönzureden.

»Und wenn du es gelesen hast, wirst du wissen, die Liebe ist nicht für die Taupatiti-Frauen geschaffen. Die Männer, die mit uns auf der Insel leben, drehen früher oder später durch oder sterben früh. Und wenn wir wiederum den Männern folgen, statt unser Erbe anzutreten, sind wir dem Tod geweiht. Bitte, Stella, tu, was die Ahnen von dir erwarten. Bekomme von einem Mann einen Erben, und mehr verlange nicht von ihm!«, erklärte sie ihrer verdutzten Tochter, die das zum ersten Mal in ihrem Leben hörte, mit Nachdruck.

»Ich soll mich von einem Kerl schwängern lassen, den ich nicht mal liebe, nur um unsere Insel an mein Kind zu vererben? Das kann nicht dein Ernst sein!«, stieß Stella empört hervor.

»Ich möchte dir doch nur das Schicksal der Taupatiti-Frauen

ersparen. Bleib hier, lebe und bekomme ein Kind. Das ist dein Schicksal. Schwöre, dass du nicht mit ihm fortgehst.«

Ihre Mutter krallte sich bei diesen Worten erneut mit den Fingern in Stellas Arm. Es hätte nicht viel gefehlt und Stella hätte vor Schmerz aufgeschrien, aber etwas im Gesicht ihrer Mutter hielt sie davon ab. Ihre Augen und Wangen waren mit einem Mal krankhaft eingesunken, die Nase erschien spitz, das Kinn und die Nasenspitze schimmerten weißlich bis gelb. Stella wusste, was das zu bedeuten hatte. Als »Todesdreieck« hatte ihre Biologielehrerin dieses typische Zeichen des nahen Todes einst bezeichnet. Der Schreck fuhr ihr durch alle Glieder. Würde ihre Mutter doch bloß in Frieden sterben, statt weiter in sie zu dringen, hoffte Stella inständig, aber der Schmerz der sich in ihren nackten Arm bohrenden Fingernägel verstärkte sich nur noch.

»Ich schwöre es«, seufzte Stella, die sich in ihrer Not von den moralischen Bedenken, etwas zu beschwören, das sie niemals einzuhalten gedachte, verabschiedete.

»Sieh mir in die Augen!«, krächzte ihre Mutter, deren Stimme ihr offenbar langsam den Dienst versagte. Ihr Atem ging flacher und unregelmäßiger als zuvor.

Stella tat, was sie verlangte, aber sie konnte dem prüfenden und zugleich erlöschenden Blick ihrer Mutter nicht länger standhalten, sondern wandte sich hastig ab und rieb den schmerzenden Arm, in dem sie die Fingernägel noch immer wie Nägel in der Haut spürte.

Zu ihrem großen Entsetzen richtete ihre Mutter plötzlich den Oberkörper auf und forderte Stella auf, ihr als Stütze die Kissen im Kreuz zu richten. Stella, die mit einem Ableben ihrer Mutter binnen der nächsten Minuten gerechnet hatte, kam ihrer Bitte mit gemischten Gefühlen nach. Natürlich genoss sie jede Sekunde, die ihre Mutter noch am Leben war, aber sie fürchtete auch, dass sie bis zum letzten Atemzug vehement auf sie einreden würde. Und langsam wusste sie nicht mehr, was sie erwidern sollte. Schlimm genug, dass sie gelogen hatte. Aber Stella, die sonst völlig immun gegen die Flüche der Ahnen war, bebte schon jetzt vor Angst, es könnte doch ein Fünkchen Wahrheit in der einen oder anderen Prophezeiung liegen.

»Du lügst!«, keuchte ihre Mutter zwischen zwei rasselnden Atemzügen. Auch das hatte Stella im Biologieunterricht gelernt: Im finalen Stadium rasselte der Atem, weil die Sterbenden weder schlucken noch husten konnten. In diesem Moment bedauerte sie, in allen Fächern eine derart aufmerksame Schülerin gewesen zu sein.

Was sollte sie dazu sagen? Ihre Entscheidung war doch längst gefallen, auf das ganze Brimborium der Ahnen samt ihren bösen Flüchen zu pfeifen, und doch lähmte sie das, was ihre Mutter da alles von sich gab. Außerdem lag das vergilbte Heft wie Blei in ihrer Hand. Und warum bebte sie innerlich bei der Vorstellung, dass irgendwann Ahnen beschlossen hatten, alle Erbinnen der Taupatiti-Insel in die Hölle zu schicken? So oder so! Stella schob ihre Ängste auf die spezielle Situation, in der sie sich befand. Schließlich war es alles andere als normal, die eigene Mutter im Alter von achtzehn Jahren loszulassen, zumal es keinen Vater gab, der sie trösten konnte.

Stella straffte die Schultern. Nein, sie war nicht irgendwer, sondern die Nachfahrin eines stolzen Maorihäuptlings, den die Pakeha mit keinem Trick zum Verkauf seines heiligen Landes hatten bewegen können. Er hatte damals den britischen General ausgetrickst, der glaubte, ihn betrunken gemacht zu haben, um ihn zur Unterschrift über den Verkauf von Taupatiti zu nötigen. Doch der kluge Häuptling hatte den Schnaps unauffällig in eine Palme geschüttet, sodass es schließlich der Brite gewesen war, der torkelnd und unverrichteter Dinge die Vertragsverhandlungen über die Insel verlassen musste.

Natürlich war Stella stolz auf ihre unbeugsamen Vorfahren, wenngleich sie äußerlich rein gar nichts mit den Ureinwohnern Neuseelands verband. Sie kam völlig nach ihren Großvätern. Sowohl Panias Ehemann als auch ihr Vater Daniel waren große, schlanke blonde Kerle gewesen. Wo ihre Mutter wenigstens noch das dunkle Haar ihrer Maori-Vorfahren geerbt hatte, war bei Stella rein äußerlich vom Erbe der Maori nichts zu erkennen. Sie sah aus wie eine waschechte Pakeha. Und das Schlimme war, sie fühlte sich auch wie eine Weiße und hatte große Mühe, das Erbe der Maori als Bestandteil ihrer Geschichte anzunehmen. Ihr Vater hatte sie so intensiv auf das britische Gedankengut eingestimmt, dass ihr die Werte der Maori stets fremd geblieben waren.

Vor diesem Hintergrund verunsicherten sie die Prophezeiungen ihrer Mutter umso mehr. Doch wo war ihre legendäre Abgegrenztheit gegen diese Familiengeschichten? Im Angesicht des Todes ihrer Mutter war Stella plötzlich so empfänglich für diese alten Geschichten wie nie zuvor. Sie spürte beinahe körperlich den Fluch der Ahnen. Ihr wurde entsetzlich schlecht, und alles drehte sich um sie her. Sie fühlte sich wie in einem Karussell gefangen. Sie wollte aussteigen, aber man ließ sie nicht. Ob es doch unsichtbare Kräfte gibt, die mich bestimmen?, fragte sich Stella, während ihre Mutter sie mit einem Mal mit weichem Blick musterte.

»Versprichst du mir, dass du mit deiner Entscheidung wartest?«, fragte sie mit schwacher Stimme.

Stella stutzte. Das waren ganz neue Töne. Eben gerade noch hatte sie schwören sollen, und nun riet ihre Mutter ihr dazu, sich die Zeit zu lassen, die sie brauchte. Dabei waren die Würfel gefallen. Es gab kein Zurück mehr!

»Natürlich, Mutter«, entgegnete sie aufrichtig. »Aber worauf soll ich warten?«

»Du glaubst nicht an den Fluch der Ahnen, oder?«, fragte Moana, wobei ihre Worte kaum mehr zu verstehen waren. Ihre Stimme klang verwaschen und schwach, doch Stella wusste genau, was ihre Mutter von sich gab.

»Mutter, bitte lass dieses Thema. Ich habe eine andere Ansicht zu den Dingen des Glaubens.«

»Ich weiß«, seufzte ihre Mutter resigniert, doch dann funkelte sie ihre Tochter plötzlich aus unternehmungslustigen Augen an. Vergessen waren das sogenannte Todesdreieck und alle anderen Vorboten des nahenden Todes.

»Aroha, ich habe eine Idee, wie ich dich vom Erbe der Ahnen überzeugen kann!«

Stella atmete ein paarmal tief durch. »Und wie?«, fragte sie wenig ambitioniert.

Aus den Augen ihrer Mutter aber strahlte es förmlich, etwas, das partout nicht zu ihrem Zustand passen wollte. Sie lag im Sterben, und alle Merkmale hatten darauf hingedeutet, dass es nicht mehr lange dauerte, und nun dieses Aufflackern von Leben. Stella hatte gemischte Gefühle. Natürlich wünschte sie sich sehnlichst, dass ihre Mutter noch länger leben würde, aber angesichts der deutlichen körperlichen Zeichen schien das doch eher eine Illusion zu sein.

»Ich mache dir einen Vorschlag«, sagte ihre Mutter mit einer so klaren Stimme, als wäre sie komplett gesund. »Schlägst du ein?«

»Klar«, erwiderte Stella schwach. Sie war es so leid, irgendwelche Vereinbarungen zu treffen, die sie doch nach dem Tod ihrer Mutter niemals einhalten würde. Sie kam sich wie eine verlogene Heuchlerin vor. Etwas, was ihrem gradlinigen Charakter völlig widersprach.

»Gut, mein Kind, du bleibst auf Taupatiti, wenn dir mein Geist, sobald ich tot bin, im Traum erscheint und dich dazu ermutigt, die

Verantwortung für Taupatiti zu übernehmen. Wenn nicht, dann gehe, und gehe in Frieden.«

Stella hatte Schlimmeres erwartet und ergriff die knochige Hand, die ihr die Mutter mit letzter Kraft entgegenstreckte.

»Einverstanden. Solltest du mir erscheinen, dann bleibe ich hier«, versicherte Stella, während sie keinen Gedanken daran verschwendete, dass ihr der Geist ihrer toten Mutter tatsächlich im Traum erscheinen könnte. Das Ganze hielt Stella Wilson in diesem Augenblick für so unwahrscheinlich, dass sie leichten Herzens die Hand zum Schwur erhob, wie ihre Mutter es nun von ihr verlangte, bevor Moana in die Kissen zurücksank und ihren letzten Atemzug tat.

1. Teil

Stella und die Ahnen von Taupatiti

1.

Stella Wilson kletterte wie jeden Morgen in Jeans, Gummistiefeln und einem schlabberigen Rollkragenpullover unter der Wetterjacke bereits kurz nach sieben Uhr morgens an Deck ihres Motorboots und wollte gerade die Leinen losmachen. Obwohl die noch junge Januarsonne einen warmen Sommertag im Norden der Südinsel Neuseelands versprach, bot ihr die Kleidung den nötigen Schutz vor dem frischen Wind, der an diesem Morgen durch den Pelorus Sound fegte.

In dem Augenblick ertönte lautes Gebell. Stella drehte sich um und beobachtete amüsiert, wie Cora, ihre neuseeländische Huntaway-Hündin, hechelnd den Anleger erreichte und deutlich machte, dass sie mitfahren wollte. Zu diesem Zweck hatte Stella eine Art Einstiegshilfe wie eine Leiter ohne Stufen gebaut. Seufzend kletterte sie noch einmal von Bord und stellte das Gerät für den Hund bereit. Schwanzwedelnd und wie der Blitz huschte Cora an Bord. Sie begleitete Stella meistens, wenn sie am frühen Morgen die tägliche Tour zu ihrer Muschelfarm unternahm, die nur eine Seemeile entfernt von Taupatiti im Pelorus Sound lag. Heute Morgen aber war der Hund nicht an seinem Schlafplatz gewesen, als Stella das Haus verlassen hatte. Cora schmiegte sich an Stellas Bein, als wollte sie sich dafür entschuldigen.

»Ist ja alles gut, mein Mädchen. Wo warst du denn heute Morgen?«, redete sie sanft auf die Hundedame ein und ahnte bereits, dass Cora sich von den »Paua-Kriegerinnen« hatte verwöhnen lassen. So nannte Stella die jungen Maorifrauen, denen sie auf der anderen Seite der Insel ein neues Zuhause geboten hatte. Dort wurde Cora gern mit allen nur erdenklichen Leckereien gefüttert und durfte sogar mit in die Schafzimmer, etwas, das Stella ihrer Hündin nicht erlaubte. So begab sich Cora hin und wieder auf eigene Faust in das Hundeparadies. Die jungen Maori-Frauen, die dort lebten, teilten alle ein und dasselbe Schicksal: Sie waren von Männern, meist ihren Ehepartnern, aber auch von ihren Vätern, geschlagen und misshandelt worden und hatten in dem Frauenhaus auf Taupatiti Zuflucht gefunden. Es galt als eines der sichersten auf der neuseeländischen Südinsel, weil sich kaum ein Peiniger der Frauen, selbst wenn er ihren Aufenthaltsort ausfindig machte, auf die Insel traute. Das lag nicht zuletzt an den Gerüchten, die Frauen würden hier zu Kämpferinnen ausgebildet, und die Anführerin, die Herrin von Taupatiti, würde notfalls von der Schusswaffe Gebrauch machen.

Solche Räuberpistolen amüsierten Stella immer wieder aufs Neue, und sie streute in Havelock gern weitere Gerüchte, wie militant die Frauen wären und dass es den Männern da draußen nicht anzuraten wäre, sich ihnen je wieder zu nähern. Sie hatte die jungen Frauen nach dem neuseeländischen Spielfilm »Die letzte Kriegerin« benannt, in dem die Protagonistin nach schier unerträglichen Gewaltattacken ihres Mannes schließlich mitsamt ihren Kindern in den sicheren Familienverbund ihrer Maori-Verwandten auf eine Insel zurückgekehrt war. Stella liebte diesen Film und zeigte ihn regelmäßig den Neuankömmlingen. Die Kapazität dieses Hauses war zurzeit auf sechs Frauen beschränkt. Finanziert wurde die Einrichtung von staatlicher Seite, und obwohl Stella nur ihren Privatgrund für den Bau des Hauses zur Verfügung gestellt hatte und keine offizielle Stellung innehatte, galt sie als Herzstück des Ganzen. Sie gab den Frauen überdies bezahlte Jobs in der Paua-Zucht. Und weil die jungen Frauen besonders engagiert arbeiteten, hatte Stella ihnen den Namen »Paua-Kriegerinnen« gegeben.

Sich auf der Insel zusätzlich zu der Grünlippmuschel-Farm noch an einer Zucht von Seeohren, wie die Paua-Muscheln oder -Schnecken auch genannt wurden, zu versuchen, war allein ihre Idee gewesen. Auf den Gedanken wären ihre Vorfahren beileibe nicht gekommen, hatten sie mit den Grünschalmuscheln, mit deren Zucht Stellas Großmutter Pania in den Sechzigerjahren begonnen hatte, schon genügend zu tun gehabt. Dass Stella unbedingt noch die Paua mit der Innenschale aus Perlmutt züchten wollte, lag schlichtweg an ihrer Liebe zu diesen schillernden Haliotis, die, obwohl sie von den meisten Menschen für Muscheln gehalten wurden, biologisch zu den Schnecken zählten. Jeder Neuseeländer war im Laufe seines Leben schon einmal mit der Schale der Paua-Schnecke in Berührung gekommen, ob zum Schmuckstück verarbeitet oder über die so geheimnisvoll funkelnden Augen in Maorikunstwerken.

Stellas Motivation war aber noch eine ganz andere: Sie hatte es sich in den Kopf gesetzt, ihre eigenen Perlen zu züchten. Dazu hatte sie in einem eigens dafür gebauten Schuppen in der Bucht an Land eine Extra-Anlage mit speziellen Tanks anlegen lassen. Hier lebten nur die Paua-Schnecken, die zur Perlenzucht vorgesehen waren, denn diese Tiere bedurften einer besonders sorgfältigen Behandlung. Im Gegensatz zu den Grünlippmuscheln, die an Hängeleinen im Meer gezüchtet wurden, hatte sie für die Paua-Schnecken, die nicht zur Perlenzucht verwendet wurden, Außentanks bauen lassen, die ins Meer gelassen wurden, weil sie sonst Gefahr liefen, von den räuberischen Seesternen gefressen zu werden. Manchmal reichte ein einziger Seestern, um eine ganze Paua-Kolonie zu vernichten, denn die Seesterne besaßen durch ihre Arme eine perfide Möglichkeit, Paua-Schnecken schachmatt zu setzen. Sie legten ihnen einfach einen Arm auf ihr Atemloch und erstickten sie.

Die zur Perlenzucht ausgewählten Schnecken wurden etwa im Alter von vier Jahren den Tanks im Schuppen entnommen und in ein spezielles Desinfektions- und Betäubungsmittel-Bad verbracht, um eine möglichst keimfreie Anbringung von kleinen Halbkugeln aus Perlmutt, den sogenannten Mabe-Kernen, ohne Verletzungsgefahr für die Tiere zu gewährleisten. Abalonen waren nämlich Bluter, was bedeutete, dass bereits kleinste Verletzungen zum Tod der Schnecke führen konnten. Deshalb beschäftigte Stella für diesen Schritt eine versierte Spezialistin, die dafür jedes Mal, wenn eine neue Generation von Schnecken diese Prozedur durchlaufen musste, extra nach Taupatiti anreiste. An Kunststoffschnüren zog sie die Mabe-Kerne in das Muschelinnere und schnitt die Schnüre anschließend an der Außenseite der Schale ab. Sobald die Tiere sich von dieser Prozedur erholt hatten, wurden sie in die Tanks zurückbefördert, wo sie in den folgenden zwei bis drei Jahren eine Perlmuttschicht um den Fremdkörper bildeten. Dann erst wurden die Schnecken aus ihrer Schale herausgelöst, die dann gereinigt und von der Außenseite her so weit abgeschliffen wurde, bis die Mabe-Perlen herausfielen. Die Kerne wurden schließlich entfernt und durch eine Kunststofffüllung ersetzt. Die Perle wurde anschließend mit runden Perlmutt-Plättchen verschlossen.

Diese Arbeit ließ Stella von Susan, einer befreundeten Goldschmiedin, ausführen, die ihr auch einen Großteil der fertigen Perlen abkaufte. Doch von jeder neuen Generation Perlen behielt Stella eine gewisse Anzahl, um sie eines Tages ihrer Tochter zu einem besonderen Anlass zu schenken. Sie hegte zwar ihre Zweifel, ob Holly ein solches Geschenk überhaupt würdigen konnte, hatte ihre Tochter doch nicht den geringsten Bezug dazu: weder zu Taupatiti noch zu dem Geschäft ihrer Mutter mit Muscheln und Schnecken. Jedes Mal, wenn Stella an ihre Tochter dachte, legte sich ein Schatten über ihr Gesicht. Sie fragte sich dann stets, ob es richtig gewesen war, ihrer Tochter all diese Freiheiten zu lassen, nach denen sie sich einst gesehnt hatte. Stella hatte Holly ferngehalten von den Zwängen, die ihre Herkunft der Tradition nach eigentlich mit sich brachte. Niemals hatte sie ihrer Tochter das Herz mit den alten Maori-Geschichten von Flüchen, Strafe und Rache beschwert, die angeblich jene treffen sollten, die ihr Erbe nicht antreten würden. Sie hatte ihr gegenüber auch niemals das Heft, das ihre Mutter ihr einst überlassen hatte, erwähnt, zumal sie es selbst nach dem Tod ihrer Mutter ungelesen in die hinterste Ecke ihres Schreibtischs gestopft hatte. Die Erscheinung ihrer toten Mutter war für sie Grund genug gewesen, ihrer Bestimmung zu folgen. Dazu brauchte sie keine Schauergeschichten der Ahnen zu studieren.

Nein, sie hatte ihrer Tochter sogar schweren Herzens erlaubt, die Insel schon mit zwölf Jahren zu verlassen, um auf ein Internat in das fast fünfhundert Meilen entfernte Dunedin zu gehen. Wegen der großen Entfernung war Holly nur in den großen Ferien nach Hause gekommen, und an den übrigen Festtagen hatte sich Stella stets bemüht, zu ihrer Tochter zu fliegen. Diese Besuche waren zwischen Mutter und Tochter meist harmonischer verlaufen als Hollys Aufenthalte in Taupatiti, anlässlich derer Stella ständig mit ihrem Schmerz konfrontiert gewesen war, dass ihre Tochter niemals Herrin der Insel sein würde. In der schönen Stadt, in der Holly inzwischen an der Musikakademie studierte, hingegen genossen sie die Kulturangebote in vollen Zügen, und Holly war jedes Mal wieder erneut überrascht von den vielfältigen Interessen, die ihre Mutter über die Insel und ihre Muscheln hinaus besaß.

Stellas Miene erhellte sich bei dem Gedanken an einen ihrer letzten Besuche in Dunedin. Nicht Holly hatte ihre Mutter zu der Sonderausstellung zeitgenössischer europäischer Maler in die Dunedin Public Art Gallery eingeladen, sondern Stella ihre Tochter. Ihre Besuche in das heimische Taupatiti hatte Holly nun schon seit Studienbeginn vor zwei Jahren auf ein Minimum reduziert. Nur für die Weihnachtswoche kam sie ihrer Mutter zuliebe noch immer nach Hause. Doch das letzte Mal hatte sie kurzfristig abgesagt, obwohl sie im letzten Semester überraschend an die Musikhochschule nach Wellington gewechselt war. Nun trennte sie nur die Cook Strait, jene Meerenge zwischen der Süd- und der Nordinsel. Die Fähre von Picton nach Wellington benötigte drei Stunden, sodass sie einander auch nur mal für ein Wochenende hätten treffen können. Jedenfalls theoretisch, denn merkwürdigerweise hatte Holly ihre Mutter noch nicht einmal dazu eingeladen, ihre neue Wohnung zu besichtigen, und hatte sie auch noch nicht auf Taupatiti besucht.

Stella war allerdings nicht der Mensch, der ohne ausdrückliche Einladung bei ihrer Tochter vor der Tür stand. Immer wenn sie sich insgeheim fragte, warum ihr Kontakt trotz der Nähe weniger statt mehr geworden war, schob sie das auf die Umstellung, die ein Hochschulwechsel für Holly mit sich brachte. Je mehr sich ihre geliebte Tochter in ihrem Leben rarmachte, desto enger wurde Stellas Verhältnis zu ihren »Kriegerinnen«. Die jungen Frauen sahen ein positives Mutterbild in ihr, denn bei Sorgen und Problemen aller Art konnten sie sich an Stella wenden, die ihnen stets mit Rat und Tat zur Seite stand.

Stellas liebste Kriegerin Ani, die ihr wegen ihrer außergewöhnlich brutalen Vorgeschichte besonders ans Herz gewachsen und für sie zu einer Ersatztochter geworden war, hatte zu Stellas großer Freude das Angebot, als ihre Haushaltshilfe zu arbeiten, angenommen. Besonders zum Kochen reichte Stellas Kapazität nämlich nicht aus. Sie hatte sich vornehmlich von Sandwiches und Süßigkeiten ernährt, die sie nebenbei hatte verzehren können. Dass das nicht gesund war, wusste sie, und als Ani ihr vorgeschlagen hatte, ihr täglich ein warmes spätes Mittagessen zuzubereiten, hatte sie erst zögernd zugestimmt, konnte sich dieses Ritual aber inzwischen kaum mehr aus ihrem Alltag wegdenken. Weil sie nun mit dem Essen und einer kleinen Auszeit auf ihrer Terrasse am Tag eine Stunde Pause machte, hatte sie das Gefühl, mehr Kraft als vorher zu besitzen, und die benötigte sie dringend. Sie war unermüdlich mit ihren Geschäften um Muscheln oder Schnecken beschäftigt, denn der Export ihrer Produkte florierte.

Sie hatte diverse hochkarätige Partner, die ihr die Grünlippmuscheln abnahmen. Nicht nur Großmärkte oder Restaurants gehörten zu ihren Kunden, auch die Hersteller von Pulvern, die aus der neuseeländischen Miesmuschel gewonnen wurden, rissen sich um ihre Produkte. Inzwischen wurden die Grünschalmuscheln nicht nur für Menschen zu diversen Ernährungszusatzstoffen verarbeitet, sondern auch Haustierbesitzer schworen auf die positive Wirkung des Pulvers für den Bewegungsapparat ihrer Lieblinge. Auch die prächtigen Abalonen oder Seeopale, wie die Paua-Schnecken ebenfalls genannt wurden, fanden reißenden Absatz. Neben Goldschmieden und Kunsthandwerker-Manufakturen verlangten auch spezielle Restaurants nur nach Meerohren von der Insel Taupatiti. Stella war unter den Betreibern der Paua-Muschel-Aquakulturen ein Unikum. Die Konkurrenten arbeiteten in industriellen Ausmaßen, weil sich die teuren Anlagen sonst gar nicht lohnten und die Nachfrage nach dem Fleisch der Schnecke auf dem ostasiatischen Markt dramatisch gestiegen war. Bis vor nicht allzu langer Zeit hatten nur wenige Neuseeländer überhaupt jemals von diesem Exportschlager gekostet, weil die Schmackhaftigkeit besonders der großen weißen Füße der Schnecken ihnen nicht bekannt war. Da Paua-Schnecken in freier Wildbahn Gefahr liefen, überfischt zu werden, herrschten diesbezüglich strenge Regeln, und es waren immer mehr dieser industriellen Exportfarmen entstanden.

Diesem Trend, die Schnecken nach Asien zu exportieren, widersetzte sich Stella hartnäckig. Sie belieferte ausschließlich einheimische Großhandelsunternehmen und Restaurants, die das Fleisch der Paua-Schnecke neuerdings als Delikatesse auf ihre Speisekarten genommen hatten. Auf diese Weise machte sie zwar nicht solch lukrative Massengeschäfte wie ihre Konkurrenten, aber im Inland wurde für ihre exquisite Ware auch gern mal mehr gezahlt, sodass sich dieser Alleingang für Stella allemal auszahlte, zumal sie nicht zuletzt dadurch immer wieder lobend in der Presse erwähnt wurde. Als lokale Berühmtheit musste sie häufig Interviews geben, auch in diversen Talkshows, was ihr allerdings nicht sonderlich schwerfiel. Sie war kein weltfremder, eigenbrötlerischer weiblicher Inselschrat, wie die Leute, die sie zum ersten Mal sahen, schnell irrtümlich vermuteten. Nein, sie hatte nie aufgehört, sich nach getaner Arbeit weiterzubilden. Ihre Bibliothek war legendär. Und wenn sie wollte, konnte sie sich sogar in eine äußerst elegante Erscheinung verwandeln. Das Problem war nur, dass ihr nach dieser Verkleidung kaum je der Sinn stand.

Stella hatte jedenfalls alle Hände voll zu tun, und der Gedanke daran, wie sie dem früher vorwiegend lokal bekannten und geschätzten Unternehmen ein gewisses internationales Flair verschafft hatte, erfüllte sie mit Stolz, denn so klar ihr Verkaufskonzept bei den Paua-Schnecken auf Neuseeland bezogen war, lieferte sie Mengen an Grünschalmuscheln in alle Welt.

Das alles ging Stella durch den Kopf, nachdem sie vom Steg abgelegt hatte und die Insel an Steuerbord umrundete. Sie hatte nun schon ihr gesamtes bisheriges Leben auf dieser Insel verbracht, aber sie konnte sich immer noch wie ein Kind freuen, wenn sie ihren Blick auf die weißen Sandstrände und das dahinter beginnende, dichte und undurchdringliche Grün des Regenwaldes richtete. Dabei ging ihr jedes Mal das Herz auf, und ein Gefühl von tiefer Zufriedenheit durchströmte sie. Immer wenn sie daran dachte, dass sie einst ernsthaft mit dem Gedanken gespielt hatte, ihr Land für immer zu verlassen, schob sie das auf ihr damals noch jugendliches Alter, denn sie gehörte zu dieser Insel wie die üppige grüne Vegetation, die malerischen Badebuchten, das weiße Herrenhaus und das türkisfarbige Wasser, das die Insel umgab.

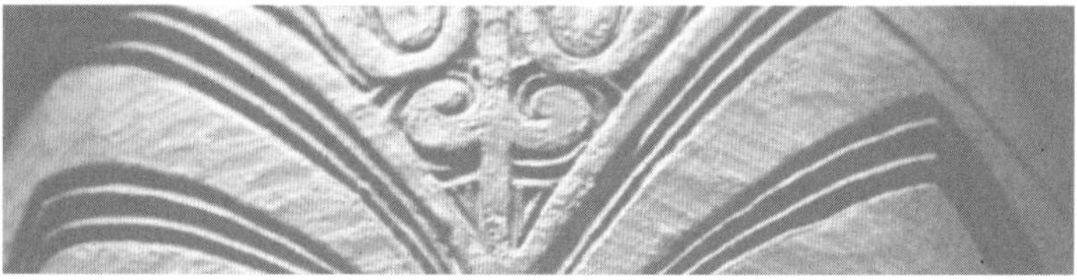

2.

Als Stella die andere Seite der Insel mit der Bucht, in der sich das noch im Tiefschlaf liegende Frauenhaus befand, erreicht hatte, waren es nur noch weniger als zehn Minuten Fahrt zur Muschelfarm, die sie bereits an Backbord in der Sonne aufblitzen sah. Aufgeregt näherte sie sich ihrer »Muschelplantage«, wie sie die Aquakultur bisweilen zu bezeichnen pflegte, denn in ein paar Wochen stand der Erntetag bevor, an dem sie die Muscheln, die nun fünfzehn bis achtzehn Monate lang gereift waren, ernten konnte. Dazu sollten sie aber mindestens 10 Zentimeter groß sein. Besser noch waren die Prachtexemplare von 25 Zentimetern. Stella wusste, dass es völlig unnötig war, die Muscheln jeden Morgen so gründlich zu überprüfen, denn was sollte ihnen schon geschehen, außer dass sie nicht jene Größe erreichten, die zum erfolgreichen Verkauf erforderlich war? Und auch das war höchst unwahrscheinlich, denn Stellas Muscheln sprengten eher die Norm, als dass sie zu winzig blieben. Stella war sehr stolz darauf, dass ihre Muscheln unter allen Produkten der Konkurrenz als die schmackhaftesten und reinsten galten. Dabei arbeitete auch keiner der anderen Züchter mit künstlichen Futterstoffen oder gar Pestiziden, denn die Marlborough Sounds genossen den Ruf, das sauberste Wasser überhaupt zu besitzen. Nein, diese Inspektion war nicht unbedingt notwendig, aber Stella liebte dieses Ritual. Andere gingen morgens joggen, sie machte einen Ausflug zu ihrer Muschelzucht.

Am liebsten hätte sie nach getaner Arbeit auch noch am Steg der »Paua-Bucht« angelegt, aber ihre »Kriegerinnen« hatten eines Tages dagegen aufbegehrt, dass der Boss jeden Tag zu nachtschlafender Zeit mit Getöse auf der Anlage einfiel und jede Schnecke kontrollierte. Das wäre ihr Job, hatten sie ihrer übereifrigen Chefin vorgehalten und mit ihr ausgehandelt, dass es völlig ausreichen würde, wenn sie nur einmal die Woche vorbeikäme oder falls die Mitarbeiterinnen sie ausdrücklich um Hilfe baten. Stella hatte sich widerwillig auf diesen Deal eingelassen. Trotzdem konnte sie der Versuchung nicht widerstehen, mit dem Boot ganz nahe an die Außentanks heranzufahren, um einen flüchtigen Blick zu riskieren, auch wenn sie sich auf diese Weise nicht wirklich von dem aktuellen Zustand der Schnecken würde überzeugen können. Sie konnte auch nicht umhin, neugierig zum Haus zu schielen, ob sich da nicht endlich etwas rührte. Wenn sie es richtig erinnerte, stand an diesem Tag eine wichtige Lieferung nach Auckland an.

Seufzend steuerte sie nun auf die Grünlippmuschel-Zucht zu, bis diese zum Greifen nahe war. Dort angekommen, stoppte sie das Boot und setzte den Anker. Als das Boot fest war, ging sie nach vorne zum Bug, setzte sich und genoss den malerischen Blick, den sie von hier auf Taupatiti hatte.

Obwohl Stella jeden entlegenen Flecken ihrer Insel kannte, beinahe jeden Baum und jeden Strauch, betrachtete sie ihre Insel immer wieder mit verwundertem Blick. Wer sich wohl so viel Schönheit ausgedacht haben mochte, fragte sich Stella und war überzeugt, dass sie in dem malerischsten Ort der Welt zu Hause war. Dass der Pelorus Sound ein unwirkliches Paradies war, hatte sie häufig aus den Mündern der begeisterten Touristen aus aller Welt gehört, die sich ihrer ganz speziellen Führung anvertraut hatten. Als Schülerin hatte sie sich nämlich das Geld für einen Führerschein durch Touristentörns auf ihrem Segelboot verdient. Sie hatte jeweils über ein Wochenende sechs Gäste an Bord genommen und sie durch die Meeresarme geschippert. Höhepunkt war dann stets das Übernachten in Zelten an dem einsamsten Strand von Taupatiti, zu dem man nur von der Wasserseite gelangen konnte, gewesen. Dort hatte sie jedes Mal ein feines Barbecue gezaubert. Ihre Gäste waren stets so begeistert gewesen, dass sie allein von den Trinkgeldern ihren Führerschein hätte bezahlen können. Aber ihr hatte es auch selbst großes Vergnügen bereitet, mit interessanten Menschen aus aller Welt zusammenzukommen und ihnen voller Stolz ihre Welt zu präsentieren.

Sie hatte immer Glück gehabt mit den Touristen. Wenn sie da nur an den Kunstgeschichteprofessor aus Paris dachte. Bis zu seinem Tod vor ein paar Jahren hatte er ihr jedes Jahr ein besonderes Buch geschickt. Und dann war da der Spross einer reichen englischen Kaufhauskette, der sich geweigert hatte, sein Erbe anzutreten, sondern seiner Leidenschaft, der Musik, gefolgt war. Ach, Oliver, durchzuckte es Stella kurz, und sie bemühte sich, wie immer, wenn ihr der Mann ihres Lebens in den Sinn kam, schnell an etwas anderes zu denken. Ja, ihre Führungen durch die Marlborough Sounds waren schon etwas ganz Besonderes gewesen. Ihre Mutter hatte diese Touren mit den Fremden an Bord gar nicht gern gesehen, aber sie hatte ihren Protest auf ein Minimum beschränkt, weil sie geahnt hatte, dass es sinnlos gewesen wäre, Stella davon abzuhalten. Stella hatte schon damals ihren eigenen Kopf gehabt. Nur die Macht der Ahnen war einst stärker als ihr unbeugsamer Willen gewesen.

Ein Schatten fiel über Stellas sonnengebräuntes Gesicht, das trotz ihrer Antipathie gegen Faltencremes und des ständigen Einflusses von Wind, Salzwasser und Sonne nicht gegerbt wirkte. Im Gegenteil, sie hatte die zugleich feinporige und widerstandsfähige Haut ihres Vaters geerbt, der kaum eine Falte besessen hatte. Jedenfalls bis zu dem Tag, an dem Stella ihn zum letzten Mal gesehen hatte. In ihrer Erinnerung würde er immer ein junger, attraktiver blonder Hüne bleiben. Sie dachte auch heute noch mit einer gewissen Zärtlichkeit an ihn, obwohl er die Insel kurz nach Stellas vierzehntem Geburtstag ohne Abschied auf Nimmerwiedersehen verlassen hatte. Sie würde nie vergessen, wie er ihr damals noch eine neue Jolle geschenkt und sie gebeten hatte, das Boot »Daniel« zu nennen. Stella hatte das ein wenig albern gefunden, denn das war der Name ihres Vaters. Doch in seinem Blick hatte so etwas Flehendes gelegen, dass sie seinem Wunsch schließlich nachgekommen war. Ihre Mutter hatte das mit einem verächtlichen Naserümpfen kommentiert und ihren Mann einen »eitlen Pfau« genannt. Komisch, daran erinnerte Stella sich heute noch wörtlich und auch an den waidwunden Blick ihres Vaters, der auch an jenem Tag garantiert schon morgens an der Whiskyflasche genippt hatte. Das jedenfalls warf ihm ihre Mutter stets derart lauthals vor, dass es jeder mitbekam.

Stella hätte sich jedes Mal vor Peinlichkeit winden mögen, wenn ihre Mutter diese Schwäche des Vaters so öffentlich verhandelt hatte. Der Mutter war es jedenfalls völlig gleichgültig gewesen, ob Stella oder eine der Hausangestellten in der Nähe gewesen waren. Ihr Vater war dann stets wie ein geprügelter Hund im Dickicht des Inseldschungels verschwunden, während ihre Mutter ihm so etwas Gemeines wie »Versager!« hinterhergerufen hatte.

Obwohl sich Stella schon als Kind keine Illusionen darüber gemacht hatte, dass ihr Vater womöglich das Zeug zu einem Helden haben könnte, hatte sie ihn von ganzem Herzen geliebt. Vielleicht war diese Liebe auch mit einer gewissen Portion Mitleid vermischt gewesen, denn ihre Empathie hatte immer ihm gegolten, nie ihrer Mutter, die bis zum Umfallen geschuftet hatte, weil sie alle geschäftlichen Dinge allein bewerkstelligen musste. Dass ihre Mutter die Familie in Wirklichkeit zusammengehalten hatte, war Stella viel später bewusst worden, aber da war die

Mutter längst tot gewesen, sodass sie sie nicht mehr um Verzeihung für ihre kritiklose Parteinahme zugunsten des Vaters hatte bitten können. Aber als Vierzehnjährige hatte sie nur Augen für sein Wohl gehabt, wohingegen die ständige Gereiztheit und Erschöpfung ihrer Mutter sie kaltgelassen hatte. Ihr war nur wichtig gewesen, ob es dem Vater gut ging. Wie erleichtert war sie gewesen, dass er sich, jedes Mal, wenn er zu später Stunde von seinem Inselgang zurückgekehrt war, in wesentlich beschwingterer Stimmung befunden hatte als zuvor. Stella hatte dabei nichts beschönigt, sondern schon als Kind vermutet, dass er in einer der Hütten ein Depot an Whiskyflaschen hortete. Doch sie hatte es ihm nicht übel nehmen können, erlebte sie doch hautnah mit, wie er ständig von ihrer Mutter gedemütigt wurde.

Das mit dem Whisky-Vorrat war eine Vermutung, die sich Jahre später bewahrheiten sollte, als Stella die Hütten hatte abreißen lassen, um für den Bau des Frauenhauses Platz zu schaffen. Aber nicht nur einen Vorrat an Alkohol hatte Stella dort vorgefunden, sondern auch Reste eines Matratzenlagers am Boden, bei dessen Anblick sich Stella die Frage aufgedrängt hatte, ob es nur der Whisky gewesen war, der bei ihrem Vater damals derart stimmungsaufhellend gewirkt hatte, oder auch die heimliche Gesellschaft von Marike, dem bildhübschen Hausmädchen ihrer Mutter. Denn ganz dunkel nur entsann sie sich, dass ihre Mutter die junge Frau einen Tag, bevor ihr Vater verschwunden war, mit Schimpf und Schande an die Luft gesetzt hatte. Als Moana bemerkt hatte, dass ihre Tochter dem Streit lauschte, hatte sie die Tür geschlossen und die Stimme gesenkt.

Damals hatte Stella keinen Zusammenhang zwischen Marikes Rauswurf und dem Verschwinden ihres Vaters hergestellt. Dazu war sie viel zu entsetzt über den Fortgang ihres heiß geliebten Vaters gewesen und wäre nicht im Traum darauf gekommen, auch nur einen Gedanken an die Frage zu verschwenden, warum ihre Mutter Marike noch laut brüllend mit den Worten »Verschwinde und lass dich nie wieder hier sehen!« ein Bündel Kleider hinterhergeworfen hatte. Jedenfalls hatte Stella nie aufgehört, ihre Boote »Daniel« zu nennen. Bis jetzt.

Zurzeit besaß sie nur eine ebenfalls nach ihrem geliebten Vater benannte Zehn-Meter-Motorjacht von Alloy Cats, die eigentlich viel zu groß war für ihre Zwecke, aber dafür hatte sie ihr Segelboot abgeschafft, weil sie nicht mehr dazu kam, entsprechende Touren zum reinen Vergnügen zu machen. Früher hatte sie in ihrer Freizeit gern abenteuerliche Törns unternommen und unter anderem auch die Cook Strait bis Wellington durchsegelt, aber für solche Unternehmungen fehlte ihr schon lange die Zeit.

Wie oft hatte Stella nach seiner Flucht wartend am Strand vor dem Haus gesessen und auf die andere Seite des Sounds gestarrt in der Hoffnung, ihr Vater würde gleich auf einer Jacht mit schneeweißen Segeln zurückkehren. Und später dann hatte sich diese Hoffnung auf ihren Liebsten übertragen. Es hatten im Laufe der folgenden Jahre viele Boote am Steg von Taupatiti angelegt, aber ihr Vater war niemals an Bord gewesen ... und auch nicht ihr Geliebter.

Gedankenverloren zog Stella eine Leine aus dem Wasser, an der die Muscheln wie Perlen auf einer Schnur befestigt waren. Sie brauchte kein Zentimetermaß, um die Größe der Prachtstücke zu bestimmen. Es gab kaum eine Muschel, die nicht weit über 20 Zentimeter groß war. Zeit zum Abernten, dachte sie und nahm sich vor, diese Arbeit am Wochenende zu erledigen. Dazu würde sie sich ein paar Helfer aus Havelock besorgen.

Dann holte sie sich aus einer Tasche im Cockpit ihre mitgebrachte Thermoskanne mit Kaffee und ein mit Tomate belegtes Toastbrot und ließ sich wieder auf ihrem Lieblingsplatz am Bug nieder. Cora legte sich neben sie. Auch dieses Ritual hatte seine Tradition. Stella liebte es, an Bord ihres Bootes einen Kaffee zu trinken und sich zu stärken. Und das mit einem Blick über ihre Muschelfarm auf der einen Seite und die Rückseite ihrer Insel auf der anderen. Das war ein Luxus, der unbezahlbar war. Coras gieriger Blick störte sie zwar ein wenig beim Essen, aber auch für den Hund war gesorgt. Sie gab ihr ein Leckerli, während sie bereits wieder an ihre Zeit als viel beschäftigte Reiseführerin dachte.

Sie war dieser Beschäftigung immer nur während der großen Ferien, die von Mitte Dezember bis Ende Januar dauerten, nachgegangen. Dies war in der Regel auch die Zeit, in der sich die meisten Touristen in der Gegend aufhielten. Stella hatte ihnen dann stets die Beschaffenheit der Sounds erläutert und sie darüber aufgeklärt, dass es sich bei den verwinkelten Wasserarmen keineswegs um Fjorde handelte, denn sie waren gar nicht durch Gletscher entstanden, sondern durch Erdbewegungen, die den Boden im gesamten Gebiet langsam abgesenkt hatten, sodass Wasser in die tiefer gelegenen Täler eingedrungen war. Noch mehr als die tatsächliche Entstehungsgeschichte der Sounds interessierte es die Touristen, die Maori-Legende zu hören, die sich um die Marlborough Sounds rankte. Stella hatte diese Legende immer wieder gern zum Besten gegeben.

Es hieß, der sagenumwobene polynesische Entdecker Neuseelands, Kupe, hätte einst gegen einen riesigen Oktopus gekämpft. Dabei hätte er seine Hand in Richtung Südinsel gestreckt, um sie um Unterstützung zu bitten. Seine Finger hätten auf diese Weise tiefe Furchen in der Erde gebildet, die sich mit Wasser gefüllt hätten und heute die Meeresarme bildeten.

Stella liebte Maori-Legenden über alles. Obwohl das Verhältnis zu ihrer Mutter nie ganz einfach gewesen war, besonders nicht, nachdem der Vater die Familie verlassen hatte, hatte sie deren Gabe, spannend aus der Maori-Schatzkiste zu plaudern, stets bewundert. Von der Erzählkunst ihrer Mutter hatte sie einiges übernommen, etwa die Fähigkeit, an spannenden Stellen bedeutungsschwangere Pausen einzulegen.

»Sie sind eine Zauberin. Ich würde an Ihren Lippen hängen, selbst wenn Sie mir aus dem Telefonbuch vorlesen würden«, hörte sie plötzlich in ihrem Inneren eine warme, sinnliche Männerstimme raunen. Das kam so plötzlich, dass es Stella wie ein Blitz durchzuckte. Der Blick, mit dem sie den jungen Engländer daraufhin angesehen hatte, war legendär. Stella konnte sich noch wörtlich daran erinnern, was die freundliche Italienerin damals zu den übrigen Gästen gesagt hatte, die mit ihnen um das verglühende Lagerfeuer gesessen hatten. Mit den Worten »Ich glaube, wir müssen ins Bett. Unsere Reiseführerin hat auch ihren Feierabend verdient« war sie aufgesprungen und hatte ihrem Mann die Hand gereicht, um ihn zum Aufstehen zu bewegen. Wie von Geisterhand hatte sich der kleine Strandabschnitt geleert, und die Gäste waren geräuschlos in ihren Zelten verschwunden. Bis auf Oliver, der nicht eine Sekunde gezögert hatte, sie zu küssen.

Stella kannte das schon. Sie durfte partout nicht an diesen ersten Kuss denken, denn dann empfand sie jedes Mal etwas von dem Verlangen, das damals ihren ganzen Körper durchrieselt hatte. Daran hatten die mehr als zwanzig Jahre, die das inzwischen her war, auch nichts ändern können.

Das Geräusch eines herannahenden Motors ließ Stella unsanft aus ihren sehnsüchtigen Erinnerungen schrecken. Sie wandte den Blick nach Steuerbord und erkannte sofort, wer sich der »Daniel« näherte. Das war unverkennbar Lucie, die Postbotin, die seit über vierzig Jahren auf ihrem Boot durch die Sounds schipperte, um den Bewohnern der entlegenen Inseln ihre Briefe und Pakete zu bringen. In Stellas Kindheit hatte in den Sounds noch der eine oder andere kauzige Einsiedler allein auf einer der Inseln gelebt, aber inzwischen waren nur noch wenige solcher skurrilen Bewohner in den Sounds übrig geblieben. Inzwischen standen auf den

Inseln der Sounds eher Ferienhäuser reicher Neuseeländer, Luxusresorts oder unbewohnte Rückzugsorte, an denen die flugunfähigen und nachtaktiven Kiwis ungestört von den Gefahren, die von Landraubtieren ausging, existieren konnten.

Taupatiti bildete da eine Ausnahme. Das lag nicht zuletzt daran, dass sie eine der wenigen Privatinseln im Pelorus Sound war, die seit dem Jahr 1830 niemals den Besitzer gewechselt hatte. Stellas Ahnen waren vor kriegerischen Auseinandersetzungen mit einem verfeindeten Stamm einst von der Nordinsel auf die Südinsel geflüchtet und hatten sich auf dem einsamen und traumhaft schönen Flecken Erde inmitten des Sounds, der nur aus Regenwald und weißen Stränden bestand, angesiedelt und ihn »Taupatiti« genannt, was übersetzt so viel wie »Zauber« hieß. Anfangs hatten sie ganz friedlich vom Fischfang gelebt, doch im Jahr 1856 hatten drei Häuptlinge ihres Stammes, der Ngati Kuia, mit den Weißen einen Vertrag über dieses Land geschlossen. Sie verkauften sogar die Ansiedlung Motuweka Pa am Ende des Pelorus Sound, die dann von den Pakeha besiedelt und Havelock genannt worden war. Nur Stellas Urahn Häuptling Kunekame, ein kluger Mann, der schon damals geahnt hatte, dass die Versprechen der Weißen, dass man die Maori ganz gleichberechtigt in der Gegend dulden würde, Schall und Rauch waren, hatte sich strikt geweigert, Taupatiti an die Weißen zu verkaufen. Seine Einschätzung sollte sich als richtig erweisen. Die übrigen Maori hatten ihr Land für einen Schleuderpreis von einhundert Pfund hergegeben und waren früher oder später gezwungen gewesen, sich eine neue Heimat zu suchen, weil für sie kein Platz mehr in der Zivilisation der neuen Herren am Pelorus Sound geblieben war. Alle, bis auf die Familie von Kunekame. Es hatte in den folgenden Generationen noch viele Versuche gegeben, der Familie die Insel abzuschwatzen, wie ihre Mutter ihr stets versichert hatte. Das Interesse daran, Taupatiti käuflich zu erwerben, war auch Stella gegenüber bereits vehement gezeigt worden, aber heutzutage waren es die großen Touristenkonzerne, die Millionen boten, um aus Taupatiti ein Urlaubsresort zu machen. Stella musste wider Willen an den hinterhältigen Mr Waltman denken, den Geschäftsführer einer Ferienanlage nahe Blenheim, der sich nicht gescheut hätte, sich die Insel mittels fieser Tricks anzueignen – allerdings vergeblich. Inzwischen hatte sich sogar bis ins entfernte Auckland herumgesprochen, dass Stella Wilson unbestechlich war und die Insel um keinen Preis dieser Welt hergeben würde. Aus diesem Grund würde sie die Insel ihrer Tochter nur mit einer Klausel versehen vererben, dass Taupatiti unverkäuflich blieb. Doch davon ahnte Holly nichts. Und so wie Stella ihre Tochter kannte, interessierte sie das auch herzlich wenig.

Weder die Insel hatte ihr je etwas bedeutet noch potenzielle Millionen, die sie dafür bekommen konnte. Nein, Holly hatte sich ganz und gar der Musik verschrieben. Stella stieß einen tiefen Seufzer aus. Keine Frage, von wem sie diese Besessenheit hatte. Nur dass Holly keinen Schimmer hatte, wer ihr Vater war. Und er nicht, dass er überhaupt eine Tochter besaß.

Lucie war jetzt dabei, an Backbord längsseits der »Daniel« anzulegen. »Ich habe einiges für dich. Das kann ich nicht mal eben rüberwerfen«, erklärte die Postfrau, die, wenn man einmal von ihrem wettergegerbten Gesicht, in dem es keine einzige faltenfreie Stelle mehr gab, absah, mit ihrer schlanken zierlichen Figur wie ein junges Mädchen wirkte.

»Dann gib her, und ich hol dir einen Kaffee«, erwiderte Stella, stand auf und verließ ihren Platz am Bug, um die Post entgegenzunehmen. Es waren etliche Pakete, die sicherlich diverse Teile enthielten, die Stella für ihre Zucht benötigte. Das erkannte Stella an dem Absender, einem Großhandel mit Zubehör für die Aquakultur.

Nachdem Lucie an Bord der »Daniel« gekommen war, holte sie

schließlich noch einen Brief aus der Innentasche ihrer Jacke hervor. »Der sieht so fein aus, dass ich ihn nicht knicken wollte«, sagte sie und reichte Stella den lädierten Umschlag, der offenbar erst in der Innentasche von Lucies Jacke zu seinen Eselsohren gekommen war, aber das amüsierte Stella nur. Sie warf einen neugierigen Blick auf die Rückseite. In Hollys unvergleichlicher Schönschrift prangte dort ihr Absender auf der Rückseite des Umschlags. Allein dass Holly ihr einen Brief schickte, war schon überaus seltsam. Tochter und Mutter tauschten sich zumindest ein paarmal in der Woche per E-Mail oder WhatsApp-Nachrichten aus. Stella fand zwar, dass Hollys Nachrichten stets etwas hölzern klangen, so als würde sie vermeiden, allzu persönlich zu werden, aber diese raren Informationen waren immerhin besser als gar keine, sagte sich Stella pragmatisch. Aber nun ein echter Brief? Stella zögerte das Öffnen der Nachricht ein wenig hinaus, weil sie ein komisches Gefühl im Magen hatte. Erst einmal bat sie Lucie in das Cockpit, holte ihr einen Becher Kaffee und bot ihr Anzac Biscuits an. Weil diese Traditionskekse kein Ei enthielten, waren sie hervorragend geeignet, länger an Bord gelagert zu werden, ohne zu verderben.

Lucie tat so, als ob sie auf den Genuss des Kaffees und der Kekse konzentriert war, doch Stella entging nicht, dass die Postbotin auf den Inhalt des Briefes lauerte. Ihre Neugier war dabei nichts Ungewohntes. Im Pelorus Sound wusste so ziemlich jederzeit jeder alles über jeden. Lucie fiel nur die Aufgabe zu, diese Informationen zu sammeln und auch zu den entferntesten Inseln zu tragen. Und sie würde ihre Tour sicher nicht fortsetzen, bevor sie wusste, wer Stella einen Brief geschrieben hatte, denn Privatpost war im Zeichen des Internets auch in den Sounds mächtig zurückgegangen. Heute lieferte Lucie vorwiegend Werbeschreiben und die Pakete aus.

»Er ist von Holly«, erklärte Stella schließlich und riss den

Umschlag hektisch auf. Darin befand sich eine hübsch gestaltete Einladung für den kommenden Samstag um 13 Uhr. Stella stutzte. *Holly Wilson und Jonathan Taylor laden zur Wohnungseinweihung in die Harris Street ein?* Das hörte sich aber gar nicht nach Wohngemeinschaft an. Und warum hatte Holly ihr nicht gesagt, dass ihr Mitbewohner männlich war? Sie war bislang davon ausgegangen, dass ihre Tochter mit einer Frau zusammenwohnte. Ja, Holly hatte ein paarmal wie beiläufig »Jo« erwähnt, und das hatte Stella stets für eine Abkürzung für Jolande oder Joanna gehalten.

»Holly feiert ihre Wohnungseinweihung in Wellington«, sagte Stella, ohne den Blick von der professionell gestalteten Einladung zu nehmen. Das war doch nicht Hollys Art, zu einer Wohnungseinweihung so förmlich einzuladen, vor allem, weil sie bereits über ein halbes Jahr dort lebte.

»Ach, schön, wann ist das denn?«, hakte Lucie nach.

»Am nächsten Wochenende schon«, entgegnete Stella, nachdem sie sich das Datum noch einmal genau angesehen hatte.

»Das ist aber kurzfristig. Hoffentlich hast du Zeit«, kommentierte Lucie den Termin stirnrunzelnd.

»Das mache ich mir schon passend. Natürlich fahre ich hin. Und wenn es knapp wird, dann ...« Ihr Blick fiel auf eine Textpassage, die etwas kleiner und abgesetzt von dem Rest war. *Für Hotelzimmer von Sonnabend auf Sonntag ist gesorgt.* Was sollte das denn nun schon wieder heißen? Sie würde doch wohl die eine Nacht bei ihrer Tochter schlafen können, ging es ihr irritiert durch den Kopf.

»Ja, also, das schaffe ich schon, am Wochenende habe ich noch nichts anderes vor«, fügte sie hastig hinzu.

»Tja, ich muss dann auch mal weiter«, seufzte die Postbotin und reichte ihr den leeren Becher.

»Ich wünsche dir noch einen schönen Tag. Das Wetter wird heute gut«, versicherte Stella der Postbotin hastig, um ihre Verunsicherung wegen dieser gestylten Einladung zu der gemeinsamen Wohnungseinweihungsfeier zu überspielen. Ihrer Meinung schickte man so eine grafisch gestaltete, aufwendige Karte allenfalls zu Hochzeiten und … Sie wird doch wohl nicht?, fragte sie sich erschrocken, weigerte sich aber, den Gedanken zu Ende zu führen. Warum in aller Welt sollte Holly ihr verschweigen, dass sie einen Partner hatte? Natürlich hatte Stella ihre Tochter auch nie diesbezüglich mit neugierigen Fragen gelöchert, weil sie wie selbstverständlich davon ausging, dass Holly ihr das von sich aus mitteilen würde. Nein, das ist nicht mehr und nicht weniger als eine Einladung zu der Wohnungseinweihung von Holly und ihrem Mitbewohner, sagte sie sich energisch und nahm sich vor, sich nachher in Blenheim nach einem schönen Geschenk zu diesem Anlass umzusehen, denn sie hatte dort ohnehin später einen geschäftlichen Termin.

Ein erfolgreicher und preisgekrönter Winzer wollte ihr zum großen alljährlichen Blenheimer Wein- und Foodfestival eine Zusammenarbeit vorschlagen. Sein Konzept, an einem gemeinsamen Stand ihre Grünschalmuschel und seinen preisgekrönten Sauvignon Blanc anzubieten, klang sehr ansprechend. Außerdem war sie gespannt darauf, was aus Jayden Lengston, dem Erben des Weinguts in der Cloudy Bay, geworden war. Jayden war vier Jahre älter als sie und der Schwarm ihrer ganzen Klasse gewesen. Ausnahmslos alle Mädchen waren damals in den dunkel gelockten Jayden verschossen gewesen. Allerdings hatte er für kleine Mädchen wie Stella und ihre Freundinnen keine Augen gehabt. Nach einem Familienstreit war er bereits mit neunzehn Jahren nach Frankreich gegangen und erst vor knapp zwei Jahren nach dem Tod seines Bruders, des ursprünglichen Erben des Weinguts, zusammen mit seinem erwachsenen Sohn in die Cloudy Bay zurückgekehrt. Die beiden hatten das marode Unternehmen in Kürze fachmännisch nicht nur vor dem Ruin gerettet, sondern feierten mit ihrem Sauvignon

Blanc große Erfolge. Das erzählte man sich jedenfalls in den Sounds. Und auch Helen, Stellas Freundin aus Jugendzeiten, die in Blenheim erfolgreich ein Hotel betrieb, hatte Stella bereits von Jayden vorgeschwärmt. Und zwar in der für ihre Freundin typischen Art, wenn sie wieder einmal versuchte, Stella mit einem passenden Mann zu verkuppeln. Helen hatte den Winzer auch schon ein paarmal zu Events ins Sound-Hotel eingeladen, aber er war nie erschienen, hatte stets mit dem Hinweis abgelehnt, er hätte zu viel zu tun. Wahrscheinlich merkte der Mann, was dahintersteckte, und war genauso wenig wie sie daran interessiert, potenziellen Partnern vorgestellt zu werden, vermutete Stella.

Aber nun war es Helen doch noch gelungen, den Kontakt zwischen den beiden herzustellen. Da es ein beruflicher Anlass war, sah Stella keinen vernünftigen Grund, das Treffen abzulehnen. Bislang hatte Stella mit Jayden nur Mails ausgetauscht, aber sie war tatsächlich gespannt, was aus dem Schwarm ihrer Jugend geworden war.

Stella winkte nun Lucie hinterher, die ihr Boot inzwischen losgemacht hatte und in Richtung der nächsten Insel startete. Sie spürte plötzlich eine unbestimmte Unruhe in sich aufsteigen und hatte keine Muße mehr, ihr Frühstück am Bug des Bootes fortzusetzen. Sie holte rasch den Anker ein und machte sich auf den Rückweg.

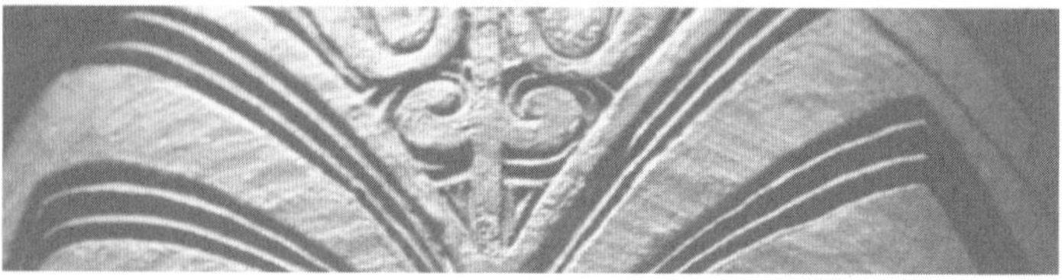

3.

Stella war bereits seit knapp einer Stunde durch die einschlägigen Geschäfte Blenheims geschlendert auf der vergeblichen Suche nach einem Geschenk für Hollys neue Wohnung. Doch da sie keine Ahnung hatte, wie sich ihre Tochter in Wellington eingerichtet hatte, war sie immer noch unsicher, was sie denn nun nehmen sollte. Hollys Zimmer in Dunedin war ziemlich spartanisch und schmucklos eingerichtet gewesen, sodass sie ihr wohl kaum mit ausgefallenen oder auch herkömmlichen Deko-Artikeln eine Freude machen konnte. In diesem Augenblick wurde Stella wieder einmal schmerzhaft bewusst, wie fremd Holly und sie einander geworden waren. Dass sie nicht einmal mehr wusste, womit sie ihrer Tochter eine Freude machen konnte. Aß sie beispielsweise immer noch für ihr Leben gern Pineapple Lumps, diese süßen Schokoteilchen? Stella wusste es nicht.

Dabei hatte während Hollys Kindheit zwischen Mutter und Tochter völlige Harmonie geherrscht. Stella konnte sich im Nachhinein nicht an einen einzigen Streit mit ihrem Kind erinnern. Holly war das gewesen, was man manchmal als »pflegeleicht« bezeichnete. Wenn Stella es sich recht überlegte, hatte Holly eben einfach alles getan, was sie von ihr verlangt hatte. Stella hätte nie für möglich gehalten, was in diesem stillen Mädchen in Wahrheit für ein Vulkan gebrodelt hatte. Bis zu Hollys elftem Geburtstag. Holly hatte sich ein Piano gewünscht, einen

Wunsch, den Stella ignoriert hatte, obwohl sich sogar Hollys Musiklehrerin eingemischt und behauptet hatte, das kleine Genie bräuchte unbedingt ein Klavier zum Üben. Stella aber hatte hartnäckig versucht zu verdrängen, wem Holly ihre musikalische Begabung zu verdanken hatte. Und ein Klavier im Haus hätte jeden Tag erneut alte Wunden bei Stella aufgerissen. Dabei war sie insgeheim mächtig stolz auf ihre Tochter ... Aber ein Klavier hatte nun einmal symbolisch für etwas gestanden, was sie und Oliver einst für immer entzweit hatte.

Sie würde nie vergessen, wie Oliver sie eines Tages in das beste Hotel Blenheims gezogen und sich dort in der Bar einfach an das Klavier gesetzt hatte. Eigentlich hatten ihn Hotelangestellte am Kragen packen und rauswerfen wollen, aber aus einer Gruppe von englischen Touristen war heftiger Protest ertönt. Auf diese Weise hatte Stella erfahren, dass Oliver bereits einige erfolgreiche Konzerte in London gegeben hatte und als *das* Nachwuchstalent in Großbritannien überhaupt galt. Und dass ihn diese Menschen schon auf der Bühne bewundert hatten.

»Bitte, Maestro, das dritte Klavierkonzert von Beethoven«, hatte eine junge Frau aus dem Kreis der Touristen gefordert und Oliver dabei derart angehimmelt, dass es Stella damals einen regelrechten Stich versetzt hatte.

Und dann hatte Oliver den ersten Satz dieses einzigen Beethoven-Konzerts in Moll gespielt – in einer Art und Weise, die selbst Stella, die sich bis dahin nicht viel, um nicht zu sagen, gar nicht, mit europäischer Klassik beschäftigt hatte, in den Bann zog. Der Applaus war berauschend. Die Hotelleitung persönlich wollte den jungen Mann daraufhin für das abendliche Barprogramm verpflichten. Und so verliebt, wie sie damals ineinander gewesen waren, hatte er sich ernsthaft Bedenkzeit ausgebeten.

»Dann kann ich bei dir bleiben und liege dir nicht auf der Tasche«, hatte er ihr strahlend verkündet. Stellas Herz hatte vor

Begeisterung geglüht. Doch nicht einmal vierundzwanzig Stunden später hatte ihn das Angebot erreicht, für einen erkrankten Künstler auf dessen Europatournee einzuspringen. Sie hatte ihm damals versichern müssen, dass sie nachkäme, doch dann hatte der Wille der Ahnen ihre gemeinsamen Zukunftspläne zerschlagen …

Jedenfalls hatte sie damals partout nicht an die Tatsache, wer ihrer Tochter dieses Ausnahmetalent vererbt hatte, denken wollen und den Wunsch ihrer Tochter schlichtweg verdrängt. Nie würde sie das enttäuschte Gesicht ihres Mädchens vergessen, nachdem sie begriffen hatte, dass sie kein Klavier bekommen würde. Stella hatte mit Engelszungen auf sie eingeredet, dass sie doch viel nötiger eine eigene Jolle benötige, um endlich segeln zu lernen, doch da hatte Holly voller Todesverachtung verkündet, sie werde sich im Leben auf kein Segelboot begeben, weil sie nämlich Angst auf diesen kippeligen Booten hätte. Und überhaupt, dass es bereits eine Zumutung wäre, dass sie nur mit einem Motorboot von der Insel wegkommen würde und dass sie Boote hasste.

Stella war wie vor den Kopf gestoßen über diesen emotionalen Ausbruch, weil sie natürlich sofort erkannt hatte, von wem Holly diese Aversion geerbt hatte. Sie hatte ihrer Tochter sogar angeboten, mit ihr ein Training zu absolvieren, mittels dessen sie ihre Angst vor dem Segeln verlieren würde, aber Holly hatte dieses Angebot trotzig abgelehnt und den schnittigen Laser 4.7 keines Blickes gewürdigt. Stella war damals komplett überfordert gewesen mit der Situation, weil dieser Trotz bei ihrer Tochter so plötzlich und vehement ausgebrochen war. Doch nachdem Stella eingelenkt und ihrer Tochter ein Klavier versprochen hatte, sobald diese ein gewisses Pensum an Klavierstunden absolviert haben würde, wurde sie eines Besseren belehrt. Es handelte sich keinesfalls um einen Anfall frühpubertärer Aufsässigkeit bei

Holly, sondern um das Erwachen ihrer Besessenheit für die Musik. Mrs Close, die Klavierlehrerin, war außer sich vor Begeisterung über die ungewöhnliche Begabung dieses jungen Genies und empfahl nach Abschluss der Schule dringend die Aufnahme in einem Konservatorium. Stella aber wiegelte das Ganze nach Kräften ab. Sie hatte insgeheim gehofft, dass Hollys Begeisterung für die Musik abebben würde, wenn sie jeden Tag auf dem teuren Piano, das wenig später nach Taupatiti transportiert worden war, üben musste.

Stella würde nie den Anblick vergessen, wie die Träger das Instrument aus dem Boot geladen und an den Strand gehievt hatten. Das Bild hatte sie sehr an den Film »Das Piano« erinnert. Jedenfalls hatte sich Holly mit Feuereifer auf das Üben gestürzt, was Stella mit gemischten Gefühlen wahrgenommen hatte, denn nun tollte ihre Tochter noch seltener über die Insel, hockte stattdessen nach der Schule häufig drinnen, was die mit der Natur tief verbundene Stella kaum ertragen konnte. Wie oft hatte sie ihrer Tochter vorgehalten, dass sich kein normaler Mensch bei diesem Wetter freiwillig im Haus verkriechen würde, zumal Holly in ihren Augen krankhaft blass gewesen war, während sie vor gesunder Gesichtsfarbe nur so gestrotzt hatte. Dabei ging auch sie nie ungeschützt in die Sonne, sondern trug Baseballmützen, wenn sie draußen arbeitete, und benutzte Sonnencremes mit hohem Lichtschutzfaktor. Andererseits war sie natürlich auch stolz auf das, was ihre kleine Tochter dem Klavier an harmonischen Tönen entlockte. Manches Mal, wenn sie ihre Tochter heimlich dabei beobachtete, mit welcher Inbrunst sie in die Tasten haute, war Stella nahe dran, sie über die Identität ihres Vaters aufzuklären.

Sie hatte Holly nämlich einst, um zu vermeiden, dass ihre Tochter auf eigene Faust Kontakt zu ihrem Erzeuger aufnahm, das Märchen von dem unbekannten Mann aufgetischt, mit dem sie nur ein einziges Mal zusammen gewesen war und von dem sie angeblich gar nichts wusste. Gerade mal, dass er ein englischer Tourist gewesen war, aber weder den Namen noch sonst etwas ... Holly aber hatte auch niemals nur das geringste Interesse an ihrem Erzeuger gezeigt. Das Einzige, was sie einmal mit zehn Jahren zu diesem Thema geäußert hatte, war ein unverschämter Spruch gewesen. Stella erinnerte sich an den Wortlaut noch ganz genau, weil sie sich daraufhin bei Hollys Lehrerin beschwert hatte, die im Religionsunterricht angeblich behauptet hatte, alle Kinder hätten Vater und Mutter bis auf Holly Wilson, bei der ja offenbar der Heilige Geist im Spiel gewesen wäre.

Die Lehrerin hatte das in dem Vieraugengespräch mit Stella empört zurückgewiesen und sie darüber aufgeklärt, wie Holly ihrer Mutter gegenüber ihre Äußerung verdreht hatte. Sie hätte vor der Klasse lediglich gesagt, dass alle Kinder Vater und Mutter hätten. Daraufhin hätte Holly behauptet: »Ich aber nicht!«, was die Lehrerin mit der Bemerkung »Doch, mein Kind, bei dir war es auch nicht der Heilige Geist!« quittiert hätte. Dafür hatte sich die Lehrerin dann sogar bei Stella entschuldigt und ihr vehement versichert, sie würde ihre Tochter niemals vor der Klasse damit konfrontieren, dass sie Kind einer alleinerziehenden Mutter wäre. Ja, sie hatte Stella ihre Hochachtung dafür ausgesprochen, dass sie auf der Insel so tapfer »ihren Mann stehen« würde. Stella erinnerte sich wie heute daran, wie sie sich auf der Rückfahrt über den Sound fest vorgenommen hatte, diese Geschichte nun aber wirklich zum Anlass zu nehmen, Holly die ganze Wahrheit zu sagen. Und auch, wie sie mit dem festen Vorsatz, es jetzt endlich zu tun, das Zimmer ihrer Tochter betreten, es sich dann aber doch nicht getraut hatte, nachdem Holly sie mit den Worten empfing: »Ich will gar keinen Papa wie die anderen. Stell dir vor, meine Freundin Emma wird von ihrem Vater verprügelt. Ich habe doch dich!«

Immer wenn Stella daran dachte, dass sie ihrer geliebten Tochter gegenüber bis heute nicht den Mut zur Wahrheit gefunden hatte, wurde ihr ganz schummrig. Wie oft hatte sie sich auch noch nach diesem Tag vorgenommen, Holly endlich reinen Wein einzuschenken, doch im letzten Augenblick hatte sie immer wieder einen Rückzieher gemacht. So wie damals, als Holly darauf bestanden hatte, in das Internat nach Dunedin zu gehen, in dem der musikalischen Begabung der Schülerinnen besonders Rechnung getragen wurde. Oder wie an Hollys achtzehntem Geburtstag, den sich Stella als Deadline für ihr Geständnis gesetzt hatte ... Und, wie Stella in diesem Augenblick resigniert in den Sinn kam, auch die Party zur Wohnungseinweihung würde garantiert kein geeigneter Anlass für ein umfassendes Geständnis sein ... Manchmal war sich Stella auch nicht mehr ganz sicher, ob sie die Sache nicht für immer und ewig auf sich beruhen lassen sollte, weil sie den richtigen Zeitpunkt schlichtweg verpasst hatte.

Stella schreckte aus ihren Gedanken, als sie an einer Buchhandlung vorbeikam. Interessiert heftete sie ihren Blick auf die Auslage. Wenn das kein Zufall ist, dachte sie hocherfreut, denn in vorderer Reihe lagen neben diversen Neuerscheinungen über Wein einige Bücher über Musiker.

Rasch betrat sie den Laden und fragte Rita, die Buchhändlerin, ob sie ihr vielleicht eine interessante Biografie über das Leben eines Pianisten empfehlen könnte. Man kannte sich in Blenheim und nannte sich beim Vornamen, zumal Stella in diesem Laden jeden Band über Kunstgeschichte aufkaufte. Außerdem waren Ritas Tochter Susie und Holly in einer Klasse und beste Freundinnen gewesen, bevor Holly ins Internat gewechselt war.

Rita holte begeistert ein Buch über das bewegte Leben Sergei Rachmaninoffs aus dem Regal und fügte hinzu: »Ist das nicht etwas für deine begabte Tochter?«

Stella nickte. Rita bot an, ihr ein neues Exemplar zu holen, weil dieses beim Transport etwas beschädigt worden war, und es gleich als Geschenk einzupacken. Sie müsse lediglich ein wenig warten, weil sie eines aus einer frisch eingetroffenen Lieferung holen würde. Eilig verschwand sie in einem Hinterraum des kleinen Ladens. Stella ließ ihren Blick schweifen und suchte die Regale nach Kunstbüchern ab, die sie noch nicht besaß, aber eigentlich konnte ihr keines entgangen sein, denn Rita hielt Holly auf dem Laufenden über die Neuerscheinungen und bestellte gelegentlich auch mal ein Buch extra nur für die Muschelzüchterin, weil solche Werke in Blenheim ansonsten nicht unbedingt gekauft wurden.

Anders verhielt es sich mit den Werken über Weinanbau und die Geschichte des Weins. Unter diesen Titeln bogen sich die Regale. Und diese, so versicherte Rita Stella stets, brachten das meiste Geld in die Kasse. Seit der Marlborough District zur berühmten Weingegend und damit zu einem der touristischen Highlights geworden war, boomte das Geschäft mit dem Wein und allem, was damit zu tun hatte. An die vierzig Weingüter mit eigenen Kellereien gab es inzwischen in der Gegend. Von Blenheim, der größten Stadt des Distrikts, wurden jede Menge Weinreisen, Weinführungen und Weinverkostungen auf die Weingüter organisiert. Und zum Geschäft gehörten eben auch die einschlägigen Bücher über den legendären Sauvignon Blanc, der das Aushängeschild dieses Anbaugebiets im Norden der Südinsel Neuseelands war.

Stella aber hatte keine Lust, sich mit Büchern über Wein zu beschäftigen. Sie trank den hiesigen Wein für ihr Leben gern, aber damit hatte sich ihr Interesse für die guten Trauben auch schon erschöpft. Ihr Blick fiel auf eine Frauenzeitschrift, die sie gedankenverloren durchblätterte, um sich die Zeit zu vertreiben. Wo bleibt Rita nur?, dachte sie leicht genervt, denn ihr Termin mit Jayden war keine halbe Stunde mehr hin, und sie musste noch den ganzen Weg zurück zu Helens Hotel gehen, in dessen Bar sie sich verabredet hatten.

Ihr Blick blieb an einem Musikerporträt hängen, wie unschwer an dem Foto des Künstlers und an der Überschrift: *Ein Leben für die Musik* zu erkennen war. Stella wollte gerade ungeduldig weiterblättern, als ihr der Atem stockte. Oliver Bell war von der Queen kürzlich zum Ritter geschlagen worden, stand dort geschrieben. Stella ließ sich auf einen Hocker fallen und betrachtete das Bild näher. Es bedurfte keiner allzu großen Fantasie, in dem attraktiven Mittvierziger ihre große Liebe wiederzuerkennen, obwohl seine wilde blonde Lockenpracht einer gepflegten Herrenfrisur gewichen war.

»Entschuldige, Stella, ich konnte die Kiste nicht finden. Danke, dass du gewartet hast. Ich werde dir das Buch besonders schön einwickeln.«

Stella erhob sich mit zitternden Knien, versuchte aber, sich nichts anmerken zu lassen, und klappte die Zeitschrift entschlossen zu. »Die nehme ich auch noch mit«, sagte sie mit heiserer Stimme.

»Das ist ja ganz was Neues«, lachte Rita. »Du und eine Frauenzeitschrift.«

»Ich brauche was für die Fähre«, entgegnete Stella rasch. »Ich fahre doch am Samstag nach Wellington zu Holly.«

»Ach, wie schön. Dann grüß sie mal von Susie. Die bekommt demnächst ihr erstes Kind. Ach, es ist so ein tolles Gefühl, Oma zu werden«, schwärmte Rita.

Stella schaffte es, ihren Unmut zurückzuhalten, denn sie wusste wirklich nicht, was daran derart toll sein sollte, mit knapp über vierzig Oma zu werden.

»Hat Holly denn jemanden?«, hakte Rita neugierig nach.

Stella schüttelte unwirsch den Kopf. »Du weißt doch, sie lebt ausschließlich für die Musik, aber ich finde das auch nicht besorgniserregend. Holly ist noch so jung. Die Frauen lassen sich doch heutzutage Zeit mit der Familiengründung.«

Rita runzelte die Stirn. »Ja, das mag in der Stadt wohl modern sein, aber ich weiß nicht. Wenn man es drauf ankommen lässt, kann es ganz schnell zu spät sein. Ich meine, die biologische Uhr tickt dann immer schneller.«

»Rita, grüß deine Tochter und wünsche ihr alles Gute«, entgegnete Stella hastig, nahm das fertig eingepackte Buch ungeduldig entgegen, bezahlte und stopfte die Zeitschrift, die wie Feuer in ihrer Hand brannte, in die Tasche. Überstürzt verließ sie den Buchladen, denn sie befürchtete, Rita werde sie in eine Diskussion zu diesem Thema verwickeln. In Blenheim war schließlich bekannt, dass Stella Wilson, kaum dass sie die Herrin von Taupatiti geworden war, schon mit neunzehn Jahren Mutter geworden war. Natürlich würde ihr Rita genau das entgegenhalten, wenn sie sich auf dieses Terrain begab. Aber danach stand Stella ganz und gar nicht der Sinn, besonders, seit sie so unverhofft auf den Artikel über Oliver gestoßen war.

Sie hatte sich zwar über all die Jahre sporadisch aus der Ferne immer wieder über sein Leben und vor allem seine Karriere informiert, aber nun schon länger nicht, weil sie jede neuerliche Information über den Vater ihrer Tochter unnötig aus dem Tritt gebracht hätte. Das Letzte, was sie einmal im Netz über ihn erfahren hatte, war die Tatsache, dass er ein Konzert in der Sydney Opera gegeben hatte. Das war verdammt nahe gewesen, wenn sie bedachte, dass zwischen ihren Welten ansonsten an die zwölftausend Meilen lagen. Hört das denn nie auf, dass ich allein bei dem Gedanken an ihn Herzrasen bekomme?, fragte sie sich ärgerlich, straffte die Schultern und beschleunigte ihre Schritte.

4.

Als Stella wenig später die Bar des Sound-Hotels betrat, wurde sie bereits ungeduldig erwartet. Jayden Lengston rutschte lächelnd von seinem Barhocker und kam ihr erfreut entgegen.

»Wow, du bist ja richtig erwachsen geworden«, begrüßte er sie lachend. »Das ist also aus dem kleinen wilden Blondschopf geworden.«

»Sag bloß, du weißt, wie ich damals ausgesehen habe?«, gab sie ungläubig zurück.

»Na klar, du bist die freche Göre, die mich mal mit ihrem Segelboot um Längen abgehängt und mir dann noch die Zunge rausgestreckt hat.«

Stella wollte das weit von sich weisen, als es ihr wieder einfiel. Er hatte recht. Sie waren einander einmal auf dem Sound in ihren Segelbooten begegnet, und statt ihren Charme spielen zu lassen und dem Schwarm damenhaft zuzuwinken, hatte sie ihn zu einem Rennen herausgefordert und ihm bei einem gemeinen Überholmanöver im wahrsten Sinne allen Wind aus den Segeln genommen. Und dunkel erinnerte sie sich daran, dass sie sich, kaum dass sie eine Bootslänge voraus gewesen war, triumphierend umgedreht und ihm die Zunge herausgestreckt hatte.

Aber Stella zuckte nur grinsend die Schultern. »Daran kann ich mich gar nicht erinnern. Ich entsinne mich nur dunkel, dass du auf derselben Schule gewesen bist, aber mindestens vier Klassen über mir«, entgegnete sie verschmitzt.

Er drohte ihr spielerisch mit dem Finger. »Du willst also behaupten, dass ich dir nicht weiter aufgefallen bin? Das kränkt meinen Stolz.«

»Tröste dich, ich war noch ein Kind«, lachte sie.

»Schön jedenfalls, dich als gestandene Frau wiederzusehen. Komm, ich habe uns einen Platz am Fenster besorgt.«

Jayden ging vor und rückte ihr einen der roten Ledersessel zurück. Stella folgte ihm, nicht ohne festzustellen, dass er eine sehr gute Figur machte, jedenfalls von hinten, und sie nahm sich vor, ihn sich auch noch einmal ganz unauffällig von vorne zu betrachten. Natürlich hatte er sich verändert. Er war nicht mehr der junge Schönling, sondern ein attraktiver Mann, dessen dunkle Locken bereits von ein paar Silberfäden durchzogen waren, was ihn sehr anziehend machte. Ein wenig wunderte sie sich darüber, dass sich noch keine der alleinstehenden Frauen in Blenheim und Umgebung dieses ansehnliche Exemplar von einem gestandenen Kerl geschnappt hatte. Wenn es so wäre, wüsste es Helen sicherlich als Erste und hätte ihr die Neuigkeit bereits brühwarm erzählt.

»Schön, dass es geklappt hat«, hörte sie da bereits die säuselnde Stimme ihrer Freundin. »Ihr seid Gäste des Hauses. Darf ich euch etwas bringen? Und du hast ihn doch sicherlich sofort erkannt, den Schwarm unserer Jugendzeit, oder?«

»Sie behauptet, mich früher gar nicht wahrgenommen zu haben«, erklärte Jayden breit grinsend.

»Ach, Blödsinn, du warst damals *das* Gesprächsthema in unserer Klasse. Es gab nicht eine, die nicht in dich verknallt war«, erwiderte Helen kopfschüttelnd.

»Verräterin! Ich glaube, ich brauche jetzt echt einen starken Drink«, seufzte Stella.

»Ich schließe mich an. Bring uns einfach zwei Gläser von meinem Sauvignon Blanc, damit ich meine zukünftige Geschäftspartnerin mittels meines guten Tropfens davon überzeugen kann, mit mir zum Festival gemeinsame Sache zu machen.«

»Aber gern doch. Ich bringe euch gleich eine ganze Flasche.«

Stella winkte eilig ab. »Nun übertreib bloß nicht. Ich muss noch mit dem Wagen zurück nach Havelock und dann mit dem Boot weiter. Ein Glas ist genug.«

»Schatz, wenn es dann doch zwei Gläser werden, kannst du gern hier übernachten. Wir haben noch einige freie Zimmer.« Helen zwinkerte ihrer Freundin verschwörerisch zu.

»Sie will uns beide verkuppeln«, raunte Jayden Stella verschwörerisch zu, nachdem Helen in Richtung Bar verschwunden war.

»Ich habe es geahnt, aber mach dir nichts draus. Ich bin gegen diese Versuche immun. Mich an den Mann zu bringen, versucht sie bereits seit geraumer Zeit vergeblich, und eigentlich müsste sie inzwischen ein Einsehen haben, dass ihr ehrgeiziger Plan endgültig gescheitert ist.«

Er legte den Kopf schief und musterte sie belustigt. »Heißt das, es ist wahr, was über dich geredet wird?«

»Wenn du mir noch verraten würdest, was man genau über mich erzählt?«

»Dass du eine streitbare Amazone bist und deine Frauen auf der Insel in Kampfsport unterrichtest, damit sich keiner traut, ihnen noch einmal zu nahe zu kommen«, lachte er.

»Das höre ich doch gern, vor allem, wenn das auch den gewalttätigen Typen zu Ohren kommt, die diese Frauen misshandelt haben.«

Jayden sah sie gewinnend an. »Aber du machst hoffentlich Unterschiede zwischen diesen brutalen Kerlen und den Männern, die Frauen auf Händen tragen würden, oder?«

»Ach, weißt du, über Letzteres mache ich mir keine Gedanken. Mein Tag ist ausgefüllt mit Arbeit, und am Abend bin ich dann ganz froh, wenn ich am Strand den Sonnenuntergang bei einem Glas Wein und einem guten Buch genießen kann.«

»Deine Insel muss wunderschön sein. Ich meine, ich bin schon oft daran vorbeigesegelt. Aber ich würde gern mal einen Fuß darauf setzen«, seufzte er.

»Dann besuch mich doch mal«, sagte sie leichtfertig daher und erschrak über ihre eigenen Worte, als Jayden hocherfreut fragte: »Ist das eine Einladung?«

»So förmlich wollen wir das nicht betrachten«, entgegnete sie hastig. »Sagen wir mal so: Wenn wir ins Geschäft kommen, müssen wir uns ja sicher erneut besprechen, und dann könnten wir das auf meiner Terrasse erledigen.«

»Aber nur bei Sonnenuntergang und einem Glas Wein«, sagte er lächelnd.

Stella konnte sich nicht helfen. Charme hatte der Bursche, das musste sie ihm lassen, aber die Vorstellung, mit ihm auf ihrer Terrasse Wein zu trinken, schien ihr sehr befremdlich. Stella spürte nämlich sehr wohl, dass er sie mit den Augen eines Mannes betrachtete und einem Flirt nicht abgeneigt zu sein schien. Nur passte das überhaupt nicht in ihr Leben. Sie hatte mit achtzehn Jahren die Entscheidung getroffen, auf die Liebe ihres Lebens zu verzichten, um ihrer Verpflichtung nachzukommen, das Erbe ihrer Vorfahren anzutreten, und sie war dieser Aufgabe mit allen Konsequenzen nachgekommen. In ihrem Lebensplan war kein Platz für Liebe, zumal ihr Herz immer noch dem Vater ihrer Tochter gehörte. Immer wenn sie in der Vergangenheit gespürt hatte, dass die Männer ein Interesse an ihr als Frau entwickelten, war sie derart abweisend geworden, dass keiner je den Versuch unternommen hatte, ihre Mauer zu überwinden. Wie oft hatte Helen ihr Junggesellen und Witwer vorgestellt, die sich dann meist ausgiebig bei ihrer Freundin beklagt hatten, dass Stella Wilson einer uneinnehmbaren Festung glich. Helen fand ihre Freundin in diesem Punkt verschroben und weltfremd. Sie war der Meinung, dass kein Mensch ohne Liebe leben konnte und dass ihre Freundin dieses Bedürfnis nur verdrängt hatte, es aber in ihrem tiefsten Inneren doch vorhanden wäre. Stella hielt ihr stets entgegen, dass sie voller Liebe wäre für ihre Insel, für ihre Tochter, für die jungen Frauen, die wie Töchter für sie waren, für ihre Muscheln und dass sie einen Mann in ihrem Leben gar nicht vermisste.

»Woran denkst du gerade? Ist die Vorstellung, mit mir ein Glas Wein bei Sonnenuntergang zu genießen, so fürchterlich, dass du aussiehst, als hättest du auf eine Zitrone gebissen?«, fragte Jayden immer noch lächelnd.

Wenn er wüsste, wie nahe er da gerade der Wahrheit gekommen ist, dachte sie, und während sie noch über eine unverfängliche Antwort nachgrübelte, servierte ihnen Helen einen Eiskübel mit einer Flasche Sauvignon, zwei Gläser und eine Platte mit leckeren Hot Pies.

»Lasst es euch schmecken.«

»Willst du nicht ein Glas mittrinken? Wir verhandeln hier ja schließlich keine Staatsgeheimnisse«, bot Stella ihrer Freundin an.

»Ich habe leider einen Termin, aber falls ihr noch hier seid, wenn ich zurückkomme, dann gern«, erklärte sie und verabschiedete sich sowohl von Stella als auch von Jayden überschwänglich mit Wangenküsschen links und rechts.

»Gut, Jayden, dann wollen wir mal über unsere Zusammenarbeit sprechen«, erklärte Stella in geschäftsmäßigem Ton.

»Gern, aber erst mal möchte ich mit dir auf unser Wiedersehen anstoßen.« Er goss sich und ihr Wein ins Glas und prostete ihr zu. »Auf uns!«, sagte er und suchte ihren Blick.

Stella erschrak, als sie in ein Paar brauner warmer Augen sah, die unverhohlen mehr als nur Sympathie versprachen. »Auf unsere Zusammenarbeit«, entgegnete sie sachlich und nahm einen kräftigen Schluck von dem köstlichen Wein. Jayden verschlang sie regelrecht mit seinem Blick. Keine Frage, sie hatte sich sein persönliches Interesse an ihr nicht eingebildet. Das verunsicherte sie zutiefst, weil sie das ungute Gefühl beschlich, dass er nicht zu den Männern gehörte, die sich von einer undurchdringlichen Mauer abschrecken ließen. Hastig wandte sie den Blick ab, um ihren Laptop hervorzuholen und die Mail mit seinem Konzept zu öffnen.

»Ich habe hier dein Konzept von einem gemeinsamen Stand, an dem dein Wein zusammen mit meinen Muscheln in unterschiedlichen Zubereitungsarten angeboten werden soll. Und ich muss sagen, das Konzept hat mich überzeugt. Ich hatte auf dem Fest noch nie einen Stand, aber zusammen mit dem Wein ist das ein Traumangebot für die Besucher des Festivals.«

»Du sagst also zu? Das freut mich. So einfach habe ich mir das nicht vorgestellt. Darauf stoßen wir noch mal an!« Wieder erhob er sein Glas, und wieder sah er sie mit einer Intensität an, die sie keinesfalls kaltließ. Sie nahm einen kräftigen Schluck und stellte erschrocken fest, dass ihr Glas bereits leer war. Als er fragte, ob er ihr nachschenken dürfte, nickte sie, obwohl sie doch prinzipiell niemals mehr als ein Glas Wein trank, wenn sie noch fahren musste.

»Ja, dann sollten wir klären, wer sich um was kümmert«, schlug sie vor. Das weitere Gespräch lief in einer Harmonie ab, die Stella erstaunte. Sie wurden sich in allen Punkten problemlos einig. Vor allem passierte es mehr als einmal, dass ihr gerade ein Vorschlag auf der Zunge lag, den er in dem Augenblick aussprach. Als dies zum dritten Mal passierte, fingen sie wie aus einem Munde an zu lachen. Stella hatte sich selten bei einem geschäftlichen Termin so entspannt gefühlt. Während sie mit Feuereifer ihren Stand planten, ging der Wein zur Neige. Stella nahm hin und wieder einen

Schluck und vergaß für einen Augenblick ihre guten Vorsätze. Erst als die Bedienung fragte, ob sie noch eine Flasche bringen sollte, wurde ihr bewusst, dass sie die Gläser gar nicht mehr gezählt hatte.

»Jetzt kann ich nicht mehr fahren«, stellte sie erschrocken fest.

»Helen hat dir doch ein Zimmer angeboten. Nimm das doch in Anspruch. Oder wirst du zu Hause erwartet? Ich werde mich auch nicht mehr hinters Steuer setzen. Und ich finde, dann nehmen wir noch einen kleinen Schluck.«

Stella konnte sich gerade noch beherrschen, ihn empört zu fragen, ob er etwa auch im Hotel übernachtete und sie vielleicht absichtlich abgefüllt hatte, denn nicht er hatte ihr den Wein nachgeschenkt, sondern das hatte sie eigenhändig erledigt.

»Meinetwegen«, seufzte sie. »Ich müsste nur mal telefonieren und zu Hause Bescheid sagen.«

»Es wartet also doch jemand auf dich, oder?«, fragte er irritiert.

»Ja, meine Muscheln, meine Paua-Kriegerinnen und Ani, meine Haushaltshilfe.«

»Und ich habe schon einen Schreck bekommen. Von einem Mann an deiner Seite hat mir Helen nämlich nichts erzählt.«

Stella zog es vor, diese äußerst persönliche Bemerkung unkommentiert zu lassen, und verließ mit ihrem Telefon in der Hand die Bar.

5.

Ani versicherte Stella, dass auf der Insel alles in Ordnung wäre, dass die Lieferungen gekommen waren und zudem ein Brief.

»Ein Brief? Von wem?«, fragte Stella.

»Moment, ich hole ihn schnell.«

Noch ein Brief von Holly?, fragte sie sich, doch dann teilte Ani ihr mit, dass der Brief keinen Absender besaß.

»Nun, dann wird es nichts Wichtiges sein«, erwiderte Stella und versprach Ani, in aller Frühe aufzubrechen, um noch einmal nach den Muscheln zu sehen, bevor sie in ein paar Tagen abgeerntet werden sollten.

Als Stella in die Bar zurückkehrte, saß Jayden nicht mehr allein am Tisch, sondern zusammen mit einem Mann, den Stella ganz bestimmt nicht treffen wollte. Sie überlegte noch, ob sie sich nicht einfach grußlos auf ihr Zimmer zurückziehen sollte, da winkte ihr Jayden bereits eifrig zu.

Widerwillig kehrte sie zu dem Tisch zurück und begrüßte den Gast am Tisch kühl. »Guten Abend, Mr Waltman.«

»Ihr kennt euch?«, fragte Jayden erstaunt.

»Kennen ist zu viel gesagt«, entgegnete Stella.

»Ihnen auch einen schönen guten Abend, Miss Wilson«, ließ sich Mr Waltman in süffisantem Ton vernehmen.

Jayden schien die Anspannung, die nun am Tisch herrschte, sofort zu spüren und blickte fragend zwischen ihnen hin und her.

»Wollen Sie unserem Bekannten erklären, warum ich nicht in Jubelschreie ausbreche, Sie hier zu treffen? Oder soll ich?« Stella warf Mr Waltman einen abschätzigen Blick zu.

»Ich lasse Ihnen gern den Vortritt. Ladies first«, entgegnete er grinsend.

»Gut, Mr Waltman versucht bereits seit Jahren, mir meine Insel abzuschwatzen, um dort für die Kette, für die er arbeitet, ein Ferienresort zu errichten. Erfolglos, weil ich nicht verkaufe, aber um sein Ziel zu erreichen, schreckt er auch vor unlauteren Mitteln nicht zurück.«

Jayden warf Mr Waltman einen empörten Blick zu. »Ralph, was heißt das?«

Ralph lachte nervös. »Tja, das ist die Version von Miss Wilson. Richtig ist, dass mein Boss gern ihre Insel hätte und ich natürlich alles tun würde, um ihm dieses Schätzchen zu verschaffen. Aber die Dame hat vergessen zu erwähnen, dass mein Boss sie nicht geschenkt haben will. Ich habe ihr im Auftrag meiner Chefs ein paar Millionen angeboten, aber schließlich habe ich aufgegeben. Ich respektiere es nämlich, wenn jemand nicht zu seinem Glück gezwungen werden möchte.«

»Ach ja? Sie behaupten also immer noch, dass Sie nicht versucht haben, meine Bank dazu zu bewegen, mir einen zugesagten Kredit für den Aufbau meiner Perlenzucht zu verweigern?«

Waltman machte eine abwehrende Handbewegung. »Ich sage nur: Vorsicht, Miss Wilson! Sie haben keine Beweise für Ihre haltlosen Unterstellungen. Und ganz ehrlich, wenn ich Ihnen hätte schaden wollen, wäre mir etwas Besseres eingefallen, als einen Bankangestellten zu bestechen.«

»Das haben Sie jetzt aber gesagt! Davon war nicht die Rede. Ich denke, damit haben Sie sich verraten«, konterte Stella triumphierend.

Ralph Waltman tippte sich gegen die Stirn. »Sie können

einem wirklich das Wort im Mund umdrehen, meine Liebe. Aber da kennen Sie mich schlecht, wenn ich gewollt hätte, hätte ich Sie ganz anders zum Verkauf zwingen können. Lady, glauben Sie mir, ich hätte jede Möglichkeit, Sie finanziell dermaßen zu ruinieren, dass Sie mir Ihre Insel geradezu hinterhertragen würden.«

»Ralph, es reicht. Hör auf mit diesen Drohungen. Nicht dass Miss Wilson dein Rambo-Gebaren noch ernst nimmt«, mischte sich Jayden empört ein.

»Wow, Jayden, der Verteidiger der Muschelkönigin vom Pelorus Sound. Die hat dich aber eingewickelt. Hast du früher nicht mal auf zierliche exotische Schönheiten gestanden?«

Jayden quittierte diesen Angriff mit einem lauten Schnaufen, während er noch nach der passenden Antwort suchte, aber da war Ralph Waltman bereits abrupt aufgestanden. »Ich gehe dann mal. Pass auf dich auf, mein Lieber, diese Lady ist mit Vorsicht zu genießen.« Ohne Stella auch nur noch eines Blickes zu würdigen, verließ Ralph Waltman die Bar.

»Na, was denkst du jetzt? Dass ich eine Spinnerin bin? Weil ich ihn verdächtige, meinen Sachbearbeiter bestochen zu haben?«, fragte Stella provozierend, während sie sich insgeheim vor allem maßlos über Waltmans Spitze bezüglich Jaydens Frauengeschmack ärgerte. Das war natürlich als frontaler Angriff auf sie gedacht gewesen. Wenn sie eines nicht war, dann zierlich und exotisch.

Jayden hob abwehrend die Hände. »Nein, um Gottes willen, nein. Ich kenne doch meinen guten alten Freund Ralph. Wenn der was will, gibt er nicht auf, bevor er es bekommen hat.«

»Der Mann ist also wirklich ein Freund von dir?«

Jayden zuckte die Achseln. »Wir kennen uns aus Frankreich. Ich hatte dort das Weingut meines Lehrmeisters übernommen, und Ralph hat zur selben Zeit als Geschäftsführer in einem benachbarten Ferienresort gearbeitet. Na ja, zwei junge unternehmungslustige Neuseeländer in Frankreich, das hat uns irgendwie zusammengeschweißt.«

Stella wurde bei seinen Worten ganz schmallippig. »Ach ja, klar, Frankreich, daher die Vorliebe für zierliche Exotinnen.« Sie hatte den Satz noch gar nicht zu Ende gesprochen, als sie sich bereits über ihre schnippische Bemerkung ärgerte.

Jayden aber musterte sie mit einem wohlwollenden Blick. »Ich bin, was Frauentypen angeht, nicht festgelegt. Und kann nicht verhehlen, dass ich schlanken, hochgewachsenen Blondinen alles andere als abgeneigt bin.«

»Ich hole mir dann mal meinen Zimmerschlüssel«, entgegnete Stella kühl, der es furchtbar peinlich war, dass sie sich überhaupt zu einer derart dummen Bemerkung hatte hinreißen lassen. Als sie aufstehen wollte, hielt Jayden ihre Hand fest.

»Stella, bitte! Lassen wir uns von Ralph nicht die schöne Stimmung verderben. Du wirst dich doch von so einem Macho nicht provozieren lassen! Ich genieße deine Gegenwart. Und außerdem kannst du meinen guten Sauvignon nicht verschmähen.« Er zog die zweite Flasche aus dem Kübel, die noch fast voll war.

Stella zögerte. Und das lag nicht allein an ihrem Missfallen, dass Jayden Waltman als seinen Freund bezeichnete, sondern auch an der Tatsache, dass sich seine Hand, die ihre weiterhin festhielt, ausgesprochen angenehm anfühlte.

»Gut, überredet«, seufzte sie und merkte erst in diesem Augenblick, dass sie bereits einen kleinen Schwips hatte. Jayden zog seine Hand zurück. Stella setzte sich und ließ sich von ihm nachschenken.

»Ralph und ich hatten immer unterschiedliche Vorstellungen, was unser Geschäftsgebaren anging. Wenn er dich wirklich bei deiner Bank angeschwärzt hätte, wäre das schon ziemlich mies. Sei nicht böse, aber hast du dafür wirklich Beweise?«

Stella rollte genervt mit den Augen. »Was würdest du glauben, wenn man dir einen Kredit zugesagt hat, du kreditwürdig bist, weil du eine Insel als Sicherheit hast, und dein Sachbearbeiter plötzlich versucht, dich mit fadenscheinigen Ausreden abzubügeln, und du beim Verlassen der Bank einem hämisch grinsenden Waltman begegnest, der dich frech fragt: ›Na, wollen Sie nicht doch verkaufen?‹, nachdem du ihm bereits ziemlich energisch zu verstehen gegeben hast, dass Taupatiti unverkäuflich ist?«

Jayden legte seine Stirn in grüblerische Falten. »Wahrscheinlich hätte ich dasselbe gedacht wie du. Und hatte er Erfolg mit seiner Strategie?«

»Natürlich nicht. Ein bedauerlicher Irrtum des Sachbearbeiters, hat der Direktor mir versichert, als ich mich bei ihm beschwert habe. Den jungen Mitarbeiter habe ich nie mehr in der Filiale gesehen. Wenn das kein Zufall ist. Ich schätze, dem wurde nahegelegt, sich einen anderen Job zu suchen. Natürlich hat es keiner offen zugegeben, dass der Junge Bestechungsgelder angenommen hat.«

»Ich glaube, wer dich übers Ohr hauen will, muss früher aufstehen«, lachte Jayden und griff erneut vorsichtig nach ihrer Hand. Stella verspürte kurz den Impuls, sie wegzuziehen, aber dann ließ sie ihn gewähren und fragte sich, wann ihr das zum letzten Mal passiert war, dass ein Mann ihre Hand genommen hatte. Wenn sie sich recht erinnerte, war es Oliver gewesen. Dunkel fielen ihr noch ein paar Versuche anderer Herren ein, ihr näherzukommen, die sie allerdings allesamt unmissverständlich abgewehrt hatte.

Ihre Blicke trafen sich. Seine braunen Augen haben etwas Mitfühlendes und Warmherziges, stellte sie interessiert fest. Das war der Augenblick, in dem sie erkannte, dass Jayden der erste Mann seit Oliver war, der sie ernsthaft berührte. Er war schon als Schüler über die Maßen attraktiv gewesen, aber jetzt, als reiferer

Mann, war er noch viel anziehender als damals. Früher hatte er die Mädchen durch sein bildhübsches Jungengesicht zum Schwärmen gebracht, aber nun zeugten die Falten um seine Augen von Lebenserfahrung, die ihn ungleich spannender auf sie wirken ließ. Mitten in ihren Gedanken unterbrach sich Stella. Was fantasierte sie denn da? Sie hatte sich zwanzig Jahre nicht mehr von einem männlichen Gesicht zu so einer jungmädchenhaften Schwärmerei hinreißen lassen. Sie entschloss sich, dieser ungewohnten Situation schnellstens zu entfliehen. Das fehlte ihr noch, dass ihr ein Mann den Kopf verdrehte. Sie hatte in den vergangenen Jahren nichts vermisst, und so sollte es auch bleiben, fügte sie entschieden in Gedanken hinzu, doch dann spürte sie, wie wohlige Schauer durch ihren Körper rieselten bei der Vorstellung, noch ein wenig mit ihm zu flirten. Sie hätte gar nicht geglaubt, dass sie das noch konnte, so ungeübt, wie sie inzwischen war.

»Du warst früher schon ein süßer Fratz, wenngleich etwas zu vorlaut und frech, aber jetzt? Du bist eine ungewöhnlich attraktive Frau«, hörte sie ihn schwärmen.

»Ja, wenn man Strubbelblondinen in Gummistiefeln mag«, entgegnete sie hastig, um zu überspielen, wie empfänglich sie für seine Komplimente war.

Jayden musterte sie mit gespieltem Erstaunen. »Meinen wir dieselbe Frau? Also, ich sehe eine attraktive Blondine mit einem gekämmten Pferdeschwanz in einer weißen Bluse und Jeans ...«

Er bückte sich und blinzelte unter den Tisch. »Und das an deinen Füßen sind Sandalen, wenn ich mich nicht irre.«

»Wo hast du es nur gelernt, Frauen derart Honig um den Bart zu schmieren?«, fragte sie amüsiert.

»Ich habe in Frankreich gelebt. Da gehört sich das einfach, schönen Frauen Komplimente zu machen.«

»Jetzt hör aber auf. Ich bin nicht schön!«, widersprach sie energisch.

»Da muss ich dir energisch widersprechen. Gleich als du zur Tür reinkamst, habe ich gedacht: Wow, aus dem kleinen Gör ist eine Traumfrau geworden.«

»Darauf muss ich noch einen Wein trinken.« Stella trank das Glas hastig leer. »Du bist ein alter Schleimer!«, fügte sie scherzhaft hinzu und erschrak, kaum dass sie die Worte ausgesprochen hatte, über ihre eigene Frechheit. Doch er nahm ihr das nicht übel. Im Gegenteil, es inspirierte ihn sogar, ihr noch mehr Komplimente zu machen. »Und du bist nicht nur hübsch, sondern entzückend, besonders, wenn du einen Kleinen im Tee hast und die Fassade der Eisprinzessin schmilzt.«

»Haha, aus welchem Kitschfilm hast du das denn geklaut?«

»Dazu brauche ich keinen Film, sondern muss dir nur in deine ausdrucksstarken Augen sehen, die allerdings von meinem guten Vino einen leichten Schleier bekommen haben.«

»Jetzt wirst du gemein«, kicherte sie.

Ehe sie sichs versah, hatte sich Jayden über den Tisch gebeugt und ihr einen Kuss auf den Mund gegeben.

»Sorry, aber das musste sein«, verkündete er und ließ sich entspannt zurück auf seinen Sessel sinken.

»Du kannst ja wenigstens vorher fragen«, gab sie übermütig zurück.

»Okay, das nächste Mal stelle ich einen schriftlichen Antrag, oder genügt es, wenn ich frage: Gnädige Frau, dürfte ich wohl so frei sein und Sie auf Ihren süßen Mund küssen?«

»Spinner!«

»Oh, alles alle!« Jayden hatte die Weinflasche aus dem Kühler gezogen und festgestellt, dass sie leer war. »Ich glaube, wir müssen ins Bett!«, fügte er grinsend hinzu.

»Das heißt nicht, wir müssen ins Bett, sondern wir müssen in unsere Betten«, verbesserte ihn Stella und wünschte sich insgeheim, er würde sie erneut mit einem Kuss überfallen.

Doch in diesem Augenblick kam Helen hinzu. »Na, ihr beiden Süßen, habt ihr alles geklärt? Darf ich mich setzen?«

Ohne eine Antwort abzuwarten, ließ sie sich stöhnend in einen Sessel fallen und winkte den Barmann heran. »Ich hätte gern einen Sauvignon vom Meister Lengston. Nehmt ihr auch noch einen?«

»Ja«, sagte Stella mit leicht verwaschener Stimme.

»Nein«, verkündete Jayden in demselben Augenblick.

Helen überhörte Jaydens Antwort und ließ drei Gläser kommen.

»Aber wir wollten doch gerade ins Bett gehen«, protestierte Jayden.

»Oh, habe ich was verpasst?« Helen blickte amüsiert von einem zum anderen.

»Nicht, was du denkst. Wir beide sind nicht mehr fahrtüchtig und übernachten in deinem Hotel. Aber bestimmt nicht zusammen«, nuschelte Stella.

»Helen, wenn du demnächst wieder deine Kuppelabende für mich veranstaltest, komme ich, aber nur, wenn du die Eisprinzessin da einlädst.«

»Du bist wirklich ein Spinner«, erwiderte Stella und streckte ihm die Zunge raus.

»Hast du das gesehen? Sie macht das schon wieder!« Auch Jaydens Stimme klang jetzt leicht alkoholisiert.

Helen fing an zu lachen. »Wenn man euch so hört, kommt man sich vor wie damals auf dem Schulhof. Was sich neckt, das liebt sich.«

»Richtig, ich finde, Stella ist der Hammer. Dass so was im Marlborough District frei herumläuft. Nicht zu glauben.«

»Das Kompliment kann ich Ihnen zurückgeben, Mr Lengston. Sie haben doch bestimmt einen Harem zu Hause.«

»Leider nein. Stattdessen habe ich einen Sohn, der seinen Vater ultrapeinlich fände, wenn er mich jetzt sehen könnte.«

»Auch das haben wir gemeinsam, Mr Lengston, meine Tochter würde mich nicht mehr kennen, wenn sie das hier erfahren würde.«

»Also, wenn ich euch so ansehe, dann ist es vielleicht wirklich besser, ihr geht ins Bett.«

»Falsch. Nicht ins Bett, sondern in unsere Betten. Das ist eine sehr gute Idee.« Stella erhob sich hastig und kam dabei ins Schwanken.

»Warte, ich komm mit!« Der angeheiterte Jayden schaffte es aufzustehen, stolperte ungelenk auf Stella zu und nahm sie fest in den Arm.

Helen betrachtete sich das Ganze höchst amüsiert. »Dann schlaft gut, ihr beiden, in euren Betten!«, rief sie ihnen hinterher.

Arm in Arm wankten Stella und Jayden zur Rezeption, wo sie ihre Schlüssel entgegennahmen. Erst am Fahrstuhl entwand sich Stella seiner Umarmung.

»Ich muss in den zweiten Stock und du?«, fragte sie.

Er streckte ihr den Schlüssel entgegen. »Die 21, wenn es recht ist.«

Stella warf einen Blick auf ihre Zimmernummer. »Oh, 20.«

»Jede Wette, die Zimmer haben eine geheime Verbindungstür«, scherzte Jayden.

»Wenn, dann wage es ja nicht, auch nur die Türklinke zu drücken.«

»Nein, das würde ich niemals wagen bei der Eisprinzessin, obwohl, wenn ich dich so recht betrachte, siehst du einfach nur noch heiß aus.«

»Oje, Jayden Lengston, war das schon damals deine Masche, als du mit unserer Schulschönen angebändelt hast?«

»Habe ich ja gar nicht!«

»Hast du wohl. Ich habe das mit eigenen Augen gesehen. Du

hast sie geküsst, und ich war eine Woche krank vor ...« Stella schlug sich die Hand vor den Mund.

»Also doch. Du hast dir bestimmt gewünscht, ich würde dich küssen, oder?«

»Eingebildeter Fatzke! Das hätte ich damals ekelig gefunden!«, protestierte Stella.

»Und jetzt?«, fragte Jayden und betätigte den Nothalt, worauf der Fahrstuhl abrupt hielt.

»Was jetzt?« Natürlich wusste Stella, was er hören wollte, aber den Gefallen würde sie ihm nicht tun.

»Möchtest du, dass ich dich küsse?«

»Nein!«

Jaydens Mund näherte sich ihren Lippen, und Stellas Widerstand schmolz dahin. Ohne nachzudenken, schlang sie ihre Arme um seinen Hals und bog sich ihm entgegen. Ich bin so was von betrunken, war ihr letzter Gedanke, bevor sie sich einem leidenschaftlichen Kuss hingab. Ihre Zungen spielten wild miteinander, und heiße Schauer rieselten durch ihren Körper. Es war fremd und vertraut zugleich.

Als sie nach einer halben Ewigkeit ihre Lippen voneinander lösten, blickte Jayden sie mit unverhohlenem Begehren an, bevor er den Nothalt löste. »Oje, Stella Wilson, wenn ich geahnt hätte, was für ein Feuer in dir steckt, ich hätte damals auf dich gewartet und dich vom Fleck weg geheiratet«, raunte er.

Diese Bemerkung ernüchterte Stella ein wenig. Dann hätte sie Oliver nicht kennengelernt, und es würde Holly nicht geben.

»Was schaust du so nachdenklich?«, fragte er und strich ihr liebevoll eine Strähne, die sich aus dem Pferdeschwanz gelöst hatte, aus dem Gesicht. In dem Augenblick hielt der Fahrstuhl im zweiten Stock, und die Fahrstuhltür öffnete sich.

»Ich glaube, wir sollten uns jetzt verabschieden«, stöhnte sie und trat in den Flur. Jayden folgte ihr und legte den Arm um sie. Schweigend begleitete er sie zur Nummer 20.

»Und du willst wirklich, dass sich unsere Wege jetzt trennen?«, flüsterte er zärtlich.

Stella konnte sich nicht helfen. Ihr Körper stand in Flammen und wollte etwas ganz anderes als ihr Verstand, der ihr dringend dazu riet, das kleine Geplänkel vor dieser Tür zu beenden.

»Du küsst so gut und fühlst dich wunderbar an«, fügte er sichtlich erregt hinzu, während er sie fest an sich zog. So dicht, dass Stella seine Erektion fühlte. In ihrem Kopf ging alles durcheinander. Was hatte Jayden nur mit ihr angestellt, dass sie ein schier rasendes Bedürfnis spürte, mit ihm zu schlafen? Das ist nur der Alkohol, sagte sie sich, nur der Alkohol, ich will das nicht, das bringt nur Schwierigkeiten, nein …

Doch da hatte sie den Schlüssel bereits ins Schloss gesteckt, einladend die Tür geöffnet und war küssend mit Jayden zu ihrem Bett getaumelt.

6.

Ein Sonnenstrahl, der sie vorwitzig an ihrer Nase kitzelte, weckte Stella. Bevor sie sich fragen konnte, wo sie sich befand, legte sich ein Arm über ihre Brust, und eine ihr vertraute Männerstimme murmelte: »Liebste, meine Liebste.«

Stella wagte es nicht, sich zu rühren, doch dann riskierte sie zumindest einen flüchtigen Blick auf den schlafenden Mann neben ihr. Ein Gefühl von Zärtlichkeit für Jayden durchflutete sie, das jedoch schon einen Augenblick später einem gewissen Erschrecken wich. Was hatte sie getan? Sie hatte sich doch nicht etwa in den Schwarm ihrer Jugend verliebt? Nein, schrie die Stimme der Vernunft, das darf nicht geschehen! Und schon setzte ihr Fluchtimpuls ein. Bloß weg hier, bevor er aufwacht, dachte sie und befreite sich vorsichtig aus seiner Umklammerung, damit er nicht aufwachte. Sie hatte Glück. Jayden stieß ein paar tiefe Seufzer aus und drehte sich auf die andere Seite.

Leise, ganz leise kletterte sie aus dem Bett und sah sich suchend nach ihrer Kleidung um. Sie fand sie verstreut am Boden liegend, und Stella erinnerte sich in demselben Augenblick dunkel an das, was in der Nacht zwischen ihnen vorgefallen war. Der Alkohol in ihrem Blut hatte zwar einen gewissen Nebel über das Geschehen gelegt, aber das, was jetzt in ihr Bewusstsein drang, reichte, um sie in ihrem Impuls zu bestärken, das Hotel auf schnellstem Weg zu verlassen. Sie sah vor ihrem inneren Auge, wie sie sich gegenseitig die Kleidung förmlich vom Leib gerissen hatten und regelrecht übereinander hergefallen waren. Trunken und hemmungslos. Sie hörte ihren eigenen Lustschrei, als er sie zunächst gekonnt zwischen den Schenkeln gestreichelt hatte und dann in sie gedrungen war, und auch sein Stöhnen an ihrem Ohr, das sie schier zum Wahnsinn gebracht hatte. Nach dem ungezügelten Sex waren sie eng umschlungen eingeschlafen.

Ein wohliges Grunzen, das aus dem Bett drang, ließ Stella zusammenzucken. Sie wollte um jeden Preis vermeiden, dass er etwas von ihrem Abgang mitbekam. Hastig griff sie nach ihren Dessous. Wie gut, dass ich die schönen schwarzen Spitzenteile angezogen habe und nicht meine weißen Inselslips, ging ihr flüchtig durch den Kopf. Danach suchte sie ihre Jeans, die wie vom Erdboden verschluckt zu sein schien, doch dann sah sie das Teil unter seiner schwarzen Hose hervorlugen. Nachdem sie die Jeans und ihre Bluse angezogen hatte, fehlten nur noch die Sandalen, die sie in unterschiedlichen Ecken des Raumes entdeckte. Meine Güte, so etwas habe ich noch nie erlebt, ging es ihr durch den Kopf. So wilden Sex hatte sie mit Oliver niemals erlebt. Sie hatten einander jedes Mal stundenlang liebkost, bis es zur Sache gegangen war. Stella straffte die Schultern. Das war nur ein einmaliger Ausrutscher im Sauvignon-Rausch gewesen, redete sie sich gut zu. Und er wird es genauso sehen, fügte sie in Gedanken beinahe entschuldigend hinzu. Er wird mir wahrscheinlich dankbar sein, dass ich ihm die Peinlichkeit meiner Anwesenheit beim Aufwachen erspare.

Jayden schnarchte nun ganz leise vor sich hin. Stella griff sich ihre Tasche, aus der die Zeitschrift, die sie gestern bei Rita gekauft hatte, hervorlugte. Wenn sie ehrlich war, hatte sie den Artikel völlig vergessen. Sie schob das auf den vielen Wein und schlich auf Zehenspitzen zur Tür. Dort drehte sie sich aber noch einmal um und schickte einen wehmütigen Blick zu dem Bett hinüber, in dem sie in der Nacht Dinge getan hatte, die sie sich niemals zugetraut hätte. Hatte sie ihn wirklich begeistert angefeuert mit den gestöhnten Worten: »Komm, Liebster, komm!«? Jayden musste sich inzwischen im Schlaf noch einmal umgedreht haben. Sie konnte sein Gesicht sehen und musste feststellen, dass er unfassbar entspannt zu sein schien. Ein leises Lächeln umspielte seinen Mund.

Stella verspürte den Impuls, ihm noch einen letzten Kuss zu geben, zögerte aber, ihn in die Tat umzusetzen, weil sie Sorge hatte, er würde nun doch noch aufwachen und sie müssten womöglich ein paar peinliche Worte miteinander wechseln. Da liegt er, der Schwarm meiner Jugend, völlig ermattet, und ich hatte ungezügelten und befriedigenden Sex mit ihm, dachte sie mit einem Anflug von heftiger Zuneigung für den schlafenden Mann, der an Attraktivität nichts eingebüßt hatte. Ohne zu überlegen, trat sie ans Bett und gab ihm einen zärtlichen Kuss auf die Wange, bevor sie das Zimmer eilig verließ.

Vor der Tür setzte sie sich eine Sonnenbrille auf, als würde sie damit ihre Identität verbergen können. An der Rezeption teilte man ihr mit, dass sie das Zimmer nicht bezahlen müsse.

Ach, Helen, dachte sie, du hast dieses Treffen doch nicht ohne Hintergedanken geplant. Schnellen Schrittes eilte sie zum Hotelparkplatz und wollte gerade in ihren Wagen steigen, als jemand ihren Namen rief. Sie fuhr hastig herum und blickte in das grinsende Gesicht ihrer Freundin.

»Na, gut geschlafen?«, fragte Helen lauernd.

»Ja, ich war sehr müde«, entgegnete Stella ausweichend.

»Aber unser Jayden ist doch ein echter Schatz, oder?«

»Mr Lengston ist wirklich ein netter Kerl«, sagte Stella und wich dem prüfenden Blick ihrer Freundin aus.

»Ach, Stella, tu doch nicht so. Jayden ist ein Hammertyp, und ich glaube, er mag dich wirklich.«

»Wie oft soll ich dir noch sagen, dass ich nicht an einer romantischen Beziehung interessiert bin!« Stellas Ton war unwirsch.

»Sei doch nicht blöd. Er hat einen Narren an dir gefressen. Und das will etwas heißen, dass er sich überhaupt so öffnet nach allem, was er durchgemacht hat.«

Stella konnte nichts dagegen tun. Schon hörte sie sich interessiert nachfragen: »Wie meinst du das? Was hat er durchgemacht?«

»Ach, habe ich dir das noch gar nicht erzählt?«

Stella zuckte die Schultern. »Ich weiß nicht, wovon du sprichst, und ehrlich gesagt, mein Interesse an unserem alten Schwarm geht über das Berufliche nicht hinaus«, schwindelte sie und wollte lieber nichts Persönliches über den Mann erfahren.

»Aha. Und warum werde ich den Eindruck nicht los, dass du die Nacht mit ihm verbracht hast?« Dabei fixierte Helen ihre Freundin wissend.

»Davon träumst du wohl«, knurrte Stella. Sie war nicht gewillt, Helen in diesen Ausrutscher im Sauvigon-Blanc-Rausch einzuweihen, und setzte auch auf Jaydens Diskretion. So wie sie ihn einschätzte, würde er bestimmt nichts über ihre Nacht gegenüber Dritten verlauten lassen, schon gar nicht Helen gegenüber.

»Okay, ich wundere mich nur, dass dein Haar am Hinterkopf aussieht wie ein Fusselfeudel«, bemerkte Helen grinsend.

»Fusselfeudel? Was soll das denn sein?« Stella fasste sich ins Haar und konnte sich die Frage selbst beantworten. Beim Sex hatte sich ihr Pferdeschwanz gelöst und ihr offenes Haar am Hinterkopf wild verknäult. Sie bedauerte zutiefst, dass sie nicht wenigstens noch einen flüchtigen Blick in den Badezimmerspiegel geworfen hatte, bevor sie sich mit eindeutigen Anzeichen für eine heiße Nummer in die Öffentlichkeit gewagt hatte. Sie ärgerte sich maßlos über ihren Leichtsinn. Helen aber machte eine entschuldigende Geste.

»Sorry, ich wollte dir nicht zu nahe treten. Da war wohl der Wunsch Vater des Gedankens. Natürlich ist zwischen euch beiden nichts gelaufen. Gut, dann kann ich ja jetzt die Mädchen bitten, eure Zimmer sauber zu machen.«

Stella funkelte Helen bitterböse an. »Du Schlange, du. Das wirst du schön bleiben lassen. Das kannst du auch in zwei Stunden noch veranlassen. Ich könnte mir vorstellen, dass Jayden noch schläft.«

»Natürlich, sein Zimmer sollte ich später putzen lassen, aber deins könnte ich ja schon mal in Auftrag geben«, flötete Helen listig.

Stella atmete einmal tief durch. Es hatte keinen Sinn, der Freundin weitere Märchen aufzutischen. Helen bekam es fertig und begab sich höchstpersönlich zum Zimmer mit der Nummer 20, um herauszufinden, was Stella ihr zu verschweigen versuchte.

»Okay, du Quälgeist, er hat bei mir übernachtet. Und da schläft er noch. Also unterstehe dich, irgendjemanden in das Zimmer zu schicken, bevor Mr Lengston nicht ausgecheckt hat.«

Ein triumphierendes Grinsen ging über Helens Gesicht. »Wow, das ging ja schnell, aber ich habe nichts anderes erwartet. Ihr habt gestern Abend so verliebt gewirkt, da hätte es mich gewundert, wenn ihr nicht ... Wahnsinn, er hat die Eisprinzessin zum Schmelzen gebracht.«

»Habe ich irgendetwas in der Richtung behauptet?«, konterte Stella verärgert.

»Ihr habt also wie Schwesterchen und Brüderlein Händchen gehalten?«

»Sag mal, du neugierige Person, ist dein Sexleben mit deinem tollen Chris so langweilig geworden, dass du unbedingt an meinem teilhaben musst?«, zischte Stella.

»Im Gegenteil, ich hatte eine erfüllte Nacht, und danke der Nachfrage.« Helen grinste immer noch über beide Ohren.

»Gut, wenn du es unbedingt wissen willst. Wir haben unter dem Einfluss seines Sauvignon eine schnelle Nummer geschoben, die wir, bei Licht besehen, beide eher bereuen.« Stella funkelte ihre Freundin drohend an. »Und wenn du auch nur eine Andeutung ihm gegenüber machst, dass du davon weißt, dann, dann ... spreche ich kein Wort mehr mit dir.«

»Okay, okay, Süße, meine Lippen sind für immer versiegelt«, versprach Helen verschmitzt.

»Das rate ich dir«, drohte Stella scherzend, umarmte die Freundin und stieg in ihren Pick-up.

»Willst du denn gar nicht mehr wissen, was ich dir eben über Jayden erzählen wollte?«, fragte Helen.

»Kein Interesse«, schwindelte Stella und schlug Helen die Fahrertür quasi vor der Nase zu, nachdem sie ihr eine Kusshand zum Abschied zugeworfen hatte.

Während der Fahrt nach Havelock wirbelten die Gedanken in Stellas Kopf wild durcheinander. Immer wieder dachte sie an die Nacht und ärgerte sich maßlos darüber, dass es sie alles andere als kaltließ. Die Erinnerung an die verrückte Nacht mit Jayden hatte sich gegen ihren Willen tief in ihr Herz eingegraben. Sosehr sie auch bemüht war, das Geschehene auf eine rein körperliche Ebene unter dem Einfluss von Alkohol zu reduzieren, ihre Gefühle signalisierten das Gegenteil.

Auch als sie an Bord der »Daniel« ging, dominierte Jayden immer noch ihr Denken. Erst als sie auf dem Pelorus Sound war und Taupatiti vor ihr auftauchte, entfernte er sich zunehmend aus ihren Gedanken, doch erst, als sie am Steg anlegte, verblasste die Erinnerung an die Nacht vollends.

Auf dem Weg zu ihrem Haus atmete Stella ein paarmal tief durch. Seit sie den Fuß auf ihre Insel gesetzt hatte, fühlte sie ihre alte Stärke wieder, und sie war unendlich dankbar, dass die entfesselte Liebesnacht mit Jayden sie nicht völlig aus dem Konzept gebracht hatte.

7.

Als Stella sich dem Haus näherte, stand Ani bereits auf der Terrasse und winkte eifrig. Das ist mein Zuhause, dachte Stella gerührt und eilte auf ihre Haushaltshilfe zu. Sie war so froh, wieder auf ihrer Insel zu sein, und auch darüber, dass sie alles unverändert vorfand. Die Nacht, in der sie sich der Liebe zu einem Mann hingegeben hatte, hatte keine Katastrophe zur Folge, so wie es ihr die Mutter einst im Traum prophezeit hatte. Zum Teufel mit dem Fluch, dachte sie entschieden. Das ist doch alles Unsinn, fügte sie kämpferisch hinzu.

Und doch musste sie plötzlich ganz intensiv an jene Nacht nach dem Tod ihrer Mutter denken, die ihr Leben entscheidend geprägt hatte. Die Nacht, in der ihr die Mutter tatsächlich im Traum erschienen war. Sie würde nie vergessen, wie eindringlich Moana zu ihr gesprochen hatte, und auch keines ihrer Worte. *Meine Aroha, folge dem Mann nicht nach London. Erfülle den Auftrag der Ahnen und hüte Taupatiti. Er hat seine Aufgabe erfüllt. Das wirst du bald am eigenen Leib spüren. Bleibe hier, und es wird weder dir noch ihm etwas geschehen. Akzeptiere, dass deine Liebe allein dem Land deiner Ahnen und dem Kind, das unter deinem Herzen wächst, gilt. Und du wirst eine glückliche Herrin von Taupatiti werden! Nur wenn du deiner Bestimmung folgst, wird alles gut. Aber hüte dich vor der trügerischen Liebe, die in Gestalt eines Mannes ganz unerwartet in dein Leben tritt. Es bringt Un-*

glück und Leid über dich. Ich sehe eine Katastrophe, ich sehe den Tod!

Stella erinnerte sich genau, wie sie damals weinend aufgewacht war, doch dann war sie plötzlich ganz ruhig geworden. So als würde ihr eine unsichtbare Kraft Energie schicken. Das war der Augenblick gewesen, in dem die Klarheit, dass die Macht der Ahnen stärker war als ihre Liebe zu Oliver, der Trauer gewichen war, dass sie auf ihn verzichten musste. Erst viel später an diesem Tag hatte sie begriffen, was die Worte ihrer Mutter noch zu bedeuten hatten. Obwohl sie ihre letzte Regel ganz schwach bekommen hatte, hatte sie im letzten Monat das Gefühl gehabt, dass in ihrem Körper irgendetwas vor sich ging. Und nun ahnte sie, was der Grund für diese Veränderung war. Und hätte sie noch letzte Zweifel gehabt, dass die Stimme ihrer Mutter im Traum sie wirklich zum Bleiben bewegen würde, der Hinweis auf ihre Schwangerschaft hatte diese restlos zerstreut. Das war Magie, das war allein der Macht der Ahnen geschuldet. Der Arzt hatte ihren Zustand ein paar Tage darauf bestätigt.

»Miss Stella, ich muss Ihnen etwas Wichtiges mitteilen«, hörte sie die Stimme ihrer Haushälterin aufgeregt sagen.

Stella trat einen Schritt zurück und blickte in Anis erschrockene Augen. »Was ist los? Ist was passiert? Ist etwas mit Holly? Oder den Mädchen?«

»Nein, aber Amiri und Nyree waren gerade hier und haben mir berichtet, dass heute Nacht draußen im Sound ungewöhnlicher Lärm geherrscht hat. Sie sind alle an den Strand gerannt und haben ein Boot draußen bei der Muschelfarm gesehen. Vielleicht sollten Sie einmal nachschauen, ob alles in Ordnung ist.«

»Ach, Ani, das werden Fischer gewesen sein, aber ich wollte sowieso gleich rausfahren«, redete Stella beruhigend auf sie ein. Sie war erleichtert, dass nichts Schlimmeres geschehen war, und ärgerte sich maßlos darüber, dass sie immer wieder mit dem dummen Fluch zu schrecken war.

»Soll ich Sie nicht lieber begleiten?«, fragte Ani ängstlich.

»Meinetwegen, komm mit. Wo ist Cora?«

»Sie ist den Mädchen gefolgt.«

»Gut, dann werde ich mich rasch umziehen.« Stella verschwand eilig im Haus. Ihr Schlafzimmer lag in der ersten Etage. Das große Fenster, durch das Stella im Bett liegend das Wasser sehen konnte, war leicht geöffnet, und eine frische angenehme Brise wehte durch den Raum. Stella zog sich rasch aus und duschte flüchtig, bevor sie in ihre Inselkluft schlüpfte. Als ihr Blick auf die Spitzenunterwäsche fiel, die sie am gestrigen Abend getragen hatte und die jetzt ähnlich verstreut am Boden lag wie in der Nacht im Hotel, umspielte ein Lächeln ihre Lippen. Was ist schon dabei, mich einmal der Leidenschaft hinzugeben?, dachte sie und sah plötzlich Jaydens Gesicht vor sich in dem Moment, als er in sie eingedrungen war. Ja, sie hatten sich trotz aller Wildheit intensiv in die Augen gesehen, und es hatte nicht nur die reine Begierde aus ihnen geleuchtet. Stella spürte, wie allein beim Gedanken an ihn ein wohliges Prickeln ihren ganzen Körper durchrieselte.

Ani wartete bereits ungeduldig vor dem Haus. Stella spürte intuitiv, dass sie noch etwas auf dem Herzen hatte. »Was ist denn bloß los mit dir?«, fragte sie ihre Haushälterin ganz direkt.

»Ach, ich weiß nicht, ob das so wichtig ist, aber gestern Nachmittag …« Sie konnte nicht weiterreden, weil ihr die Tränen kamen.

»Ani, um Himmels willen, was ist passiert?«

»Hare hat gestern angerufen.«

»Hare? Woher weiß er, wo du bist?«

Ani zuckte hilflos mit den Schultern. »Er weiß es eben, und da ich ans Telefon gegangen bin, konnte ich schlecht leugnen, dass ich auf Taupatiti bin«, schluchzte sie.

Stella nahm die am ganzen Körper zitternde Ani in den Arm und grübelte fieberhaft darüber nach, wie dieser Kerl den Aufenthalt seiner Frau hatte herausbekommen können. Sie wähnte ihn im Gefängnis, und überdies waren alle Behörden gewarnt, dass er auf keinen Fall erfahren durfte, wo sich seine Frau aufhielt, nachdem er sie vor knapp einem Jahr halb totgeprügelt und bei lebendigem Leib hatte vergraben wollen. Nur dem beherzten Eingreifen seines minderjährigen Bruders Rawi, der bei ihnen lebte, hatte Ani ihr Überleben zu verdanken. Den Jungen hatte der alkoholisierte Hare ebenfalls derart zusammengeschlagen, dass er dem Tod nur knapp entronnen war. Ihn hatte man in eine Pflegefamilie gebracht, Ani in Sicherheit nach Taupatiti, und Hare war zu einer saftigen Freiheitsstrafe verurteilt worden.

»Und du bist ganz sicher, dass er es war? Ich meine, er müsste doch noch in Paremoremo sein.«

»Er hat mir angedroht, dass Sie Ihre Strafe bekommen dafür werden, dass Sie mich aufgenommen haben.«

»Warte mal, Ani, ich werde kurz telefonieren, bevor du dir unnötig Sorgen machst.« Stella zückte ihr Handy und stutzte. Sie hatte eine Nachricht. *Wo warst du heute Morgen? War es so schlimm, dass du flüchten musstest?*

Wider Willen musste Stella schmunzeln. Jayden gehörte offenbar wirklich nicht zu den Männern, die sich durch ihr abgrenzendes Verhalten abschrecken ließen. Doch sie dachte nicht daran, die Nachricht zu beantworten, sondern beschloss, das Ganze auf sich beruhen zu lassen. Und zwar ohne bitteren Nachgeschmack und weitere Selbstzweifel, ob sie das wirklich hätte tun dürfen.

Dann wählte sie die Nummer des Gefängnisses, die sie für Notfälle in ihrem Telefon eingespeichert hatte, denn Hare war nicht der einzige Peiniger ihrer »Paua-Kriegerinnen«, der dort einsaß für das, was er seiner Frau angetan hatte.

June, die Dame in der Verwaltung, kannte sie persönlich, und so bekam sie unbürokratisch eine sofortige Auskunft auf ihre Frage, ob Hare inzwischen entlassen worden war. Es erleichterte sie, zu hören, dass er weder ausgebrochen war noch auf offiziellem Weg in die Freiheit sein konnte.

Nachdem Stella sich bedankt und das Gespräch beendet hatte, wandte sie sich Ani zu. »Er sitzt noch. Keine Ahnung, woher er meine Nummer hat, aber er kann dir gar nichts antun. Hörst du?«

Ani nickte schwach.

»Das war nichts als eine leere Drohung. Womit sollte er mich wohl strafen? Keine Angst, June hat mir versichert, dass er mindestens noch fünf Jahre absitzen wird.«

Ani fiel Stella schluchzend um den Hals. »Danke für alles, was Sie für mich tun!«

»Aber, Ani, das tue ich doch gern«, versicherte Stella ihr gerührt. »Aber nun lass uns nach den Muscheln schauen und dann den Mädels einen Besuch abstatten. Damit sie auch wieder in Ruhe schlafen können.«

Arm in Arm gingen sie zum Steg und an Bord der »Daniel«.

Nachdem sie abgelegt hatten und die Insel an Steuerbord umrundeten, warf Stella einen Blick zurück. Taupatiti lag in der gleißenden Sonne, was ungewohnt war, da Stella selten so spät zu ihrer Inspektionstour aufbrach.

Ani saß zusammengekauert im Cockpit, denn ihr wurde beim Bootfahren schnell schummrig zumute. Sie näherten sich in zügigem Tempo der Muschelfarm, und schon als sie noch ein Stück entfernt waren, merkte Stella, dass etwas nicht stimmte. Ein leeres Seil schwamm auf der Wasseroberfläche. Der Schreck fuhr ihr durch alle Glieder. Was hatte das zu bedeuten? Ihr Herz klopfte bis zum Hals, als sie immer mehr solcher Leinen im Meer schwimmen sah.

Noch weigerte sie sich zu glauben, dass es nur eine einzige Erklärung dafür gab. Auf Höhe der gepflegten Aquakultur, die aus Hunderten von Hängeleinen bestand, stoppte sie die Maschine und stellte voller Entsetzen fest, dass jemand die Seile gekappt und ihre Muscheln abgeerntet hatte. Sie fuhr weiter. Auch in der zweiten und dritten Reihe hatte jemand gewütet. Es war keine einzige Muschel übrig geblieben. Stella wurde übel. Sie konnte nicht glauben, dass jemand derart gemein war, ihre Muscheln zu stehlen. Obwohl sie ahnte, dass die Muscheln in allen weiteren Reihen ebenfalls nicht mehr existierten, wollte sie das Desaster mit eigenen Augen sehen. Tatsächlich, auch dort: nichts als gähnende Leere! Erst im letzten Drittel hatten die Täter offenbar aus irgendeinem Grund aufgehört, ihren Frevel zu vollenden.

»Scheiße!«, schrie sie. »So eine verdammte Scheiße!«

Unterschiedliche Gedanken tobten durch ihren Kopf. Wer konnte ihr das angetan haben? Und was bedeutete es für ihr Unternehmen, dass zwei Drittel ihrer Ernte gestohlen waren? Die Arbeit von fünfzehn Monaten war in großen Teilen umsonst gewesen. Nein, die konkreten Folgen mochte sich Stella noch gar nicht ausmalen.

Ani stieß plötzlich einen gellenden Schrei aus. »Das ist Hares Rache!« Sie konnte sich gar nicht mehr beruhigen und wiederholte den Satz ständig. Stella nahm ihre völlig hysterische Haushälterin fest in den Arm. »Pst, er kann es nicht gewesen sein. Er ist im Gefängnis.«

»Dann waren es seine kriminellen Freunde«, schluchzte Ani.

Stella ließ Ani los, setzte sich fassungslos neben sie ins Cockpit. Wer auch immer ihr das angetan hatte, er hatte gründliche Arbeit geleistet. Ohne diese Ware konnte Stella einige wichtige Verpflichtungen nicht einhalten. Der damit verbundene Verlust war in diesem Augenblick unkalkulierbar. Plötzlich fiel ihr der Fluch ein, und für den Bruchteil einer Sekunde war sie versucht zu glauben, dies wäre die Strafe der Ahnen dafür, dass sie sich mit einem Mann eingelassen hatte, doch diesen Gedanken schob sie energisch beiseite. Stattdessen fielen ihr auf einmal Waltmans Worte ein. Dass er ganz andere Möglichkeiten hätte, sie zum Verkauf der Insel zu zwingen. Was war besser geeignet, sie in den Ruin zu treiben, als ihre Existenzgrundlage zu vernichten? Ihr wurde heiß vor Zorn, und sie hegte nicht mehr den geringsten Zweifel, den Übeltäter gefunden zu haben.

Ani schluchzte immer noch leise in sich hinein. Stella aber startete wutentbrannt den Motor und steuerte auf den Steg am Frauenhaus zu. Am Strand standen bereits ihre »Paua-Kriegerinnen« und winkten. Zwischen ihnen tollte Cora herum und bellte sich die Seele aus dem Leib.

Sie kamen alle zum Steg gerannt und redeten wild durcheinander, bevor Stella überhaupt einen Fuß an Land gesetzt hatte.

»Ruhe!«, brüllte sie. »Eine nach der anderen. Was habt ihr heute Nacht beobachtet?«

»Ich bin aufgewacht, als ein Scheinwerfer in mein Zimmer gestrahlt hat«, erklärte Nyree aufgeregt. »Ich bin zum Fenster gelaufen und habe draußen bei der Muschelfarm das fremde Boot mit dem Suchscheinwerfer entdeckt. Erst dachte ich, das sei ein Fischer, aber dann habe ich mich gewundert, dass es bei den Muscheln liegen geblieben ist. Kein Fischer würde gerade dort seine Netze auswerfen. Ich habe dann Amiri geweckt. Da hörten wir auch schon laute Männerstimmen. Die Kerle brüllten sich etwas zu, was wir nicht verstehen konnten, und wir konnten in der Dunkelheit auch nicht erkennen, was sie dort trieben, obwohl wir die anderen geweckt haben und alle zusammen zum Strand gegangen sind.«

»Wir haben dann vermutet, dass es betrunkene Fischer waren, die dort ausgiebig gefeiert haben.«

»Der Lärm wollte gar nicht aufhören. Das ging über Stunden so. Da haben wir eine der Leuchtraketen abgefeuert, worauf sich das Boot sofort in Bewegung gesetzt und Kurs aufs Festland genommen hat.«

Stella wollte ihnen gerade Vorwürfe machen, dass sie sie nicht angerufen hatten, doch da fiel ihr noch rechtzeitig ein, dass die Mädchen sie während der vergangenen Nacht gar nicht hätten erreichen können, weil sie ihr Telefon nach dem gestrigen Anruf bei Ani ausgestellt hatte.

Sie holte hastig ihr Telefon hervor, rief die Polizeistation in Havelock an und bat darum, sofort jemanden auf die Insel zu schicken, und zwar in die »Frauenbucht«, wie dieser Strandabschnitt bei den Einheimischen genannt wurde.

Stella merkte erst nach Beendigung des Gesprächs, wie ihr bei dem Gedanken, was man ihr damit angetan hatte, der Schweiß aus allen Poren rann. Vor allem war es der ungünstigste Zeitpunkt überhaupt, ihr einen dermaßen schwerwiegenden finanziellen Schaden zuzufügen. Sie hatte alle ihre Rücklagen in die Perlenzucht gesteckt und musste überdies auch noch monatlich den Kredit abzahlen. Die Ernte hätte ihr Konto wieder prall gefüllt. Sie mochte sich im Einzelnen noch gar nicht ausmalen, wie hoch der Verlust wirklich sein würde.

Stella ließ sich erschöpft in dem warmen weißen Sand nieder und starrte resigniert hinüber zu ihrer ausgeraubten Muschelzucht. Cora kuschelte sich ganz dicht an ihr Frauchen und leckte ihr die Hand. Stella vergrub ihren Kopf in dem weichen Hundefell und ließ ihren Tränen freien Lauf. Das gab ihr ein wenig Trost. Als ihre Gedanken zu Jayden wanderten und sie eine unbekannte Sehnsucht spürte, sich an seine starke Brust zu werfen und sich bei ihm ausweinen, hob sie rasch den Kopf.

Da half nur eine kräftige Abkühlung. Ohne zu zögern, riss sich Stella die Kleidung vom Leib und rannte splitternackt in das türkisfarbene Meer. Sofort kehrten ihre Lebensgeister zurück, und die verwirrenden Gedanken machten dem Plan Platz, sich Mr Waltman höchstpersönlich vorzuknöpfen. Stella war eine fantastische Schwimmerin und pflügte mit gekonnten Kraulbewegungen durch das Wasser.

Als sie aus dem kühlen Nass stieg, erwartete sie am Strand bereits Ani mit einem Handtuch, das so groß war, dass Stella es sich um den Körper wickeln konnte.

»Es tut mir so leid«, seufzte ihre Haushaltshilfe. »Aber vielleicht bekommen Sie die Muscheln zurück, bevor die Diebe sie verkaufen können.«

»Das will ich hoffen«, entgegnete Stella in optimistischem Ton, obwohl sie keinerlei Hoffnung hegte, ihre Muscheln wiederzubekommen. Wenn die Täter nicht ganz dumm waren, würden sie die verwertbare Ware sofort einfrieren und verkaufen und die unreife wegwerfen. Und leider gab es keinerlei Zeichen an den Muscheln, die sie als Stella Wilsons Eigentum auswiesen. Nein, an eine glückliche Rückkehr ihrer Muscheln glaubte Stella partout nicht.

8.

Um die Zeit bis zum Eintreffen des Polizisten zu überbrücken, inspizierte Stella, nachdem sie sich wieder angezogen hatte und sich etwas erfrischter fühlte, die Tanks mit den Paua-Schnecken, aber so viel gab es nicht zu sehen, außer dass das Wasser, in dem sie reiften, klar und rein war und die Pumpen ihren Dienst taten. Dann gab sie den Mädchen den Auftrag, die restlichen Muscheln abzuernten und einzufrieren, sobald die Polizei mit ihrer Befragung fertig war. Vor lauter Angst, dass jemand sich auch noch den Rest der Ware holte, wollte sie die Muscheln in Sicherheit wissen.

Schließlich traf das Polizeiboot ein mit zwei Beamten an Bord. Den älteren der beiden, Mr Baxter, kannte sie schon jahrelang, den jungen Burschen hatte sie noch nie zuvor gesehen. Stella kletterte zu ihnen auf das Boot und fuhr mit den beiden erst einmal zur Muschelbank. Dort zeigte sie den Polizisten die leeren Schnüre, die schlaff auf dem Wasser trieben.

»Wer tut so was?«, fragte der junge Ordnungshüter, der sich ihr als Constable Richards vorgestellt hatte.

»Das wüsste ich auch gern, wobei ...«, stöhnte Stella und unterbrach sich rechtzeitig, um keine Verdächtigungen auszusprechen, die sie nicht beweisen konnte.

»Sie haben doch einen Verdacht. Das sehe ich Ihnen an«, insistierte Baxter. »Haben Sie Feinde? So etwas machen doch keine gewöhnlichen Kriminellen, oder? Ich meine, es gibt sie, diese Wilderer, aber bei uns im friedlichen Pelorus Sound?«

Stella kämpfte mit sich. Sollte sie ihren Verdacht wirklich aktenkundig machen oder den vermeintlichen Verbrecher nicht vielmehr erst einmal höchstpersönlich zur Rede stellen?

»Ich … ich … ja, ich … ja, es gibt jemanden, der mir damit gedroht hat, dass er über Mittel verfügt, meinem Unternehmen empfindlichen Schaden zuzufügen«, stieß sie schließlich zögernd hervor.

Constable Richards zückte einen Block. »Und könnten Sie uns vielleicht den Namen desjenigen nennen?«

»Es handelt sich um Ralph Waltman!«

Der Polizist runzelte kritisch die Stirn. »Sie meinen aber nicht Waltman, den Geschäftsführer der Neuseeland Luxury Resorts, oder?«

Sein ungläubiger Ton ärgerte Stella. »Ja, doch, genau den meine ich. Er versucht bereits seit Längerem, mir Taupatiti abzukaufen und schreckt dabei auch vor unlauteren Methoden nicht zurück«, erklärte sie entschieden.

»Und haben Sie Beweise, Miss Wilson?«

Stella rollte genervt mit den Augen und schilderte den Beamten die Geschichte mit dem Kredit.

»Selbst wenn Mr Waltman hinter der Bank-Geschichte steckt, der Diebstahl Ihrer Muscheln steht auf einem anderen Blatt«, bellte Constable Richards. »Aber in Ordnung, ich werde ihn fragen, wo er gestern Nacht gewesen ist.«

Stella zog skeptisch die Augenbrauen hoch. »Sie glauben doch wohl nicht, dass Mr Waltman persönlich auf Muschelklau gegangen ist, oder?«

»Da haben Sie recht«, stimmte Baxter Stella zu. »Ich kann mir kaum vorstellen, dass sich Mr Waltman eigenhändig an Ihren Muscheln zu schaffen gemacht hat.«

»Aber er wusste immerhin, dass ich nicht auf der Insel war. Wir hatten gestern in einer Hotelbar in Blenheim eine unerfreuliche Begegnung. Und er hat die Bar ziemlich erbost verlassen, und wahrscheinlich hat er seine Jungs dann direkt danach beauftragt, meine Ernte zu vernichten.«

»Vorsicht, das ist eine bloße Unterstellung«, ermahnte Richards Stella. »Ich für meinen Teil kann mir kaum vorstellen, dass er es überhaupt nötig hat, sich an Ihren Muscheln zu vergreifen. Der Mann ist Geschäftsführer bei einem der erfolgreichsten Ferienresort-Betreiber Neuseelands.«

»Nun, ich habe gerade in der Zeitung gelesen, dass die Firma sich verspekuliert hat, weil sie nämlich nicht immer die besten Orte für ihre Anlagen gewählt hat. Und diese Insel wäre die Rettung. So ein Juwel würde der Firma Millionen einbringen«, bemerkte Baxter eifrig.

»Blödsinn. Der Mann hat doch einen Ruf zu verlieren«, gab Richards zu bedenken.

»Und verdient sich eine goldene Nase, wenn er seinen Chefs ein derartiges Filetstück serviert«, knurrte Baxter.

»Tja, deshalb wird es sicher schwierig, ihm etwas nachzuweisen, selbst wenn er der Auftraggeber gewesen sein sollte«, seufzte Stella.

»Na ja, wie dem auch immer sei, wir werden ihm einen kleinen Besuch abstatten«, versprach Richards halbherzig.

»Damit werden Sie nicht viel ausrichten. Sie müssen sein Haus durchsuchen.«

Richards zog eine Augenbraue hoch. »Lady, nun mal ganz langsam, das reicht noch nicht mal für einen Tatverdacht. Wir können ihn allenfalls höflich darauf ansprechen.«

»Genau, und dann wird er ebenso höflich und empört von sich weisen, irgendetwas mit dem Klau zu tun zu haben«, bemerkte Stella verärgert.

»Mein Kollege hat leider recht. Nur ein vager Verdacht ist wirklich nicht besonders beweisträchtig.«

»Dann befragen Sie die jungen Frauen. Die haben das Boot ja vom Strand aus gesehen. Vielleicht können sie Ihnen mehr über das Schiff sagen«, schlug Stella mit Nachdruck vor.

Baxter machte noch ein paar Fotos vom Tatort, bevor er die Frauenbucht ansteuerte. Die »Paua-Kriegerinnen« reckten neugierig ihre Hälse, als das Polizeiboot wieder an ihrem Steg anlegte.

Richards bat die jungen Frauen, eine nach der anderen zu einer Befragung ins Haus zu kommen. Baxter blieb bei Stella.

»Ich darf das ja gar nicht sagen, ohne Gefahr zu laufen, eine Klage zu riskieren. Ich halte Waltman für einen ganz ausgekochten Burschen. Will sagen, ich traue ihm eine solche Tat ohne Weiteres zu. Man erzählt sich, dass er an ein Grundstück für seine Firma oben in Northland nur rangekommen sein soll, weil er mit der Eigentümerin erst angebändelt und sie dann über den Tisch gezogen haben soll. Aber Richards hält ihn für einen tollen Hecht, weil ihm der Ruf des verwegenen Abenteurers anhaftet.«

Stella rollte mit den Augen. »Aber mit Befragen werden Sie bei dem nicht weit kommen!«

»Das sehe ich genauso wie Sie.«

Baxter und Stella setzten sich nebeneinander auf den Steg. Stella mochte den gemütlichen Polizisten, weil er sich seit Jahren für ihren und den Schutz der Frauen verantwortlich fühlte. Immer wenn sich undurchsichtige Gestalten in Havelock herumtrieben, warnte er Stella kurzerhand.

»Ich befürchte, Ihr Kollege möchte es sich nicht mit Waltman verscherzen.«

»Ganz bestimmt nicht, und ich weiß auch, warum. Der Junge hat sich bei seinem Resort in Blenheim als Chef des Sicherheitsdienstes beworben. Waltman zahlt gut.«

»Ach, daher weht der Wind.« Sie hörte, dass sich ihnen von hinten jemand näherte, und drehte sich um. »Wenn man vom Teufel spricht«, raunte sie.

Richards schien angespannt. »Eine der Frauen will, nachdem das Boot nach dem Ankern an der Muschelbank nahe an der Bucht vorbeigeschippert ist, den Schiffsnamen am Heck erkannt haben. Sie behauptet, es sei so etwas wie ›Bonheur‹ gewesen.«

»Ja, gut, das ist doch immerhin was. Dann versuchen wir herauszubekommen, wer ein Schiff mit diesem französischen Namen besitzt, aber das ist ja kein Grund, dass Sie so ein langes Gesicht ziehen, Kollege.« Baxter schlug Richards kumpelhaft auf die Schulter.

»Ich weiß, wem das Boot gehört. Wenn die Lady sich nicht verguckt hat oder ihr das nicht jemand geflüstert hat ...«, Richards warf Stella einen prüfenden Blick zu, »... könnte es das Boot sein, mit dem die Ausflüge in Waltmans Resort gemacht werden.«

»Sieh mal einer an«, frohlockte Baxter. »Dann haben wir ja allen Grund, dem Herrn einen Besuch abzustatten. Und hat sie denn gar keine Menschen an Bord gesehen?«

»Doch, sie behauptet, es wären mehrere gewesen. Alle in Schwarz gekleidet und mit Mützen.«

»Worauf warten wir noch? Kommen Sie, Richards!«

»Baxter, nehmen Sie mich bitte mit!« Stella wollte sich Waltmans dummes Gesicht nicht entgehen lassen.

Richards wollte gerade dagegen protestieren, als Baxter Stella aufmunternd zuzwinkerte. Sie verabschiedete sich von den Mädchen, bat sie, sich unverzüglich um die Ernte zu kümmern, ihr später Cora zum Haus zurückzubringen und die nächsten Nächte bei den Paua Wache zu halten. Nicht dass der Täter es auch noch darauf abgesehen hatte.

Dann folgte Stella mit der »Daniel« dem Polizeiboot nach Havelock und hoffte inständig, dass es vielleicht doch noch nicht zu spät war, zumindest die verkaufsfertigen Muscheln auf Waltmans Grundstück zu finden.

9.

Das Resort, in dem Waltman die Leitung innehatte, trug den wohlklingenden Namen Dine & Vine und befand sich fünf Meilen südlich von Blenheim. Es war ein prächtiges Anwesen mitten in den Weinbergen. Da es nicht direkt am Meer lag, verfügte es über diverse Pools. Stella war noch nie Gast dort gewesen und verstand nun erst recht, warum Waltman so scharf auf ihre Insel war. Die Lage hier oben war malerisch, aber viele Gäste würden eine Ferienanlage auf einer Insel mit Sicherheit bevorzugen. Wenn es ihm gelänge, ihr die Insel abzuschwatzen, würden ihm seine Chefs sicherlich die Füße küssen.

Stella war von Havelock mit ihrem eigenen Wagen, der auf dem Hafenparkplatz stand, gefahren, um auf dem Rückweg noch ein paar ihrer hiesigen Kunden aufzusuchen und ihnen mitzuteilen, was ihr widerfahren war. Schweren Herzens würde sie die Restaurantchefs an die Konkurrenz verweisen müssen.

Sie fuhr durch das vornehme Eingangstor bis zu dem Hotelparkplatz, stieg aus und blickte sich interessiert um. Der Anzahl der parkenden Wagen nach zu urteilen, war das Resort nicht gerade ausgebucht.

Stella überlegte noch, ob sie auf die Polizisten warten oder allein in das Hauptgebäude, das ganz im Stil eines englischen Landhauses erbaut worden war, gehen sollte, als ihr Blick an einem Kühlauto hängen blieb. Ihr kam sofort der Gedanke, dass der

Kühlraum womöglich mit ihren Muscheln beladen sein könnte. Und nein, sie würde nicht auf die Polizisten warten, sondern das Fahrzeug auf eigene Faust inspizieren. Vorsichtig sah sie sich um, und nachdem sie sich vergewissert hatte, dass sie nicht beobachtet wurde, schlich sie sich zu dem Wagen. Ganz vorsichtig tastete sie nach dem Verschluss der Tür, und tatsächlich, es bewegte sich etwas. Leise öffnete sie die Tür und ließ ihren Blick über die Ladung schweifen. Und wie vermutet handelte es sich um gefrorene Muscheln. Stella griff nach einem Beutel und zog ihn zu sich heran. Es waren wunderbare Exemplare der Grünschalmuscheln, wie sie so nur aus ihrer Zucht stammen konnten. Jedenfalls war sie in diesem Augenblick fest davon überzeugt, dass sie die gestohlene Ware gefunden hatte.

Wie von Sinnen machte sich Stella daran, den schweren Beutel aus dem Kühlfahrzeug zu zerren. Gerade als sie es beinahe geschafft hatte, erklang eine schneidende Männerstimme hinter ihr: »Was machen Sie da?«

Stella fuhr herum. Hinter ihr stand ein stämmiger Kerl, den ein Schild an seiner Uniform als Wachmann auswies. Er musterte sie wie eine Verbrecherin, die er auf frischer Tat ertappt hatte.

»Ich hole mir nur wieder, was mir gehört«, gab Stella schnippisch zurück und fuhr fort, den Sack aus dem Wagen zu heben.

»Finger weg!«, zischte der Mann und trat bedrohlich einen Schritt auf sie zu. »Sie kommen jetzt mit! Und das da bleibt, wo es hingehört.« Der bullige Kerl schubste sie zur Seite, schob den Sack grob zurück in die Kühlung und knallte die Tür zu.

»Ich denke nicht daran, auch nur einen Schritt mit Ihnen zu gehen«, schnauzte Stella den Wachmann an. »Wahrscheinlich gehören Sie zu der Diebesbande, denn ich kenne kein Hotel in der ganzen Gegend, das Sicherheitsleute beschäftigt!«

»So! Jetzt reicht es!« Er packte sie mit einem derart festen Griff am Oberarm, dass sie laut aufschrie. Das störte den Kerl nicht. Im

Gegenteil. Er zerrte sie einfach mit sich. Stella leistete keinen Widerstand, obwohl sie ihm liebend gern gegen das Schienbein getreten hätte, aber sie fürchtete sich vor seiner Reaktion.

In der Lobby des Hotels ließ er sie los und warnte sie, nicht wegzulaufen. Sie gingen einen langen Flur entlang, an dessen Ende der Mann an eine Tür klopfte.

Stella meinte Waltmans Stimme zu erkennen, als von drinnen »Herein!« gerufen wurde. Der Wachmann öffnete die Tür und schubste sie in einen Raum, der, dem schmucklosen Büromobiliar nach zu urteilen, offenbar für Besprechungen genutzt wurde. Erst starrte Waltman sie irritiert an, dann grinste er breit. »Leo, wen bringst du mir denn da an?«

»Die Lady wollte was aus einem Kühlwagen klauen. Und ich dachte, das sollten Sie wissen, Chef«, entgegnete der Wachmann triumphierend. In dem Augenblick drehte sich Waltmans Gesprächspartner, der mit dem Rücken zu Stella gesessen hatte, neugierig um, und ihr wollte schier der Atem stocken. Ihr nächtliches Abenteuer, frisch rasiert und frisiert, überdies in einem neuen Outfit, war mindestens so perplex wie sie.

»Soso, Sie wollten also etwas stehlen?«, bemerkte Waltman gedehnt und mit sichtlichem Genuss.

»Hören Sie doch auf mit dem Theater! In dem Kühlwagen, das sind meine Muscheln, die mir Ihre Gorillas gestern Nacht geklaut haben!«, brüllte Stella ihn an.

»Holla, meine Liebe, jetzt sind Sie aber völlig durchgedreht. Ihre Muscheln klauen ...« Er tippte sich gegen die Stirn.

Auch aus Jaydens Blick sprach eine gewisse Irritation.

»Sie müssen das gar nicht ins Lächerliche ziehen. In der vergangenen Nacht wurde meine Muschelzucht geplündert. Sie sagten doch gestern selbst, Sie hätten alle Mittel, mich in den Ruin zu treiben und somit zum Verkauf von Taupatiti zu bewegen.«

»Das habe ich niemals behauptet.«

»Ich habe einen Zeugen. Mr Lengston war gestern Abend zugegen, als Sie mir gedroht haben.« Sie wandte sich demonstrativ an Jayden. »Stimmt's?«

Er räusperte sich verlegen. »So was in der Art hat er zwar gesagt, aber als konkrete Drohung habe ich das nicht aufgefasst«, erklärte er zögernd.

»Das will ich ja wohl meinen«, pflichtete ihm Waltman schadenfroh bei.

»Ach ja, ich vergaß, Sie beide sind ja alte Freunde. Da hackt eine Krähe der anderen kein Auge aus. Aber Sie irren sich, Mr Lengston, Ihr Kumpel hat mir seine Männer geschickt, um meine Muscheln abzuernten.«

»Sie haben wirklich eine Meise, meine Liebe«, spottete Waltman.

Stella musterte ihn zum ersten Mal, seit sie mit ihm zu tun hatte, intensiver. Er war nicht unansehnlich, und sie konnte sich durchaus vorstellen, dass es Damen gab, die ihn als attraktiv bezeichneten und nicht bemerkten, dass in seinem Blick etwas Verschlagenes lag.

»Ach ja? Habe ich das? Und wie können Sie mir erklären, dass es das hoteleigene Schiff mit dem Namen Bonheur war, das gestern Nacht bei der Muschelzucht gesehen worden ist?«

»Ganz einfach. Das Boot liegt im Hafen von Havelock und steht dort jederzeit für unsere diversen Skipper zur Verfügung. Keine Ahnung, ob damit gestern Nacht jemand unterwegs gewesen ist.«

»Ich denke, dass die Jungs Ihre Order ausgeführt haben. Geben Sie es doch zu. Nachdem Sie das Hotel wütend verlassen haben, haben Sie mal eben ein paar Anrufe getätigt und Ihre Leute zu meiner Muschelbank geschickt. Und die reifen Grünschalmuscheln, die haben Sie eingefroren und die lagern jetzt in dem Kühlfahrzeug.«

Ralph Waltman warf dem Wachmann, der immer noch hinter Stella stand, so als müsste er sie jeden Augenblick von einer Flucht abhalten, einen genervten Blick zu.

»Leo, holen Sie mal bitte Steven her, und wenn der Lieferant noch da ist, den gleich mit!« Dann wandte er sich an Stella. »Sie können gern so lange Platz nehmen«, stöhnte er. Er deutete auf den Stuhl neben Jayden.

Stella zögerte, aber dann folgte sie seinem Angebot und setzte sich neben den Mann, mit dem sie in der vergangenen Nacht zügellosen Sex gehabt hatte, aber in diesem Augenblick stand ihr der Sinn so gar nicht danach, ihn zu berühren, wenngleich ihr der angenehme Duft seines Rasierwassers sofort weitere Einzelheiten ihrer Liebesnacht in Erinnerung rief. Seine starken Arme, die relativ unbehaarte Brust und dass er mit seiner wunderbaren Stimme »Jaja!« gestöhnt und ihre Erregung nur noch gesteigert hatte. Es ärgerte sie maßlos, dass diese plastische Erinnerung auch ihren Körper nicht kaltließ. Sie merkte, wie sie zu schwitzen anfing. Das fehlte ihr noch, dass sie ihre legendären rot glühenden Wangen bekam, die sie stets hatte, wenn sie innerlich aufgewühlt war und dabei versuchte, die Contenance zu bewahren.

Waltman trommelte indessen nervös mit seinen Fingern auf der Tischplatte herum. »Ich habe nicht den ganzen Tag für diesen Unsinn Zeit«, fluchte er, sprang auf und verließ den Raum.

Stella nutzte seine Abwesenheit, um Jayden die Meinung zu sagen. »Danke, Mr Lengston, dass Sie sich zu dem Verteidiger von diesem Verbrecher gemacht haben!«, zischte sie zornig.

»Stella, das ist doch nicht wahr. Wie eine Drohung haben seine Worte wirklich nicht geklungen. Das war im Übrigen ein Versuch, das Ganze zu deeskalieren.«

»Das ist dir ja prima gelungen. Er hat das als Zustimmung aufgefasst. Was denkst du denn, wer wohl auf seinem Boot sonst meine Muschelzucht plattgemacht haben könnte?«

Jayden hob die Schultern. »Ich habe keinen Schimmer. Es tut mir aber wahnsinnig leid. Wenn du dadurch in einen finanziellen Engpass gerätst, kannst du dich gern an mich wenden.«

Stella wusste bereits in dem Augenblick, in dem sie die Stimme erhob, dass sie etwas verdammt Ungerechtes erwidern würde, aber da hörte sie sich bereits zischen: »Zeigst du dich immer so großzügig, nachdem du eine Nacht mit einer Frau verbracht hast? Ich bin nicht käuflich!«

Nun war es geschehen. Ihre Wangen glühten wie Feuer. Voller Scham sprang sie von ihrem Stuhl auf. Doch statt sich zu beruhigen und vielleicht ein paar entschuldigende Worte zu stammeln, machte sie alles nur noch peinlicher, indem sie aus dem Raum stürzen wollte. Doch in der Tür stieß sie mit Waltman zusammen, der sie unsanft zurückschob. Und er war nicht allein, sondern in Begleitung zweier Männer und der beiden Polizisten.

»Hier steht wohl Aussage gegen Aussage!«, bemerkte Constable Richards in genervtem Ton. »Mr Waltman schwört, dass er sein Boot gestern nicht bewegt hat.«

»Musste er ja gar nicht. Er hat seinen Lakaien den Auftrag am Telefon erteilt. Und dass meine Muscheln auf seinem Parkplatz in einem Kühlwagen lagern, ist doch wohl Beweis genug.«

»Sie meinen die Muscheln in dem Kühlwagen, der auf dem Parkplatz steht? Mein Kühlauto, oder?«, mischte sich ein junger blasser Mann ein.

»Ob das Ihr Wagen ist, weiß ich nicht. Da sind jedenfalls meine Muscheln drin!«

»Sie irren sich gewaltig. Diese Muscheln habe ich heute Morgen in unserer Firma in Waikawa abgeholt. Sie wollen doch wohl meinem Chef Mr Lockard nicht unterstellen, er hätte sich Ihre Muscheln geholt.«

»Das sind Lockard-Muscheln?«, fragte Stella ungläubig nach.

»Ja, das ist die Lieferung, die ich bei Mr Lockard für die

Restaurantküche bestellt habe«, mischte sich der Restaurantleiter ein und warf Waltman einen triumphierenden Blick zu.

»Dann haben Sie meine eben woanders gelagert«, insistierte Stella, aber keiner der Männer schenkte ihren Worten noch Beachtung. Der Einzige, der sie mit einem zumindest mitleidigen Blick musterte, war Jayden, aber auch der schien ihr nicht zu glauben.

»Tja, dann entschuldigen Sie bitte die Störung, Mr Waltman«, erklärte Constable Richards sichtlich verlegen.

»Wie jetzt? Sie wollen doch nicht aufgeben, nur weil ich die Lockard-Muscheln für meine gehalten habe. Was ist mit dem Boot? Das wird wohl kaum allein unterwegs gewesen sein«, schimpfte sie.

»Miss Wilson, bitte beruhigen Sie sich. Mr Waltman hat ein Alibi. Er hat sich nach der Begegnung mit Ihnen mit seinem Restaurantleiter getroffen. Und wir fahren jetzt zum Hafen und befragen die Skipper und durchsuchen das Boot nach Spuren. Irgendwer wird es ja wohl bewegt haben ...«

»... oder hat es verchartert. Wir vermieten das Boot oft an Freizeitkapitäne ...«, ergänzte Mr Waltman Richards Satz.

»Okay, dann komme ich mit. Ich glaube Mr Waltman kein Wort!«, erklärte Stella mit einigem Nachdruck.

»Nein, Stella, lassen Sie das lieber«, riet ihr Baxter. »So aufgebracht, wie Sie sind, gibt es bloß Ärger.« Dann wandte er sich wieder an Waltman. »Gut, dann erwarte ich Ihren telefonischen Bericht und den Namen der Person, die gestern Nacht als Skipper auf der ›Bonheur‹ eingetragen war.«

Waltman kratzte sich am Kinn. »Das kann ich nicht versprechen. Unsere Jungs nehmen es ja mit dem Logbuch sehr genau, aber Fremde wissen oft gar nicht, dass eins an Bord existiert.«

»Ach ja? Es gibt also keine Eintragung, und wir werden keinen Skipper namentlich ermitteln können? Wollten Sie das damit sagen?«, hakte Stella provozierend nach.

»Das wäre zwar ärgerlich, aber mich würde es nicht weiter wundern«, erwiderte Waltman.

Schnaubend drehte sich Stella auf dem Absatz um und verließ fluchend den Raum. Sie hegte nicht den geringsten Zweifel, dass Waltman hinter dem Diebstahl steckte.

Trotzdem war ihr die Angelegenheit mit den Lockard-Muscheln sehr unangenehm. Wenn das der alte Lockard hörte, würde der sich bestimmt königlich über sie amüsieren, denn er war einer ihrer größten Konkurrenten in dem Geschäft mit den Grünschalmuscheln. Sie waren einander nicht gerade freundschaftlich verbunden.

Stella war gerade vorne an der Rezeption angekommen, als sie hinter sich ein Schnaufen vernahm. »Stella, warte doch mal!« Widerwillig blieb sie stehen und musterte ihren Verfolger abschätzig.

Jayden aber rang sich zu einem Lächeln durch. »Wir wollen doch so nicht auseinandergehen, oder? Nach allem, was zwischen uns vorgefallen ist.«

»Warum nicht? Dein bester Freund sieht es bestimmt nicht gern, dass du mir hinterherrennst.« Das klang schnippisch.

»Stella, er ist nicht mein bester Freund. Und es tut mir wahnsinnig leid, dass dir jemand einen derartigen Streich ...« Jayden unterbrach sich hastig und wollte sich verbessern, aber Stella stürzte sich förmlich auf seine Formulierung.

»*Streich* nennst du das also? Du bist ja lustig. Würdest du das auch sagen, wenn einer deine Weinberge aberntet und dir alle Trauben klaut?«

»Ich habe mich falsch ausgedrückt. Tut mir leid. Das ist eine Riesenschweinerei, aber ich kann mir beim besten Willen nicht vorstellen, dass Ralph so etwas macht. Wenn das die Runde machen würde, verlöre er garantiert seinen Job.«

»Wer soll es denn sonst gewesen sein auf seinem Boot?«

Jayden zuckte die Schultern. »Wollen wir noch einen Tee zusammen trinken? Das hätte ich ja gern bereits heute Morgen gemacht«, schlug er ihr vor.

»Ich hatte einen Termin«, sagte sie hastig.

»Tja, ich weiß ja auch nicht, wie das alles passieren konnte. Ich glaube, mein Sauvignon hat da keine unwichtige Rolle gespielt.« Der sonst so selbstbewusste Jayden machte jetzt einen leicht verlegenen Eindruck auf sie.

»Wir müssen nicht drüber reden. Es ist eben passiert. Wir sind erwachsen und können das richtig einschätzen«, verkündete Stella kühl, wobei sie innerlich vibrierte, wenn sie an seine nackte Haut und mehr dachte.

»Also, du erwartest jetzt nicht gleich einen Heiratsantrag?«, fragte er.

»Auf keinen Fall! Was denkst du denn von mir?«, sagte sie im Brustton der Überzeugung.

Täuschte sie sich oder schien Jayden erleichtert? »Da bin ich aber sehr froh, dass wir in diesem Punkt mit offenen Karten spielen«, gestand er ihr. »Obwohl ich das gar nicht kategorisch für alle Ewigkeit ausschließen würde«, fügte er sanft hinzu. »Aber noch habe ich die Umstände des Todes meiner Frau nicht überwunden. Ich brauche noch ein wenig Zeit und verspreche dir, ich arbeite an meinem Trauma. Nehme sogar die Arbeit eines Profis in Anspruch.«

Stella kämpfte mit sich, ob sie seine Offenheit kommentieren sollte. Wahrscheinlich hätte sie Helen eben doch noch ein wenig aus dem Nähkästchen plaudern lassen sollen. Dann würde sie wissen, worauf er da anspielte. Aber sollte sie nachfragen oder ihm gar »Herzliches Beileid« wünschen? Einmal davon abgesehen, dass er in der vergangenen Nacht alles andere als den Eindruck eines trauernden Witwers gemacht hatte.

»Tut mir leid, dass du deine Frau verloren hast. Aber ich erwarte nichts von dir. Ich bin nicht an einer Partnerschaft interessiert«, entgegnete sie schließlich kühl.

»Und was sind deine Gründe, eine Beziehung so kategorisch auszuschließen?«, fragte er nun. »Also, ich muss zugeben, mich hat die Begegnung mit dir ganz schön aus dem Konzept gebracht.«

»Das ist gar nichts gegen dich. Es war schön mit dir, aber ich bin sehr zufrieden ohne Mann. So eine Bindung passt nicht in mein Leben. Ich brauche das nicht.« Letzteres stieß sie beinahe trotzig hervor.

»Vielleicht können wir uns ja ab und an mal auf einen Wein treffen und schauen, wie sich das zwischen uns weiterentwickelt, denn wenn es eine Frau gäbe, die mich ...«

»Du, ich muss leider los«, unterbrach Stella unwirsch sein Geständnis und ließ ihn verdattert stehen.

Schon als sie das Gebäude verlassen hatte, wurde ihr klar, wie blöd und kindisch sie sich benahm. Ich habe wirklich keine Übung mehr im Umgang mit Männern, versuchte sie sich eine plausible Erklärung für ihren unangemessenen Abgang zurechtzulegen. Das, was sie da eben fabriziert hatte, war jedenfalls nicht der richtige Umgang mit einem Mann. Schon gar nicht mit einem, unter dessen zärtlichen und forschenden Händen sie noch nicht einmal vierundzwanzig Stunden zuvor ungehemmt ihre Lust, von deren Existenz sie bis gestern Abend überdies nichts geahnt hatte, herausgeschrien hatte. Wenn er sie nach dieser schroffen Abfuhr in Zukunft links liegen lassen würde, nun, sie könnte es ihm nicht mal übel nehmen. Kurz spielte sie mit dem Gedanken, umzukehren und sich für ihr Benehmen zu entschuldigen, aber sie konnte nicht über ihren Schatten springen.

Auf dem Rückweg nach Havelock fielen ihr die Worte ihrer Mutter ein, als sie ihr nach ihrem Tod im Traum erschienen war. Schon allein deshalb würde sie am liebsten keinen einzigen Gedanken mehr an Jayden Lengston verschwenden, was ein schwieriges Unterfangen war, weil sich die Erinnerung an die vergangene Nacht nicht nur in ihrem Herzen eingegraben hatte. Immer wenn sie an die erregenden Berührungen dachte, rieselten ihr Wonneschauer durch den ganzen Körper. Mit diesem Gefühl kletterte sie in Havelock schließlich an Bord der »Daniel«. Je näher sie der Insel kam, desto mehr wurden die Gedanken an Jayden von ihrem Zorn auf die gemeinen Diebe, die ihre Muschelfarm ausgeraubt hatten, dominiert.

10.

Die vergangenen Tage waren wie im Flug vergangen. Stella war so intensiv mit den Folgen des Diebstahls beschäftigt gewesen, dass sie kaum zu anderen Dingen gekommen war. Ihre Kunden waren schwer empört über die feige Tat und versprachen, die Augen offen zu halten, denn einige hielten es durchaus für möglich, dass ihnen plötzlich von unbekannter Seite Muscheln zum Verkauf angeboten wurden. Einen Teil ihrer Leute hatte Stella mit der Ware versorgen können, vor deren Plünderung die Täter offenbar durch das Abfeuern der Leuchtrakete gestört worden waren. Wenigstens hatte sie noch eingefrorene Ware im Kühlhaus, aber die ging nun bald zur Neige. Außerdem bestanden einige der Restaurants auf frisch geerntete Ware. Stella befürchtete allerdings, dass die Täter nicht so dumm sein würden, ihre Muscheln im Inland zu verkaufen.

Der prüfende Blick auf ihre Kontoauszüge hatte Stella einen Schrecken versetzt. Sie hätte die Einnahmen aus den Muschelverkäufen dringend benötigt, um ihre laufenden Kosten zu decken. In ihrer Not hatte sie sich sofort darangemacht, eine neue Muschelkultur anzulegen, aber unter fünfzehn Monaten Reifezeit würden sie nicht zu ernten sein. Jede Nacht wechselten sich die Paua-Kriegerinnen mit der Wache ab. Sie beobachten jeweils zu zweit vom Strand aus, was dort draußen vor sich ging. Zu groß war die Sorge, es würde ein zweiter Anschlag folgen. Entweder auf die neue Kultur oder gar die Paua-Muscheln. Und wenn man Stella die auch noch zerstörte, dann wüsste sie allerdings nicht mehr, wie sie unbeschadet über das nächste Jahr kommen sollte.

Ein kleiner Hoffnungsschimmer, wenigstens eine finanzielle Entschädigung zu bekommen, war eine Versicherung gewesen, die ihre Mutter einst für die Muschelzucht abgeschlossen hatte. Sie hatte sogar die Police in einem Ordner gefunden, dann aber feststellen müssen, dass unter den Versicherungsfällen ein Diebstahl nicht aufgeführt worden war, sondern lediglich seltene Krankheiten, die zum Ausfall einer ganzen Ernte führten, oder Unfälle.

Trotzdem hatte Stella sich noch einmal telefonisch mit dem Sachbearbeiter in Christchurch verbinden lassen, der sie recht überheblich hatte abblitzen lassen, indem er behauptet hatte, dass er noch nie von so einem verrückten Fall gehört hatte und auf keinen Fall die Versicherung einspringen würde. Stella hatte sich weniger über die Tatsache geärgert, dass die Versicherung nicht zahlen wollte, als vielmehr über den Sachbearbeiter, in dessen Unterton mitschwang, dass sie ihm wohl einen Bären aufzubinden versuchte. In ihrem Zorn hatte sie der Versicherung einen flammenden Protestbrief geschrieben, auf den sie jedoch keine Antwort erhalten hatte.

Stella hatte auch ernsthaft mit dem Gedanken gespielt, den Besuch bei ihrer Tochter abzusagen, aber sie wollte die Entfremdung zwischen ihnen nicht noch weiter vorantreiben. Deshalb hatte sie Holly auch gar nicht angerufen, um ihr von dem Diebstahl zu berichten. Das lag ihr ein bisschen auf der Seele, denn eigentlich hätte sie ihr eine Antwort auf die Einladung geben müssen, aber sie hatte Sorge, ihre Tochter würde an ihrem Ton hören, dass auf Taupatiti etwas im Argen lag.

Stella war gerade dabei, sich für den Besuch in der Hauptstadt umzukleiden, als das Telefon klingelte. Es war Constable Baxter, der ihr aufgeregt berichtete, sie hätten endlich herausbekommen, wer sich das Boot in der Tatnacht von einem der Skipper sehr kurzfristig ausgeliehen hatte. Offenbar handelte es sich um einen Pakeha namens Jimmy und drei junge Maori. Sie hatten vorgegeben, zum Nachtangeln auf den Sound hinauszufahren. Dem Skipper war das überhaupt nicht merkwürdig vorgekommen, denn die Männer wären mit professionellem Angelzubehör ausgestattet gewesen, wie er der Polizei versichert hatte.

»Und haben Sie diesen Jimmy schon ausfindig gemacht?«, fragte Stella ungeduldig.

»Nein, leider nicht, der Vogel ist ausgeflogen, aber wir haben etwas über ihn in Erfahrung gebracht. Er ist erst vor einem Monat aus Paremoremo entlassen worden. Klingelt da etwas bei Ihnen?«

Natürlich fiel Stella zuallererst Hare ein. War sein Anruf bei Ani doch keine leere Drohung gewesen? Hatte er diesen feigen Überfall geplant? Verdächtigte sie Mr Waltman demnach völlig zu Unrecht? Und sollte sie das Baxter gegenüber zugeben?

Schließlich berichtete sie ihm zögernd von Hares Anruf aus jenem Gefängnis nördlich von Auckland, fügte aber nachdenklich hinzu, dass sie es für einen merkwürdigen Zufall hielt, dass sich die Kerle ausgerechnet Waltmans Boot geholt hätten. Baxter stimmte ihr eifrig zu, und er versprach, so lange weiterzuermitteln, bis er den Fall aufgeklärt hatte.

»Vielleicht erzählen Sie besser nicht Ihrem Kollegen Richards, dass wir noch Vermutungen haben, es könnte da vielleicht doch einen Zusammenhang geben«, bat Stella ihn.

»Natürlich nicht! Der würde das gleich Waltman stecken. Also, ein schönes Wochenende wünsche ich Ihnen. Wenn Sie wollen, komme ich mal rum, einfach, um nach dem Rechten zu sehen.«

»Das wäre absolut reizend von Ihnen. Ich fahre nämlich gleich nach Wellington zu meiner Tochter und lasse meine Mädchen gar nicht so gern allein auf der Insel zurück«, seufzte Stella.

»Keine Sorge, ich werde Ihren Kriegerinnen auf jeden Fall einen Besuch abstatten. Außerdem möchte ich noch mal auf eigene Faust am Tatort tauchen. Wer weiß, ob ich da nicht irgendeinen Hinweise auf unseren speziellen Freund finde.«

Stella gewann langsam den Eindruck, dass Baxter einen eigenen Kampf mit Mr Waltman auszufechten hatte, so vehement, wie er ihn verdächtigte.

»Haben Sie persönlich etwas gegen unseren Freund?«, fragte Stella direkt.

»Ihnen kann man nichts vormachen. Das Weingut, auf dem Waltman jetzt sein Dine&Vine-Resort betreibt, das hat mal einem alten Kumpel von mir gehört. Und als der dann bei seinem eigenen Wein sein bester Kunde wurde, hat Waltman den armen Kerl, der gar nicht mehr Herr seiner Sinne war, echt über den Tisch gezogen.«

»Na, dann müssen wir ihn drankriegen«, lachte Stella und verabschiedete sich herzlich von dem Polizisten.

Nachdem sie das Gespräch beendet hatte, versuchte sie, sich auf die Auswahl ihrer Garderobe zu konzentrieren. Schließlich wählte sie ihre beste Jeans, eine dunkelblaue Bluse und eine Strickjacke, denn die Überfahrt über die Cook Strait, besagte Meerenge, die Neuseelands Süd- und Nordinsel voneinander trennte, war stets stürmischer und kühler als geplant. Ja, sie gehörte zu den unruhigsten Meerengen der ganzen Welt.

Deshalb packte Stella auch noch eine Wetterjacke in ihren Rucksack und ein elegantes Sommerkleid, falls die Einweihungsparty so förmlich wie die Einladung sein würde.

Als Stella schließlich mit dem gepackten Rucksack das Haus verließ, kam Ani ihr mit einem Briefumschlag in der Hand hinterhergelaufen.

»Miss Wilson, Ihre Post, ich habe den eben beim Saubermachen gefunden, der muss bei der ganzen Aufregung vom Flurschrank gerutscht sein. Der ist doch schon vor Tagen gekommen.« Sie reichte Stella den Umschlag.

»Pass gut auf dich auf. Es ist besser, wenn Cora die nächsten Tage das Haus hütet und dich beschützt. Schließlich bist du hier ganz allein«, ermahnte Stella ihre Haushälterin.

Sie war sich nicht ganz sicher, ob sie Ani nicht von jenem Jimmy berichten sollte, der im Gefängnis offenbar Kontakt zu Hare gehabt hatte. Sie wollte sie nicht unnötig beunruhigen, aber vielleicht war es besser, wenn sie davon wusste.

Ani blickte Stella durchdringend an. »Miss Wilson, verheimlichen Sie mir etwas? Sie sind doch sonst nicht so ängstlich.«

Stella fühlte sich ertappt, und warum sollte sie Ani beschwindeln?

Seufzend berichtete sie ihrer Haushälterin von den Kerlen, die Waltmans Boot gechartert hatten, und dass es wahrscheinlich eine Verbindung zwischen Hare und diesem Jimmy aus dem Knast in Auckland gab.

Ani bemühte sich, ihr Erschrecken zu verbergen. Nach dem zu urteilen, wie der Kerl sie misshandelt hatte, konnte Stella sehr gut nachvollziehen, dass allein der Gedanke die junge Frau in Panik zu versetzen vermochte. Nein, so konnte sie nicht wegfahren, und sie grübelte fieberhaft über eine Lösung nach, Ani nicht allein in dem einsam gelegenen Haus zurückzulassen.

»Weißt du was? Du schnappst dir jetzt Cora und ein paar Sachen und gehst in die Frauenbucht. Dort bleibst du bis Sonntag, denn ich habe vor, mit der Mittagsfähre zurückzukehren.«

»Ich weiß nicht. Es ist so viel im Haus liegen geblieben. Wäsche, Abwasch …«

»Du hast am Wochenende frei und wirst gar nichts anrühren! Basta!«, befahl Stella lächelnd. »So, und nun geh zu den anderen. Vielleicht kannst du mit ihnen morgen nach Blenheim zum Tanzen fahren.«

Ani verdrehte die Augen. »Niemals!«

Stella widersprach nicht, denn Anis Martyrium war ja noch nicht einmal ein Jahr her. Und welche junge Frau hätte schon vergessen können, wie ihr eigener Ehemann sie im volltrunkenen Zustand und unter Drogen vergewaltigt und halb tot geschlagen hatte, um sie dann wie Abfall in eine Grube hinter dem Haus zu werfen und Erde auf ihren gemarterten Körper zu schaufeln, um ihr Wimmern nicht länger hören zu müssen?

Stella war schon seit Jahren mit freiwilligen Helferinnen in ganz Neuseeland vernetzt, die versuchten, bei dem Problem der häuslichen Gewalt in sozialen Brennpunkten den Opfern zu helfen.

»Versprichst du mir, dass du in die Frauenbucht zu den anderen gehst?«

»Danke, dass Sie sich um mich kümmern und mir die Wahrheit über diesen Kerl gesagt haben. Ich bin sicher, Hare hat ihn dazu angestiftet. Aber ich glaube, er wollte nur Sie treffen. Das hat er ja am Telefon gesagt. Sie sollten auf sich achten. Mich kann doch keiner mehr verletzen, ich bin doch schon tot.«

Beim Anblick der jungen Maori, der man rein äußerlich die erlittene Pein nicht ansah, verspürte Stella einen Stich. Es war dumm von ihr gewesen, das Tanzvergnügen in Blenheim vorzuschlagen.

Nach einem Blick auf die Uhr, der ihr signalisierte, dass sie sich beeilen sollte, um die Fähre nicht zu verpassen, umarmte sie Ani fest, streichelte Cora und eilte zu ihrem Boot.

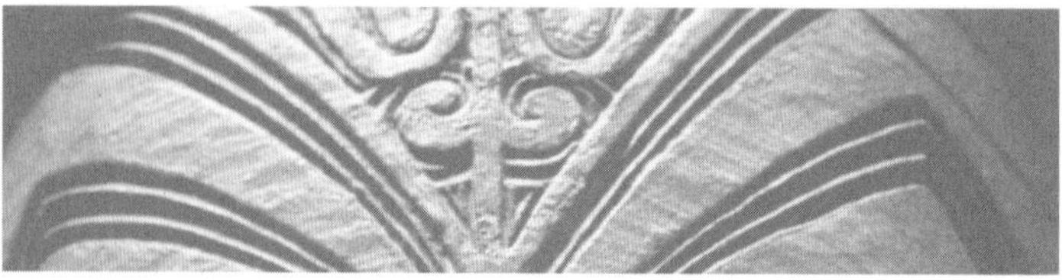

11.

In Havelock angekommen, kletterte Stella in ihren Pick-up und fuhr zügig nach Picton. Schließlich kannte sie jede Kurve der pittoresken Küstenstraße. Auch in dem Hafenort kannte sie jedes Haus und jeden möglichen Parkplatz. Nun war sie so schnell gefahren, dass sie zu früh am Terminal des Interislanders war, zumal gerade auch noch eine Verspätung der Fähre über die Lautsprecher angekündigt wurde. Wahrscheinlich war dort draußen mal wieder der Teufel los. Selbst wenn es in Picton warm war und nur ein laues Lüftchen wehte, konnte die Fähre, kaum dass sie den Queen Charlotte Sound verlassen hatte, zum Spielball von hohen Wellen und Stürmen werden, die nur in der Meerenge herrschten.

Stella merkte, wie sie sich zunehmend entspannte bei dem Gedanken, ihre Insel für ein paar Tage hinter sich zu lassen. Sonst war für sie Taupatiti der erholsamste Platz auf Erden. Durch den Diebstahl kam es ihr jetzt jedoch so vor, als hätte jemand der Insel eine blutende Wunde beigebracht. Stella hatte sich in ihrem Reich stets unverletzlich gefühlt, und diese wohlige Sicherheit war der Sorge gewichen, dass die Männer jederzeit zurückkehren konnten. Dadurch waren auch ihre »Paua-Kriegerinnen« dort nicht mehr wirklich sicher, aber Constable Baxters Versprechen, nach den Frauen zu sehen, beruhigte sie ein wenig. Und wahrscheinlich wären die Burschen nicht so dumm, nachdem die Polizei ihnen auf die Schliche gekommen war, noch Schlimmeres anzurichten.

Stella verließ den Terminal und steuerte auf die Terrasse des Café Cortado am Hafen zu. Dort fand sie einen schönen Platz in der ersten Reihe und bestellte einen großen Americano und ein paar Tapas, weil sie es den ganzen Tag noch nicht geschafft hatte, überhaupt etwas zu essen. Die Snacks auf der Fähre ließen zu wünschen übrig und bis zu ihrer Ankunft in Wellington, nicht vor 22 Uhr, würde sie es ohne eine Mahlzeit nicht mehr aushalten. Ihr fiel plötzlich ein, dass sie ihrer Tochter zumindest ihre Ankunftszeit durchgeben sollte.

Also nutzte sie die Zeit und rief bei Holly an. Ihre Tochter schien ein bisschen verschnupft, dass sich ihre Mutter gar nicht auf die Einladung hin gemeldet hatte, und überfiel sie gleich mit Vorwürfen. Stella rollte genervt mit den Augen.

»Pass auf, Süße, ich muss jetzt gleich auf die Fähre. Bin also gegen 22 Uhr in Wellington und komme dann zu deiner Adresse. Du musst mich nicht abholen. Meinst du, dass ich das zu Fuß gehen kann?«

»Mum, die Einladung ist für morgen Mittag. Ich dachte, du kommst mit der Frühfähre und fragst mal nach, welches Hotel ich für dich gebucht habe.«

»Ist das dein Ernst? Ich soll ins Hotel? Für die zwei Nächte kann ich doch wohl ins Gästebett, so wie wir das immer in Dunedin gemacht haben«, protestierte Stella.

»Unsere Wohnung hat kein Gästezimmer. Ich habe dir was im Mercure Wellington reserviert. Auf den Namen Taylor. Die anderen sind auch alle da.«

Stella wurde mulmig zumute. »Welche anderen denn?«

»Mum, du wirst sie morgen kennenlernen.«

Stella, die stets geneigt war, ihrer Tochter alles durchgehen zu lassen, spürte, wie ihr diese Geheimniskrämerei mächtig auf die Nerven ging.

»Holly, Kind, was wird da gespielt? Ist das morgen eine heimliche Hochzeit oder was? Und wer ist dieser Mr Taylor, und warum hast du ihn mir nicht schon längst vorgestellt?«

»Weil ich nicht weiß, ob das … passt«, erwiderte Holly zögernd.

»Wie meinst du das denn? Ist dir deine gummistiefeltragende Mutter etwa peinlich?«

»Bitte, Mum, das geht hier nicht allein nach meinen Regeln.«

»Das ist ja was ganz Neues. Du entscheidest seit deinem zwölften Geburtstag, wo es langgeht. Ich habe dich nie zu etwas gezwungen!«

»Sorry, Mum, wir finden morgen bestimmt einen Augenblick, an dem wir uns unter vier Augen unterhalten können. Ich verspreche es dir, aber das mit der Einladung sollte nun eben so und nicht anders laufen«, seufzte Holly.

Stella konnte sich kaum beruhigen. Unter dem Druck der letzten Tage und ihrer Sorgen hatte sie keinerlei Kraft, um mit ihrer Tochter Verstecken zu spielen.

»Also, wenn ich dir so peinlich bin, kann ich auch umkehren. Noch hat die Fähre nicht abgelegt«, zischte Stella.

»Mum, bitte, ich wollte dich nicht kränken, aber du hättest ja längst mal anrufen können, wenn dir unsere Einladung komisch vorgekommen wäre.«

»Ach so, jetzt bin ich daran schuld, dass du mir wichtige Dinge aus deinem Leben vorenthältst wie diesen Mr Taylor. Oder ist er doch nur dein Mitbewohner?«

»Mum, bitte sei nicht ungerecht. Ich weiß, dass du immer die Wahrheit auf der Zunge trägst und dass du Geheimniskrämerei verabscheust, aber wir haben unsere Gründe.«

Diese Bemerkung von Holly ließ Stella augenblicklich verstummen. Was bildete sie sich eigentlich ein, ihrer Tochter in puncto Ehrlichkeit Vorhaltungen zu machen, so gemein, wie sie Holly ein Leben lang betrogen hatte, was ihren Vater anging?

»Tut mir leid, meine Kleine, ich bin etwas im Stress. Es ist, also ...« Stella stockte. Es war gerade nicht der richtige Augenblick, Holly damit zu belasten, was jüngst auf Taupatiti geschehen war. »Ach, das erzähle ich dir morgen. Ich freue mich auf dich! Muss ich mir vom Hotel ein Taxi nehmen?«

»Nein, es ist in Laufweite. Lass dir an der Rezeption einen Plan geben und dir den Weg kurz erklären. Das ist wirklich kein Problem. Und wenn du willst, hol ich dich im Hotel ab.«

»Nein, das ist nicht nötig«, sagte Stella eifrig. »Du hast bestimmt genug mit den Vorbereitungen zu tun. Und ... ich freue mich auf dich.«

Stella beendete das Gespräch, ohne ihrer Tochter die Chance zu geben, darauf einzugehen. Sie wollte auf keinen Fall, dass sich Holly aus lauter Pflichtgefühl um sie kümmerte. In dem Punkt hatte Stella feine Antennen. Und ihr Angebot, sie vom Hotel abzuholen, hatte verdammt nach Höflichkeitsfloskel geklungen, aber bestimmt nicht nach großer Sehnsucht, die Mutter endlich in die Arme zu schließen. Stella spürte, wie eine gewisse Wehmut in ihr aufstieg bei dem Gedanken, wie eng ihr Verhältnis ganz früher einmal gewesen war.

In diesem Augenblick brachte der Kellner ihre Bestellung. Stella konnte sich nicht helfen, aber nach dem Telefonat brauchte sie dringend etwas Nervenberuhigendes zu trinken und deshalb orderte sie ein Glas Sauvignon. Als der Wein kam, hatte sie noch nicht einmal an ihrem Americano genippt, geschweige denn ihre Tapas angerührt. Das Gespräch mit Holly hatte sie sichtlich mitgenommen. Sie stürzte den Wein regelrecht runter. Es war aber auch wie verhext. Vor ein paar Tagen war ihr Leben noch in Ordnung gewesen, und nun schien alles aus den Fugen zu geraten.

In dem Augenblick fiel ihr der Brief ein, den sie vorhin hastig in die Tasche gestopft hatte und dessen Existenz ihr ein merkwürdiges Gefühl im Magen bereitete. Aber vielleicht enthielt er ja auch gar keine schlechten Nachrichten, redete sie sich gut zu und zog ihn aus ihrem Rucksack, in dem alles, was sie für diesen kleinen Ausflug benötigte, Platz gefunden hatte. Denn Stella hatte es vermeiden wollen, ihr Gepäck am Terminal abzugeben, was vor allem bedeutet hätte, dass sie es in Wellington wieder hätte abholen müssen. Dieser Rucksack ging noch als Handgepäck durch und durfte mit an Bord genommen werden.

Der Umschlag hatte gelitten, weil er im Flur auf dem Boden gelegen hatte. Sie wollte ihn gerade aufreißen, als sie eine nicht zu verwechselnde männliche Stimme voller Erstaunen sagen hörte: »Hallo, Stella, das ist ja ein Zufall!« Sie hob erschrocken den Kopf, und da stand Jayden vor ihr im Gegenlicht und sah so blendend aus, dass sie es kaum fassen konnte. Er trug eine schwarze Jeans und ein weißes Hemd und schob seine Sonnenbrille ins Haar zurück, um sie besser sehen zu können. »Darf ich mich setzen?«, fragte er, bevor Stella ihre Sprache wiederfand.

»Bitte«, sagte sie kühl. Es war ihr ein bisschen peinlich, als sein Blick an dem leeren Weinglas und den nicht angerührten Tapas hängen blieb. »Na, wie schmeckt die Konkurrenz?«

Was sollte sie erwidern? Keine Ahnung, denn sie hatte das Zeug heruntergestürzt, als wäre es Medizin. Weil ich seit unserer gemeinsamen Nacht völlig aus dem Tritt bin und alles schiefgeht, dachte sie erbost.

»Ist eben ein Sauvignon«, entgegnete sie wenig schmeichelhaft und wunderte sich insgeheim, dass er überhaupt noch mit ihr sprach, nachdem sie neulich auf dem Hotelparkplatz einen derart peinlichen Abgang hingelegt hatte.

Das allerdings schien Jayden Lengston bereits vergessen zu haben, denn weder ihre uncharmante Entgegnung über den Wein noch ihre schroffen Abschiedsworte schienen ihn davon abzuhalten, sich lächelnd neben sie zu setzen.

»Dann werde ich den wohl auch mal testen müssen, denn die

Konkurrenz schläft schließlich nicht«, seufzte er und bestellte, ohne sie zu fragen, zwei Gläser Wein.

»Moment, sollte das für mich sein? Ich muss gleich zur Fähre«, protestierte sie, während sie hastig den Umschlag in den Rucksack zurückstopfte.

»Die kommt erst in einer halben Stunde«, entgegnete er gelassen.

»Woher weißt du das so genau?«

»Mein Sohn ist an Bord. Er war ein paar Tage auf einem Weinseminar und hat mich eben angerufen.«

»Ist es sehr schlimm mit den Wellen heute?«

»Nein, es soll ganz friedlich sein. Sie sind wegen eines technischen Defekts ein wenig später losgefahren. Und was treibt dich nach Wellington?«

»Meine Tochter. Die feiert ihre Wohnungseinweihung. Sie studiert seit Kurzem in Wellington«, erwiderte Stella und wunderte sich darüber, dass sie sich mit Jayden auch ganz normal unterhalten konnte, ohne dass sie das Bedürfnis hatte, ihn vor den Kopf zu stoßen oder ihm auszuweichen. Doch Sekunden später musterte er sie eindringlich mit einem Blick, den sie nicht deuten konnte.

»Na, fragst du dich immer noch, ob ich unter Verfolgungswahn leide, weil ich deinen liebsten Freund verdächtige, der Auftraggeber des Muschelklaus zu sein?«

»Nein, ich denke, das hat sich inzwischen erledigt. Täter ist ein gewisser Jimmy Franklin, der bereits gestanden hat.«

»Wie bitte? Woher weißt du das? Das hat ja noch nicht mal Baxter als erfahrener Polizist gewusst, als er mich vorhin angerufen hat.«

»Ralph hat mich angerufen und mir die Sache brühwarm berichtet.«

»Ach ja, ich vergaß, ihr seid ja unzertrennlich, ihr beiden. Und dieser Jimmy hat die ganze Schuld auf sich genommen?«

»Ja, soviel ich weiß, war das ein spontaner Einfall im Suff.«

»Wer es glaubt!«, zischte Stella.

»Stella, bitte, der Mann wird doch nichts auf seine Kappe nehmen, was er nicht auf eigene Veranlassung getan hat. Der Typ soll frisch aus dem Knast kommen. Nein, das macht keiner. Der hat seine Bewährung aufs Spiel gesetzt. Gut, Ralph hat mir das nicht ohne Schadenfreude berichtet und hinzugefügt, ich solle nicht versäumen, es meiner neuen Freundin weiterzugeben, aber deshalb steckt er noch lange nicht hinter dieser gemeinen Geschichte.«

»Okay, okay, aber ich möchte das aus Baxters Mund höchstpersönlich hören!« Stella nahm einen kräftigen Schluck von dem Glas Wein, das der Kellner gerade gebracht hatte, und rief dann Baxter an, um sich zu vergewissern, dass Waltman seinem Freund keinen Bären aufgebunden hatte. Der Constable bestätigte das, was Jayden ihr erzählt hatte, und versicherte, dass Waltman ganz offensichtlich nichts mit dem Diebstahl zu tun hätte.

»Und die Muscheln?«, fragte Stella entgeistert. »Wo sind die, oder haben sie die verkauft?«

»Angeblich haben sie die Muscheln unterwegs ins Meer gekippt. Dieser Jimmy behauptet, er habe nicht mal gewusst, wem die Muschelzucht gehört und dass die was wert sein könnten. Sie hätten einfach zu viel getrunken.«

»Danke, Baxter.« Stella warf Jayden einen entschuldigenden Blick zu. »Ich glaube, ich bin da ein wenig übers Ziel hinausgeschossen. Offenbar war das nichts als Vandalismus, was die Sache allerdings nicht gerade erträglicher macht. Hoffentlich wandert dieses Arschloch gleich wieder in den Knast!«, fluchte sie.

»Ach, Stella, ich verstehe dich doch. Das ist wirklich gemein«, bemerkte Jayden voller Mitgefühl.

Stella nahm noch einen Schluck. »Deiner ist übrigens um Längen besser«, sagte sie und schenkte ihm ein Lächeln. Sie kam sich mit einem Mal so schrecklich albern vor, dass sie sich wegen der einen Nacht wie ein Teenie aufführte und zwischen Anziehung und Ablehnung für den attraktiven Winzer hin- und herschwankte.

»Frieden?«, fragte er.

»Frieden!«, seufzte sie.

»Entschuldige, falls ich dir mit meiner nächsten Frage erneut zu nahe treten sollte. Hast du schlechte Erfahrungen mit Männern gemacht? Böse Zungen behaupten, du seist eine Männerhasserin, aber das kann ich nicht unterschreiben.«

»Kannst du es nicht einfach auf sich beruhen lassen? Ich bin glücklich allein und habe schlicht kein Interesse an der romantischen Liebe«, erwiderte sie und versuchte, nicht allzu schroff und zickig zu klingen. »Nein, ich habe keine schlechten Erfahrungen gemacht. Der Vater meiner Tochter war meine ganz große Liebe, und es war eine Kopfentscheidung, ohne ihn auf meiner Insel zu bleiben, denn ihm stand die ganze Welt offen. Das waren unvereinbare Universen!«

»Das höre ich zum ersten Mal. Sogar Helen behauptet, es wäre ein One-Night-Stand gewesen.«

Stella zuckte zusammen. Was hatte sie getan? Ihm ohne Not ihr größtes Geheimnis ausgeplaudert. Jayden schaffte es aber auch in seiner unnachahmlichen Art, sich in ihr Vertrauen zu schleichen.

»Das da eben, das habe ich nie gesagt. Hörst du, wenn du das jemals weitererzählst, dann, dann …«

Jayden nahm zärtlich ihre Hand. »Wovor hast du Angst? Natürlich werde ich im Leben mit keinem Menschen darüber reden, aber es ist doch nichts dabei, wenn du dazu stehst, dass es eine große Liebe in deinem Leben gegeben hat.«

Er ist aber auch hartnäckig, dachte Stella und spielte mit dem Gedanken, ihm die ganze Wahrheit anzuvertrauen. Dass sie damals dem Fluch der Ahnen mehr vertraut hatte als der Macht der Liebe, und dass ihre Tochter wie alle anderen das Märchen vom unwichtigen fremden Erzeuger glauben musste. Doch da sah sie die Fähre in den Hafen einlaufen.

»Ich muss gehen«, sagte sie hastig und warf einen Schein auf den Tisch. »Das ist für den Wein.« Dann wickelte sie die Tapas in eine Serviette und ließ sie in ihren Rucksack gleiten.

Jayden sprang ebenfalls auf. »Warte, ich begleite dich. Ich bin mit Niclas im Terminal verabredet.« Er gab ihr das Geld zurück und bezahlte im Vorbeigehen am Tresen die gesamte Rechnung.

Schweigend schlenderten sie zum Terminal und konnten durch eine große Scheibe dabei zusehen, wie die Fähre festmachte.

»Danke für dein Vertrauen«, raunte Jayden ihr ins Ohr. »Ich werde es niemals missbrauchen, und ich befürchte, du könntest sogar das Heilmittel gegen die Schatten meiner Vergangenheit sein, von denen ich dir vielleicht bei unserem nächsten Date erzählen werde.«

»Es wird kein nächstes Date geben«, stieß Stella, ohne nachzudenken, schroff hervor.

»Schade, und ich dachte, ich hätte den Eispanzer zum Schmelzen gebracht«, entgegnete Jayden bedauernd.

»Ach, Jayden, das Ganze war eine einmalige Sache unter dem Einfluss deines Zaubertranks. Mehr nicht. Lass uns einfach Freunde bleiben.«

»Ist das nicht der Spruch, der den Männern vorbehalten ist?«, lachte er.

»Nein, wir leben in Zeiten der Gleichberechtigung«, erwiderte Stella in lockerem Ton. Eines muss man ihm wirklich lassen, dachte sie, er nimmt es sportlich.

»Da ist er ja schon«, sagte Jayden und deutete zur Gangway nach draußen.

Sein Sohn war ein hochgewachsener dunkelgelockter Bursche,

der Jayden nicht unähnlich war, nur im Vergleich zu seinem Vater extrem mürrisch dreinblickte.

»Er sieht gut aus, dein Sohn«, bemerkte Stella.

»Tja, man sollte meinen, die Mädchen würden Schlange stehen, aber seit dem Tod seiner Mutter ... also, er hatte hier in Neuseeland noch keine Freundin. Er ist seitdem sehr verschlossen, musst du wissen.«

Stella spürte, dass er plötzlich sehr nervös wurde. »Musst du nicht zum Check-in?«, fragte er sie.

»Willst du mich loswerden?«, konterte sie amüsiert. Ganz offensichtlich wollte er vermeiden, dass sein Sohn ihn in ihrer Begleitung vorfand.

»Nein, versteh das nicht falsch. Es ist nur so: Niclas' und mein Verhältnis ist sehr angespannt, und ich möchte vor dir nicht unbedingt den gestressten Vater eines erwachsenen Sohnes geben«, gab er seufzend zu.

»Diese Seite von dir würde ich sogar in Kauf nehmen, weil ich nämlich zurzeit auch Probleme mit meiner Tochter habe.« Sie lachte.

»Flirtest du etwa mit mir? Das gefällt mir. Dann stelle ich mich einer Mutprobe. Du bleibst jetzt neben mir stehen, bis er kommt!«

»Nein, ich möchte dich doch nicht in Verlegenheit bringen. Ich verschwinde.« Ehe sie sichs versah, hatte er ihr einen Kuss auf die Wange gegeben, doch dann zischte er: »Zu spät! Und er hat es gesehen.«

Jetzt sah auch Stella, wie der junge Mann auf sie zukam. Wenn Blicke töten könnten, dachte sie. Jayden hatte sich inzwischen vor lauter Schreck einen Riesenschritt von ihr entfernt. Er rang sich zwar zu einem Lächeln durch, aber Stella entging nicht, wie gezwungen das war.

»Hallo, mein Junge, darf ich dir Stella Wilson vorstellen, eine alte Schulfreundin von mir«, erklärte Jayden in scheinbar lockerem

Ton, doch sein Sohn warf Stella nur einen flüchtigen finsteren Blick zu und brummelte etwas, das sie nicht verstand. Jayden schien dieses unhöfliche Benehmen seines Sohnes sichtlich peinlich zu sein. Er legte entschuldigend seine Hand auf Stellas Unterarm. »Ich wünsche dir ein schönes Wochenende, und nächste Woche werde ich auf deine Einladung zurückkommen«, sagte er lächelnd.

»Welche Einladung?«

»Na, die auf deine Terrasse!« Dann gab er ihr vor lauter Verlegenheit die Hand.

»Kommst du endlich?«, zischte sein Sohn.

»Bis nächste Woche«, sagte Jayden, bevor er sich von seinem Sohn unsanft fortziehen ließ.

Die beiden waren noch keine drei Schritte von ihr entfernt, als sie Jaydens Sohn verächtlich sagen hörte: »Musst du deine Affären jetzt auch schon öffentlich abknutschen? Das ist ja widerlich!«

Stella war zu verdattert, um ihm eine passende Antwort auf diese Frechheit hinterherzurufen. Stattdessen atmete sie ein paarmal tief durch und eilte zum Einchecken. Als sie dort ankam, hatte das Boarding bereits begonnen. Offenbar wollte die Fähre vor Mitternacht in Wellington sein, denn jetzt ging alles überaus zügig über die Bühne. Sie fand einen Platz auf dem Oberdeck und ließ ihren Blick über den Hafen von Picton schweifen, während sie sich fragte, was das wohl für ein Schatten sein mochte, der über Jayden Lengstons Vergangenheit lag. Sie konnte es vor sich selber nicht länger leugnen: Sie interessierte sich mehr für diesen Mann, als sie es jemals zugeben würde. Vor allem nicht gegenüber dem charmanten Winzer selbst.

12.

Stella liebte diese malerischen Fährfahrten durch den Queen Charlotte Sound, die je nach Tageszeit von den Lichtstimmungen her sehr unterschiedlich sein konnten. An diesem frühen Abend dominierten die Rot- und Gelbtöne, die auch das ansonsten türkisgrüne Wasser einfärbten. Verträumt ließ sie ihren Blick schweifen und ärgerte sich, dass sich immer wieder Jayden in ihre Gedanken schlich. Das laute Knurren ihres Magens riss sie vorerst aus ihren romantischen Erinnerungen an die gemeinsame Nacht und erinnerte sie daran, dass sie großen Hunger hatte. Als sie in ihrem Rucksack nach den Tapas griff, musste sie zu ihrem großen Entsetzen feststellen, dass diese sich selbstständig gemacht und überall verteilt hatten. Das Kleid, das sie morgen zu dem Besuch bei Holly anziehen wollte, war über und über mit roter Soße beschmiert. Auch ihre Pumps mit Absatz hatten etwas abbekommen. Sogar die kleine Handtasche war völlig verschmutzt.

Sie wollte den Rucksack hastig zuklappen und die Säuberungsaktion später im Hotelbad erledigen, als ihr ein ebenfalls mit Soße bekleckerter Brief ins Auge fiel. Mit spitzen Fingern zog sie den ekelig nach Pfeffersoße stinkenden Umschlag hervor. Ihr stand zwar nicht der Sinn danach, während der Schifffahrt durch den Sound zu lesen, aber möglicherweise waren es ja nur ein paar wenige Zeilen. Sie riss ihn hastig auf.

Doch schon bei der Lektüre der ersten Zeilen wurde ihr so

schwindelig, dass das Geschriebene vor ihren Augen verschwamm. Es gab keinen Zweifel. Der Brief war von Oliver! Stella atmete tief durch und fing noch einmal von vorne an.

Liebste Stella,

ach, wie betörend ist allein die Tatsache, dass ich endlich wieder deinen wunderschönen Namen schreiben und nicht nur denken darf. Es ist kaum ein Tag in den zurückliegenden dreiundzwanzig Jahren vergangen, an dem ich ihn nicht mehrfach gedacht oder sogar leise vor mich hin gemurmelt hätte.

Ich werde niemals den schwarzen Tag vergessen, als deine grausame Nachricht kam, in der du mir mitgeteilt hast, dass unsere fernen Planeten nicht zusammenkommen können. Damals hatte ich bereits alles für deine Ankunft in London vorbereitet. Mein Engel, es ist nicht so, dass ich deine Entscheidung nicht verstanden hätte, das Erbe deiner Ahnen nach dem plötzlichen Tod deiner Mutter nicht auszuschlagen, sondern auf Taupatiti zu bleiben. Nein, und du hattest es richtig eingeschätzt, dass ich zu dem Zeitpunkt bereits zu sehr am süßen Nektar des Ruhms gekostet hatte, als dass ich mich auf deiner Trauminsel mit Gutenachtkonzerten für meine Geliebte begnügt hätte. Was mir bis heute schleierhaft bleibt, ist die Tatsache, dass du keinen meiner Briefe beantwortet hast. Warum hast du mir keine Chance gegeben, mich mit dir über meine unendliche Trauer wegen der Unmöglichkeit unserer Beziehung auszutauschen? Nichts mehr von dir zu hören hat mir damals schier das Herz gebrochen. Niemals hätte ich dich für so hartherzig gehalten, meine Bitte, dich wenigstens hin und wieder besuchen zu dürfen, zu ignorieren.

Wieder verschwamm alles vor Stellas Augen. Dieses Mal war es nicht der Schreck, der ihre Augen beeinträchtigte, sondern die Tränen, die ihr aus den Augen rannen und direkt auf Olivers Brief tropften. Sie schaffte es gerade noch, ihn beiseitezunehmen, sodass die Schrift nicht verschmierte. Er hatte nämlich ganz altmodisch einen Füllfederhalter benutzt. Für Stella, die alles am Rechner erledigte, ein Relikt aus längst vergangener Zeit, genau wie der Inhalt des Briefes.

Ob seine Nachrichten die Jahre in dem kühlen Grab hinter dem Haus unter dem Riesenfarn überlebt hatten? Dort hatte sie die Waka Huia, die uralte Schatzkiste, die eigentlich für das Aufbewahren von Federn oder sonstigen schönen Dingen gedacht war, eines Tages kurz entschlossen mit den ungelesenen Briefen Olivers beerdigt, nachdem sie nach Hollys Geburt in regelmäßigen Abständen versucht war, ihm von diesem Wunder der Natur zu berichten. Damals hatte sie befürchtet, sie würde schwach werden, wenn er sie anflehte, ihren Entschluss, auf Taupatiti zu bleiben, zu revidieren und mit dem Kind zu ihm zu kommen. Sie hatte sich nach dem Tod ihrer Mutter eingeredet, in ihrem Entschluss gefestigt zu sein, doch das Baby hatte alles durcheinandergebracht.

Manchmal hatte sie nächtelang durchgeweint aus Kummer, dass sie die Freude über dieses wunderschöne Wesen nicht teilen konnte, doch dann hatte sie sich wieder damit getröstet, dass er für sie doch in seiner Tochter weiterlebte. Sie war ihm schon in der Wiege wie aus dem Gesicht geschnitten gewesen, ein Umstand, an dem sich mit den Jahren nichts geändert hatte. Es waren nicht nur seine jadegrünen Augen, sondern auch seine blonden Locken, sein energisches Kinn, das Grübchen am Kinn und die schlanke hochgewachsene Gestalt. Das hatte Stella außer des blonden Haars, das bei ihr allerdings sehr glatt war, mit Oliver gemeinsam. Sie waren beide sehr groß und schlank. Man hätte sie damals für Geschwister halten können …

Ich hätte die Briefe lesen müssen, er hat recht, dachte Stella bekümmert, während sie sich mit dem Ärmel ihrer Jacke über die

Augen fuhr, um die Tränen zu trocknen. Angespannt fuhr sie mit dem Lesen fort.

Ich will dir mitteilen, warum ich schließlich aufgegeben habe. Nicht, weil meine Liebe zu dir erloschen war, nein, weil ich schwer erkrankt war und meine Genesung nur einer engagierten jungen Ärztin zu verdanken hatte, die mich nicht aufgegeben und mir wieder Lebensmut gegeben hat. Aus Dankbarkeit habe ich sie geheiratet. Verstehe mich nicht falsch, ich habe sie auch geliebt, aber anders als dich. Sie war all die Jahre an meiner Seite, wenn ich denn mal daheim in London war. Nur Kinder sind uns nicht vergönnt gewesen. Gloria ist im vergangenen Jahr bei einem Flugsturzabsturz ums Leben gekommen. Ach, ich merke, dass ich wie eine Katze um den heißen Brei rede. Es ist so: Ein alter Londoner Freund aus Kindertagen, Joey, lebt inzwischen in Neuseeland. Er hat die Ehe gescheut wie der Teufel das Weihwasser – und der Gute ist ein paar Monate älter als ich! –, und nun hat er eine junge Dame kennengelernt, für die er seine Meinung unter Umständen ändern würde. Und er hat mich mit einer kleinen Tournee durch Neuseeland an das andere Ende gelockt, damit ich seine Angebetete auf Herz und Nieren überprüfen soll. Zur Verlobung werde ich es leider nicht schaffen, aber, wenn alles nach Plan läuft, dann wird Mitte Februar geheiratet, weil der alte Knabe dann auch gleich Nägel mit Köpfen machen und eine Familie gründen möchte. Kurz, ja, ich werde noch im Januar fliegen, und zwar zunächst, um dich zu treffen … ich weiß, das ist ein wahrer Überfall. Aber ganz gleich, ob du einen eifersüchtigen Mann oder eine Großfamilie hast, die von dem Engländer nichts ahnen, ich möchte dich sehen. Ich glaube, ich habe ein Recht zu erfahren, warum du mir dieses Leid zugefügt hast, dich so brutal aus meinem Leben zu verabschieden. Deshalb sei mir bitte nicht böse, wenn ich dir keine Adresse schicke, unter der du mich zurzeit erreichen kannst. Ich werde eines Tages vor deiner Tür stehen und dich fragen: Warum? Es wird nicht morgen sein, mein kleines Sternchen, du hast Zeit zum Überlegen. Ich weiß, dass du immer noch auf Taupatiti lebst. Wo auch sonst? Aber ich habe vorsichtshalber deine Website im Netz aufgespürt, und das Foto der Muschelzüchterin hat mich in meinem Plan bestärkt: Ich muss dich noch einmal sehen, koste es, was es wolle. Dich höflich um Erlaubnis zu bitten, wäre ansonsten eine Option gewesen, aber nicht, nachdem du unseren Schwur gebrochen hast … Nun glaube ich, das Recht zu haben, dir in die Augen zu blicken, wenn du mir sagst, warum du das Schwert genommen hast, um unsere Verbindung zu kappen, und nicht die Kraft der Liebe hast walten lassen, mit deren Hilfe ich es wahrscheinlich besser ertragen hätte, dass uns beiden keine gemeinsame Zukunft vergönnt gewesen ist.

Dein Oliver

Stella ließ den Brief sinken. Ihr war schon wieder zum Heulen zumute, aber sie schluckte ein paarmal kräftig. Dann wich die Traurigkeit einem Anflug von Zorn. Diese Schwüre, diese verdammten Schwüre, für alles und jeden hatte sie damals etwas schwören müssen. Für ihre Mutter und auch für Oliver … Natürlich hatte sie es damals selber gewollt. Sie hätte ihm alles geschworen!

Stella erinnerte sich an jenen Moment noch ganz genau. Sie hob den Kopf und blickte wehmütig zurück nach Picton, das nur noch ganz klein in der Ferne zu erahnen war. Dort hatten sie vor der Fähre gestanden, damals, als man noch ganz altmodisch über eine Gangway an der Kaimauer an Bord der Schiffe gegangen war. Damals, als Picton noch ein verschlafener Hafenort gewesen war, ohne Terminals. Damals aber war nicht sie an Bord gegangen, sondern Oliver, um den Flug von Wellington nach London zu erreichen. Doch er hatte sich nur schwerlich aus ihrer Umarmung lösen können. Wie zwei Ertrinkende hatten sie sich aneinandergeklammert. Damals war er es gewesen, der hemmungslos geschluchzt hatte, während sie keine Tränen mehr gehabt hatte. Sie hatte sich in dem Augenblick auf den Gedanken konzentriert, dass es nur eine Trennung auf Zeit wäre, während ihr ein unbestimmtes Gefühl einen endgültigen Abschied signalisiert hatte. Dieses dumpfe Gefühl hatte sie vor Entsetzen verstummen lassen.

Noch heute hörte sie die ungeduldige Stimme des Angestellten der Reederei rufen: »Junger Mann! Wenn Sie jetzt nicht kommen, müssen wir ohne Sie ablegen!«

Unter Tränen hatte Oliver sie angeblickt und diesen Satz gesagt: »Schwöre, dass wir nie Geheimnisse voreinander haben werden. Schwöre, dass du mich in der Not anrufst! Ganz gleich, was geschieht! Schwöre, dass wir niemals den Kontakt verlieren und den anderen niemals ohne Antwort lassen.«

»Ich schwöre!«, hatte sie leise, aber aus voller Überzeugung erwidert.

Noch einmal hatten sie sich geküsst, bis sich der Seemann dort oben am Ende der Gangway demonstrativ geräuspert hatte. Da erst hatten sich ihre Münder voneinander gelöst, und nachdem sie sich gegenseitig ihrer Liebe versichert hatten, war er wie zum Schafott die Treppe der Gangway hinaufgegangen. Da waren bei Stella alle Dämme gebrochen, und sie war in haltlose Tränen aufgelöst hinter ein Fahrkartenhäuschen geflüchtet, damit sich, falls er sich noch einmal umdrehte, nicht dieses heulende Elend in sein Herz einbrannte.

Wie in Trance stand sie auf und ging schwankend zum Heck, lehnte sich an die Reling und blickte zurück nach Picton, bis es endgültig verschwunden war. Ihr Blick schweifte über das Wasser und die grünen Hügel, die einer nach dem anderen zu beiden Seiten auftauchten. Das half in jeder Lage, ihre angespannten Nerven zu beruhigen. Ihre Sound-Meditation nannte sie dieses Abdriften gern. An diesem Tag aber funktionierte es lange nicht so reibungslos wie sonst. Immer wieder schob sich Olivers todernste Miene von damals, als er ihr den Schwur abverlangt hatte, zwischen die Natur und sie.

Dass ihr Tränen über die Wangen liefen, bemerkte sie erst, als sie eine besorgte Frauenstimme fragen hörte: »Entschuldigen Sie, alles in Ordnung? Können wir Ihnen behilflich sein? Sie sind eben wie eine Schlafwandlerin nach hinten ins Schiff gegangen, sodass wir ein wenig Sorge hatten.«

Ein eng umschlungenes Paar, das sie nicht viel jünger als sich selbst schätzte, musterte sie fürsorglich, dann warf die Frau ihrem Mann einen innigen Blick zu. Der Mann reichte Stella daraufhin wortlos ein Papiertaschentuch, das sie dankend annahm.

»Können wir wirklich nichts für Sie tun?«, hakte die Frau nach.

Stella schüttelte eifrig den Kopf, woraufhin die beiden sich höflich verabschiedeten und immer noch Arm in Arm zu ihren Plätzen zurückkehrten. Stella sah ihnen gedankenversunken nach. Noch nie zuvor hatte der Anblick eines glücklichen Paares ernsthafte sentimentale Anwandlungen in ihr ausgelöst, aber in diesem Moment wünschte sie sich mit schmerzhaftem Verlangen eine starke Schulter zum Anlehnen.

13.

Das Spiegelbild zeigte Stella zwei dunkle Ringe unter den Augen. Kein Wunder, dachte sie, denn sie hatte in der vergangenen Nacht kein Auge zugetan. Und das in einem sehr angenehmen Hotelzimmer mit dem einzigartigen Panoramablick über City und Hafen. Stella war kurz vor Mitternacht dort angekommen, hatte sich noch ein Sandwich aufs Zimmer bestellt und sich dann darangemacht, das Innenleben ihres von den Tapas verschmierten Rucksacks so gut wie möglich zu säubern. Das Sommerkleid ließ sich allerdings nicht von den Fettflecken reinigen. Das drängende Problem, was sie denn nun morgen zu der Einweihungsparty tragen sollte, lenkte sie ein wenig von ihren anderweitigen Grübeleien ab. Da gab es nur zwei Möglichkeiten: Sie kaufte sich in Wellington ein neues Kleid, oder sie ging in ihrer Reisekleidung zu Holly. Mit einem prüfenden Blick auf ihre beste Jeans, die klassische Hemdbluse und ihre Strickjacke entschied sie sich für Letzteres. Schließlich besuchte sie ihre Tochter, und es war eine Wohnungseinweihung und kein Staatsempfang. Außerdem kannte Holly ihre Mutter und erwartete mit Sicherheit keine Sonntagsgarderobe. Der Gedanke, in einer fremden Stadt durch die Geschäfte zu irren, war überdies entsetzlich abschreckend für Stella, die in Blenheim ihren Lieblingsladen hatte, in dem sie all ihre Kleidung kaufte.

Als sie wenig später im Bett lag, hatten ihre Gedanken sofort wieder angefangen, sich chaotisch zu drehen: die Briefe, der

Schwur und vor allem Olivers Plan, sie zu treffen, und das ungeachtet der Tatsache, ob sie das wollte oder nicht. Was sollte es denn bringen, hatte sie sich immer wieder gefragt, während ihr das Herz bei der Vorstellung, ihn noch einmal in ihrem Leben wiederzusehen, mächtig geklopft hatte. Und immer wieder hatte sie sich mit derselben Frage gequält. Musste sie Holly nicht schnellstens die Wahrheit sagen, bevor Oliver auf Taupatiti auftauchte? Die Vorstellung, dann sowohl vor der Tochter als auch dem Vater als gemeine und egoistische Person dazustehen, behagte ihr ganz und gar nicht. Im Gegenteil, sie fürchtete es so sehr, dass sie sich schließlich in den Gedanken verbiss, sein drohender Besuch wäre eher ein triftiger Grund, vorerst eisern zu schweigen. Nicht auszudenken, wenn sie sonst gleich zwei betroffene Menschen gegen sich hätte, die sich von ihrem Schweigen betrogen fühlten. Und das natürlich zu Recht. Ein verspätetes Geständnis nach dem Motto: Dein Erzeuger ist ein begnadeter Pianist, er war meine große Liebe, wäre für ihre Tochter sicher schon schlimm genug gewesen, aber dass sie ihre Beichte nicht ablegen konnte, ohne Holly mit dem ganzen Ahnenkram samt Fluch und Schwüren vertraut zu machen, überstieg Stellas Kraft. Ihre Tochter damit zu belasten, hatte Stella nämlich bisher vermieden.

Holly ahnte nichts von der schicksalhaften Verpflichtung der Inselerben, das Wohl Taupatitis über alles andere zu stellen. Und wenn Stella ihr von Oliver erzählte, kam sie nicht umhin, genau diese alte Geschichte aufzurollen. Weil ohne diese Panikmache alles anders gelaufen wäre. Und vielleicht wäre Holly ihrer Mutter gar nicht so dankbar dafür, dass man sie von all diesen Geschichten ferngehalten hatte, sondern hätte lieber die Wahl gehabt, selbst eine Entscheidung zu treffen. Stella konnte es nicht einschätzen. Fakt war und blieb: Sie hatte ihrer Tochter nicht nur den Vater verschwiegen, sondern auch die Bürde, die man ihr als potenzieller Erbin auferlegt hatte.

Während Stella sich das Hirn zermarterte, versuchte sie, mit einem Abdeckstift die schwarzen Augenränder zu verbergen, aber das wollte ihr nicht so recht gelingen. Seufzend stellte sie sich unter die Dusche und genoss die warmen Strahlen auf ihrem Körper. Am liebsten würde sie den Besuch bei ihrer Tochter noch absagen. So konnte sie ihr doch nicht unter die Augen treten. Holly würde einen Schrecken bekommen und glauben, sie wäre krank. Immerhin konnte sie den Schock über den Raub ihrer Muscheln als Grund dafür vorschieben. Das würde ihr wohl jeder abnehmen.

Als Stella sich mit dem flauschigen Hotelhandtuch abrubbelte, schweiften ihre Gedanken zu Jayden ab. Ausgerechnet jetzt musste sie an seine leidenschaftlichen Küsse denken. Bevor sich noch einmal die gesamte Liebesnacht in ihre Gedanken schleichen konnte, zwang sie sich, an den bevorstehenden Besuch bei Holly zu denken.

Sie zog Jeans und Bluse an und sah in den Spiegel. Das auf einem Bügel am Schrank zum Trocknen aufgehängte Sommerkleid, das am Oberkörper eng anlag und einen weit schwingenden Rock besaß, hätte wesentlich mehr hergemacht. In diesem Look konnte man sie durchaus für eine Lady aus der Stadt halten und nicht gleich die Muschelzüchterin aus Taupatiti in ihr erkennen, aber die fiesen Fettflecken waren alles andere als elegant und damenhaft.

Stella steckte wenigstens das Haar auf und legte einen Hauch von Lippenstift auf. Trotzdem war sie nicht wirklich zufrieden mit sich. Nun hatte sie endlich eine passende Gelegenheit, ihr einziges Ausgehkleid, das sie sich extra für eine von Helens vornehmen Einladungen ins Hotel von der Freundin hatte aufschwatzen lassen, auszuführen – und hatte es womöglich so sehr verschmutzt, dass sie es nur noch wegwerfen konnte. Kleider und ich sind eben nicht füreinander geschaffen, stellte sie mitleidslos fest. Wenigstens hatten die nagelneuen Pumps nicht so viel von den Tapas abgekommen, dass sie diese nicht zur Jeans tragen konnte.

Der nächste Schrecken folgte, als sie sich ihre kleine Handtasche, die sie ebenfalls zum Trocknen im Badezimmer aufgehängt hatte, greifen wollte. Die war immer noch pitschnass. Doch ohne Tasche ging sie selten aus dem Haus.

Seufzend griff Stella zu ihrem sportlichen Rucksack und warf noch einen flüchtigen Blick in den Spiegel. In dem Augenblick knickte sie um und stieß einen Schmerzensschrei aus. Der Schuh war wirklich nicht besonders hoch, aber selbst dieser kleine Absatz war zu hoch für eine Muschelzüchterin, die im Alltag die schwierige Auswahl zwischen Turnschuhen und Gummistiefeln hatte. Ihr Blick fiel sehnsüchtig auf die Turnschuhe, in denen sie gestern angereist war. Ohne lange zu zögern, tauschte sie die Pumps gegen die bequemen Turnschuhe aus und fühlte sich gleich um Längen besser. Als sie dann noch den Entschluss fasste, sich heute keinen weiteren Kopf um Olivers Besuch, der schließlich nicht schon morgen anstand, zu machen, entspannte sie sich langsam. Einmal abgesehen von der Aufregung darüber, Oliver überhaupt in absehbarer Zeit wiederzusehen, verbunden mit der bangen Frage, ob wohl etwas von ihrer großen Liebe die vergangenen Jahre unbeschadet überstanden haben mochte, ging es ihr wesentlich besser als in der vergangenen Nacht, in der sie kein Auge zugetan hatte. Hollys Unlust, nach Taupatiti zu kommen, war in dieser Lage ein wahrer Segen. Ein zufälliges Zusammentreffen von Tochter und Vater konnte damit mit an Sicherheit grenzender Wahrscheinlichkeit ausgeschlossen werden. Was dafür sprach, Holly erst nach Olivers Abreise reinen Wein einzuschenken ... oder vielleicht lieber gar nicht mehr.

Wie sie es auch drehte und wendete, es schien ihr zu spät für eine Beichte. Im Grunde konnte sie nur noch Schadensbegrenzung betreiben und verhindern, dass Vater und Tochter sich über den Weg liefen, solange Oliver in Neuseeland war. Und danach? Stella schob den Gedanken energisch beiseite.

Ein letzter prüfender Blick in den Spiegel bewies ihr, dass ihre Gedanken in die richtige Richtung gingen, denn die Ringe waren wie von Zauberhand verschwunden. Und wenn sie ehrlich war, fühlte sie sich in den Turnschuhen und mit dem Sportrucksack rundherum wohl und unverkleidet.

Als sie in den Fahrstuhl stieg, verspürte sie einen unbändigen Appetit und die Lust auf einen Kaffee. Sicher würde es bei Holly auch etwas Essbares geben, aber das war immerhin noch zwei Stunden hin.

Im Frühstücksraum war ein deftiges britisches Buffet aufgebaut. Mit Heißhunger nahm sich Stella reichlich Toast und Rührei und ein paar Tomaten. Sie suchte sich einen schönen Fensterplatz, von dem aus sie einen Blick über die Stadt und den Hafen hatte. Als der Kellner nach ihrem Getränkewunsch fragte, bestellte sie einen großen Kaffee und fragte nach einer Zeitung. Er erkundigte sich, ob sie eine bestimmte im Sinn hatte, und ihr fiel spontan »Ladylike« ein, die Zeitschrift, in der sie den Artikel über Oliver entdeckt hatte, den sie in den Wirren der vergangenen Tage immer noch nicht gelesen hatte und an dem ihr Interesse vor dem Hintergrund seines Besuchs enorm gestiegen war. Sie fragte höflich danach. Jetzt handelte es sich nicht mehr um eine nostalgische Erinnerung an die Liebe ihres Lebens. Nein, nun würde sie erfahren, mit wem sie es im Hier und Jetzt zu tun hatte. Sie hoffte nur inständig, dass ihr dieser reife Mann verzeihen würde, dass sie ihren Schwur ihm gegenüber gebrochen hatte, um einen anderen einzulösen. Es war doch nicht aus Gleichgültigkeit und dem Bedürfnis geschehen, ihn zu verletzen. Im Gegenteil, mit Hollys Geburt war ein Leben an seiner Seite unter Zurücklassung ihrer Wurzeln und allem, was damit zusammenhing, manchmal wie eine Versuchung erschienen, der sie entgegen all diesen Schwüren und Flüchen kaum widerstehen konnte. Sie erinnerte sich noch genau an den Tag, an dem sie ihm einen Brief geschrieben hatte. Mit ein paar flehenden Sätzen: *Bitte komm! Wir können nicht ohne dich, deine kleine Tochter und ich. Wir werden eine Lösung finden. Nur komm!*

Sie hatte ihn in der Nacht geschrieben, während Holly geschlafen hatte. Dann war die Kleine aufgewacht und sie hatte sie gestillt. Als das zufriedene Kind wieder im Bett gelegen hatte, hatte sie diese Zeilen nachdenklich zur Hand genommen und dann in einem heiligen Ritual verbrannt. »Ich lasse dich los, Oliver Bell, ich kann dich nicht an mich binden, weil die Ahnen etwas anderes mit mir vorhaben«, hatte sie wie ein Mantra vor sich hin gemurmelt, bis von dem Brief nur noch ein kleiner Haufen Asche zurückgeblieben war. Diese hatte sie in einem Umschlag aufbewahrt und später mit seinen Briefen beerdigt. Was er ihr wohl geschrieben hatte? Zwei lange Jahre noch? Ihr Herzschlag beschleunigte sich, während sie sich vorstellte, sie würde diesen Schatz nach ihrer Rückkehr aus Wellington ausgraben und seine Zeilen lesen.

Sie hatte Glück. Der Kellner brachte ihr prompt die aktuelle Ausgabe der »Ladylike«. Stella trank ihren Kaffee und machte sich mit großem Appetit über das Frühstück her.

Als sie fertig war und sich gerade die Zeitschrift gegriffen hatte, hörte sie am Nachbartisch eine Frauenstimme sagen: »Ich verstehe das nicht. Warum macht er es so spannend? Er ist doch schon so oft umgezogen! Und wer ist diese, wie hieß sie noch?«

»Wilson. Holly Wilson«, erwiderte eine Männerstimme. Neugierig wandte sich Stella um und entdeckte am Nachbartisch ein älteres Ehepaar. Sie schätzte die beiden auf um die siebzig. Die Großeltern von Mr Taylor, war ihr erster Gedanke, ihr zweiter Impuls war, zum Nachbartisch hinüberzurufen: Holly Wilson ist meine Tochter und mich würde im Gegenzug interessieren:

Wer ist dieser, wie heißt er noch? Ach ja, Jonathan Taylor? Aber sie wandte sich hastig ab. Wohl war ihr nicht bei dem Gedanken zu wissen, diese Herrschaften gleich bei der Wohnungseinweihung zu treffen, denn sie wirkten sehr borniert, etwas, das bei Stellas Landsleuten eher eine Ausnahmeerscheinung war. Das jedenfalls hatte Oliver ihr immer mit einem gewissen Erstaunen versichert, dass es in London viel größere Standesunterschiede gab und man dort auf die Abgrenzung von Menschen, die nicht seinesgleichen waren, viel Wert legte. Auch das Fehlen von sogenannten Statussymbolen wäre für ihn, wie er damals begeistert behauptet hatte, ein triftiger Grund gewesen, in Neuseeland zu leben. *Bei euch geht es nicht darum, wer das größere Boot oder das größere Auto besitzt, sondern um die Frage, ob man damit schon mal am Ninety Mile Beach gewesen ist.*

Stella stieß einen tiefen Seufzer aus. Ach, Oliver, wenn du mich in meinem Alltag erleben könntest. Natürlich mag mein Stress im Gegensatz zu dem, den sich viele Nordeuropäer machen, noch entspannt wirken, aber wenn sie bedachte, dass sie in ihrer Freizeit nicht einmal mehr zum Segeln kam … Und ihre Situation würde durch die nun anstehenden Entscheidungen nicht gerade entspannter werden, denn es gab einen machbaren Weg, die finanzielle Lücke zu schließen, die der Muschelraub in ihre Kasse gerissen hatte. Sie musste ihre exquisiten Paua-Muscheln, von denen sie im Kühlhaus mehr gelagert hatte, als sie in dieser Saison verkaufen konnte, auf dem asiatischen Markt verscherbeln. Ein Gedanke, der ihr ganz und gar nicht behagte.

Sie ließ sich mit dem Frühstück Zeit und bestellte sich noch einen Kaffee, allein, um dem Ehepaar vom Nachbartisch nicht über den Weg zu laufen, bis es gar nicht mehr zu vermeiden war. Dabei begann sie, den Artikel über Oliver zu lesen. Er war voller Bewunderung für den Maestro verfasst worden, und als Stella das Foto der Autorin näher betrachtete, hatte sie auch eine Ahnung, warum. Die hübsche Schreiberin war ganz offensichtlich ein Fan von Oliver, und zu Recht, denn er hatte wirklich eine märchenhafte Karriere hingelegt. Die letzten Sätze ließen ihr das Herz bis zum Hals schlagen.

»Ich weiß, dass es eigentlich ein No-Go ist, Sie zu privaten Dingen zu befragen, aber Sie haben jüngst öffentlich verkündet, dass Sie sich in absehbarer Zeit von der großen Bühne zurückziehen werden. Werden Sie das tatsächlich wahrmachen?«

»Ich bin nicht der Typ Künstler, der immer wieder seinen Rückzug ins Privatleben verkündet, um sich interessant zu machen. Das Konzert in der Royal Albert Hall wird mein letztes sein. Jedenfalls mein letztes auf der großen Bühne.«

»Sorry, aber Sie sind doch keine fünfzig Jahre alt. Das ist doch kein Alter, um die Karriere zu beenden. Man munkelt, es sei der plötzliche Tod Ihrer Frau, der Sie zu diesem Schritt bewogen hat.«

»Ich habe meine Gründe.«

»Und Sie wollen unseren Lesern keinen Hinweis geben?«

»Wie sagten Sie eben so schön? Es ist ein No-Go, mich zu privaten Dingen zu befragen.«

»Darf ich Ihnen trotzdem eine einzige persönliche Frage stellen?«

»Eine! Und wenn Sie Glück haben, werde ich Ihnen diese sogar beantworten.«

»Haben Sie noch einen Traum, Sir Oliver Bell?«

»Ja, den einen. Ich möchte nicht sterben, ohne noch einmal in Neuseeland gewesen zu sein.«

»Herzlichen Dank für dieses spannende Interview. Ich wünsche Ihnen im Namen unserer Leserinnen von ganzem Herzen, dass dieser Traum in Erfüllung geht.«

Stella spürte, wie sich eine Gänsehaut auf ihrem nackten Arm abzeichnete. Olivers Wunsch berührte sie bis in die Tiefen ihrer Seele, und plötzlich sah sie seinen Besuch in einem ganz anderen Licht. Nicht mehr beschwert durch die Tatsache, dass sie ihm die Existenz seiner Tochter verschwiegen hatte, sondern beseelt von den magischen Gefühlen, die sie beide damals füreinander empfunden hatten. Wenn es die Liebe auf den ersten Blick wirklich gab, dann war ihnen dieses Wunder widerfahren.

Sie erinnerte sich noch genau, wie die kleine Reisegruppe an Bord ihrer Segeljacht »Daniel« gekommen war. Wie immer hatten sich sechs Touristen angemeldet, aber nur fünf waren erschienen. Sie hatte den letzten Teilnehmer bereits ärgerlich abgehakt, denn die anderen räumten unter Deck bereits die Kojen ein und hatten seine längst mit in Beschlag genommen. Jetzt kann er gar nicht mehr mitkommen, dachte sie, denn nun war nur noch in der Kapitänskoje ein Schlafplatz frei, und den würde sie nicht mit einem fremden Mann teilen. Doch dann war er plötzlich aus dem Nichts auf der Kaimauer erschienen und auf ihr Schiff zugerannt. Ein großer Blondgelockter mit wehender Mähne. Ein Bild, das sie über die Maßen fasziniert hatte. Wie in einem Film, war ihr damals durch den Kopf geschossen, und sie war wie in Trance zum Bug gegangen, um ihm seine Reisetasche abzunehmen. Vergessen waren ihre Bedenken, wo sie den Nachzügler unterbringen sollte.

Vor Stellas innerem Auge lief jetzt die weitere Begegnung zwischen ihnen ab, als wäre es erst gestern gewesen.

»Entschuldigung, ist das die ›Daniel‹? Und sind Sie Miss Wilson …?«, keucht der Blonde. Er unterbricht sich und starrt sie wie einen Geist an. »Haben unsere Eltern uns als Babys getrennt?«, fragt er verdutzt.

Auch Stella bleibt der Mund offen stehen. Dieser Mann hätte ihr Bruder sein können. »Die Frage ist nur, welche Eltern haben das getan? Ihre oder meine?«, erwidert sie in lockerem Ton, obwohl sie innerlich augenblicklich unter Schock steht. Und nicht nur, weil er ihr so ähnelt, sondern auch, weil sie den Blick nicht mehr von seinen grünen Augen lassen kann. Sie hätte darin eintauchen mögen, weil so viel Gefühl und Wärme aus ihnen spricht. Bis auf ihren Jugendschwarm, den schönen Jayden, hat noch kein Mann zuvor sie je derart fasziniert.

»Geben Sie mir bitte Ihre Tasche«, bittet sie ihn mit belegter Stimme.

Er lässt den Blick nicht von ihr, als er ihr das Gepäckstück reicht und sich ihre Finger berühren. Die Berührung fühlte sich an, als wären sie kurz eins gewesen.

»Ob Sie mir Ihre Hand geben können? Ich brauche ein bisschen Hilfe, um an Bord zu kommen. Sie müssen wissen, es ist meine erste Bootstour«, gesteht er ihr verlegen.

»Was? Sie waren noch nie auf einem Segelschiff?«

Für den Bruchteil einer Sekunde vergisst Stella den Zauber des Augenblicks, ersetzt durch ungläubiges Staunen.

»Nein«, raunt er. »Ich habe Angst vor Wasser und dachte, ich begebe mich extra darauf, damit ich von meiner Angst geheilt werde. Und ich könnte mir keine bessere Therapeutin vorstellen als Sie.«

Ein gewinnendes Lächeln huscht über sein Gesicht, als er ihr seine Hand entgegenstreckt. Sie erwidert sein Lächeln und packt zu. Obwohl sie ihn kräftig ziehen muss, schafft er es schließlich an Deck.

»Boah, das schwankt aber.« Er ist blass geworden.

Sie hält immer noch seine Hand. Jetzt zärtlich und tröstend.

»Pass auf! Schließ die Augen. Und dann lass ich dich los. Wenn dir schwindlig wird oder du Angst bekommst, lässt du dich einfach fallen. Ich stelle mich hinter dich und fange dich auf. Und das gilt für die ganze Reise. Bei mir bist du sicher.«

»Soll ich wirklich?«, vergewissert er sich ängstlich.

Sie nickt ihm aufmunternd zu und stellt sich hinter ihn. Sie hat diese Vertrauensübung in der Schule gelernt, aber sie bislang keinmal im Alltag ausprobiert. Im Unterricht ist noch nie jemand ins Leere gestürzt. Es hat immer funktioniert. Ihr wird heiß. Gut, es ist ein warmer Tag, aber diese besondere Hitze ist der Sorge geschuldet, dass der Versuch misslingt und das Versuchskaninchen unsanft auf dem Bootsboden landet oder, schlimmer noch, gleich über die Reling geht. Der Gedanke, ihren blonden Bruder im Geiste womöglich nur noch von hinten zu sehen, wenn er nach der missglückten Vertrauensübung fluchtartig die »Daniel« verlassen würde, ist gar nicht schön. Nein, er soll mitkommen auf die Tour, und er kann notfalls auch bei ihr in der Koje schlafen.

»Bist du bereit?«, fragt sie und versucht, das Beben in ihrer Stimme zu unterdrücken.

»Ja«, sagt er. Mehr nicht. Und es klingt nicht gerade optimistisch.

Sie stellt sich etwas breitbeinig hin und atmet noch einmal tief durch. Jetzt oder nie.

»Du kannst dich fallen lassen. Ich bin da«, verspricht sie ihm, und tatsächlich, in dieser Sekunde glaubt sie an den Erfolg. Sie wird ihn auffangen und er wird mitkommen!

Da bewegt sich sein Körper auch schon auf sie zu und sie fängt ihn wie versprochen auf, erwischt ihn ohne Mühe unter den Achseln und hält ihn fest. Er reißt die Augen auf. »Ich habe mich noch nie so sicher gefühlt«, flüstert er und schenkt ihr einen dankbaren Blick, bevor er sich aufrappelt, um wieder auf eigenen Beinen zu stehen.

Erstaunt blickt er sich um. »Weißt du, dass es gar nicht mehr so schwankt«, stellt er sichtlich erleichtert fest. »Mir kann überhaupt nichts passieren, wenn ich mich deiner Führung anvertraue.«

»Ich bin nicht allein dafür verantwortlich, dass dir auf der ›Daniel‹ nichts geschehen kann. Das Boot ist wie ein Elefant, der Wetterbericht verspricht hervorragendes Segelwetter, und wenn du willst, picke ich dich an der Reling fest, während wir den Törn machen.«

»Du spricht Chinesisch«, lacht er. »Was willst du mit mir anstellen?«

»Ich werde dich mit einer Leine sichern. Solltest du über Bord gehen, bist du mit dem Schiff verbunden, wir ziehen dich hoch, bevor du vom Sound verschluckt wirst.«

Er nimmt ohne Vorankündigung ihr Gesicht in beide Hände. »Du siehst vielleicht aus wie mein Zwilling, aber die brüderlichen Gefühle wollen sich partout nicht einstellen«, raunt er zärtlich und gibt ihr einen Kuss auf den Mund.

Sie schwankt zwischen Abwehr, weil es gegen ihre Prinzipien wäre, mit einem ihrer Gäste etwas anzufangen, und magischer Anziehung.

Letztere siegt. »Dein Schlafplatz ist leider vergeben. Es ist nur noch die Hälfte meiner Doppelkoje frei«, flüstert sie ihm ins Ohr.

Er reißt sie stürmisch in seine Arme. »Weißt du, dass mir so etwas noch nie passiert ist?«, gesteht er ihr.

Bevor sie ihm versichern kann, dass es ihr genauso geht, hört sie die Studienrätin aus Deutschland in ihrem harten Englisch rufen: »Im Plan steht, dass wir um zehn Uhr ablegen. Gilt das noch?«

Stella lächelte bei dieser lebendigen Erinnerung leise in sich hinein. Und nun wollte er sich seinen Lebenstraum erfüllen und noch einmal neuseeländischen Boden betreten, und sie bekam endlich die Chance, ihm zu gestehen, dass auch sie damals wie ein Tier gelitten hatte und in größter Not sogar auf gepackten Koffern gesessen hatte. Ja, diese Wahrheit würde sie ihm gestehen. Schonungslos alles, bis auf Holly. Ihre Tochter würde ihr Geheimnis bleiben, denn wie sollte er Neuseeland je wieder verlassen, wenn er wusste, dass er dort einst nicht nur die Liebe seines Lebens, sondern sein einziges Kind zurückgelassen hatte? Oder bedeutete sein Besuch das genaue Gegenteil? Gab es einen Hoffnungsschimmer, dass sie doch noch eine gemeinsame Zukunft hatten? Sie versuchte, sich vorzustellen, wie es wäre, wenn er sie noch einmal so sanft küssen würde wie damals an Bord, so leidenschaftlich wie einst an dem einsamen Strand, oder so verzweifelt wie bei ihrem Abschied.

Doch sosehr sie sich bemühte, sich diesen Kuss vorzustellen, es entstand kein Bild in ihrer Vorstellung. Dafür schoben sich die Küsse, die sie neulich Nacht mit Jayden ausgetauscht hatte, mit einer derartigen Intensität in ihre Fantasie, dass ihr ganz schummrig wurde.

Energisch nahm sie die Zeitung zur Hand und betrachtete fast trotzig das Foto von dem attraktiven Pianisten. Es gab wohl kaum eine Frau, die nicht von dem frischgebackenen Sir geküsst werden wollte, wenn er sie am anderen Ende der Welt besuchte. Doch das änderte nichts daran, dass Jayden sich in ihren Gedanken vordrängte, und das nahm sie ihm ganz persönlich übel.

»Möchten Sie noch etwas vom Buffet? Wir würden jetzt gern abräumen.« Erschrocken hob Stella den Kopf. Frühstück gab es ihres Wissens bis zehn Uhr, und es war doch höchstens … Sie warf einen Blick auf ihre Armbanduhr und sprang auf.

»Nein danke, ich muss ganz schnell aufbrechen.« Und schon war sie hektisch aus dem Frühstücksraum und auf die belebte Straße hinausgeeilt. Erst in dem Augenblick fiel ihr ein, dass sie gar nicht die Richtung kannte. Also musste sie zur Rezeption zurück. Dort ließ sie sich einen Plan geben und den Weg zu Hollys Adresse erklären.

Auf dem Plan sah das ganz nah aus. Holly hasste es nämlich, wenn man zu spät kam. Das hatte sie schon als Kind nicht gemocht. Überhaupt besaß sie einige Eigenschaften, die Stella sehr an das erinnerte, was Oliver ihr einst über seine feine Mutter erzählt hatte. Oliver war durch und durch Künstler, der es mit der Zeit nicht immer allzu genau genommen und strenge Regeln als Korsett empfunden hatte, dem es zu entfliehen galt. Und dem war er schließlich gefolgt, indem er mit siebzehn das Elite-Internat verlassen hatte, um Pianist zu werden. Dazu hatte er einen der großen Meister für sich gewonnen, der vom Talent seines Schülers so angetan gewesen war, dass er ihn als seinen persönlichen Assistenten auf eine Tournee mitgenommen hatte. Er hatte auf der Akademie keinen Abschluss gemacht, sondern war durch die Beziehungen seines Lehrers bald als Genie herumgereicht worden. Sehr zum Entsetzen seiner Eltern, die es mit einer gehobenen Kaufhauskette zu Reichtum gebracht hatten. Da ihr Sohn ganz schnell vom schwarzen Schaf zum Tastenstar in der feinen Gesellschaft geworden war, hatte man ihn dann doch nicht enterbt, sodass Oliver damals, als er in sein Sehnsuchtsland Neuseeland gereist war, nach einem Unfall seiner Eltern gerade zum Millionenerbe geworden war.

Das viele Geld hatte ihn allerdings niemals besonders beeindruckt. Er hatte Millionen an Kinderprojekte gespendet, denn schon damals hatte er stets von Kindern geredet. Von denen, denen er durch seine Mittel helfen konnte, aber auch von denen, die er einmal selbst haben würde. Er war damals gerade zweiundzwanzig geworden und hatte der achtzehnjährigen Stella mit heiligem Ernst angekündigt, er wolle wenigstens drei eigene Kinder ... Lieber aber fünf!

Diese Gedanken gingen Stella durch den Kopf, während sie mit dem Plan durch die Innenstadt Wellingtons eilte. Als sie endlich vor dem Haus stand, in dem sich die Wohnung ihrer Tochter befinden musste, staunte sie nicht schlecht. Es wirkte sehr vornehm, was nicht zuletzt daran lag, dass es im Art-déco-Stil erbaut worden war wie viele Häuser in Wellington. Damals, nachdem man das vom Erdbeben zerstörte Napier aus Kostengründen in diesem Stil wiederaufgebaut hatte, weil angemalte Betonaußenflächen nicht so teuer waren wie Fassaden aus anderen Materialien und doch einiges hermachten.

Zögernd drückte Stella auf die Klingel, auf dessen Schild »Wilson/Taylor« stand, was sie endgültig der Illusion beraubte, es könnte sich bei den beiden vielleicht doch nicht um ein Paar, sondern um eine Wohngemeinschaft handeln.

Eine angenehme männliche Stimme meldete sich und bat sie, mit dem Fahrstuhl ganz nach oben in die Penthousewohnung zu kommen. Schon als sie das Haus betrat, fühlte sie sich wie in einer ihr unbekannten Welt. Nicht dass ihr Stadtwohnungen fremd waren, Holly hatte in Dunedin mitten im Zentrum gelebt, aber dort hatte ein gewisses kreatives Chaos geherrscht. In diesem Eingangsbereich herrschte dagegen ein kühler Stil vor. Stella hatte natürlich auch im Flur Art-déco-Elemente erwartet, aber da hatte ein Architekt Tabula rasa gemacht und alles Verspielte durch Stahl und Glas ersetzt.

Mit gemischten Gefühlen stieg Stella in den Fahrstuhl.

14.

Holly sieht hübsch aus in ihrem schneeweißen Etuikleid, wenngleich es sie fast ein wenig zu alt macht, vor allem zusammen mit der Perlenkette, war Stellas erster Gedanke. Ihr zweiter Gedanke galt der reservierten Art, mit der ihre Tochter sie begrüßte. Nicht dass sie etwas gegen Begrüßungsküsschen links und rechts hatte, aber sie hätte Holly lieber stürmisch in ihre Arme gerissen. Doch die strahlte eine gewisse Steifheit aus. Überdies glitt Hollys Blick kritisch über Stellas Outfit, und sie konnte kaum verbergen, dass ihr dieser Aufzug missfiel.

»Hübsch hast du es hier«, bemerkte Stella artig. Das Apartment wirkte auf den ersten Blick riesig und besaß nur einen Raum, in den die Küche integriert war. Alles war in Weiß gehalten und wirkte perfekt. Zu perfekt, wie Stella in Gedanken hinzufügte. Das Schönste war ein Flügel, der mitten im Raum stand. Dass auch der weiß lackiert war, hielt Stella für etwas übertrieben. Mit Wehmut dachte sie an das schwarze Klavier in ihrem Wohnzimmer auf Taupatiti. Sie entstaubte es einmal die Woche höchstpersönlich und dachte an die Zeiten, in denen die kleine Holly die Saiten zum Schwingen gebracht hatte. Stella war wie verzaubert von den Melodien gewesen, die ihre begabte Tochter dem Klavier entlockt hatte. Was würde sie darum geben, wenn sie Holly noch einmal mit derselben Inbrunst in die Tasten greifen sehen könnte wie damals. Ach, sie fehlte ihr so entsetzlich. Warum wird mir das bloß erst beim Anblick dieses weißen Monstrums derart schmerzhaft bewusst?, fragte sich Stella und straffte die Schultern, denn das war hier bestimmt nicht der richtige Augenblick, sich in alte Zeiten zu flüchten.

»Ich zeige dir erst mal alles, Mum!« Mit diesen Worten riss Holly sie nun aus ihren Gedanken und hakte sie mit einem derart herzlichen Schwung unter, dass Stella sich für die kühle Begrüßung entschädigt fühlte. In der Küchenzeile war ein junges Mädchen damit beschäftigt, ein Buffet aufzubauen. »Das ist Chrissie, unsere Haushaltshilfe. Sie ist heute für den kulinarischen Part zuständig«, stellte Holly sie ihrer Mutter vor.

Stella reichte ihr die Hand und begrüßte sie. »Ich bin die Mutter«, sagte sie.

»Das ist nicht zu übersehen. Sie haben große Ähnlichkeit miteinander«, erwiderte Chrissie.

Kaum waren sie außer Hörweite, fragte Stella ihre Tochter verwundert, wozu sie denn als Studentin eine Haushaltshilfe benötigte. Die Frage, wer sie bezahlte, konnte sie sich gerade noch verkneifen.

»Jonathan hat sie mitgebracht. Sie hat vorher für ihn gearbeitet, und er fand, ich sollte mich auf mein Studium konzentrieren. Und wo wir doch so oft Gäste haben und … na ja, wem erzähle ich das? Du hast ja auch deine Ani.«

Stella schluckte die Erwiderung, die ihr auf der Zunge lag, dass sie schließlich auch ein anstrengendes Geschäft betrieb und eine ganze Insel in Ordnung zu halten hatte, herunter. Offenbar lebte ihre Tochter in gänzlich anderen Verhältnissen, als Stella es sich in ihren kühnsten Träumen vorgestellt hatte.

Kaum waren sie auf der Dachterrasse mit einem atemberaubenden Blick über Wellington angelangt, war es vorbei mit der herzlichen Zweisamkeit. Es gab eine Sitzecke mit teuren Rattanmöbeln, wie Stella mit Kennerblick erkannte – sie hatte lange nach passendem Mobiliar für ihre Terrasse auf Taupatiti gesucht und schließlich die alten behalten, weil nichts charmanter war als die immer noch intakten Korbsessel und der alte Schaukelstuhl, in dem schon ihre Großmutter ihren Mittagsschlaf gehalten hatte. Und dort saßen auf dem Sofa die beiden Herrschaften aus dem Frühstücksraum steif nebeneinander und musterten sie so unverwandt prüfend von Kopf bis Fuß, dass ihr das körperlich unangenehm war. Besonders die Blicke der Frau ließen sie leicht frösteln.

»Guten Tag, ich bin Hollys Mutter, und wenn ich mich nicht irre, habe ich Sie heute Morgen bereits im Frühstücksraum des Mercure gesehen«, begrüßte Stella die beiden, um die peinliche Begutachtung zu beenden. »Und Sie sind?«, fügte sie in lockerem Ton hinzu.

Der Mann erhob sich und gab ihr die Hand. Sein Händedruck war so fest, dass sie beinahe aufgeschrien hätte. Er sah seltsam altmodisch aus. Vielleicht lag es an seinem Anzug und der Krawatte. Kaum ein Mensch trug solch förmliche Kleidung zu privaten Anlässen. Nicht einmal zu Hochzeiten oder Beerdigungen. Jedenfalls nicht in Stellas Kreisen. Seine Gesichtszüge aber waren freundlich. Nur seine Gesichtsfarbe wirkte etwas ungesund. Als würde er unter hohem Blutdruck leiden oder dem Alkohol im Übermaß zusprechen. Oder auch beides!

»Taylor. Joseph Taylor. Ich bin der Vater des jungen Mannes«, begrüßte er sie lächelnd.

Stella wollte gerade fragen, von welchem jungen Mann die Rede war, als ein gediegen wirkender Herr, ebenfalls in einem Anzug, aber ohne Krawatte, mit einem Tablett voller Drinks auf die Terrasse trat.

Stella starrte entgeistert in seine Richtung. Lass das bitte nicht Hollys Freund sein. Der könnte ja glatt als ihr Vater durchgehen, durchfuhr es sie eiskalt. Doch schon hatte er das volle Tablett an

Holly weitergereicht, um Stella zu begrüßen. »Sie müssen Hollys Mutter sein. Das sieht man auf den ersten Blick«, sagte er in förmlichem Ton.

Seufzend nahm Stella seine Hand und hegte immer noch die leise Hoffnung, dass er vielleicht doch nur Hollys Mitbewohner war. Mit einem einzigen Satz machte er alles zunichte.

»Mein Name ist Professor Dr. Jonathan Taylor. Ich bin nicht nur der Experte für Musikgeschichte im Leben Ihrer Tochter, sondern sehe mit großer Freude einer gemeinsamen Zukunft mit ihr entgegen.«

Jetzt redet er so gestelzt daher, als wäre er hundert, ging es Stella entsetzt durch den Kopf. Aber dann nahm die veränderte Gesichtsfarbe der feinen Mrs Taylor ihre ganze Aufmerksamkeit in Anspruch. Die Dame war mindestens so bleich geworden wie der weiß lackierte Flügel im Wohnraum. Oder Hollys Kleid.

15.

Stella war wie zur Salzsäule erstarrt vor der Sitzecke stehen geblieben, nachdem sie sich vom Anblick der erbleichten Mrs Taylor losgerissen hatte.

»Setzen Sie sich doch, Miss Wilson.« Professor Taylor schob ihr einen Rattansessel hin und deutete auf seine Mutter, die sich nicht mehr rührte. Sie war von einer gewissen kühlen Schönheit, wie Stella nicht leugnen konnte. Die Dame erinnerte sie entfernt an Grace Kelly, die vielleicht ähnlich ausgesehen hätte, wäre sie so alt wie die Frau auf dem Sofa geworden.

»Das ist meine Mutter. Wir dachten, es wäre eine gelungene Idee, dass sich die beiden Familien bei diesem zwanglosen Beisammensein ein wenig beschnuppern können.«

Tolle Idee, wir sind begeistert, dachte Stella spöttisch, aber sie nahm sich vor, sich nicht länger gegen das Unabänderliche zu sträuben. Jedenfalls nicht nach außen hin. Dass sie innerlich kaum fassen konnte, was für eine Überraschungs-Show ihnen da geboten wurde, stand auf einem anderen Blatt. Die ganze Veranstaltung hier diente also der Familienzusammenführung, und sie konnte nichts dagegen tun. Im Gegenteil, wenn sie sich offen gegen diese Verbindung stellte, würde sie lediglich Holly gegen sich aufbringen. Die Wohnung ist bestimmt sauteuer, durchfuhr es sie mit einem Mal. Ob er das alles bezahlte? Denn Holly konnte sich nicht einmal das edle Kleid leisten von dem Geld, das sie ihr monatlich als Unterhalt überwies. Aber ob er als Professor an der Akademie so viel verdiente, um sich diesen luxuriösen Lebensstil zu leisten? Stella versuchte den Gedanken, der sich ihr als Nächstes aufdrängte, hastig beiseitezuschieben, obwohl er sich bei näherer Betrachtung seiner Eltern kaum verdrängen ließ. Stella schätzte allein die Uhr, die die ältere Dame am Handgelenk trug, auf etliche Zehntausende, und auch die ihres Mannes stammte sicher nicht aus einem Billigladen. Wo ist Holly hier nur reingeraten?, fragte sie sich.

Jonathan Taylors Mutter schien dieser Zwangsveranstaltung genauso ablehnend gegenüberzustehen wie sie selbst, denn die Dame hatte zwar ihre normale Gesichtsfarbe zurück, aber ihre Züge verfinsterten sich merklich.

»Das ist ja wirklich nicht zu fassen! Mein Mann und ich hatten keine Ahnung, worum es bei diesem Treffen gehen soll. Ihre Tochter habe ich übrigens gerade zum ersten Mal gesehen. So wie Sie meinen Sohn.« Das klang so anklagend, dass sich Stella, obwohl sie selbst alles andere als begeistert von diesem Überraschungscoup war, bemüßigt fühlte, das ungleiche Paar zu verteidigen.

»Ich sage zunächst herzlichen Dank für die Einladung. Ihr habt es wirklich schön, aber nun klärt doch eure armen Eltern auf: Wie lange kennt ihr euch?« Das klang so entspannt und aufrichtig, dass ihre Tochter ihr einen dankbaren Blick zuwarf, bevor sie sich auf das andere Sofa neben ihren Freund setzte, nicht ohne ihre Gäste zu bitten, sich einen Campari Orangensaft vom Tablett zu nehmen.

Stella versuchte krampfhaft, sich ein Bild von dem jungen Paar zu machen. Jonathan Taylors Geheimratsecken waren beachtlich, und die Falten um seine Augen rührten mit Sicherheit nicht nur vom vielen Lachen. Holly hingegen wirkte neben ihm wie ein schüchternes Schulmädchen, das sich extra für diesen Anlass wie eine Dame verkleidet hatte. So wunderte es Stella nicht, dass Jonathan das Wort ergriff und nicht ihre Tochter.

»Ich freue mich, dass ihr heute von Norden und Süden angereist seid, um uns in unserem gemeinsamen Heim zu begrüßen und ...«, er blickte lächelnd in die Runde, »... mit uns Verlobung zu feiern, aber das habt ihr euch sicher schon denken können. Wer verschickt schon zur Wohnungseinweihung solche Einladungen?« Er lachte herzlich über seinen eigenen Scherz. Das machte ihn in Stellas Augen gleich ein wenig sympathischer, wenngleich es sie befremdete, dass Holly in ein Kichern ausbrach. Aber vielleicht konnte sie sich auch nur nicht mehr genau daran erinnern, ob sie damals, in ihrer ganzen Verliebtheit, nicht auch ein wenig albern gewirkt hatte. Jedenfalls hatte Jonathan ein tiefes und angenehmes Lachen.

Wenn ihr dieser Mann schon als künftiger Schwiegersohn serviert wurde, wollte sie wenigstens etwas Positives an ihm sehen. Da Stella sich mental bereits auf das Schlimmste vorbereitet und selbst eine Verlobung und Ähnliches in ihren gedanklichen Horrorszenarien nicht ausgeschlossen hatte, konnte sie sich immerhin zu einem gequälten Lächeln durchringen. Im Gegensatz zu seiner Mutter, der sämtliche Gesichtszüge entgleisten. Der Einzige, den die Nachricht nicht aus der Fassung brachte, schien der Vater des Bräutigams zu sein, der allerdings bereits den Campari, den die anderen noch gar nicht angerührt hatten, in einem Zug geleert hatte.

»Na, mein Junge, da gratuliere ich aber«, bemerkte er überschwänglich, stand auf und baute sich vor Holly auf. »Dann komm mal an die Vaterbrust, meine Tochter!«

Stella stockte der Atem. Hatte sie diese Leute eben noch als fremde Menschen angesehen, mit denen sie nichts gemeinsam hatte, begriff sie nun, dass sie mit dieser Verlobung zur Familie gehören und sie womöglich einmal gemeinsame Großeltern würden. Holly ist viel zu jung zum Heiraten, dachte sie, doch da kam ihr mahnend in den Sinn, dass sie mit neunzehn sogar schon Mutter geworden war.

Holly stand artig auf und ließ sich von Jonathans Vater in den Arm nehmen. Stella schauderte. Ihre Selbstbeherrschung drohte einem gewissen Entsetzen zu weichen. Ihr kam das Ganze wie ein schlechter Film vor, während ihr Blick auf den Auserwählten ihrer Tochter fiel. Er wirkte derart gesetzt, als hätte er sein Leben bereits hinter sich. Da er wohl ungefähr in ihrem Alter, etwa um die vierzig, war, erlaubte sich Stella das Gedankenspiel, wie er auf sie als Mann wirkte, und sie musste zugeben, dass er zwar eine gewisse Attraktivität ausstrahlte, aber ihm dabei jegliches Sprühen fehlte, wie es bei Jayden ... Hastig unterbrach Stella ihre Gedanken, bevor der Winzer wieder mehr Raum einnahm, als ihm zustand. Trotzdem, was fand Holly an diesem Mann? Und wie konnte sich ihre geliebte Holly auf Gedeih und Verderb an diesen Burschen binden, ohne ihn ihr gegenüber vorher auch nur mit einem einzigen Wort erwähnt zu haben? Und wer war der Kerl überhaupt, dass er nicht nur das Apartment selber, sondern die ganze Ausstattung, die all diesen Wohlstand signalisierte, finanzieren konnte? Verdiente man so viel als Professor?

Es kostete Stella sehr viel Selbstbeherrschung, mit diesen Fragen nicht ungefiltert herauszuplatzen und den ohnehin brodelnden Vulkan zum Ausbruch zu bringen. Mrs Taylor hatte in diesem Punkt weniger Skrupel.

»Jonathan! Ich würde dich gern unter vier Augen sprechen!«, befahl sie in schnarrendem Ton, während ihr Ehemann sich schuldbewusst zurück auf seinen Platz zurücksetzte und ganz klein in seinem Edelrattangeflecht machte. Damit war Stella klar, wer im Hause Taylor senior die Hosen anhatte.

»Mutter, ich habe keine Geheimnisse vor Holly«, entgegnete Jonathan in scharfem Ton.

»Ich warne dich. Ich lasse mir hier keinen Maulkorb verpassen. Und wenn du möchtest, dass alle mit anhören, was ich dir zu sagen habe, dann geschieht das auf deine Verantwortung!«, zischte sie.

»Geh nur, Schatz«, bat Holly. »Sprecht euch aus.«

Stella zuckte zusammen. Sie hatte ihre selbstbewusste Tochter noch nie zuvor mit dieser viel zu hohen Mädchenstimme sprechen hören. Holly hatte nämlich ihre tiefe volle Stimme geerbt. Was für ein Theater, dachte sie und spielte mit dem Gedanken, es Mrs Taylor gleichzutun und ein Vieraugengespräch mit ihrem Kind zu verlangen.

»Nein, wir sind jetzt eine Familie, und da hat man keine Geheimnisse«, widersprach Jonathan Holly energisch.

Stella wurde das Gefühl nicht los, in einem falschen Film zu sitzen. Wie absurd, dass sie hier auf Einladung ihrer heiß geliebten Tochter, die ihr in diesem Moment so fremd war, als würden sie von unterschiedlichen Planeten stammen, mit wildfremden Menschen in einer unpersönlichen, gestylten Wohnung saß und mit ihnen auf Familie machen sollte.

Obwohl sie sich fest vorgenommen hatte, nichts zu unternehmen, womit sie garantiert den Zorn ihrer Tochter auf sich ziehen würde, konnte sie nicht länger schweigen.

»Mr Taylor, Holly, es ist wirklich freundlich, dass ihr uns eingeladen habt, aber findet ihr das nicht ein bisschen befremdlich, dass ihr uns, den Eltern, nicht die geringste Chance gelassen habt, uns seelisch auf diese Begegnung und auf eure Zukunftspläne einzustellen? Ihr seid keinesfalls verpflichtet, uns um Erlaubnis zu fragen, ob ihr euch verloben dürft, aber es wäre nett gewesen, wenn du, mein Kind, mir deinen Freund vorher einmal vorgestellt hättest und Sie, Mr Taylor, meine Tochter Ihren Eltern.«

Mit einem Seitenblick stellte sie fest, dass sie damit wie erwartet den Unmut ihrer Tochter erregt hatte. Dafür zollte ihr Mrs Taylor Respekt.

»Das haben Sie wirklich überaus treffend bemerkt, Mrs, äh ... Mrs ...«

»Miss Stella Wilson!«

»Miss?«, wiederholte Mrs Taylor, als hätte sie auf eine Zitrone gebissen.

»Ja, ich war nie verheiratet«, fügte Stella selbstbewusst hinzu, was ihr einen strafenden Blick ihrer Tochter einbrachte.

»Das mag euch befremdlich vorkommen, aber die Umstände ließen uns keine Wahl«, mischte sich Jonathan eifrig ein. »Meine Eltern werden Ende März wieder nach London zurückreisen, und da hatten wir nun mal nicht ewig Zeit, um euch in unsere Pläne einzuweihen.« Während er sprach, legte er den Arm um Holly. Für Stellas Geschmack ein wenig zu besitzergreifend. Als wäre sie eine Trophäe. Auch der Blick ihrer Tochter missfiel Stella außerordentlich. Sie sah ihn so merkwürdig schräg von unten nach oben an, geradezu so, als würde sie zu ihm aufschauen. Dabei schätzte sie, dass er nicht größer war als ihre Tochter, sondern eher sogar ein wenig kleiner.

»Vielleicht könnten wir das Beste aus der Situation machen und uns einander zunächst einmal vorstellen, während uns der liebe Jonathan noch einen Drink spendiert«, schlug Mr Taylor eifrig vor. »Ich mache auch gern den Anfang, wenn nicht eine der Damen ...« Er hielt inne und holte zu einer einladenden Geste aus, doch seine Frau kniff fest die Lippen zusammen, und auch Stella machte keine Anstalten, diesen Leuten ihre Lebensgeschichte aufzutischen. Ein leichter Unmut gegenüber Holly machte sich bei ihr bemerkbar. Sie war doch stets eine selbstbestimmte Person gewesen, die wusste, was sie wollte. Neben Mr Taylor aber kam sie ihr vor wie ein Mäuschen, das nicht einmal Piep sagen konnte. Nein, diese Kombination behagte Stella ganz und gar nicht, obwohl sie noch gar nichts über Mr Taylor oder seine Familie wusste.

»Mach dich nicht lächerlich«, fauchte Mrs Taylor ihrem Mann zu. »Das ist doch hier kein Gesellschaftsspiel. Ich möchte jetzt augenblicklich mit meinem Sohn unter vier Augen sprechen.« Es fehlt nur noch, dass sie mit dem Fuß aufstampft, dachte Stella, empört über diesen Ton, mit dem eine mindestens siebzigjährige Dame ihren mindestens fünfundvierzigjährigen Sohn ansprach, denn inzwischen war Stella zu der Einschätzung gelangt, dass Jonathan sogar älter als sie sein musste.

»Mutter, bitte!«, stöhnte Jonathan und erhob sich. »Dann entschuldigt uns bitte kurz«, fügte er unwirsch hinzu, bevor er seine Mutter bat, ihm nach drinnen zu folgen.

»Hätten die Damen etwas dagegen, wenn ich Sie jetzt einen Moment sich selbst überlasse? Vielleicht gibt es bei Ihnen ja ebenfalls Gesprächsbedarf. Ich würde mich gern ans andere Ende zurückziehen, wo mich keiner sieht ...« Mr Taylor senior zog mit schuldbewusstem Blick einen silbernen Edelflachmann und eine Schachtel Zigaretten aus seiner Jackentasche und ließ Holly und Stella allein zurück. Stella konnte sich nicht helfen. Dieser Mann wurde ihr immer sympathischer, auch wenn er so offen seinen Süchten frönte.

»Musstest du unbedingt gleich damit herausplatzen, dass ich ein uneheliches Kind bin?«, fuhr Holly ihre Mutter an, kaum dass Mr Taylor verschwunden war.

Stellas Nerven lagen mittlerweile auch blank, sodass sie nicht länger in der Lage war, sich zurückzuhalten und einen Streit mit ihrer Tochter um jeden Preis zu vermeiden.

»Sollte ich deine Schwiegereltern etwa belügen und mir einen Ehemann backen?«, fragte sie provozierend und fügte in Gedanken hinzu: Oder soll ich vielleicht damit prahlen, dass der Vater meiner Tochter kein Geringerer als der große Oliver Bell ist?

»Nein, aber ich merke doch, dass es dir Spaß macht, dein Anderssein herauszukehren«, konterte Holly wütend. »Die Taylors sind Engländer und nehmen das mit der Etikette etwas genauer als wir Kiwis.«

»Etikette ist ein gutes Stichwort«, gab Stella nicht minder erbost zurück. »Du schickst mir ohne jegliche Erklärung so einen förmlichen Schrieb, den ich von jedem Kunden erwarten kann, aber nicht von meiner einzigen Tochter, und konfrontierst mich bei der Gelegenheit nicht nur mit zwei stocksteifen englischen Mumien, sondern mit einem Mann, der dein Vater sein könnte und den du anhimmelst, als wäre er ein Halbgott, um uns die frohe Botschaft zu überbringen, dass wir demnächst gemeinsame Enkelkinder haben werden. Holly, verdammt, wer ist dieser Mann? Liebst du ihn? Das sind die Fragen, die mich als Mutter interessieren!«

»Ja, ich liebe ihn! Jonathan Taylor war Gastprofessor in Dunedin. Er hat die Masterklasse unterrichtet und somit mich. Und dass wir euch zu eurem Glück zwingen mussten, liegt an seiner Mutter. Sie ist eine Countess oder etwas in der Art und leidet darunter, unter ihrem Stand geheiratet zu haben. Sie hat gehofft, dass ihr Sohn Jonathan eine Cousine zweiten Grades heiratet, damit sich der Makel wieder ausgleicht. Und wenn wir ihr das vorher …«

»Holly, aber warum hast du dich mir nicht anvertraut und mich gefragt? Ich hätte dir in jedem Fall zu mehr Transparenz und Offenheit geraten. Auf diese Weise hast du Mrs Taylor auf jeden Fall schon mal gegen dich aufgebracht. Und ich selbst finde es im Übrigen auch überhaupt nicht toll, mit einem angehenden Schwiegersohn überfallen zu werden.«

Holly ballte die Fäuste. »Jaja, meine großartige Mutter toleriert alles und will immer über alles offen reden.« Sie funkelte Stella wütend an. »Es sind eben nicht alle so direkt wie du.

Manchmal muss man sich auch taktisch verhalten, wenn es um die Wahrheit geht …«

Stella wurde ganz flau bei diesen Worten. Ihr schlechtes Gewissen bereitete ihr regelrecht körperliches Unwohlsein. Wenn Holly wüsste, was für eine Lügnerin und Heuchlerin ich in Wirklichkeit bin, durchfuhr es sie verzweifelt. Am liebsten würde sie auf der Stelle reinen Tisch machen, damit sie endlich wieder frei war. Frei von diesen schrecklichen Gewissensbissen, ihre Tochter derart belogen zu haben … und nicht nur sie! Doch Holly die Wahrheit zu sagen, bevor Oliver Neuseeland wieder verlassen hatte, das schien ihr ein Ding der Unmöglichkeit. Und überhaupt: Wenn sie es recht überlegte, war der Zug abgefahren. Ihre kleine Tochter hatte sich längst einen Ersatz für den fehlenden Vater … Erschrocken hielt sie inne. Ob das der Grund dafür war, dass sie sich an diesen reifen Mann band? Dass sie niemals einen Vater gehabt hatte? In Stellas Kopf ging alles durcheinander. Sie konnte keinen klaren Gedanken mehr fassen.

»Nun sag doch was! Verurteile mich nicht, nur weil ich nicht so gradlinig mit der Wahrheit rausgekommen bin, wie es meine aufrechte Mutter erwartet.«

Stella schaffte es, die Contenance zu wahren. »Holly, was redest du denn da? Ich will dich doch nicht verurteilen, nur verstehen möchte ich dich! Komm, sei wieder lieb.« Stella warf ihrer Tochter einen versöhnlichen Blick zu.

»Ja, Mum, ich weiß doch, es war nicht ganz korrekt. Ich habe auch manchmal daran gedacht, dich am Telefon vorzuwarnen, aber Jonathan hat gemeint, das wäre unfair seiner Mutter gegenüber, wenn du vorher Bescheid wüsstest. Und Mrs Taylor wäre nicht gekommen, wenn sie gewusst hätte, was sie hier erwartet.«

Stella behielt lieber für sich, dass sie den Ratschlag Jonathans für nicht besonders klug hielt. Er musste doch davon ausgehen, dass Holly zu ihrer Mutter ein anderes Verhältnis hatte als er zu seiner Mutter. Aber haben wir sie wirklich noch, diese besondere Nähe?, fragte sich Stella und konnte sich die Frage in demselben Atemzug selbst beantworten. Wenn sie diese Beziehung noch gehabt hätten, Holly hätte sich von keinem Mann der Welt verbieten lassen, ihre Mutter rechtzeitig einzuweihen. In dem Moment wurde Stella auch klar, warum sich Holly und sie in den letzten Monaten ganz besonders entfremdet hatten. Wahrscheinlich gab es Mr Taylor bereits länger in Hollys Leben ...

»Alles gut, mein Kind«, murmelte Stella, auch wenn das ganz und gar nicht der Wahrheit entsprach. »Möchtest du mir trotzdem etwas über ihn erzählen?«

»Er kam letztes Semester aus Auckland an die Universität von Otago nach Dunedin als Dozent für Musikgeschichte zu uns. Brian hatte mich gerade wegen Deborah verlassen ...«

»Sorry, wer ist Brian?«

Holly machte eine wegwerfende Bewegung. »Ist doch egal. Und bitte, erwähn den Namen nicht in Gegenwart von Jonathan. Er sagt immer, die Vergangenheit zählt nicht mehr. Das Einzige, was wichtig ist, sind die Gegenwart und die Zukunft«, erklärte sie hastig.

»Verstehe, und du folgst blind und ohne deine eigenen Gehirnzellen anzustrengen dem, was dein Jonathan sagt«, bemerkte Stella. Dass ihr Ton sehr zynisch war, wurde ihr schon beim Reden bewusst.

Hollys emotionale Reaktion folgte prompt. »Du kannst ihn nicht leiden, oder? Das habe ich sofort gespürt, aber das ist mir herzlich egal. Er ist wunderbar, einfühlsam, und er kümmert sich um mich, gibt mir Geborgenheit ...«

»... und könnte dein Vater sein«, unterbrach Stella die Schwärmerei ihrer Tochter.

»Mum, auf welchem Stern lebst du? Dreiundzwanzig Jahre Altersunterschied sind heute völlig normal.«

Stellas Verstand signalisierte ihr, nur nicht tiefer in dieses Thema einzudringen, und doch hörte sie sich bereits fragen: »Hat deine Männerwahl etwas damit zu tun, dass du einen Vater vermisst hast?«

Holly tippte sich gegen die Stirn. »Ach, Mum, was für ein Blödsinn! Du vergisst, dass ich im Internat gelebt habe. Da waren immer Lehrer, die sich väterlich um uns gekümmert haben. Ich habe im Leben keinen Vater vermisst. Und wenn, was sollte ich denn machen, da sich meine Mutter nun einmal im Vorübergehen von einem Fremden hat schwängern lassen?«

Stella presste die Lippen fest zusammen, um die Wogen nicht noch höher schlagen zu lassen. Und vor allem, um Holly nicht womöglich noch im Zorn die Wahrheit entgegenzuschleudern. Nein, sie hatte kein Recht, ihrer Tochter auch nur die geringsten Vorhaltungen zu machen, geschweige denn an ihrer Männerwahl herumzukritteln. Selbst wenn in Hollys Unterbewusstsein sehr wohl der Wunsch nach einer Vaterfigur mitgespielt haben mochte, Stella war die Letzte, die sich als Möchtegerntherapeutin aufspielen sollte. In diesem Augenblick bedauerte sie von ganzem Herzen, Holly Olivers Existenz verheimlicht und ihn je zum namenlosen One-Night-Stand degradiert zu haben.

In diesem Augenblick kehrten Jonathan und seine Mutter mit gleichermaßen angespannten Mienen auf die Terrasse zurück. Der abschätzige Blick, mit dem Mrs Taylor Holly maß, jagte Stella kalte Schauer über den Rücken. Sie war fest entschlossen, ihre Tochter vor dieser Person zu schützen, sollte sie Holly angreifen wollen.

»Tja, da sind wir wieder. Ich würde euch jetzt gern zu Tisch bitten. Chrissie hat alles angerichtet«, sagte Jonathan, als auch sein Vater wieder auftauchte. Offenbar hatten ihm sowohl der Schluck aus seinem Flachmann als auch die Zigarette gutgetan, denn er wirkte noch gelöster als zuvor, was allerdings Missfallen bei seiner Frau auslöste. Sie beugte sich ganz dicht zu ihm herüber. »Du hast geraucht und getrunken!«, maßregelte sie ihn im Ton einer Gouvernante.

Stella war das schon vom Zugucken peinlich, wie diese Frau ihren Mann öffentlich herunterputzte, doch es wurde noch schlimmer. Mrs Taylor fasste ungefragt und so überraschend, dass ihr Mann sich nicht mehr wehren konnte, in die Innentasche seiner Jacke und holte seinen edlen silbernen Flachmann hervor, auf dem die Initialen J.T. prangten. Statt ihn wenigstens diskret verschwinden zu lassen, hielt sie ihn demonstrativ in die Höhe, damit ihn alle sehen konnten.

»Da siehst du mal, mein lieber Jonathan. Das kommt davon, wenn man sich unter seinem Stand einlässt.«

Stella erstarrte, denn es gab keinen Zweifel, was sie damit andeuten wollte. Wie eine Furie sprang sie von ihrem Sessel hoch, doch bevor sie etwas sagen konnte, hatte Holly sie am Ärmel in den Sitz zurückgezogen und ihr einen strafenden Blick geschickt.

Aber Stella bebte vor Zorn, und wenn sie erst in diesem Zustand war, dann gab es kein Zurück. Sie schaffte es einfach nicht mehr, ihr Temperament zu zügeln. Sie hasste nun einmal Ungerechtigkeiten und Standesdünkel. Vor allem passte das überhaupt nicht zu Holly, die niemals zuvor elitär gewesen war. Oder habe ich es nie bemerkt, weil ich während ihrer Ferien gar nicht so genau hinschauen wollte, was das Internat mit ihr machte?, fragte Stella sich, bevor sie tief durchatmete, um ihre Wut Holly zuliebe im Zaum zu halten. Aber ein Blick auf die englische Adelige, die so wenig nach Neuseeland passte wie ein Kiwi auf die britischen Inseln, genügte, um ihre Emotion noch einmal ordentlich anzufachen.

»Mrs Taylor, was bilden Sie sich eigentlich ein? Und worauf bilden Sie sich etwas ein? Sie sind nur Gast in unserem Land, und hier bei uns benimmt man sich nicht derart überheblich. Hier trägt kein Mensch die Nase hoch und erhebt sich über seine Mitmenschen. Und was meine Tochter betrifft, so stammt sie vielleicht nicht von Wilhelm, dem Eroberer, ab, aber einer ihrer Ahnen ist der unbeugsame Häuptling Kunekame ...«

»Mutter, bitte!«, heulte Holly auf, aber nun war Stella dermaßen in Fahrt, dass nichts und niemand mehr sie würde aufhalten können.

»Nein, lass deine Mutter nur reden«, entgegnete Mrs Taylor in schneidendem Ton. »Sonst hätte ich vielleicht niemals erfahren, dass die Verlobte meines Sohnes Maori-Wurzeln besitzt.« Sie wandte sich an Jonathan. »Wann wolltest du mir *das* erzählen?«

Jonathans Gesichtsfarbe wechselte von Kalkweiß zu Knallrot. »Ich hatte keine Ahnung. Wie sollte ich denn darauf kommen? Ich meine, guck sie dir doch an!«

»Holly, Süße, wach auf! Das ist hier ein ganz mieser Film. Du kannst doch deine Herkunft nicht verleugnen«, bemerkte Stella mit flehender Stimme.

»Mutter! Sag Mrs Taylor bitte, dass auch mein Vater Pakeha war!«

»Na und? Was ändert das? Denn deine Ahnen waren ...«

Jonathan wandte sich beschwichtigend an seine Mutter. »Da hörst du es. Das hat doch nichts mit Holly zu tun! Ihre Eltern sind beide weiß.«

»Ach ja? Und was, wenn bei euren Kindern die Maori-Gene durchschlagen? Es tut mir leid, aber ich möchte kein dunkelhäutiges Enkelkind mit einer platten Nase und Kräuselhaar ...«

Weiter kam sie nicht, weil Stella ihr halb volles Campari-Glas in die Hand nahm und es Hollys Schwiegermutter in spe mit Schwung ins Gesicht kippte.

»Jonathan, schaff diese Wilde hier raus!«, kreischte Mrs Taylor wütend.

»Mutter, beruhige dich doch. Miss Wilson, ich denke, Sie entschuldigen sich bei meiner Mutter, und dann gehen wir zu Tisch. Ich habe langsam Hunger!«, flehte Jonathan.

»Wie kannst du jetzt ans Essen denken, wo ich in deinem Haus von dieser Person tätlich angegriffen werde?«, keifte seine Mutter.

Wenn der Blick, den Holly Stella in diesem Augenblick zuwarf, töten könnte, müsste sie auf der Stelle umfallen.

»Holly, sag auch mal was. Das ist doch nicht meine Schuld!« In Stellas Stimme schwang Verzweiflung mit. Sie hatte das alles nicht gewollt, aber sie konnte nicht tatenlos zusehen, wie diese englische Lady mit dem schlechten Benehmen ihre Tochter und deren Familie beleidigte.

»Jonathan hat recht. Du solltest dich bei Mrs Taylor entschuldigen«, sagte Holly in kaltem Ton.

Stella tippte sich gegen die Stirn. »Seid ihr alle verrückt geworden? Mr Taylor, Sie haben noch gar nichts …« Stella unterbrach sich, als sie in seine Richtung blickte und ihn leise schnarchend in seinem Sessel kauern sah. Mr Taylor war dieser böse Streit offenbar völlig entgangen.

Wie immer, wenn Stella sich wieder etwas beruhigt hatte, sah sie klarer. Es lag allein an ihr, ob das Experiment, die Familien derart überraschend aufeinander loszulassen, zum Scheitern verurteilt war. Wenn sie nicht einlenken würde, wäre die Veranstaltung hiermit beendet. Und das würde sich Stella nie verzeihen.

»Mrs Taylor, meine Tochter hat recht«, seufzte sie. »Es tut mir wahnsinnig leid, dass ich Ihnen das klebrige Zeug ins Gesicht geschüttet habe. Ich komme selbstverständlich für den Schaden auf.«

Mrs Taylor musterte sie mit Todesverachtung und stand auf. »Ich gehe jetzt ins Bad und säubere mich. Und wenn ich zurückkomme, möchte ich diese Person nicht mehr sehen, verstanden?« Sie hatte sich dabei an ihren Sohn gewandt.

»Mutter, das geht ... ich meine, das kannst du nicht ... ich denke ...«, stammelte Jonathan.

»Ich denke, ich kann. Oder hast du vergessen, wem die Wohnung gehört?«, fragte sie lauernd, bevor sie sich stocksteif in Richtung Bad entfernte.

Stella konnte nicht fassen, was sich diese Person erdreistete, aber immerhin hatte sie jetzt die Antwort auf ihre drängenden Fragen nach dem Geldgeber für den aufwendigen Lebensstil.

»Und nun?«, stöhnte Stella.

»Also, ich würde vorschlagen, du gehst lieber, bevor Mrs Taylor zurückkommt. Ich denke, ihr braucht ein bisschen Abstand, und bei der Hochzeit setzen wir euch einfach auseinander«, sagte Holly.

»Genau, und in der Öffentlichkeit wird meine Mutter sich auch zurückhalten. Das ist ein sehr guter Vorschlag, Liebes«, pflichtete ihr Jonathan bei und tätschelte ihr zum Zeichen des Einverständnisses die Hand. »Und nach der Hochzeit fahren sie ja auch zurück nach England.«

Stella wurde bleich. Das konnte ihre Tochter doch nicht ernst meinen. Dass sie ihre eigene Mutter vor die Tür setzte, weil sich ihre zukünftige Schwiegermutter nicht benehmen konnte.

»Holly, ist dir entgangen, dass Mrs Taylor findet, du seist für ihren teuren Sohn nicht standesgemäß?«, fragte sie bohrend.

Holly aber legte den Finger auf ihren Mund, um Stella zu signalisieren, nicht so laut zu reden. »Mutter, bitte, mach jetzt keinen Ärger. Es ist schon schlimm genug, was du da alles losgetreten hast.«

»Ich? Aber es war deine Schwiegermutter, die mit Vorurteilen aus der alten, um nicht zu sagen, uralten Welt um sich geworfen hat.«

»Mutter, versteh das doch. Du bist die Vernünftigere von euch beiden. Du weißt sicher, dass das nicht gegen dich geht, wenn wir dich jetzt bitten zu gehen. Aber Jonathans Eltern sind nun mal nur zu Gast in unserem Land. Dich können wir immer wieder besuchen. Ich ruf dich an. Sei nicht böse!«

Holly und Jonathan waren gemeinsam aufgestanden und unterstrichen damit, dass Stella möglichst zügig das Feld räumen möge. Als sie der Aufforderung nachkam und sich erhob, zitterten ihre Knie. So etwas hätte sie sich in ihren schlimmsten Träumen nicht ausmalen können. Dass ihr geliebtes Kind sie eines Tages an die Luft setzen würde, um die unverschämte Mutter ihres Verlobten nicht unnötig zu reizen.

Stella griff hastig nach ihrem Rucksack und straffte die Schultern, bevor sie hocherhobenen Hauptes an dem jungen Paar vorbei in Richtung Ausgang schritt. Im Vorbeigehen schnappte sie sich eine gebratene Grünlippmuschel vom Buffet und steckte sie sich in den Mund.

»Mum, warte doch! Ich möchte mich noch von dir verabschieden«, hörte sie Holly rufen. Zu spät, dachte Stella, als die Tür hinter ihr ins Schloss fiel und sie die Treppen in einem Tempo nach unten jagte, als wäre der Teufel hinter ihr her. Sie machte erst halt, als sie die erste Querstraße erreichte. Dort blieb sie keuchend stehen und fragte sich, was schlimmer war: dass ihre Tochter sie hinausgeworfen hatte oder dass sie, Stella, dies nun als Ausrede nehmen würde, um Holly niemals die Wahrheit über ihren Vater zu sagen. Denn das war ihr erster Gedanke gewesen, nachdem sie sich ein wenig von dem Schock erholt hatte. Mit Hollys Verhalten hatte das Band zwischen Mutter und Tochter einen gefährlichen Schnitt erfahren, stellte Stella mit einer gewissen Wehmut fest, aber es war noch nicht gänzlich durchtrennt. Dazu liebte Stella ihre Tochter viel zu sehr, und sie schob ihr Verhalten zum großen Teil auf die Umstände: der neue, dominante Mann an ihrer Seite, der feine Lebensstil, die egozentrische Schwiegermutter, die ihr britisches Näschen derart hoch trug, dass sie die klare neuseeländische Luft gar nicht atmen konnte. Das alles war eben gerade dort oben in der teuren Penthousewohnung auf ihre Tochter eingeprasselt und hatte sie derart durcheinandergebracht, dass sie wohl nicht mehr wusste, wohin sie wirklich gehörte.

Stella hoffte in diesem Moment, in dem sie sich doch selbst so verlassen wie selten zuvor fühlte, dass Holly zu ihr zurückfand. Und das würde sicher auf alle Zeiten ein frommer Wunsch bleiben, wenn sie zu allem Überfluss noch zugeben musste, dass sie sie ein Leben lang belogen hatte.

16.

In den folgenden Tagen funktionierte Stella mehr schlecht als recht, vergrub sich in ihre Arbeit und verbrachte Stunde um Stunde damit, sich einen Überblick über den erlittenen wirtschaftlichen Verlust zu verschaffen. Inzwischen hatte man ihr offiziell versichert, der Täter, Jimmy Franklin, sei in das Aucklander Gefängnis eingeliefert worden, weil er nur auf Bewährung draußen gewesen war und ihm wegen des Diebstahls der Muscheln nun ein neuer Prozess drohte. Obwohl Stella immer noch Restzweifel hegte, ob Waltman wirklich so unschuldig war, wie er tat, oder ob er dem Täter nicht doch Geld geboten hatte, das ihn für seinen kleinen Ausflug zurück ins Gefängnis fürstlich entlohnte. Allerdings hatte Constable Richards ihr den wohlmeinenden Rat gegeben, sich in Zukunft mit Verdächtigungen gegen den Unternehmer zurückzuhalten, weil der mittlerweile mit dem Gedanken spielte, gerichtlich gegen Stella vorzugehen, falls sie ihre Versuche, seinen guten Ruf zu schädigen, nicht endgültig einstellte.

Den Zahlen nach zu urteilen, über die sich Stella gerade beugte, war sie noch einmal mit einem blauen Auge davongekommen. Ein weiterer Lichtblick war ein beschwichtigender Brief der Versicherung, dass man ihren Fall erneut wohlwollend überprüfen würde. Dazu müsste man sich aber erst einmal ein Bild über die skurrile Angelegenheit machen und sich diesbezüglich auch mit der Polizei in Verbindung setzen. Man bat um etwas Geduld und um Angabe der polizeilichen Dienststelle, die für diesen Fall zuständig war. Obwohl sich Stella nicht allzu viel davon versprach, gab sie der Versicherung die entsprechenden Daten durch.

Das Problem, das auf ihrer Seele lastete, waren vielmehr ein paar ihrer Stammkunden aus der Gegend, die nun in ihren Restaurants keine Muscheln mehr auf ihre Speisekarten setzen konnten, weil auch die Konkurrenz ihre Ernte bereits den entsprechenden Abnehmern zugesagt hatte. Das war Stella zutiefst unangenehm und noch viel schlimmer für sie als die Tatsache, dass ihr der Diebstahl ein großes Loch in die Kasse gerissen hatte. Sie war immer so stolz darauf, dass die Kunden mit ihren pünktlichen und qualitativ hochwertigen Lieferungen hochzufrieden gewesen waren. Dabei reagierten ihre Kunden äußerst verständnisvoll und versicherten ihr, dass sie doch gar keine Schuld träfe. Und trotzdem hatte sie Himmel und Hölle in Bewegung gesetzt, um die Muscheln von anderen Händlern zu beziehen. Natürlich hätte sie ihnen gern mit den gefrorenen Muscheln aus der letzten Ernte ausgeholfen, aber die waren bis zur letzten Schale bereits an diverse Firmen, die daraus gesunde Konzentrate herstellten, verkauft. Und mit diesen Abnehmern hatte sie Verträge abgeschlossen, die bei Nichtlieferung Vertragsstrafen nach sich zogen. Ganz im Gegensatz zu den örtlichen Restaurants, mit deren Chefs sie die Geschäfte per Handschlag und auf Vertrauensbasis abschloss. In ihrer Lage konnte sie es sich partout nicht leisten, die großen Abnehmer hängen zu lassen. Dafür blieben die kleinen Lokale auf der Strecke und waren gezwungen, von heute auf morgen die Muscheln von ihrer Speisekarte zu streichen, wenn sie keine Ersatzlieferanten fanden.

Stella stieß einen tiefen Seufzer aus, doch dann schweifte sie in Gedanken, wie es seit ihrer Rückkehr aus Wellington häufig geschah, zu ihren privaten Problemen ab, die sie sehr belasteten. Immer wenn sie an die ihr fremd gewordene Holly und die hässliche Szene in dem Penthouse dachte, war sie versucht, zum

Hörer zu greifen und ihre Tochter anzurufen. Doch was sollte sie ihr sagen? Dass es ihr leidtat? Nein, was dieses missglückte Kennenlernen von ihrem Verlobten und dessen Eltern anging, konnte sie sich wirklich nichts vorwerfen. Die ersten Tage hatte sie noch gehofft, Holly würde sich bei ihr melden, um sich zu entschuldigen, aber nichts war geschehen, und seitdem herrschte Schweigen zwischen ihnen. Manchmal überfiel Stella regelrecht Panik bei dem Gedanken, dass dies den endgültigen Bruch zwischen Holly und ihr bedeutete. Wenn es nach ihr ginge, würde sie alles tun, um das zu verhindern, aber wie? Sie konnte doch nicht die Schuld für etwas auf sich nehmen, das sie nicht zu verantworten hatte. Selbst wenn sie jetzt aus lauter Verlustangst die Büßerrolle übernehmen würde, sie konnte Holly den Rausschmiss unmöglich aus tiefstem Herzen verzeihen. Dass sie überhaupt daran dachte, über ihren Schatten zu springen und wenigstens zu versuchen, Hollys Entscheidung, diesen Jonathan und damit seine Familie zu heiraten, zu akzeptieren, lag allein in ihrem schlechten Gewissen begründet.

Es verging kein Tag, an dem sie nicht bitter bereute, Holly verheimlicht zu haben, dass sie ein Kind der Liebe war und dass sie einen großartigen Vater hatte, von dem sie nicht nur ihr musikalisches Talent, sondern so viel mehr geerbt hatte. Und dass sie auch Oliver die Existenz dieser von ihr so geliebten Tochter verschwiegen hatte. Damit hatte sie nicht nur diesen beiden Menschen etwas Unverzeihliches angetan, sondern sich selbst eine nicht heilende Wunde zugefügt. Wie schön wäre es, wenn sie sich Oliver mit ihrer Angst, Holly für immer verloren zu haben, anvertrauen könnte. Kaum dass sie an ihn und an seine Ankündigung, ihr einen Überraschungsbesuch abzustatten, dachte, überfiel sie eine nervöse Unruhe. Statt sich auf ein Wiedersehen zu freuen, war alles dominiert von der Sorge, dass er nur nicht hinter ihr Geheimnis kam. Dabei verdrängte sie völlig, was es eigentlich für sie bedeutete, der Liebe ihres Lebens so unverhofft wiederzubegegnen. Er hatte seit seinem Brief nichts mehr von sich hören lassen. Eigentlich kein Wunder, denn er hatte schließlich unmissverständlich zu verstehen gegeben, dass er ihr keinerlei Chance geben würde, sich dem Wiedersehen zu entziehen. Nein, er wollte die Antwort, warum sie ihn von einem Tag auf den anderen aus ihrem Leben entfernt und auf keinen seiner Briefe je geantwortet hatte. Plötzlich durchzuckte sie der Gedanke, ob sie nicht seine Briefe ausgraben und sie wenigstens lesen sollte, und ihr Herzschlag beschleunigte sich.

Das Klingeln ihres Telefons ließ sie zusammenzucken. Mit zitternden Händen nahm sie das Gespräch an. Als sich Jayden mit seiner unvergleichlichen Stimme meldete, war sie zugleich irritiert und erfreut.

»Jayden? Was kann ich für dich tun?«, fragte sie betont förmlich.

»Passt es dir gerade? Ich bin schon in Havelock und habe auch einen Fischer gefunden, der mich rüberbringt.«

Stella schnappte nach Luft. Was fiel Jayden denn ein? Er wollte sich doch nicht wirklich bei ihr einladen?

»Jayden, ich kann nicht. Ich arbeite. Ein paar meiner Kunden haben keine Ware, weil die Konkurrenz auch nicht so spontan liefern kann. Jetzt muss ich noch mal ein paar Farmen im Norden durchtelefonieren. Ich habe ein schlechtes Gefühl, wenn sie meinetwegen ihre Speisekarten ändern müssen.« Stella hielt inne. Warum schüttete sie Jayden ungefragt ihr Herz aus? Das war doch gar nicht ihre Art, derart offen über ihre Probleme zu sprechen. Ich bin einfach nur ein bisschen durcheinander, weil ich gerade an Oliver und die Briefe gedacht habe, redete sie sich ein.

»Dann bin ich der richtige Mann zur richtigen Zeit«, lachte Jayden. »Ich habe ein paar Kilo Muscheln für dich. Die sind gerade geerntet, und du könntest sie gleich morgen ausliefern.«

»Wie? Du hast Muscheln? Woher?«

»Ein befreundeter Muschelzüchter schuldete mir noch einen Gefallen, und da habe ich ihm ein paar Kilo abgeschwatzt, damit du die Restaurants in Picton und Blenheim beliefern kannst.«

»Aber woher wusstest du, dass mir das so auf der Seele brennt? Ich habe dir doch erst eben gerade davon erzählt. Ich verstehe das nicht.«

»Man kennt sich eben in den Marlborough Sounds«, erklärte er ausweichend.

»Bitte, sag mir, woher du das weißt«, bat Stella ihn, während sie gleichzeitig von einer Welle der Dankbarkeit überrollt wurde. Wieso besorgte er ihr die Muscheln?

»Ein dummer Zufall. Ich wollte gestern im ›Pelorus‹ ausgerechnet Muscheln essen, da kam John, der Besitzer, an meinen Tisch und berichtete mir, dass du Arme dir jetzt den Kopf darüber zerbrichst, wie du ihnen Ersatzware beschaffen könntest, dass du dich zu Unrecht verantwortlich fühlst. Und tja, da fiel mir mein alter Freund ein. Es war nicht einfach, aber ich konnte ihm die paar Kilo aus den Rippen leiern, und die würde ich dir gern vorbeibringen.«

»Ja, gut, dann ... Das ist wirklich ganz lieb von dir«, sagte Stella gerührt.

»Darf ich also den Sonnenuntergang von deiner Terrasse aus bewundern?«

»Doch, schon, aber ich könnte auch rüberkommen und sie gleich ausliefern. Es ist doch Unsinn, wenn du dir die Mühe machst, sie erst auf die Insel zu bringen.«

»Das wäre natürlich noch besser.«

»Dann fahre ich jetzt los, und sag mir bitte, was du dafür bekommst.«

»Nach getaner Arbeit einen Wein mit dir auf deiner Insel. Ich habe einen ganz hervorragenden Tropfen dabei.«

»Aber ...«

»Wie lange brauchst du?«

»Ich könnte in einer halben Stunde in Havelock sein.«

»Ich warte am Anleger auf dich. Bis gleich!«

Bevor Stella etwas erwidern konnte, hatte Jayden aufgelegt, und sie spürte neben der großen Verunsicherung auch eine gewisse Vorfreude bei dem Gedanken, ihn wiederzusehen.

Sie sprang von ihrem Schreibtisch auf und sah mit kritischer Miene an sich herunter. Sie trug eine alte Jeans, ein ausgeleiertes Sweatshirt und Gummistiefel, weil sie kurz zuvor bei den Paua-Muscheln nach dem Rechten gesehen hatte. Sie war verschwitzt und hatte das Haar am Hinterkopf zu einem undefinierbaren Knäuel zusammengebunden. So viel Zeit muss sein, dachte sie entschieden und eilte ins Bad, um sich zu duschen, die Haare zu waschen und danach in saubere Kleidung zu steigen. Auf dem Weg zum Steg begegnete ihr Ani mit Cora. Sie kehrten gerade aus der Frauenbucht zurück.

»Soll ich Ihnen heute Abend wie versprochen ein Lammragout machen?«, fragte Ani.

Das hatte Stella ganz vergessen. »Nein, ich fahre nach drüben. Stell dir vor, ich habe doch noch genügend Ware bekommen, um wenigstens die örtlichen Restaurants mit frischen Muscheln zu beliefern.«

»Und Sie haben tatsächlich erntefrische auftreiben können?«, hakte Ani interessiert nach.

»Also, das war eigentlich mehr Mr Lengston, der sie mir besorgt hat.«

»Mr Lengston?«

»Ja, Jayden Lengston, ein alter Schulfreund aus Blenheim. Er hat sie einem befreundeten Züchter abgeschwatzt.« Stella war eifrig bemüht, in sachlichem Ton von ihm zu sprechen, damit Ani nicht auf den Gedanken kam, dass der Mann mehr für sie sein könnte als ein alter Bekannter, der ihr in der Not half.

»Haben Sie etwas dagegen, wenn ich heute Abend ein wenig ausgehe?«, fragte Ani nun schüchtern.

»Allein?«

»Nein, ich ... ich, also, ich bin zum Essen eingeladen«, erklärte sie hastig.

»Es kommt darauf an, wer dieser Jemand ist«, erwiderte Stella lächelnd.

Ani wand sich vor lauter Verlegenheit. »Constable Richards hat mich eingeladen.«

Stellas Miene verfinsterte sich. Auf den jungen Polizisten war sie gar nicht gut zu sprechen, seit er sich als Waltmans Sprachrohr entpuppt hatte. Sofort machte sich Skepsis in ihr breit. Was wollte er von ihrer Haushälterin? Zugegeben, sie war eine hübsche junge Frau, aber war das der wahre Grund für sein Interesse?

»Miss Stella, ich kann auch absagen, wenn Ihnen das nicht recht ist«, versicherte Ani ihr. »Ich habe das Gefühl, Sie mögen ihn nicht.«

Stella machte eine abwehrende Handbewegung. »Nein, nein, geh nur, aber sei vorsichtig. Mir missfällt nur die Vertraulichkeit, die er gegenüber Mr Waltman pflegt.«

»Aber Miss Stella, Sie können sich ganz auf mich verlassen. Ich lasse mich bestimmt nicht ausfragen. Sie wissen doch, ich bin überaus misstrauisch Männern gegenüber, aber seine Einladung klang so aufrichtig.«

»Lass dir das von mir nicht verderben. Ich bin einfach wegen der Schweinerei mit dem Muschelklau übervorsichtig, aber schließlich ist der junge Mann bei der Polizei. Geh nur, Ani. Du hast es verdient, nett ausgeführt zu werden. Aber wie kommst du über den Sound? Willst du mit mir mitfahren?«

Ani errötete. »Nein, Mr Richards holt mich mit dem Polizeiboot ab.«

Stella klopfte Ani freundschaftlich auf die Schulter und rang sich zu einem Lächeln durch. »Dann bist du in sicheren Händen. Vergiss meine dummen Bedenken. Er ist ein gut aussehender junger Mann, der sicher nur die besten Absichten hegt.«

Während Stella zum Steg ging, versuchte sie, ihre restlichen Bedenken abzuschütteln. Einmal davon abgesehen, dass sie die junge Maori nicht vor jeder Enttäuschung beschützen konnte, die ihr im Laufe des Lebens noch widerfahren würde, war es nicht richtig, Ani den jungen Constable madig zu machen, nur weil er sich ihrer Meinung nach von Waltman einwickeln ließ.

17.

Über eine Stunde nach Jaydens Anruf erreichte Stella mit der »Daniel« ihren Steg in Havelock, auf dem Jayden geduldig wartete. Er saß entspannt in der Abendsonne und winkte ihr zu, bevor er aufstand, um die Vorleine anzunehmen.

Er machte nicht die kleinste Andeutung, dass sie ihn zu lange hatte warten lassen. Im Gegenteil, er reichte ihr lächelnd die Hand, als sie von Bord kletterte.

»Guten Abend, Stella, du siehst bezaubernd aus.«

»Danke, dass du für diese Runderneuerung eine halbe Stunde länger gewartet hast«, lachte sie. »Und überhaupt, dass du mir aus der Klemme helfen willst. Das ist wirklich lieb von dir.«

»Tja, so bin ich eben«, erwiderte er grinsend. »Am besten fahren wir mit meinem Wagen. Dann müssen wir die Kisten gar nicht umladen. Hast du eine Liste mit den Kunden, die du beliefern willst?«

»Die sind alle in meinem Telefon eingespeichert, aber ich habe gar nicht daran gedacht, sie vorher anzurufen. Ich kann doch jetzt nicht als Überraschungsgast überall auftauchen.«

»Am besten rufst du deine Kunden durch, während ich dich nach Blenheim kutschiere. Lass uns mit dem ›Pelorus‹ beginnen. John war echt geknickt, denn er hat morgen eine große Gesellschaft, die sich Grünschalmuscheln in Sauvignonsoße gewünscht haben.«

Sie waren inzwischen bei seinem Wagen angekommen. Wie viele Winzer in der Gegend fuhr Jayden einen Lieferwagen, um seine Weine transportieren zu können.

Vor dem Auto blieb sie stehen und musterte ihn prüfend und wohlwollend. Er sah wie immer blendend aus. Sie mochte es, dass seine dichten dunklen Locken stets ein wenig zerzaust wirkten, als hätte der Wind sich darin verfangen.

»Warum tust du das für mich?«, fragte sie und blickte ihn herausfordernd an. Die Antwort stand in seinen Augen geschrieben. So hatte er sie auch in jener Nacht angesehen, bevor sie miteinander geschlafen hatten.

Jayden zuckte die Schultern. »Das macht man so unter Freunden und ganz besonders für eine tolle Frau wie dich.«

Stella hielt seinem Blick stand und wünschte sich nichts mehr, als dass er sie noch einmal so leidenschaftlich küssen würde wie neulich Abend, aber stattdessen bat sie ihn, ihr die Ware zu zeigen. Jayden öffnete die hintere Tür seines Lieferwagens. Ein Geruch von Meer und Fisch schlug ihnen entgegen, denn die Muscheln lagerten in offenen Kisten.

Stella nahm eine der Grünschalmuscheln heraus und begutachtete sie prüfend mit einem Kennerblick. »Sie sehen wirklich gut aus. Komm, lass sie uns ausliefern, damit sie schnell verarbeitet werden können. Aber ich kann unmöglich annehmen, dass du sie mir umsonst überlässt«, seufzte sie.

»Keine Chance. Ich nehme kein Geld. Ich habe sie auch ohne Bezahlung bekommen, weil ich meinem Freund neulich unbürokratisch mit ein paar Kisten Wein ausgeholfen habe.«

»Na, siehst du, dann hast du doch etwas dafür bezahlt. Ich gebe dir den normalen Einkaufspreis.«

»Kommt gar nicht infrage. Dann bleibt doch beim Verkauf nichts mehr für dich übrig«, widersprach Jayden ihr energisch.

»Gut, aber dann lade ich dich, sobald wir alle Muscheln ausgeliefert haben, in Helens Hotelrestaurant zum Essen ein.«

»Aber nur, wenn wir Muscheln essen«, lachte er.

»Du kannst die Karte hoch- und runteressen. Alles, wonach dir der Sinn steht. Du hast die Wahl.«

»Ehrlich? Ich darf aussuchen?«, fragte er listig.

»Alles, was du willst!«

»Und wenn ich das Exklusivste nehme?«

»Jayden, ich habe gesagt, du darfst dir etwas aussuchen. Ich werde dir jeden Wunsch erfüllen«, stöhnte sie.

»Jeden?«

Sie gab ihm einen freundschaftlichen Stoß in die Seite. »Du führst doch was im Schilde. Sonst würdest du es nicht so spannend machen.«

»Du hast mich durchschaut. Ich will in das erste Haus am Platz. Auf die Terrasse nach Taupatiti.«

Stella rollte mit den Augen. »Ich habe nichts zu essen da, und selbst, wenn etwas in der Kühltruhe wäre, ich kann nicht kochen. Das erledigen in der Regel meine guten Geister, aber Ani hat heute frei. Such dir lieber was Besseres aus«, seufzte sie.

»Nein, ich darf wählen. Und ich schlage vor, wir holen uns im ›Muschelhaus‹ am Hafen nachher frittierte Grünlippmuscheln und nehmen sie mit auf die Insel«, erklärte er breit grinsend.

»Oje, das ›Muschelhaus‹, die müsste ich als Erstes beliefern. Die sind völlig aufgeschmissen ohne mich.«

»Gut, dann bringen wir ihnen die Ware und bestellen gleich zwei Portionen, die wir dann abholen, sobald wir von unserer Tour zurück sind.«

Stella wollte widersprechen, weil ihr der Gedanke, den heutigen Abend mit Jayden auf der Insel ausklingen zu lassen, gar nicht behagte. Schließlich ahnte sie, worauf das hinauslaufen würde. Das jedenfalls signalisierte ihr ihr Kopf, während ihre Gefühle das

Gegenteil wollten. Also ließ sie Jayden in dem Glauben, dass sie mit seinem Plan einverstanden war.

»Dann aber schnell«, feuerte er sie an, schlug die Tür zu und beeilte sich, den Wagen zu starten.

Das »Muschelhaus« lag nur wenige Fuß von dem Anleger entfernt direkt am Wasser. Havelock war ein kleiner Ort, aber wegen seines imposanten Jachthafens und weil man von dort aus in den Pelorus Sound gelangte, waren in den letzten Jahren die Restaurants wie Pilze aus dem Boden geschossen. Nicht alle gehörten zu Stellas Kunden, aber ihr größter Abnehmer in der nächsten Umgebung von Taupatiti war das »Muschelhaus«, dessen Spezialität ihre Grünschalmuscheln waren. Sie war sehr gespannt, was die Besitzerin Mary zu dieser Überraschung sagen würde. Als sie vor dem Restaurant hielten, stach Stella gleich eine Tafel ins Auge. *Bis auf Weiteres keine Grünschalmuscheln im Angebot!*

Als sie die Terrasse des Lokals wenig später mit zwei vollen Kisten mit Muscheln betrat, war es gähnend leer, aber es war auch nicht die Zeit, zu der man zum Dinner ausging. Die begann erst gegen 19 Uhr 30.

Mary, die gerade die letzten Tische eindeckte, sah der überraschenden Lieferung mit großen Augen zu.

»Stella, was bringt ihr mir da? Das sind doch nicht etwa …?«, rief sie ungläubig aus.

»Wenn du an unsere Grünschalen gedacht hast, ja, ich denke, das reicht für mindestens eine Woche, wenn nicht für zwei.«

Mary ließ alles stehen und liegen und umarmte Stella überschwänglich, die gerade noch die Muschelkiste abstellen konnte. »Das gibt es doch nicht. Wo hast du die her? Ich dachte schon, ich müsste jetzt in Frankreich gefrorene Miesmuscheln ordern.«

Nachdem Mary sie wieder losgelassen hatte, deutete Stella auf Jayden. »Für diese Zauberei musst du dich bei Mr Lengston bedanken.«

Erfreut streckte Mary ihm die Hand hin. »Sie sind wunderbar. Dafür zahle ich glatt weit über Preis. Wir haben in der Gegend wirklich alle Händler durch, aber alle hatten ihre Ernte bereits verkauft ...« Sie hielt betroffen inne. »Aber du kannst doch am wenigsten dafür, dass man dich derart bestohlen hat. Und jetzt kommst du als Retterin in der Not. Danke, danke.« Sie küsste Stella abwechselnd auf beide Wangen.

»Soll ich mal die Tafel vorne entfernen?«, unterbrach Jayden Marys ungezügelte Begeisterung.

»Sie sind ein Schatz«, flötete Mary und lud Jayden und Stella gleich zu einem Abendessen auf Kosten des Hauses ein, doch sie lehnten dankend ab.

»Es gibt noch ein paar Menschen, die wir mit einer überraschenden Lieferung glücklich machen können«, sagte Jayden. »Aber Sie können uns zwei Portionen zum Mitnehmen zurückhalten. Die holen wir dann ab, sobald wir von unserer Tour zurück sind.«

Mary war hocherfreut, sich doch noch erkenntlich zeigen zu können, und verabschiedete sich herzlich von den beiden.

Auf dem Weg zum Auto griff Jayden nach Stellas Hand. »Das hat wunderbar geklappt. Was meinst du, sollen wir sie nicht alle so überfallen wie Mary?«

Stella fühlte sich seltsam beschwingt. »Ja, wir rufen nicht vorher an. Können wir nur hoffen, dass alle dermaßen aus dem Häuschen sind wie Mary.« Seine Hand fühlte sich angenehm warm an, sein Händedruck war fest, aber nicht klammernd.

Vor dem Wagen wandte sich Jayden ohne Vorwarnung zu ihr um und küsste sie auf den Mund. Stella kam gar nicht dazu, sich einen Schlachtplan zurechtzulegen, ob sie darauf eingehen sollte, womöglich mit dem Ergebnis, dass auch dieser Kuss in einem leidenschaftlichen Spiel ihrer Zungen enden würde. Denn schon hatte er sich zurückgezogen und war auf den Fahrersitz gesprungen.

Stella war reichlich durcheinander, als sie auf den Beifahrersitz kletterte. Dieser Mann löste in ihr Empfindungen aus, von denen sie geglaubt hatte, dass sie diese in ihrem strukturierten und durchaus zufriedenen Leben nicht mehr brauchte. Ein Gefühl des Begehrens stömte durch ihren Körper. Jayden holte sie ins Hier und Jetzt zurück, als er fragte, welches Lokal sie als Nächstes beglücken sollten.

Stella nannte ihm die Adresse eines Restaurants in Picton. Und auch dort überschlug sich der Besitzer vor Begeisterung über die unverhoffte Lieferung.

Bei allen Restaurants, denen sie die Kisten mit der wertvollen Fracht brachten, herrschte große Freude über die gelungene Überraschung.

John, der letzte Kunde auf der Tour, wollte ihr für ihre Lieferung sogar das Doppelte zahlen, weil es ihn aus der peinlichen Lage befreite, das Muschelessen am folgenden Tag abzusagen. Stella wurde nicht müde, auf den Einsatz ihres Retters zu verweisen, aber alle Kunden waren in erster Linie Stella dankbar.

Kaum hatten sie das »Pelorus« verlassen, fielen sich Jayden und Stella ausgelassen um den Hals.

»Ich weiß gar nicht, wie ich dir danken soll«, seufzte Stella.

»Ich habe meinen Preis genannt«, lachte Jayden.

»Gut, dann lass uns fahren!« Alle kleinlichen Bedenken Stellas, Jayden mit auf ihre Insel zu nehmen, waren einem unendlichen Glücksgefühl gewichen, und sie vibrierte vor Freude, den erfolgreichen Tag mit ihm auf ihrer Terrasse zu feiern.

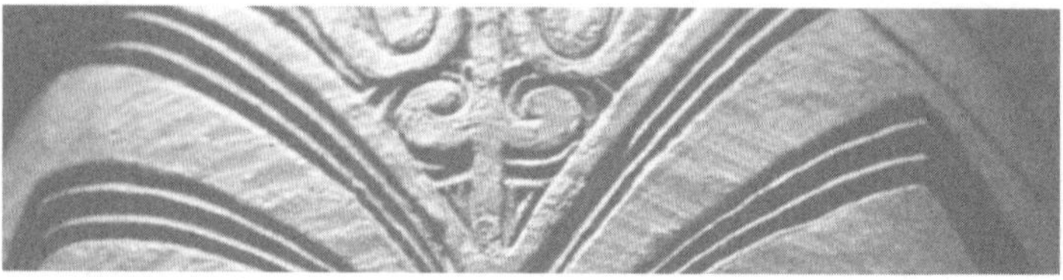

18.

Der Duft von frisch gebrühtem Kaffee weckte Stella. Sie schreckte hoch. Doch als sie in Jaydens warmherzige braune Augen sah, entspannte sie sich und ließ sich zurück in die Kissen sinken.

»Danke!« Sie nahm den Becher entgegen und erinnerte sich entfernt daran, dass sie ihm gestern Nacht nach dem dritten Glas Wein anvertraut hatte, dass es ihr größter Traum wäre, den Kaffee ans Bett serviert zu bekommen. Und woran sie sich in diesem Augenblick noch erinnerte, war, dass sie ihn kurz darauf an die Hand genommen und in ihr Schlafzimmer geführt hatte. Die Initiative für eine neuerliche Liebesnacht war zweifelsohne von ihr ausgegangen. Er hatte auf ihrer Terrasse keinerlei Annäherungsversuche gemacht, doch als sie ihn in ihr Bett gezogen hatte, war auch er nicht mehr zu bremsen gewesen. Sie hatten einander bis zum Morgengrauen geliebt und waren dann eng umschlungen eingeschlafen.

»Guten Morgen, Geliebte!« Jaydens Augen leuchteten.

Stella umarmte ihn und zog ihn zu sich herunter. Er war splitternackt und offenbar erneut bereit für ein leidenschaftliches Liebesspiel.

»Es war wunderschön«, raunte sie ihm ins Ohr.

Die Nacht mit ihm war unbeschreiblich gewesen. Sie hatte sich ihm voller Leidenschaft hingegeben. Und er war ein perfekter Liebhaber, der wusste, wie man Frauen zum Rasen brachte. Es kostete sie enorme Willenskraft, ihn nicht zurück in ihr Bett zu ziehen. Ihr ganzer Körper sehnte sich danach, ihn noch einmal so intensiv in sich zu spüren, aber sie hatte zu große Sorge, ihm damit völlig ausgeliefert zu sein. Die leidenschaftliche Hingabe in dunkler Nacht war in ihren Augen etwas anderes als die Lust, die sie empfand, während sein Gesicht vom Sonnenlicht, das durch das offene Fenster fiel, in goldenen Tönen leuchtete.

Jayden schien in dieser Hinsicht keine Bedenken zu haben, denn er griff jetzt wie selbstverständlich unter die Bettdecke und strich mit den Fingerspitzen an ihren Schenkeln entlang. Er strebte ganz offensichtlich eine Fortsetzung der Liebesnacht bei Tage an.

Ein heißer Schauer überfiel Stella allein bei der Vorstellung, wie er in sie eingedrungen war, nachdem er sie zum Höhepunkt gebracht hatte. Ihr wurde bei dem Gedanken, wie seine Hände sie erfolgreich erforscht hatten, ganz anders. Obwohl ihr Körper mehr als bereit war, sich auf das Liebesspiel einzulassen, hielt sie seine Hand sanft fest. Jayden verstand die unausgesprochene Botschaft und zog seine Hand zurück, aber nicht beleidigt oder gekränkt, sondern mit einem Lächeln.

Nun saß er mit einem Kaffee in der Hand auf ihrer Bettkante und lächelte sie gewinnend an. Das ist weit mehr als eine Affäre, durchzuckte sie die Erkenntnis, dass nicht nur sie längst rettungslos in ihn verliebt war, sondern er auch in sie. Und just in diesem Augenblick legte sich ein Schatten über ihre Seele, denn ihr fiel ein, was ihre Ahnen ihr für den Fall prophezeit hatten, dass sie sich jemals für die Liebe entscheiden sollte. Stella versuchte, die Gedanken an all das Diffuse und Belastende, an den Fluch und den Schwur, zu verdrängen, aber es gelang ihr nicht vollständig.

Sie hatte noch nie zuvor einen Mann in ihr Schlafzimmer gelassen, und nun hockte so ein Prachtexemplar von einem Kerl ganz vertraut auf ihrer Bettkante und strahlte sie verliebt an. Ach, wenn ich das doch nur ohne den ganzen Ballast in meinem Hinterkopf genießen könnte, dachte Stella verträumt, aber der ließ sich eben nicht so einfach verdrängen. Sie war wirklich eine bodenständige Frau, die sich schon lange nicht mehr mit den Flüchen ihrer Ahnen beschäftigt und das Heft, das ihre Mutter ihr einst zugesteckt hatte, ungelesen in einer Schublade versenkt hatte, und trotzdem fühlte sie sich in diesem Augenblick beobachtet. Als würden die unsichtbaren Geister der Ahnen im Raum umherschwirren, ihr Glück kritisch beäugen und beratschlagen, wie sie es wohl zerstören könnten.

Jayden strich ihr liebevoll über die Wangen. »Du bist so schön!«, seufzte er.

Stella erwiderte das Kompliment mit einem Lächeln, doch dann wurde sie abrupt in die Gegenwart zurückkatapultiert, die nicht so rosarot war, wie ihr die Glücksgefühle nach dem Liebesrausch soeben vorgaukeln wollten, und ihr Lächeln erstarb.

Du bist so schön. Das hatte Oliver einst in einem ähnlichen Ton zu ihr gesagt. Sie setzte sich abrupt auf.

»Ich muss aufstehen. Die Arbeit ruft!«

»Es ist Sonntag, meine fleißige Muschelkönigin«, lachte Jayden, doch Stella sprang hektisch aus dem Bett und verschwand im Bad. Dort duschte sie kalt, um wieder zu Verstand zu kommen. Obwohl sich die wohlige Erinnerung an die leidenschaftlichen Berührungen seiner kundigen Hände nicht einfach abschrubben ließen, glaubte sie, ihre Klarheit zurückgewonnen zu haben. Dass sie ihn mit in ihr Inselreich genommen hatte, musste eine Ausnahme bleiben. Davon war sie in diesem Moment fest überzeugt.

Sie hüllte sich in einen flauschigen Bademantel ein, um nicht provozierend nackt ins Schlafzimmer zurückzukehren. Auch Jayden hatte sich inzwischen angezogen, er trug jetzt seine

Jeans. Stella bedauerte bei diesem Anblick ein wenig, dass sie so streng zu sich selbst war. Sein bloßer und leicht gebräunter Oberkörper forderte es geradezu heraus, dass sie ihn streichelte, dann den Reißverschluss seiner Hose öffnete und ihn erneut in ihr Bett zog. Er war muskulös, ohne ein Muskelpaket zu sein, und er hatte einen winzigen Bauchansatz, den sie aber besonders an ihm mochte.

Er warf ihr einen begehrlichen Blick zu und trat auf sie zu. Stella war sich nicht sicher, was passieren würde, wenn er sie jetzt umarmte und versuchte, ihr den Bademantel vom Körper zu liebkosen, aber sie spürte allein bei der Vorstellung ein verdächtiges Ziehen zwischen ihren Schenkeln. Nein, sagte sie sich entschieden, wenn ich dem nachgebe, bin ich verloren. Noch bin ich Herrin der Lage und fähig, mich gegen die übermächtige Lust zu behaupten.

»Was denkst du gerade?«, fragte er, während er sie zärtlich an sich drückte.

»Ich denke gerade, dass es besser wäre, wenn wir es bei letzter Nacht belassen würden. Sonst könnte das Ganze eine solche Eigendynamik bekommen, dass wir uns womöglich in einer Beziehung wiederfinden«, gestand sie ihm. Sie wunderte sich selbst ein wenig, dass sie ihm gegenüber derart aufrichtig war, aber sie ahnte auch, warum. Stella vertraute ihm einfach. Das war vom ersten Augenblick ihrer Begegnung so und nicht anders gewesen. Diesen Mann konnte sie nicht einfach belügen.

Kaum hatte sie den Gedanken ausgesprochen, musste sie an Oliver denken, und die gewohnten Gewissensbisse hatten sie wieder voll im Griff. Wenn ihr Vertrauen so unendlich wichtig war, wieso hatte sie ihn, ihre große und bislang einzige Liebe, so schamlos belügen können? Damals hatte sie sich eingeredet, dass sie ihm Holly auch in seinem Interesse verschwieg. Womöglich hätte er seine einzigartige Karriere aufgegeben, wenn er gewusst hätte, dass es eine Tochter in Neuseeland gab, oder er hätte alles darangesetzt, sie dazu zu bewegen, Taupatiti hinter sich zu lassen und nach London zu gehen.

Während sich Stella mit diesen Gedanken quälte, legte sie ihren Kopf an Jaydens Brust und fühlte sich merkwürdig geborgen. Er schien zu spüren, dass es jetzt nicht der rechte Zeitpunkt wäre, ihr den Bademantel auszuziehen, denn er strich ihr fast tröstend durch das Haar. Doch dann löste er sich seufzend aus der Umarmung.

»Du hast ja recht mit dem, was du sagst. Mir geht es ähnlich wie dir. Ich ahne, dass ich verloren bin, wenn ich jetzt noch einmal mit dir schlafe. Ich befürchte, dann möchte ich dich nie mehr loslassen.« Jayden drückte sie ganz fest an sich. Stella gingen seine Worte durch und durch, und wenn sie es noch nicht geahnt hätte, dass sie weit mehr für ihn empfand als eine intensive körperliche Anziehung, in diesem Augenblick hätte sie es spätestens bemerkt.

»Möchtest du mit mir frühstücken?«, fragte sie, während sie sich sanft aus seinen Armen wand.

»Das wäre mir eine große Ehre, hatte ich doch eben das Gefühl, du würdest mich am liebsten rauswerfen«, gab er lächelnd zurück.

»Blödsinn! Ich hatte bloß Sorge, dass wir womöglich nicht mehr rauskommen aus dieser Nummer«, entgegnete Stella und merkte daran, dass sein Lächeln erstarb, wie schrecklich ungeschickt sie sich ausgedrückt hatte. Bevor er überhaupt den Mund aufmachen konnte, kam sie ihm zuvor. »Sorry, also, das mit uns ist alles andere als eine *Nummer*. Aber ich möchte mich nun mal nicht binden und hatte einfach Sorge, dass wir da in eine Beziehung reinrutschen, obwohl ich das nicht will.«

»Magst du mir beim Frühstück mal verraten, warum du eine Beziehung so vehement ablehnst?«

»Habe ich dir doch neulich schon gesagt. Weil es nicht in mein Leben passt und weil ich allein glücklich bin!«, erwiderte Stella beinahe trotzig.

»Ich kann mich dunkel erinnern, aber warum werde ich das Gefühl nicht los, dass noch mehr dahintersteckt? Ich meine, wir merken doch beide, dass das zwischen uns etwas Besonderes ist. Und irgendwann möchte ich auch wieder eine Beziehung. Nicht heute, nicht morgen, aber ich arbeite daran.«

Eigentlich hätten seine Worte Stella entlasten müssen, weil auch er zu diesem Zeitpunkt keinerlei Ansprüche an sie stellte, aber sie spürte, wie sie leicht gereizt reagierte.

»Ich mache jetzt Frühstück. Ich denke, bei dem Wetter serviere ich es auf der Terrasse«, erklärte sie kühl und verließ das Schlafzimmer eilig. Was erwartest du bloß von ihm? Dass er dich mit Beziehungsangeboten überhäuft, die du dann ablehnen musst?, dachte sie ärgerlich, als ihr Telefon, das sie am Abend im Flur aufgeladen hatte, den Eingang einer Nachricht signalisierte. Sie war von Ani, die nachfragte, ob es ihr etwas ausmachte, wenn sie erst gegen Abend von ihrem Ausflug mit *Frank* zurückkäme, weil sie an ihrem freien Tag gern mit ihm wandern gehen wollte.

Was sollte Stella dagegen haben, abgesehen davon, dass sie schon gestern Nacht leicht irritiert gewesen war, als Ani schrieb, sie bliebe über Nacht bei Constable Richards, aber im Gästezimmer. Und nun war über Nacht aus dem Constable Frank geworden. Das klang für Stella nicht nach Gästezimmer, aber es stand ihr nicht zu, darüber zu urteilen, ob und wie schnell sich die Beziehung der beiden entwickelte. Immerhin war sie auch gleich am ersten Abend mit Jayden ins Bett gegangen. Im Übrigen entrüstete sie sich ja nicht moralisch, sondern hegte immer noch ein gewisses Misstrauen gegen den ehrgeizigen Polizisten.

Ich wünsche dir einen wunderschönen Tag, tippte Stella in ihr Telefon und schickte die Nachricht ab. Einen großen Vorteil hatte der Ausflug ihrer Haushälterin ganz sicher. Nun bestand nicht länger die Gefahr, dass Ani sie mit einem fremden Mann am Frühstückstisch überraschte. Auch ihr Wunsch, das lieber zu vermeiden, hatte keine moralischen Ursachen, sondern sie befürchtete, es würde Ani verstören, da sie Stella noch nie in vertrauter Zweisamkeit mit einem Mann erlebt hatte.

Während der Kaffee durch die Maschine lief, entdeckte sie im Kühlschrank allerlei Leckereien, die sie Jayden zum Frühstück servieren konnte. Der Einkauf war zwar immer ihre Sache, weil Ani Angst hatte, allein mit einem der Boote auf die andere Seite zu rudern, aber sie packte manchmal ziemlich wahllos alles ein, was ihr gefiel. Sie stellte alles auf ein Tablett und wollte es gerade auf die Terrasse tragen, als Klavierspiel an ihr Ohr drang. Sie zuckte zusammen. Das war keine Einbildung. Jemand spielte auf Hollys Instrument. Auf Zehenspitzen schlich sich Stella bis an das Geländer der Galerie, von wo aus man einen Blick über den großen Wohnraum hatte.

Bei dem Anblick, der sich ihr bot, rieselten abwechselnd kalte und heiße Schauer durch ihren Körper. Obwohl sie genau wusste, dass es Jayden war, der dem Instrument diese wohlklingenden Töne entlockte, meinte sie, Oliver dort sitzen zu sehen. Dabei hatte er niemals an diesem Klavier gesessen. Sie hatte ihn doch nur ein einziges Mal spielen hören, damals in der Hotelbar. Doch dann war der Spuk vorbei, und sie lauschte Jaydens Melodie, die sie so gut kannte. Es war »Hey Jude« von den Beatles. Beinahe hätte Stella mitgesungen, kannte sie doch den Text auswendig, weil sie manchmal zu Hollys Spiel gesungen hatte, wenn sich ihre Tochter auf Wunsch ihrer Mutter herabgelassen hatte, mal keine Klassik zu spielen. Dann hatte sie Stella die Songs aus einem Beatles-Notenbuch präsentiert, und sie hatten gemeinsam dazu gesungen. Holly besaß nämlich nicht nur das eine besondere Talent, das Pianospielen, sondern auch eine einzigartige Gesangsstimme. Und das gemeinsame Singen verband Mutter und Tochter. In solchen Augenblicken hatte Stella das erhebende Gefühl, ein bisschen an dem Universum der Musik zu schnuppern. So unmusikalisch Stella sich beim Klavierspielen auch anstellte – das hatte sie während der kurzen Phase, in der sie Unterricht genommen hatte, deutlich unter Beweis gestellt –, beim Singen traf sie erstaunlicherweise alle Töne. Wobei Holly ihr die Illusion, doch nicht ganz unmusikalisch zu sein, stets ziemlich mitleidlos genommen hatte. *Du kannst bloß Lieder singen, die du schon so oft gehört hast, dass du kaum etwas falsch machen kannst. Außerdem beherrschst du nur eine Tonlage, und zwar die, die man für versoffene Seemannslieder braucht.*

Stella hatte auf diese professionelle Einschätzung niemals beleidigt reagiert, sondern sich zusammen mit ihrer Tochter schier ausgeschüttelt vor Lachen. Einmal war Holly plötzlich ganz ernst geworden und hatte gefragt: »Wo habe ich das musikalische Talent nur her? War mein Vater vielleicht Nick Cave und du warst auf einer seiner Neuseeland-Tourneen sein persönliches Groupie?«

Stella hatte es geschafft, ihr Erschrecken zu verbergen, dass ihre Tochter der Wahrheit auf kuriose Weise sehr nahe gekommen war, nur dass sie sich in der Person und dem Genre vertan hatte.

Stella hatte gar nicht gemerkt, dass sie leise mitsummte und Jayden angefangen hatte zu singen. Das klang erstaunlich gut. Plötzlich hielt er inne, drehte sich um und blickte nach oben. Das kam so überraschend, dass Stella sich nicht verstecken konnte. Er winkte ihr zu.

»Ich hoffe, ich durfte dein Klavier benutzen«, rief er entschuldigend.

»Kein Problem, es gehört meiner Tochter, und die wird wohl nicht erneut hier einziehen«, erwiderte Stella und spürte sofort eine Traurigkeit in sich aufsteigen, weil sie nicht einmal wusste, ob und wann sie Holly überhaupt wiedersehen würde.

»Kommst du zum Frühstück? Es ist alles fertig«, fügte sie hinzu, bevor sie das Tablett aus der Küche holte und den Tisch deckte. Hastig hob sie die leere Weinflasche auf, die sie gestern geleert hatten. Nur eine einzige, stellte sie kopfschüttelnd fest. Nein, dem Alkohol konnte sie nicht die Schuld daran zuschieben, dass sie gestern Nacht die treibende Kraft gewesen war.

Es war ein herrlicher Tag. Der Himmel war himmelblau bis auf eine lange weiße Wolke, die wie eine leichte Feder am Firmament hing. Ein angenehmer Windhauch wehte vom Pelorus Sound auf die Terrasse hinauf. Das Wasser leuchtete in seinem typischen Türkisgrün, als wollte es den Wettbewerb um das Motiv für die kitschigste Ansichtskarte gewinnen. Genauso hatte Oliver damals sein Erstaunen über diese Farbe geäußert und behauptet, man würde ihm zu Hause in London nicht glauben, dass das Meer hier nicht grau oder, im besten Fall, grau-grün oder grau-blau wäre wie in England.

»Das ist ein wahres Paradies«, schwärmte Jayden, der den Blick entzückt über den Sound schweifen ließ.

»Kannst du jetzt verstehen, dass ich hier wunschlos glücklich bin ohne einen Partner?«, seufzte Stella.

»Nein, das Traumpanorama allein überzeugt mich nicht davon, dass du unbedingt Single bleiben musst. Für mich wäre dieser Blick perfekt, wenn ich ihn mit dem Menschen teilen könnte, den ich liebe. Ach ... wenn ich doch endlich die Vergangenheit loslassen könnte«, erklärte er mit ernster Miene.

Sei froh, dass du es nicht kannst. Wenn ich nämlich dieser Mensch wäre, würde das dir und auch mir gar nicht gut bekommen, schoss es Stella durch den Kopf, und dann ärgerte sie sich maßlos darüber, wie nahe ihr plötzlich wieder der ganze Ballast mit dem Fluch der Ahnen war. War es nicht alles Unsinn? Seit

Jayden in ihr Leben getreten war, grübelte sie so häufig darüber nach wie in den vergangenen Jahren zusammen nicht mehr. Auch dieses komische Gefühl, von den Ahnen beobachtet zu werden, konnte sie nicht abschütteln. Außerdem wurde sie nicht ganz schlau aus ihm. Er signalisierte ihr, dass er mehr von ihr wollte, und im selben Moment erklärte er ihr, dass er noch nicht bereit für eine Bindung war. Hing er noch so sehr an seiner verstorbenen Frau, dass er sich nicht auf etwas Neues einlassen konnte?

In dem Augenblick klingelte sein Telefon. »Darf ich? Es wird mein Sohn sein«, sagte er. Stella nickte, woraufhin er den Anruf entgegennahm, aufstand und ins Haus ging. Als er wenige Minuten später auf die Terrasse zurückkehrte, wirkte er sichtlich angespannt.

»Ich denke, ich sollte gleich nach dem Frühstück aufbrechen«, murmelte er.

»Gut, dann fahre ich dich.«

»Nein, das ist lieb von dir, aber kann ich nicht eines der Ruderboote nehmen? Ich treffe Niclas drüben in Havelock. Wir sind heute bei Freunden zum Mittagessen eingeladen.«

Stella sah ihn fragend an. Wollte er verhindern, dass sie seinem Sohn begegnete? Ihr fiel Niclas' fast unhöfliches Benehmen ihr gegenüber neulich in Picton ein. Der junge Mann hatte es nicht einmal für nötig befunden, sie zu grüßen. Sie kämpfte mit sich, ob sie Jayden direkt darauf ansprechen sollte.

»Niclas will nicht, dass ich mich mit anderen Frauen treffe«, hörte sie ihn in diesem Moment murmeln.

»Was heißt, dein Sohn will das nicht? Er ist erwachsen, du bist erwachsen. Müssen wir unsere Kinder um Erlaubnis fragen, ob wir miteinander schlafen?«, entgegnete sie unwirsch.

Jayden wollte nach Stellas Hand greifen, aber sie zog sie fort, obwohl ihr Verstand ihr deutlich signalisierte, dass sie keinen Grund hatte, beleidigt zu reagieren, war sie es doch, die rigoros jegliche tiefere Bindung ablehnte. Jedenfalls kommunizierte sie das ihm gegenüber so und nicht anders.

Jayden sah sie erschrocken an. Offenbar ging ihm gerade genau das durch den Kopf.

»Das kann dir doch nur recht sein. Du betonst schließlich geradezu vehement, dass du an einer verbindlichen Beziehung zu einem Mann kein Interesse hast«, stellte er mit Nachdruck fest.

»Ich würde mir das aber niemals von meiner Tochter vorschreiben lassen!«, konterte sie in scharfem Ton und fügte beschämt in Gedanken hinzu: nicht von meiner Tochter, aber von meiner Mutter und den Ahnen! Ich sollte einlenken und ihn nicht weiter kritisieren, dachte Stella, aber sie wusste nicht recht, wie sie zurück in einen versöhnlichen Modus gelangen konnte. In ihr tobten widerstreitende Gefühle. Und am meisten ärgerte sie daran, dass sie diesem Mann längst ihr Herz geöffnet hatte und nur deshalb so verletzlich war. Mit jedem Kuss, mit jeder zärtlichen Berührung und mit jeder leidenschaftlichen Vereinigung war doch auch in ihr die Sehnsucht nach mehr Nähe erwacht. Natürlich war es wunderschön, mit einem Mann nach einer erfüllten Liebesnacht auf der Terrasse zu sitzen und den traumhaften Blick mit ihm zu teilen.

Noch kann ich ohne größere Blessuren zurück in meine Komfortzone, in der ich mich allein, ohne die Liebe zu einem Mann, eingerichtet habe, dachte sie fest entschlossen.

»Lass deinen Sohn nicht zu lange warten«, sagte sie und stand abrupt auf.

»Aber wir haben doch noch gar nicht gefrühstückt«, widersprach er fassungslos.

Stella musterte ihn kühl. »Das war nicht meine beste Idee. Wir sollten jetzt unserer Wege gehen, ohne die Illusion zu schaffen, uns würde mehr verbinden als eine flüchtige Affäre. Und du hast völlig recht. Davon muss dein Sohn wirklich nichts mitbekommen.«

Jayden stand jetzt ebenfalls auf. Er war bei ihren schroffen Worten blass geworden.

»Ich weiß wirklich nicht, was du für ein Problem hast, aber du machst gerade alles kaputt«, stöhnte er. »Ich habe mich in dich verliebt, Stella, aber es ist nicht so einfach für mich, eine neue Beziehung einzugehen. Niclas gibt mir die Schuld am Tod seiner Mutter, und wenn ich jetzt ...«

Stella aber wollte nicht mehr wissen, weil sie spürte, wie ihr die Tränen kamen. Wenn sie jetzt keinen Schlussstrich zog, würde sie in einem Chaos aus Gefühlen versinken. Das konnte und durfte sie nicht zulassen. Schließlich hatte sie es schon einmal in ihrem Leben geschafft, die Pflichterfüllung über die Tücken der Liebe zu stellen.

»Nimm dir eines von unseren Booten, und mach es drüben am Steg fest«, sagte sie. »Ich muss jetzt auf der anderen Seite der Insel nach dem Rechten sehen«, fügte sie geschäftsmäßig hinzu.

»Du willst also, dass ich auf der Stelle gehe?«, fragte er ungläubig.

»Ja, und ich möchte auch nicht, dass sich so etwas wie letzte Nacht noch einmal wiederholt«, gab sie zurück, während sie immer noch gegen die Tränen ankämpfte.

»Stella, bitte, gib uns Zeit.«

»Ich wüsste nicht, wozu. Wir sind uns doch einig. Wir wollen beide keine Beziehung, und für eine Affäre sind wir auch nicht geschaffen. Lieber ein Ende mit Schrecken als ein Schrecken ohne Ende.« Während sie redete, räumte sie den von ihr eben noch so liebevoll gedeckten Frühstückstisch wieder ab und verschwand Sekunden später mit dem Tablett in Richtung Küche.

Kaum hatte sie das schwere Tablett abgestellt, wurde ihr flau, und sie musste sich an den Kühlschrank lehnen, weil ihre Knie weich wurden. Nun konnte sie gar nichts mehr dagegen tun, dass ihr die Augen feucht wurden. Unwirsch wischte sie sich mit dem

Ärmel ihrer Bluse über die Augen. Nein, bloß nicht heulen, ermahnte sie sich streng. Dann lauschte sie den Schritten auf dem Flur. Für den Bruchteil einer Sekunde hoffte sie, er würde sie in der Küche suchen, in den Arm nehmen und sie davon überzeugen, dass sie einander brauchten, doch da hörte sie ihn bereits die Treppe hinuntergehen und wenig später die Haustür hinter ihm ins Schloss fallen. In dem Augenblick verlor sie die Beherrschung und schluchzte laut auf. Es war eine Mischung aus Selbstmitleid und Traurigkeit darüber, dass sie Jayden so hatte ziehen lassen, denn schließlich hatte er ihr gerade etwas sehr Persönliches anvertrauen wollen, und es war gemein, dass sie ihn damit im Regen hatte stehen lassen. Aber nun würde sie wahrscheinlich nie mehr erfahren, was es mit dem Vorwurf seines Sohnes auf sich hatte, Jayden wäre schuld am Tod seiner Frau. Es sei denn, sie würde Helen fragen ... aber das zog sie nicht einmal annähernd in Erwägung. Im Gegenteil, sie würde keinem Menschen je von ihrer Liebesnacht mit Jayden auf Taupatiti erzählen. Jener Nacht, in der sie sich beinahe auf den Sog einer Liebe eingelassen hätte, bei dessen Heftigkeit sie früher oder später nicht mehr Herrin ihrer Gefühle gewesen wäre.

19.

Die Paua-Kriegerinnen saßen gemütlich auf der Terrasse des Frauenhauses beim Frühstück, als Stella keuchend aus dem Dickicht der grünen Wälder auftauchte. Sie hatte die Insel im Eiltempo überquert, nachdem sie sich einigermaßen wieder gefangen hatte. Dabei hatte sie keinen Blick für die Schönheiten der exotischen Farne und kein Ohr für den Gesang der Papageienvögel gehabt. Sie war den Weg entlanggehetzt, als wäre der Teufel hinter ihr her. Sie wollte damit das Bild verdrängen, das ihr nicht aus dem Kopf gehen wollte. Wie Jayden über den Sound gerudert war. Sie hatte ihm hinterhergesehen, bis er nur noch ein Punkt auf dem in der Sonne glitzernden Wasser gewesen war.

Cora war die Erste, die ihr Frauchen herannahen sah. Sie kam ihr freudig bellend entgegen und sprang an ihr hoch. Nun wurden auch die Frauen auf sie aufmerksam und begrüßten sie mit großem Hallo. Sie baten sie an den reichlich gedeckten Tisch, aber Stella entschuldigte sich und murmelte, dass sie nur mal nach den Muscheln gucken wollte. Die Frauen warfen sich fragende Blicke zu, denn dass die Chefin an einem Sonntag vorbeikam, war eher ungewöhnlich.

Stella hoffte, dass der kleine Kontrollgang sie auf andere Gedanken bringen würde, aber da in den Tanks alles in bestem Zustand war und sie bei diesem schönen Wetter nicht länger in der Halle bleiben wollte als nötig, hatte sie das schnell erledigt. Es war ihr durchaus bewusst, dass die ganze Aktion nur der Ablenkung von den kreiselnden Gedanken diente. Schließlich setzte sie sich doch noch zu den fröhlich lachenden Frauen, die mit sich und der Welt zufrieden schienen. Stella rang sich zu einem Lächeln durch und plauderte mit den Frauen, als wäre alles wie immer. Aber in ihrem Inneren sah die Welt ganz anders aus. Dabei hatte sie sich ausgemalt, dass sie mit einem Fingerschnipsen ihre alte Zufriedenheit zurückbekommen würde. Aber das funktionierte nicht. Die erneute intensive Begegnung mit Jayden hatte ihr Leben verändert, und sie ertappte sich dabei, wie sie voller Sehnsucht an die vergangene Nacht dachte. Hatte sie sich vorhin noch vorgestellt, dass sie ihn sofort vergessen würde, nachdem sie ihn schroff aus ihrem Leben geworfen hatte? Bei dem Gedanken, dass sie nie wieder eng an ihn gekuschelt einschlafen würde, überfiel sie ein nie gekanntes Verlassenheitsgefühl. Gedankenverloren streichelte sie Cora, die sich ganz dicht an sie schmiegte. Als die jungen Frauen ihr etwas von den Pancakes mit Kiwi-Marmelade anboten, lenkte sie sich kurzfristig mit dem Genuss der wohlschmeckenden Köstlichkeit ab. Da sie das Frühstück im Haus nicht einmal angerührt hatte, verspürte sie großen Hunger.

Die jungen Frauen luden sie nach dem Frühstück zu einer Bootstour zu der kleinen Ansiedlung Portage im Kenepuru Sound ein. Sie hatten ein eigenes Motorboot, mit dem sie selbstständig ihre Besorgungen machen konnten, doch Stella war nicht nach einem Ausflug zumute. Sie beschloss, mit Cora zurückzuwandern, aber der Hund zog es vor, bei den gut gelaunten Frauen zu bleiben.

Auf dem Rückweg war Stella bemüht, den Pfad durch den grünen Wald bewusster wahrzunehmen, was ihr sogar halbwegs gelang. Sie machte eine spontane Pause bei dem Wasserfall und nahm ein erfrischendes Bad. Hier im eiskalten Wasser mitten im

Dschungel fiel die innere Anspannung kurz von Stella ab, und sie fühlte wieder ein wenig von ihrer autarken Freiheit, doch als sie ihren Weg fortsetzte, flogen sie die Zweifel über ihr Handeln wie ein Schwarm lästiger Heuschrecken an.

Als sie die Bucht erreichte, fiel ihr Blick auf den Riesenfarn, unter dem sie einst die Waka Huia vergraben hatte. Kurz verspürte sie den Impuls, sie auszugraben und Olivers Briefe zu studieren, doch dann ging sie schnellen Schrittes auf das Haus zu. Sie rief nach Ani, aber es blieb alles still. Ihre Haushälterin war offensichtlich noch nicht von ihrem Ausflug mit Constable Richards zurückgekehrt.

Sie beschloss, sich mit ein paar Perlenbestellungen zu beschäftigen, und setzte sich an ihren Schreibtisch. Auch der stand direkt am Fenster mit einem zauberhaften Blick über den Sound. Sie öffnete das Fenster und ließ seufzend den Blick schweifen. Nachdem sie einige geschäftliche E-Mails verfasst hatte und ein Dokument ausdrucken wollte, griff sie in die untere Schublade, um Druckerpapier nachzulegen. Dabei berührte sie zufällig das alte Heft, das ihre Mutter ihr einst überlassen hatte. Sie zögerte, es hervorzuholen, doch dann nahm sie es zur Hand. Der Umschlag war aus Leder, das schon ein wenig brüchig war und einen muffigen Geruch verbreitete. Schon aus diesem Grund wollte sie es gleich wieder an seinen Platz legen, aber an diesem Tag zog es sie magisch an.

Mit gemischten Gefühlen schlug sie das Heft auf und begann zögernd zu lesen.

Taupatiti, Dezember 1921

Wenn ich noch Tränen hätte, ich hätte den Pelorus Sound längst zum Überlaufen gebracht, aber ich bin leer. Meine letzten Tränen habe ich vergossen, als mich im Mai des Jahres 1915 der Brief des ANZAC erreichte. Ich habe niemals über die Ereignisse reden können, wenngleich mir das alles wie ein dunkler Schatten auf der Seele lastete. Erst die Hand des kleinen Mädchens hat mir den Weg aus der Düsternis gewiesen. Und ich glaube, das hat mir geholfen, diese Schicksalsschläge zu überstehen. Ich will nun aufschreiben, was unserer Familie Schlimmes widerfahren ist, damit meine Kleine eines Tages erfährt, was für eine große Verantwortung auf ihrer Schulter lastet. Ich muss mit dem schwärzesten Tag meines Lebens beginnen. In diesem Moment spüre ich, dass meine Augen bei dem Gedanken daran feucht werden, und ich bin fast erleichtert, dass meine Gefühle überhaupt noch zu solchen Regungen in der Lage sind, bin ich mit den Jahren doch zu einer kämpferischen Herrin von Taupatiti geworden, die sich durch nichts und niemanden entmutigen lässt.

Es war ein ungemütlicher Tag Ende April im Mahau Sound, aber trotz der aufkommenden Winde brachte Will, der Postmann, diesen Brief. Er konnte nicht verbergen, dass er das Schreiben des neuseeländischen Armeecorps für keine gute Nachricht hielt. Jedermann wusste, dass der Kampf gegen die osmanischen Truppen kein Spaziergang werden würde. Inzwischen waren auch erschütternde Nachrichten durchgesickert, dass es bei der Schlacht von Gallipoli große Verluste unter den Alliierten gegeben hatte. Jede Nacht hatte ich gebetet, dass mein Mann Clarence nicht unter den Opfern sein möge. Ich rief nicht nur den christlichen Gott an, sondern auch die Ahnen mit der Bitte, ihn zu beschützen. Seit Wochen wartete ich auf eine Nachricht von ihm. Die letzte war aus Ägypten gekommen, in der er mir berichtet hatte, dass die ANZAC-Truppen nun verschifft würden. Er hatte angedeutet, dass er das Ziel lieber nicht benennen wolle, falls die Post in feindliche Hände geraten würde. Jetzt weiß ich, dass er geradewegs in der Hölle gelandet ist. Ja, Will, der Postmann, ahnte wohl, was dieses offizielle Schreiben beinhaltete. Ich aber klammerte mich an der Hoffnung fest, mein Mann wäre verletzt und auf dem Rücktransport, doch das kleine Stück Stoff, das ich als Erstes aus dem Umschlag holte, sagte mehr als tausend Worte. Die Hälfte der Erkennungsmarke ging an die Witwe. Will konnte mich gerade noch rechtzeitig auffangen, als der Boden unter meinen Füßen zu schwanken begann. In den Armen des alten Will weinte ich vorerst die letzten Tränen, die ich noch hatte.

Manchmal in den Tagen darauf habe ich mir gewünscht, der Sound würde mich verschlingen, aber das tat er nicht, denn unser neues Haus war auf Stelzen gebaut, damit auch bei Hochwasser keine Feuchtigkeit ins Innere dringen würde. Clarence hatte es geplant und gebaut, nachdem eine Flut unser altes Haus zerstört hatte. Es war gerade fertig geworden, als der Krieg ausgebrochen war. Es war schrecklich zu hören, dass die Völker der Welt aufeinander losgingen, aber wer hätte da schon gedacht, dass auch wir hier, am anderen Ende der Welt, gegen Hunnen und die mit ihnen verbündeten Osmanen in den Krieg ziehen würden. Clarence hatte keine Sekunde gezögert, sich dem australisch-neuseeländischen Corps anzuschließen. Ich fühlte mich nicht gut damit, aber ich habe nichts unternommen, um meinen Mann davon abzuhalten. Schließlich hat er alles hinter sich gelassen, um mich bei meiner Aufgabe, Erbin von Taupatiti zu werden, zu unterstützen. Wie sollte ich ihm nun, auf der Grundlage meiner Bedenken, ausreden, dass er das, was er wiederum als seine Pflicht betrachtete, zu erfüllen hatte? Natürlich machte ich mir später Vorwürfe, dass ich ihm gegenüber mein ungutes Gefühl nicht erwähnt hatte. Dann wäre er vielleicht noch am Leben.

Und nun war ich ganz allein auf der Insel, deren Besitz niemals für mich vorgesehen war. Ich zermartere mir ständig mein Hirn, warum das Schicksal mir diese Rolle zugedacht hat, die eigentlich für meinen Bruder Anaru bestimmt war, obwohl meine Schwester Marama die Erstgeborene war. Normalerweise wurden männliche Nachkommen den Töchtern vorgezogen. So sollte es auch nach dem Willen meiner Mutter geschehen, die tragischerweise viel zu früh starb. Diese Nachfolge sollte er allerdings erst nach dem Tod meines Vaters antreten, in dessen Hände sie die Geschäfte bis dahin gelegt hatte. Da Anaru ein schwieriges und besonders antriebsarmes Kind war, hatte meine Mutter aber ohne unser Wissen meinem Vater in ihrem Testament das Recht zugestanden, die Erbfolge zugunsten der zielstrebigen Marama zu ändern.

Das Drama nahm seinen Lauf, als unser Vater kurz vor seinem Tod davon Gebrauch machte und Marama zur Erbin einsetzte. Es lag sicher daran, dass er seinem schwachen und bequemen Sohn diese Aufgabe nicht zutraute, aber ein Grund war sicher auch dessen Frau Rere, die sich nach dem Tod unserer Mutter Wahine wie die Herrin auf Taupatiti aufspielte. Sie behandelte die Angestellten schlecht und tyrannisierte die ganze Familie, weil sie glaubte, das Paradies gehöre ihr. Sie behauptete, unser Vater hätte gar kein Recht, das Erbe seiner Frau anzutreten, weil er nur angeheiratet war. Was für eine Anmaßung aus ihrem Mund, denn schließlich hatte auch sie »nur« in unsere Familie eingeheiratet. Als sie schließlich versuchte, unseren bereits todkranken Vater von der Insel in ein Heim zu verbannen, nahm er alle Kraft zusammen, setzte Reres besessenem Machtstreben ein Ende und schickte schweren Herzens sie und meinen unglücklichen Bruder, der mittlerweile dem Alkohol verfallen war, fort. Rere verließ daraufhin die Insel im Zorn, aber nicht, ohne alle Erbinnen von Taupatiti zu verfluchen. Sie wünschte meiner Schwester und allen illegitimen Erben, die ihr folgen würden, den frühen Tod und prophezeite, dass die Herrinnen von Taupatiti, die von der falschen Erbin abstammten, zu einem einsamen Leben auf der Insel verdammt wären. Alles, was sie liebten, würde ihnen genommen, insbesondere die Männer. Es war schrecklich, denn sie führte Rituale durch, indem sie die Ahnen anrief und ihren Beistand erflehte. Ich hielt sie für krank, aber nicht für mächtig. Wäre unser aller Leben anders verlaufen, wenn ich sie ernst genommen hätte? Denn kurz nach ihrem Fortgang häuften sich dramatische Schicksalsschläge in unserer Familie. Das fragte ich mich jedenfalls damals, als alles aus den Fugen geriet. Von Anaru hörten wir nie wieder etwas bis zu dem Tag, an dem seine Leiche Jahre später eines Tages an den Strand von Taupatiti gespült wurde; aber ich will nicht vorgreifen.

Marama übernahm nach Vaters Tod tapfer das Erbe unserer Mutter. Sie weigerte sich, der verrückten Rere auch nur ein Quäntchen Macht über unsere Familie zuzugestehen. Und zunächst sah es auch so aus, als hätten wir die bösartige Person samt ihren Rachefantasien für die Vertreibung aus dem Paradies, das sie fälschlicherweise für das ihre hielt, besiegt. Marama heiratete einen Fischer aus Havelock. Der aufrechte und ansehnliche William Parker war ihre ganz große Liebe, und er unterstützte sie nicht nur bei ihren Aufgaben, sondern schaffte es, den Fisch aus den Gewässern um Taupatiti in großem Stil zu verkaufen. Bald wurde unsere Ware mit Kühlschiffen in die weite Welt exportiert. Dabei hätte sie gar kein Geld verdienen müssen, weil Mutter uns ein beträchtliches Vermögen hinterlassen hatte. Aber ihr Mann war so stolz darauf, auf Taupatiti mehr zu sein als der Ehemann der Erbin. Und er ließ es sich nicht nehmen, Morgen für Morgen selbst mit den anderen auf den Sound hinaus zum Fischen zu fahren. Bis das Boot eines Wintertages in einen unheimlichen Nebel geriet und an einer Klippe zerschellte. Alle Männer konnten sich retten, bis auf ihn.

Marama war untröstlich, aber sie ließ sich nicht gehen, sondern führte sein Geschäft fort. Es nagte an ihr, dass sie keinen Erben hatte, und so suchte sie einen anständigen Mann, mit dem sie Kinder bekommen konnte, obwohl sie William Parker niemals vergessen konnte. Schließlich fand sie einen, wie sie glaubte, passenden Ehemann in dem Abenteurer Phil Hawkings, einem Iren, der aus seinem bettelarmen Zuhause nach Neuseeland gekommen war, um sein Glück zu machen. Was er einst gelernt hatte, war nicht ganz klar, aber er war ein geschickter Handwerker, der alles auf der Insel in Ordnung hielt. Doch schon nach ein paar Monaten stellte sich heraus, dass er den Whisky und die leichten Mädchen drüben in Picton mehr liebte als seine Ehefrau. Marama aber wollte das nicht wahrhaben, denn sie war endlich schwanger geworden, und ihre ganze Aufmerksamkeit schenkte sie dem ungeborenen Kind. Offenbar hatte sie sich insgeheim damit arrangiert, weil ihr Herz ohnehin noch William allein gehörte. Deshalb brach sie wohl auch nicht zusammen, als ihr Ehemann kurz vor der Geburt des Kindes ertrunken aus dem Sound gefischt wurde, weil er bei einer nächtlichen Überfahrt zurück nach Taupatiti volltrunken mit einem Ruderboot gekentert war.

Marama bat mich daraufhin, auf die Insel zu kommen, um ihr die letzten Tage vor der Entbindung zur Seite zu stehen. Für mich war es keine Frage, dass ich sofort alles in Christchurch stehen und liegen ließ und nach Taupatiti eilte. Mein Mann hatte volles Verständnis dafür, und trotzdem verließ ich unser Häuschen mit einer gewissen Wehmut. Wenn ich es mir heute in Erinnerung rufe, beschlich mich das vage Gefühl, es wäre ein Abschied für immer, was ich damals natürlich als Unsinn abtat. Clarence konnte mich nicht begleiten, weil er gerade ein Stadtgebäude geplant hatte und in den folgenden Wochen vor Ort sein musste. Also machte ich mich allein auf in das Paradies meiner Kindheit. Ja, so hatte ich das Leben auf Taupatiti stets empfunden. Wir hatten in unserer Kindheit und Jugend viele Freiheiten und überaus fähige Hauslehrer, die uns all das lehrten, was andere in der Schule lernten. Und einer von ihnen, Mister Dunbar, brachte einmal seinen Sohn mit, der nach der Scheidung der Eltern bei der Mutter lebte. Ich war gerade vierzehn Jahre alt und verliebte mich auf den ersten Blick in den jungen Mann, der damals bereits achtzehn war und bald zum Studium nach Wellington gehen sollte. Natürlich trennten uns zu dem Zeitpunkt Welten. Clarence war mir zwar sehr zugewandt, aber er sah in mir noch ein Kind, wie er später zugeben musste. Doch dann besuchte er seinen Vater ein paar Jahre darauf erneut auf Taupatiti. Er war inzwischen zweiundzwanzig und ich so alt wie er damals. Eigentlich sollte ich auf eine Hauswirtschaftsschule gehen, weil meine Eltern davon ausgingen, dass ich bestimmt eines Tages heiraten und die Insel verlassen würde. Dass ich auffällig gut mit Zahlen umgehen konnte und gern in den Geschäftsbüchern stöberte, wollte damals niemandem auffallen. Ich schwärmte noch genauso heftig für den großen blonden Clarence, und nun geschah das Wunder, auf das ich insgeheim gehofft hatte: Er verliebte sich Hals über Kopf in die jüngste Tochter des Hauses, in mich! Ich war damals zu einer durchaus hübschen Person herangereift. Jedenfalls behauptete meine Familie, ich wäre eine Augenweide. Ich denke, das kann man selbst von sich nie so sagen. Wenn ich in den Spiegel schaute, sah ich schwarzes krauses Haar, das durch nichts zu bändigen war, und eine viel zu kleine Nase. Clarence aber nannte mich in seiner Euphorie das süßeste weibliche Geschöpf, das ihm je begegnet war. Jedenfalls waren wir ein schönes Paar, der große blonde Clarence und der schwarzhaarige Wuschelkopf, zumal ich auch nicht gerade winzig war und ihm immerhin bis zur Schulter reichte. Meine Eltern hatten nichts einzuwenden, als der junge Architekt sie um meine Hand bat. Und in die Haushaltsschule musste ich nun zu meiner großen Freude auch nicht mehr. Nein, wir heirateten lieber gleich. So schwer mir auch der Abschied aus dem Paradies fiel, das Leben mit Clarence in Christchurch eröffnete mir ganz neue Perspektiven. Von Anfang an war ich seine rechte Hand, die alles regelte, was mit Finanzen zu tun hatte, denn er war eher eine Künstlernatur. Anfangs hatten wir wenig Geld, aber wir leisteten uns eine Haushaltshilfe, denn dass das nicht meine Stärke war, blieb auch meinem Mann nicht verborgen, der aber glücklicherweise auf diese Qualität bei einer Frau keinen großen Wert legte. Und als seine Sekretärin, wie ich mich und meine Beschäftigung stets scherz-

haft nannte, konnte ich mich wesentlich besser zum Wohl unseres Familienunternehmens einbringen. Wir waren ein nahezu perfektes Gespann und unzertrennlich. Ich war noch nie zuvor ohne ihn verreist, aber er versprach, mich nach der Geburt von Maramas Kind und wenn sie mich nicht mehr auf der Insel bräuchte, dort abzuholen.

Es war ein heißer Februartag im Jahre 1912, an dem ich nach einer langen beschwerlichen Fahrt mit Bahn und Kutschen in Havelock eintraf. Dort erwartete mich einer der Fischer, die für meine Schwester arbeiteten, und brachte mich mit dem Kutter zur Insel. Bei der Überfahrt genoss ich die malerische Schönheit unserer Heimat. Das türkisgrüne Wasser, die sattgrünen Hügel inmitten des Sounds ließen mein Herz höher schlagen. Der Höhepunkt war eine Delfin-Familie, die unser Boot munter begleitete. Die verspielten Tiere sprangen so hoch, dass man, wenn man im richtigen Moment die Hand über Bord streckte, ihre Flossen berühren konnte. Ich liebte diese Insel wirklich, war aber doch sehr froh, dass ich diese große Verantwortung nicht zu tragen hatte.

Wenn ich bedenke, dass es erst neun Jahre her ist, dass ich mich voller Zuversicht für meine und auch Maramas Zukunft dem weißen Puderzuckerstrand von Taupatiti näherte ... Damals freute ich mich jedenfalls sehr auf das Kind, das meine Schwester zur Welt bringen sollte, obwohl ich zu diesem Zeitpunkt auch schon gern Nachwuchs gehabt hätte, der uns bislang aber noch nicht vergönnt gewesen war.

Meine Schwester war überglücklich über meine Ankunft in der Zauberbucht und ließ uns ein köstliches Essen zubereiten. Es war der leckerste Fisch, den ich seit Jugendtagen gegessen hatte.

Der Abend meiner Ankunft war unvergesslich, und ich wunderte mich zunächst darüber, meine Schwester nicht in tiefer Trauer vorzufinden, da ich zu dem Zeitpunkt noch nichts von Phils ausschweifendem Lebensstil wusste. Über seine Alkoholexzesse und Frauengeschichten setzte mich Marama erst im Laufe des Abends in Kenntnis. Und als sie mir schließlich eine Narbe am Hals zeigte, die ihr der Kerl im Rausch mit einer Scherbe zugefügt hatte, überwand ich meine christlichen Grundsätze, über Tote nicht schlecht zu reden, und ließ mich sogar dazu hinreißen, sein Ableben als »die gerechte Strafe« zu bezeichnen.

Ich hatte Marama das letzte Mal zuvor so glücklich und gelöst zusammen mit William erlebt. Sie sprach zu später Stunde aus, was ich insgeheim kaum zu denken wagte: dass sie es bedauerte, dass dieses Kind nicht von ihm war. Trotzdem hegte ich keinerlei Zweifel, dass sie das ungeborene Leben in sich schon jetzt abgöttisch liebte. Wenn es ein Sohn würde, wollte sie ihn in Erinnerung an unserem Bruder Anaru nennen. Mit dieser Idee aber konnte ich mich nicht recht anfreunden. Sosehr ich unseren Bruder auch geliebt hatte, aber wäre dieser Name nicht eine zu große Bürde für den zukünftigen Erben von Taupatiti? Schließlich war unser Bruder bedauernswerterweise ein durch und durch schwacher Mensch, der unter der Fuchtel seiner entsetzlichen Frau gestanden hatte und spurlos aus unserem Leben verschwunden war. Meine Bedenken bewegten Marama zum Nachdenken, und sie war sich schließlich selbst nicht mehr ganz sicher, ob das ein gutes Omen wäre. An dem Mädchennamen Wahine gab es allerdings nicht den geringsten Zweifel, außer dass ich meine erste Tochter auch nach unserer Mutter genannt hätte und nun einen anderen Namen suchen müsste.

Marama war zu diesem Zeitpunkt schon recht rundlich und konnte sich nur noch schwerfällig bewegen, sodass ich ihr vieles abnehmen musste, aber dafür war ich ja schließlich nach Taupatiti gekommen. Wir hatten bereits der alten Hebamme, die schon uns auf die Welt gebracht hatte, Bescheid gesagt und sie gebeten, in den nächsten Tagen auf die Insel zu kommen und Gast in unserem Haus zu sein, falls das Kind früher käme als erwartet. Eigentlich hatte sie schon längst aufhören wollen, die Kinder am Pelorus Sound auf die Welt zu holen, aber die schwangeren Frauen hatten sie wieder und wieder überreden können, nur noch dieses eine Mal bei der Geburt zu helfen. Doch Marama sollte wirklich die letzte Frau sein, der Nelly diesen Dienst erweisen wollte.

So holten wir sie ein paar Tage darauf vom Steg ab. Ich erschrak ein wenig bei ihrem Anblick, so alt war die Hebamme geworden. Sie konnte auch nicht mehr gut sehen, aber meine Schwester war überglücklich über ihr Eintreffen. »Jetzt kann nichts mehr passieren«, seufzte sie mir erleichtert zu.

Ich wollte ihr das von Herzen glauben, wenngleich ich von einer merkwürdigen Unruhe erfüllt war, die ich aber geschickt zu verbergen verstand. Um mich etwas zu entspannen, machte ich noch einen kleinen Spaziergang am Strand. Ich war nur wenige Schritte gegangen, als ich etwas Dunkles auf dem weißen Strand liegen sah. Mir war unheimlich zumute, zumal es auf den ersten Blick wie ein menschlicher Körper aussah. Trotz meines pochenden Herzens bewegte ich mich auf das Bündel zu. Erst als ich direkt davorstand, konnte ich nicht länger verdrängen, dass es tatsächlich ein Mensch war, der leblos mit dem Gesicht nach unten im Sand lag. Der zerschlissenen Kleidung nach zu urteilen, handelte es sich um einen Mann. Mein Herzschlag wollte schier aussetzen, und ich überlegte, ob ich nicht schnell zurücklaufen und Hilfe holen sollte. Doch was, wenn der Mann noch lebte und ich ihm vielleicht helfen konnte? Schwer atmend beugte ich mich hinunter und tippte ihm auf den Rücken, doch er rührte sich nicht. Hin- und hergerissen zwischen Neugier und Entsetzen, beschloss ich, dem Grauen ins Gesicht zu sehen. Mit aller Kraft drehte ich die Leiche auf den Rücken, und als ich in dem Ballon, der einmal ein menschliches Gesicht gewesen war, bekannte Züge entdeckte, wurde mir schwarz vor Augen, und ich merkte noch, wie ich in den weichen Sand fiel.

Als ich aufwachte, blickten die Hebamme und Marama besorgt auf mich hinunter. Schnell begriff ich, dass man mich bewusstlos ins Haus getragen hatte. An Maramas bleicher Miene konnte ich unschwer erkennen, dass ich mich nicht geirrt hatte.

»Ist er es?«, fragte ich mit schwacher Stimme.

Meine Schwester nickte. »Man hat unweit der Insel ein Boot gefunden. Offenbar hat er versucht, zur Insel zu rudern, und ist über Bord gegangen. Er muss sehr betrunken gewesen sein, sagte der Arzt.«

»Und wo ist er jetzt?«

»Wir haben ihn im Versammlungshaus aufgebahrt«, entgegnete Marama, bevor sie in verzweifeltes Schluchzen ausbrach und mich in ihre Arme schloss. Gemeinsam weinten wir um unseren unglücklichen Bruder. Ich wollte ihn sehen, aber Nelly befahl mir liegen zu bleiben.

»Wir werden ihn morgen auf unserem Friedhof beerdigen«, schluchzte Marama. Nur widerwillig blieb ich im Bett liegen. Ich versuchte sogar, einmal aufzustehen, doch meine Knie versagten mir den Dienst, sodass ich mich meinem Schicksal fügte und schließlich in einen unruhigen Schlaf fiel. Im Traum sah ich immer wieder meinen Bruder mit dem aufgedunsenen Gesicht einer Wasserleiche.

In der Nacht erwachte ich von einem gellenden Schrei. Zunächst glaubte ich, ich hätte ihn im Schlaf ausgestoßen, doch dann begriff ich, dass er aus dem Zimmer meiner Schwester kam. Ich sprang auf und rannte los. Sekunden später war ich in ihrem Zimmer und erstarrte bei dem Anblick des vielen Bluts, das unter der Decke hervor auf den Fußboden tropfte. Meine Schwester lag regungslos da, bleich, die Augen geschlossen. Ich eilte zu ihrem Bett. »Marama, bitte sag was!«, flehte ich, aber sie blieb stumm. In meiner Panik rannte ich zum Gästezimmer, um die Hebamme zu Hilfe zu holen. Da sie einige Zeit brauchte, um überhaupt aus dem Bett zu gelangen, eilte ich allein zurück zum Zimmer meiner Schwester. Sie lag unverändert leblos in ihrem Bett. Vorsichtig klappte ich die Bettdecke zur Seite und sah das ganze Ausmaß der Katastrophe. Sie verlor immer noch Blut. Schwallartig kam es zwischen ihren Schenkeln hervor.

Ich glaubte schon, sie wäre tot, als ich wie von Ferne ein leises Keu-

chen vernahm. Marama hatte immer noch die Augen geschlossen, aber sie bewegte ihre Lippen. Erst konnte ich nicht verstehen, was sie mir zu sagen versuchte. Ich nahm ihre Hand und redete beruhigend auf sie ein, aber sie wurde immer aufgeregter, entzog mir ihre Hand und fuchtelte damit in der Luft herum. Wieder entrangen sich ihrer Kehle unverständliche Laute. Plötzlich riss sie ihre Augen weit auf und sah mich flehentlich an. Wenn ich sie doch nur verstehen könnte, dachte ich verzweifelt, doch dann formten ihre Lippen jene Schicksalsworte, die mein Leben dramatisch ändern sollten.

»Du bist die neue Herrin von Taupa…« Weiter kam sie nicht. Stattdessen stieß sie einen weiteren mörderischen Schrei aus. Kaum dass der Ton verhallt war, wiederholte ich: »Ich bin jetzt neue Herrin von Taupatiti«, ohne zu begreifen, was das bedeuten sollte.

Marama nickte mit letzter Kraft. Langsam wurde mir klar, was sie mir da gerade zu sagen versuchte. Ich sollte ihr Erbe antreten. Mir wich alles Blut aus dem Kopf, und ich befürchtete, schon wieder ohnmächtig zu werden, da kam endlich die Hebamme und beugte sich über meine Schwester.

»Sie ist bei euren Ahnen«, stellte sie nach einer halben Ewigkeit fest, bevor sie den Unterleib meiner Schwester abtastete. »Es ist kein Leben mehr in ihr«, stöhnte sie, als sie den Kopf wieder hob.

Ich war wie betäubt. Aber das konnte doch nicht sein. Sie hatte sich doch so auf dieses Kind gefreut. Der zweite Gedanke betraf ihren letzten Willen, und ich spürte die innere Abwehr, dem nachzukommen, in jedem Winkel meines Körpers. Niemals würde ich Herrin dieser Insel werden. Und dann fielen mir Reres Verwünschungen ein, und zum ersten Mal schenkte ich ihnen Beachtung. Umso weniger war ich bereit, mich in diese Rolle zu begeben, die nur Unglück über meine Familie gebracht hatte.

Dann schob ich den Gedanken an das Erbe meiner Schwester beiseite und widmete mich mit meiner ganzen Aufmerksamkeit ihrem geschundenen Körper. Unter Tränen wusch ich gemeinsam mit der

Hebamme das Blut fort, soweit es möglich war. Zum Teil hatte es sich mit ihrem Körper derart verbunden, dass es einfach nicht fortzuspülen war. Wir legten ihre sterblichen Überreste auf dem Boden ab, um die Laken und das Bettzeug abzuziehen, zogen sauberes auf und legten sie dorthinein. Sie war sehr schwer, weil das tote Kind in ihrem Bauch einiges wog. Die Vorstellung, sie würde nun gemeinsam mit ihrem Kind begraben werden, gruselte mich einerseits, war aber auch ein kleiner Trost. Marama würde bis in alle Ewigkeit nicht mehr allein sein. Dann schickten wir ihre Haushaltshilfe los, um einen Geistlichen und eine weise Maorifrau aus Havelock zu holen, um meiner Schwester den Segen zu geben.

Als ich sie schließlich so sauber und scheinbar unversehrt in ihrem Bett liegen sah, brach ich in Weinkrämpfe aus, aber dann riss ich mich zusammen und schloss endlich ihre weit aufgerissenen Augen.

Marama und Anaru erhielten eine gemeinsame festliche Trauerfeier und sollten auf unserem kleinen privaten Inselfriedhof beigesetzt werden, den unsere Ahnen einst oben im Wald errichtet hatten. Wir waren gerade dabei, in dem Versammlungshaus, das unsere Vorfahren nach Maori-Art aus Holz gebaut hatten, endgültig Abschied von den beiden zu nehmen, als plötzlich alles in Flammen aufging. Wir konnten uns gerade noch ins Freie retten, aber meine toten Geschwister verbrannten in dem Feuer. Von dem Versammlungshaus blieb nichts als ein Haufen Asche übrig, und den Friedhof hat nie wieder ein Mensch betreten. Eine alte Hausangestellte behauptete, sie habe nach Ausbruch des Brandes Reres Schatten in den Dschungel rennen sehen. Dass das Feuer keine natürliche Ursache besaß, vermuteten wir wohl, aber dass Rere sich auf die Insel gewagt und meine Schwester selbst noch im Tod mit ihrem Hass verfolgt haben sollte, wollte ich nicht wirklich glauben. Unheimlich war es schon und lenkte kurz von dem unbeschreiblichen Verlust ab.

In jener Nacht hatte ich einen schrecklichen Albtraum. Ich flüchtete, wusste zunächst nicht, vor wem oder was. Nur dass ich in Panik war vor dem, was mich verfolgte, das spürte ich. Plötzlich erreichten mich drohende Worte: »Halt, bleib stehen, du kannst nicht fortlaufen, du musst mich lieben, ich bin Taupatiti.« In dem Augenblick blieb ich wie angewurzelt stehen und konnte mich nicht mehr rühren.

Ich wachte schweißgebadet auf, und mich ergriff pures Entsetzen. Was sollte ich nur tun? Ich konnte doch unmöglich mein wunderschönes Leben in Christchurch aufgeben, meinen geliebten Mann zurücklassen und auf der Insel bleiben.

Es war früh am Morgen, aber ich konnte nicht mehr schlafen, denn auch die Vorstellung, Taupatiti in fremde Hände zu geben, bereitete mir ein fürchterliches Missbehagen. Plötzlich überkam mich eine unbestimmte Angst vor dem alten Fluch. Natürlich kannte ich diese Prophezeiung, die angeblich den Abtrünnigen drohte, nur hatte ich sie stets für ein überliefertes Druckmittel der Eltern gegen ihre Nachkommen gehalten, um sie zu zwingen, in ihre Fußstapfen zu treten. In der Dämmerung dieses Morgens wurde sie plötzlich zu einer konkreten Gefährdung meiner Person. In den folgenden Stunden steigerte ich mich immer weiter in die Vorstellung hinein, dass mir gar keine andere Wahl blieb, als meine Verantwortung für Taupatiti zu übernehmen. Es waren entsetzliche Stunden, in denen ich mir schließlich ausmalte, wie grausam die Rache der Ahnen sein würde, falls ich mein Erbe ablehnte.

Der einzige Trost für mich war, dass im Laufe des Tages mein Mann kommen würde. Mir blieb wohl nichts anderes übrig, als ihn um Rat zu fragen. Und wenn ich in mein altes Leben zurückging, mir einen Verwalter suchte und einmal im Jahr nach dem Rechten sah? Diesen Gedanken hatte ich noch nicht zu Ende gedacht, als ich bereits die Gewissheit hatte, das wäre ein fauler Kompromiss, mit dem ich mich meiner Verpflichtung entziehen würde, eine klare Entscheidung zu treffen. Ich glaube, ich war meinem geliebten Mann noch nie so stürmisch in die Arme gerannt wie an diesem Morgen, als ich die Geräusche eines herannahenden Bootes wahrnahm. Ich war derart durcheinander, dass ich nur mit meinem dünnen Nachthemdchen bekleidet zum Steg hinuntergelaufen war. Clarence konnte sich ein Grinsen nicht verkneifen, als sich der Fischer, der ihn abgeholt hatte, verlegen zur Seite drehte und dem Wasser zugewandt murmelte: »Guten Morgen, Miss«, bevor er wie vom Teufel gejagt wieder ablegte.

Clarence zog immer noch grinsend seine Jacke aus und reichte sie mir. »Nicht dass du dich noch erkältest«, bemerkte er. »Ich konnte unser Wiedersehen auch nicht erwarten«, fügte er lächelnd hinzu. Sosehr ich ihn auch für seinen Humor liebte und ihn unter anderen Umständen tatsächlich erst einmal in mein warmes Bett gezogen hätte, in diesem Augenblick purzelten die Worte nur so aus mir heraus, und atemlos berichtete ich ihm alles. Ich war dermaßen aufgeregt, dass ich mich zwischendurch immer wieder verhaspelte, aber Clarence hörte mir mit Engelsgeduld zu, ohne mich zu unterbrechen. Er nahm mich tröstend in den Arm, als ich um Bruder und Schwester weinte, wobei mir der Tod Maramas doch näher ging, während mich angesichts Anarus Ende eher ein paar Fragen quälten. Was hatte er auf der Insel gewollt? Und wo war Rere?

Als ich meine Schilderung beendet hatte, stöhnte Clarence, der sonst immer für alles sofort eine Lösung parat hatte, nur laut auf und schwieg eine Weile betreten. Dann bat er mich, seine Tweedjacke anzuziehen, weil unsere Besprechung am Steg wohl doch länger dauern würde. Wir setzten uns, kuschelten uns eng aneinander und beratschlagten, was zu tun wäre. Ich weiß nicht, wie viele Stunden wir dort verbracht hatten. Es wurde jedenfalls immer wärmer, bis die Sonne schließlich heiß vom Himmel brannte und ich die Jacke ausziehen musste. Irgendwann fragte er mich mit ernster Stimme: »Manu, glaubst du an den Fluch deiner Ahnen?«

Ich wand mich. Es fiel mir schwer, dies vor meinem vernünftigen Mann zuzugeben. Schließlich konnte ich es aber nicht länger leug-

nen, dass ich tatsächlich Angst bekam bei dem Gedanken, mein Erbe auszuschlagen. Ich gab zu, dass der alte Fluch mir wesentlich mehr Angst machte als Reres Rachefantasien, obwohl ich nicht umhinkam, ihm zu gestehen, dass ich bei dem Feuer auch an die Macht ihrer Flüche geglaubt hatte.

Er reagierte so liebevoll und verständnisvoll, dass ich nicht einen Moment das Gefühl hatte, er könnte mich für eine verwirrte Person halten. Vielleicht lag es daran, dass auch er Maori-Wurzeln besaß. Seine Großmutter war eine weise Frau gewesen, auf deren Rat er stets viel gegeben hatte.

»Vielleicht hast du gar keine andere Wahl, als das Erbe anzutreten«, gab er schließlich seufzend zu bedenken.

»Aber ich könnte dich doch niemals verlassen. Liebster, du bist das Wichtigste, das es für mich gibt!«, protestierte ich.

Er zog mich zärtlich an sich. »Glaubst du allen Ernstes, dass ich dich allein ziehen lassen würde?«

Ich verstand nicht ganz. Mein Mann war in Christchurch ein gefragter Architekt, der gerade dabei war, die Erfolgsleiter zu erklimmen.

»Aber du könntest doch nie alles aufgeben.«

»Nicht alles«, stöhnte er. »Das Wertvollste, was ich im Leben habe, sicher nicht.«

Er musterte mich so zärtlich, dass mir Tränen der Rührung kamen.

»Du würdest mit mir kommen?«, hakte ich ungläubig nach.

»Ja, mein Schatz, ich könnte mir vorstellen, dass ich mich auf der Insel durchaus nützlich machen könnte. Ich würde dir gern ein Traumhaus bauen und …«

»Aber das kann ich nicht annehmen. Du wirst mir das irgendwann vorwerfen, dass du meinetwegen auf die Verwirklichung deiner Träume verzichtet hast.«

»Wann, mein Liebling, wann?«

»Wenn du, ich meine, wenn du mich nicht mehr so sehr liebst und ...«

Er zog mich noch näher zu sich heran.

»Also nie«, lachte er.

Ich verstand nicht, wie er überhaupt so fröhlich sein konnte angesichts des Verzichts, den er da gerade freiwillig auf sich nahm.

»Du meinst wirklich, wir sollten die Herausforderung annehmen?«

»Wir müssen«, stöhnte er übertrieben. »Stell dir vor, uns geschieht etwas in Christchurch. Dann würde stets die Rache der Ahnen im Raum stehen.«

»Weißt du was? Wir sollten Flüche ab sofort aus unserem Sprachschatz streichen«, lachte ich, denn Clarence hatte mir in seiner unbeschreiblich klugen Art die Entscheidung längst abgenommen: Als ich in diesem Augenblick über das in der Sonne glitzernde türkisgrüne Wasser blickte, fühlte ich tief im Herzen, es war die richtige. So lösten wir unseren Hausstand in Christchurch auf und zogen nach Taupatiti.

Clarence hat mir nie einen Vorwurf gemacht, auch wenn er sich, da bin ich sicher, manches Mal auf der Insel wie mein Anhängsel gefühlt haben muss. Auch über die Tatsache, dass sich unser sehnlicher Kinderwunsch, sosehr wir uns auch bemühten, einfach nicht erfüllen wollte, verlor er kein kritisches Wort, außer dass er eines Tages meinte, es könnte auch an ihm liegen.

Und es hat Momente gegeben, in denen er unverzichtbare Arbeit leistete. Ich erinnere nur an die schreckliche Flut, die unser Haus überschwemmt hatte, und zwar in so heftiger Weise, dass durch den Wohnraum die Stühle schwammen. Diese Katastrophe hat mein Mann geschickt dazu genutzt, sein Traumhaus zu entwerfen und zu bauen. Auf Stelzen gebaut und ganz aus Hölzern, die aus unseren eigenen Wäldern stammen. Es hat eine große Fensterfront zum Sound, sodass wir sowohl aus dem Wohnraum im unteren Stockwerk als auch aus unserem Schlafzimmer und dem Esszimmer in der obe-

ren Etage direkt auf das Wasser schauen können. Wir haben oben eine Terrasse und auch unten, weil sich im Sommer unser Privatleben vorwiegend im Freien abspielt.

Ich habe Clarence wirklich selten so glücklich erlebt, seit er meinetwegen sein Leben in Christchurch hinter sich gelassen hat. Obwohl er stets bemüht war, mir nicht zu zeigen, dass er sich mitunter nach seiner Arbeit in der Stadt sehnte, habe ich gespürt, wie sehr ihm sein Beruf fehlte. Und als er das Haus konstruiert und gebaut hat, war er gelöst wie selten und ganz in seinem Element.

Leider blieb uns dann viel zu wenig Zeit, das neue Domizil zu genießen, denn schon im Jahr nach der Fertigstellung brach der schreckliche Krieg aus. Es vergeht kein Tag, an dem ich nicht an ihn denke.

Die erste Zeit nach seinem Tod funktionierte ich wie eine Maschine und war nicht in der Lage, die Schönheit der Insel überhaupt noch wahrzunehmen. Im Gegenteil, ich verstieg mich in den Gedanken, Clarence wäre noch am Leben, wenn wir in Christchurch geblieben wären.

Es war im letzten Sommer, als ich zum ersten Mal wieder ein Gespür für das Paradies bekam. Es war ein Sonntag, als mir meine Haushaltshilfe Tiana am Strand mit einem bildhübschen kleinen Mädchen an der Hand begegnete. Ich war erstaunt, denn Tiana war meines Wissens noch keine siebzehn und hatte mit Sicherheit kein Kind.

»Wen haben wir denn da?«, fragte ich freundlich und beugte mich zu dem bezaubernden Geschöpf hinunter. Die Kleine lächelte mich so entzückend an, dass mir augenblicklich das Herz aufging.

Tiana aber wurde ganz hektisch. »Entschuldigen Sie, dass ich das Kind mit auf die Insel gebracht habe, aber ich habe sie drüben in Havelock gefunden. Sie saß ganz allein und völlig verwahrlost in einer Ecke bei den Fischerbooten. Ich konnte sie nicht allein zurücklassen und bringe sie morgen in ein Waisenhaus. Dürfte sie wohl heute Nacht bei mir schlafen?«

»Aber natürlich«, erwiderte ich eifrig. »Und du willst sie wirklich in ein Waisenhaus geben?«

Tiana zuckte hilflos mit den Schultern. »Ich kann sie nicht behalten«, seufzte sie.

Ich schlug ihr vor, die Kleine einfach noch ein bisschen auf der Insel zu lassen. Ich weiß gar nicht genau, was ich mir in jenem Augenblick dabei gedacht hatte. Auf jeden Fall nicht annähernd das, was nun folgen sollte. Ich fühlte lediglich eine besondere Anziehungskraft des Kindes, und auf eine merkwürdige Weise war es mir vertraut. Nach ein paar Tagen folgte das Mädchen mir wie ein Hündchen auf Schritt und Tritt. Schließlich ließ ich sie im Haus übernachten und stellte Nachforschungen an, wer sie wohl sein könnte. Langsam, aber sicher reifte schließlich der Gedanke, die Kleine zu adoptieren, wenn ihre Herkunft nicht mehr zu klären wäre und es keine Eltern gäbe.

Hatte mir vorher der Gedanke, dass es nach meinem Tod keinen Erben mehr geben und die Insel zwangsläufig Fremden zufallen würde, weil mich nichts auf dieser Welt dazu bringen könnte, mich mit einem anderen Mann einzulassen, sogar eine gewisse Genugtuung verschafft, war ich nun fest entschlossen, dem Willen der Ahnen zu folgen und die Verantwortung für Taupatiti zu übernehmen. Und ich wusste auch schon, wer meine Erbin sein würde. Ich beschloss, das namenlose Kind Pania nach meiner Urgroßmutter zu nennen.

An diesem Tag schlief ich erschöpft an ihrem Bett ein. Als ich aufwachte, sah sie mich mit großen Augen an und griff nach meiner Hand. Als wäre ich vorher blind gewesen, fiel mir zum ersten Mal das Muttermal an ihrem Hals auf. Der Schreck über diese besondere Form, die wie ein Hei-Tiki aussah. Ein großer Körper mit einem kleinen, schräg gelegten Kopf. So hatten wir Anarus Muttermal immer scherzhaft als Kinder genannt. Und nun besaß dieses Kind genau an derselben Stelle ein exakt so geformtes Mal. Das konnte kein

Zufall sein. Mein Herz schlug zum Zerbersten. Dafür konnte es nur einen Grund geben: Das Mädchen war die Tochter meines Bruders.

Nun setzte ich die Nachforschungen nach ihrer Herkunft mit aller Entschlossenheit fort, denn ich konnte ja schlecht ein Kind adoptieren, das wahrscheinlich noch eine Mutter hatte. Und dass Rere mir je erlauben würde, ihre Tochter als eigenes Kind anzunehmen, war mehr als unwahrscheinlich. Doch wo steckte Rere? Wieso hatte sie ihr Kind allein zurückgelassen?

Man schickte mich zu einem reichen Farmer in der Nähe von Blenheim, bei dem Rere, die von ungewöhnlicher Schönheit war, was ich, glaube ich, noch nicht erwähnt hatte, angeblich bis zu ihrem Tod gelebt haben sollte. Ich war doppelt schockiert. Darüber, dass sie offenbar tot war, und dass man das Kind nach ihrem Tod seinem Schicksal überlassen hatte. Ich begab mich zu der Adresse und fand dort den erwachsenen Sohn des Farmers vor. Er hieß Christian Lengston und war der unfreundlichste Zeitgenosse, der mir je begegnet ist. Erst wollte er gar nicht über seinen Vater sprechen, der, wie er mir mürrisch mitteilte, an einem Fieber gestorben sei, an dem kurz darauf auch seine »Hure krepiert« wäre – ja, das sagte er wörtlich, sonst würde ich es nicht zu Papier bringen. Ich kam aus dem Entsetzen gar nicht mehr heraus. Am liebsten hätte ich das Anwesen fluchtartig verlassen, doch mir brannten zahlreiche ungeklärte Fragen unter den Nägeln. Ob er etwas von ihrem Ehemann wusste? Er wies das weit von sich und äußerte Zweifel daran, ob sie überhaupt verheiratet gewesen wäre. Für ihn blieb sie die Dame aus dem horizontalen Gewerbe, die seinem Vater den Kopf verdreht hatte. »Und warum haben Sie das Kind mutterseelenallein auf der Straße ausgesetzt?«, fragte ich fassungslos. Das wiederum empörte den Kerl, und er behauptete, dass das Kind bereits aus dem Haus gewesen wäre, als die Geliebte seines Vaters den Löffel abgegeben habe. Ich war ziemlich aufgeregt, zumal er mir nun wortreich schilderte, wie die Frau zum Schluss nur noch wirres Zeug geredet habe. Dass ihre Tochter einmal

Herrin über eine Insel werden und sie höchstpersönlich zu ihrem Schloss bringen würde. Er betonte noch, dass die Frau zu dem Zeitpunkt bereits vom Tode gezeichnet gewesen wäre, weshalb er immerhin so barmherzig gewesen wäre, sie nicht in der Gosse verrecken zu lassen.

Ich versuchte, mir daraufhin einen Reim auf die ganze Geschichte zu machen. Offenbar waren Rere und Anaru irgendwann getrennte Wege gegangen. Ich vermutete, dass Anaru sich komplett dem Suff hingegeben und er seine Familie mit sich ins soziale Elend gerissen hatte. Womöglich war Rere dann der reiche Mr Lengston über den Weg gelaufen, hatte ihr Avancen gemacht, und sie hatte die Chance beim Schopf gepackt, das Kind und sich selbst zu retten. Vielleicht hatte Anaru sie daraufhin gesucht und auf Taupatiti vermutet. Jedenfalls musste sie wohl vor ihrem Tod noch versucht haben, ihre Tochter auf die Insel bringen zu lassen, aber, wem die Sterbende diese Aufgabe auch immer übertragen haben mochte, er musste die Kleine schließlich wie einen herrenlosen Hund in Havelock ausgesetzt haben.

Da wir nicht genau wissen, wie alt Pania ist, haben wir ihr Alter geschätzt. Ihren Geburtstag haben wir auf den 25. Dezember festgesetzt. Sie entwickelt sich jedenfalls prächtig. Sie liebt ihre Insel über alles, und ich bin zuversichtlich, dass sie ihr Erbe eines Tages aus vollem Herzen antreten wird ...

Als Stella umblätterte, stutzte sie, denn die folgende Seite war ganz offensichtlich entfernt worden. Merkwürdig, dachte sie, denn der Text ging auf der nächsten Seite weiter. Was dort folgte, war ganz offensichtlich von einer anderen Person geschrieben, die sich allerdings bemüht hatte, Manukas Schrift zu imitieren, was ihr aber im Detail nicht wirklich gelungen war. Die typischen Schwünge des »G« und des »H«, die bei Manuka kunstvoll ausgeführt waren, wirkten im Weiteren wie schlecht nachgemalt.

Manukas Lebensbericht enthielt so viele aufregende Informationen, die Stella erst verarbeiten musste. Nicht zuletzt drängte sich ihr der Verdacht auf, dass der mürrische Mr Lengston womöglich ein Vorfahre von Jayden war. Aber vor allem faszinierte sie die eher versöhnliche Botschaft ihrer Ahnin, die so gar keinen Anlass zu Angst und Panik gab. Warum ihre Mutter in diesen Worten wohl das Gegenteil gelesen hatte? Stella bereute zutiefst, dass sie das Heft nicht längst schon einmal zur Hand genommen und sich dem Inhalt gestellt hatte. Hätte sich dadurch damals etwas an meiner Entscheidung geändert, auf die Liebe zu Oliver zugunsten meiner Pflichterfüllung zu verzichten?, fragte sie sich in diesem Augenblick. Sie hätte es nicht mit Gewissheit bejahen oder verneinen können.

Mit klopfendem Herzen las sie weiter.

Und das gilt für alle ihre Nachfahrinnen. Wer die Insel verlässt, ist dem Tod geweiht. Und wer das für eine Liebe auf sich nimmt, bringt auch Unglück über den Mann. Überhaupt ist die Liebe nicht für die Frauen von Taupatiti bestimmt. Wenn ihr in einem Mann mehr seht als den Erzeuger neuer Erben, so wird euch ein Unheil widerfahren wie Marama und mir. Die Männer werden sterben und ihr ein einsames, trauriges Schicksal erleiden. Wir haben Rere damals für eine böse Person gehalten, dabei hat sie uns nur warnen wollen. Und sie hat uns gerettet, indem sie uns ihre Tochter als Erbin geschickt hat.

Abgesehen von dem abweichenden Schriftbild, stimmte auch der Stil des letzten Absatzes überhaupt nicht mit den warmherzigen und gefühlvollen Worten Manukas überein. Stella war sich sicher, dass jemand versucht hatte, eine eigene Botschaft an die Nachwelt loszuwerden. Aber wer? Sie betrachtete diese letzte Seite noch einmal ausführlich und entdeckte, dass sich Worte durchgedrückt hatten, die jemand einst auf der herausgerissenen Seite geschrieben haben musste. Manuka hatte ihre Worte mit einem harten Bleistift zu Papier gebracht. Die letzte Seite war mit einem weichen Stift verfasst worden. Diese plumpe Fälschung erregte Stellas Neugier, sodass sie sich ihrerseits einen Bleistift nahm und die durchgedrückten Buchstaben schraffierte. Es war nicht einfach, die Wörter zu entziffern, die jetzt auftauchten, weil sie überschrieben waren, doch auch bei dem Problem wusste sich Stella zu helfen. Sie versuchte, den gefälschten Text auszuradieren. Das funktionierte nicht sauber, sondern endete in einer grauen Schmiererei. Trotzdem konnte sie Manukas Worte nun tatsächlich entziffern.

Beim Lesen stockte ihr der Atem.

Wenn ich einmal spüre, dass es mit mir zu Ende geht, werde ich Pania dieses Heft übergeben, damit sie meine Hoffnungen, die ich einst in sie als meine Tochter, die sie sowohl auf dem Papier als auch in meinem Herzen ist, gesetzt habe, niemals enttäuschen wird. Durch sie wird das Erbe der Ahnen weiterleben und mit ihm die Verpflichtung, Taupatiti in unserem Besitz zu erhalten und zu pflegen. Denn es ist nicht nur eine paradiesische Insel, sondern ein Platz, über den die Ahnen wachen. Ich glaube nicht mehr an die Flüche, ich hoffe nur, dass jeder zukünftige Erbe um seine Verantwortung weiß und sich sehr gut überlegt, ob er unser Paradies jemals in fremde Hände gibt. Und wenn Ihr, meine Nachfahren, diese Aufgabe nicht erfüllen könnt, dann findet Nachfolger auf die Weise, wie es mir gelungen ist. Ich bin sicher: Es gibt immer eine Lösung, wie wir uns Taupatiti nach dem Willen der Ahnen erhalten können.

Stöhnend ließ Stella das Heft sinken. Während sie sich das Hirn darüber zermarterte, wer die friedvolle Botschaft Manukas in eine Bedrohung verwandelt hatte, keimte bereits ein gewisser Verdacht in ihr auf. Alles deutete auf Pania hin, die nichts dem Zufall überlassen, sondern alles darangesetzt hatte, ihre eigenen Erben auf Gedeih und Verderb an Taupatiti zu binden. Dabei war es ihr offensichtlich völlig gleichgültig gewesen, dass sie ihre eigene Tochter in Angst und Schrecken versetzt hatte.

Stella schüttelte sich bei dem Gedanken, wie ihre Mutter und sie von der Großmutter manipuliert worden waren. Unter diesem Aspekt konnte sie sich sogar erklären, warum sie damals von ihrer Mutter geträumt hatte und diese ihr eine derart klare Botschaft verkündet hatte. Die Angst vor den Flüchen war seit Stellas Jugend latent vorhanden gewesen. Das musste sich in ihr Unterbewusstsein derart tief eingebrannt haben, dass sich ihre Panik in den Träumen fortgesetzt hatte. Sie war in diesem Augenblick mehr als erleichtert, ihre eigene Tochter nie mit diesem Erbe und den fatalen Folgen für den Fall, dass sie es nicht annehmen würde, belastet zu haben.

Und noch einmal stellte sie sich die folgenschwere Frage, ob sie damals ohne diesen ganzen Ballast von Fluch und Verwünschungen, von Rache und Strafe, auch auf Oliver und ihre große Liebe verzichtet hätte. Sie versuchte, sich noch einmal in ihre damaligen Ängste hineinzuversetzen, und kam zu dem Entschluss, dass sie Oliver unter normalen Umständen nach London gefolgt wäre. Sie fröstelte leicht bei dem Gedanken, dass sie ihre Insel dann wahrscheinlich niemals mehr wiedergesehen hätte. Dabei war Taupatiti ihr Leben und sie konnte sich schwerlich vorstellen, ohne ihre Insel zu leben. Sie war weit davon entfernt, die folgenschwere Fälschung gutzuheißen, aber wo wäre sie heute ohne sie? Glücklich mit Oliver in London?

Stella sah seufzend von dem Heft auf und ließ ihren Blick über den Sound schweifen. Die Mittagssonne, die auf das türkisgrüne Wasser brannte, funkelte auf der Oberfläche wie tausend magische Strahlen.

Ach, Oliver, dachte sie verträumt, wie oft habe ich gehofft, du würdest Taupatiti unter weißen Segeln anlaufen und mich von hier entführen. Dass ihr Traum völlig unrealistisch war, wurde ihr immer dann klar, wenn ihr bewusst wurde, wie sehr sich Oliver vor schwankenden Planken gefürchtet hatte. Nachdem sie ihm damals die helfende Hand gereicht hatte, damit er an Bord kommen konnte, war seine Panik vor dem Wasser noch lange nicht geheilt gewesen. Auch in den darauffolgenden Tagen hatte es an Bord ihres Touristenschiffs immer wieder Situationen gegeben, in denen sie Oliver die Angst davor, von den Tiefen des Meers verschlungen zu werden, nehmen musste.

In diesem Moment tauchten wirklich weiße Segel in der Ferne auf, aber das war hier kein ungewöhnlicher Anblick. Der Pelorus Sound war ein beliebtes Segelrevier.

Doch als die Jacht nun mit achterlichem Wind Kurs auf Taupatiti hielt, fragte sich Stella, wer das wohl sein konnte. Für den Bruchteil einer Sekunde spielte sie mit dem Gedanken, es könnte Jayden sein. Er war jedenfalls passionierter Segler und besaß auch ein Boot. Doch würde er nach allem, was heute Morgen zwischen ihnen vorgefallen war, ausgerechnet Kurs auf Taupatiti nehmen? Nein, das wäre absurd. Als sich die Jacht immer schneller der Insel näherte, vermutete Stella schließlich, dass es sich um Helens Segeljacht handelte. Vielleicht machte sie einen Segelausflug mit Hotelgästen und wollte mit ihnen ein kleines Picknick am Strand von Taupatiti veranstalten. Das machte sie gelegentlich, und Stella hatte nichts dagegen einzuwenden. Also ging sie zum Steg, um ihrer Freundin die Vorleine abzunehmen. Gleich würde man die Segel runterholen, um nicht ungebremst auf den Steg zuzurasen. In dem Augenblick rollte sich die Fock zusammen, und statt ihrer Freundin Helen sah sie einen Mann vorn am Bug stehen. Das Schiff war jetzt so nahe, dass sie ihn erkennen konnte. In der Hand hielt er die Vorleine, während er sie wie ein Weltwunder anstarrte. Ja, nicht nur du hast dich in den vergangenen dreiundzwanzig Jahren verändert, Geliebter, dachte sie überwältigt, nein, ich mich auch!

2. Teil

Holly und ihr Vater

20.

Holly Wilson hatte sich an diesem Tag nicht wirklich auf den Unterricht konzentrieren können und war deshalb unter dem Vorwand eines Unwohlseins früher aus der Hochschule in ihre Wohnung zurückgekehrt. Sie war froh, dass sie auf dem Flur der Akademie nicht Jonathan begegnet war, der ihr sofort angesehen hätte, dass es ihr nicht besonders gut ging. Und dann hätte er ihr erneut ins Gewissen geredet, dass es beileibe kein Weltuntergang wäre, wenn sie zwei Hochzeitsfeiern ausrichteten. Die eine mit seinen Eltern und ihren Freunden, die andere mit Hollys Mutter. Nein, ein Weltuntergang wäre das sicherlich nicht, aber sehr wohl etwas, das ihr ein arges Unwohlsein verursachte, dachte sie, während sie die Wohnung betrat. Wo sie sonst jedes Mal Freude empfand, wenn sie die Tür aufschloss und das helle, lichtdurchflutete Apartment betrat, wollte sich an diesem Tag kein Hochgefühl einstellen.

Die Diskussionen der letzten Tage hatten sie zermürbt. Genau wie die ständigen Unternehmungen mit Jonathans Eltern. Sie hatten sich bis zur Hochzeit eine Wohnung in der Nähe angemietet und wollten so viel Zeit wie möglich mit ihrem Sohn und der zukünftigen Schwiegertochter verbringen. Seine Mutter hatte sich sogar seinen und ihren Terminplan geben lassen, damit sie immer wusste, wann einer von ihnen oder gar beide Freizeit hatten. Dass auch seine Mutter sie inzwischen als Verlobte ihres

Sohnes akzeptierte, lag an den klaren Worten, die Jonathan gesprochen hatte, nachdem sie Stella an jenem Sonntag an die Luft gesetzt hatten, was Holly bis zum heutigen Tag nicht mehr in den Schlaf kommen ließ.

Je mehr Abstand sie zu dem Vorgang bekam, desto mehr erkannte sie, dass ihre Schwiegermutter die Hauptschuld an der Eskalation trug und nicht Stella. Die hatte sich doch nur gegen den Standesdünkel der Frau, die allen Ernstes darauf bestand, »Mum« von ihr genannt zu werden, zur Wehr gesetzt. Und das mit der ihr eigenen Emotionalität. Keine Frage, dass Stella, wenn sie Ungerechtigkeit witterte, gern über das Ziel hinausschoss, was sich an der Campari-Attacke gezeigt hatte. Doch von der Sache her war sie im Recht gewesen. Ihre Schwiegermutter hatte sich tatsächlich ziemlich unverschämt über ihre Maori-Vorfahren mokiert. Nein, sympathisch war Holly diese Mrs Taylor ganz bestimmt nicht, während Joseph, ihr zukünftiger Schwiegervater, sich als warmherziger Mann entpuppte, doch leider stand er total unter dem Pantoffel seiner dominanten Frau. Obwohl Holly Ursache und Wirkung des Eklats analysiert hatte, fand sie nicht den Mut, die Sache mit ihrer Mutter zu klären. Sie war der Meinung, Stella hätte nach dem Streit auch bei ihr anrufen können. Jemandem ein volles Glas Campari mit Orangensaft ins Gesicht zu schütten, war schließlich keine besonders geschickte Art der Auseinandersetzung gewesen. Aber warum schwieg sie so beharrlich? Selbst wenn ihre Mutter sie beschimpft und ihr zum Vorwurf gemacht hätte, dass sie sie aus der Wohnung geworfen hatte, wäre das Holly lieber gewesen als dieses bleierne Schweigen. Natürlich war ihr durchaus bewusst, dass auch sie zum Hörer greifen könnte, um sich beispielsweise für den Rausschmiss zu entschuldigen, aber was sollte sie ihrer Mutter sagen? Das war nur der Anfang? Es ist alles noch viel schlimmer, und seine Mutter dominiert unseren Alltag? Und ja, ich beneide dich darum, wie unverstellt du deine Emotionen ausleben kannst?

Wenn Holly ehrlich war, fürchtete sie auch die spitze Zunge ihrer Mutter, denn einen größeren Kontrast als das Leben, das sie mit Jonathan führte, und das ihrer Mutter konnte es kaum geben. Auch keine größere Kluft als das tolerante und direkte Wesen ihrer Mutter und das zwanghafte Kontrollverhalten von Mrs Taylor. Aber sollte sie vor ihrer Mutter zugeben, dass sie das alles nur Jonathan zuliebe auf sich nahm? Sie verstand doch auch nicht, warum er seiner Mutter nicht energischer gegenübertrat. Lag es daran, dass seine Eltern ihm diese Wohnung gekauft hatten und einiges andere von dem Luxusleben finanzierten, das Jonathan so sehr brauchte und das er sich von seinem Gehalt als Dozent für Musikgeschichte nicht leisten konnte?

Was seine Mutter betraf, war er jedenfalls auf einem Ohr taub oder sofort beleidigt, wenn sie Kritik übte an der Schwiegermama. Nach seinem Dafürhalten hatte er Holly wie ein Löwe verteidigt, indem er seiner Mutter die Alternative präsentiert hatte: Entweder du akzeptierst meine Wahl oder du musst meine Wohnung jetzt auch verlassen! Natürlich war Holly schwer beeindruckt gewesen, wie mutig er für sie eingetreten war, und doch, es kam ihr vor, als hätte sie damit ihr Recht verwirkt, auch nur noch ein einziges Wort gegen seine Mutter vorzubringen. Seiner Ansicht nach hatten sich Mrs Taylor und Holly aufgrund seines klaren Bekenntnisses zu ihr versöhnt, und er verlangte von Holly ein bisschen mehr Dankbarkeit. Mrs Taylor hatte Holly in der Tat die Hand gereicht und gemurmelt: »Wir werden schon miteinander auskommen, Kleines.« Jonathan hatte Holly daraufhin einen triumphierenden Blick zugeworfen und offenbar überhört, was seine Mutter noch hinzugefügt hatte. »Ich werde nur ein wenig auf deine Erziehung einwirken müssen. Ich befürchte, deine Mutter war damit überfordert.«

Und nun hatte »Mum« gefordert, ihr auf der Hochzeit die Anwesenheit von Hollys unverschämter Mutter zu ersparen, weil das ihrer Ansicht nach einfach nicht passte.

Dazu hatte Holly allerdings nicht geschwiegen. Sie hatte vehement verkündet, dass sie nicht ohne ihre Mutter heiraten würde. Jonathan hatte versucht zu schlichten und war auf die glorreiche Idee gekommen, zwei Feiern zu veranstalten, was »Mum« aber auch wieder nicht zusagte. Doch Jonathan hatte seine Mutter vor die Wahl gestellt, ob sie auf dem Standesamt oder in der Kirche dabei sein wollte.

»Was für eine Frage«, hatte sie geschimpft. »Wenn ich schon teilen muss, nehme ich die Kirche.«

Für Jonathan war der Fall damit sonnenklar: Stella würde zusammen mit den Trauzeugen auf dem Standesamt anwesend sein, man würde danach ein gepflegtes Dinner zu sich nehmen, die kirchliche Trauung und das anschließende Fest würden dann ein paar Tage später stattfinden. Ohne die Brautmutter. »Und es wäre klug, deiner Mutter von dem zweiten Akt lieber gar nichts zu erzählen«, hatte er hinzugefügt.

Holly hatte das mit keinem Wort kommentiert, was Jonathan als Zustimmung aufgefasst hatte. Sie hatte sich bisher nicht dazu durchringen können, tätig zu werden und Stella zu diesem in knapp drei Wochen geplanten Ereignis einzuladen, weil sie sich mit dem absurden Ablauf nicht anfreunden konnte. Auch wenn Stella und Mrs Taylor mit Sicherheit niemals Freundinnen würden, wie konnte seine Mutter verlangen, Stella von der Feier auszuschließen? Und was dachte sich Jonathan dabei, sie dazu anzustiften, ihre Mutter zu beschwindeln? Holly litt seitdem unter Magenschmerzen. Die ganze Geschichte nahm sie sehr mit, zumal sie ständig mit »Mum« Zeit verbringen musste. Ob im Konzert, in der Oper, im Nationalpark, überall ging man gemeinsam hin. Darüber hinaus führten die Eltern sie fast jeden Abend zu einem üppigen Dinner aus. Holly hatte das Gefühl, sich bereits in eine Kugel zu verwandeln. Und als Holly bei einem dieser Essen Grünschalmuscheln bestellt hatte, war »Mum« beinahe hysterisch bei dem Anblick des orange- bis aprikotfarbenen Fleischs geworden und hatte es als »eklig« bezeichnet. Holly, die sich zwar nie sonderlich für die Muscheln ihrer Mutter interessiert hatte, kannte zumindest den Unterschied zwischen dem männlichen, das dezent und viel heller war, und dem satten weiblichen Fleisch, was sie auch provozierend in der Tafelrunde zum Besten gab. Sehr zur Empörung von »Mum«, die Holly allen Ernstes aufforderte, diese Riesenmuscheln in ihrer Gegenwart nicht mehr zu verzehren. In diesem Punkt bekam sie unerwartete Schützenhilfe von Jonathan, der seine Mutter darüber aufklärte, dass Hollys Mutter solche Muscheln züchtete und man kaum von ihrer Tochter erwarten könnte, sie von ihrem Speiseplan zu streichen. Damit lieferte er seiner Mutter eine perfekte Vorlage, Stella zu beleidigen. Sie hatte wörtlich gezischt: »Das hätte man mir gleich sagen müssen. Wie soll jemand, der solche stinkigen Muscheln züchtet, wissen, wie man sich auf dem gesellschaftlichen Parkett bewegt?«

Holly hatte daraufhin über eine gepfefferte Widerrede nachgedacht, doch in dem Fall war ihr Joseph zuvorgekommen. Er widersprach den Boshaftigkeiten seiner Frau höchst selten, sondern hielt sich stattdessen bei Tisch lieber an die Weine und den Whisky, aber nun war wohl auch seine Geduld überstrapaziert. Holly hatte ihn selten derart entschieden erlebt. »Amanda! Wenn du noch ein einziges böses Wort über Hollys reizende Mutter verlierst, dann …« Weiter kam er nicht, weil ihm wohl keine adäquate Drohung einfiel und er überdies schon fast eine Flasche Wein allein getrunken hatte. Womit sollte er auch drohen, hatte Holly sich gefragt, denn sowohl das Geld als auch die feine Herkunft gehörten ihr. Deshalb war es keine Überraschung, dass Amanda seine kleine Wortfindungsschwierigkeit nutzte, um ihn in scharfem Ton zu maßregeln. »Wenn du mir schon drohst, dann solltest du wissen, womit, mein Lieber. Aber ich kann dich gern in Neuseeland lassen und bei Hollys Mutter absetzen.«

Seufzend nahm sich Holly eine eisgekühlte Flasche Weißwein aus dem Kühlschrank, schnappte sich ein Glas und setzte sich damit auf die Terrasse. Heute hatte sie kaum einen Blick übrig für das bezaubernde Panorama über Hafen und Altstadt. Sie schenkte sich hastig ein und nahm zügig den ersten Schluck. Dass sie überhaupt Wein trank, war neu. Das hatte ihr Jonathan beigebracht, der fand, zu einem guten Menü gehörte auch der richtige Wein. Da sie nicht an Alkohol gewöhnt war, verspürte sie sofort einen leichten Glimmer, und das war genau der Effekt, den sie damit hatte erreichen wollen. Schon nach dem ersten Schluck fühlte sie sich leichter.

Seit Tagen quälte sie sich nämlich mit der Frage, ob sie die Sache mit der Hochzeit wirklich auf sich beruhen lassen durfte. Der Gedanke, ihre Mutter würde womöglich herausfinden, dass es sich um eine Zweiklassenhochzeit handelte, behagte ihr ganz und gar nicht. Am liebsten würde sie zum Hörer greifen und sie sofort anrufen. Nur um ihre Stimme zu hören – aber sie befürchtete, dass sie dann mit ihrem ganzen Frust herausplatzen und damit natürlich auch Jonathan in die Pfanne hauen würde.

Wenn sie all das an dem schönen sonnigen Dezembertag geahnt hatte, an dem sie mit ihrem Professor für Musikgeschichte das Referat statt an der Hochschule in einem Strandcafé in St. Kilda besprochen hatte, wer weiß, ob sie sich auf all das eingelassen hätte ... Holly erinnerte sich noch genau an den Augenblick, in dem sie begriffen hatte, dass sein intensiver Blick nicht ihren Leistungen, sondern ihr als begehrenswerter Frau galt. Holly hatte vom ersten Tag an für den gut aussehenden Engländer geschwärmt. So sehr, dass ihre Kommilitoninnen in Dunedin sie bereits damit aufgezogen hatten, jedenfalls diejenigen, die nicht ebenfalls in ihn verschossen waren. Doch mehr als anregende Gespräche, die immer mit dem Thema seiner Vorlesungen zu tun hatten, waren zwischen ihnen bislang nicht ausgetauscht worden. Aber an diesem Tag war alles anders. Sie entsann sich an jedes Detail: Ihr Professor mustert sie ein paarmal so intensiv, dass ihr ganz heiß wird. Sie ist nicht so naiv zu verkennen, dass das Glühen in seinen Augen nicht ihren geschliffenen Ausführungen über die Geschichte der Sydney-Opera gilt. Ihr Herzschlag beschleunigt sich. Trotzdem verschwendet sie auch in diesem Moment noch keinen Gedanken daran, dass aus ihnen beiden einmal ein Paar werden könnte. Schließlich kommt es öfter vor, dass Studentinnen Professoren anhimmeln und die darauf auch reagieren, aber immer brav aus der Ferne. Das ändert sich schlagartig, als er unverhofft ihre Hand nimmt.

»Wie lange sind Sie jetzt bei uns Studentin?«

Holly ist derart perplex, dass ihr Mund ganz trocken wird und sie kaum sprechen kann, weil ihre Zunge am Gaumen klebt.

»Etwas über zwei Jahre«, stößt sie irritiert hervor, während sie befürchtet, er könne das verräterische Klopfen ihres Herzens hören.

»Ich werde im nächsten Semester an die Hochschule nach Wellington wechseln«, murmelt er, während er ihr tief in die Augen sieht.

Was will er ihr damit sagen?

»Wissen Sie, dass Ihre Augen wie ein Grünstein im Sonnenlicht funkeln?«

Sie muss ihn ziemlich perplex angesehen haben, denn er zieht erschrocken seine Hand zurück.

»Miss Wilson, bitte verzeihen Sie mir diese Direktheit, ich sollte nicht derart übergriffig sein, ich ...«

Holly ist plötzlich ganz klar und mutig. Sie versteht jetzt, was ihr Professor Jonathan Taylor sagen möchte. Sie schenkt ihm ein Lächeln.

»Sie sind nicht wütend?«, fragt er erstaunt.

»Nein, gar nicht. Warum sollte ich?«

»Holly, ich ...« Er greift erneut nach ihrer Hand. »Ich habe mich bislang nicht getraut, Ihnen meine Gefühle zu offenbaren, aber jetzt, wo ich weiß, dass ich Dunedin verlasse, möchte ich nicht gehen, ohne Ihnen zu gestehen, dass Sie mein Herz berühren ...«

Seine Lippen nähern sich ihrem Mund. »Ich würde Sie gern küssen«, seufzt er.

»Worauf warten Sie noch?«, entgegnet sie keck und wundert sich selbst über ihre Lockerheit. Ihre Lippen berühren sich, zunächst vorsichtig, und dann küsst er sie mit einer Leidenschaft, dass ihr ganz schwindlig wird.

Als sich ihre Münder voneinander lösen, sieht er sie ungläubig an. »Holly, ich musste mir erst ganz sicher sein, dass ich mehr für Sie empfinde ...«

Sein Geständnis geht Holly durch und durch. Es ist anders als bei Brian, ihrem Kommilitonen, mit dem sie eine kurze Beziehung hatte. Und anders als mit James, ihrem ersten Freund, als sie noch auf dem Internat war. Es waren schöne Erfahrungen, aber sie hat bei beiden gespürt, dass sie sich nicht von ganzem Herzen verliebt hatte. Und genau das spürt sie in diesem Augenblick. Sie ist in Jonathan verliebt. Das war sie bereits vorher, aber sie hat es als Schwärmerei abgetan. Jetzt, wo er ihr seine Gefühle gesteht, weiß sie, dass er ihr mehr bedeutet als die jungen Männer zuvor.

Wie in Trance verlassen sie wenig später das Café. Hand in Hand schlendern sie die Promenade von St. Kilda entlang, bemerken gar nicht den Trubel, der in dem belebten Strandort um sie herum herrscht. Sie halten einander fest, bleiben immer wieder stehen, sehen sich in die Augen und küssen sich.

Holly kann ihr Glück kaum fassen. Als sie an einem Hotelschild vorbeikommen, auf dem »Freie Zimmer« steht, treffen sich ihre Blicke. Er braucht sie gar nicht zu fragen. Sie betreten das Hotel, ohne zu zögern.

In der Lobby bleibt er abrupt stehen. »Willst du das wirklich?«, flüstert er ihr zu. Holly nickt. Ja, sie will es, und zwar sofort!

Sie schließen wenig später die Zimmertür auf und staunen nicht schlecht. Der Raum ist nicht groß, aber wie für sie gemacht. Er ist einfach und anheimelnd eingerichtet. Allein das breite Bett mit der blütenweißen Wäsche, das sie regelrecht dazu einlädt, alle Konventionen hinter sich und ihren überbordenden Gefühlen freien Lauf zu lassen.

Und wieder ist er es, den Gewissensbisse überkommen. Er mustert sie ernst. »Holly, wenn ich mich mit einer Studentin einlasse, kann das keine unverbindliche Affäre sein. Verstehst du? Ich will dich nicht ins Bett kriegen, ich will mehr ...«

»Jonathan ...« Wie leicht ihr sein Name über die Lippen kommt, denkt sie. »Ich bin kein Kind mehr. Und auch keine Studentin, die von dir abhängig ist. Du musst mir keinen Heiratsantrag machen, bevor wir miteinander schlafen«, raunt sie zärtlich. Nein, an eine feste Bindung denkt sie auch in diesem Augenblick nicht. Sie hat doch noch so viel vor. Natürlich verhütet sie, denn niemals möchte sie in diesem Alter schon Mutter werden, so wie damals Stella. Holly möchte in diesem Augenblick nicht mehr und nicht weniger, als diese Lust einfach nur genießen, dass sie ihren Schwarm bekommt. Mit James und Brian hat sie nur geschlafen, weil es irgendwann in einer normalen Beziehung dazugehörte. Niemals hat ihr Körper signalisiert, dass er sich danach sehnt. Bei Jonathan ist das anders. Ob es der Reiz ist, dass er ihr Lehrer ist, oder mehr? Sie weiß es nicht, aber sie möchte es in diesem Augenblick auch gar nicht wissen.

»Ich liebe dich«, flüstert er und küsst sie erneut. Dieses Bekenntnis ist ihr ein bisschen zu viel, aber es mindert ihre Lust, ihn zu verführen, nicht. Sie löst sich aus der Umarmung und nimmt ihn bei der Hand. Zielstrebig führt sie ihn zum Bett und lässt sich in die Laken sinken. Jonathan will noch etwas sagen, aber sie legt ihm zärtlich den Finger über die Lippen. Sie möchte nicht, dass er noch mehr redet. Stattdessen knöpft sie ihm sein Hemd auf, so als hätte sie so etwas schon Hunderte von Malen getan. Dabei ist sie noch nie zuvor so aktiv gewesen. Im Gegenteil, sie hat Intimitäten bislang mehr oder minder passiv über sich ergehen lassen.

Ein bisschen ungewohnt ist es schon, geht es ihr durch den Kopf, als er nur noch seinen Slip trägt, mit dem stets akkurat gekleideten Professor im Bett zu liegen. Vor allem lässt sich nicht verbergen, wie sehr er sie will.

Aber es bleibt ihr nicht viel Zeit, solchen Gedanken nachzuhängen, denn nun zieht er ihr das Sommerkleid aus und dann den Slip. Mehr trägt sie an diesem heißen Tag nicht.

Anfangs spürt sie seinen leisen Widerstand, sich den wilden Küssen hinzugeben, doch er entspannt sich zunehmend und entpuppt sich als erfahrener Liebhaber, der weiß, wie und wo man eine Frau berührt. Ein bisschen zu routiniert, geht ihr kurz durch den Kopf, aber was hat sie sich denn eingebildet? Dass sie seine erste Frau ist? Nein, das wäre albern, soll er doch angeblich, glaubt man den Gerüchten, die an der Akademie kursieren, einen ziemlichen Frauenverschleiß haben, aber absolut bindungsunfähig sein. Sie ahnt natürlich, wer das Gerücht in die Welt gesetzt hat: die schöne Gesangsprofessorin Mrs Prince, die ihm offenbar kurzzeitig sehr nahe gestanden hat und die er wohl gegen ihren Willen gegen die italienische Gastdozentin Signorina Donanti ausgetauscht haben soll, die dann aber ziemlich überstützt nach Rom zurückgegangen war.

Na und, denkt sie und überlässt sich entspannt seinen forschenden Händen, bis ihr Kopf völlig ausgeschaltet ist und ihr Körper sich ihm hemmungslos hingibt.

Als sie schließlich erschöpft nebeneinanderliegen, betrachtet sie ihn genauer. Jetzt erst fällt ihr auf, dass er eine tiefe Falte auf der Stirn hat und um die Augen herum viele kleine. Es stört sie nicht, nur hat sie sich vorher keinen einzigen Gedanken darüber gemacht, dass er wahrscheinlich doppelt so alt ist wie sie. Auf jeden Fall wird er über vierzig sein, schätzt sie, und wahrscheinlich sogar älter als ihre Mutter.

Der Gedanke an ihre Mutter verdirbt ihr für einen Augenblick das schöne Gefühl. Stella würde sich wohl weniger zu einem kritischen Spruch hinreißen lassen, als ihr Missfallen durch Schweigen zum Ausdruck bringen. Holly befürchtet auf jeden Fall, dass ihre Mutter diesen Altersunterschied nicht gutheißen wird.

»Kommst du mit?«, fragt Jonathan, nachdem er ihr eine Weile in die Augen gesehen hat.

»Wohin?«, fragt sie und weiß doch in demselben Augenblick, was er damit meinen könnte.

»Nach Wellington, mein Dummchen«, sagt er lachend.

Obwohl das eindeutig als Scherz gemeint ist, stößt Holly diese Wortwahl bitter auf, aber sie schluckt ihre Widerworte herunter. Nein, so verliebt, wie er sie ansieht, meint er das bestimmt nicht böse. Deshalb kann sie ihm auch das »Dummchen« durchgehen lassen.

»Ich soll die Uni wechseln?« Holly findet, dass es nicht der richtige Zeitpunkt ist, bereits eine gemeinsame Zukunft zu planen.

»Du sollst nicht, aber es wäre schön, wenn du mich begleiten würdest«, entgegnet er dozierend, als würde er gerade eine Vorlesung halten.

Holly erschrickt ein wenig. Sie ist verliebt in ihren großen Schwarm, aber muss sie deshalb gleich mit ihm nach Wellington gehen? Er zieht sie dicht zu sich heran und küsst sie zärtlich.

»Ich möchte dich nicht mehr loslassen. Ich habe es mir lange überlegt, ob ich mich dir offenbare oder nicht. Das habe ich nur gewagt, weil ich mir wünsche, dass du die Frau an meiner Seite bist.«

Die Frau an seiner Seite? Holly nimmt sein Geständnis mit gemischten Gefühlen auf. Natürlich wünscht sie sich auch, endlich eine ernsthafte Beziehung einzugehen. Sie möchte keineswegs ein männerloses Leben wie ihre Mutter, aber muss sie das wirklich auf der Stelle entscheiden?

»Oder ist das für dich nur eine billige Affäre nach dem Motto: Ich habe meinen Professor ins Bett bekommen?«

»Nein, natürlich nicht, aber das kommt alles so überraschend. Vor ein paar Stunden habe ich noch nicht geahnt, dass aus meiner Schwärmerei für dich mehr werden könnte. Und ich bin wahnsinnig glücklich, dass wir beide ...«

Jonathan mustert sie streng. Sie fühlt sich wie in einer Prüfung, bei der sie auf keinen Fall die falsche Antwort geben darf.

»Na ja, du kannst es dir ja überlegen. Das Semester geht noch ein paar Wochen. Ich dachte nur, ich könnte bei der Wohnungssuche deine Vorstellungen einbeziehen.«

Ihr wird ganz schwindlig. Wohnungssuche? Er meint es verdammt ernst. Das wird ihr immer klarer, und natürlich fühlt sie sich geschmeichelt. Er sieht wirklich gut aus, ist eloquent, gebildet, ja, er ist ein Mann von Welt, hat Stil, und keiner kennt sich so gut aus in der Geschichte der Musik wie Jonathan Taylor. Und, was sie seit heute weiß: Er küsst gut und bringt nicht nur ihr Herz zum Schwingen.

Es geht nur alles so schnell. Sie überlegt noch, wie sie es ihm möglichst plausibel erklären soll, dass sie sich in ihn verliebt hat und sich eine Beziehung mit ihm vorstellen kann, aber dass sie nicht sofort entscheiden will, ob sie ihr bisheriges Leben ganz hinter sich lässt. Sie fühlt sich wohl in Dunedin, liebt die Stadt, hat außer ihm noch einige sehr fähige Professoren. Man hat ihr angeboten, nächstes Jahr ein eigenes Konzert zu geben; sie hat viele Freunde vor Ort. Sie weiß doch gar nicht, ob man sie in Wellington einfach nimmt. Und was, wenn er sie dann womöglich bald gegen eine andere austauscht wie seinerzeit Mrs Prince gegen Signorina Donanti? Gut, das waren beides nicht seine Studentinnen, sondern seine Kolleginnen, geht es Holly durch den Kopf, denn dass er jemals zuvor mit einer Studentin angebändelt hat, wäre ihr auch neu. Offenbar ist sie die Ausnahme, aber muss sie ihm deshalb gleich nach Wellington folgen?

Da springt Jonathan aus dem Bett und zieht sich an. »Ich wollte dich nicht überrumpeln. Entschuldige bitte«, sagt er lächelnd, aber seine Augen lächeln nicht.

Sie hat das Gefühl, ihn schwer getroffen zu haben, aber was hat er erwartet? Dass sie sich ihm juchzend an die Brust wirft und verkündet, dass sie mit ihm überall hingeht?

Sie kennt einige Mädchen an der Uni, denen er dieses Angebot nicht zweimal machen müsste. Ihr Herz klopft ihr bis zum Hals. Sie hat wahnsinnige Angst, dass er das Hotelzimmer ohne sie verlässt und glaubt, sie würde ihn abweisen. Das hat sie doch gar nicht im Sinn.

Wie der Blitz schießt sie hoch und baut sich vor ihm auf. Nackt, wie sie ist.

»Jonathan, ich habe mich in dich verliebt, aber versteh doch, das ist einfach alles sehr viel für mich …«

Er tätschelt ihr väterlich über das zerzauste Haar. »Verzeih mir, dass ich dich derart überfallen habe, aber ich habe es mir wirklich nicht leicht gemacht und hin und her überlegt, ob ich dich fragen soll. Wie soll ich je Klarheit darüber bekommen, ob du die Richtige bist, wenn wir eine Wochenendbeziehung führen müssen? Und auch an den Wochenenden habe ich häufig Seminare und muss Vorträge halten. Das kann nicht funktionieren.«

Sie tritt fassungslos einen Schritt zurück. »Heißt das, ich muss mich entscheiden, ob ich mit dir nach Wellington gehe, wenn ich eine Beziehung mit dir möchte?«

Er sieht ihr tief in die Augen. »Alles andere wäre eine Illusion.«

Holly zieht ihr Kleid an, dann sucht sie den Slip, den sie unter dem Bett findet. Sie möchte dieses Gespräch nicht nackt führen, während er ihr angezogen gegenübersteht. Ein gestandener Mann, der weiß, was er will, und diese Klarheit auch von ihr erwartet, der aber dabei vergisst, dass er sich damit offenbar schon viel länger beschäftigt, während sie bis heute Morgen keinen Schimmer von seinen Gefühlen hatte. Nein, er macht ihr nicht den Eindruck, dass er sie alsbald gegen eine andere Dame austauschen möchte. Natürlich schmeichelt es ihr, dass er offenbar glaubt, in ihr das Heilmittel gegen seine Bindungsprobleme gefunden zu haben, aber kann sie diesem Anspruch überhaupt gerecht werden?

»Warum hast du mir denn nicht schon vorher ein Zeichen gegeben, dass du mich mehr magst als ein Professor seine Studentin?«

»Ich wollte mir erst ganz sicher sein«, entgegnet er.

»Und du bist dir jetzt ganz sicher?«, hakt sie ungläubig nach.

»Sonst hätte ich nicht mit dir geschlafen. Ich möchte endlich wissen, wohin ich gehöre, eine Frau und eine Familie haben.« Das klingt entschieden, und die Erwähnung von Kindern versetzt Holly nahezu in Panik. Sie hat andere Pläne für die kommenden Jahre, und da kommen Kinder nicht vor. Natürlich kann sie sich das eines Tages auch für ihr Leben vorstellen, aber nicht mit knapp dreiundzwanzig Jahren. Heutzutage denkt man in ihren Kreisen vor dreißig selten daran.

»Vergiss es! Du bist noch viel zu jung, um solche Entscheidungen zu treffen«, sagt er, als könnte er Gedanken lesen. »Ich hätte dich nicht mit meinen Plänen konfrontieren dürfen, aber ich brauchte die Klarheit jetzt. Bei keiner Frau zuvor hatte ich das Bedürfnis, mit ihr mein Leben verbringen zu wollen.«

»Aber du kennst mich doch gar nicht«, widerspricht sie schwach.

Er lächelt milde. »Ach, Holly, ich bin kein Teenie mehr. Wenn ich dich am Klavier sitzen sehe mit dieser ganzen Ernsthaftigkeit, und wenn ich höre, wie du deine Seele in die Musik legst, dann weiß ich, wer du bist. Du bist so reif für dein Alter. Und du bist wunderschön. Glaub mir, ich habe es mir nicht ausgesucht, mich ausgerechnet in eine meiner Studentinnen zu verlieben, aber es war Liebe auf den ersten Blick. Du hast mich nicht gesehen, aber ich hörte dich spielen und habe dich eine Weile am Flügel beobachtet. Du hast dich direkt in mein Herz gespielt.«

Jonathans Worte berühren Holly bis zum Grund ihrer Seele. Ihr kommen die Tränen. Das ist kein heißer Flirt, das ist bitterer Ernst.

Jonathan nimmt sie erschrocken in den Arm, küsst ihr die Tränen weg. »Bitte verzeih mir, dass ich dir die Pistole auf die Brust setzen wollte. Ich kenne es nicht anders, als dass die Frauen, mit denen ich mich bisher eingelassen habe, nur darauf gewartet haben, dass ich ihnen mein Leben zu Füßen lege. Doch ich war immer vorsichtig, konnte mich nicht entscheiden, bis heute. Und da glaubte ich, du müsstest vor Freude zerspringen und . . .«

»Ich gehe mit dir, wohin du willst«, unterbricht Holly ihn, und das meint sie in diesem Augenblick genauso, wie sie es sagt. Seine letzten Worte haben ihre Bedenken einfach fortgespült. Sie spürt nur noch das klopfende Herz in seiner Brust und ihre Verliebtheit. Sie küssen sich erneut innig, und als er seine erfahrenen Hände unter ihren Rock schiebt und mit den Fingerspitzen ihre nackten Schenkel berührt, glaubt sie, dass sie gar nicht anders kann.

»Ich liebe dich«, flüstert er.

»Ich liebe dich auch«, erwidert Holly mechanisch, denn ob das, was sie fühlt, wirklich Liebe ist, weiß sie nicht, aber sie ist immerhin verliebt in ihn, und sie ahnt, dass es ihn kränken würde, wenn sie ihn das in diesem Augenblick so offen wissen lassen würde.

Sie stehen einander schweigend gegenüber. Immer wieder sieht sie ihn ungläubig an, den Mann, für den sie ihr bisheriges Leben einfach hinter sich lassen wird. Doch dann setzt ganz langsam ihr Verstand wieder ein.

»Aber was ist, wenn ich in Wellington keinen Studienplatz bekomme?«

Jonathan lächelt geheimnisvoll. »Du wirst einen bekommen. Vertrau mir. Du musst mir einfach nur vertrauen. Wenn du dich noch heute bewirbst, hast du nächste Woche die Antwort«, beteuert er.

»Aber woher willst du das ...?«

Jonathan unterbricht sie sanft. »Du musst mir einfach vertrauen, mein Liebling. Willst du das tun?«

Holly nickt und versucht, die restlichen Zweifel fortzuschieben.

Ihre Freundinnen beneiden sie glühend, als sie erfahren, dass Holly als Jonathans Freundin mit nach Wellington geht und dort tatsächlich problemlos einen Platz in der dortigen Pianoklasse bekommen hat.

Holly weiß allerdings manchmal nicht so recht, wie ihr geschieht. Dabei ist Jonathan ein aufmerksamer Partner, der sie auf Händen trägt. Sie muss sich um gar nichts kümmern. Er besorgt eine Traumwohnung in Wellington, er lässt sie einrichten und sie muss nur noch einziehen. Ihre alten Möbel lässt sie zurück. Jonathan gibt ihr zu verstehen, dass sie nicht in ihr neues Leben passen. Und das bedeutet Luxus. Jonathan ist in einem Alter, in dem er einen gewissen Lebensstil braucht. Holly ist das manchmal zu viel, weil sie dergleichen nicht kennt. Es ist ein sehr gehobener britischer Standard, der Geld kostet, aber davon scheint er genug zu haben. Oder seine Eltern, mutmaßt sie manchmal, aber das will sie gar nicht so genau wissen. Immer wenn sie andeutet, dass ihr das alles eine Spur zu viel ist, und vor allem, wenn sie dagegen protestiert, dass er sie aushält, reagiert er beleidigt. Für die Frau seines Lebens nur das Beste, sagt er dann immer und geht mit keinem Wort darauf ein, dass sie das alles nicht braucht.

Oft hat Holly ein schlechtes Gewissen, weil sie sich nicht traut, ihrer Mutter von ihrem neuen Leben zu berichten. Einem Leben, in dem zu oft Dinge geschehen, die sie so nicht entschieden hätte, aber Jonathan zwingt sie zu nichts. Er schlägt nur immer überzeugend vor, was gut für sie wäre und was nicht, und sie hat die Wahl, seinen Vorschlag anzunehmen oder abzulehnen. Wenn sie sich Letzteres allerdings traut, reagiert er jedes Mal verschnupft.

Aber dass sie ihre eigene Mutter aus der Wohnung hinauskomplimentiert hat?

Holly zuckte zusammen, als sie die Haustür klappen hörte. Mit Entsetzen stellte sie fest, dass sie ganz nebenbei über die Hälfte der Flasche geleert hatte. Hastig ließ sie das Beweisstück unter dem Korbsofa verschwinden. Gerade noch rechtzeitig, um sie vor Jonathan zu verstecken.

»Mein Liebling, warum bist du heute früher gegangen? Ich habe gehört, dir war unwohl. Ich habe dich im Bett vermutet, aber nicht bei einem Glas Wein auf der Terrasse«, sagte er lächelnd.

»Ich ... ich ... musste nachdenken über diese Hochzeitsgeschichte und ...«

In dem Moment kullerte die verräterische Flasche unter dem Sofa hervor. Jonathan hob sie auf und betrachtete erst sie kritisch und dann die Pfütze, die der auslaufende Rest auf dem Terrassenboden hinterlassen hatte.

»Das ist gar nicht gut für das Holz. Die Säure kann sehr ätzend sein.« Er verschwand und kam kurz darauf mit einem Lappen zurück, mit dem er das Malheur akribisch wegwischte.

»Ich habe es gar nicht bemerkt, weil ich so in Gedanken versunken war«, murmelte sie entschuldigend.

Er strich ihr zärtlich durch das Haar. »Du musst das doch nicht vor mir verstecken. Wenn du Kummer hast, rede mit mir.«

»Ich will das nicht. Das mit den zwei Hochzeiten«, stieß sie unvermittelt hervor.

Jonathan setzte sich neben sie und legte den Arm um sie.

»Ja, glaubst du, ich? Ich habe nichts gegen deine Mutter. Aber was soll ich tun? Schau, meine Eltern sind doch bald zurück in England, und dann ist der Spuk vorüber. Aber bis dahin können wir doch wohl etwas Rücksicht nehmen auf die Befindlichkeiten meiner Mutter, oder?«

»Das sind keine bloßen Befindlichkeiten. Deine Mutter hat sich grundlos auf Stella eingeschossen. Und das hat meine Mutter nicht verdient. Sie mag ja etwas eigenwillig sein, aber ich werde sie nicht länger ausgrenzen. Ich habe getan, was du wolltest, und ihr nicht verraten, dass wir Verlobung feiern. Aber nun soll es noch eine heimliche Hochzeit geben. Nein, das werde ich ihr nicht antun!« Holly hatte die Stimme erhoben, worüber sie sich selbst etwas erschrak und was sie auf den übermäßigen Weingenuss zurückführte.

Jonathan zog sie noch dichter an sich heran und gab ihr einen Kuss auf die Wange.

»Schatz, sei doch vernünftig. Deine Mutter wird bei unserer Trauung dabei sein. Wir werden mit den Trauzeugen und ihr einen herrlichen Tag verbringen. Freut sie sich denn überhaupt über dein Glück?«

Holly rollte mit den Augen. »Sie weiß noch nichts davon«, stöhnte sie.

Abrupt ließ er sie los und rückte ein Stück von ihr ab. »Holly!

Der Termin ist in knapp drei Wochen. Sie muss sich doch darauf vorbereiten.«

»Ich heirate nicht ohne meine Mutter«, entgegnete sie trotzig.

»Aber das sollst du doch auch gar nicht!«

»Doch, ich soll sie mit dem Standesamt abspeisen und ihr verheimlichen, dass das große Fest samt Kirche ohne sie steigen wird. Ich komme mir vor wie eine verdammte Lügnerin. Das hat Stella wirklich nicht verdient. Sie mag sein, wie sie ist, aber sie ist der aufrichtigste Mensch, den ich kenne.«

Jonathan runzelte die Stirn. »Wenn ich gewusst hätte, dass dir der Wein nicht bekommt, hätte ich dich nie damit vertraut gemacht.«

Holly spürte natürlich, dass er nicht ganz unrecht hatte. Die Heftigkeit, mit der sie gegen diese Geheimniskrämerei protestierte, hatte sicher etwas mit dem Alkohol zu tun. Diese Erkenntnis nützte ihr in diesem Augenblick nur herzlich wenig, denn sie war nicht in der Lage, ihr Temperament zu bändigen. Im Gegenteil.

»Schieb das jetzt bloß nicht auf den Wein«, schnaubte sie. »Ich habe die ganze Zeit gegen deine Pläne aufbegehrt, aber du hörst mir ja nicht zu.« Sie verschränkte ihre Arme vor der Brust. »Es tut mir leid, aber ich habe schon so viel dir zuliebe getan. Sogar meine eigene Mutter habe ich aus der Wohnung geworfen, nur, um deine egozentrische, bösartige und herrische Mutter bei Laune zu halten. Aber ich werde so nicht heiraten. Basta!«

»Holly, jetzt wirst du geschmacklos«, herrschte er sie an.

Seine erhobene Stimme hätte ansonsten ausgereicht, um sie zum Schweigen zu bringen, aber in diesem Moment machte sie das nur noch wütender.

»Jonathan, ich mache das nicht mit! Das ist mein letztes Wort«, zischte sie.

»Holly, jetzt ist aber gut. Was habe ich mir den Kopf darüber zerbrochen, wie wir einen Kompromiss erzielen können, und du benimmst dich wie ein trotziges Mädchen.«

Holly sprang von dem Sofa hoch und baute sich kämpferisch vor ihm auf. »Das hättest du dir überlegen müssen, als du das trotzige Kind gebeten hast, mit dir nach Wellington zu kommen!«, fauchte sie. »Und jetzt kannst du dir in Ruhe überlegen, ob du eine Hochzeit willst oder keine. Ich gehe jetzt üben. Falls du es vergessen hast, ich habe vorher noch das Konzert in der Uni!«

Sie funkelte ihn wütend an und bemerkte, wie er sichtlich erblasste. Bevor sie sich fragen konnte, ob sie sich womöglich doch im Ton vergriffen hatte, hörte sie ihn stöhnen. »Holly, das Konzert ist verschoben bis nach der Hochzeit.«

»Was heißt verschoben? Der Termin stand lange fest.«

»Das läuft doch nicht weg«, erwiderte er ausweichend.

Sie musterte ihn ungläubig. »Was bedeutet das?«

»Ich habe bei meinem Kollegen um eine Verschiebung gebeten, und er hatte vollstes Verständnis, als ich ihm mitteilte, dass ein solcher Termin kurz vor unserer Hochzeit ungünstig ist, weil wir noch so viel zu erledigen haben!«

»Du hast was?« Holly tippte sich an die Stirn. »Ohne mich zu fragen?«

»Das hat sich so ergeben. Ich hatte neulich mit Peter ein Gespräch über einen anderen Studenten, und bei der Gelegenheit habe ich ihn gefragt, ob man dein Konzert unter Umständen verschieben könnte. Und als er vorschlug, deinen Abend mit dem des Solosängers zu tauschen, habe ich ihm grünes Licht gegeben ...«

»Wie lange ist das her?«, fragte Holly in scharfem Ton.

»Vier, fünf Tage vielleicht.«

»Du hast vor vier bis fünf Tagen meinen Abend verschoben und es mir nicht einmal mitgeteilt? Sollte ich das vielleicht aus dem geänderten Programmzettel erfahren?«

»Holly! Ich bin einfach noch nicht dazu gekommen. Du weißt doch, was hier los ist. Kaum komme ich von der Uni, steht meine Mutter schon vor der Tür und wedelt mit Theaterkarten.«

Holly stöhnte genervt auf. Statt sich in aller Form zu entschuldigen, dass er ihren Termin ohne Absprache verschoben hatte, kam er mit billigen Ausreden. Das ist unser erster Streit, ging es ihr kurz durch den Kopf, aber sie sah überhaupt nicht ein, dass sie einlenkte.

»Ich habe es doch nur gut gemeint«, bemerkte er jetzt geknickt. »Ich sehe, dass du im Stress bist und das Konzert einfach zu viel für dich gewesen wäre ...«

Das Klingeln an der Haustür unterbrach ihn.

»Machst du auf?«, fragte er.

Holly funkelte ihn wütend an. »Nein, sie ist deine Mutter! Ich muss jetzt an die frische Luft. Schönen Abend!«

»Aber wir wollten doch heute in den botanischen Garten ...«

»Ich nicht!«

Mit diesen Worten drehte sich Holly auf dem Absatz um, schnappte sich im Vorübergehen ihre Handtasche und rauschte mit einem knappen Gruß an der verdutzten »Mum« vorbei aus dem Apartment.

21.

Stella lauschte dem Gesang ihrer Kriegerinnen mit gemischten Gefühlen. Die Frauen, die zurzeit in der Frauenbucht lebten, und Ani gaben voller Inbrunst Maori-Lieder zum Besten. Nyree besaß ein Liederbuch mit Noten, das sie Oliver zugesteckt hatte mit der Bitte, dass er sie auf dem Klavier begleiten möge. Es war ein harmonisches Bild, wie sich die jungen Frauen um Oliver gruppiert hatten, und es hörte sich wirklich gut an. Oliver legte sich mächtig ins Zeug, und die Kriegerinnen waren allesamt gut bei Stimme. Außerdem mochte Stella die Lieder, die sie sangen.

Doch seit Oliver vor einer Woche nach Taupatiti gekommen war, stand Stella unter ständiger Anspannung. Natürlich ahnte sie, was sie so sehr quälte ... Ihre Gedanken schweiften zu ihrem Wiedersehen am Steg der Zauberbucht ab. Nachdem er von Bord der Jacht gegangen war, hatten sie einander eine halbe Ewigkeit nur stumm angesehen. Oliver hatte die Sprache als Erster wiedergefunden. »Du bist so wunderschön!«, hatte er gestöhnt. Auch sie war fasziniert davon, wie attraktiv Oliver war. In Natur noch viel attraktiver als auf dem Foto in der Frauenzeitschrift.

Dann waren sie sich um den Hals gefallen und hatten sich lange im Arm gehalten. Es hatte sich vertraut und zugleich fremd angefühlt. Stella war aufgefallen, dass er anders roch als damals. Nach einem edlen Rasierwasser, das er sich als junger Mann mit Sicherheit noch nicht hätte leisten können.

Dann erst hatte Stella gesehen, dass er einen großen Koffer dabeihatte. »Soll ich dir ein Hotel besorgen?«, hatte sie ihn verunsichert gefragt. Oliver hatte sie mit großen Augen gemustert. »Hast du denn kein Gästezimmer? Ich meine, nur wenn das geht. Ich weiß ja nicht, ob du Familie hast, die keinen Wert darauf legt, dass der Mann aus deiner Vergangenheit sich hier einnistet. »

Sie war so perplex gewesen, dass sie nur zustimmend nicken konnte. Sie hatte sogar zwei Gästezimmer. In einem lebte Ani. Seine Anspielung auf ihre womöglich vorhandene Familie ignorierte sie.

In diesem Augenblick waren ihr die vielen Fotos von Holly eingefallen. Überall standen und hingen Bilder von ihr. Holly als Baby, Holly an ihrem ersten Schultag, Holly am Klavier! Sie musste diese Bilder entfernen, bevor sie ihn ins Haus bat, denn wenn er sie sah, würde er eins und eins zusammenzählen können.

Also hatte sie ihn gebeten, auf der unteren Terrasse zu warten, und vorgegeben, dass sie noch ein wenig Ordnung im Haus machen müsste. Oliver hatte versucht, sie davon abzubringen, aber schließlich hatte er sich ihrem Willen gefügt.

Stella sah sich in ihrer Erinnerung selbst durch das Haus eilen, wie sie hektisch alle Bilder von Holly hatte verschwinden lassen und sich dabei wie eine Verbrecherin gefühlt hatte.

Schließlich hatte sie ihm das freie Gästezimmer gezeigt, gerade als Ani von ihrem Ausflug zurückgekehrt war. Trotz ihres Stresses war Stella das verräterische Glühen auf den Wangen ihrer Haushälterin nicht entgangen. Sie war sehr froh, dass Constable Richards nicht bis zum Haus mitgekommen war.

Ani hatte Oliver wie einen Geist angestarrt, aber er hatte sie charmant begrüßt und sich ihr als »alter Bekannter« Stellas vorgestellt. Die Haushälterin hatte daraufhin angeboten, ihnen etwas zu kochen, aber Stella hatte sie an ihren freien Sonntag erinnert und ihr vorgeschlagen, zur Frauenbucht zu gehen und Cora auf dem Rückweg mitzubringen.

Als sie mit Oliver wieder allein im Haus war, hatte sie ihm auf der oberen Terrasse einen Drink und ein paar Sandwiches serviert, die er aber kaum angerührt hatte. Stattdessen hatte er Stella immer wieder voller Verwunderung gemustert.

»Jetzt verstehe ich langsam, warum du dieses Paradies nicht für das ferne London aufgeben wolltest«, hatte er schließlich geseufzt. Das war der Augenblick, vor dem Stella sich seit seiner Ankunft am meisten gefürchtet hatte. Wie gern hätte sie erst mit ihm über sein aufregendes Leben geplaudert, so als würden sich wirklich alte Freunde nach Jahren wiedersehen. Aber sie waren keine alten Freunde ...

»Du willst jetzt eine Antwort auf deine Fragen, oder?«

»Wenn du so weit bist, dann gern, aber wenn es dir lieber ist, können wir uns auch noch Zeit lassen, denn ich würde gern ein bisschen hierbleiben. Es sei denn, gleich kommt dein Ehemann um die Ecke ...«

»Ich war niemals verheiratet«, hatte sie ihn knapp unterbrochen. Zumal sie die Aussprache in diesem Moment, da sie im Raum stand, schnellstens hinter sich hatte bringen wollen.

»Gut, also, warum hast du meine Briefe niemals beantwortet?«

»Willst du es wirklich wissen? Dann komm!« Sie war eilig aufgesprungen und hatte Oliver gebeten, ihr nach draußen hinter das Haus zu folgen.

»Siehst du den Farn dort?«

»Ja ...«

»Dort habe ich sie ungelesen in einer Schatzkiste vergraben«, hatte Stella gestöhnt und auf die Stelle gedeutet, an der sie die Waka Huia vermutete.

»Das glaube ich nicht!« Oliver schien fassungslos.

»Es ist aber wahr!«, hatte Stella mit belegter Stimme entgegnet, in diesem Moment innerlich bereit, ihm alles zu erzählen, und sich im Schatten des Farns in den warmen Sand fallen lassen. »Setz dich neben mich. Ich will dir an diesem Ort, an dem ich bittere Tränen geweint habe, die ganze Wahrheit sagen.« Fast die ganze Wahrheit, hatte sie in Gedanken hinzugefügt, denn Holly würde auch jetzt ihr Geheimnis bleiben. Daran hatte sich nichts geändert.

Oliver war ganz nahe an sie herangerückt. »Darf ich?«, hatte er gefragt und, ohne ihre Antwort abzuwarten, den Arm um ihre Schulter gelegt. Für den Bruchteil einer Sekunde war förmlich die Zeit stehen geblieben, und Stella fühlte sich wie damals.

»Das ist wie früher, wenn du dich in meinen Arm gekuschelt hast«, hatte er ergriffen gemurmelt.

Das genügte, um Stellas Contenance wie ein Kartenhaus in sich zusammenbrechen zu lassen. Sie hatte laut aufgeschluchzt.

»Mein Sternchen, weine nur. Ich bin bei dir«, hatte Oliver geflüstert.

Zögernd und ohne ihn anzusehen, hatte Stella ihrer alten Liebe unter Tränen gestanden, was damals geschehen war. Sie ließ nichts aus. Weder die Panikmache ihrer Mutter noch das Versprechen, das sie ihr auf dem Totenbett gegeben hatte. Auch nicht, dass die Mutter ihr dann tatsächlich im Traum erschienen war. Bis auf ihre Prophezeiung, dass sie ein Kind erwartete, verschwieg sie Oliver kein Detail.

Erschöpft hielt sie inne.

»Und ich habe all die Jahre geglaubt, du hast mich nicht geliebt«, hatte Oliver schließlich mit tränenerstickter Stimme gesagt und sie so fest an sich gezogen, dass sie kaum noch Luft bekam, aber das störte sie nicht. Es war wie eine Heilung, dass sie ihr Schicksal gemeinsam beweinen konnten. In diesem Moment war Stellas Bedürfnis, ihm auch von Holly zu erzählen, so übermächtig geworden, dass sie bereits nach den richtigen Worten suchte.

»Ach, Sternchen, was hat uns das Leben nur vorenthalten? Vielleicht wäre ich ohne meinen verdammten Ruhm hier in deinem Paradies glücklicher geworden. Stell dir vor, wir hätten eine Familie, Kinder, so wie ich es mir immer gewünscht habe. Vielleicht wäre ich niemals krank geworden ...« Er hatte sich unterbrochen und verzweifelt aufgeschluchzt.

Stella war so erschrocken gewesen, dass sie sich aus seiner Umklammerung löste und sein Gesicht in beide Hände nahm.

»Oliver, das ist noch nicht alles. Ich muss dir ...« Weiter war sie nicht gekommen, denn sein Schluchzen verebbte in dem Moment. Stattdessen ballte er die Fäuste. »Ich hätte damals alles hinter mir lassen und zu dir kommen müssen. Dann hätten deine verdammten Ahnen nichts gegen unsere Liebe ausrichten können. Gar nichts! Aber ich kann deine Ängste verstehen. Verzeih, dass ich jemals an deiner Liebe gezweifelt habe. Dabei hattest du nur Sorge, mir könnte etwas zustoßen, aber glaube mir, wir wären stärker gewesen. Verzeih mir bitte!«, stieß er voller Verzweiflung hervor.

»Oliver, bitte hör mir zu, ich habe auch nicht alles richtig gemacht. Ich hätte dir schreiben müssen, ich hätte dir die Wahrheit sagen müssen, aber ich hatte solche Angst, dass ich dann schwach würde. Wie oft hatte ich meine Sachen schon gepackt und wollte zu dir kommen und das hier alles hinter mir lassen ...«

»Du hast dir nichts vorzuwerfen. Gar nichts! Entschuldige, dass ich so kleinmütig war und nur an meinen Schmerz gedacht habe. Ich war egoistisch. Ja, ich habe sogar eine andere Frau geheiratet, halb aus Dankbarkeit, aber auch aus Trotz, weil du mich aus deinem Leben geworfen hast. Dabei hast du genauso gelitten. Du hast meinetwegen sogar auf Kinder verzichtet. Nicht nur mir ist die Erfüllung meines größten Wunsches versagt geblieben.«

Seit diesem aufwühlenden Gespräch war eine Woche vergangen, aber Stella fühlte in diesem Moment, in dem die Paua-Kriegerinnen voller Inbrunst das Liebeslied »Pokarekare Ana« anstimmten, noch einmal in jeder Pore, wie sie bei seinen beschwörenden Worten jeglicher Mut verlassen hatte, ihm zu gestehen, dass sie all die Jahre gar nicht allein gewesen war ... Sie hatte es einfach nicht übers Herz gebracht, ihm zu gestehen, dass sie ihm das vorenthalten hatte, was er sich offenbar so von Herzen gewünscht hatte. Noch nie zuvor war ihr derart schmerzhaft bewusst geworden, dass es partout keine Entschuldigung für dieses Schweigen gab.

Wenn sie ihn jetzt so gelöst inmitten der Kriegerinnen, denen sie eingeschärft hatte, ihm gegenüber Holly mit keinem Wort zu erwähnen, erlebte, fiel ihr beim besten Willen nicht ein, wie sie ihm jetzt noch die Wahrheit sagen sollte, ohne Gefahr zu laufen, dass seine Liebe, sein Respekt, sein Verständnis in blanken Hass umschlug. Vielleicht würde sie das sogar ertragen können, aber was war mit Holly? Würde sie ein Geständnis zu diesem Zeitpunkt nicht endgültig in den Schoß ihrer neuen Familie treiben? Ich sollte sie endlich anrufen, ging es Stella durch den Kopf. Was ist schon diese dumme Geschichte in ihrer Wohnung gegen das, was ich ihr angetan habe?

Wieder schweifte Stella in die Erinnerung an ihr Wiedersehen ab und wie sie ihm schließlich von dem Tagebuch ihrer Ahnin erzählt hatte, die schon damals nicht an die Macht der Flüche geglaubt hatte und deren Worte nachträglich von ihrer Großmutter verfälscht worden waren, um ihre Mutter zum Bleiben auf der Insel zu zwingen. Wenn Moana nur geahnt hätte, was für eine versöhnliche Botschaft ihre Großmutter an die zukünftigen Erben gerichtet hatte, sie hätte womöglich ein glücklicheres

Leben geführt und sich vielleicht auch nicht mit den Zigaretten zugrunde gerichtet. Aber in dieser Atmosphäre von Drohung, Schwüren und Flüchen …

Stella war so tief in Gedanken versunken, dass sie gar nicht gemerkt hatte, dass ihre Paua-Kriegerinnen ihren Gesang inzwischen beendet hatten. Erst als Oliver sanft den Arm um ihre Schulter legte und fragte, ob sie gerade träumte, schreckte sie hoch. Die Mädchen verabschiedeten sich, um in ihre Bucht zurückzukehren. Nur Ani stand etwas unschlüssig und verlegen im Raum.

»Miss Wilson, hätten Sie etwas dagegen, wenn ich mich verabschiede? Ich bin morgen früh zur Arbeit pünktlich zurück«, fragte sie schüchtern.

»Du hast jeden Sonntag frei. Schon vergessen? Du musst mich nicht um Erlaubnis fragen. Sag Constable Richards nur, er kann dich abholen«, lachte sie. Auch wenn sie dem Polizisten noch nicht wirklich über den Weg traute, er schien Ani wirklich gutzutun. Ihr strahlte die Verliebtheit jedenfalls aus allen Poren. Das freute Stella natürlich sehr, weil Männer bis vor Kurzem lediglich Panik bei Ani ausgelöst hatten.

»Ich glaube, ich muss mich sputen, um die Fähre noch zu bekommen«, bemerkte Oliver, nachdem Ani das Zimmer verlassen hatte. »Das war nett mit den jungen Damen. Aber ich komme immer noch nicht darüber weg, dass du dir in Erinnerung an mich ein Klavier angeschafft hast, im Übrigen eines, das gar nicht mal schlecht ist«, fügte er lachend hinzu.

Natürlich hatte Oliver sie gleich am ersten Abend auf das Klavier angesprochen, und sie hatte ihm diese Nostalgie-Geschichte aufgetischt. Er war jetzt genau eine Woche bei ihr, und sie hatte das Gefühl, dass sie sich immer tiefer in ein Lügennetz verstrickte. Doch den richtigen Augenblick hatte sie aus lauter Feigheit schlichtweg verpasst. Manchmal befürchtete sie, dass alles durch einen dummen Zufall mit einem lauten Knall zusammenbrechen würde. Sosehr sie seine Gesellschaft auch genoss, vor diesem Hintergrund hoffte sie auch, dass er nicht mehr allzu lange auf Taupatiti blieb. Es war ganz seltsam. Sie hatte noch nicht einmal den Gedanken gehegt, sie könnten nun nachholen, was sie damals versäumt hatten, und ein Paar werden. Aber auch Oliver schien nicht an das Alte anknüpfen zu wollen. Er versicherte ihr zwar immer wieder, dass er sie über alles liebte, aber er machte keinerlei Anstalten, sich ihr zu nähern. Gewiss, sie umarmten sich und gaben sich freundschaftliche Küsse, aber Stella konnte kein erotisches Verlangen bei sich feststellen. Jedenfalls nicht in Bezug auf Oliver. Wenn ihre geheimen Gedanken doch gelegentlich erotische Züge annahmen, dann nur, wenn sie sich um Jayden drehten. Doch jedes Mal, wenn eine derartige Fantasie aufblitzte, schaffte sie es, diese weit von sich zu schieben.

»Du bist sehr blass«, stellte Oliver besorgt fest. »Dich bedrückt doch irgendetwas.«

»Nein, alles gut, es ist nur die viele Arbeit.« Das war nur die halbe Wahrheit, wenngleich ihre Entscheidung, die Paua-Muschelzucht auszubauen und Verträge mit asiatischen Abnehmern zu schließen, um den Verlust auszugleichen, den sie durch den Diebstahl ihrer Grünlippzucht erlitten hatte, tatsächlich ihre ganze Kraft erforderte. Außerdem musste sie neue Weibchen bekommen, um die Grünlippmuschel-Zucht wieder aufzubauen. Sie hatte bereits bei einem Händler im Norden einen großen Bestand geordert, allerdings zu einem völlig überhöhten Preis, der an die Grenze ihrer finanziellen Kapazitäten ging. Aber bis auf die Tatsache, dass ihre Zucht angeblich der Zerstörungswut von betrunkenen Kriminellen zum Opfer gefallen war, hatte Stella Oliver nicht in ihre beruflichen Probleme eingeweiht.

»Wenn du Hilfe brauchst, bitte sprich mit mir«, sagte er, als könnte er Gedanken lesen.

Sie machte eine abwehrende Handbewegung. Nein, um Geld von ihm zu nehmen, war sie viel zu stolz. »Nein, nein, ich komme schon klar!«

Oliver strich ihr zart über die steile Falte zwischen den Augen, die sie auch bereits im Spiegel wahrgenommen hatte. Sie hatte sich in den vergangenen Wochen auffällig tief in ihre Stirn gegraben.

»Deine Zornesfalte erzählt da etwas anderes. Bitte, lass dir doch helfen. Wenn ich etwas im Überfluss besitze, dann ist es Geld. Ich habe viel geerbt und nicht wenig verdient. Halte mich bitte nicht für überheblich, aber so viel kann ich gar nicht ausgeben. Ich spende schon, wo ich kann.«

»Ich brauche keine Spende«, stieß sie zornig hervor. »Wenn ich Glück habe, zahlt die Versicherung doch noch!«

»Stella, dann nimm es bis dahin als Darlehen. Ich sehe doch, wie du rechnen musst. Warum darf ich dir nicht helfen? Ich mache das auch nicht ganz uneigennützig«, erklärte er mit Nachdruck.

Sie musterte ihn skeptisch. »Was muss ich dafür tun?«

»Warum so angriffslustig? Ich erlebe doch, dass aus der toughen jugendlichen Unternehmerin, die sich Geld mit ihrem Segelboot verdient, eine autarke und erfolgreiche Geschäftsfrau geworden ist, aber ich habe das Gefühl, du musst bei all deiner Liebe für diesen paradiesischen Flecken Erde mal raus und etwas nur zum Vergnügen tun.«

Stella stieß einen Unmutslaut aus. »Urlaub ist etwas für Europäer. Ich habe hier alles, was ich brauche. Und wenn ich am Wochenende auf meiner Terrasse sitzen, durch die Sounds segeln oder in den Nationalparks zum Wandern gehen kann, dann bin ich glücklich ...«

»Wann warst du das letzte Mal segeln und wann im Nationalpark wandern?«

Stella wand sich, denn sie wusste es selbst nicht. War es fünf Jahre her oder auch zehn? In jungen Jahren jedenfalls hatte sie stets dafür gesorgt, sich in ihrer Freizeit sportlich zu betätigen. Unwirsch zuckte sie die Schultern.

Oliver nahm sie vorsichtig in den Arm. »Verstehe mich nicht falsch. Ich will dir nichts vorschreiben, ich würde dir nur einfach gern Geld geben, damit du wieder sorgenfrei leben kannst. Du kannst mir nicht weismachen, dass der Verlust deiner gesamten Grünlippmuschel-Zucht kein Loch in deine Kasse gerissen hat.«

Stella kämpfte mit sich. Sollte sie ihn schon wieder belügen?

»Ich muss meine Paua-Muscheln nach Asien verkaufen, was ich bisher nicht tun wollte, und der Grundstock für meine neue Zucht wird teuer«, seufzte sie.

»Wie viel brauchst du? Ist es in Ordnung, wenn ich dir zweihunderttausend Dollar überweise?«

Erschrocken löste sie sich aus der Umarmung. »Bist du wahnsinnig? Das kann ich nicht annehmen!«

»Ich habe doch bereits angedeutet, du kannst auch etwas für mich tun.«

Stella wurde mulmig bei dem Gedanken, was sie wohl so Wichtiges für ihn tun könnte.

»Ich will das nicht, aber mich würde schon interessieren, was dein Preis ist«, stöhnte sie.

»Ich möchte eine Zeit lang bei dir leben ...«

Stella zuckte zusammen. Den Wunsch würde sie ihm auf keinen Fall erfüllen können, so angenehm ihr seine Gesellschaft auch war, aber jeder Tag, den er auf Taupatiti verbrachte, erhöhte das Risiko, dass er von der Existenz seiner Tochter erfuhr. Ihre Maori-Schützlinge würden zwar dichthalten, aber sie konnte schlecht sämtlichen Mitmenschen in den Marlborough Sounds einen Maulkorb verpassen. Sie traute sich ja jetzt schon kaum mit

Oliver ans andere Ufer. Er hatte sie schon mehrfach zum Essen eingeladen, aber da brauchte ja nur ein einziger netter Zeitgenosse einen Gruß an Holly zu bestellen. Nicht einmal Helen hatte sie eingeweiht. Wie sollte sie auch, hatte sie ihr gegenüber die große Liebe zu Oliver niemals auch nur mit einem Wort erwähnt.

»Du schaust so, als wäre das eine Zumutung für dich«, lachte Oliver.

»Lass mich bitte in Ruhe darüber nachdenken«, bat sie ihn gequält.

»Kein Problem, reicht dir die Bedenkzeit, bis ich zurück aus Wellington bin?«

»Wie lange bleibst du denn?«

»Ich schätze mal zwei Nächte. Also bis übermorgen ...« Er warf einen flüchtigen Blick auf seine teure Armbanduhr. »Mit einem gemeinsamen Tee wird das wohl nichts mehr. Ich muss mich sputen, wenn ich noch über den Sound tuckern und in Havelock den Bus nach Picton schaffen will«, seufzte er.

»Ach was! Ich bringe dich mit der ›Daniel‹ und weiter mit dem Pick-up zur Fähre«, bot sie ihm an.

»Gern, aber willst du vorher nicht wissen, was ich noch von dir für meine Unterstützung haben möchte?«, fragte er sie grinsend.

»Nun komm schon, raus mit der Sprache!«

»Joey, mein Freund, den ich heute Abend drüben in Wellington treffe, hat mir eine kleine Tournee zusammengestellt durch alle großen und ein paar kleinere Städte. Ich möchte, dass du mich begleitest.«

»Aber Oliver, wie soll das gehen? Ich bin hier unabkömmlich!«

»Genau das habe ich befürchtet, aber ich denke, deine Schützlinge aus der Frauenbucht sind so fit, dass sie dich vierzehn Tage vertreten können, nachdem du alles gut vorbereitet hast. Und für das Geld könntest du dir auch eine Mitarbeiterin leisten.«

»Wie soll ich das organisieren? Das ist so speziell, was ich mache. Ich kann das an keinen Fremden delegieren«, entgegnete Stella empört.

»Du hast mir versprochen, darüber nachzudenken, aber unter uns, selbst wenn du mich gleich in die Wüste schickst und mich nicht auf die Tournee begleitest, das Geld bekommst du trotzdem.«

»Nein, lass mir bitte Zeit. Ich kann nicht einfach Hilfe von dir annehmen ...« Stella stockte. Er war bereits eine Woche auf Taupatiti und hatte mit keinem Wort erwähnt, was er der Journalistin des Frauenmagazins angekündigt hatte, nämlich dass er von der großen Bühne abtreten würde. Hatte er etwa vor, für immer bei ihr zu bleiben? Wie dem auch sein mochte, ihre Antwort stand fest: Sie würde weder Geld von ihm annehmen noch ihn auf unbefristete Zeit beherbergen, geschweige denn, ihn auf seiner Neuseelandtournee begleiten! Aber zumindest pro forma wollte sie seine Rückkehr aus Wellington abwarten, um ihm ihren Entschluss unmissverständlich zu verkünden.

»Ich gehe meine Reisetasche holen«, sagte er und war auch schon verschwunden.

Stella stieß einen tiefen Seufzer aus. Warum konnte das nicht alles einfacher sein? Vielleicht würde sie das Geld sogar nehmen, wenn sie ihn nicht so brutal belogen hätte. Unter anderen Umständen hätte sie auch nichts dagegen, wenn er länger bliebe. Daran, dass sie morgens mit jemandem frühstücken und abends auf der Terrasse essen und einen Drink nehmen konnte, könnte sie sich gewöhnen. Sofort schweiften ihre Gedanken wieder zu Jayden ab. Hatte er ihr nicht vorgeschwärmt, wie schön es sein müsste, den Ausblick von der Terrasse zu zweit zu genießen? Tja, in den Punkt musste sie ihm recht geben ...

Als Oliver wie ein Mann von Welt mit seiner Reisetasche die Treppen hinunterkam, stellte sie wieder einmal mehr fest, wie gut er eigentlich aussah, jetzt, als reiferer Mann mit seinem etwas längeren und bei Weitem nicht so ordentlich wie auf dem Pressefoto frisierten Haar des Maestros. Er trug eine dunkelblaue Jeans und ein hellblaues Hemd, dessen Ärmel lässig hochgekrempelt waren. Doch noch etwas anderes fiel ihr ins Auge, etwas, das sie bisher nicht wahrgenommen hatte. Obwohl er durch die Tage auf der Insel viel Sonne und Ruhe genossen hatte, sah er müde um die Augen herum aus. Erst in diesem Moment fiel ihr ein, dass er mit keinem Wort erneut seine Krankheit erwähnt hatte, die ihn damals in jungen Jahren dazu veranlasst hatte, das Briefeschreiben ins ferne Neuseeland einzustellen und seine Ärztin zu heiraten. Stella nahm sich fest vor, ihm in einem günstigen Augenblick auf den Zahn zu fühlen, wenngleich sie sich nichts vormachte: Sie war eine wahre Meisterin darin, günstige Momente ungenutzt verstreichen zu lassen …

Wenig später schipperten sie bei bestem Wetter über den Mahau Sound in Richtung Havelock.

»Weißt du eigentlich, dass du einen richtigen Seemann aus mir gemacht hast? Ich bin in England oft mit Freunden gesegelt und habe mich dabei immer sehr wohl gefühlt. Warum hast du eigentlich kein Segelboot mehr?«

»Ich bin in den letzten Jahren nicht mehr so recht zum Segeln gekommen«, gab sie zerknirscht zu.

Oliver enthielt sich eines Kommentares, obwohl sein Blick Bände sprach.

»Jaja, du hast ja recht, ich sollte mich wieder mehr um meine Freizeitgestaltung kümmern«, knurrte sie.

»Ich habe nichts gesagt«, erwiderte er grinsend.

»Aber gedacht, mein Lieber. Ich kenne dich ziemlich gut.«

»Tja, das ist wirklich phänomenal, dass wir einander nach so vielen Jahren immer noch derart vertraut sind, als wären seit unserer letzten Begegnung keine dreiundzwanzig Jahre vergangen.« Er musterte sie verträumt. »Kannst du dich noch an unsere letzte Nacht erinnern?«

Und wie sie das konnte. Wie sollte sie sie je vergessen? Sie hatte ihn mit dem Wagen bis Picton gebracht, von wo aus er am nächsten Tag mit der Fähre nach Wellington fahren wollte. Dort kannte sie am Strand eine einsame Stelle, an der sie ihr Zelt aufgebaut hatten. Mit einer Flasche Wein und ein paar Sandwiches hatten sie dort ihren Abschied zelebriert. Stella konnte heute nicht mehr sagen, wie oft sie in dieser Nacht miteinander geschlafen hatten, nur dass sie kein Auge zugemacht hatten, daran erinnerte sie sich noch gut. Und auch daran, mit welcher verzweifelten Heftigkeit sie sich geliebt hatten, so als wäre es das letzte Mal ...

Sie griff nach seiner Hand und drückte sie sanft. »Ja, ich entsinne mich noch an das Zelt, den Sonnenuntergang ...« Sie stockte. Es widerstrebte ihr, das zu benennen, was diese Nacht dominiert hatte, zumal sie fest davon überzeugt war, dass in dieser Nacht Holly entstanden war, hatten sie es in ihrem Abschiedsschmerz doch mit der Verhütung nicht allzu genau genommen. In ihrer grenzenlosen Leidenschaft war nämlich in jener Nacht ein Präservativ geplatzt.

Auch Oliver schien nicht daran interessiert, ins Detail zu gehen, sondern er ließ seinen Blick in die Ferne schweifen, als würde er an etwas anderes denken, denn er sah plötzlich sehr traurig aus.

Da sie gerade den Hafen von Havelock erreichten, konnte Stella nicht nachfragen, und wenn sie ehrlich war, stand ihr auch nicht der Sinn danach, aber langsam drängte sich ihr der Gedanke auf, dass auch ihm etwas auf der Seele liegen könnte, worüber er mit ihr vielleicht gern sprechen würde.

Die Autofahrt nach Picton verlief äußerst schweigsam. Beide hingen sie ihren eigenen Gedanken nach. Nachdem sie den

Wagen abgestellt hatte, deutete Stella zu der Stelle am Strand, wo damals nichts als der weiße Sand gewesen war, sich aber heute ein Restaurant an das andere reihte.

Oliver lachte, als er sah, dass ihr Paradies heftig bebaut worden war. »Tja, da würde kein Zelt mehr hinpassen!«

Die Fähre nach Wellington lag bereits fertig zur Abfahrt am Anleger. Sie brachte ihn bis zum Terminal. Vor der Tür umarmten sie sich. Unwillkürlich musste sie daran denken, wie dramatisch ihr letzter Abschied damals gewesen war. Und jetzt fuhr er nur für zwei Nächte fort und wollte unbedingt noch eine Zeit lang bei ihr bleiben. Ganz schlau wurde Stella nicht aus ihm. Daran, dass er nicht an einem Wiederaufleben ihrer großen Jugendliebe interessiert war, hegte sie jedenfalls keinen Zweifel, denn sonst hätte er ja längst versucht, sie ins Bett zu bekommen.

»Drück mir die Daumen, dass ich meinem Sandkistenfreund ein fähiger Ratgeber sein kann«, sagte er, nachdem er ihr einen Abschiedskuss auf die Wange gegeben hatte. »Seinen Mails nach zu urteilen, hat es mit seiner Braut bereits den ersten heftigen Streit gegeben. Offenbar will Joeys Zukünftige nicht akzeptieren, dass seine Mutter das Zepter schwingt. Ich kenne die junge Frau zwar nicht, aber sie hat schon jetzt meine ganze Sympathie, denn dafür kenne ich Mrs Taylor umso besser. Sie war schon in unserer Kindheit ein echter Drachen. Doch ich hatte immer einen Stein im Brett bei ihr, aber auch nur, weil ich aus mindestens so gutem Hause komme wie die hochwohlgeborene Dame, die nie verwunden hat, durch ihre Heirat mit einem stinkreichen Unternehmer aus dem verarmten Olymp der Adeligen ins bürgerliche Milieu abgestürzt zu sein.« Oliver lachte schallend.

Mrs Taylor, hochwohlgeborene Dame, Sandkastenfreunde, Drachen, junge Frau?, wirbelte es derweil in Stellas Kopf wild durcheinander. Es waren lauter kleine Puzzlestücke, die aber schneller ein fertiges Bild ergaben, als sie denken konnte. Und es war ein grausames Horrorszenario, das sich da vor ihrem inneren Auge entfaltete. Schlimmer noch, es war der Abgrund, vor dem sie sich zeitlebens gefürchtet hatte: dass die Wahrheit durch einen dummen Zufall ans Licht kommen könnte ... Stella hatte Sorge, dass ihr die Knie den Dienst versagten.

»Ich muss jetzt dringend los«, sagte Oliver und öffnete die Tür zum Gebäude.

Bitte fahr nicht, lag Stella es auf den Lippen, während sie am ganzen Körper bebte. Die Gedanken schwirrten ungeordnet durch ihren Kopf. Das konnte kein Zufall sein. Nein, es gab bestimmt keine zweite Mrs Taylor mit solchen Allüren! Joey, natürlich, das war eine Abkürzung für Jonathan. Nicht auszudenken, Oliver würde es auf diesem Weg erfahren. Und mit ihm Holly ... nein, sie würden sie hassen. Und das zu Recht. Das durfte nicht geschehen. Sie musste es ihm in dieser Sekunde sagen!

»Oliver, ich muss dir ...« Weiter kam sie nicht, weil in diesem Augenblick eine Gruppe von Touristen im Laufschritt auf den Terminal zueilte und Oliver keine Wahl ließ, als sich vor ihnen ins Gebäude zu flüchten. Drinnen drehte er sich noch einmal um und winkte ihr zu.

Stella war nicht einmal in der Lage zurückzuwinken, weil sie vor Entsetzen starr war. Das Klingeln ihres Telefons holte sie in die Realität zurück. Oh Gott, was soll ich nur tun, dem verdammten Zufall, dass sie die Wahrheit erfahren, zuvorkommen, oder abtauchen? Sie wusste es nicht. Der Anrufer war hartnäckig. Nach einer kleinen Pause klingelte es erneut, sodass Stella es nicht länger ignorieren konnte. Widerwillig griff sie nach dem Telefon. Wenn der Anrufer nicht Baxter gewesen wäre, sie hätte das Gespräch nicht angenommen.

Also meldete sie sich knapp. Der Constable schien sehr aufgeregt. »Miss Wilson, Jimmy Franklin will eine Aussage machen. Es gibt doch einen Auftraggeber. Man hat mich gebeten, Ihnen diese Nachricht umgehend zu übermitteln. Diesem Franklin ist offenbar wichtig, dass Sie schnellstens darüber informiert werden.«

Stella nickte schwach. Normalerweise hätte sie sich sehr über diese Nachricht gefreut und vor allem über die Tatsache, dass sie ihrer Intuition noch trauen konnte, denn für sie war das eine Bestätigung, dass Waltman doch seine Hände im Spiel hatte.

Freude wollte trotzdem nicht aufkommen. Dazu brannte ihr zu sehr unter den Nägeln, was sie soeben von Oliver hatte erfahren müssen.

»Danke, Mr Baxter, dann melden Sie sich, sobald Sie Näheres wissen.«

»Na klar, und wenn der Bursche doch hinter der Schweinerei steckt, dann kann er was erleben!«, versprach der gute Baxter vollmundig.

22.

Im Apartment in Wellington herrschte Eiszeit, seit Holly sich Jonathan widersetzt und das Haus wutentbrannt verlassen hatte. Als sie Stunden später nach Hause zurückgekehrt war, hatten Jonathan und seine Mutter sie mit vorwurfsvollen Mienen empfangen, während Joseph im Sessel schnarchte. Holly hatte knapp gegrüßt und sich an den beiden vorbeidrücken und gleich ins Schlafzimmer zurückziehen wollen, doch »Mums« schneidende Stimme in ihrem Rücken hatte sie zurückgehalten. »Holly, setz dich bitte zu uns. Wir müssen dringend miteinander reden!«

Das ganze Geschehen lief noch einmal in allen Einzelheiten vor Hollys innerem Auge ab, während sie auf dem Sofa lag und sich von einem anstrengenden Tag an der Akademie ausruhte:

Widerwillig folgt sie der Aufforderung und setzt sich zu den beiden an den Tisch. Mrs Taylor mustert sie strafend, so, als erwarte sie eine Entschuldigung, aber Holly hat die Lippen trotzig zusammengepresst.

»Holly, bitte, so geht es nicht«, bemerkt Jonathan gequält. »Du kannst nicht wie ein Kleinkind weglaufen.«

Holly schweigt weiter beharrlich.

»Also, Kindchen, jetzt reiß dich mal zusammen. Jonathan bietet dir wirklich ein wunderbares Leben, und du bist nicht bereit, Kompromisse einzugehen. Ich muss doch auch in den sauren

Apfel beißen, weil ich nicht bei eurer standesamtlichen Trauung dabei sein darf«, verkündet Mrs Taylor in scharfem Ton.

Holly blickt zwischen Mutter und Sohn hin und her, während sie gegen ihren aufkeimenden Zorn ankämpft, aber beim Anblick von »Mums« beleidigter Miene verliert sie die Beherrschung.

»Mrs Taylor, dieses ganze Dilemma haben wir nur, weil Ihnen die Nase meiner Mutter nicht passt. Und weil Sie auf Maori herabsehen. Und nein, ich lasse mich wegen Ihrer lächerlichen Animositäten nicht auf so einen blödsinnigen Kompromiss ein. Entweder wir feiern alle gemeinsam oder es gibt keine Hochzeit!«

Mrs Taylor schnappt nach Luft, bevor sie sich empört an ihren Sohn wendet. »Da siehst du es! Sie ist nicht die richtige Frau für dich. Ich habe alle meine Bedenken zurückgestellt, weil sie angeblich dein Lebensglück ist, aber sie ist einfach nur ein trotziges Mädchen, das alles nimmt, was du ihr zu Füßen legst, aber nicht bereit ist, etwas zu geben!« Mit diesen Worten steht sie auf und greift nach ihrer Handtasche. »Du weißt, wo du mich erreichen kannst. Und wenn du dich entscheidest, ihren Launen nachzugeben, werden Vater und ich unsere Reise vorzeitig abbrechen und nach Hause fahren.«

»Mutter! Bitte, bleib sitzen, wir können doch über alles reden«, fleht Jonathan, während er Holly einen Hilfe suchenden Blick zuwirft, aber sie bleibt stur.

Und auch Mrs Taylor ist durch seine Worte nicht zu bremsen. Sie schüttelt wütend ihren schlafenden Mann wach, befiehlt ihm, ihr sofort zu folgen, was er wie ein dressierter Bär tut, doch er sieht sich noch einmal hilflos um und murmelt: »Auf Wiedersehen!« Und: »Was hat sie denn nun schon wieder?« Sie aber zieht ihn förmlich mit sich fort zur Tür und lässt sie mit einem lauten Knall hinter sich ins Schloss fallen.

Jonathan sitzt wie vom Donner gerührt da. Jetzt tut er Holly beinahe ein wenig leid, aber trotzdem sieht sie die Schuld nicht bei sich, sondern bei seiner kapriziösen Mutter.

»Musste das sein? Dass du sie derart provozierst?«, seufzt er nach einer Weile sichtlich angeschlagen.

»Jonathan, wach auf! Sie hat mit diesem ganzen Mist angefangen. Ich habe weiß Gott meine eigenen Schwierigkeiten mit meiner Mutter, aber ich kann es mir nicht verzeihen, dass ich sie aus der Wohnung geworfen habe. Und nun soll ich sie auch noch belügen, indem ich ihr das Hochzeitsfest vorenthalte? Nein!« Holly ballt die Fäuste vor Zorn.

»Tja, dann habe ich wohl keine Wahl, als ohne meine Eltern zu heiraten«, stöhnt er gequält.

»Oder du redest mal ein ernstes Wort mit deinem Vater. Der findet das doch auch alles ziemlich bescheuert, oder?«

»Aber sie hört nicht auf ihn. Das hat sie noch nie getan. Wenn du es genau wissen willst, sie hätte ihn nie geheiratet, wenn er nicht so viel Geld gehabt hätte und sie nicht mit mir schwanger gewesen wäre. Sie gibt ihm die Schuld daran, dass sie so tief gesunken ist. Jedenfalls in ihrer Welt. Das ist die Wahrheit!«

Holly rückt näher an ihn heran und legt ihm versöhnlich den Arm um die Schulter. »Weißt du was? Lass uns allein heiraten. Ganz ohne Eltern.«

»Das wird meine Mutter auch nicht davon abhalten abzureisen.«

»Und wäre das wirklich so schlimm?«

»Ich befürchte, das wird sie mir nie verzeihen. Außerdem wird sie keinen Cent mehr zahlen.«

Holly überhört das mit dem Geld der Mutter, denn dass »Mum« ihren erwachsenen Sohn mit Geld überschüttet, ist ihr eh ein Dorn im Auge. Wie hat sie das bloß geschafft, sich den Zugang zu allen Konten ihres reichen Gatten zu verschaffen?, fragt sich Holly und mutmaßt kurz, dass sich sein Vater wahrscheinlich mit einem knappen Taschengeld begnügen muss. Aber sie hütet sich davor, ihre Gedankenfetzen laut zu äußern.

»Unsinn, sie wird den Kontakt zu dir nicht aufgeben. Wir können, wenn Gras über die Sache gewachsen ist, doch mal nach England reisen und sie dort besuchen«, bemerkt sie stattdessen tröstend.

Jonathan mustert sie bekümmert. »Und was wäre so schlimm, wenn wir die standesamtliche Trauung mit deiner Mutter und die kirchliche mit meinen Eltern feiern würden?«

»Ich werde meine Mutter nicht belügen, denn egal, was wir beide auch immer für Differenzen haben und wie unterschiedlich wir sein mögen, meine Mutter ist der aufrichtigste Mensch, den ich kenne. Sie sagt manchmal eher zu direkt, was sie denkt, aber solche krummen Sachen, die kann sie gar nicht leiden. Und wenn sie dahinterkommen würde, wäre sie zu Recht bitter enttäuscht von mir.«

»Und wenn du mit ihr offen darüber sprichst, dass meine Mutter schwierig ist?«

Holly muss wieder Willen lächeln. »Das wird sie wohl schon bemerkt haben, aber gut, das wäre eine Lösung. Ich könnte mich bei ihr entschuldigen für den blöden Rausschmiss, das Problem schildern und ihr deinen Plan unterbreiten.«

Jonathan gibt ihr einen Kuss auf die Wange. »Danke! Bist du mir wieder gut?«

Holly nickt, obwohl das nicht ganz der Wahrheit entspricht. Ihr geht nämlich durch den Kopf, dass sie sich zwar in dieser Angelegenheit auf eine Lösung geeinigt haben, aber die eigenmächtige Verlegung ihres Konzertauftritts immer noch zwischen ihnen steht. Holly kann partout nicht akzeptieren, dass Jonathan über ihren Kopf hinweg ihre Termine cancelt. Aber für diesen Tag ist genug problematisiert worden. Sie wird einen günstigen Moment abwarten, um es erneut anzusprechen.

Holly fuhr erschrocken aus ihren unerfreulichen Erinnerungen auf, als die Haustür klappte.

Sie hatte sich ein bisschen hingelegt und war in Gedanken an den gestrigen Tag abgeschweift. »Mum« hatte sie schon seit über vierundzwanzig Stunden nicht gesehen, und Holly genoss diese Auszeit in vollen Zügen.

Sie überlegte gerade, ob das der geeignete Augenblick wäre, seine eigenmächtige Umlegung ihres Konzerttermins anzusprechen, als Jonathan hektisch auf sie zusprintete und ihr nur einen flüchtigen Begrüßungskuss auf die Wange gab.

»Wir müssen uns beeilen. Wir sind in einer Stunde mit meinem alten Freund Olli verabredet. Ich möchte, dass er mein Trauzeuge wird.«

Holly sah ihn ungläubig an. »Was heißt, wir sind verabredet? Davon hast du mir nichts gesagt. Und wer ist Olli?«

Jonathan fasste sich an den Kopf. »Ich bin ein Trottel. Habe ich dir wirklich nicht von ihm erzählt?«

»Nein, du hast zwar mal einen Sandkastenfreund mit dem Namen Olli erwähnt, der ein erfolgreicher Musiker ist und in England lebt, aber immer nur im Nebensatz.«

»Sorry, ich weiß auch nicht, wo mir der Kopf steht. Ich habe für Olli eine kleine Tournee zusammengestellt, um ihn nach Neuseeland zu locken. Ich wollte so gern, dass er dich vor der Hochzeit kennenlernt und dann mit uns feiert. Dass er mein Trauzeuge wird, davon weiß er noch nichts.«

»Und dieser Olli ist jetzt in Wellington?«

»Ich denke schon, wenn wir uns in einer Stunde treffen«, lachte Jonathan und schien sichtlich erleichtert, dass Holly ihm keine Szene machte, weil er versäumt hatte, sie vorher zu fragen, ob sie heute Abend Zeit hatte. »Du kommst doch mit, auch wenn ich so ein Depp bin, oder?«

»Wenn du mich schön bittest und wenn du mir versprichst,

mich in Zukunft rechtzeitig in deine Pläne einzuweihen, wenn sie mich auch betreffen«, seufzte Holly. Damit konnte sie die Hoffnung begraben, mit ihm ein ernstes Gespräch über ihre Abneigung gegen seine ständige Bevormundung zu führen.

»Ich schwöre!« Er hob die Hand zum Schwur, und Holly beschloss, es für heute gut sein zu lassen und die Angelegenheit mit dem Konzert zu einem späteren Zeitpunkt noch einmal zu thematisieren. Das schien ihr durchaus nötig zu sein, weil sich in den letzten Monaten ihr Eindruck verstärkt hatte, dass er zwar stets betroffen war, wenn er wieder einmal über ihren Kopf hinweg etwas entschieden hatte, es dann aber am nächsten Tag schon wieder vergessen zu haben schien. Dafür sprach auch der Brief, den sie heute zufällig auf seinem Schreibtisch hatte liegen sehen. Eigentlich betrat sie sein Arbeitszimmer nie, aber sie hatte Notenblätter gesucht, die er sich von ihr ausgeliehen und die sie tatsächlich auf seinem Schreibtisch liegend vorgefunden hatte. Als sie danach gegriffen hatte, war ihr Blick an einem Brief aus London hängen geblieben. Darin gab man der Freude Ausdruck, dass er aufgrund des Angebots der Akademie, ab Januar nächsten Jahres die Stelle als Professor für Musikgeschichte an der Royal Academy anzutreten, im Herbst zu einem Vorgespräch nach London käme. Holly war förmlich der Atem gestockt, denn zunächst hatte sie daraus gelesen, dass er bereits, ohne sie zu fragen, zugesagt hatte, aber so viel Eigenmächtigkeit traute sie ihm nun wirklich nicht zu. Wahrscheinlich würde er ihr noch von dem Vorstellungsgespräch berichten, bevor er in London feste Zusagen machte, die er gar nicht würde einhalten können.

Denn er glaubte doch nicht ernsthaft, sie würde ihre Heimat verlassen, um mit ihm in London zu leben? Die Frage, die sie quälte, war nur: Sollte sie warten, bis er mit diesem Thema an sie herantrat, oder ihn direkt darauf ansprechen? Wenn sie Letzteres tat, würde sie nie erfahren, wann er ihr von dem Jobangebot hätte erzählen wollen. So musste sie wohl oder übel damit warten, bis er sie von sich aus ansprach, und konnte nur hoffen, dass das nach ihren Maßstäben noch rechtzeitig sein würde.

»Ich ziehe mich rasch um«, verkündete er und blieb mit seinem Blick an ihren Jeans hängen, so als wollte er fragen: Du ziehst dir aber auch noch etwas anderes an, oder?

Das reizte Holly wiederum bis aufs Blut, und als er, statt sie direkt zu bitten, die Kleidung zu wechseln, wie zufällig den Namen des Restaurants und den gehobenen Stil desselben erwähnte, fragte sie mit leicht spöttischem Unterton: »Und welches Kleid muss ich anziehen?«

»Das neue Etuikleid«, erwiderte er prompt.

Offenbar hatte er die Spitze in ihrer Frage geflissentlich überhört. Widerwillig erhob sie sich vom Sofa. Kurz spielte sie mit dem Gedanken, einfach zu Hause zu bleiben und ihn allein zu diesem Treffen mit seinem alten Freund zu schicken, aber das hätte sie selbst ein wenig kindisch gefunden.

Als Holly wenig später vor ihrem Kleiderschrank stand und gerade dabei war, das gewünschte Kleid herauszusuchen, hielt sie inne, denn ihr Blick blieb an einem Sommerkleid hängen, das sie sich einmal in Dunedin gekauft und das sie trotz Jonathans Meinung, es wäre zu flippig, mit nach Wellington genommen hatte. Es war ein bodenlanger schwarzer Neckholder, den sie ihm zuliebe nicht mehr angezogen hatte. Sie ahnte, warum sie just an diesem Tag das dringende Bedürfnis hatte, etwas anzuziehen, das vor seinem strengen Auge keinen Gefallen fand. Das war zumindest ein kleiner Protest gegen seine Art, über sie zu entscheiden, und verschaffte ihr ohne viele Worte einen Hauch von Genugtuung, ohne Gefahr zu laufen, dass das Ganze wieder in einem Streit mündete.

Nachdem sie das Kleid angezogen hatte, wollte sie sich das Haar hochstecken, so wie er es an ihr mochte, aber dann ließ sie es offen. Als sie sich im Spiegelbild ansah, ging ein Lächeln über ihr Gesicht. Keine Frage, in diesem Aufzug wirkte sie eher mädchenhaft und gar nicht damenhaft elegant, wie er es so gern hatte. Aber ihr gefiel, was sie sah. Sie hoffte, er wäre klug genug, ihr Outfit nicht zu kommentieren, obwohl sie es eigentlich kommen sah. Das war eine weitere Sache, die sie inzwischen an Jonathan verunsicherte. Fast alles, was er tat und sagte, war so vorhersehbar. Überraschungen gab es selten, außer dass er sich manchmal leise anschlich. So wie in diesem Augenblick.

Sie hatte gar nicht bemerkt, dass er aus dem Bad gekommen und hinter ihr stehen geblieben war. Plötzlich sah sie im Spiegel seine kritische Miene.

»Ich weiß nicht, ob du unbedingt in Lang gehen solltest«, bemerkte er tadelnd.

Holly wandte sich blitzschnell zu ihm um. »Darf ich nicht mal mehr anziehen, was ich möchte?«, fauchte sie.

»Aber natürlich. Ich finde das nur nicht angebracht. Das wird man ja wohl sagen dürfen«, gab er beleidigt zurück. Holly aber schenkte ihm keinerlei Aufmerksamkeit mehr, sondern ignorierte seine Blicke, die immer wieder kritisch an ihrem Kleid entlangglitten.

Als sie wenig später das Haus verließen, herrschte erneut eine angespannte Stimmung zwischen ihnen, als hätte gar keine Versöhnung stattgefunden. Holly wusste, dass sie daran nicht ganz unschuldig war. Sie hatte es mit ihrem Protest wohl etwas übertrieben, denn zu allem Überfluss hatte sie auch noch ihre schwarze Bikerjacke übergezogen, ein Teil, das er an ihr überhaupt nicht leiden konnte. Sie gingen jedenfalls nebeneinanderher wie zwei Fremde. Holly bedauerte ein wenig, dass sie ihren Widerstand gegen seine Bevormundung derart exzessiv ausgelebt hatte.

Doch dann brach Jonathan das Schweigen und schilderte ihr ausführlich, wer sein Freund eigentlich war. Holly hörte ihm voller Begeisterung zu, denn dass sie gleich die Bekanntschaft eines bekannten Pianisten machen würde, ließ sie für einen Augenblick ihre Probleme mit Jonathan vergessen. Nun brannte sie regelrecht darauf, seinen Freund endlich kennenzulernen.

Der Kellner hatte sie gerade zu ihrem reservierten Tisch geführt, als Holly bemerkte, wie ein blonder, großer, gut aussehender und elegant gekleideter Mann das Restaurant betrat und sich suchend umsah.

»Ist das da im Eingang dein Freund?«, flüsterte sie Jonathan aufgeregt zu, der dem Mann sogleich zuwinkte. »Ja, das ist mein bester Freund, Oliver Bell!«

»Oliver Bell? Warum sagst du das denn nicht gleich? Den Namen kennt man auch in Studentenkreisen«, empörte Holly sich, doch da kam Oliver bereits lächelnd auf den Tisch zu. Jonathan freute sich so sehr über das Wiedersehen, dass er den alten Freund gleich in die Arme schloss.

»Alter Junge, ich muss doch erst die Dame begrüßen«, lachte Oliver und zwinkerte Holly verschwörerisch zu.

Er reichte ihr die Hand. »Sie sehen bezaubernd aus, wenn ich das von der Braut meines alten Freundes sagen darf, ohne dass er mich gleich zum Duell herausfordert. Ich bin Oliver.«

Holly empfand seinen Händedruck als äußerst angenehm. Der Mann machte einen lockeren und warmherzigen Eindruck auf sie. Sie hatte sich den berühmten Tastenkünstler anders vorgestellt. Älter und unnahbarer zumindest. Sein Name imponierte ihr mächtig, weil sie sich für Pianisten aus aller Welt interessierte, besonders aus Großbritannien. Sie erwiderte sein herzliches Lächeln.

»Ich bin Holly.«

»Sie sind also das junge Nachwuchstalent, das mich eines Tages vom Thron stürzen wird?«, lachte er.

»Schade, dass sie ihr Konzert erst nach der Hochzeit gibt. Sonst könntest du sie spielen sehen, aber ich befürchte, du wirst gleich nach deiner Tournee zurück nach Europa reisen. Wahrscheinlich geht es dort gleich weiter, oder?«, mischte sich Jonathan eifrig ein.

»Nein, ich denke, ich werde etwas länger bleiben«, erwiderte Oliver ausweichend und musterte Holly dabei verstohlen. Diese forschenden Blicke entgingen ihr nicht. Ihr war ganz merkwürdig zumute, aber sein Interesse löste keinerlei Befremden in ihr aus. Im Gegenteil, sie fühlte sich geschmeichelt, dass ihre Neugier, den anderen näher kennenzulernen, offenbar auf Gegenseitigkeit beruhte. Sie musste sich sehr zusammenreißen, um ihn nicht gleich mit interessierten Fragen nach seinem Beruf zu überfallen.

Jonathan legte mit einer besitzergreifenden Geste den Arm um Holly. Sie vermutete, dass er etwas von der Anziehung zwischen seinem Freund und ihr spürte. Und er war ein Mann, der im Alltag selten Konkurrenz durch eine derart charismatische Persönlichkeit, wie Oliver eine war, bekam. In den Kreisen, in denen Holly und er sich normalerweise bewegten, war er die unangefochtene Nummer eins. Sie konnte es beinahe körperlich fühlen, dass er seinem Freund beweisen musste, dass sie ihm gehörte, denn er hielt sie nicht zärtlich im Arm wie sonst, sondern fest wie eine Trophäe.

»Ist sie nicht wunderschön?«, seufzte Jonathan.

Holly zuckte zurück. Sie hasste es, wenn von ihr in ihrer Anwesenheit in der dritten Person gesprochen wurde. Außerdem fand sie es peinlich, dass er derart platt ihr Aussehen anpries. Sie hätte es gern Oliver überlassen, sich eine Meinung über sie zu bilden, ohne dass Jonathan ihm soufflierte.

»Ja, das ist sie. Wie habt ihr euch kennengelernt?«, erkundigte sich Oliver höflich.

Ohne zu zögern, offenbarte Jonathan seinem Freund die ganze

Geschichte. Wie er sie zum ersten Mal am Flügel sitzend beobachtet und sich in sie verliebt und ihr das erst gestanden hatte, nachdem er den Ruf nach Wellington erhalten hatte. Holly blieb nichts anderes übrig, als mit freundlicher Miene zuzuhören, obwohl ihr Jonathans Art, davon zu erzählen, nicht wirklich behagte. Es klang für ihren Geschmack alles eine Spur zu selbstgefällig.

»Und nun wird Holly bald zu Mrs Taylor, und ich wollte dich in aller Form bitten, mein Trauzeuge zu sein.«

»Wann soll die Hochzeit denn stattfinden?«, hakte Oliver nach.

»In vierzehn Tagen die standesamtliche und eine Woche später die kirchliche und das große Fest«, entgegnete Jonathan hastig, doch Holly entwand sich nun energisch aus seiner Umklammerung.

»Das steht noch gar nicht fest«, widersprach sie heftig. »Das hängt davon ab, wie meine Mutter es findet, dass sie lediglich auf dem Standesamt dabei sein darf!«

»Bitte, Holly, ich glaube, das müssen wir nicht vor Olli ausdiskutieren. Das ist ihm sicherlich gar nicht angenehm.«

Holly nahm wahr, dass sich Olivers Miene merklich verdüsterte. »Ich spreche immer noch gern für mich selber. Was haben wir uns darüber früher als Jugendliche gestritten, wenn du unaufgefordert für mich geredet hast. Dagegen war ich immer schon allergisch. Also, wenn du mich fragst, ich habe kein Problem damit, den Schlichter zu spielen, zumal das ja quasi mein Job ist als dein Trauzeuge.«

»Du machst es? Danke. Aber eigentlich haben Holly und ich das Problem mit der Hochzeit bereits zu aller Zufriedenheit geklärt …«

Holly warf ihm einen provozierenden Blick zu. »Vielleicht solltest du Oliver erst einmal in die Sache einweihen.«

Oliver lächelte beschwichtigend. »Er hat mir im Groben bereits gemailt, worum es hier geht. Soviel ich weiß, haben Sie

Mrs Taylor die Stirn geboten, als sie die Hochzeit für sich beansprucht hat.«

»Tja, wenn Ihnen Jonathan schon alles berichtet hat, werden Sie ja sicher mit mir einer Meinung sein, dass ich meiner Mutter schlecht vorenthalten kann, dass es eine Hochzeit in mehreren Akten gibt und sie nur zur Ouvertüre eingeladen ist.«

»Das verstehe ich gut«, pflichtete ihr Oliver ihr bei. »Keiner kann von Ihnen verlangen, dass Sie Ihre Mutter belügen.«

»Das habe ich auch gar nicht verlangt«, protestierte Jonathan aufgebracht.

»Doch, das hast du mir selbst vorgeschlagen«, erwiderte Holly in scharfem Ton. Sie wusste auch nicht recht, warum sie ihn, nachdem sie sich doch gerade erst halbwegs wieder versöhnt hatten, derart harsch anging.

»Aber ich habe inzwischen eingesehen, dass es dich zu sehr belasten würde«, erklärte er und nahm ihre Hand. »Ich finde, wir warten ab, was deine Mutter dazu sagt, und wenn sie mitspielt, bleibt alles im Zeitplan, und du solltest dich dringend bei meiner Mutter entschuldigen.«

Holly zog ihre Hand so rasch zurück, als hätte sie sich verbrannt. »Das werde ich nicht tun!«

»Holly, wenn du so stur bleibst, reisen meine Eltern vorzeitig ab.«

»Reisende soll man nicht aufhalten!«, schnaubte sie und ärgerte sich zugleich darüber, dass sie es nicht schaffte, ihren Ärger vor Oliver zu verbergen.

In diesem Augenblick kam der Kellner, brachte die Karten und fragte nach Getränkewünschen.

»Einen Sauvignon«, sagte Holly, ohne zu zögern.

»Das ist eine gute Idee. Wir könnten eine Flasche nehmen. Trinkst du auch weißen mit?«

Oliver nickte. »Ja, seit ich in Neuseeland bin. Es ist ja sagenhaft, was die Neuseeländer inzwischen für Weine produzieren. Das war damals nicht so.«

Jonathan bestellte den Wein.

»Sie waren schon einmal in Neuseeland?«, erkundigte sich Holly neugierig.

Oliver nickte. »Ja, das war damals in den Semesterferien, als ich bereits ahnte, dass mir in Zukunft nicht mehr viel Zeit bleiben würde, ans andere Ende der Welt zu reisen. Und da die Großmutter meines Vaters aus Christchurch stammte, wollte ich unbedingt das Land meiner Vorfahren kennenlernen, aber das ist schon über zwanzig Jahre her. Inzwischen hat sich eine Menge verändert. Es ist viel Schönes dazugekommen: die wunderbaren Weine und nicht zu vergessen, das Essen. Da ist eine Menge geschehen. An manchen Stellen hat leider auch die Natur unter dem Tourismus gelitten, aber das ist nicht annähernd mit dem zu vergleichen, was der Tourismus in anderen Ländern angerichtet hat. Neuseeland brilliert immer noch durch atemberaubende und unberührte Landschaften.« Er hatte einen schwärmerischen Gesichtsausdruck bekommen.

»Und wo waren Sie überall?«, hakte Holly nach.

»Eigentlich stand eine Tour durch das ganze Land auf dem Programm, aber ich bin auf der Südinsel hängen geblieben. Doch vielleicht hole ich die Rundreise dieses Mal nach.«

»Das wusste ich gar nicht, dass du schon mal in Neuseeland gewesen bist«, bemerkte Jonathan.

»Das war während des Studiums. Da wir an unterschiedlichen Instituten studiert haben, hatten wir uns damals aus den Augen verloren. Bis wir uns bei einem Konzert in London wiedergesehen haben.«

»Tja, du auf der Bühne, ich im Publikum. Da hatte ich bereits eingesehen, dass mein Talent am Piano nicht für die ganz große Karriere reicht, aber dass ich ein guter Lehrer bin.«

In diesem Augenblick war Hollys Zorn wie weggeblasen. Sie hatte selten erlebt, dass Jonathan solche selbstkritischen Töne anschlug, und hörte zum ersten Mal, dass er gern ebenfalls Pianist geworden wäre. Versöhnlich strich sie ihm über den Unterarm.

»Du bist der beste Lehrer, den ich mir hätte wünschen können«, sagte Holly.

Jonathan rang sich zu einem Lächeln durch.

»Aber du warst doch als Junge richtig gut am Klavier«, sinnierte Oliver.

»Weil meine Mutter mich stets angetrieben hat. Sie wollte immer, dass ich so göttlich spiele wie du. Aber nun bekomme ich immerhin ein Ausnahmetalent zur Frau.« Er führte ihre Hand zum Mund und küsste sie.

Holly, die für einen Augenblick wirklich friedfertiger Absicht gewesen war, nervte diese altmodische Bezeugung seiner Zuneigung. Hastig zog sie die Hand weg. Ihr entging dabei nicht, wie skeptisch Olivers Blick zwischen Jonathan und ihr hin- und herging. Er hält mich bestimmt für eine Zicke, mutmaßte Holly, aber sie konnte nichts dagegen tun, dass Jonathan ihr partout nichts recht machen wollte.

Oliver begann sich in der Gegenwart der beiden zunehmend unwohl zu fühlen. Dass sie nicht ganz harmonisch miteinander waren, hatte er sofort gespürt, und es ärgerte ihn ein wenig, dass er insgeheim allein seinen Freund Jonathan für die Quelle dieser Störung hielt. Die junge Frau machte auf ihn überhaupt nicht den Eindruck, als wäre sie besonders streitsüchtig. Im Gegenteil, sie schien sich nach Eintracht zu sehnen, war offensichtlich nur allergisch dagegen, wenn Jonathan sie wie ein unmündiges Kind behandelte. Wenn Oliver sich nicht verpflichtet gefühlt hätte zu deeskalieren, statt Salz in Wunden seines Freundes zu streuen, würde er ihm einen kleinen Hinweis geben. Er hoffte auf eine Gelegenheit, das unter vier Augen nachzuholen.

»Was haltet ihr davon, wenn wir mal die Speisekarte studieren?«, schlug er vor, was Holly und Jonathan dankbar aufgriffen. Oliver entschied sich für einen Blue Cod mit Süßkartoffeln. Während sein Freund und seine Verlobte noch unentschieden in der Karte hin- und herblätterten, musterte er verstohlen die junge Frau. Er fand sie sehr jung, obwohl seine letzten Affären zugegebenermaßen auch nicht viel älter als diese Holly gewesen waren. In diesem Augenblick ließ sich nicht verdrängen, dass er in den letzten Ehejahren mit Gloria, in denen sie nur noch auf dem Papier miteinander verheiratet gewesen waren, auf seinen Tourneen überall auf der Welt junge Frauen gekannt hatte, die ihm zugewandt gewesen waren ... und dann war da noch etwas: Diese Holly erinnerte ihn an die junge Stella wie noch keine Frau zuvor. Die gleichen wunderschönen meergrünen Augen, die seinen so ähnelten ... Ach, was würde er darum geben, die Frau seines Herzens noch einmal so leidenschaftlich zu lieben wie damals, aber dazu wäre er in diesem Leben nicht mehr in der Lage. Und er würde es nicht übers Herz bringen, Stella zu offenbaren, dass er kein richtiger Mann mehr war und er wahrscheinlich in Neuseeland bleiben würde. Bis in alle Ewigkeit ...

In diesem Augenblick hob Holly ihren Kopf, und Olivers und ihr Blick trafen sich. Er konnte sich nicht helfen. Die Art, wie sie ihn musterte, erinnerte ihn so fatal an Stella, dass sich sein Herzschlag beschleunigte.

»Was haben Sie gewählt?«, fragte sie ihn.

»Den Blue Cod. Ich liebe weißen Fisch. Dafür lasse ich das beste Steak stehen.«

»Das geht mir genauso«, erklärte sie lächelnd, und Oliver durchrieselten abwechselnd heiße und kalte Schauer. Auch ihr bezauberndes Lächeln war dem der jungen Stella verblüffend ähnlich. Ich glaube, ich spinne langsam, sagte er sich und war froh, als der Wein serviert wurde.

Die drei prosteten sich höflich zu, und Oliver sprach einen Toast auf das Brautpaar aus. »Ich habe im Übrigen eine Idee, wie wir das mit der Hochzeit doch noch zu aller Zufriedenheit hinkriegen«, bemerkte er dann mit einem Grinsen auf den Lippen.

»Da bin ich aber mal gespannt«, seufzte Jonathan.

»Ich werde deiner Frau Mama höchstpersönlich Karten für mein Konzert in Wellington vorbeibringen und ihr erklären, wie sehr ich mich darauf freue, Sie zu deiner Hochzeit zu sehen.«

Jonathan lachte aus voller Kehle. »Oh ja, das wird sie allerdings goutieren, weil sie übergroße Stücke auf dich hält.«

»Nur keinen Neid. Denn ich werde meine Pole-Position bei ihr schamlos ausnutzen und ihr erklären, dass es vernünftig wäre, beide Familien zusammen feiern zu lassen.«

»Und Sie glauben allen Ernstes, das klappt?«, fragte Holly skeptisch.

»Das kann ich nicht garantieren, aber ich werde mich für meinen Freund in die Höhle der Löwin begeben und mein Glück versuchen.«

Holly zuckte die Achseln. »Dann müssen Sie sich aber beeilen. Ich sollte meiner Mutter nämlich endlich mal Bescheid sagen, was da auf sie zukommt.«

»Holly, weißt du, wie sich das anhört? Als ob sie unsere Verbindung ablehnen würde«, empörte sich Jonathan.

»Ach, du weißt ganz genau, wie ich das meine«, gab Holly mit erhobener Stimme zurück. Sie nahm einen kräftigen Schluck aus ihrem Glas, als ihr Mobiltelefon in der Handtasche zu klingeln begann. Hektisch kramte sie danach. »Sorry«, murmelte sie. »Habe vergessen, es auszustellen. Ich hole das mal eben nach.«

Die beiden Männer beobachteten, wie sie das Gerät aus der Tasche zog und ausschalten wollte, doch dann stutzte sie. »Entschuldigt, wenn man vom Teufel spricht … das ist eine Nachricht meiner Mutter, dass ich dringend zurückrufen soll. Ich hoffe, es nervt nicht, wenn ich das mal eben erledige. Vielleicht wollt ihr ja eh mal unter vier Augen miteinander reden!« Sie lächelte den beiden entschuldigend zu und verschwand eilig.

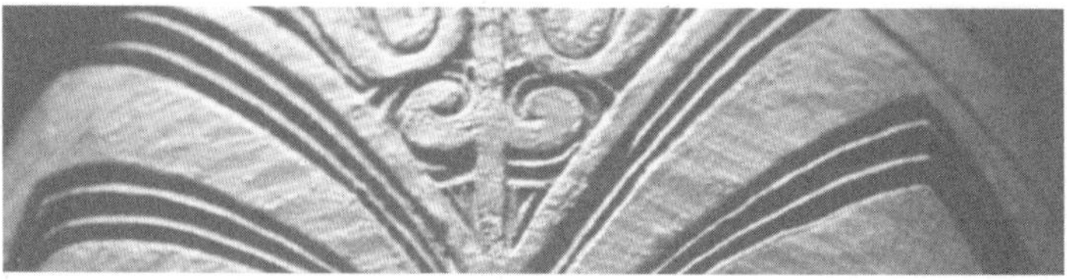

23.

»Eine tolle Frau hast du dir da ausgesucht, mein Lieber!«, schwärmte Oliver und hob sein Glas.

»Neidisch?«, lachte Jonathan.

Oliver aber war nicht nach Lachen zumute. Sosehr er auch von der jungen Frau beeindruckt war, sein Gefühl signalisierte ihm glasklar, dass zwischen seinem Freund und ihr etwas nicht stimmte. Jonathan aber schien von diesen Bedenken nichts zu ahnen, denn er grinste breit. Eine Spur zu selbstgefällig für Olivers Geschmack.

»Trinken wir auf meine Süße. Sie ist ein echter Schatz. Im Moment liegen ihre Nerven etwas blank, aber das wird sich nach der Hochzeit wieder geben. Wenn wir erst mal ein Ehepaar sind, werde ich schon eine richtige Engländerin aus ihr machen«, erklärte er nicht ohne Stolz.

Oliver ließ sein Glas sinken. »Was willst du aus ihr machen?«

»Du hast richtig gehört, alter Junge. Man hat mir ab nächstem Jahr einen Job an der Royal Academy of Music angeboten. Ein Kollege geht in Pension, und man hat mich gefragt. Und da kann ich schlecht ablehnen, oder?«

»Und deine Verlobte ist bereit, dir nach London zu folgen? Herzlichen Glückwunsch!« Natürlich drängte sich ihm in diesem Moment seine eigene Geschichte auf, und er musste daran denken, welche Pläne Stella und er damals geschmiedet hatten.

Jonathan wand sich verlegen. »Nicht so laut. Sie weiß es nicht. Noch nicht! Du bist überhaupt der Erste, der es erfährt. Ich habe es ja noch nicht mal meinen Eltern verraten, weil meine Mutter die Neuigkeit umgehend triumphierend Holly verraten würde.«

»Ja, aber du musst sie doch fragen, bevor du eine Zusage gibst. Ich meine, du bist damals freiwillig ans andere Ende der Welt gegangen, aber du kannst so etwas doch nicht über ihren Kopf hinweg entscheiden. Was ist mit ihrer Karriere? Ihrem Studium?«

Jonathan machte eine wegwerfende Handbewegung. »Das hat doch noch fast ein Jahr Zeit. Und wenn wir dann verheiratet sind und sie womöglich schwanger ist, wird sie sich bestimmt nicht querstellen und mir diese Chance verbauen.«

Oliver stöhnte laut auf. »Mein lieber Freund, in dem Punkt hast du dich gar nicht verändert. Dass du auf Biegen und Brechen deinen Willen durchsetzt. Du musst ihr doch vor der Hochzeit sagen, dass du beabsichtigst, nach England zurückkehren!«

»Ach, du bist immer noch derselbe Moralapostel. Warum soll ich sie in solche Konflikte stürzen? Wir lieben uns, sie wird die Mutter meiner Kinder. Natürlich wird sie mit mir gehen!«

»Tja, weil du ihr unter diesen Bedingungen nicht einmal die Chance lässt, sich zu überlegen, ob sie das auch möchte«, erwiderte Oliver mit Nachdruck.

»Weißt du, was ich glaube, mein lieber Freund? Du hast dich in sie verguckt. Glaubst du, mir ist entgangen, wie du sie mit deinen Blicken förmlich verschlungen hast?«, erwiderte Jonathan ärgerlich.

»Nein, ich habe mich nicht in sie verknallt. Sie erinnert mich nur an jemanden, den ich vor vielen Jahren einmal näher gekannt habe«, seufzte Oliver.

»Okay, aber untersteh dich, ihr gegenüber etwas wegen London durchblicken zu lassen!«

Oliver verdrehte genervt die Augen. »Nein, ich werde doch nicht den Boten der schlechten Nachricht für dich geben. Das heißt aber noch lange nicht, dass ich deine Eigenmächtigkeit gutheiße. Nur weil du doppelt so alt wie sie bist, hast du kein Recht, über sie zu bestimmen. Und überhaupt, will sie denn jetzt schon Kinder?«

Jonathan wollte gerade etwas erwidern, als der Kellner mit einem silbernen Teller zurückkehrte, auf dem ein Zettel lag, den er Jonathan hinhielt. Irritiert griff er nach dem Blatt Papier und faltete es auf.

Oliver beobachtete, wie er blass wurde. »Verstehe ich nicht«, stieß er schließlich unwirsch hervor und reichte den Zettel seinem Freund.

Oliver las die Zeilen laut vor:

Ich brauche Zeit für mich. Bitte mache dir keine Sorgen. Ich bin rechtzeitig zur Hochzeit zurück. Das Problem mit meiner Mutter hat sich erledigt. Sie kommt nicht mit zur Hochzeit. Du kannst meinetwegen alles mit deiner Mutter planen, nur verstehe bitte, dass ich mich nicht an den Vorbereitungen beteiligen kann. Es ist eh das Fest deiner Mutter, damit hat sie freie Hand. Und sage bitte in London zu. Habe den Brief auf deinem Schreibtisch liegen sehen. Wenn du den Job willst, sage zu! Mein Okay hast du! Ich gehe mit dir überallhin. Es ist etwas Unvorhergesehenes geschehen, aber ich kann nicht darüber sprechen. Noch nicht. Bei meiner Rückkehr werde ich dich natürlich einweihen! Ich besuche eine alte Freundin, die noch in den Sounds lebt. Holly

»Meinst du, sie könnte schwanger sein?«, fragte Jonathan beinahe hoffnungsfroh, nachdem Oliver den Zettel hatte sinken lassen.

»Junge, überleg doch mal. Sie saß eben noch in relativ normaler Stimmung mit uns am Tisch. Sie wird wohl kaum in die Toilette gegangen sein, um dort einen Test zu machen. Hat sie nicht gesagt, sie muss dringend ihre Mutter anrufen?«, gab Oliver zu bedenken.

»Meinst du, ich sollte da mal kurz anrufen?«, fragte Jonathan unschlüssig.

»Das halte ich für keine gute Idee. Ich glaube, deine Holly möchte das allein klären.«

Jonathan machte eine abwehrende Geste. »Ich habe eh keine Nummer von ihrer Mutter. Ich kenne diese Frau ja kaum. Ich habe sie nur einmal gesehen. Aber da siehst du, wie unreif Holly mitunter sein kann. Sie braucht eine gewisse Führung. Haut einfach ab!«

»Joey, ich finde, du hast ein verdammtes Glück. Sie ist bereit, ihre Hochzeit nach dem Willen deiner Mutter ablaufen zu lassen, und geht mit dir nach London. Und du nennst sie unreif? Das glaube ich jetzt nicht!«

»Ja, schon, aber wie soll ich meiner Mutter erklären, dass sie einfach weg ist? Ich weiß nicht mal, wer diese Freundin ist.« Jonathan nahm energisch sein Telefon zur Hand und wählte Hollys Nummer, aber es meldete sich sofort die Mailbox.

»Holly, bitte, benimm dich nicht so kindisch. Rede mit mir. Ich komme jetzt sofort nach Hause, und du sagst mir, was los ist. Verstanden?«, sagte er in strengem Ton.

»Findest du das gut?«, fragte Oliver provozierend.

In dem Augenblick wurde das Essen serviert. Die Freunde sahen sich fragend an.

»Komm, Jonathan, wir essen erst einmal. Und danach überlegen wir, was zu tun ist«, schlug Oliver vor, doch in dem Augenblick klingelte sein Telefon. Als er sah, dass es Stella war, stand er auf und entschuldigte sich kurz bei Jonathan, um den Anruf anzunehmen.

Stella war kaum zu verstehen. Oliver war nicht sicher, ob nur die Verbindung schlecht war oder ob er sie nicht verstehen konnte, weil sie schluchzte, jedenfalls verstand er nur Fetzen. Ob er Bescheid wüsste, verstand er, aber das ergab keinen Sinn, also versuchte er, sich auf das Wesentliche zu konzentrieren.

»Habe ich dich richtig verstanden? Du möchtest, dass ich sofort zurückkomme?«, fragte er verunsichert. Ihm fiel ein, wie blass sie vorhin bei seiner Abfahrt aus Picton geworden war.

»Bist du krank?«, wollte er wissen.

Sie aber wiederholte nur ein paarmal: »Bitte, bitte!« Mehr nicht.

»Gut, dann nehme ich die nächste Fähre.«

»Die letzte fährt um halb neun. Ich hole dich ab.«

Das war klar und deutlich zu verstehen. Natürlich hätte er lieber das Essen mit seinem Freund beendet und wäre dann morgen zurückgekehrt, aber dass Stella ihn so inbrünstig um etwas bat, war ein triftiger Grund, ihrer Bitte ohne Wenn und Aber Folge zu leisten.

Oliver eilte an den Tisch zurück, legte einen Schein bereit und versicherte seinem Freund bedauernd, dass es einen Notfall gäbe und er sofort zurück auf die Südinsel müsste.

»Du bist ja genauso sprunghaft wie Holly«, schimpfte Jonathan. »Und du meinst wirklich, ich soll Verständnis dafür aufbringen, dass erst sie einfach verschwindet und dann du? Warte, ich habe noch etwas für dich.«

Jonathan holte aus der Innentasche seines Jacketts ein gerolltes Notenheft, das er Oliver reichte. Der starrte es verwundert an.

»Gershwin, vierhändig?«

»Genau, ich fände es super, wenn du Holly bei deinem Konzertauftritt in Wellington überraschend auf die Bühne holst und mit ihr einen Song spielst.«

»Aber du kannst deine Verlobte doch nicht damit überraschen, mit mir bei meinem Wellington-Konzert vierhändig den Gershwin zu spielen.«

»Warum nicht?«, knurrte Jonathan. Als Oliver genervt aufstöhnte, fügte er missmutig hinzu: »Okay, okay, ich werde ihr die Überraschung kaputtmachen und sie darauf vorbereiten.«

»Das ist sehr großzügig von dir. Hast du dir schon mal überlegt, dass sie vielleicht erst einmal üben möchte?«

»Jaja, keine Sorge, sie wird es schon erfahren, aber unter uns, wenn etwas zu ihrem Wohl ist, kann ich es guten Gewissens allein entscheiden. Ich weiß doch, was für sie gut ist.«

Oliver rollte mit den Augen. »Mein lieber Freund, ich würde auch davon ausgehen, dass eine junge Klavierstudentin es nicht ablehnen wird, mit mir ein Lied vierhändig zu spielen, aber trotzdem musst du sie vorher fragen, und zweitens würde ich mir bei einer Probe mit ihr gern ein eigenes Urteil über ihr Talent bilden. Ich kann das nur machen, wenn sie wirklich das Zeug dazu hat.«

»Hat sie, alter Junge!«

»Joey, das zu entscheiden überlass gefälligst mir! Ich werde nicht zulassen, dass ich jemand auf die Bühne bitte, der sich blamiert. Sie muss schon überdurchschnittlich gut sein! Und überrumpele deine Freundin nicht so. Sie mag noch jung sein, aber das ist kein Grund, sich wie ein Vater aufzuspielen, der längst weiß, was für das Kleine gut ist.«

»Das sieht man ja daran, dass sie ohne ein Abschiedswort einfach von hier verschwindet. Das ist doch albern. Ich wüsste keinen vernünftigen Grund, der ein solch kindisches Verhalten rechtfertigt! So, und nun steck die Partituren ein, und wenn sie sich die Ehre gibt, wieder aufzutauchen, werde ich ihr verraten, dass du bereit bist, mit ihr ein Stück vierhändig ...«

»Joey! Du kannst ihr allenfalls versprechen, dass ich das nach einer gemeinsamen Probe entscheiden werde!« Oliver klopfte

Jonathan kumpelhaft auf die Schulter. »Und ich bin sicher, sie wird ihre Gründe haben, derart überstützt das Lokal zu verlassen. Sie ist bestimmt kein launenhaftes Ding, das ihre Meinung alle zwei Minuten ändert. Aber etwas anderes macht mir Sorge ...« Er stockte und warf einen Blick auf seine Uhr, um abzuchecken, ob er es noch rechtzeitig zur Fähre schaffen würde, wenn er seinem Freund verriet, was ihm auf dem Herzen lag.

»Nun rede schon! Ich kenne dich doch. So hast du früher schon geguckt, wenn du mir durch die Blume sagen wolltest, dass du meine Wahl in Sachen Mädchen sehr kritisch siehst. Also, raus damit! Was gefällt dir nicht an ihr?«

»Sie ist nicht das Problem, wenn du mich fragst ...« Oliver räusperte sich, bevor er sich mit seiner Meinung Luft machte. »Ich habe das Gefühl, du hast so lange gezögert, dich an eine Frau zu binden, dass du jetzt Torschlusspanik hast und all deine Pläne auf Holly projizierst und überhaupt kein Gespür für das besondere Wesen dieser Frau hast. Und dass du dich immer noch von deiner Mutter dominieren lässt, finde ich auch nicht besonders erwachsen ...«

Jonathan stieß einen missbilligenden Zischlaut aus. »Ich hatte ganz vergessen, was du für ein ausgemachter Miesmacher sein kannst. Nur weil du deine Gloria schon in jungen Jahren gefunden und mit ihr eine Musterehe geführt hast, musst du dir nicht einbilden, dass du mehr von Frauen verstehst als ich ...«

»Das würde ich mir niemals anmaßen, lieber Jonathan. Ich habe Gloria nicht aus Liebe geheiratet, sondern weil ich die Liebe meines Lebens nicht heiraten konnte. Und die letzten Ehejahre habe ich alles getan, um Gloria zu verletzen, damit sie mich verlässt. Tja, und das hat sie auch getan, aber anders, als ich es ...« Oliver unterbrach sich und stöhnte laut auf.

»Das tut mir leid«, sagte Jonathan ehrlich betroffen. »Du hast nie etwas durchblicken lassen, dass du keine Musterehe führst.«

»Wir beide hatten jahrelang nur über Mails Kontakt. Da schüttet man einander nicht sein Herz aus, zumal ich jahrelang darauf erpicht war, meine große Liebe zu vergessen. Also, tu mir einen Gefallen. Prüfe, ob es wirklich Liebe ist, die du für Holly empfindest, und du in ihr nicht eher deine letzte Chance witterst, dir noch die Wünsche von einer eigenen Familie zu erfüllen und deiner lieben Mama das ersehnte Enkelkind zu schenken. Ich meine, sie ist sogar bereit, deinetwegen ihr Heimatland zu verlassen und mit dir nach London zu gehen. Mein lieber Freund, es ist ein Riesenopfer, das sie bereit ist, für dich auf sich zu nehmen. Kannst du das wirklich guten Gewissens annehmen? Denk zumindest mal darüber nach!«

Schon in dem Augenblick, als Oliver diese Worte noch nicht ganz ausgesprochen hatte, war ihm bereits klar, dass er zu weit gegangen war. In dem Punkt hatte sich Jonathan nicht geändert. Wenn man ihn kritisierte, schaltete er auf stur. Und genau das strahlte er in diesem Augenblick aus. Seine Kinnpartie hatte sich merklich verhärtet.

»Olli, dass ich dich als Trauzeugen möchte, bedeutet noch lange nicht, dass du mein Therapeut wirst. Lass das mit Holly mal meine Sorge sein, und mische dich einfach nicht mehr ein.«

»Alles klar, mein Lieber!« Oliver klopfte dem Freund noch einmal kurz auf die Schulter und verließ das Restaurant im Laufschritt. Ein Blick auf seine Uhr zeigte ihm, dass er sich den wohlgemeinten Rat an den Freund doch lieber hätte sparen sollen, weil Jonathan das war, was man auch als beratungsresistent bezeichnete, denn nun war er sich nicht mehr ganz sicher, ob er noch rechtzeitig am Anleger sein würde. So schnell er konnte, rannte er zum Hotel, holte seine Sachen aus dem Zimmer, beglich die Rechnung für eine Nacht und eilte zum Hafen.

24.

Als Oliver völlig außer Atem am Fähranleger eintraf, waren die Mitarbeiter gerade damit beschäftigt, den Zugang zur Gangway zu schließen, doch als sie den keuchenden Mann wahrnahmen, ließen sie ihn noch an Bord gehen, obwohl er nicht ordnungsgemäß eingecheckt hatte. Oliver spürte den Stress dieses Dauerlaufs in allen Gliedern. Wahrscheinlich hätte ihn das schon zu gesunden Zeiten an seine Grenzen gebracht, aber nach der schweren Operation und der Gewissheit, dass er trotzdem nicht gesund war, war das eine geradezu übermenschliche Anstrengung gewesen.

Immer noch schnaufend begab er sich auf das Außendeck, denn er brauchte dringend frische Luft. Außerdem war es noch herrlich warm, und die Farben waren in der Abendsonne berauschend schön. Er wollte sich gerade erschöpft auf einen der Sitze fallen lassen, als er die junge Frau mit dem auffallend blonden Lockenkopf und dem schwarzen langen Kleid, über dem sie jetzt eine schwarze Bikerjacke trug, erblickte. Keine Frage, das war die flüchtige Verlobte seines Freundes.

Oliver war sich nicht sicher, ob er sie auf sich aufmerksam machen oder lieber nicht in Kontakt mit ihr treten sollte, da drehte sie sich plötzlich um und erblickte ihn. Statt Freude über das unverhoffte Wiedersehen sprach die nackte Panik aus ihren Augen. Er aber winkte ihr unbeholfen zu. Ob sie Sorge hatte, er würde sie mit ihrem spontanen Abgang aus dem Restaurant konfrontieren? Das würde er schön bleiben lassen. Mit keinem Wort würde er ihr Verhalten erwähnen und auch kein Wort von dem verlauten lassen, was er eben zu Jonathan gesagt hatte.

Sie schien zu zögern, ob sie überhaupt auf ihn zukommen sollte, doch dann steuerte sie zielstrebig auf den Platz neben ihm zu. »Versprechen Sie, mir jetzt keine Moralpredigt zu halten, weil ich meinen Verlobten einfach mit Ihnen allein im ›Logan‹ zurückgelassen habe?«

Oliver nickte. »Ich halte mich völlig raus.«

»Aber darf ich Sie etwas fragen?«

Oliver tat so, als müsste er darüber nachdenken. »Eigentlich wäre das unfair, dass Sie mich aushorchen dürfen und ich meinen Mund halten soll«, lachte er. »Aber eine Frage könnte ich durchaus zulassen.«

»Wieso sitzen Sie auf dieser Fähre und nicht mit Jonathan beim Essen? Das grenzt an Zauberei. Dann müssen Sie ja Minuten nach mir auch aufgebrochen sein. Ich bin nämlich direkt vom Restaurant zur Fähre gegangen. Ich habe mich nicht einmal umgezogen. Was machen Sie hier? Haben Sie mich verfolgt? Hat er Sie hinter mir hergeschickt?«

»Nein, nichts von alledem. Ich bin auch mehr als überrascht, Sie so schnell wiederzusehen. Ich bekam, kurz nachdem Sie verschwunden waren, den dringenden Anruf einer guten alten Freundin, bei der ich zurzeit wohne, die mich bat, sofort die Fähre nach Picton zu nehmen.«

»Und warum?«

Oliver grinste über beide Backen. »Das wäre dann schon die zweite Frage. Und die kann ich Ihnen leider nicht beantworten. Die Verbindung war zu schlecht. Ich hatte den Eindruck, meine Freundin braucht Hilfe, und da sie sonst eher dazu neigt, alles allein zu packen, war das Grund genug, dass ich zur Fähre gerast bin.«

Es kostete Holly große Selbstbeherrschung, dem offenbar völlig ahnungslosen Mann nicht die Wahrheit an den Kopf zu werfen. Dass diese gute Freundin, nur von ihrem schlechten Gewissen getrieben, versuchte zu retten, was noch zu retten war. Aber es war zu spät, jedenfalls, was Holly anging. Das würde sie ihrer Mutter im Leben nicht verzeihen.

Verstohlen musterte sie Oliver und fragte sich, warum sie nicht sofort gemerkt hatte, wie sehr sie einander ähnelten. Wütend ballte sie die Fäuste. Was hatte sich Stella nur dabei gedacht, sie derart gemein zu belügen? Sie konnte es immer noch nicht ganz begreifen, was ihre Mutter ihr da vorhin unter Tränen gestanden hatte. Das kurze Telefongespräch kam ihr im Nachhinein wie ein Albtraum vor:

»Wo bist du?«, fragt ihre Mutter sie ohne Begrüßung.

»Mit Jonathan und seinem Trauzeugen in einem feinen Restaurant«, erwidert sie unwirsch. Was sollen diese Fragen?

»Sind die beiden Männer in der Nähe?«

»Nein, ich stehe draußen vor der Tür.«

»Gut, dann hör mir gut zu. Ich habe einen unverzeihlichen Fehler begangen ...« Stella unterbricht sich, bringt keinen Ton mehr heraus. Hollys Herz klopft bis zum Hals. Obwohl sie keine Ahnung hat, worauf ihre Mutter hinauswill, spürt sie mit jeder Faser ihres Körpers, dass etwas auf sie zukommt, sie überrollen wird, das ihr ganzes Leben verändern wird. Sogar ihre Hände zittern. Doch sie schweigt, bis ihre Mutter wieder in der Lage ist zu sprechen. Was soll sie auch sagen?

»Ich habe dich belogen, was deinen leiblichen Vater angeht. Ich weiß genau, wer dieser Mann ist. Es ist Oliver Bell.«

Holly erstarrt vor Schreck, gibt keinen Laut von sich und drückt ihre Mutter weg. Am ganzen Körper bebend wankt sie in das Restaurant zurück. Ein Kellner fragt sie, ob es ihr nicht gut ginge. Sie will nur noch weg, weit weg! Trotzdem siegt die Vernunft. Sie darf nicht abhauen, ohne Jonathan eine Nachricht zu hinterlassen. Nein, das würde er nicht gutheißen. Sie wird alles tun, was er verlangt. Sogar mit ihm nach London gehen. Nur weg von hier, weit weg! Und weg von ihrer Mutter! Wenn sie sonst nichts weiß, aber das ist sicher! Sie bittet den Kellner scheinbar gefasst um einen Zettel und kritzelt eine Botschaft an Jonathan darauf. Dass sie ihm überallhin folgen wird. Sie hat doch nur noch ihn. Aber erst einmal muss sie fort! Aber wohin? Da fällt ihr Susie ein, ihre Freundin aus Kindertagen, die sie wiederholt zu sich nach Blenheim eingeladen hat, nachdem sie einen ehemaligen Mitschüler geheiratet hat, nun ihr erstes Kind erwartet und sich schrecklich langweilt, wie sie Holly im Vertrauen gestanden hat. Wenn es einen Menschen gibt, dem sie sich anvertrauen würde, dann ist sie es. Und vielleicht macht sie einen Abstecher nach Taupatiti und schleudert ihrer Mutter ins Gesicht, dass sie ihr das nie verzeihen wird. Warum hast du das getan, Mutter, warum? Sie gibt dem Kellner den Zettel, und dann geht sie direkt zum Fähranleger. Natürlich würde sie gern ein paar Sachen aus dem Apartment holen. Doch möglicherweise begegnet sie Jonathan auf der Suche nach ihr. Und das wäre zu früh. Weil sie nicht mit ihm sprechen will. Nicht mit ihm, nicht mit Oliver! Mit keinem Menschen. Vielleicht mit Susie. Sie kann auf keinen Fall zu dem Tisch zurückkehren und so tun, als sei nichts geschehen. Und Oliver mit der Wahrheit konfrontieren? Nein, dazu ist sie selbst viel zu verstört.

Holly spürte, wie sie bei der Erinnerung an diese Minuten am ganzen Körper zu zittern begann. Und nun hatte das Schicksal sie ausgerechnet in Oliver Bells Arme getrieben. Hatte sie das alles noch geschafft, ohne die Tragweite dieser Sache emotional auch nur annähernd an sich heranzulassen, überfielen sie die Gefühle in diesem Augenblick mit aller Macht. Holly brach in lautes Schluchzen aus. Wie in Trance spürte sie, wie Oliver sie sichtlich geschockt in den Arm nahm.

»Es wird alles wieder gut. Glauben Sie mir!«, raunte er ihr tröstend ins Ohr. »Jonathan liebt Sie wirklich. Er ist nur manchmal ein wenig bestimmend.«

Nachdem sie sich an seiner Brust ausgeweint hatte, sah sie ihn aus großen, verheulten Augen an. Warum hatte ihre Mutter ihr bloß diesen wunderbaren Mann verschwiegen? Nein, dafür gab es keine Entschuldigung.

Sie kämpfte mit sich. Sollte sie wirklich aus Rücksicht auf ihre Mutter, die Oliver und ihr das angetan hatte, ihm gegenüber so tun, als wüsste sie nichts? Nur damit Stella die Gelegenheit bekam, es ihm persönlich zu sagen, nur weil diese seltsame Mutter Panik schob, dass es die beiden durch diesen unfassbaren Zufall um ein Haar selbst herausbekommen hätten?

»Wusste Ihre alte Freundin, dass Sie Ihren Freund Jonathan in Wellington treffen wollten?«, fragte sie schließlich.

Oliver war sichtlich irritiert über diese persönliche Frage. »Ja, schon, ich habe ihr den Grund meiner Reise verraten. Dass ich Joey und seine Braut treffen werde. Warum fragen Sie?«

»Joey? Haben Sie auch Nachnamen genannt?«

Oliver dachte nach. »Ja, ich glaube schon, ich habe kurz Mrs Taylor erwähnt, aber das war schon im Weggehen. Ich erinnere mich noch so genau, weil sie in dem Moment ziemlich blass geworden ist und ich sie noch nach dem Grund fragen wollte, in dem Moment aber vor einer Truppe wild gewordener Touristen aus China geflüchtet bin, die mich ansonsten wahrscheinlich einfach überrannt hätten. Aber, sorry, warum fragen Sie?«

Nun konnte sich Holly lebhaft vorstellen, was bei ihrer Mutter in dem Augenblick, in dem Oliver Mrs Taylor erwähnt hatte, für ein Film abgelaufen war. Wahrscheinlich hatte sie befürchtet, dass die Wahrheit bei diesem Treffen zwangsläufig ans Licht kommen würde, und dann krampfhaft versucht, schneller zu sein, und sie deshalb angerufen. Hätte sie das unterlassen, wäre das

Ganze wohl tatsächlich kurz darauf beim Essen aufgeflogen. Oliver hätte sie nur fragen müssen: Woher stammen Sie denn? Dann hätte das Schicksal so oder so seinen Lauf genommen. Und nur um Stella die Gelegenheit zu geben, es Oliver persönlich zu sagen, sollte sie jetzt so tun, als wüsste sie nichts? Nein, Stella hatte ihre Chancen, ihm die Wahrheit zu sagen, verspielt.

»Entschuldigen Sie, ich wüsste wirklich gern, warum Sie mir solche merkwürdigen Fragen stellen?«, hakte Oliver irritiert nach.

»Weil ich Ihre alte Freundin zufällig sehr gut kenne und sie oder besser das, was sie mir vorhin am Telefon gestanden hat, der Grund ist, warum ich Hals über Kopf aus dem Restaurant geflüchtet bin«, stöhnte Holly, während sie sich aus seiner Umarmung wand.

»Ich verstehe nicht ganz«, entgegnete er.

»Haben Sie sich nicht gefragt, warum wir beide uns auf den ersten Blick so vertraut waren?«

Oliver zuckte die Schultern. »Also, was meinen Part angeht, Sie erinnern mich an diese Freundin. Sie war Ihnen als junge Frau sehr ähnlich, und sie war einst der Grund, warum ich auf der Südinsel geblieben bin, statt meine große ...« Er hielt inne, und seine Augen weiteten sich vor Entsetzen. »Es ist nicht das, was ich gerade denke, oder?«, fragte er sie entgeistert.

»Doch, sie hat mir eben am Telefon gestanden, dass du mein Vater bist.«

Oliver starrte sie erst wie einen Geist an, wurde dann kalkweiß im Gesicht und sackte Sekunden später zu Boden.

25.

Ein älterer Herr hockte sich neben Oliver auf den Boden.

»Ich bin Arzt«, sagte er, ohne aufzusehen.

»Was hat er? Was ist los? Was, was ...?«, stammelte Holly, während der Fremde Oliver untersuchte und, als der die Augen wieder öffnete, beruhigend auf ihn einredete.

»Holen Sie bitte mal meine Tasche. Die steht dahinten auf dem Sitz«, befahl der Arzt Holly. »Es wird nur ein akutes Kreislaufproblem sein«, fügte er hinzu, bevor er hastig seine Jacke auszog und sie Oliver unter die Beine legte.

Oliver aber wollte gleich wieder aufstehen. »Es ist nichts«, sagte er. »Ich weiß auch nicht, wie das passieren konnte. Mir war plötzlich so übel, ich wollte aufstehen, tief durchatmen, aber dann ...«

»Sie bleiben schön liegen, bis ich Ihnen etwas Stabilisierendes gespritzt habe. So was kommt bei einem gesunden Mann nicht von ungefähr. Sind Sie krank?«

Oliver schüttelte heftig den Kopf. Es reichte, dass er die Ursachen kannte. Die mahnenden Worte seines Onkologen fielen ihm ein, der ihn gewarnt hatte, in seinem Zustand diese anstrengende Reise zu unternehmen, doch er schob den Schwächeanfall allein auf den Schock.

Da kehrte Holly mit der Tasche zurück und reichte sie dem Arzt. Oliver rang sich zu einem ermunternden Lächeln durch.

»Keine Sorge, ich bin gleich wieder auf den Beinen. Ich habe kaum etwas gegessen, sondern lediglich Wein getrunken«, versuchte er zu scherzen, obwohl ihm der panische Blick seiner Tochter schier das Herz brechen wollte. Meine Tochter, dachte er und konnte kaum fassen, dass das die Wahrheit und keine Mischung aus Alb- und Wunschtraum war.

Der Arzt bat Oliver, den Ärmel seines Hemdes nach oben zu schieben, und gab ihm eine Spritze. Oliver wollte danach gleich aufspringen, weil er sich wieder kräftig genug fühlte, aber der Arzt riet ihm, noch einen Augenblick mit hochgelagerten Beinen liegen zu bleiben.

Oliver aber ignorierte seinen Rat. Er konnte nicht länger hilflos auf dem Stahlboden des Oberdecks liegen. Zu viele Fragen drängten sich ihm auf. Vorsichtig rappelte er sich auf und setzte sich auf seinen Sitz zurück. »Vielen Dank, Herr Doktor, was bin ich Ihnen schuldig?«

Der Arzt aber musterte ihn erstaunt. »Entschuldigen Sie, sind Sie nicht Oliver Bell?«

»Und ich dachte, in Neuseeland würde man mich nicht kennen«, scherzte er.

»Wenn man vergeblich versucht hat, Karten für Ihr Konzert in Wellington zu bekommen, dann schon.«

»Sie haben keine bekommen?«, gab Oliver ungläubig zurück.

Der Arzt schüttelte den Kopf.

»Und wenn ich für Sie zwei Karten besorge, wäre das ein angemessenes Dankeschön?«

»Das wäre ein Traum! Meine Frau würde mir die Füße küssen«, lachte der Arzt.

»Dann bräuchte ich nur noch Ihren Namen, und Sie bekommen zwei Gästekarten. Die liegen dann an der Kasse bereit.«

Der Arzt reichte ihm seine Visitenkarte. »Aber nehmen Sie das bitte nicht auf die leichte Schulter. So ein Zusammenbruch ist ein

Warnsignal des Körpers, wenn er aus heiterem Himmel kommt«, mahnte der Arzt, bevor er sich seine Tasche schnappte und an seinen Platz zurückging. Oliver aber starrte immer noch ungläubig auf die Karte und den Namen, Professor Dr. Snyder – denn nicht zuletzt, um sich von dieser Kapazität behandeln zu lassen, war er nach Neuseeland gekommen. Den Termin hatte er allerdings unter anderem Namen abgemacht, sodass der Onkologie-Professor nicht ahnen konnte, dass sie sich nach Abschluss der Tournee unter anderen Umständen wiedertreffen würden.

Stöhnend ließ sich Holly neben Oliver auf den Sitz fallen und griff spontan nach seiner Hand.

Eine ganze Weile saßen sie schweigend nebeneinander und fühlten die Wärme ihrer ineinander verschlungenen Hände.

Erst in diesem Augenblick erkannte Holly, wie massiv sie die Sehnsucht nach einem Vater ein Leben lang verdrängt hatte. Auch wenn die Umstände ihres Kennenlernens dramatisch waren, fühlte sie sich diesem Mann seltsam vertraut.

»Du findest also, Jonathan bestimmt über mich?«, fragte sie schließlich.

Oliver drückte ihre Hand. »Das habe ich so nicht gesagt. Und überhaupt, hätte ich gewusst, dass du meine ... weißt du, dass ich es immer noch nicht glauben kann?«, seufzte er.

»Denkst du, ich? Warum hat sie uns das angetan? Oder hast du sie vielleicht nur ...« Holly zog ihre Hand zurück und musterte ihn durchdringend. Was, wenn ihre Mutter in dem einen Punkt die Wahrheit gesagt hatte, dass er nur ein unverbindlicher One-Night-Stand gewesen war? Dagegen sprach allerdings, dass er zurzeit bei ihr wohnte.

»Was war meine Mutter für dich? Ein Mädchen, mit dem du dich auf der Durchreise vergnügt hast?«

Oliver hielt ihrem kritischen Blick stand. »Stella war meine große Liebe!«

»Und warum bist du nicht bei ihr geblieben?«

Oliver stieß einen tiefen Seufzer aus. Noch konnte er den Schmerz nicht zulassen, den Stella ihm mit dem Verschweigen von Hollys Existenz zugefügt hatte, aber er rumorte bereits in seinem Inneren. Und eines wusste er sicher: Hätte er das geahnt, er hätte seine Karriere in Europa hinter sich gelassen, um dieses Kind aufwachsen zu sehen. War Holly der eigentliche Grund, warum sie den Kontakt zu ihm abgebrochen hatte?

Er spürte einen Kloß im Hals, doch dann erzählte er ihr, was damals vorgefallen war. Von ihrer ersten Begegnung, von ihrer Liebe, von seinem Angebot, für den erkrankten Pianisten einzuspringen, von seiner Abreise, von ihrem Versprechen, ihm zu folgen, von ihrem Schwur, einander niemals zu verlassen, von seinen unzähligen unbeantworteten Briefen, von seiner Hochzeit mit einer anderen Frau, von seiner Besessenheit, sie eines Tages nach dem Grund für das Ende zu fragen, von seinem Entschluss, sie auf der Insel aufzusuchen und von ihr eine Erklärung zu verlangen, von Jonathans Bitte, eine Tournee durch Neuseeland zu machen.

Holly hörte ihm fassungslos zu, ohne ihn auch nur ein einziges Mal zu unterbrechen. Als er fertig war, hatten sie bereits die Cook Strait überquert und fuhren gerade in den Sound ein. Doch Holly hatte keinen Blick für die Schönheit der grünen Hügel und weißen Strände, die jetzt in der Dämmerung unter einem in allen erdenklichen Rot- und Gelbtönen leuchtenden Himmel wie gemalt vor ihnen auftauchten.

»Warum hat sie das getan? Den Kontakt zu dir abgebrochen und dich mir gegenüber verleugnet?«, fragte sie ihn verzweifelt.

»Ich denke, das muss sie uns beantworten«, stöhnte er. »Sie wird mich in Picton abholen, und dann wird sie uns das erklären müssen!«

Holly verschränkte kämpferisch die Arme vor der Brust. »Du willst ihr doch nicht etwa verzeihen? Hast du schon vergessen, dass du eben zusammengebrochen bist, weil du erfahren musstest, dass meine Mutter Schicksal gespielt hat?«

»Holly, ich verstehe deine Empörung. Natürlich war das ein Schock für uns beide, aber sie wird ihre Gründe haben, ob wir sie nun akzeptieren oder nicht.«

»Nein! Niemals! Ist dir nicht klar, dass wir nie im Leben voneinander erfahren hätten, wenn du nicht zufällig Jonathans Sandkastenfreund wärst und sie nicht geglaubt hätte, keine andere Wahl mehr zu haben, weil die Wahrheit so oder so ans Licht gekommen wäre?« Holly hatte gar nicht gemerkt, dass sie ziemlich laut geworden war.

»Ich weiß nicht«, erwiderte Oliver gequält. »Vielleicht wollte sie nur den richtigen Zeitpunkt abwarten.«

Holly tippte sich gegen die Stirn. »Träum schön weiter. Spätestens, als du nach Taupatiti gekommen bist, hätte sie uns die Chance geben müssen, uns kennenzulernen, obwohl das auch schon viel zu spät gewesen wäre. Und ich kenne den Grund: Sie hatte bloß Angst, dass ich zu dir nach London gewollt hätte. Und das wäre mein innigster Wunsch gewesen. Was meinst du, wie ich mich schon als Kind gefühlt habe, weil ich so gar keinen Bezug zu Taupatiti hatte, sondern allein für die Musik gelebt habe? Meinst du, ich habe nicht gemerkt, wie sie gehofft und gebetet hat, dass ich zur Vernunft komme? Ich habe mich zu Hause wie in einer fremden Welt gefühlt. Bis ich es nicht mehr ausgehalten habe. Und sie hat mich nach Dunedin auf das Internat geschickt, statt mir die Wahl zu lassen, zu dir nach London zu gehen. Nein, sie hat mir wertvolle Jahre gestohlen, die ich mit dir hätte verbringen können! Das verzeihe ich ihr nie!«

Oliver fuhr sich nervös durchs Haar. Je mehr sich Holly in ihren Zorn hineinsteigerte, desto größer wurde auch seine Wut darüber, dass Stella ihm sein Kind vorenthalten hatte. Auch, weil ihm in dem Zusammenhang ihr Gespräch einfiel, in dem er ihr gestanden hatte, wie sehr er sich Kinder gewünscht hatte. Trotzdem sah er sich bemüßigt, besänftigend auf seine Tochter einzuwirken, denn er würde Stella niemals hassen können …

»Holly, gib ihr eine Chance. Lass uns gemeinsam mit ihr nach Taupatiti fahren, und dann soll sie uns all diese quälenden Fragen beantworten.«

Holly funkelte ihn ungehalten an. »Nein, Oliver …« Sie stutzte. »Ich kann dich nicht Dad nennen.«

»Da käme ich mir auch seltsam vor. Ich habe ja selbst noch nicht wirklich begriffen, dass ich eine so wunderschöne, kluge und talentierte Tochter habe«, sagte er lächelnd.

»Eben ganz der Vater. Endlich weiß ich, dass ich kein Alien bin, sondern ganz nach dir komme.«

»Nicht ganz«, erwiderte er. »Du hast durchaus Züge von deiner Mutter.«

Holly legte den Kopf schief und musterte ihn erwartungsvoll. »Ich höre! Nenne mir nur eine einzige Eigenschaft, die ich von meiner Mutter geerbt habe.«

»Du bist ihr wie aus dem Gesicht geschnitten«, erwiderte er prompt.

Holly schüttelte energisch den Kopf. »Das habe ich auch gedacht. Bis heute. Wenn ich jemandem ähnele, dann dir.«

»Habe ich schon erwähnt, dass Stella und ich damals verblüfft waren, weil wir wie Geschwister aussahen?«

»Mir kommen die Tränen, wie vehement du dich für meine Mutter einsetzt. Aber wenn ich überhaupt etwas von ihr habe, ist es meine Sturheit. Und du wirst mich nicht davon überzeugen, ihr zu verzeihen. Ich fühle mich von ihr verraten und verkauft! Und wenn wir gleich in Picton ankommen, werde ich kein Wort mit ihr sprechen, sondern in den nächsten Bus oder ein Taxi nach Blenheim steigen!«

Oliver hatte keine Kraft mehr, ihr zu widersprechen. Er sah ein, dass sie Zeit brauchte, um mit dieser Sache fertigzuwerden, doch tief im Herzen hoffte er, dass ihr Zorn wieder verrauchen und sie Stella irgendwann verzeihen konnte. Ihre Vehemenz machte ihm indessen klar, dass auch er nach allem, was geschehen war, nicht einfach mit Stella nach Taupatiti zurückkehren konnte. Nicht heute jedenfalls und nicht morgen. Er benötigte ebenfalls ein wenig Zeit für sich.

»Gut, ich werde in Picton kurz mit deiner Mutter sprechen, und dann spendiere ich uns beiden ein Taxi nach Blenheim. Ich werde mich dort vorerst in einem Hotel einmieten.«

»Siehst du, du kannst auch nicht zur Tagesordnung übergehen und ihr verzeihen, dass sie uns so belogen hat«, bemerkte Holly triumphierend.

»Ich habe nicht behauptet, dass ich ihr nicht verzeihen werde. Ich möchte nur ein wenig Zeit für mich haben, um mir Klarheit darüber zu verschaffen, wie es weitergeht«, stöhnte er.

»Das kann ich dir sagen, Oliver. Ich werde dich auf deine Tournee begleiten und dann mit dir nach London kommen«, erklärte sie entschieden.

»Aber, aber ...«

»Da staunst du, was? Aber wir beide haben etwas nachzuholen. Ich möchte wissen, wie du lebst, möchte dich spielen sehen.«

»Das ehrt mich, aber ich weiß doch gar nicht ...« In Olivers Kopf ging alles wild durcheinander. Wie sollte er seiner Tochter in dieser Situation offenbaren, dass er vorhatte, für immer in Neuseeland zu bleiben, und vor allem, warum und wozu? Nein, das ging in dieser denkwürdigen Situation weit über seine Kräfte.

»Aber was ist mit deinem Studium? Was ist mit Jonathan und euren Hochzeitsplänen?«

»Das fragst du noch? Sei ehrlich, wenn du gewusst hättest, dass ich deine Tochter bin, was hättest du mir geraten, nachdem du uns beide zusammen erlebt hast?« Dabei musterte sie ihn fordernd.

»Holly, das kann ich doch so nicht sagen. Liebst du ihn?«

»Das habe ich geglaubt. Bis heute. Aber nun weiß ich, dass ich in ihm etwas ganz anderes gesucht habe. Nicht zufällig ist er in deinem Alter!«

»Aber du hast ihm vorhin sogar versichert, dass du mit ihm nach London gehen wirst. Ist das alles nicht wahr?«

»Ich war verzweifelt und wollte nur fort von hier, nachdem ich mit meiner Mutter telefoniert habe, aber jetzt bin ich ganz klar im Kopf. Ich gehöre nicht hierher und nicht zu Jonathan. Verstehst du das denn nicht? Er war ein Vaterersatz für mich, aber jetzt habe ich einen Vater! Ich fange ein neues Leben an. Ohne meine Mutter und ohne Jonathan!«

Oliver war hin- und hergerissen. Wenn er ehrlich war, konnte er Holly kaum guten Gewissens dazu raten, seinen Freund zu heiraten. Nicht, nachdem er ihm vorhin höchstpersönlich eine gewisse Torschlusspanik bescheinigt hatte und fand, dass er Holly als Person zu wenig würdigte. Dazu hatte er ihm als Freund ins Gewissen geredet, und nun kam noch eine viel gewichtigere Motivation hinzu: Er sollte seine Tochter davor schützen, von einem überaus dominanten Mann untergebuttert zu werden.

»Überstürzt du die Sache nicht ein wenig? Ich meine, vielleicht tut euch ein kleiner Abstand gut, und du musst nicht auf der Stelle entscheiden, ob du dich gleich von ihm trennst«, versuchte er, sich diplomatisch aus der Affäre zu ziehen, wenngleich er innerlich total erleichtert über die Klarheit war, mit der seine Tochter einsah, dass Jonathan Taylor nicht der richtige Mann für sie war.

Holly musterte ihn prüfend. »Sei ehrlich. Wünschst du dir für deine Tochter wirklich einen Mann, der in dem Alter noch unter der Fuchtel seiner Mutter steht?«

Oliver saß in der Falle. Ihm fiel partout nicht ein, wie er seine wahre Gesinnung durchblicken lassen sollte, ohne ihr explizit von dieser Verbindung abzuraten, denn damit würde er sich in diesem Fall ganz eindeutig gegen seinen Freund stellen. Das wäre Verrat, obwohl ihm Hollys Wohl natürlich näherstand als das von Jonathan.

Holly verdrehte genervt die Augen.

»Gib es zu! Du hast deine Zweifel, ob Jonathan wirklich der Mann für deine Tochter ist. Du willst deinen Freund aber nicht in die Pfanne hauen, oder?«

Oliver stöhnte laut auf. »Das hast du von deiner Mutter geerbt. Diese Hartnäckigkeit!«

»Wenn du meinst! Okay, aber jetzt sage mir, was du wirklich denkst über Jonathan und mich! Ist er dein Traumschwiegersohn?«

»Zeig mir den Mann, der begeistert ist, wenn seine Tochter einen Mann heiratet, der älter ist als er selbst und mit dem er schon im Sandkasten gespielt hat?«

»Du setzt also auf Diplomatie, wie ich gerade feststelle. Und ich bin so frei, das Ganze zu übersetzen. Du bist gegen unsere Heirat!«

»Wenn Joey nicht die Liebe deines Lebens ist …«

»Ich war anfangs sehr verknallt in ihn. So wie noch nie in einen Mann zuvor, aber, wenn ich ganz ehrlich bin, war das Herzklopfen schnell verschwunden … hattest du beim Anblick meiner Mutter Herzklopfen?«

Olivers Blick bekam etwas Schwärmerisches. »Ich wurde bei Stellas Anblick weich, und da war ein Übermaß an Freude und Lebensenergie, die meinen Körper durchflutet haben.«

»Du bist ja ein Romantiker«, lachte sie. »Ich hatte eigentlich immer Zweifel im Hinterkopf, ob ich das Richtige tue, obwohl ich ihn von Herzen mag und er ein toller Liebhaber ist …«

Oliver verdrehte die Augen. »Das will ich gar nicht so genau wissen. In dem Punkt fühle ich wie ein ganz normaler Vater.«

»Seit wir in Wellington wohnen, habe ich das Gefühl, dass ich ein Leben führe, das nicht meins ist. Und manchmal behandelt er mich wie ein Kleinkind ...« Holly schilderte Oliver den Vorfall mit dem Konzerttermin, den Jonathan ohne Absprache mit ihr einfach verschoben hatte.

Oliver kratzte sich nachdenklich am Kinn. »Gut, ich muss erst begreifen, dass es nicht darum geht, womöglich meinen ältesten Freund in die Pfanne zu hauen, sondern dass mir das Wohl meiner Tochter am Herzen liegt. Ich finde, es passt nicht mit euch beiden. Ich hätte Angst, dass du untergebuttert wirst, vor allem, wenn ihr nächstes Jahr nach London geht.«

Holly blickte ihn fragend an. »Er hat mit dir darüber gesprochen? Mit mir nämlich nicht. Ich habe nur zufällig den Brief der Academy auf seinem Schreibtisch entdeckt und bin zu seinen Gunsten davon ausgegangen, dass er mich vor der Hochzeit noch gefragt hätte, ob ich mit nach London kommen würde.«

Oliver machte eine wegwerfende Handbewegung. »Das ist müßig, wenn wir das jetzt alles im Einzelnen aufrollen. Offenbar bist du entschlossen, die Verlobung zu lösen.«

»Du kannst mir nichts vormachen. An deiner Reaktion kann ich ablesen, dass ich in dem Fall zu optimistisch war. Er hätte mir davon also vor der Hochzeit gar nichts gesagt. War er schon immer so übergriffig?«

»Sagen wir mal so: Wir haben meist das gespielt, was Joey wollte, aber ich konnte das sogar verstehen. Bei *der* Mutter«, seufzte Oliver.

»War ›Mum‹, wie ich sie nennen musste, immer schon so herrisch und überheblich?«

»Das hat sie wirklich von dir verlangt? Sie war der Schrecken in unserem Nobelvorort. Kein anderer hat sich so viel auf seine Herkunft eingebildet wie sie, obwohl wir ganz andere Kaliber als Nachbarn hatten, wie etwa den Lord, der im Oberhaus saß. Aber Mrs Taylor ließ stets durchblicken, dass sie bei ihrem Mann in der Vorhölle gelandet wäre. Dabei gab es dort keinen, der über ein größeres Vermögen verfügte als Joseph Taylor. Also, wenn ich ein armer Schlucker wäre, müsste ich meine Tochter wohl doch zu dieser Heirat in den Geldadel überreden. Nein, Spaß beiseite, ich finde, dein Leben liegt noch vor dir, und ich wünsche dir einen Mann, der nicht dein Vater sein könnte.«

Ehe er sichs versah, hatte sie ihm ein Küsschen auf die Wange gegeben und zu ihrem Telefon gegriffen.

»Du willst ihm das doch nicht etwa per WhatsApp mitteilen, oder?«, fragte er entgeistert.

»Ach, Oliver, du bist altmodisch. Das ist längst normal. Ich fände es fieser, ihn hinzuhalten. Und dann kann er endlich seine hochwohlgeborene Lady Vivien heiraten, wovon seine Mutter schon so lange vergeblich träumt.«

»Ach, sag bloß, sie will ihn immer noch mit Vivien verkuppeln? Das ist die Tochter einer ihrer adeligen Freundinnen. Wir waren als Jungen mal beide sehr verknallt in sie, aber sie hat uns abblitzen lassen. Später hat sie zu Mrs Taylors Kummer einen anderen geheiratet, aber offenbar ist sie gerade wieder frisch geschieden. Ach, mein Mädchen, du wirst deinen Weg schon machen.«

»Wann beginnt deine Tournee, und wann fliegen wir nach Europa?«

»In drei Wochen ist Start in Wellington, und ich bereise dann fünf Städte, bevor ich noch circa vierzehn Tage in Wellington bleibe«, erwiderte er ausweichend.

»Und ich darf dich begleiten, oder?«

»Auf die Tournee gern, aber in Wellington muss ich in eine Klinik ...«

»Du bist doch nicht krank, oder?«, hakte Holly entsetzt nach.

Ihre heftige Reaktion machte ihm umso deutlicher, dass er sie noch nicht mit seinem gesundheitlichen Zustand erschrecken durfte. Natürlich musste er ihr irgendwann gestehen, wie es um ihn stand, aber nicht jetzt, wo sie einander gerade erst gefunden hatten.

»Nein, das ... das ist eine Vorsorge, zu der ich in London nicht gekommen bin. Alles gut«, schwindelte er.

»Dann nimm mich mit auf die Tournee und danach nach London.« Hollys Wangen glühten vor Begeisterung.

»Aber was ist mit deinem Studium? Du kannst doch nicht einfach schwänzen«, widersprach Oliver schwach.

Sie sah ihn entgeistert an. »Du glaubst doch wohl selber nicht, dass ich noch mal auch nur einen Fuß in die Akademie setze und womöglich bei Jonathan in der Vorlesung sitze?«

»Aber du kannst deine Ausbildung nicht einfach so in den Wind schießen.«

»Tu ich ja gar nicht. Es wird doch als mein Vater ein Leichtes für dich sein, mir in London einen geeigneten Platz zu besorgen.«

»Ja, schon, aber ich weiß gar nicht, ob ich nach London ...« Oliver unterbrach sich. Wenn er ihr gestand, dass er in Neuseeland bleiben wollte, würde das sicher unangenehme Fragen seitens seiner Tochter zur Folge haben. Und es war ganz bestimmt nicht der richtige Zeitpunkt, ihr zu gestehen, dass er in dieses Land gekommen war, um hier im schlimmsten Fall zu sterben.

»Na ja, wir werden sehen«, fügte er hastig hinzu.

»Ach, ich brenne darauf, dich auf der Bühne spielen zu sehen, Oliver!«

»Aber zuallererst will ich *dich* spielen sehen!«

»Oh ja«, gab sie zurück, überlegte kurz und klatschte in die Hände. »Ich fahre erst morgen zu meiner Freundin. Heute Nacht übernachten wir bei Helen. Das ist Stellas Freundin, die hat in ihrer Bar einen Flügel.«

»Aber sollten wir deine Mutter nicht wenigstens fragen, ob sie nicht mitkommen …«

»Oliver! Hast du schon wieder vergessen, was sie uns beiden angetan hat? Sie kann von Glück sagen, wenn ich in diesem Leben überhaupt noch einmal mit ihr rede!«

Oliver nahm seine Tochter in den Arm. »Du bist Stellas stures Kind. Keine Frage. Meine Sanftmut hast du jedenfalls nicht geerbt.«

»Ach, Oliver, ich bin ansonsten, wenn es nicht um Stella und ihre bescheuerte Lüge geht oder um den Drachen, den ich ›Mum‹ nennen sollte, ein wahres Lämmchen.« Zur Bekräftigung ihrer einschmeichelnden Worte kuschelte sie sich an seine Brust. Sie versuchte, gegen ihren erneut aufkommenden unbändigen Zorn auf Stella anzugehen, denn sie musste in diesem Augenblick daran denken, wie schön es für sie gewesen wäre, sich schon in der Kindheit von ihrem Vater umarmen zu lassen. Und sich verstanden zu fühlen. Er hätte ihr musikalisches Talent wahrscheinlich vehement gefördert und sie nie zu einem Naturkind umformen wollen.

So innig aneinandergekuschelt erlebten sie die letzten Meilen im Sound und die Einfahrt der Fähre in den Hafen von Picton. Oliver spürte, wie ihm die Tränen kamen bei dem Gedanken, dass ihnen für solche Zweisamkeit womöglich nicht mehr viel Zeit bleiben würde. Das wiederum entfachte auch in ihm erneut Wut auf Stella. Sie hatte ihm dreiundzwanzig Jahre gestohlen, in denen er seine Tochter hätte aufwachsen sehen können.

Als die Fähre anlegte, stürzten die Reisenden zum Ausgang und auf die Gangway. Nur Vater und Tochter zeigten keine Eile, denn ihnen beiden stand die Begegnung mit Stella bevor. Oliver fiel der Gedanke trotz allem nicht leicht, sie gleich mit der Nachricht zu konfrontieren, dass sie umsonst nach Picton gekommen war, während Holly darüber sinnierte, ob es nicht eine Möglichkeit gab, die Begegnung mit ihrer Mutter ganz zu vermeiden. Doch ihr kam keine Idee, wie sie ungesehen an Stella vorbeiflitzen konnte, denn mit Sicherheit wartete sie im Terminal.

»Komm, wir müssen«, seufzte Oliver, als es plötzlich still um sie herum geworden war. »Sonst nehmen sie uns gleich wieder mit zurück.«

»Ich würde lieber von Bord springen und dort hinten an Land schwimmen.« Sie deutete auf die Stelle, an der einst ein einsamer Strand gewesen war. Oliver erinnerte sich dunkel daran, dass damals bei ihrem leidenschaftlichen Abschied etwas mit der Verhütung schiefgelaufen war, aber das behielt er für sich.

Holly und Oliver eilten nun schnellen Schrittes durch das menschenleere Schiff zum Ausgang. Als sie in die Ankunftshalle kamen, blieben sie abrupt stehen. Oliver sah Stella als Erster. Sie stand ein wenig entfernt von den übrigen Wartenden und starrte in seine Richtung, ohne ihn zu erkennen. Offenbar war sie mit den Gedanken ganz woanders. Wenn das schlechte Gewissen ein Gesicht hätte, dann wäre es mit Sicherheit ihres, dachte er und konnte sich nicht helfen. Ihr Anblick versöhnte Oliver beinahe wieder mit der Liebe seines Lebens, doch ein Stoß in die Rippen katapultierte ihn unsanft zurück in die Realität.

»Nicht hingucken! Sie hat uns eben gerade gesehen. Das gönne ich ihr, aber in ihrer Haut möchte ich trotzdem nicht stecken, denn aufgrund der Tatsache, dass wir gemeinsam das Schiff verlassen, wird ihr klar sein, dass ihr Spiel endgültig aus ist«, zischte Holly ihm ins Ohr und hakte sich demonstrativ bei ihrem Vater unter.

Es war durchaus nicht so, dass Oliver ihre heftige Reaktion nicht verstehen konnte. Im Gegenteil, natürlich fühlte sich Holly um ihre Kindheit mit dem Vater betrogen, zumal sie die Leidenschaft für die Musik teilten. In diesem Augenblick wurde ihm auch klar, warum es auf Taupatiti ein Klavier gab, und er erinnerte sich an das Märchen, das Stella ihm aufgetischt hatte: dass sie sich das Instrument als Erinnerung an ihn angeschafft hatte. In diesem Moment wurde ihm sehr bewusst, wie intensiv Stella sich in ein Netz aus Lügen verstrickt hatte. Warum?, fragte er sich. Nur weil sie ihn vor dem Fluch der Ahnen, der überdies auf einem gefälschten Tagebuch fußte, hatte schützen wollen? Eines Tages würde sie ihm darauf eine schlüssige Antwort geben müssen. Nicht heute, nicht morgen, aber bevor es endgültig zu spät war …

26.

Stella hatte das Gefühl, ihr Herzschlag würde aussetzen, als sie Oliver entdeckte, und vor allem, als sie begriff, wer die Blondgelockte war, die sich bei ihm so vertraulich untergehakt hatte.

Während sie innerlich nach den richtigen Worten der Entschuldigung rang, beobachtete sie voller Entsetzen, wie Holly und Oliver sich erst innig umarmten und er dann allein auf sie zukam, während Holly wie erstarrt stehen blieb und provozierend in die entgegengesetzte Richtung blickte.

»Oliver, ich … es tut mir so leid, ich weiß, dass ich einen unverzeihlichen Fehler begangen habe …«, stammelte sie, als er mit versteinerter Miene vor ihr stehen blieb.

»Stella, erspar dir deine lauen Entschuldigungen. Was du getan hast, ist grausam. Du hast mir das Schönste vorenthalten, was es in meinem Leben je hätte geben können. Um dieses Kind aufwachsen zu sehen, hätte ich sogar auf meine Karriere in Europa verzichtet und mit dir auf Taupatiti gelebt …«

»Aber ich hatte solche Angst, dass ich schwach werden würde. Wie oft hatte ich die Koffer für mein Kind und mich gepackt.«

»Aber ich wäre doch zu ihr gekommen. Du hättest mir wenigstens die Wahl lassen müssen. Wie konntest du dir anmaßen, mir die Existenz meiner Tochter vorzuenthalten?«

Stella aber hörte ihm gar nicht mehr zu, sondern hatte den

Blick auf Holly gerichtet, die immer noch mit dem Rücken und in sicherem Abstand zu ihnen stand.

»Das halte ich nicht aus«, stöhnte Stella und stürmte, ohne zu überlegen, auf ihre Tochter zu.

Holly zuckte zusammen, als plötzlich Stella vor ihr stand. »Bitte, sprich mit mir«, flehte Stella ihre Tochter an.

Holly musterte sie abfällig. »Ich kann dir nur eines raten: Lass mich in Ruhe! Ich habe keine Lust auf irgendwelche doofen Ausreden. Oliver hat mir alles erzählt. Von wegen One-Night-Stand und *Meine Süße, ich kenne ja nicht mal seinen Namen!* Dabei komme ich total nach ihm. Schon nach den paar Stunden ist mir dieser Mann vertrauter, als du mir ein ganzes Leben lang gewesen bist. Was bist du nur für eine selbstsüchtige Person, mich für dich zu beanspruchen ohne jede Rücksicht darauf, dass du damit zwei Menschen unglücklich gemacht hast? Und jede Wette, du hättest dein Geheimnis mit ins Grab genommen, wenn der dumme Zufall dich nicht zu einer Beichte gezwungen hätte!« Holly merkte gar nicht, dass sie immer lauter geworden war. So laut, dass die Leute kurz stehen blieben, bevor sie kopfschüttelnd weitereilten.

An Stella rauschten die Vorwürfe ihrer Tochter wie in einem Film vorbei. Die Worte, wie vernichtend sie auch waren, konnten sie gar nicht mehr treffen, weil sie sich bereits selbst bis zur völligen Erschöpfung mit diesen Vorwürfen gequält hatte. Holly hatte in allem recht. Das Einzige, was ihr ans Herz ging, war Hollys Bekenntnis, dass ihr Oliver vertrauter war, als sie es je gewesen war, wenngleich wohl auch das schlichtweg der Wahrheit entsprach.

Was Stella allerdings wie ein Stich ins Herz traf, war die Tatsache, dass Oliver, der sich ihnen inzwischen genähert hatte, seinen Arm nicht um sie, sondern um Holly legte. Das war eine Demonstration, wer hier des Trostes bedurfte und wer nicht.

Stella war bestimmt nicht eifersüchtig auf ihre Tochter, aber es wollte ihr schier das Herz brechen, dass sich die zwei wichtigsten Menschen in ihrem Leben von ihr abgewandt und sich gegen sie verbündet hatten.

Plötzlich wurde Stella innerlich ganz ruhig. Keine Frage, sie hatte einen schrecklichen Fehler begangen, für den sie weder von Oliver noch von Holly auf Vergebung hoffen durfte, aber sollte sie deswegen ihr zukünftiges Leben im Büßergewand verbringen? Dachte denn keiner daran, dass sie damals noch ein halbes Kind gewesen war? Und dass es danach niemals mehr die passende Gelegenheit gegeben hatte, die Wahrheit zu sagen?

Obwohl sie in diesem Moment weit davon entfernt war, sich selbst zu verzeihen, spürte sie den sehnlichen Wunsch, sich womöglich eines Tages selbst vergeben zu können.

Sie hatte sich nach dem Auslaufen von Olivers Fähre ins Innere des Terminals zurückgezogen und stundenlang einfach nur vor sich hin gestarrt, bis sie sich zu dem Anruf bei Holly hatte aufraffen können. Natürlich war sie im Nachhinein schlauer. Es wäre mit Sicherheit niemals zu diesem Drama gekommen, wenn sie Oliver die Wahrheit wenigstens gleich nach seiner Ankunft in Taupatiti gesagt hätte. Hätte, hätte, dachte sie, über das Was-wäre-wenn hatte sie bereits die vergangenen Stunden verzweifelt gegrübelt, in denen sie wie ein Häufchen Elend auf der Bank im Terminal gehockt und auf Olivers Ankunft gewartet hatte. In der Hoffnung, wenigstens bei ihm die Chance zu bekommen, es ihm persönlich zu sagen. Aber nun war der schlimmste aller Fälle eingetreten, und sie konnte gar nichts mehr tun …

»Warum sagst du nichts? Du tust ja gerade so, als würdest du über den Dingen stehen. Meine Mutter, wie sie leibt und lebt! Contenance und keine Tränen«, hörte sie ihre Tochter wie von Ferne fauchen.

Stella blickte Holly bekümmert an. »Was soll ich denn sagen?

Jedes meiner Worte wäre in deinen Ohren doch nur hohl. Was haltet ihr davon, wenn wir jetzt alle drei zusammen nach Taupatiti fahren und über alles in Ruhe reden?«

Holly tippte sich an die Stirn. »Wie unsensibel bist du eigentlich? Ich will dich nie wiedersehen …«

»Holly, bitte sag nicht so etwas«, mischte sich Oliver beschwörend ein.

Stella wurde angesichts seines hilflosen Versuchs, ihr wenigstens noch einen Rest an Würde zu lassen, ganz warm ums Herz, doch bei Holly kam seine Milde gar nicht gut an.

»Du verteidigst sie, die Frau, die dir dein Kind verschwiegen hat? Die nicht ertragen hätte, dass wir beide die Leidenschaft zur Musik teilen, während sie mit ihren stinkenden Muscheln verheiratet ist?«

Oliver war so grau im Gesicht geworden, dass er Stella beinahe leidtat.

»Stella, ich brauche ein paar Tage zum Nachdenken. Ich werde in ein Hotel nach Blenheim ziehen, aber ich verspreche dir, wenn ich wieder etwas klarer bin, komme ich zu dir, denn ich muss dir auch etwas Wichtiges mitteilen.«

Holly fasste sich an den Kopf. »Oje, bis gestern hatte ich noch keinen Vater, und nun die ganz große Liebe. Wisst ihr was? Das habe ich mir als Kleinkind gewünscht, aber unter diesen Bedingungen kann ich gut und gerne darauf verzichten!« Mit diesen Worten drehte sich Holly auf dem Absatz um und strebte wutentbrannt dem Ausgang zu.

»Ich melde mich«, versprach Oliver hastig und folgte seiner Tochter.

Wie vom Donner gerührt blieb Stella allein zurück. Sie konnte es selbst kaum fassen, dass ihr geordnetes Leben sich binnen weniger Wochen in einen einzigen Trümmerhaufen verwandelt hatte. Nach der Lektüre von Manukas Aufzeichnungen konnte sie nicht einmal mehr ihren Liebesnächten mit Jayden die Schuld an dem Drama zuschieben, denn es gab keine Prophezeiung, wonach die Liebe der Erbinnen von Taupatiti verflucht war. Nein, es war allein ihre Schuld, dass alles so gekommen war.

Stella ließ sich wieder auf eine Bank fallen und beobachtete eine halbe Ewigkeit völlig teilnahmslos, wie der Terminal sich langsam leerte und schließlich sogar die Putzleute anrückten. Erst als ein Mitarbeiter der Fährlinie sie höflich aufforderte, das Gebäude zu verlassen, taumelte sie ziellos ins Freie und atmete ein paarmal tief durch. Dort setzte sie sich auf eine Bank am Wasser und hing weiter ihren schwermütigen Gedanken nach.

Plötzlich überkam sie eine unfassbare Sehnsucht nach Jayden. In diesem emotional lädierten Zustand konnte und wollte sie nicht auf ihre Insel zurück. Sie dachte fieberhaft über Alternativen nach. Schließlich beschloss sie, Helen einen Besuch abzustatten und ihr das Herz auszuschütten, etwas, was sie zuvor nicht einmal zu denken gewagt hätte. Bevor ihr die alten gewohnten Muster, nur ja niemanden um Hilfe zu bitten, in die Quere kommen konnten, hatte sie ihr Handy gezückt und die Freundin angerufen.

»Hast du gerade Zeit?«, fragte sie Helen direkt.

»Im Moment ist hier der Bär los. Das ganze Hotel muss in die Bar geströmt sein. Dort scheint es Livemusik zu geben. Keine Ahnung, wer da spielt. Ich sehe gleich mal nach. Natürlich kommst du vorbei. Ich warte in der Bar auf dich. Ich habe auch ein Zimmer für dich.«

»Gut, aber du versprichst mir, mich nicht wieder mit Mr Lengston zu verkuppeln!«

Die Antwort war ein glockenhelles Lachen. Stella atmete tief durch. Keine Frage, das war der Tiefpunkt ihres Lebens, aber hatte es sich nicht immer bewahrheitet, dass es dort, wo das Tal am tiefsten war, zwangsläufig bergauf ging?

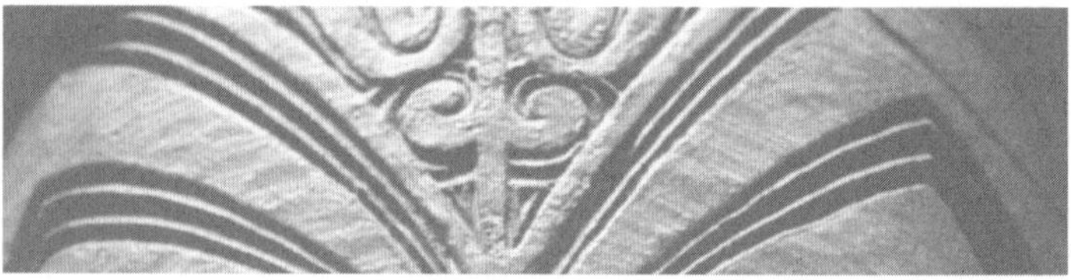

27.

Als Stella zu ihrem Pick-up ging, den sie etwas abseits vom Terminal geparkt hatte, hörte sie plötzlich ein leises Geräusch hinter sich, als würde ihr ein Wagen im Schritttempo folgen. Erschrocken wandte sie sich um, denn hier draußen war ansonsten kein Mensch außer ihr. Mit klopfendem Herzen blieb sie stehen, aber die Straße hinter ihr war menschenleer. Weit und breit waren weder Fahrzeuge noch Fußgänger zu sehen. Also eilte sie schnellen Schrittes weiter, ohne sich noch einmal umzuwenden. Gerade als sie an ihrem Wagen angekommen war, legte ihr jemand von hinten die Hand auf die Schulter. Stella erstarrte vor Angst.

»Keine Sorge, Miss Wilson, ich komme in guter Absicht«, hörte sie eine tiefe Stimme, und neben ihr tauchte ein dunkelhäutiger, untersetzter junger Mann auf. An seinen Gesichtszügen konnte sie unschwer erkennen, dass er ein Maori war. Er besaß noch fast seltsam kindliche Züge, sodass sich ihr Schreck in Grenzen hielt. Außerdem versicherte er ihr wiederholt, dass sie nichts von ihm zu befürchten hätte.

Stella atmete ein paarmal tief durch und fixierte den jungen Burschen eindringlich. »Was wollen Sie von mir mitten in der Nacht? Warum lauern Sie mir auf?«

»Ich muss Sie dringend sprechen.«

»Okay, aber warum? Wer schickt Sie?«

»Ich habe eine Nachricht von Jimmy.«

»Ich kenne keinen Jimmy«, erwiderte Stella unwirsch, doch dann fiel ihr der Typ ein, der ihre Muscheln vernichtet hatte. »Oder meinen Sie diesen unsäglichen Franklin?«

»Bitte kommen Sie mit mir. Ich muss Ihnen etwas zeigen!«, bat der Maori.

Stella tippte sich gegen die Stirn. »Das glauben Sie doch wohl selbst nicht, dass ich Ihnen folge. Wahrscheinlich gehören Sie zu diesen miesen Typen, die meine Muschelernte vernichtet haben.«

»Wir haben sie nicht vernichtet.«

»Ach ja? Und wo sind meine Muscheln?«

»Ich will Sie doch gerade dorthin führen, damit Sie mir glauben!«, insistierte der Fremde.

»Unsinn! Und was für eine Nachricht haben Sie für mich?«

»Jimmy ist bereit auszusagen, dass man ihn zu der Sache mit Ihren Muscheln angestiftet hat«, flüsterte er.

Stella stutzte. Ihr fiel der Anruf von Baxter wieder ein. Hatte er nicht behauptet, dieser Jimmy wollte nun doch seinen Auftraggeber verraten? Wenn sich die Andeutungen dieses Fremden nicht mit den Angaben des Constables decken würden, dann hätte sie ihm wohl kaum geglaubt, aber so?

»Was heißt das konkret?«

»Er hat es im Auftrag von Mr Waltman gemacht.«

»Und warum erzählen Sie mir das jetzt erst?«

»Er hat gut Kohle dafür bekommen und die Zusage, dass man ihn nicht gleich wieder einbuchtet. Die hat sein Auftraggeber allerdings nicht eingehalten, und deshalb will Jimmy jetzt nicht länger seinen Kopf hinhalten für den Typen.«

»Und Sie behaupten, die Muscheln seien doch nicht ins Meer geworfen worden.«

»Genau, er ist doch nicht blöd. Wir sollten sie jetzt teuer verkaufen, aber nun möchte Jimmy, dass Sie Ihr Eigentum zurückbekommen, und ich soll Sie hinführen.«

Ganz wohl war Stella nicht, als der Maori schließlich auf einen klapprigen alten Wagen deutete, der im Schatten eines Baumes parkte, und sie bat, ihm mit ihrem Fahrzeug zu folgen.

Als Stella erkannte, dass er sie nach Havelock führte, entspannte sie sich. Dort kannte sie sich aus, dort fühlte sie sich sicher, dort konnte ihr nichts passieren!

Er fuhr schließlich auf ein Gelände etwas außerhalb des Ortes, auf dem früher einmal ihr Kühlhaus gestanden hatte, bevor sie auf Taupatiti ein eigenes hatte bauen lassen. Das Grundstück war so wenig attraktiv, dass ihre wenigen potenziellen Käufer immer wieder abgesprungen waren. Da das Kühlhaus seit Jahren nicht mehr in Betrieb war und die Gefahr bestand, dass es zu einem baulichen Schandfleck im Ort wurde, hatte Stella das Grundstück jüngst der Gemeinde geschenkt, die es abreißen und dort einen neuen Kindergarten errichten lassen wollte.

Was hat er ausgerechnet hier zu suchen?, fragte sich Stella, als er vor dem Haupteingang hielt. Er aber schaltete den Motor ab und wartete auf sie mit einer Taschenlampe in der Hand.

»Folgen Sie mir bitte!«, sagte er.

»Was hat das zu bedeuten?«, fragte sie skeptisch. Eine innere Stimme riet ihr vehement davon ab, mit dem jungen Burschen das alte Kühlhaus zu betreten, denn er öffnete nun die Tür. Dazu benutzte er keinen Schlüssel, sondern ein Einbruchswerkzeug. Jedenfalls vermutete Stella, dass es sich um ein solches handelte.

Stella zögerte, ihm ins Innere zu folgen, doch der Maori forderte sie fast flehend auf mitzukommen. Er machte auf sie den Eindruck, als würde er sich selbst ein wenig fürchten. Dass eine Gefahr von ihm ausgehen könnte, verspürte sie nicht. Also folgte sie ihm, denn sie war natürlich auch neugierig, was das alles zu bedeuten haben mochte. Sie war so lange nicht mehr hier gewesen, dass ihr alles sehr fremd und unheimlich vorkam. Doch er ging zielstrebig auf die alte Kühlhalle zu, öffnete die schwere Tür und leuchtete ins Innere.

»Na, habe ich zu viel versprochen?«, fragte er triumphierend und deutete auf Regale, die mit gefrorenen Muscheln gefüllt waren.

»Das gibt es doch nicht!«, entfuhr es ihr erstaunt. »Und das sind alles meine Muscheln?«

»Genau, hier haben wir sie noch in jener Nacht hergebracht, und Waltman hat uns Anweisungen gegeben, wie wir sie professionell einfrieren. Und nun soll ich sie Ihnen in Jimmys Namen zurückgeben.«

Stella wusste nicht recht, was sie von diesem großzügigen Angebot des kriminellen Jimmy halten sollte. Sie hatte ein komisches Gefühl im Magen, aber was sie beruhigte, war die Tatsache, dass die Geschichte sich mit Baxters Nachricht deckte. Ob sie ihn zur Sicherheit anrufen sollte?

»Entschuldigen Sie, aber ich glaube, ich würde jetzt gern mal telefonieren«, sagte Stella entschieden, doch kaum hatte sie ihr Telefon hervorgeholt, schlug es ihr der junge Mann aus der Hand. Der Ausdruck auf seinem kindlichen Gesicht war mit einem Mal feindselig.

»Was soll das?«, schrie sie empört. »Sind Sie wahnsinnig?«

»Ganz und gar nicht, Miss Wilson«, erwiderte er und schob sie, ehe sie sichs versah, aus der Kühlhalle auf den Flur hinaus. Dort griff er sie plötzlich an, drückte sie gegen die eiskalte Mauer. Stella wehrte sich nach Leibeskräften und wunderte sich darüber, dass der Mann nicht entschlossener versuchte, sie zu überwältigen. Er ließ sich von ihr sogar blutig kratzen. Dabei wäre es für ihn ein Leichtes gewesen, einfach ihre Arme festzuhalten, aber eben gerade das tat er nicht. Wenn Stella in diesem Augenblick nur annähernd geahnt hätte, was er mit seiner reduzierten Gegenwehr bezweckte, sie hätte ihm diese Verletzungen niemals zugefügt. Erst als eine

Waffe in seiner Hand aufblitzte, wurde ihr klar, dass sie in eine böse Falle getappt war. In was für eine, wollte sich ihr aber noch partout nicht erschließen. Sie hatte nur den einen Gedanken: raus hier! Er hielt sie weiterhin gegen die Mauer gedrückt, doch ihre Hände waren frei, sodass sie einmal kräftig ausholte und ihm einen kräftigen Schlag auf die Nase gab. Sofort spritzte Blut, und Stella nutzte seine Überraschung, um ihm zu entkommen. Sie schaffte es, das Kühlhaus zu verlassen, doch kaum war sie im Freien, als er sie einholte und auf den Boden zwang. Sie wehrte sich mit voller Kraft, schlug um sich, trat nach ihm, doch dann traf sie etwas Hartes am Kopf, und ihr schwanden die Sinne.

28.

Die Bar des »Sound-Hotels« war rappelvoll. Inzwischen waren nicht nur die Gäste aus allen Zimmern herbeigeströmt, sondern auch die Leute von der Straße, weil sich in Windeseile herumgesprochen hatte, dass dort der berühmte britische Pianist Oliver Bell vierhändig mit einer jungen Frau Gershwin spielte.

Holly strahlte vor Glück, während ihre Hände über die Tasten flogen. Vergessen waren ihr Kummer, ihr Schmerz, ihr Zorn. Oliver hatte ein Notenheft mit den schönsten Gershwin-Songs für vier Hände aus dem Gepäck gezaubert. Sie hatte nicht einmal gefragt, warum er die Noten dabeihatte. Im Gegenteil, sie hatte gleich voller Begeisterung losgelegt, und als Oliver ihr einen anerkennenden Seitenblick zugeworfen hatte, war Hollys Glück vollkommen. Sie hatten nun schon fast das ganze Heft durch, aber die Leute konnten gar nicht genug bekommen. Sie klatschen und johlten nach jedem Song.

»Ich spiele sonst nicht vor Betrunkenen in Bars. Ein ganz neues Erlebnis, aber mit dir an meiner Seite würde ich überall spielen«, raunte Oliver ihr zu. Auch er fühlte sich wie in einem Rausch. Diese begabte und für die Musik brennende Tochter ließ ihn alles vergessen, was ihn belastete. Und das war nicht nur die Tatsache, dass Stella ihm dreiundzwanzig Jahre mit seinem Kind gestohlen hatte …

Holly schenkte ihm für dieses Kompliment ein strahlendes

Lächeln und feuerte ihn an weiterzumachen. Zwei Songs hatten sie noch, die sie mit Verve vortrugen.

Holly hätte noch stundenlang weitermachen können, selbst wenn sie sich durch die Nacht improvisiert hätten, aber Oliver winkte ab, nachdem sie sich diverse Male hatten verbeugen müssen.

Helen bahnte sich den Weg zum Klavier, dankte ihnen überschwänglich und bat um eine Zugabe, aber Oliver wollte dringend auf sein Zimmer. Holly widersprach ihm nicht, als sie bemerkte, wie fertig ihr Vater aussah. Mit einem Küsschen auf die Wange verabschiedeten sie sich und verabredeten sich zum gemeinsamen Frühstück.

Holly sah ihm seufzend hinterher.

»Komm, wir beide trinken einen Champagner auf deinen Erfolg. Schade, dass deine Mutter das nicht gesehen und gehört hat. Du bist umwerfend«, seufzte Helen und zog Holly mit sich zum Tresen, wo sie zwei Gläser Champagner orderte.

Überschwänglich prostete sie Holly zu. »So, und nun erzähle deiner Tante Helen mal, wie du zu dem tollen Mann kommst. Wie ich hörte, ist er ein bekannter Pianist. Den hat deine Mutter mir ja gänzlich vorenthalten. Dabei seid ihr so ein schönes Paar.«

Mit versteinerter Miene nahm Holly einen kräftigen Schluck. »Wir sind kein Paar. Er ist mein Vater«, fügte sie schließlich trocken hinzu.

Helen wäre vor Schreck beinahe das Glas aus der Hand gefallen. »Er ist *was?*«

»Du hast richtig gehört. Er ist der sogenannte namenlose One-Night-Stand meiner Mutter ... Willst du die ganze Geschichte hören oder reicht dir der Schock für heute?«, erkundigte sich Holly mit spöttischem Unterton.

»Alles! Ich will *alles* hören. Ich fasse es nicht!«

Holly trank das Glas in ein paar kräftigen Zügen leer. »Dazu brauche ich ein neues!«

»Aber sicher. Auch eine ganze Flasche.«

Helen ließ sich noch zwei Gläser einschenken und reichte Holly eines davon.

Holly nahm einen ordentlichen Schluck, bevor sie Helen die ganze Geschichte erzählte. Dabei verspürte sie nicht die Spur eines schlechten Gewissens, denn sie sah nicht den leisesten Grund, warum sie ihre Mutter schonen sollte. Nein, Stella hatte lange genug geschwiegen und sogar, wie Holly mit einigem Staunen feststellen musste, ihrer besten Freundin gegenüber kein Wort über Oliver verlauten lassen.

Als Holly ihren Bericht beendet hatte, schüttelte Helen fassungslos den Kopf.

»Warum hat sie das getan? Dieser Mann ist weiß Gott kein Kerl, für den man sich schämen müsste, zumal sie sich ja offenbar wirklich geliebt haben. Wie absurd ist das! Na, dann weißt du wenigstens, wo du dein musisches Talent herhast.«

»Ganz toll, dass ich das jetzt erst erfahre. Das hätte ich gern damals gewusst, als ich schmerzhaft gespürt habe, wie anders als meine Mutter ich bin. Ich habe mich damals gefragt, warum ich eine solche Stubenhockerin bin, die den Geruch der Muscheln nicht besonders mag und Angst vor dem Wasser hat«, stöhnte Holly.

Helen nahm tröstend ihre Hand. »Das ist wirklich der Hammer. Und wann hat sie euch die Wahrheit gesagt?«

Holly lachte bitter auf. »Erst als sie glauben musste, dass ich es über Jonathan erfahren würde!«

»Wer ist Jonathan?«

»Mein Exverlobter.«

»Von dem hat mir Stella auch nichts berichtet«, stöhnte Helen.

»Dafür kann sie ausnahmsweise nichts. Ich hatte ihn ihr vorenthalten.«

»Und warum Ex, wenn ich so neugierig fragen darf.«

Holly war froh, dass sie sich alles von der Seele reden konnte, sodass die Wahrheit nur so aus ihr heraussprudelte. Sowohl die Umstände, die Stella dazu gezwungen hatten, sie per Telefon über Olivers Vaterschaft aufzuklären, als auch die Gründe, weshalb sie die Verlobung mit Jonathan als aufgelöst betrachtete. In diesem Augenblick fiel ihr siedend heiß ein, dass sie ihren Verlobten über das Ende ihrer Beziehung noch immer nicht in Kenntnis gesetzt hatte, weil Oliver sich vorhin auf der Fähre darüber mokiert hatte, als sie das per WhatsApp hatte erledigen wollen. Und um das jetzt nachzuholen, fühlte sich Holly zu betrunken.

Helen hatte nämlich inzwischen eine Flasche geordert, die von den beiden wie nebenbei geleert worden war.

»Und wo ist Stella jetzt? Sie hat mich vorhin erst angerufen und wollte ins Hotel kommen und mit mir reden. Sie klang ziemlich fertig. So kenne ich sie gar nicht.«

Holly zuckte die Schultern. »Keine Ahnung. Wann war das denn?«

»Schon bald vor zwei Stunden. Sie müsste jedenfalls längst hier sein. Um diese Zeit braucht man für die Strecke bestimmt nicht länger als zwanzig Minuten.« Helen rutschte nervös von ihrem Barhocker herunter. »Du, das gefällt mir gar nicht. Wenn ich noch fahrtüchtig wäre, würde ich die Strecke nach Picton absuchen. Nicht dass sie einen Unfall hatte. Für sie war das alles doch auch nicht leicht.«

Holly runzelte die Stirn. »Sie hat sich wahrscheinlich auf ihre Insel geflüchtet«, bemerkte sie und versuchte, ihr ungutes Gefühl bei dem Gedanken, dass ihrer Mutter womöglich etwas zugestoßen sein könnte, zu verdrängen.

»Ich weiß nicht. Das ist gar nicht ihre Art. Sie ist sonst immer überkorrekt und hält, was sie verspricht«, sinnierte Helen besorgt.

»Das würde ich seit heute nicht mehr unterschreiben«, sagte Holly und ärgerte sich maßlos darüber, dass sie insgeheim eine diffuse Sorge um ihre Mutter beschlichen hatte.

»Ich versuche mal, sie zu erreichen«, sagte Helen und wählte die Mobilnummer ihrer Freundin, die sich aber nicht meldete.

Da zogen zwei attraktive Männer, die sich zielstrebig dem Tresen näherten, Hollys ganze Aufmerksamkeit auf sich. Sie vermutete, dass die beiden Dunkelgelockten Vater und Sohn waren. Jedenfalls war die Ähnlichkeit nicht zu übersehen, nur dass der Vater eine wesentlich positivere Ausstrahlung als der Sohn hatte, dessen grimmige Miene zum Fürchten war.

In dem Moment entdeckte auch Helen die zwei und begrüßte den Vater überschwänglich, während sie dem Sohn nur ein Kopfnicken schenkte. Kein Wunder, denn der junge Mann musterte Helen ziemlich abfällig.

»Jayden, ich mache mir Sorgen um Stella«, stieß Helen aufgeregt hervor. »Bist du noch nüchtern?«

»Ja, ich habe dem Alkohol heute noch nicht zugesprochen«, versuchte er zu scherzen, aber Helen überfiel ihn nun mit ihrer Sorge, Stella könnte etwas zugestoßen sein. Holly konnte erkennen, wie der Mann unmerklich zusammenzuckte, als Helen den Namen ihrer Mutter nannte.

»Ich glaube nicht, dass meiner Mutter etwas zugestoßen ist. Ich denke, sie ist einfach auf ihre Insel geflüchtet, um sich keinen unangenehmen Fragen mehr stellen zu müssen«, mischte sie sich in spitzem Ton ein. Dieser Ton ließ den jungen Mann aufhorchen, denn plötzlich blickte er interessiert in ihre Richtung. Auch Jayden musterte sie neugierig. »Sie sind Stellas Tochter? Freut mich. Ich bin ein alter Schulfreund Ihrer Mutter, Jayden Lengston.« Er streckte Holly die Hand entgegen. Zögernd begrüßten sie sich. »Und das ist mein Sohn Niclas!« Zu ihrer großen Überraschung hellte sich die Miene des Sohnes deutlich auf, und er reichte ihr sogar die Hand.

»Ja, ich bin Holly. Und Sie kennen meine Mutter aus der Schule?«, hakte Holly nach.

»Lassen Sie sich nicht verschaukeln von unseren Alten«, verkündete Niclas böse grinsend.

Holly blickte fassungslos zwischen Vater und Sohn hin und her.

»Jayden, würde es dir etwas ausmachen, wenn wir zwei Hübschen die Strecke nach Picton abfahren, um nach Stella zu sehen?«, fragte Helen nun aufgeregt.

»Kein Problem, schauen wir, ob wir sie finden. Wie kommst du denn darauf, dass ihr etwas zugestoßen sein könnte?«, entgegnete Jayden eifrig.

Helen berichtete Jayden von ihrem Anruf, und Holly konnte ihm seine Besorgnis um ihre Mutter förmlich ansehen. So als würde er ihr tatsächlich näherstehen als ein Schulfreund. Und trotzdem mochte sie partout nicht glauben, dass Stella sie selbst in diesem Punkt belogen haben könnte. Wenn sie nur daran dachte, wie vehement Stella stets die Liebesbeziehung zu einem Mann ausgeschlossen hatte. Wie sich das im Detail auch immer verhielt, der Mann wirkte auf jeden Fall sehr besorgt um ihre Mutter, was seinem Sohn ganz offensichtlich missfiel; seine Miene hatte sich erneut verfinstert.

Jayden wandte sich nun an Niclas. »Würde es dir etwas ausmachen, wenn ich dich kurz mit der jungen Dame alleine ließe? Ich fahre rasch mit Helen nach Picton. Auf der Strecke musst du nachts ja bloß ohne Kraftstoff liegen bleiben und bist aufgeschmissen, weil um diese Zeit kaum noch ein Wagen vorbeikommt.«

Niclas machte eine wegwerfende Handbewegung. »Du musst

dich bei mir nicht entschuldigen, wenn du unbedingt nach der Frau gucken musst. Ich werde indessen Holly reinen Wein einschenken«, erklärte er.

Jayden klopfte seinem Sohn auf die Schulter, aber das war keineswegs anerkennend gemeint, denn er raunte ihm so laut zu, dass Holly es verstehen konnte, bloß keinen Unsinn zu verbreiten, bevor er Helen eilig nach draußen folgte.

29.

Als Helen und Jayden das nächtlich verlassene Picton erreichten, war Helen wieder einigermaßen nüchtern. Sie waren ganz langsam gefahren, damit ihnen auch keine noch so kleine Unfallspur auf der kurvigen Straße entgehen konnte.

»Und nun?«, fragte sie, als sie am Terminal angekommen waren. »Kehren wir um?« Unterwegs hatte Helen mindestens zehnmal vergeblich Stellas Nummer gewählt.

»Ich weiß nicht, ich habe ein ungutes Gefühl«, murmelte Jayden. »Was hältst du davon, wenn wir nach Havelock fahren, von dort nach Taupatiti übersetzen und vor Ort nach dem Rechten sehen?«

»Das müssen wir wohl, denn sie ist bestimmt in keinem guten Zustand, nach allem, was heute geschehen ist«, seufzte Helen.

»Was meinst du damit?«, fragte er aufmerksam nach.

Helen überlegte kurz, ob sie Jayden wirklich in die ganze Geschichte einweihen sollte, aber dann sprudelte es nur so aus ihr heraus.

Jayden lauschte stumm ihren Worten, während er mit erhöhtem Tempo über die kurvige Küstenstraße in Richtung Havelock fuhr. Am Tag hatte man von hier aus einen atemberaubenden Blick über die Meerenge, und es war Vorsicht geboten, weil sich auch viele Touristen auf dieser Straße tummelten. Oft brauchte man für die siebzehn Meilen über eine Stunde Fahrzeit, doch bei dem Tempo, das Jayden gerade vorlegte, erreichten sie das Ortsschild nach einer knappen halben Stunde.

Er hatte Helens Bericht mit keinem Wort kommentiert, aber an seinem mahlenden Kiefer konnte sie unschwer erkennen, wie ihn diese Neuigkeit beschäftigte. Helen fragte sich deshalb, ob es wirklich richtig gewesen war, ihm die Wahrheit zu sagen.

»Tu mir einen Gefallen. Verrate Stella bitte nicht, was ich dir über Hollys Vater erzählt habe, denn noch ahnt sie nicht, dass ich es weiß. Und denke bitte nicht schlecht von ihr. Sie wird ihre Gründe gehabt haben«, bat sie ihn.

Jayden rang sich zu einem Lächeln durch. »Meine Lippen sind versiegelt, und keine Sorge, ich bin der Letzte, der über Stellas Verhalten ein vorschnelles Urteil fällt.«

»Du magst sie wirklich, oder?«

»Das kann man so sagen«, erwiderte er gerade, als hinter ihnen eine Polizeisirene ertönte. Jayden war zunächst derart erschrocken, dass er nur in den Rückspiegel starrte, anstatt dem heranrasenden Polizeifahrzeug Platz zu machen, doch dann fuhr er rechts ran und ließ den Wagen passieren. Helen und Stella blickten einander kurz an.

»Hinterher?«, fragte er.

Helen nickte, während ihr Herz bis zum Hals klopfte. Keine Frage, in dem verschlafenen nächtlichen Ort war etwas Schlimmes geschehen, und sie konnte nur hoffen, dass der Einsatz nichts mit Stellas Verschwinden zu tun hatte. Noch klammerte sie sich an die Vorstellung, ihre Freundin würde ihnen nachher voller Empörung die Tür öffnen und sie dafür zurechtweisen, dass sie sie mitten in der Nacht aus dem Bett geholt hatten.

Jayden verfolgte das Fahrzeug, bis es auf ein dunkles Grundstück fuhr. »Hier steht das alte Kühlhaus von Stellas Familie«, stieß Helen erschrocken hervor. »Ich habe ein Scheißgefühl im Magen.«

»Frag mich mal«, erwiderte Jayden, bevor er hinter dem Polizeiwagen, aus dem jetzt zwei Uniformierte stürzten, hielt.

Helen und Jayden sprangen ebenfalls ins Freie und liefen auf das Kühlhaus zu. An die Mauer gelehnt hockte zusammengekauert ein Mensch. Nur das blonde Haar verriet ihnen, dass es Stella war.

In diesem Moment drehte sich der eine Polizist um und stellte sich ihnen in den Weg.

»Halt, bleiben Sie stehen. Wir können nicht garantieren, dass die Frau unbewaffnet ist!«, befahl er in harschem Ton.

»Aber Constable Richards, haben Sie getrunken? Die Frau dort ist Stella Wilson, die sich seit Jahren weigert, einen Waffenschein zu machen, um die Mädels und sich im Ernstfall gegen diese gewalttätigen Verbrecher schützen zu können«, bemerkte Helen spöttisch.

»Sie bleiben stehen. Verstanden? Oder besser noch, Sie verpissen sich auf der Stelle!«

Helen warf Jayden einen Hilfe suchenden Blick zu.

»Wir sind Freunde von Miss Wilson und auf der Suche nach ihr. Wir haben ein Recht zu erfahren, was hier los ist«, fuhr Jayden Richards an und wollte sich an ihm vorbeidrängen, doch der junge Polizist griff nach seiner Waffe. »Ich habe gesagt, keinen Schritt weiter!«

In diesem Augenblick nahmen sie den jungen Maori wahr, der an ihnen vorbeiging und den der Constable problemlos passieren ließ.

»Und wieso darf der zu Miss Wilson?«

»Das geht Sie gar nichts an!«

»Komm!«, sagte Jayden in scharfem Ton und zog Helen mit sich zurück zum Wagen.

»Du willst doch nicht etwa aufgeben?«, fragte sie fassungslos.

»Sehe ich so aus? Nein, aber ich möchte so wenig Aufsehen wie möglich erregen. Und bei der nächsten Gelegenheit stürmen wir da vorne hin«, erklärte er ihr, als noch ein Fahrzeug neben ihnen zum Halten kam und sie beobachteten, wie ein Mann mit einer Kamera in der Hand aus dem Auto sprang. Schon hatte sich Helen dem Neuankömmling mit einem Aufschrei in die Arme geworfen.

»Chris, was hat das zu bedeuten?« Sie zeigte auf Jayden. »Das ist Mr Lengston, ein Schulfreund. Wir haben Stella gesucht, und da vorne ist sie, aber wir dürfen nicht zu ihr. Was macht die Presse hier? Das ist mein Freund Chris. Er arbeitet beim Marlborough Express.«

»Ich war noch in der Redaktion, als wir einen Anruf bekamen, dass es einen Polizeieinsatz am alten Kühlhaus in Havelock gibt. Und da bin ich neugierig geworden. Na, dann kommt mal mit!«

»Wir? Aber die Polizei ...«

Weiter kam Helen nicht, weil Chris Jayden und ihr verschwörerisch zuzwinkerte. »Wir sind die Presse!«

»Aber Richards weiß, wer ich bin.«

»Lass mich nur machen.« Zu dritt eilten sie zum Kühlhaus. Als sich der Constable ihnen erneut in den Weg stellen wollte, wies ihn Chris scharf zurecht, dass er nicht befugt sei, die Presse zu behindern. Als der sich daraufhin immer noch sperrte und behauptete, dass auch die Presse keinen Zugang zum Tatort habe, sagte Chris ihm auf den Kopf zu, dass er ihn doch eben höchstpersönlich angerufen habe und er zweifelsfrei seine Stimme erkenne. Richards bekam einen roten Kopf und ließ sie ohne weitere Probleme durch.

Stella sah Helen und Jayden wie durch einen Nebel näher kommen. Ihr Kopf dröhnte, als hätte sie nächtelang durchgezecht, und so fühlte sie sich auch. Krampfhaft versuchte sie, sich daran zu erinnern, wie sie zu dem alten Kühlhaus gelangt war. Das Letzte, woran sie sich erinnerte, war, dass sie zu ihrem Wagen gegangen war, nachdem Holly und Oliver sie in Picton zurückgelassen hatten. Der Gedanke an Hollys harsche Zurückweisung verstärkte das Pochen in ihrem Kopf nur noch mehr.

»Ich denke, Sie gehören in ein Krankenhaus. Sie haben einen kräftigen Schlag auf den Hinterkopf erhalten«, bemerkte Baxter und reichte ihr seinen Arm, um ihr aufzuhelfen. Ächzend und unter großen Schmerzen stand sie auf und war froh, dass der Constable sie festhielt, weil ihre Knie weich wurden.

Da kam Helen auf sie zugestürzt. »Um Gottes willen, was ist passiert? Ich habe mir solche Sorgen gemacht«, rief sie besorgt aus. Stella rang sich zu einem schwachen Lächeln durch. »Keine Ahnung«, stöhnte sie. »Guten Abend, Jayden«, fügte sie hinzu und fragte sich, was das alles zu bedeuten hatte. Sie konnte sich immer noch nicht erinnern, wie sie hierhergekommen war. Inzwischen hatte sie zumindest erkannt, dass dies das alte Kühlhaus in Havelock war, doch das Grundstück hatte sie seit Jahren nicht mehr betreten, zumal sie es erst kürzlich der Gemeinde geschenkt hatte.

»Und Sie können sich wirklich an nichts erinnern, Miss Wilson?«, hakte Baxter noch einmal vorsichtig nach.

»Leider nein«, seufzte Stella.

»Gut, dann wollen wir Ihrem Gedächtnis mal auf die Sprünge helfen«, herrschte Richards sie an, der sich ihr nun in Begleitung des Maori ebenfalls genähert hatte.

»Wie reden Sie denn mit Miss Wilson?«, gab Baxter verärgert zurück.

Richards ignorierte die Ermahnung seines Kollegen, zückte einen Block und bat den jungen Maori, seine Aussage zu Protokoll zu geben.

»Wie ich Ihnen bereits sagte, als ich eben in Ihrer Dienststelle erschien und Sie bat, mit mir herzufahren: Ich bin das Opfer eines Überfalls geworden.«

»Jaja, das sagten Sie uns bereits. Sie wollen uns aber nicht weismachen, dass Sie von Miss Wilson überfallen worden sind, denn im Augenblick sieht das eher umgekehrt aus. Sie können es ruhig zugeben, denn die Tatsache, dass Sie uns zu Ihrem Opfer geführt haben, wird sich bestimmt strafmildernd auswirken.«

»Baxter, Sie Hornochse, begreifen Sie denn nicht, dass Ihre Freundin Miss Wilson die Täterin ist?«, schnaubte Richards und forderte den Maori unwirsch auf fortzufahren.

»Miss Wilson hat mich heute Abend aufgefordert, zum alten Kühlhaus zu kommen, weil sie angeblich noch etwas mit mir zu klären hatte«, sagte er leise und mit gesenktem Kopf. »Als ich ankam, bedrohte sie mich mit einer Waffe und verlangte von mir, mich von Jimmys Aussagen zu distanzieren …«

Nun redeten alle wild durcheinander. Helen nannte ihn »Lügner!«, Baxter fragte entgeistert: »Mit einer Waffe?«, und Chris wollte wissen: »Wer ist Jimmy?«

»Ruhe!«, schrie Constable Richards. »Hier redet nur einer zurzeit, und das ist Mr Lomu!« Er deutete auf den jungen Maori. »Fahren Sie fort!«

»Sie hat uns den Auftrag gegeben, ihre Muscheln abzuernten und sie einzufrieren und hier im Kühlhaus zu verstecken, damit sie die Versicherungssumme kassieren konnte.«

»Das ist ja absurd«, mischte sich Jayden ein.

»Sie hat gedroht, wenn ich es wage, das der Polizei zu verraten, erschießt sie mich«, fuhr der Maori unbeirrt fort. »Ich habe es geschafft, ihr die Waffe aus der Hand zu schlagen, und wollte flüchten, aber sie hat mich verfolgt und hier draußen auf mich eingeschlagen, aber dann bekam ich einen Stein zu packen und habe mich gewehrt. Ich habe sie wirklich nicht verletzen wollen, aber ich hatte solche Angst, dass sie mich erschießt.«

»Was Dümmeres habe ich wirklich noch nie gehört«, zischte Jayden.

»Halten Sie den Mund!«, entgegnete Richards, während er prüfend den Boden absuchte und schließlich triumphierend auf eine Pistole deutete, die im Staub lag. »Was haben wir denn da?« Er hob sie auf und fuchtelte Stella damit vor der Nase herum.

»Sie Idiot, jetzt sind Ihre Fingerabdrücke drauf«, bemerkte Baxter genervt.

Stella aber war wie betäubt. Das Ganze kam ihr wie ein schlechter Film vor. Fieberhaft dachte sie nach. Wie war sie hierhergekommen? Und dann plötzlich lichtete sich das Dunkel in ihrem Kopf, und ihr fiel alles wieder ein.

»Er hat mich bis zum Parkplatz verfolgt und mir gesagt, Waltman wäre der Auftraggeber, und das würde Jimmy in Auckland zu Protokoll geben, weil man ihn entgegen Waltmans Versprechungen wieder ins Gefängnis gebracht hat. Und mir wollte man meine Muscheln zurückgeben. Die haben sie in der alten Kühlhalle versteckt.« Stella hielt erschöpft inne und blickte Baxter an. »Sie haben mich doch angerufen, um mir mitzuteilen, dass Jimmy in Auckland eine Aussage über den Auftraggeber machen wird.«

»Natürlich, ich weiß, ich habe sogar eine Nummer, die ich zurückrufen kann, um zu erfahren, was er ausgesagt hat.«

»Dann rufen Sie doch an, Kollege«, verlangte Richards.

Baxter tippte sich gegen die Stirn. »Es ist mitten in der Nacht. Da sitzt keiner mehr in der Verwaltung und wartet auf meinen Anruf. Und weil dem so ist, lösen wir diese Versammlung schnellstens auf. Miss Wilson gehört in ärztliche Behandlung. Wir sehen uns morgen alle auf der Dienststelle wieder, um diesen Unsinn zu klären.« Er warf dem Maori einen strafenden Blick zu. »Und Sie werden auch erscheinen. Habe selten so einen Blödsinn gehört!«

»Das können Sie nicht machen! Wir müssen Miss Wilson mitnehmen. Das ist doch kein Kavaliersdelikt. Wir können nicht alle gemütlich nach Hause gehen und dann morgen in der Zeitung lesen, dass wir die Täterin haben gehen lassen. Schauen Sie sich mal die Blessuren an, die Mr Lomu erlitten hat.«

Alle Augen waren auf das zerkratzte Gesicht und die Hämatome an den nackten Unterarmen des Maori gerichtet.

»Und wir lassen die feine Dame gehen. Das ist ein Skandal …«, ereiferte sich Richards.

»Also ich schreibe über diesen Vorfall kein Wort! Ich kenne Miss Wilson nicht erst seit gestern, und bevor ich sie in unserer Zeitung als Kriminelle abstempele, brauche ich Beweise.« Chris wandte sich an Helen. »Soll ich dich zum Hotel zurückbringen?«

»Nein, ich muss mich um Stella kümmern«, erwiderte sie bedauernd.

»Lass mich das erledigen. Fahr du mit deinem Freund ins Hotel zurück. Und bestell meinem Sohn einen schönen Gruß. Gib ihm ein Zimmer, denn es kann spät werden«, sagte Jayden und hakte Stella ungefragt unter. »Komm, ich bringe dich nach Nelson in die Klinik.«

»Halt, das ist doch ein Skandal.« Richards hielt Chris, der sich gerade zum Gehen wandte, am Ärmel fest. »Sie schreiben doch sonst jeden Mist. Da werden Sie so einen Skandal doch wohl nicht unter den Tisch fallen lassen.«

»Nun ist aber gut! Bieten Sie mir erst einmal eine wasserdichte Geschichte. Das stinkt doch gen Himmel.« Mit diesen Worten legte er den Arm um Helen.

»Ist es wirklich okay, wenn sich Jayden um dich kümmert?«, erkundigte sie sich bei ihrer Freundin, doch Stella hörte ihr gar nicht mehr zu. Langsam war sie wieder bei klarem Verstand, und diese absurde Situation bekam plötzlich einen Sinn.

»Warum haben Sie eigentlich so ein brennendes Interesse an

Ani, mal abgesehen davon, dass sie eine wunderschöne und kluge junge Frau ist? Haben Sie auf Taupatiti geschnüffelt, um Ihrem Auftraggeber Informationen für eine neuerliche Intrige zu geben? Aber hüten Sie sich! Ich bekomme das noch raus, wer sich diesen Mist ausgedacht hat. Und im Übrigen hat die Sache einen Riesenhaken. Die Versicherung wird den Schaden gar nicht übernehmen! Das richten Sie mal Ihrem Auftraggeber Mr Waltman mit einem schönen Gruß von mir aus. Der Plan war noch dümmer, als mich mit dem Klau in die Pleite zu treiben.« Stella war einen Schritt auf Richards zugetreten. »Und was hat er Ihnen gezahlt?«

»Komm jetzt bitte, bevor du dir noch eine Anzeige einhandelst«, raunte Jayden ihr zu.

»Das wird ein Nachspiel haben, Miss Wilson«, zeterte Richards. »Ich verklage Sie!«

»Rufen Sie mich an, wenn Sie morgen um zehn Uhr nicht auf der Dienststelle erscheinen können, weil Sie in der Klinik bleiben müssen!«, rief Baxter ihnen hinterher.

30.

Jayden hatte Stella untergehakt, und sie ließ sich widerspruchslos zu seinem Wagen bringen. Erst als sie einsteigen sollte, blieb sie stehen. »Das ist alles sehr nett von dir, aber ich kann allein fahren. Mir geht es wieder blendend.« Das war nicht ganz gelogen, denn bis auf den pochenden Kopfschmerz kehrten ihre Lebensgeister tatsächlich zurück und damit auch ihr Kampfgeist. Sie war fest entschlossen, Waltman für diese neuerliche Schweinerei zur Rechenschaft zu ziehen, und, so leid es ihr für Ani tat, dem Constable zu untersagen, Taupatiti jemals wieder zu betreten.

»Nein, kommt gar nicht infrage. Ich habe die Verantwortung und bringe dich nach Nelson in die Klinik.«

»Was soll ich denn da? Erzähl mir lieber, wie ich das Arschloch von Waltman zur Strecke bringen kann!«

Kopfschüttelnd schob Jayden Stella auf den Beifahrersitz, was sie immerhin mit sich machen ließ.

»Du hast keinerlei Beweise, dass es sich um ein Komplott handelt, an dem Ralph beteiligt ist«, stöhnte er.

»Ach ja, ich vergaß. Er ist ja dein Freund. Und wer bitte sollte sonst ein Interesse daran haben, mich bei Nacht und Nebel am Kühlhaus niederschlagen zu lassen? Das war alles von langer Hand geplant!« Stella schilderte Jayden nun das, was im Inneren des Kühlhauses abgelaufen war, in allen Einzelheiten.

»Natürlich ist das merkwürdig, und wir haben keine Sekunde

daran geglaubt, dass du deine eigenen Muscheln entführst. Aber einen Vorteil hat diese merkwürdige Geschichte. Du hast deine Muscheln zurück.«

»Ja, ich werde gleich morgen veranlassen, dass sie mit einem Kühltransporter zurück nach Taupatiti gebracht werden«, seufzte sie. »Aber nun fahr mich bitte zum Anleger. Ich hatte einen harten Tag.«

»Ohne vorherige ärztliche Untersuchung kehrst du nicht auf deine Insel zurück!«, widersprach er streng.

Stella stieß einen Unmutslaut aus. »Gut, aber erspare mir die Klinik. Wenn überhaupt, dann klingeln wir jetzt den alten Doc Stevens aus dem Bett!«

»Moment mal, Doktor Stevens, den alten Hausarzt aus Havelock? Der praktiziert doch seit hundert Jahren nicht mehr!«

»Das heißt nicht, dass er zu alt ist, um meinen Kopf zu untersuchen, oder?«

»Aber es ist mitten in der Nacht!«

»Er sagt seit Jahren jedes Mal, wenn ich ihn treffe, zu mir: Kindchen, wenn was ist, ich bin immer für dich da, und nun wird er sich bestimmt freuen, dass ich sein Angebot endlich einmal annehme.«

»Das glaube ich allerdings, dass der Mann dir vor Freude um den Hals fallen wird, wenn du ihn mitten in der Nacht aus dem Bett holst«, seufzte Jayden kopfschüttelnd.

»Das Holzhaus gegenüber dem Parkplatz am Hafen, das ist es!«

»Du weißt, dass du ziemlich stur sein kannst, oder?«

»Ja, das sagt man mir gelegentlich nach.« Stella wandte sich ihm zu und betrachtete schwärmerisch sein Profil. Es war wie verhext. Es hatte noch keine Situation gegeben, in der sie sich in seiner Gegenwart unwohl gefühlt hatte. Wenn sie ihn in der Vergangenheit vor den Kopf gestoßen hatte, dann war das allein ihren Prinzipien und grundsätzlichen Bedenken geschuldet. Und genau diese Blockade setzte prompt wieder ein. Es war mit Sicherheit nicht der Zeitpunkt, sich romantischen Gedanken hinzugeben, die zu allem Überfluss auch noch dem falschen Mann galten. Ihr Herz hatte ein halbes Leben lang nur dem einen Mann gehört. Wie lächerlich, ging es ihr ärgerlich durch den Kopf, dass sie jetzt, wo er zum Greifen nahe war, an einen anderen dachte.

Als Jayden vor dem Haus hielt, sprang sie hastig ins Freie, denn ihr war ganz schummrig geworden und ihr Kopf schmerzte zum Zerspringen. Doch Jayden folgte ihr zur Haustür. »Nur zur Sicherheit, damit du dem alten Doc nicht vorschwindelst, du hättest lediglich einen Schnupfen. Denn damit wir uns richtig verstehen: Wenn er sagt, ich soll dich vorsichtshalber ins Krankenhaus bringen, dann tu ich das!«

»Ist ja gut. Dann komm eben mit«, knurrte Stella, während sie an die Tür klopfte, weil es keine Klingel gab. Doch alles blieb still.

»Und jetzt fahren wir nach Nelson. Keine Widerrede! Los, komm …«, befahl Jayden.

»Warte mal, da tut sich was«, unterbrach Stella ihn, und tatsächlich, man hörte, wie jemand von innen einen Schlüssel umdrehte. Wenig später öffnete der alte Doc die Tür. Seine zerknitterte Miene erhellte sich, als er Stella erkannte.

»Mein Kind, wie schön, dich zu sehen. Und wen hast du da mitgebracht?« Er setzte seine Brille auf und musterte Jayden. »Bist du nicht der Lengston-Bursche, der nach Frankreich gegangen ist?«

Jayden nickte eifrig.

»Gut, dann kommt mal rein in die gute Stube.« Er führte sie in einen altmodischen Praxisraum, der noch genauso eingerichtet war wie zu Stellas Kindertagen. In diesen Räumen hatte sie einst erfahren, wie ernst es um ihre Mutter stand. Und heiße Tränen hatte sie dort vergossen, nachdem der Doc ihr kurz nach dem Verschwinden ihres Vaters auf den Kopf zugesagt hatte, der Grund für ihr Bauchweh wäre die Trauer über den Verlust. Und dann hatte er sie in den Arm genommen, und alle Dämme waren gebrochen. Sie hatte die Tränen um ihren Vater vergossen, die ihre Mutter ihr zu weinen verboten hatte.

»Darf dein Freund mitkommen oder soll er draußen warten?«, erkundigte sich der alte Mann.

Stella lag auf der Zunge, dass Jayden nicht ihr Freund sei, aber dann forderte sie ihn auf, ihnen zu folgen. Der Doktor bat Stella, auf einem antiquierten Behandlungsstuhl Platz zu nehmen.

»Was fehlt dir, mein Kind? Du siehst sehr blass aus.«

»Ich habe einen Schlag auf den Schädel bekommen«, seufzte sie und deutete auf die schmerzende Stelle an ihrem Hinterkopf.

Der Doktor strich an der Stelle vorsichtig ihr Haar beiseite. »Oh, das ist eine schlimme Delle, aber das kann unter Umständen rein äußerlich sein. Ist dir schwindlig?«

»Nein, ich habe nur furchtbare Schmerzen.«

»Und warst du ohnmächtig?«

»Ja, ich weiß aber nicht, wie lange. Ich weiß nur, dass ich ziemlich benommen war, als ich aufgewacht bin, und eine ganze Zeit lang gebraucht habe, um mich hochzurappeln und wenigstens aufzusetzen.«

»Das ist allenfalls eine leichte Gehirnerschütterung. Hattest du Erinnerungslücken?«

»Ganz kurz, aber dann war alles wieder präsent.«

»Wer macht denn so was? Wehrlose Frauen niederschlagen? Und das in unserem beschaulichen Havelock?«

Stella warf Jayden einen fragenden Blick zu. Sollte sie den alten Doc mit der ganzen Geschichte belasten? Er nickte ihr aufmunternd zu, woraufhin Stella dem alten Mann alles berichtete. Er hörte aufmerksam zu, doch als sie fertig war, tippte er sich gegen die Stirn. »Wer hat sich das bloß ausgedacht? Wenn das eine Intrige sein soll, kann die nur von jemandem geplant sein, der nicht weiß, was für einen tadellosen Ruf du genießt. Ich glaube, selbst wenn es in der Zeitung stände, würde es in den Marlborough Sounds kein Mensch glauben, dass du deine eigenen Muscheln stiehlst, um doppelt Kasse zu machen.«

Stella schenkte ihm ein dankbares Lächeln. »Bist du jetzt beruhigt? Es ist nichts«, sagte sie an Jayden gewandt.

»Das habe ich nicht behauptet«, widersprach der Doktor energisch. »Auch mit einer leichten Gehirnerschütterung ist nicht zu spaßen. Die nächsten sieben Tage Bettruhe, und dann kommst du wieder vorbei. Und wehe, das dauert wieder Jahre wie nach deiner Grippe. Da bist du nie zur Nachuntersuchung gekommen.«

»Das wird dieses Mal nicht passieren«, erklärte Jayden in strengem Ton.

»Der kleine Lengston war immer schon ein kluger Bursche. Wie du das damals so gemacht hast. Alle Achtung. Es wusste jeder in der Gegend, dass du der Winzer bist und nicht dein Bruder. Der hat dich ganz geschickt ausgebootet. Was meinst du, wie dein Vater das bedauert hätte, wenn er die Pleite noch hätte erleben müssen.«

Jayden machte eine abwehrende Geste. »Ohne meinen Sohn hätte ich das nie geschafft.«

Stella musterte ihn aus den Augenwinkeln, und sie musste zugeben, dass ihr seine Art immer sympathischer wurde. Er war auf eine angenehme Weise bescheiden, ohne sein Licht unter den Scheffel zu stellen.

»Ich verspreche, dass ich Ihre Anweisungen ausführe«, seufzte Stella.

»Gut, ihr beiden, dann lasst einen alten Mann noch ein bisschen schlafen.«

»Trotzdem danke, dass Sie überhaupt aufgestanden sind. Sonst wäre ich im Krankenhaus gelandet.« Stella erhob sich aus dem Behandlungsstuhl.

»Nimm es trotzdem nicht auf die leichte Schulter, was da geschehen ist. Da steckt schon eine ordentliche Portion krimineller Energie dahinter.«

»Na ja, dieser Lomu ist nur ein kleines Licht. Ich befürchte ja, dass Ralph Waltman dahintersteckt.«

»Waltman?«

»Er ist Geschäftsführer bei diesem ›Dine & Vine‹ in Blenheim.«

»Kenne ich nicht. Das ist sicher eines von diesen Luxushotels, auf die unsere Gegend gut und gern verzichten kann. Früher war das alles anders. Da haben wir uns noch über jeden Touristen gefreut, und heute kommen sie wie die Fliegenschwärme«, schimpfte der Doktor.

»Deshalb will sich der Kerl meine Insel ja unbedingt unter den Nagel reißen. Würde ihm nur nützen, wenn mein Ruf als seriöse Muschelzüchterin in der Gegend ruiniert wäre und er mir Taupatiti zum Dumpingpreis abschwatzen könnte, aber ich denke, mit der Nummer kommt er nicht durch.«

»Und wie, sagst du, hieß der Bursche, der dir einen auf den Kopf verpasst hat?«

»Lomu oder so ähnlich.«

»Ich kenne nur eine Familie mit diesem Namen in der Gegend. Anständige Leute. Der Vater legt sich krumm für seine Kinder, aber der Älteste, Rongo, ist das schwarze Schaf. Der ist zum großen Kummer seiner Eltern auf die schiefe Bahn geraten. Kennst du seinen Vornamen?«

»Keine Ahnung, und wer weiß, ob der Bursche überhaupt aus dieser Ecke kommt«, seufzte Stella.

Doc Stevens kratzte sich nachdenklich sein von schlohweißen Bartstoppeln übersätes Kinn. Dann brachte er die beiden noch zur Tür und erteilte Jayden den Auftrag, sich um Stella zu kümmern, was der hoch und heilig versprach.

Während sie zum Auto gingen, warf Stella einen Blick zum Himmel. Der nächtliche Sternenhimmel war nicht ganz so überwältigend wie auf Taupatiti, weil es ein paar Straßenlaternen gab, aber auf jeden Fall beruhigte der Anblick Stella. Wenn auch das Schicksal ihr Leben an diesem Tag wie ein Tsunami überrollt hatte, solange das Kreuz des Südens noch hell in der Milchstraße leuchtete, drehte sich die Welt noch.

Jayden folgte ihrem Blick und nahm sanft ihre Hand. »Dir wird nichts geschehen. Dafür werde ich sorgen«, flüsterte er.

Stella wünschte sich in diesem Moment, der Augenblick möge ewig dauern, doch dann wurde ihr bewusst, dass es eine reine Illusion war, sich diesem Wohlgefühl, das sie in Jaydens Gegenwart empfand, weiter hinzugeben. Das Leben stellte ganz andere Anforderungen an sie ... Hastig zog sie ihre Hand fort. »Kannst mich jetzt zum Anleger fahren? Oder besser noch, du fährst mich zu meinem Wagen. Du hast ja gehört. Ich bin okay!« In dem Augenblick jagte ein dermaßen stechender Schmerz durch ihren Schädel, dass sie laut aufstöhnte.

»Genau, alles gut. Das merke ich gerade. Und jetzt hör mir mal gut zu, Stella Wilson. Ich habe keine Lust mehr, länger gegen deine Stacheln anzukämpfen. Ich verspreche dir, ab morgen hast du Ruhe vor mir. Aber jetzt tust du einfach, was ich sage. Ich werde dich mit deinem Boot nach Taupatiti bringen und die Nacht auf deinem Sofa verbringen und mich morgen davon überzeugen, dass mit deinem Schädel alles in Ordnung ist, und falls es dich beruhigt, ich bin bester Hoffnung. Einen derartigen Dickschädel kann so leicht nichts zerstören. Und dann werde ich dich zur Polizei begleiten, wenn die ihr Protokoll aufnehmen.«

»Aber musst du morgen nicht arbeiten? Ich meine ...«, protestierte Stella.

»Kannst du nicht ein einziges Mal ohne Wenn und Aber Hilfe annehmen?«, knurrte er, während er sich umdrehte und zum Wagen ging. Stella folgte ihm und war fest entschlossen, sich nicht länger gegen seine Unterstützung zu sperren.

»Danke, dass du dich um mich kümmerst«, raunte sie.

»Das hört sich doch schon besser an«, sagte er und holte sein Telefon hervor. »Du kannst dich schon ins Auto setzen, wenn es dir zu kalt ist«, fügte er hinzu, bevor er eine Nummer eintippte.

Stella zog es vor, noch an der frischen Luft zu verweilen, wenngleich es jetzt merklich kühler geworden war. Verstohlen beobachtete sie, wie sich Jaydens Gesichtsmuskeln anspannten, als sich der Angerufene meldete. Sie konnte sich schon denken, um wen es sich handelte. So angestrengt, wie er jetzt wirkte, konnte es nur sein Sohn sein.

»Hallo, Niclas. Hör zu. Ich komme erst gegen Mittag zurück. Es wäre nett, wenn du den ersten Bus nach Hause nimmst und die Stellung hältst, denn es kommt morgen eine Touristentruppe von ›Dine&Vine‹ zur Weinprobe. Kannst du um zehn Uhr vor Ort sein?«

Stella stieß bitter auf, dass Jayden von Waltmans Resort sprach, als wäre gar nichts geschehen. Offenbar zweifelte er immer noch daran, dass sein Freund Ralph hinter der Intrige steckte, und dennoch nahm sie sich fest vor, sich ihre leichte Verstimmung nicht anmerken zu lassen. Im Gegenteil, eher würde sie ihn nach dem Telefonat mit seinem Sohn wieder aufbauen müssen, denn der starke Jayden, der auf sie wie ein Fels in der Brandung wirkte, wurde zunehmend nervöser, als er sich in diesem Augenblick ganz offenbar um eine Antwort auf die Frage, wo er übernachten würde, drücken wollte.

»Ich … ich, also … ich werde bei … also auf dem Sofa, wir haben sie gefunden …«

Sein Sohn unterbrach das Gestammel derart vehement, dass seine Stimme bis zu Stella dröhnte.

»Brich dir keinen ab! Ich habe kapiert, dass du bei der Trulla übernachtest. Ich werde es ihrer Tochter ausrichten!«

Danach hatte er offenbar aufgelegt, denn Jayden starrte fassungslos das Telefon an. Dann warf er Stella einen bedauernden Blick zu. »Ich hoffe, du hast seine Frechheiten nicht verstehen können. Ich meine, so laut, wie er in den Hörer gebrüllt hat.«

Stella machte eine wegwerfende Handbewegung. »Ach, reg dich nicht auf! Aber es würde mich brennend interessieren, warum du vor dem Bengel so kuschst. Du bist doch wirklich ein gestandener Mann und ...« Stella unterbrach sich hastig, als ihr einfiel, wie klein sie sich vorhin gegenüber ihrer Tochter gemacht und gefühlt hatte. Ihr stand es ganz sicher nicht zu, Jayden vorzuwerfen, dass er sich seinem Sohn gegenüber wie ein Weichei aufführte. »Sorry«, murmelte sie rasch. »Das geht mich gar nichts an. Aber wenn du Probleme bekommst, weil du dich so intensiv um mich kümmerst, würde ich es sehr gut verstehen, wenn du mich am Anleger rauswirfst und lieber schnellstens nach Blenheim zurückkehrst«, fügte sie verständnisvoll hinzu.

»Nein, das werde ich nicht tun! Niclas muss sich langsam damit abfinden, dass ich mich nicht den Rest meines Lebens im Büßergewand vor der Frauenwelt verkrieche.«

Stella zog es vor, ihn nicht mit neugierigen Fragen zu löchern, was wohl hinter dieser kryptischen Andeutung steckte, zumal Jayden deutlich signalisierte, dass das Thema damit für ihn beendet war, weil er nun energisch die Wagentür öffnete und sich mit grimmiger Miene ans Steuer setzte.

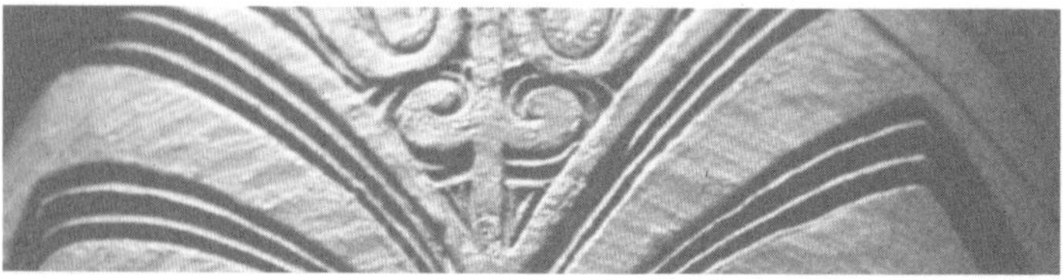

31.

Holly fühlte sich kein bisschen beschwipst, obwohl sie in ihrem ganzen Leben noch nicht so viel Alkohol an einem einzigen Abend getrunken hatte. Niclas und sie probierten sich, seit sein Vater und Helen aufgebrochen waren, um Stella zu suchen, durch die Cocktailkarte. Mindestens drei dieser absonderlichen Mixgetränke hatte sie sich schon kommen lassen, wobei eines leckerer als das andere schmeckte. Und vorher die Flasche mit Helen. Eigentlich wartete sie nur auf den Moment, in dem sie vom Barhocker kippen würde, denn so hatten ihr Freundinnen die Wirkung dieser Mischungen erklärt: dass man sich nach der zweiten noch völlig nüchtern fühlte und die dritte einen dann wie aus heiterem Himmel umhauen konnte. Aber wenn das geschähe, wäre es Holly an diesem Abend auch egal.

Es tat gut, sich mit Niclas zu unterhalten, weil sie ihren ersten Eindruck von ihm mittlerweile revidiert hatte. Der junge Winzer konnte nicht nur richtig charmant sein, sondern verstand überdies eine Menge von Musik. Er spielte in seiner Freizeit Gitarre und kannte sich zwar eher in der Unterhaltungsmusik aus als in der Klassik, aber er sprach mit solcher Begeisterung von seinem Hobby, dass sie ihn gern einmal spielen gehört hätte. Außerdem tat es ihr sehr gut, wie Niclas von ihren Tastenkünsten schwärmte. Er bedauerte zutiefst, nur noch die beiden letzten Songs gehört zu haben, bescheinigte ihr aber, dass sie es schaffte, mit ihrem virtuosen Spiel die Zuhörer zu begeistern. Natürlich vergaß er nicht zu erwähnen, dass auch das Zusammenspiel mit ihrem Bühnenpartner perfekt gewesen sei.

So wie er sie in dem Augenblick gemustert hatte, war ihr klar gewesen, dass er gern gewusst hätte, in welchem Verhältnis sie zu dem Pianisten stand, aber bislang hatte sie noch keine Lust gehabt, ihm ihre ganze Lebensgeschichte anzuvertrauen. Im Gegenteil, sie hatte länger nicht mehr so locker mit einem gleichaltrigen jungen Mann geplaudert, wobei das Geplänkel immer mehr zu einem Flirt geworden war. Sie vermutete, dass dies der eigentliche Grund dafür war, warum sie das Ganze nicht mit ihrem persönlichen Schicksal beschweren wollte. Sie musste zugeben, dass dieser unverbindliche Flirt sie beinahe hatte vergessen lassen, was im Laufe dieses langen und intensiven Tages alles über sie hereingebrochen war. Sie konnte auch nicht leugnen, dass sein leichter Akzent bezaubernd war. Er sprach zwar perfektes Englisch, aber manchmal hörte sich das sehr putzig an, als würde ein Franzose Englisch sprechen.

Genau in dem Moment, als sie ihn direkt fragen wollte, woher diese Sprachfärbung kam, hatte Niclas' Telefon geklingelt, und er hatte sich hektisch zum Telefonieren nach draußen zurückgezogen. Natürlich war ihr erster Gedanke, dass der Anrufer wohl sein Vater war, der sich vorhin so engagiert auf die Suche nach ihrer Mutter gemacht hatte. Den Gedanken, dass Stella womöglich etwas passiert sein könnte, wollte sie auch in diesem Moment noch nicht wirklich zulassen. Allerdings konnte sie nicht leugnen, dass er dennoch in ihrem Inneren rumorte, obwohl sie sich geschworen hatte, sich nicht um die Frau zu sorgen, die es übers Herz gebracht hatte, ihr den Vater vorzuenthalten.

Holly war sichtlich angespannt, als Niclas an seinen Platz zurückkehrte, und das mit erschreckend finsterer Miene. Sie konnte sich gerade noch beherrschen, ihn mit der Frage zu überfallen, ob sein Vater ihre Mutter gefunden hatte. Da brach es auch schon aus dem jungen Mann heraus: »Du wolltest es mir ja nicht glauben, dass die beiden etwas miteinander haben. Aber dann verrate mir, warum mein Vater bei ihr übernachtet!«

Holly legte besänftigend ihre Hand auf seine. »Was auch immer unsere Eltern treiben, deshalb müssen wir beide uns nicht ankeifen«, sagte sie und blickte ihn offen an.

Bei ihren Worten hellte sich seine Miene wieder auf. »Weißt du, dass ich dich sehr mag?«, fragte er und schenkte ihr ein Lächeln.

»Ich mag dich auch, und wenn es dich tröstet, ich finde es beschissen, dass meine Mutter mit deinem Vater rummacht. Besonders heute«, sagte sie zornig. Sie ärgerte sich maßlos darüber, dass sie für einen Moment wieder weich geworden war und sich sogar Sorgen um Stella gemacht hatte. Dabei zeigte ihre Mutter gerade in aller Deutlichkeit ihr wahres Gesicht. Was hatte sie Stella nur für ihre Aufrichtigkeit und Gradlinigkeit bewundert. Holly hatte sich stets auf ihre Mutter verlassen können und ihr absolut vertraut. Und nun musste sie erfahren, dass sie sie nicht nur auf üble Weise belogen hatte, was ihren Vater anging, sondern nun amüsierte sie sich, statt zu bereuen, was sie ihr angetan hatte, mit einem anderen Mann. Und das, obwohl Oliver sie offenbar immer noch liebte. Nein, das hätte sie ihrer Mutter im Leben nicht zugetraut. Holly mochte sich gar nicht ausmalen, was ihr Vater sagen würde, wenn er davon erfuhr.

»Was war denn heute Besonderes? Ich meine, du musst es mir nicht erzählen, aber wenn du etwas auf dem Herzen hast, kannst du es mir ruhig anvertrauen«, bot Niclas ihr an.

Holly zögerte, aber dann sprudelten die Worte nur so aus ihr heraus. Sie ließ nichts aus, bis auf die Sache mit Jonathan, aber alles, was sie sonst an diesem Tag hatte erfahren müssen, berichtete sie Niclas.

»Krass«, bemerkte der fassungslos. »Das ist echt krass. Sie hat dir deinen Vater vorenthalten, weil sie Angst hatte, du könntest sie verlassen und zu ihm gehen?«

Holly nickte eifrig.

»Also war der begnadete Pianist da eben dein Vater. Und du meinst, er hängt noch an ihr?«

»So wie er sie verteidigt hat, obwohl sie ihm doch auch dreiundzwanzig Jahre lang sein einziges Kind verschwiegen hat, muss er sie noch lieben. Jeder andere Mann wäre ausgerastet.«

»Geschieht meinem Vater recht, dass er an deine Mutter geraten ist, die offenbar keine Skrupel kennt«, erwiderte er.

Obwohl Holly wirklich nicht gut auf Stella zu sprechen war, so ein vernichtendes Urteil aus dem Mund eines Fremden zu hören, verursachte ihr ein ungutes Gefühl.

»Nein, skrupellos ist sie bestimmt nicht. Ich würde eher sagen, sie macht, was sie will, und merkt überhaupt nicht, was sie anderen damit antut«, widersprach sie dem jungen Mann hastig. »Aber was hast du dagegen, wenn dein Vater sich amüsiert? So grimmig, wie du auf die beiden reagiert hast, scheinst du ja ein massives Problem damit zu haben, wenn dein Vater und meine Mutter ...«

Holly sah ihn an und erschrak, weil sie meinte, aus seinen Augen so etwas wie Hass lodern zu sehen.

»Du musst mir nichts sagen, wenn du nicht willst«, sagte sie fast entschuldigend.

Niclas aber nahm sie ohne Vorwarnung in den Arm und drückte sie fest an sich.

»Ich möchte reden, vor allem mit dir«, flüsterte er und ließ sie abrupt wieder los. »Sorry, ich wollte dich nicht überfallen, aber ich habe das noch nie erlebt, dass ich freiwillig einem Menschen davon erzählen möchte. Weißt du, dass du die hübscheste und netteste Frau bist, die ich je kennengelernt habe?«

Holly wusste nicht recht, was sie von diesem eruptiven Geständnis halten sollte. Das Einzige, was sie spürte, war die Tatsache, dass sie sich zu Niclas seltsam hingezogen fühlte. Das war anders als bei den Gleichaltrigen, die sie vor Jonathan kennengelernt hatte. Der Gedanke an Jonathan war nicht angenehm. Sie hatte ihm immer noch nicht mitgeteilt, dass es vorbei war. Schon auf der Fähre hatte sie ihm eine Nachricht schicken wollen, aber als Oliver so befremdet gewesen war, dass sie das per Handy hatte erledigen wollen, war sie davon abgekommen. Ich werde Jonathan morgen anrufen, nahm Holly sich fest vor.

»Sorry, ich bin ein Trottel. Bist du mir böse, dass ich dich so vollsülze?«

Holly musste wider Willen lächeln, weil er sie so schrecklich schuldbewusst ansah.

»Nein, natürlich nicht. Solange du mich nicht auf der Stelle in deine Höhle schleppst«, versuchte Holly zu scherzen.

Ein breites Grinsen ging über Niclas' Gesicht. »Da bringst du mich auf eine geniale Idee!«

Holly konnte sich nicht helfen. Seine entwaffnende Ehrlichkeit gefiel ihr außerordentlich gut, und außerdem war er wirklich über die Maßen attraktiv mit seinem wuscheligen dunklen Lockenkopf und seinen strahlenden blauen Augen. Sie schätzte ihn auf ein oder zwei Jahre älter als sich selbst, aber er war weit davon entfernt, als großer Junge durchzugehen. Nein, Niclas besaß eine ausgesprochen männliche Ausstrahlung, und sie fühlte sich körperlich zu ihm hingezogen, obwohl sie das selbst nicht ganz verstand, war sie doch noch nicht mal offiziell von Jonathan getrennt.

Es war wirklich verrückt, seit sie ihrem Vater begegnet war, betrachtete sie Männer plötzlich aus einer ganz anderen Perspektive. Hätte sie gewusst, dass Jonathan ein Freund ihres Vaters war, sie hätte sich niemals in ihn verliebt. Und was sie noch mit

Erstaunen wahrnahm, war die Tatsache, dass sie plötzlich für ganz simple Reize eines Mannes empfänglich war, jedenfalls, was Niclas betraf. Das gewisse Begehren, das nun in seinen Augen funkelte, ließ sie nämlich keineswegs kalt.

»Was möchten Sie denn lieber, Miss Holly? Höhle oder Lebensbeichte?«, fragte er übertrieben kokett.

Sie gab ihm einen liebevollen Stoß in die Seite. »Wenn ich dir jetzt verrate, dass ich bis heute Mittag noch einen anderen Mann heiraten wollte, der sich aber als alter Freund meines Vaters entpuppte, wirst du sicher verstehen, dass die Höhle im Moment keine Option ist.«

»Oje, du wolltest also deinen Professor heiraten? Denn du sprichst wohl von dem Mann, von dem du mir vorhin erzählt hast, ohne zu erwähnen, dass du ihm so nahe stehst? Darauf muss ich noch einen trinken. Du auch?«

»Ich weiß nicht. Erst der Champagner, dann diese gemischten Teufeleien.«

»Wenn du vom Barhocker kippst, bringe ich dich ins Bett. Versprochen!«, lachte Niclas.

»Das könnte dir so passen«, entgegnete Holly. »Ich nehme noch mal so was mit Gin«, fügte sie hinzu und deutete auf ihr leeres Glas.

Niclas bestellte zwei weitere Gin Tonic und machte den Vorschlag, auf eine der kuscheligen Sitzecken zu wechseln, die inzwischen fast alle frei waren, denn die Bar hatte sich merklich geleert. Holly folgte ihm auf ein rotes Ledersofa in der Nähe des Pianos. Sie musste daran denken, wie sie vorhin mit ihrem Vater vierhändig gespielt hatte. Nicht nur über die gemeinsame Musik hatte sie sich mit ihm verbunden gefühlt, sondern zwischen ihnen hatte es derart harmonische Schwingungen gegeben, die sie zwischen ihrer Mutter und sich nie gespürt hatte.

Seufzend ließ Holly sich auf das Sofa fallen. Niclas setzte sich dicht neben sie und legte den Arm um ihre Schultern. »Ich brauche diese Nähe, damit ich mich wirklich traue, dir meine Geschichte zu erzählen«, raunte er, doch es hätte gar keiner Erklärung bedurft. Holly genoss seine Umarmung.

»Ich habe das noch niemandem anvertraut«, sagte er leise. Mit einem flüchtigen Seitenblick stellte sie fest, dass Niclas plötzlich wieder total angespannt war. Zur Ermunterung drückte sie ihm sanft die Hand. »Wird schon nicht so schlimm sein.« Sie konnte sich schwerlich vorstellen, dass es dramatischer sein könnte als das, was sie selbst gerade durchmachte.

Niclas begann zögernd, ihr seine Geschichte zu erzählen.

»Es war an einem schönen Sommerabend. Mein Vater hatte ein Weingut bei Saint-Nazaire an der Loire. Meine Mutter war Französin, und ich bin in Frankreich geboren, bin aber zweisprachig aufgewachsen. Mein Vater redete mit mir Englisch, meine Mutter Französisch. An diesem Tag machten wir einen Ausflug zu den Eltern meiner Mutter nach Angers. Ich war schon auf der Wein-Universität in Suze la Rousse und selten für ein Wochenende zu Hause und ganz froh darüber, weil ich die Stimmung zwischen meinen Eltern nicht allzu gut ertragen konnte. Es gab ständig Streit. Meine Mutter war eine sehr leidenschaftliche Frau und mein Vater eher kühl und auch abweisend. Jedenfalls herrschte schon bei der Abfahrt eine gereizte Atmosphäre. Meine Mutter wollte fahren, obwohl sie mächtig unter Strom stand, aber mein Vater ließ sie so nicht ans Steuer. Die Fahrt verlief in eisigem Schweigen. Wahrscheinlich wollten sie sich nicht vor mir streiten. Aber kurz vor Angers fauchte mein Vater meine Mutter wütend an und forderte sie auf, endlich zu sagen, was da in ihr brodelte. Meine Mutter warf ihm daraufhin vor, sie mit einer anderen Frau betrogen zu haben, woraufhin mein Vater sehr einsilbig wurde. Das Ganze schaukelte sich hoch, weil sie sich nicht den Mund verbieten lassen wollte. Mein Vater aber wollte sich in meiner Gegenwart nicht zu diesem Vorwurf äußern. Er fuhr stattdessen auf einen Parkplatz und schlug vor umzukehren, damit sie zu Hause in Ruhe darüber sprechen konnten. Sie aber verlangte eine ehrliche Antwort, und zwar sofort.

Schließlich gab er es genervt zu, verließ nach seinem Geständnis den Wagen, nicht ohne ihr an den Kopf zu werfen, dass er die Scheidung wollte. Meine Mutter setzte sich daraufhin auf den Fahrersitz und raste schluchzend mit dem Wagen los. Ich war wie vor den Kopf geschlagen, hatte ich bislang doch meine Mutter für überspannt gehalten und ihm geglaubt, wenn er beteuerte, es wäre alles pure Einbildung. Das war wirklich der Hammer, was er da von sich gegeben hatte, aber ich kam gar nicht weiter zum Nachdenken, denn da krachte es auch schon. Meine Mutter hatte in ihrer Aufregung das Ende eines Staus übersehen. Sie war sofort tot, und ich habe einige Monate im Krankenhaus gelegen ...« Er hielt inne, um tief Luft zu holen. Holly war vor Entsetzen starr, als sie begriff, dass es durchaus Schlimmeres gab als ihre eigene Geschichte.

»Ich habe es ihm nie verziehen. Er hat Schuld am Tod meiner Mutter. Meine Großeltern haben sogar versucht, einen Prozess gegen ihn anzustrengen, aber es hieß stets, es wäre ihr eigenes Verschulden gewesen, nicht das meines Vaters. Ich sehe das anders. Hätte er sie nicht betrogen und ihr das mit der Scheidung an den Kopf geknallt, wäre sie nie derart kopflos davongerast.«

»Und wie bist du nach Neuseeland gekommen?«

»Mein Vater hat ein Jahr nach dem Tod meiner Mutter alles verkauft, um sein Erbe in Blenheim anzutreten, nachdem sein jüngerer Bruder gestorben war. Ich denke, es war ihm recht. Er wollte nicht mehr an die Vergangenheit erinnert werden. Das ist so typisch für ihn. Nur nicht drüber reden, als könnte man den Schmerz damit aus der Welt schaffen«, stöhnte Niclas.

»Und hast du nicht überlegt, in Frankreich zu bleiben, denn eigentlich bist du doch halber Franzose?«, fragte Holly.

»Überlegt schon, weil ich meinen Vater richtiggehend gehasst habe, aber da er das Weingut verkauft hat und ich als Absolvent der Wein-Uni ungern für Fremde geschuftet hätte, sondern mein eigenes Ding machen wollte, bin ich mitgegangen, zumal mir mein Vater hoch und heilig versprochen hat, dass ich eigenverantwortlich arbeiten darf. Trotzdem ein großer Fehler, wie ich heute glaube, jedenfalls privat. Als Team haben wir aus der Klitsche ja tatsächlich ziemlich bald eine Erfolgsstory gemacht. Ich fühle mich ansonsten fremd in diesem Land, und mit meinem Vater verstehe ich mich auch nicht besser. Er redet nicht mit mir über die Vergangenheit und schon gar nicht über die Schuld, die er auf sich geladen hat. Andererseits spüre ich sein schlechtes Gewissen in allem, was er tut. Er versucht, es mir immerzu recht zu machen. Ich habe von ihm verlangt, dass ich, solange wir unter einem Dach leben, nichts von seinen Frauengeschichten mitbekommen möchte. Er hat sich daran gehalten und lebt ganz zurückgezogen. Bis jetzt jedenfalls! Und dabei haben es schon einige Ladys versucht, sich bei uns einzuschmeicheln. Ohne Erfolg allerdings. Ich konnte noch jede vergraulen, und das schaffe ich garantiert auch bei deiner Mutter!« Niclas grinste breit.

»Das glaube ich dir aufs Wort, mein Lieber, so finster, wie du Frauen ansiehst, bekommen die es ja sofort mit der Angst.«

»Wie, *finster?* Du willst doch nicht sagen, dass ich dich jemals finster beäugt hätte?« Er legte den Kopf schief und sah ihr treuherzig in die Augen.

»Mich doch nicht, aber ich bin auch keine potenzielle Kandidatin, die um die Gunst deines Vaters buhlt«, lachte Holly.

»Hast du nicht gerade vorhin erst gestanden, dass du den Professor, einen Mann in seinen besten Jahren, heiraten wolltest? Ich denke, der ist auch nicht älter als mein Vater«, entgegnete Niclas frech.

»Du bist unmöglich«, lachte sie und versetzte ihm neuerlich

einen liebevollen Stoß in die Seite. In dem Moment surrte ihr Telefon. Wer schrieb ihr denn mitten in der Nacht eine Nachricht? Holly warf einen flüchtigen Blick darauf und stöhnte genervt auf. Die Nachricht war von Jonathan und lautete: *Holly, bitte melde dich. So geht das doch nicht. Ich habe ein Recht zu erfahren, was in dich gefahren ist.* Sie fühlte sich augenblicklich bedrängt. Hastig ließ sie das Telefon in ihrer Handtasche verschwinden.

»Das ist nichts Wichtiges. Ich möchte mich jetzt lieber ungestört mit dem Franzosen unterhalten. Hatte noch nie das Vergnügen«, erklärte sie grinsend.

»Und ich möchte ungestört mit der entzückendsten jungen Lady, die ich kennengelernt habe, seit ich im Kiwi-Land bin, plaudern. Ein triftiger Grund hierzubleiben.«

Ohne Vorwarnung küsste Niclas Holly auf den Mund. Sie schwankte noch, ob sie ihn abwehren oder sich dem angenehmen Gefühl auf ihren Lippen hingeben sollte, da hatte er sich bereits zurückgezogen.

»Sind alle Franzosen so direkt?«, lachte sie.

»Keine Ahnung, aber ich für meinen Teil würde jetzt gern mit dir knutschen, statt weiter über unsere lieben Eltern zu reden. Die können wir eh nicht ändern.«

Holly spürte inzwischen die Wirkung des vierten Drinks recht deutlich. Sie konnte zwar noch klar denken, aber es fühlte sich ein wenig so an, als würde sie schweben. Ihr Verstand signalisierte ihr in aller Deutlichkeit, dass sie sich auf keinen Fall mit einem Mann trösten sollte, und schon gar nicht mit dem Sohn des Kerls, der sich genau in dieser Stunde mit ihrer Mutter lustig auf Taupatiti amüsierte, während ihr armer Vater sich wahrscheinlich schlaflos vor Kummer, dass seine große Liebe ihn zeitlebens belogen hatte, in seinem Hotelbett wälzte.

»Glaubst du nicht, dass wir es bereuen würden, wenn wir aus

lauter Not miteinander knutschen würden? Quasi als Schicksalsgemeinschaft?«

Niclas musterte sie ernst. »Mir ist das ziemlich egal, dass du die Tochter dieser Tussi bist. Du bist mir schon vorhin am Klavier aufgefallen, und ich habe gedacht, wow, was für eine tolle Frau.«

»Ich glaube dir kein Wort!«

»Wirklich nicht?«, fragte er in neckischem Ton und näherte sich ihrem Mund. Bevor er seine Lippen auf ihre presste, hielt er inne und blickte sie auffordernd an, als wollte er sagen: Wenn du das nicht willst, höre ich auf! Doch Holly wollte ihn küssen, und wie!

Dieser Kuss hätte wohl bis in alle Ewigkeit gedauert, wenn nicht plötzlich ein energisches Räuspern ertönt wäre. Sie fuhren erschrocken auseinander und blickten in das peinlich berührte Gesicht des Barmanns.

»Entschuldigen Sie, ich will ja nicht stören, aber seit einer halben Stunde sind Sie die einzigen Gäste, und ich würde gern die Bar schließen«, stöhnte der Mann.

»Wenn Sie uns noch einen Drink mitgeben, verschwinden wir«, erwiderte Niclas.

»Nichts lieber als das«, sagte der Barmann und verschwand.

»Du könntest mich ja wenigstens fragen, ob ich überhaupt noch ein Glas mit dir trinken möchte?«

Niclas musterte Holly wieder mit seinem treuherzigen Blick, den er wirklich perfekt beherrschte.

»Wer sagt denn, dass das zweite Glas für dich ist? Vielleicht bestelle ich jetzt auf Vorrat, damit ich es besser ertragen kann, wenn du mich verlässt«, scherzte Niclas.

»Okay, wir können in meinem Zimmer noch einen Absacker nehmen, aber ich will auf keinen Fall mit dir schlafen. Das kann ich nicht. Immerhin war ich heute Morgen noch verlobt«, seufzte sie.

Niclas reichte ihr die Hand. »Schlag ein. Ich verspreche es dir. So süß ich dich auch finde, aber ich möchte ungern als Trostpflaster herhalten!«

»Musst du eigentlich immer das letzte Wort haben?«, fragte Holly erleichtert, denn sie vertraute diesem jungen Mann irgendwie. Er machte nicht den Eindruck, als würde er es darauf anlegen, sie unbedingt ins Bett zu kriegen. Er reichte ihr die Hand und zog sie von dem Sofa hoch. Holly kam ein wenig ins Schwanken, doch Niclas fing sie galant auf.

»Wenn mir vorhin jemand prophezeit hätte, dass ich die wunderbare Pianistin heute noch im Arm halten würde, ich hätte ihm einen Vogel gezeigt«, raunte er ihr in zärtlichem Ton zu.

Vorsicht, ging es ihr durch den Kopf, der Mann ist halber Franzose, wenn du nicht aufpasst, wirfst du dich ihm womöglich noch vollkommen freiwillig an den Hals, denn die Art, wie er in diesem Augenblick deinen Nacken krault, könnte dich glatt zum Schmelzen bringen.

Als sie wenig später mit einem Tablett, auf dem die Drinks und eine Schale mit Nüssen standen, ihr Zimmer betraten, war Holly etwas schummrig zumute, ein klares Zeichen, dass der Alkohol mittlerweile seine ganze Wirkung zeigte. Immerhin konnte sie noch klar denken, doch kaum hatte er die Drinks abgestellt, nahm er sie in den Arm, und sie küssten sich leidenschaftlich, bis sie erneut von dem Summton ihres Telefons gestört wurden. Genervt griff sie in ihre Tasche, um das Telefon energisch auszuschalten. Dabei sah sie flüchtig, dass sie inzwischen sechs weitere Nachrichten von Jonathan erhalten hatte.

»Ich gehe mal schnell ins Bad«, sagte Niclas entschuldigend. »Aber bitte so stehen bleiben. Nicht rühren. Ich möchte den Kuss gern fortsetzen.«

Kaum war Niclas verschwunden, da spürte Holly, wie sie von

einer bleiernen Müdigkeit überfallen wurde. Nur ganz kurz hinlegen, dachte sie, und schon hatte sie sich rückwärts auf das weiche Bett fallen lassen. Sie schloss die Augen und ließ diesen verrückten Tag noch einmal vor ihrem inneren Auge Revue passieren, doch weiter als bis zu ihrer ersten Begegnung mit Oliver im »Logan« kam sie nicht.

Als Niclas aus dem Bad kam, lag sie schlummernd auf der Überdecke. Er betrachtete sie eine Weile mit einem zärtlichen Gefühl, dann zog er ihr vorsichtig die Schuhe aus. Als sie nicht aufwachte, kämpfte er mit sich, ob er ihr auch das lange schwarze Kleid ausziehen sollte, aber er entschied sich dagegen. Dann würde sie sich morgen früh nur unnötig fragen, was er sich dabei gedacht hatte, sie einfach zu entkleiden. Aber er zog ihr achtsam die Überdecke unter dem Körper weg, deckte das Bett auf und schaffte es, sie zuzudecken.

Sie sieht entzückend aus, stellte Niclas mit klopfendem Herzen fest, und ein Lächeln umspielte seine Lippen. In dem Augenblick konnte er sich nicht beherrschen, sondern er beugte sich über sie und gab ihr einen zarten Kuss auf den Mund.

Zuerst spielte er mit dem Gedanken, sich neben sie ins Bett zu legen, aber dann schien ihm das zu aufdringlich. An einer schnellen Nummer mit dieser Frau war ihm ganz und gar nicht gelegen. Sie hatte mehr berührt als seinen Körper, der zwar auch auf sie reagierte, aber sein Herz pochte weniger, weil er sich vorstellte, mit ihr zu schlafen, als vielmehr, weil er sie in Gedanken in den Arm nahm und ihr versicherte, dass er sich in ihrer Gegenwart so unendlich wohlfühlte.

Als er auf dem Nachttisch ein Notizbuch und einen Stift liegen sah, riss er vorsichtig ein leeres Blatt heraus und schrieb ihr ein paar Worte.

Zum Abschied strich er seufzend durch ihre Lockenpracht und schlich auf Zehenspitzen zur Tür. Als er gerade die Klinke in der

Hand hielt, hörte er sie laut stöhnen. Er meinte »Jonathan, bitte verzeih mir!« verstanden zu haben, aber er schloss hastig die Tür hinter sich. Was sie da auch immer von sich gegeben hatte, es war nicht für seine Ohren bestimmt.

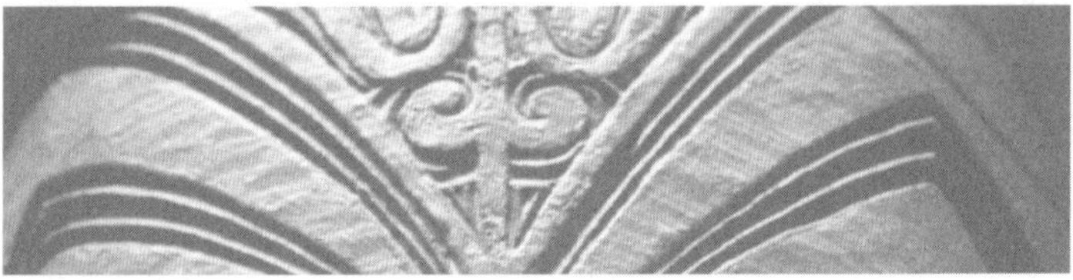

32.

Stella hatte in der Nacht kein Auge zugetan. Nun döste sie noch ein wenig vor sich hin, weil sie Angst hatte vor dem, was sie dort draußen im Leben erwartete. Sie traute sich nicht einmal, die Augen zu öffnen, fühlte sich völlig gerädert und hatte das Gefühl, durch ihren Kopf wäre ein Tornado getobt und hätte alles in ihrem Hirn durcheinandergewirbelt. Immer wieder hatte sie sich mit der Frage gemartert, warum sie nicht wenigstens Holly reinen Wein eingeschenkt hatte. Holly konnte doch gar nichts anderes vermuten, als dass Stella ihr den Vater aus rein egoistischen Motiven verschwiegen hatte. Ihre Tochter ahnte ja nichts von den Gespenstern der Vergangenheit, geschweige denn von Flüchen und Schwüren. Aber hätte sie ihre Tochter mit diesem Geisterkram wirklich belasten sollen? Sie sah doch an sich selbst, wie sie, der das Gerede der Mutter zwar scheinbar unbeschadet zu dem einen Ohr rein- und dem anderen wieder rausgegangen war, sich schließlich doch noch von dem Spuk hatte beeinflussen lassen. Sie konnte nur hoffen, dass Holly zur Vernunft gekommen war und ihr die Chance geben würde, etwas zu ihrer Verteidigung vorzubringen. Und natürlich spukte ihr auch Olivers Reaktion im Kopf herum. Sie hatte Verständnis dafür, dass er nicht mit nach Taupatiti hatte kommen wollen, und auch dafür, dass er Zeit zum Nachdenken brauchte, wenngleich er eindeutig mehr Verständnis für ihr Schweigen aufbrachte als seine Tochter. Noch etwas anderes ließ sie nicht zur Ruhe kommen: Warum behandelte ihre große Liebe sie wie eine gute alte Freundin und nicht mehr? Doch jedes Mal, wenn sie sich mit dieser Frage quälte, war sie immerhin so ehrlich, mit Erstaunen festzustellen, dass sie nicht einmal das Bedürfnis verspürte, er möge sich ihr nähern. Sie liebte ihn von ganzem Herzen, aber mehr wie einen Bruder …

Stella schreckte hoch. Diesen Gedanken hatte sie in dieser schlaflosen Nacht noch nicht zugelassen, aber jetzt stand er im Raum. Oliver ein Bruder? Das kann doch nicht wirklich meinen tiefsten Empfindungen entsprechen, sagte sie sich und wusste in demselben Augenblick, dass es sich exakt so und nicht anders verhielt, denn nun schlich sich Jayden in ihre Gedanken ein. Wie eine Naturgewalt nahm er Besitz von ihr. Sie schämte sich beinahe ein bisschen dafür, dass sie sich, kaum dass sie allein in ihrem Bett gelegen hatte, intensiv nach seiner körperlichen Nähe gesehnt hatte.

Doch Jayden hatte nicht die geringsten Anstalten gemacht, mit ihr ins Bett zu gehen. Im Gegenteil, er hatte keinen Zweifel daran gelassen, auf dem Sofa im Wohnzimmer zu nächtigen, und er hatte ihr glaubhaft versichert, dass er alles aus reiner Freundschaft für sie täte. Eigentlich hätte sie hochzufrieden mit seiner Erklärung sein müssen, aber das Gegenteil war der Fall. Sosehr sie sich das auch wünschte, sie war nicht so abgeklärt und fand es höchst befremdlich, dass er sie offenbar nicht mehr begehrte, obwohl es doch genau dem Credo entsprach, das sie vor gar nicht langer Zeit selbst gepredigt hatte: Sie war eine Frau, die für die romantische Liebe nicht geschaffen war! Und nun hatte sie gleich zwei platonische Beziehungen …

Doch dann wurden ihre privaten Gedankenspiele von der Erinnerung an den feigen Angriff im Kühlhaus überschattet. Spontan hatte sie gestern ihren Lieblingsfeind Waltman verdächtigt dahinterzustecken, aber in diesem Moment fragte sie sich, ob sie sich nicht zu sehr in die Idee verbissen hatte, dass der miese Typ dahintersteckte. Was, wenn die kleinen Gauner um Jimmy herum im Alleingang agierten? Auf jeden Fall musste sie heute bei der Polizei klären, dass sie die Ware sofort an ihre Kunden ausliefern lassen durfte.

Sie war jetzt trotz des Schlafdefizits hellwach und verspürte nur noch ein leichtes Brummen im Kopf. Sie sprang aus dem Bett und ging ins Bad. Der Duft von frisch aufgebrühtem Kaffee zog von der Terrasse in die Galerie. Jayden musste sich auf Zehenspitzen an ihrem Schlafzimmer vorbeigeschlichen haben, denn sie hatte nichts gehört.

Als sie wenig später geduscht und fertig angezogen auf die Terrasse trat, begrüßte er sie mit einem stolzen Lächeln. »Das Frühstück ist fertig.«

Ihr Blick schweifte über den liebevoll gedeckten Frühstückstisch. Er hatte sogar Rührei zubereitet und einen Strauß Blumen aus dem Garten hingestellt.

»Wahnsinn! Eigentlich hätte ich doch hören müssen, wie du mit dem Geschirr klapperst.«

»Ich war ganz leise, wollte dich nicht wecken. Es ist ja noch so früh, aber ich konnte nicht mehr schlafen.«

»Du hast wenigstens überhaupt ein Auge zugetan. Ich habe die ganze Nacht gegrübelt«, seufzte sie.

Er musterte sie prüfend. »Deshalb bist du so blass. Weißt du was? Ich rufe in der Polizeistation an und teile denen mit, dass sie den Termin mit dir verschieben müssen, da du an einer Gehirnerschütterung leidest. Schließlich hat dir der Doc Schonung verordnet.«

»Nein, bitte nicht. Mir geht es blendend. Ich möchte es schnell hinter mich bringen. Und ich möchte, dass sie die Kerle schnellstens unschädlich machen.«

»Das kann ich natürlich verstehen, wobei du da wohl eher von dem einen Kerl sprichst. Deiner Ansicht nach kann es ja nur der böse Ralph Waltman gewesen sein ...«

»Wer denn sonst?«, fauchte sie, obwohl sie doch gerade selbst gewisse Zweifel an dieser Schuldzuweisung zugelassen hatte. »Einmal beste Freunde, immer beste Freunde!«, fügte sie bissig hinzu, was dazu führte, dass die gute Stimmung zwischen Jayden und ihr kippte, denn Jayden übernahm sehr zu ihrem Ärger sofort die Verteidigung Waltmans.

»Ich kenne diesen Mann und traue ihm allerhand zu, aber nicht, dass er dich in dem Kühlhaus niederschlagen lässt, um dir einen hinterhältigen Angriff auf den Typen in die Schuhe zu schieben. Und wozu soll das dienen? Es ergibt keinen Sinn! Wieso solltest du deine Muscheln illegal abernten und verstecken lassen, wenn die Versicherung gar nicht zahlt? Aber selbst wenn irgendjemand diese Räuberpistole glauben sollte, was hätte Ralph davon?«

Stella fasste sich an den Kopf. »Bist du wirklich so blind? Wenn ruchbar wird, dass ich einen Versicherungsbetrug begehen wollte, darfst du dreimal raten, was meine Kunden machen! Ich verliere sie und gehe pleite. Ohne Geld kann ich meine Insel nicht halten, und dann kommt dein windiger Mr Waltman mit einem Dumpingangebot um die Ecke und feiert sich als Retter! Verstehst du nun?«

»Schon, aber Ralph ist zwar manchmal etwas ungeschickt und meinetwegen auch impertinent, aber wenn er hinter dieser Sache stecken würde, wäre das kriminell, und das fällt nicht mehr unter Charakterschwäche.«

»Ich würde vorschlagen, wir erwähnen den Herrn nicht mehr! Jedenfalls nicht, bis wir bei Baxter waren ...«

In diesem Moment ertönte hinter ihnen ein leises Räuspern, und Stella fuhr herum. Es war Ani, die wie ein Gespenst in der Terrassentür aufgetaucht war. Stella sah sofort, dass ihre Haushaltshilfe geweint hatte, was ihre roten Augen unschwer verrieten.

»Kind, was ist geschehen?«, fragte Stella mitfühlend.

»Nichts, ich … ich …«, stammelte Ani mit einem schüchternen Blick zu Jayden. Offenbar hatte sie etwas auf dem Herzen, wollte aber nicht in Gegenwart eines fremden Mannes darüber reden.

Stella signalisierte Ani, drinnen auf sie zu warten, und folgte ihr, nachdem sie Jayden angeboten hatte, ohne sie mit dem Frühstück zu beginnen.

Ihre Haushälterin brach in Tränen aus, sobald sie unter sich waren.

»Sag nicht, dass dieser Richards der Grund ist«, stieß Stella unüberlegt hervor.

Die Antwort war ein herzzerreißendes Schluchzen.

»Es war alles so schön. Gestern Nachmittag hat er noch gesagt, dass er mich liebt, und mir Blumen mitgebracht. Weil ich noch kurz die Geschirrspülmaschine anstellen musste, ist er sogar zum Steg runter und hat Lucie die Post abgenommen. Aber als wir loswollten, war er plötzlich ganz anders. Er hat gemeint, das mit uns wäre wohl doch zu kompliziert. Und dann hat er mich einfach stehen gelassen.«

Stella ballte die Fäuste. Liebend gern hätte sie sich in dieser Angelegenheit geirrt, aber Richards war offenbar genau der Mistkerl, für den sie ihn von Anfang an gehalten hatte, zumal sie ihn gestern Nacht noch einmal von seiner ganz miesen Seite kennengelernt hatte. Wenn es nach ihm gegangen wäre, hätte er sie auf der Stelle verhaftet.

»Männer sind doch alle gleich!« Mit diesem verzweifelten Aufschrei hatte Ani sich an Stellas Brust geworfen. Stella spürte einen unbändigen Zorn in sich aufsteigen. Warum benutzte er ausgerechnet so ein geschundenes Geschöpf für seine Machenschaften?

Wobei sie ja nicht einmal einen Beweis dafür hatte, dass der Constable wirklich etwas gegen sie im Schilde geführt hatte. Vor allem, was sollte er konkret auf Taupatiti gewollt haben? Ihre Post in die Hände zu bekommen, war sicherlich nicht sein Ziel … Stella stutzte. »Wo hat er die Briefe denn hingelegt?«

»Auf den Garderobentisch«, erwiderte Ani und sah Stella aus rot verweinten Augen an. »Sie haben ihm ja von Anfang an nicht über den Weg getraut, nicht wahr?«

»Sagen wir mal so: Ich hege eine gewisse Skepsis gegen den jungen Mann, seit ich davon ausgehen muss, dass er Waltman sehr nahe steht. Warte kurz, ich schaue eben nach der Post.«

Stella eilte in den Flur, doch auf dem Garderobentisch fand sie nichts. Trotzdem wollte sie nicht so recht glauben, dass sich der Polizist ihre Briefe angeeignet haben sollte. Und wozu auch? Die Geschichte wurde immer rätselhafter.

»Auf dem Tisch ist keine Post«, berichtete sie Ani. »Das ist sehr merkwürdig, aber hat er sich denn sonst verdächtig verhalten? Dich ausgefragt?«

»Er konnte so gut küssen«, seufzte Ani, was Stella ein leises Lächeln entlockte. Wahrscheinlich hätte es Ani nicht einmal bemerkt, wenn er in ihrem Büro herumgeschnüffelt hätte. In dem Moment fiel Stella ein, dass heute die Goldschmiedin Susan auf die Insel kommen würde, um einen Teil der reifen Paua-Muscheln aus ihren Schalen zu entfernen und die fertigen Perlen mit Perlmuttplättchen zu versiegeln. Eigentlich ließ sie es sich sonst nicht nehmen, sie höchstpersönlich bei dieser Arbeit zu unterstützen, aber nun musste sie wohl erst einmal zu dem Termin mit Baxter. Sie war fest entschlossen, ausschließlich mit dem sympathischen Constable zu kommunizieren und Richards zu ignorieren.

»Ani, ich gebe dir heute hier frei. Lauf doch stattdessen in die Frauenbucht und hilf Susan, wenn sie kommt.«

»Ich?« Ani sah Stella ungläubig an, denn es war bekannt, dass diese Aufgabe der Chefin ganz persönlich vorbehalten war.

»Ja, bitte. Ich muss noch einmal kurz nach Havelock ...« Stella zögerte, weil sie Ani gegenüber ungern erwähnen wollte, dass sie auf die Polizeistation geladen war, aber dann rückte sie mit der ganzen Wahrheit heraus.

Ani wurde noch blasser, als sie es zuvor gewesen war. »Und wenn doch Hare dahintersteckt und Sie vom Knast aus fertigmachen will?«, fragte sie besorgt.

»Ich werde das auf jeden Fall Baxter gegenüber erwähnen«, versprach Stella, bevor sie zu Jayden auf die Terrasse zurückkehrte. Er deutete nervös auf seine Armbanduhr. »Ich glaube, wir müssen gleich los, wenn du die Anordnungen des Arztes wirklich unbedingt ignorieren möchtest. Aber wenigstens einen Kaffee solltest du trinken.« Er goss ihr einen Becher ein. »Also, was das Frühstücken angeht, scheint das mit uns so gar nicht klappen zu wollen«, fügte er scherzend hinzu.

Stella verstand die Anspielung auf ihren letzten missglückten Versuch, gemeinsam zu frühstücken, sofort und konnte sich zu einem Lächeln durchringen, und sie versprach ihm sogar hoch und heilig, sich nach der Rückkehr aus Havelock brav ins Bett zu legen.

Wenig später schon kreuzten sie mit der »Daniel« den Pelorus Sound, der an diesem warmen, aber feuchten Morgen unter einer grauen Dunstwolke lag, und nahmen Kurs auf Havelock. »Warum hast du eigentlich kein Segelboot mehr?«, fragte er, als sie sich bei leichtem Nieselregen dem Anleger näherten.

»Keine Zeit«, bemerkte sie knapp.

»Du warst doch damals so eine passionierte und hervorragende Seglerin«, fügte er hinzu.

»Ja, ich vermisse das Segeln auch gelegentlich«, seufzte sie.

»Eigentlich brauchst du eine Mitarbeiterin, damit du auch mal ausspannen kannst«, erwiderte Jayden mit ernster Stimme. Stella musste unwillkürlich an Olivers mahnende Worte denken. Offenbar fand hier jeder, sie sei überarbeitet. Sie aber hielt das für einen falschen Eindruck, der lediglich aufgrund der enormen Anspannung wegen des Muschelklaus und der damit verbundenen unangenehmen Konsequenzen entstanden war. Und trotzdem stieß ihr in diesem Moment bitter auf, dass ihr tatsächlich eine rechte Hand fehlte. Stella fühlte sich mit einem Mal sehr einsam bei dem Gedanken, nicht zu wissen, wie es um die Zukunft der Insel bestellt war, wenn sie einmal nicht mehr so konnte, wie sie wollte. Noch sollte ich mir darüber allerdings keine Gedanken machen, redete sie sich energisch zu und zog es vor, Jaydens Bemerkung zu überhören. Dabei spürte sie sehr wohl, dass er es nur gut mit ihr meinte. Aus seinem Blick hatte die pure Sorge gesprochen, dass sie sich übernahm. Plötzlich wurde in ihrem Inneren seine klare Stimme laut, mit der er ihr gestern Nacht unmissverständlich verkündet hatte: *Wir sind gute Freunde, Stella, und als guter Freund werde ich immer für dich da sein!*

Obwohl ihr dieses Statement doch eigentlich recht sein sollte, drängte sich immer wieder die Frage auf: Warum sah er ihre Beziehung plötzlich so abgeklärt? Hatte er nie mehr für sie empfunden als alte Freundschaft verbunden mit einem flüchtigen erotischen Interesse, das bereits wieder verflogen war?

»Hey, Stella, nicht träumen, wir legen an«, riss seine Stimme sie aus ihren Gedanken. Sie eilte an die Vorleine und sprang mit dem Tauende in der Hand an Land, um das Boot am Steg festzumachen.

33.

Die Polizeistation von Havelock lag an der Hauptstraße und befand sich in einem verwunschenen weißen Holzhaus mit einer Veranda zur Straße. Im Nieselregen aber wirkte auch die eher trist. Das Gebäude machte überdies ganz und gar nicht den Eindruck, als ob hier große Verbrechen verfolgt wurden. Wahrscheinlich war der Vorfall gestern Nacht mit Abstand der brutalste, den es in dem beschaulichen Havelock seit Jahrzehnten gegeben hatte.

»Es ist ganz lieb, dass du mich begleitest«, sagte Stella und drückte Jayden zum Dank kurz die Hand.

Obwohl sich Stella keiner Schuld bewusst war, sondern sich nur darüber ärgerte, dass sie dem jungen Maori so naiv mitten in der Nacht ins Kühlhaus gefolgt war, beschleunigte sich ihr Herzschlag, als sie die Polizeistation betraten.

Dort wurden sie bereits von Richards erwartet.

»Ich möchte mit Ihrem Kollegen Baxter sprechen«, sagte Stella kühl, ohne den Constable zu begrüßen.

»Dann folgen Sie mir bitte«, erwiderte Richards mit einem leichten Grinsen auf den Lippen, was Stella mächtig gegen den Strich ging, aber sie ließ sein Verhalten unkommentiert.

»Sie müssen draußen bleiben, wenn wir die Beschuldigte vernehmen«, herrschte Richards Jayden an, der diese Worte ignorierte und Richards und Stella in einen Hinterraum folgte. Dort saß hinter einem Schreibtisch allerdings nicht Baxter, sondern ein ihr völlig fremder Mann, dessen Uniform sich von der eines Constables unterschied.

»Entschuldigen Sie, ich bin mit Baxter verabredet. Mit wem habe ich das Vergnügen?«, erkundigte sich Stella forsch, auch wenn ihr etwas flau zumute war.

Der übergewichtige Mann erhob sich und reichte ihr die Hand. »Ich bin Inspector Green von der Zentrale aus Christchurch. Der junge Kollege hat mich gebeten, die Vernehmung durchzuführen.«

»Welche Vernehmung? Sie tun ja gerade so, als hätte Miss Wilson etwas angestellt. Sie ist das Opfer eines hinterhältigen tätlichen Angriffs geworden«, empörte sich Jayden.

»Und wer sind Sie, wenn ich fragen darf?«

»Ein Bekannter, der Miss Wilson gestern Nacht verletzt vor dem Kühlhaus gefunden hat, nachdem sie zu einer Verabredung nicht erschienen ist.«

»Dann sind Sie womöglich Zeuge. Darf ich Sie bitten, draußen zu warten, bis Sie dran sind«, sagte der Inspector höflich.

Er warf Stella einen fragenden Blick zu. »Okay«, seufzte sie. »Ich habe nichts zu verbergen. Also kannst du beruhigt tun, was der Inspector von dir verlangt. Aber dann hätte ich auch einen Wunsch. Ob Sie bitte Constable Richards nach draußen schicken und stattdessen Baxter dazuholen könnten?«, fragte sie in leicht spöttischem Ton.

»Sie haben hier gar keine Forderungen zu stellen. Baxter ist von dem Fall abgezogen worden, weil er Sie deckt«, verkündete Richards triumphierend.

»Constable, das geht zu weit. Das ist gar nicht bewiesen! Das behaupten Sie, aber dazu bin ich jetzt vor Ort, um den Sachverhalt aufzuklären.«

»Dann befragen Sie doch den Täter. Wo ist er eigentlich?«,

mischte sich Jayden, der keine Anstalten machte, den Raum zu verlassen, ein.

»Mr Lomu hat seine Aussage zu Protokoll gegeben, und ich habe ihn bereits entlassen«, erklärte Richards.

»Das ist ja wohl ein Witz. Und was, wenn es nach der Befragung von Miss Wilson noch Fragen an ihn gibt. Sie sind ganz schön nassforsch, junger Mann!«

»Mr, also, ich bitte Sie, Mr…«, ermahnte der Inspector ihn.

»Lengston, Sir! Mr Lengston!«

»Mr Lengston, ich möchte Sie noch einmal freundlich auffordern, mich ordnungsgemäß meine Arbeit verrichten zu lassen.«

Stella nickte Jayden zu zum Zeichen, dass sie das allein schaffen würde. Er erhob sich und verließ kopfschüttelnd den Raum, nicht ohne sich vor dem Rausgehen noch einmal umzudrehen. »Stella, wenn du mich brauchst, ruf mich!«

»Ich denke, es kann ihr nichts passieren, denn die Polizei ist ja vor Ort«, entgegnete der Inspector scherzend. »Und der Constable wird Sie begleiten, denn vorne muss jemand Dienst tun, und ich traue mir diesen Job durchaus allein zu.«

Obwohl Stella die Sache außerordentlich suspekt war, wirkte Inspector Green vertrauenerweckend und schien in der Lage, den übereifrigen Richards in seine Schranken zu verweisen. Das Schnaufen des Constables, während er widerwillig das Büro verließ, bereitete ihr großes Vergnügen.

Inspector Green hatte ein rundliches Gesicht und musterte sie freundlich. »Mir liegt hier die Aussage von Mr Lomu vor, und ich bin ratlos. Ich war zufällig wegen eines anderen Falls in Blenheim und bekam diese Sache heute Morgen in aller Herrgottsfrühe außer der Reihe zugewiesen. Das liest sich ja wie ein Krimi. Muschelzüchterin betrügt die Versicherung und will Zeugen aus dem Weg räumen.«

»Wie bitte?«, entfuhr es Stella.

»Der junge Mann behauptet, Sie hätten ihn mit Waffengewalt dazu zwingen wollen, keine Aussage bei der Polizei zu machen, dass Sie seine Kumpels und ihn beauftragt hätten, Ihre Grünlippmuscheln bei Nacht und Nebel abzuernten und in Ihr altes Kühlhaus zu bringen, um es dann bei der Versicherung als Diebstahl zu melden.«

Stella tippte sich gegen die Stirn. »Den Unsinn hat er gestern Nacht schon von sich gegeben. Wollen Sie die Wahrheit hören?«

»Gern, ich nehme das gleich zu Protokoll und gestehe, dass ich spontan dazu neige, Ihnen zu glauben. Nicht, weil Sie eine Pakeha sind und er ein Maori, sondern weil er eine Strafakte wie ein Jahrhundertroman hat und Sie eine unbescholtene Bürgerin sind.«

»Danke, dass Sie mir glauben«, bemerkte Stella erleichtert.

Er hob abwehrend die Hände. »Moment, das habe ich nicht gesagt, ich habe nur gesagt, dass ich dazu neige, aber dazu muss ich erst einmal Ihre Version hören.«

Stella atmete tief durch, bevor sie schilderte, wie Lomu sie am nächtlichen Parkplatz abgefangen und unter welchem Vorwand er sie zum Kühlhaus gebracht hatte.

»Und sorry, wenn ich Sie das frage: Warum sind Sie mitgegangen?«

»Na ja, weil er offen zugegeben hat, dass Waltman der Auftraggeber ist und dieser Jimmy in Auckland nun eine Aussage machen wollte, weil er sich von Waltman betrogen fühlt. Und das entsprach dem, was mir Baxter zuvor telefonisch mitgeteilt hatte. Dass dieser Jimmy eine Aussage über den Auftraggeber machen wollte. Sie müssen nur in Auckland anrufen. Dann haben Sie den Beweis! Inzwischen kann man Ihnen das sicher in der dortigen Verwaltung bestätigen«, erklärte Stella eifrig.

»Tja«, murmelte der Inspector, während er ziemlich ratlos auf einen vor ihm liegenden Zettel stierte.

»Jimmy Franklin hat in der Tat eine Aussage gemacht«, sagte er und deutete auf das Dokument.

»Dann ist doch alles gut. Dann verstehe ich das ganze Theater nicht. Warum Sie Baxter von diesem Fall abgezogen haben und warum sich der Mistkerl da draußen dermaßen aufspielt«, schnaufte Stella.

»Den Mistkerl will ich überhört haben. Und was die Aussage betrifft, dieser Jimmy hat behauptet, Sie wären die Auftraggeberin, woraufhin man ihn gestern Nacht noch freigelassen hat.«

Stella wurde abwechselnd weiß und rot im Gesicht. »Das kann gar nicht wahr sein. Das ist doch ... das ist ein abgekartetes Spiel. Und ich blöde Kuh falle auch noch darauf rein! Da steckt mit Sicherheit Waltman dahinter, und Richards ist sein Adlatus. Sie wissen schon, dass der junge Mann Sicherheitschef bei Waltman werden will ...«

»Vorsicht, Miss Wilson, das will ich ebenfalls überhört haben. Sie haben keine Beweise. Und nennen Sie mir einen vernünftigen Grund, warum Mr Waltman als Geschäftsführer eines so renommierten Luxusresorts sich derart die Finger schmutzig machen soll?«

»Weil er meine Insel kaufen möchte. Warum, meinen Sie, war gestern Nacht gleich die Presse vor Ort? Stellen Sie sich mal vor, der Journalist wäre nicht zufällig der Lebensgefährte meiner Freundin gewesen, sondern ein sensationsgieriger Reporter, der das alles mal eben unkritisch weitergegeben hätte. So etwas hätte meinen Ruf derart ruinieren können, dass mich das in den Bankrott getrieben hätte.«

Inspector Green kratzte sich nachdenklich seinen kahlen Kopf. »Das sind alles nur Behauptungen. Da müssten Sie mir schon

Beweise liefern. Aber Sie können mir glauben, meine jahrzehntelange Berufserfahrung sagt mir, dass da etwas faul ist, aber ich werde nicht nur für meine Intuition bezahlt, sondern für saubere handwerkliche Ermittlungen.«

»Aber überlegen Sie doch. Was sollte ich davon haben, meine eigenen Muscheln zu klauen und einzufrieren? Ich hatte jede Menge Ärger, konnte Kunden nicht beliefern und habe nur mit Unterstützung von Mr Lengston wenigstens die hiesigen Restaurants beliefern können.«

Der Inspector runzelte die Stirn. »Und was ist mit der Versicherung?«

»Was soll mit denen sein? Die haben abgelehnt und dann ein wenig eingelenkt, aber unter uns, ich glaube nicht, dass sie auch nur einen Cent zahlen werden.«

Inspector Green stöhnte laut auf. »Also entweder sind Sie tatsächlich das Opfer einer Intrige oder die beste Schauspielerin der Sounds.«

»Ich verstehe nicht ganz«, entgegnete Stella irritiert.

Der Inspector schob ihr einen Brief zu, den sie fassungslos überflog. Er war von der Versicherung und enthielt die Zusage zur Auszahlung einer hohen Entschädigungssumme für die gestohlenen Muscheln.

»Das Schreiben kenne ich nicht. Woher haben Sie das?«

»Der Kollege Richards hat es sich heute Morgen von der Versicherung mailen lassen. Und ihm gegenüber wurde beteuert, dass diese Nachricht schon vor Tagen auf dem Postweg an Sie rausgegangen ist.«

»Nein, ich habe dieses Schreiben noch nie …« Stella stutzte, und ihr fiel ein, was Ani ihr über Richards berichtet hatte.

»Dieses Schwein!«, rief sie erbost aus. »Er hat den Brief verschwinden lassen.«

»Miss Wilson, mäßigen Sie sich!«, empörte sich Green.

Doch Stella war wütend aufgesprungen und schilderte ihm, was Ani ihr berichtet hatte.

»Bitte setzen Sie sich. Das sind alles nur Anschuldigungen, die jeglichen Beweises entbehren«, bellte der Inspector.

Stella ließ sich stöhnend zurück auf ihren Stuhl fallen.

»Das ist doch alles eine Riesensauerei«, schimpfte sie.

»Sie behaupten also, dass Ihnen nicht bekannt war, dass die Versicherung zahlen würde und dass Sie nicht Auftraggeberin dieses Diebstahls sind.«

»Ja, und das ist die Wahrheit! Ich werde der Versicherung mitteilen, dass ich das Geld nicht haben möchte. Aber ich will meine Muscheln zurück, und zwar sofort. Wenn ich den Kunden heute noch Bescheid gebe, dass ich liefern kann, wäre das sehr gut. Und ich erstatte natürlich Anzeige gegen diesen Typen wegen Körperverletzung. Na, die sollen mich kennenlernen. Am besten laden Sie gleich Mr Waltman vor!«

»Auch wenn ich geneigt bin, Ihnen abzunehmen, dass Sie nicht hinter dieser bescheuerten Aktion stecken, die Beweislage spricht leider gegen Sie. Ich kann nicht einfach die Muscheln freigeben und das Ganze auf sich beruhen lassen. Dazu würde ich mir gern erst einmal den jungen Kollegen vorknöpfen.«

»Sie glauben doch nicht allen Ernstes, dass der zugibt, meinen Brief verschwinden lassen zu haben!«

»Genau, jetzt haben Sie das Dilemma erkannt, in dem ich stecke. Die Beweise sprechen gegen Sie.«

»Machen Sie sich nicht lächerlich. Ich besitze nicht einmal eine scharfe Waffe. So etwas würde ich nicht einmal angucken, geschweige denn anfassen. Das Einzige, das ich besitze, falls mal einer der Gewalttäter den Weg auf meine Insel findet, ist eine Schreckschusspistole, mit der ich zu meiner und der Verteidigung der Mädchen Reizgas abfeuern kann.«

Der Inspector stieß einen tiefen Seufzer aus, griff in die

Schublade und zog eine Plastikhülle hervor, die eine Pistole enthielt.

»Und wie kommen dann Ihre Fingerabdrücke an dieses Teil?«, fragte er und musterte sie sichtlich genervt.

»Ich war ohnmächtig. Wer weiß, wie der Typ das angestellt hat.«

»Schauen Sie sich die Waffe mal genauer an. Haben Sie sie vielleicht schon einmal gesehen?«

Stella betrachtete die Waffe näher und erschrak. »Die sieht genau so aus wie meine Schreckschusspistole.«

»Vielleicht ist es Ihre Waffe«, sagte Green genervt. »Ich dachte schon, Sie würden mir weismachen wollen, das wäre ebenfalls Richards' Teufelswerk.«

»Sehr komisch«, konterte Stella. »Aber, wenn es tatsächlich meine Waffe ist, muss ich tatsächlich annehmen, dass der Kollege sie an sich gebracht hat, so wie er das mit meinem Brief getan hat. Soll ich Ihr Telefon benutzen oder mein mobiles?«

Unwirsch reichte der Inspector Stella den Hörer. »Was haben Sie denn jetzt schon wieder vor?«

»Ich bitte meine Hausangestellte, nach meiner Waffe zu sehen!«

Zu ihrem Entsetzen teilte Ani wenig später sichtlich angeschlagen mit, dass die Pistole nicht mehr in der oberen Schublade des Garderobenschrankes lag.

»Und nun muss ich dir eine unangenehme Frage stellen, Ani. Hast du mit Constable Richards über diese Waffe gesprochen? Und keine Sorge, ich reiße dir nicht den Kopf ab.«

Erst druckste Ani verlegen herum, doch dann gab sie schließlich zu, dass Richards sie ganz locker auf das Gerücht angesprochen hatte, Stella Wilson würde ein Gewehr besitzen, das sie notfalls zur Verteidigung ihrer Mädchen einsetzen würde. Sie hätte laut gelacht über dieses Märchen und ihm übermütig die

Schreckschusswaffe in der Schublade gezeigt. Richards hätte daraufhin gesagt: »Da sieht man mal, wie Gerüchte entstehen.«

Tja, und dann hatte er sich das Ding offenbar in einem unbeobachteten Augenblick eingesteckt, dachte Stella und beendete das Gespräch, nicht ohne die völlig aufgelöste Ani zu trösten und ihr zu versichern, dass sie ihr das ganz und gar nicht übelnahm, sondern sie dies nur gegebenenfalls noch einmal bei der Polizei zu Protokoll würde geben müssen.

Triumphierend schilderte sie Green, was sie eben von Ani erfahren hatte.

»Und Sie schließen daraus, dass Richards die Pistole an sich genommen hat, natürlich alles auf Waltmans Geheiß?«

»Inspector Green, geben Sie es doch zu: Sie nehmen mir meine Version der Geschichte nicht ab, oder?«

»Ich finde Ihre Version mindestens so blöd wie die, die mir dieser Lomu auftischen will.« Green beugte sich vertraulich über den Schreibtisch. »Wenn Sie etwas zu verbergen haben, wenn Sie das aus Verzweiflung getan haben, dann geben Sie es jetzt lieber zu. Ich fresse Sie schon nicht!«

»Wenn Sie mir nicht glauben, verhaften Sie mich doch gleich!«, schnaubte Stella.

»Nein, dazu gibt es keinen Grund. Wegen versuchten Betrugs droht Ihnen nicht gleich Gefängnis ...«

»Sie vergessen, dass ich den armen Mann mit der Schreckschusspistole bedroht habe!«, zischte Stella.

»Jetzt hören Sie mir mal gut zu, Miss Wilson. Es kann mich den Kopf kosten, aber diesen Schwachsinn traue ich Ihnen nicht zu. Ich bin mir nicht sicher, wie mein Chef in Christchurch das sieht, aber ich vertrete die Auffassung, dass dieser ganze Mist nicht auf Ihr Konto geht.«

»Sie glauben also, dass Waltman ...«

»Das heißt nicht, dass ich Ihre Geschichte glaube. Am liebsten würde ich den ganzen Fall zu den Akten legen lassen, was aber leider wegen der Fake-Waffe nicht möglich ist. Ich schlage vor, Sie gehen jetzt nach Hause und warten ab. Sie hören von uns. Lassen Sie mich mal machen.«

»Und Sie wollen Ani gar nicht als Zeugin vorladen?«

»Davon verspreche ich mir gar nichts! Überlegen Sie doch mal. Richards wird das Gegenteil behaupten und Ihre Haushaltshilfe ähnlich unglaubwürdig dastehen lassen, wie man es mit Ihnen versucht. Als Beweis für Ihre Geschichte ist ihre Aussage also völlig untauglich.«

»Aber jetzt sagen Sie es ja selbst. Da agiert jemand im Hintergrund gegen mich. Und wer außer Waltman sollte das wohl sein?«

»Na ja, ich glaube nicht an Gespenster, also muss es wohl eine düstere Macht im Hintergrund geben, deren Namen wir nicht nennen, solange wir keine Beweise haben. Verstanden?«

Stella nickte eifrig. »Und kann ich nicht wenigstens meine Muscheln wiederhaben?«

Er schüttelte bedauernd den Kopf. »Nein, erst nach Abschluss der Ermittlungen, aber nun schauen Sie nicht so traurig. Ich bin auf Ihrer Seite.« Er zwinkerte ihr aufmunternd zu.

»Danke, aber Sie sollten sich wirklich mal Waltman …«

»Miss Wilson, ich warne Sie. Keine Beschuldigungen, keine Alleingänge, denn Richards hat bereits zu Protokoll gegeben, dass Waltman beim nächsten Mal Anzeige gegen Sie erstattet. Angeblich sind Sie bereits bei anderer Gelegenheit in seinem Hotel ausfallend gegen ihn geworden.«

»Nein, ich gehe nicht zu ihm, sondern warte ab«, stöhnte Stella und reichte Green ihre Hand zum Abschied.

»Ich habe Sie übrigens schon mal im Fernsehen gesehen, in einer Talkshow über vorbildliche und erfolgreiche örtliche Unternehmen. Hat mir sehr gut gefallen«, raunte er ihr zu.

Sie schenkte ihm ein Lächeln, bevor sie das Büro verließ.

»Wie ist es gelaufen?«, fragte Jayden aufgeregt.

»Es sieht schlecht aus für die Gangster, die mir diese Sache anhängen wollen«, sagte sie gedehnt, während sie Richards einen triumphierenden Blick zuwarf. Der sah aus, als hätte er auf eine Zitrone gebissen.

»Alles Weitere draußen. Nicht dass das schneller bei Waltman ankommt, als ich denken kann«, fügte sie bissig hinzu. Jayden schob sie nun förmlich aus der Tür.

Draußen ging alles ganz schnell. Bis die beiden bemerkten, was dort los war, war es zu spät für eine Flucht. Ein TV-Team samt Übertragungswagen wartete vor der Tür auf sie, und ehe sichs Stella versah, kam eine Reporterin mit einem Mikrofon auf sie zugestürzt. »Miss Wilson, stimmt es, dass Sie beschuldigt werden, den Diebstahl Ihrer eigenen Grünlippmuscheln in Auftrag gegeben zu haben, um die Versicherungssumme zu kassieren und damit doppelt an der Ernte zu verdienen?«

Stella fühlte sich derart in die Enge getrieben, dass sie die Fäuste ballte und gerade loslegen wollte, als Jayden energisch zwischen die Frau und sie trat.

»Ich weiß nicht, wer Ihnen diesen Unsinn erzählt hat, aber Sie sind umsonst hergekommen. Hier gibt es keine Sensationen.«

»Es stimmt also nicht, dass Miss Wilson einen Mittäter mit der Waffe zu einer Falschaussage zwingen wollte?«, insistierte die Frau.

»Diese Schweine!«, schrie Stella plötzlich voller Zorn. »Die schrecken vor nichts zurück.« Und schon hatte sich die Reporterin um Jayden herumgeschlängelt und hielt Stella erneut das Mikrofon vor die Nase. »Sie wollten etwas sagen, Miss Wilson?«

»Ja, diejenigen, die mir das angetan haben, werden das noch bitter bereuen«, schnaubte sie. »Waltman, Sie Ratte, damit kommen Sie nicht durch!«

»Na, das hört sich doch schon ganz anders an«, bemerkte die Reporterin in süffisantem Ton.

Stella war dermaßen in Fahrt, dass Jayden große Schwierigkeiten hatte, sie von der Frau wegzuziehen.

Erst als sie außer Hörweite waren, ließ Jayden ihren Arm los. »Bist du wahnsinnig geworden?«, fauchte er sie an. »Wie kannst du Waltman öffentlich beschimpfen?«

»Weil er das Schwein ist. Deshalb! Es gibt nur zwei Möglichkeiten. Ich bin die Auftraggeberin dieser Scharade oder dein Freund Waltman hat das Ding gedreht.«

»Das ist doch Unsinn. Bitte, du brauchst jetzt einen kühlen Kopf!«

Stella blieb abrupt stehen und funkelte ihn zornig an. »Und du musst dich entscheiden. Glaubst du ihm oder mir?«

»Stella, bitte bleib auf dem Teppich.«

»Waltman oder ich?«, hakte sie außer sich vor Wut nach.

»Darauf lasse ich mich nicht ein«, entgegnete er mit Nachdruck.

»Gut, dann danke ich für deine Hilfe. Auf solche Freunde kann ich gut verzichten!«

Mit diesen Worten stob sie wutentbrannt von dannen in Richtung des Kühlhauses. Sie wollte dort ihren Wagen holen und schnellstens zurück auf die Insel fahren, doch ihre Wut verwandelte sich von Schritt zu Schritt in schiere Verzweiflung. Tränen liefen ihr die Wangen hinunter, aber sie blieb nicht stehen und drehte sich nicht um. Obwohl sie wusste, dass sie Jayden unrecht tat, stempelte sie ihn in Gedanken zu einem durch und durch illoyalen Freund ab. Und mehr noch, sie hatte nicht nur das Gefühl, einen Freund verloren zu haben, sondern auch einen Mann, der ihr weitaus mehr bedeutete.

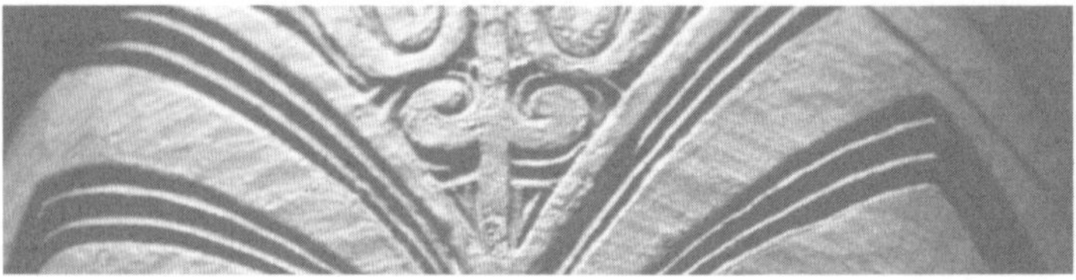

34.

Oliver saß seit fast einer Stunde im Frühstücksraum und wartete ungeduldig auf seine Tochter. Um neun Uhr hatten sie sich verabredet, aber von Holly fehlte jede Spur. Er hatte in der Nacht kein Auge zugetan. Seine Gedanken waren permanent um Stella und Holly gekreist. Aber nicht die Enttäuschung darüber, dass Stella ihm seine Tochter verheimlicht hatte, stand dabei im Vordergrund, sondern die quälende Frage, wie er jetzt mit seinem Geheimnis umgehen sollte. Er befürchtete, Holly würde es nur schwer verkraften, dass sie womöglich nicht lange Freude an ihm haben würde. Dabei fühlte er sich genauso intensiv zu ihr hingezogen wie sie zu ihm. Von so einer Tochter hatte er zeitlebens geträumt, und nun wurde sie ihm kurz vor dem Ende geschenkt, und er würde nicht annähernd die verlorene Zeit mit ihr nachholen können. Auch an seinen alten Freund Jonathan hatte er kurz gedacht. Es wäre nicht fair, ihm zu verheimlichen, dass er Hollys Vater war.

Gegen Morgen hatte er endlich einen Entschluss gefasst. Er würde Holly die Wahrheit über seine Krankheit sagen, aber erst, wenn er bei Professor Dr. Snyder in Wellington gewesen war. Der Mann war seine einzige und letzte Hoffnung. Diese Adresse hatte ihm sein Onkologe in London gegeben und ihm dringend geraten, sich der neuen, noch wenig erprobten Behandlung des Neuseeländers auszusetzen. Oliver aber hatte bislang geglaubt, er müsste erst zu Stella und dann die Tournee absolvieren. Heute früh war ihm bewusst geworden, dass der Arzttermin keinen einzigen Tag Aufschub duldete und er sich der Untersuchung stellen musste, damit der Professor ihm sagen konnte, ob es Sinn hatte, an der Studie teilzunehmen oder nicht. Vor diesem Fallbeil hatte Oliver sich mehr gefürchtet als vor dem sicheren Tod. Doch jetzt hatte er eine Verantwortung. Er wollte seiner Tochter mit der Wahrheit erst unter die Augen treten, wenn er Gewissheit hatte. So oder so: ob der Tod bereits auf ihn lauerte, weil er sich hartnäckig weigerte, eine Prostatektomie vornehmen zu lassen, oder ob die Teilnahme an der Immuntherapie-Studie ihm eine realistische Überlebenschance gewährte.

Deshalb war Oliver sehr nervös.

»Guten Morgen, Oliver«, hörte er da Hollys Stimme recht fröhlich zwitschern. Ihr lockerer Ton stand in völligem Gegensatz zu ihrem verquollenen Gesicht.

»Kind, was hast du denn noch angestellt?«, fragte er besorgt. »Und du trägst ja immer noch das hübsche Kleid.«

»Ich habe nichts anderes. Vielleicht haben wir etwas zu viel getrunken. Musste doch auf meine liebe Mum anstoßen, die uns entscheidende Jahre unseres gemeinsamen Lebens gestohlen hat«, erwiderte sie und stürzte sich auf den Kaffee.

»Nun fang nicht schon wieder damit an«, seufzte er. »Ich habe auch lange nachgedacht. Wir dürfen sie nicht verurteilen, bevor wir sie nicht angehört haben.«

»Ich möchte nicht ...«

»Das gilt auch für dich. Lass uns gemeinsam mit ihr reden, sobald ich zurück bin.«

»Wie, zurück? Woher?«

»Ich werde nach Wellington fahren. Ich bin da einfach so abgehauen. Ich möchte Jonathan zumindest erklären, warum es besser ist, wenn ihr getrennte Wege geht. So eine Trennungsnachricht per Handy, das mag eure Art sein, aber in meiner Generation reden die Menschen noch persönlich miteinander.«

»Das ehrt dich, aber welche Handynachricht meinst du?«

»Na, die, die du ihm geschrieben hast.«

»Ich habe ihm noch nicht geschrieben. Du fandest das doch blöd.«

»Er weiß es noch nicht? Dann werde ich ihn natürlich nicht aufsuchen!«

»Wieso eigentlich nicht?« Holly musterte Oliver intensiv.

»Weil ich nicht der Bote sein möchte.«

»Und wenn ich dich als meinen Vater darum bitte?«

Oliver war unschlüssig.

»Bitte nimm mir das ab«, bettelte Holly.

»Gut, aber auch nur, weil ich das Bedürfnis habe, mich wenigstens einmal als Vater nützlich zu machen.«

»Danke, Dad!« Holly fiel ihm lachend um den Hals.

»Da hat aber jemand ausgesprochen gute Laune.«

»Ich bin nur so glücklich, dass es dich gibt und dass ich dich auf deiner Tournee begleiten kann.« Dass ihre gehobene Stimmung noch einen anderen Grund hatte, behielt sie lieber für sich. Nach dem Aufwachen war sie fast enttäuscht darüber gewesen, dass Niclas nicht neben ihr im Bett gelegen hatte. Doch seine Nachricht auf dem Nachttisch hatte sie vollkommen für alles entschädigt. Er hatte ihr geschrieben, dass er sie wiedersehen wollte, und ihr seine Handynummer dagelassen. Ob er wohl schon das Hotel verlassen hatte?, fragte sie sich gerade, als sie seinen Wuschelkopf am Frühstücksbuffet auftauchen sah. In dem Moment trafen sich ihre Blicke und sie lächelten sich wissend zu. Holly merkte in ihrer Begeisterung gar nicht, dass ihr Vater diesen heißen Blickkontakt zwischen den beiden mit großem Interesse verfolgte.

»Ich verstehe«, bemerkte er amüsiert, nachdem sich Holly wieder ihm zugewandt hatte.

»Was verstehst du?«

»Also, der junge Mann da drüben, der dich gerade mit seinen Blicken förmlich aufgefressen hat, scheint genauso einen Kater zu haben wie du. Ergo habt ihr gemeinsam getrunken und du hast dich mit ihm über deine gelöste Verlobung getröstet.«

»Nein, habe ich nicht!«, entgegnete Holly heftig. »Er ist einfach nur nett, und wir haben herausgefunden, dass sein Vater eine Affäre mit meiner Mutter hat!«

Olivers Züge entgleisten für den Bruchteil einer Sekunde. Daran merkte Holly, dass sie wohl noch unter dem Einfluss von Restpromille stehen musste. Sonst hätte sie ihm die Affäre ihrer Mutter mit diesem Winzer bestimmt nicht verraten und schon gar nicht so schonungslos nebenbei.

»Deine Mutter hat einen Freund? Davon hat sie mir gar nichts erzählt«, murmelte er.

Holly machte eine wegwerfende Handbewegung. »Das ist bestimmt nichts Ernstes, sondern nur so ein unverbindliches Sexding.«

»Gut, nun ... soll mir auch egal sein«, seufzte Oliver, und an der Art, wie er das tat, konnte Holly unschwer erkennen, dass es ihm alles andere als gleichgültig war. Sie ärgerte sich maßlos, dass sie ihr Mundwerk nicht besser im Zaum hatte halten können. »Aber wenn ich die Fähre bekommen möchte, sollte ich bald aufbrechen«, fügte er hastig hinzu.

»Soll ich dich begleiten?«, bot sie ihm eifrig an.

Oliver ließ seinen Blick zu dem Tisch, an dem Niclas saß, schweifen. »Ich glaube, da ist jemand erpicht darauf, mit dir ein paar Worte zu wechseln. Wir sehen uns in ein paar Tagen. Ich rufe dich an, sobald ich zurückkomme. Und dann fahren wir gemeinsam nach Taupatiti.«

Holly verdrehte genervt die Augen. »Muss das sein?«

»Ja, das muss sein. Das ist der Preis dafür, dass ich dir Jonathan abnehme«, erklärte er in strengem Ton und dachte wehmütig daran, was er den beiden Frauen nach seiner Rückkehr wohl würde verkünden müssen. Natürlich hoffte er auf Professor Snyder und seine Studie.

»Aber was versprichst du dir davon? Dass meine Mutter uns einen vernünftigen Grund nennen kann, warum sie uns das angetan hat? Und dass wir uns dann alle wieder lieb haben? Das wird nicht passieren, weil ich ihr nicht verzeihen kann.«

»Holly, jetzt hör mir mal gut zu. Ich weiß, dass es für deine Mutter damals höchst dramatische und aus ihrer Sicht triftige Gründe gegeben hat, den Kontakt mit mir abzubrechen ...«

»Was denn für Gründe? Dass sie begriffen hat, einen Mann wie dich nicht auf ihrer Insel halten zu können? Dann hätte sie mit dir nach London gehen können!«

»Holly, das ist alles nicht so einfach. Sie hatte eine große Verantwortung für ihr Erbe«, seufzte Oliver.

»Warum verteidigst du sie so vehement? Es gibt keine Entschuldigung, den Menschen, die man angeblich sehr liebt, Dinge zu verschweigen, die sie sehr wohl etwas angehen!«

»Meinst du nicht, dass man die Wahrheit manchmal besser verschweigt, weil die Umstände es erfordern?«

»Nein! Ich hätte dann meine Entscheidung frei von ihr treffen können. Und die hätte ganz eindeutig so ausgesehen, dass ich zu dir nach London gezogen wäre!«

Oliver sah ein, dass es keinen Sinn hatte, an Hollys Nachsicht zu appellieren. Vor allem, weil er sich nicht befugt sah, sie in die komplizierte Familiengeschichte mit ihren Schwüren und Flüchen einzuweihen. Das zu erledigen hielt er für Stellas Aufgabe. Das Einzige, was er wollte, war ein Versprechen Hollys, bei seiner Rückkehr aus Wellington mit ihm zusammen das Gespräch mit Stella zu suchen.

»Dann bitte ich dich als Vater, mir diesen Gefallen zu tun. Lass uns hinfahren, sobald ich wieder da bin«, stöhnte er und erhob sich schwerfällig.

Holly entging nicht, dass es ihm offensichtlich nicht ganz leichtfiel, vom Stuhl aufzustehen. »Oliver, ist mit dir wirklich wieder alles ganz in Ordnung? Gestern dein Zusammenbruch auf der Fähre, und jetzt stehst du vom Stuhl auf, verzeih, aber ich muss es so direkt sagen, wie ein alter Mann.«

Es fiel Oliver in diesem Augenblick wahnsinnig schwer, Holly nicht die Wahrheit zu sagen, sondern sie zu beschwichtigen. »Ich fühle mich blendend«, verkündete er in derart optimistischem Ton, dass Holly ihn skeptisch musterte, aber nichts dazu sagte und ihn stattdessen zum Abschied besonders fest umarmte. Dabei spürte sie förmlich Niclas' Blick in ihrem Rücken brennen.

Sie winkte Oliver noch hinterher, als er den Frühstücksraum schon verlassen hatte, und steuerte dann zielstrebig auf Niclas zu.

35.

»Guten Morgen. Hast du gut geschlafen?«, fragte Holly Niclas und musste zugeben, dass er selbst mit seinem zerknitterten Katergesicht noch attraktiv war.

»Geht so. Und du?«

»Ehrlich gesagt, wie ein Bär.«

»Und was hast du jetzt vor? Fährst du gleich zu deiner Freundin? Wenn du willst, bringe ich dich mit dem Wagen hin. Ich habe mir einen von einem Freund geliehen, weil mein Dad ja mit seiner Karre auf und davon ist.« Er grinste vielsagend. »Dann musst du keinen Bus nehmen.«

Holly aber fasste sich an den Kopf. »Ich habe ihr überhaupt keine Nachricht geschickt, dass ich auf dem Weg zu ihr bin. Das muss ich sofort nachholen, denn ich kann sie nicht einfach überfallen. Wenn sie allein wäre, schon, aber sie lebt ja mit ihrem Mann zusammen.«

»Dann ruf sie doch jetzt an und sag ihr, du wirst von einem Freund vorbeigebracht.« Er zwinkerte ihr aufmunternd zu.

»Jeder Handgriff ist heute Morgen zu viel, aber ich versuche es«, lachte sie und wählte Susies Nummer, doch es meldete sich nur die Mailbox. Holly sprach ihr eine Nachricht auf mit der Bitte um baldigen Rückruf. »Wenn du losmusst, fahr ruhig. Ich nehme dann später den Bus oder lasse mich von Susie abholen. Das ist ja gar nicht weit. Es ist in der Nähe von Rapaura.«

»Du hast recht, ich muss dringend zurück, denn wer weiß, wann mein Vater gedenkt, dort einzutrudeln. Aber ich mache dir einen Vorschlag. Ich nehme dich mit zu uns, denn unser Weingut liegt auch in der Cloudy Bay, und die Busse dorthin brauchen ewig. Wenn du magst und nicht so viel zu tun ist, mache ich eine Führung über das Weingut für dich.«

Holly überlegte kurz, aber sie sah keinen vernünftigen Grund, dieses Angebot auszuschlagen. Außerdem musste sie zugeben, dass er auch bei Tageslicht besehen eine höchst angenehme Gesellschaft darstellte und sie seine Gegenwart gern noch ein wenig länger genießen würde.

»Ich müsste nur noch meine Sachen von oben holen, aber das ist nur die Handtasche ...« Sie stutzte. »Sag mal, hättest du fünf Minuten? Ich würde mir gern schnell eine Jeans und ein T-Shirt kaufen. Ich liebe dieses Kleid zwar, aber damit renne ich nun seit gestern rum. Ich fühle mich in Lang etwas deplatziert.« Sie deutete auf eine Gruppe Touristen, Männer und Frauen, die sich gerade am Buffet bedienten und alle einheitlich beige Shorts trugen.

»Okay, wenn du mir versprichst, dass du nicht in Beige zurückkommst«, lachte er. »Reicht eine Viertelstunde?«

»Ich schwöre«, erwiderte Holly und rannte los.

Als sie keuchend zurückkehrte, blickte Niclas übertrieben streng auf seine Uhr und wunderte sich. Holly hatte tatsächlich nur fünfzehn Minuten gebraucht, um sich eine dunkelblaue Caprihose und ein blau-weiß gestreiftes Shirt zu kaufen. Sie drehte sich stolz einmal um die eigene Achse.

»Na, was sagst du? Ist aus dem maritimen Laden an der Ecke. Seglerbedarf«, lachte sie.

»Du segelst?«, fragte er erstaunt.

»Gott bewahre! Ich bin ungern auf dem Wasser!«

»Schade, sonst wäre ich gern mal mit dir gesegelt«, erklärte er bedauernd, und Holly bereute es ein wenig, dass sie ihre Ablehnung derart vehement zum Ausdruck gebracht hatte, dass er sie mit Sicherheit kein zweites Mal fragen würde.

Sie gingen gemeinsam zur Rezeption, um ihre Zimmer zu bezahlen, aber Hollys Übernachtung war bereits von Oliver ausgeglichen worden.

»Er ist übrigens sympathisch, dein Vater«, sagte Niclas, als sie zu seinem Auto gingen.

»Mehr als das! Deshalb ist es ja so fies, dass meine Mutter ihn mir vorenthalten hat«, knurrte sie.

»Wahrscheinlich hat sie tatsächlich geahnt, dass du dich für ihn entschieden hättest, wenn sie dir die Wahl gelassen hätte.«

Sie waren jetzt bei einem knallroten Pick-up angekommen. Niclas erzählte ihr voller Stolz, dass er genau so einen Wagen von seinem ersten selbst verdienten Geld erstanden hätte.

»Du bekommst Gehalt von deinem Vater?«, fragte Holly erstaunt.

»Ja, sicher, und zwar als sein Teilhaber, denn ich bin nicht der faule Sohn des Bosses, sondern seine rechte Hand. Der in diesem Jahr preisgekrönte Kiwi Royal ist von mir kreiert. Dieser edle Tropfen aus Neuseeland hat bereits bei manchen Blindverkostungen teuren Champagner geschlagen. Wie hieß es in der Begründung der Jury? Elegant, mineralisch und mit exquisiter Perlage ausgezeichnet.« Der Stolz in Niclas' Stimme war unüberhörbar, aber er wirkte dabei nicht wie ein Angeber, sondern wie ein Schwärmer.

»Den würde ich gern mal kosten«, sagte Holly.

»Nichts leichter als das. Das ist der Höhepunkt einer jeden Weingut-Führung«, lachte er. »Klingt eingebildet, oder?«

Holly schüttelte heftig den Kopf. »Nein, du scheinst für deine Produkte zu brennen wie ich für das B-Dur-Opus 18 Nr. 1 von Muzio Clementi.«

»Du kannst mir viel erzählen«, lachte er. »Noch nie gehört, aber schön, dass du meine Begeisterung verstehst.«

Während sie die malerische Strecke von Blenheim nach Rapaura entlangfuhren, klingelte Hollys Telefon, und sie befürchtete schon, dass damit ihr kleiner Ausflug mit Niclas beendet sein würde. Doch es kam ganz anders. Susie war sehr aufgeregt und berichtete der Freundin, dass sie wegen Blutungen sofort ins Krankenhaus müsste, aber hoffentlich in wenigen Tagen zurück wäre. Sie schlug Holly vor, doch ruhig in ihr Haus zu fahren und dort ein paar Tage Urlaub zu machen. Holly bat sich Bedenkzeit aus, denn der Gedanke, mit dem werdenden Vater ohne Susie dort zu sein, gefiel ihr gar nicht.

»Und? Muss ich dich jetzt gleich abliefern?«, erkundigte sich Niclas enttäuscht.

Holly berichtete ihm von Susies Vorschlag.

»Da habe ich aber was Besseres. Wir besitzen ein Gästehaus in den Weinbergen, das im Moment leer steht. Was hältst du davon, wenn du bei uns wohnst, bis deine Freundin aus dem Krankenhaus zurück ist?«

Holly überlegte. Natürlich wäre es reizvoll, noch ein bisschen Niclas' Gesellschaft zu genießen, aber die Vorstellung, dem Mann zu begegnen, der mit ihrer Mutter eine Affäre hatte, erschien ihr weniger erbaulich.

»Ich weiß nicht. Ich will nicht unbedingt deinen Vater näher kennenlernen«, seufzte sie.

»Wieso? Das ist doch die einmalige Chance, ihm reinen Wein über die Dame, in die er verknallt ist, einzuschenken. Wahrscheinlich ahnt er nicht mal was von deinem Vater. Komm, wir spielen Kleinkinder, die ihre Eltern auseinanderbringen.«

Es hörte sich zwar lustig an, wie er das so sagte, aber Holly war sich nicht ganz sicher, ob nicht doch ein Fünkchen Wahrheit an dem war, was er sagte, aber sie würde ganz sicher nicht Dritten gegenüber schlecht über ihre Mutter reden. Es reichte, dass sie sich bei Niclas über sie ausgekotzt hatte.

»Wenn, dann würde ich sie mit keinem Wort erwähnen.«

»Heißt das, du nimmst die Einladung an?«

Holly ließ ihren Blick aus dem Wagenfenster bis zu dem türkis schimmernden Wasser schweifen, dessen Wellen sanft an den weißen Sand der Cloudy Bay rollten, und dann sah sie zur Rechten ein Traumhaus auftauchen. Ein weißes Holzhaus, das inmitten von Weinbergen lag. Sie wusste sofort, an welches Haus sie dieses Gebäude erinnerte, und verspürte auf einmal eine tiefe Sehnsucht nach Taupatiti. In einer Heftigkeit, in der sie dieses Gefühl noch nie empfunden hatte.

»Wenn das euer Haus ist, komme ich mit«, erklärte sie halb im Scherz.

»Du bist ein Glückspilz, und ich erst! Ja, dort wohnen wir«, sagte er, und wieder schwang dieser gewisse Stolz in seiner Stimme mit, während er von der Straße auf einen Kiesweg abbog.

Holly kam aus dem Staunen nicht heraus. Das Panorama, das sich ihr bot, sah wie gemalt aus. Niclas hielt an einem kleineren Holzhaus.

»Willst du es dir mal anschauen? Und ich hole dich gleich ab?«

Holly nickte ergriffen. Sie fühlte sich wie im Paradies und wunderte sich selbst darüber, dass sie plötzlich so intensiv die Schönheit der Natur wahrnahm. Wie oft hatte ihre Mutter ihr als Kind gepredigt, sie sollte sich nicht im Haus verkriechen, sondern im Regenwald oder am Strand spielen gehen. Holly aber hatte keinen Drang verspürt, den Vorschlag aufzugreifen, sondern lieber der Kinderklarinette Töne entlockt, die einigermaßen hübsch klangen. Und nachdem endlich das Klavier gekommen war, hatte es für sie nichts Schöneres gegeben, als darauf zu üben.

Merkwürdig, dass ich beim Anblick der vielen Farben so viel

Zufriedenheit spüre, dachte sie und betrat das Haus. Es bestand aus einem großen Wohnraum, einem kleinen Schlafzimmer, einer Kochecke und einem Bad. Vom Wohnzimmer gelangte man auf die Terrasse und hatte einen herrlichen Weitblick. Wenn mich Stella so naturbegeistert erleben könnte, dachte sie, wurde aber sogleich wehmütig, weil mit dem Gedanken an ihre Mutter auch wieder der Groll gegen sie aufflammte.

Seufzend ließ sie sich auf das Bett fallen. Sie durfte gar nicht darüber nachdenken, wie sich ihr Leben in etwas mehr als vierundzwanzig Stunden komplett verändert hatte. Sie war nicht länger die Verlobte ihres Professors, hatte einen Vater bekommen, und was für einen tollen Vater, dafür ihre Mutter verloren und einen Mann kennengelernt, für den sie sich mächtig zu erwärmen begann. Ihr wurde ganz wohlig zumute bei der Vorstellung, noch ein bisschen Zeit mit Niclas zu verbringen.

Um sich die Wartezeit zu vertreiben, schaltete sie den Fernseher ein, aber sie guckte gar nicht hin, weil sie mit ihren Gedanken sofort wieder zum gestrigen Tag abschweifte. Erst als sie plötzlich meinte, die Stimme ihrer Mutter zu hören, heftete sie den Blick gebannt auf den Bildschirm. Und tatsächlich, da stand ihre wutentbrannte Mutter mit einer Moderatorin vor der Kamera und wollte etwas sagen, doch da trat Niclas' Vater vor das Mikrofon und verkündete, dass es keine Sensationen gäbe. In dem Moment kam ihre Mutter erst recht in Fahrt und beschimpfte einen gewissen Mr Waltman als Ratte. Holly verstand zwar nicht im Mindesten, worüber sich ihre Mutter in der Sache aufregte, aber ihr Auftritt berührte sie unangenehm. Hastig schaltete sie das Gerät aus und nahm sich vor, keinen Gedanken daran zu verschwenden, in was für Schwierigkeiten ihre Mutter steckte.

Das Klopfen an der Tür kam ihr gerade recht.

»Komm rein!«, rief sie und sprang vom Bett auf.

Niclas sah inzwischen wesentlich frischer aus als noch am Morgen im Hotel. Er lächelte sie gewinnend an.

»Ich hätte jetzt eine Stunde Zeit, bevor ich eine Geschäftsbesprechung mit Kunden habe. Magst du unser Reich sehen?«

Holly sprang auf und fuhr sich kurz durch die Locken. »Und du meinst wirklich, ich kann hier ein paar Tage bleiben?«, fragte sie zaghaft, während sie ihm nach draußen folgte.

»Solange du willst«, erwiderte er. »Ich glaube, die nächsten Gäste kommen erst in zwei Wochen, und wenn deine Freundin dann noch unpässlich ist, kannst du auch eines unserer Gästezimmer bekommen.«

»Das ist süß, aber ich weiß nicht, ob das deinem Vater recht ...« Weiter kam sie nicht, denn gerade in diesem Augenblick näherte sich ein Wagen.

»Wenn man vom Teufel spricht«, raunte ihr Niclas zu.

Auf Höhe des Gästehauses hielt Jayden an. »Hallo, ihr beiden«, begrüßte er sie aus dem offenen Wagenfenster heraus.

»Holly wird ein paar Tage im Gästehaus wohnen«, erklärte Niclas ihm knapp.

»Gut, dann will ich euch nicht weiter stören«, sagte er, aber er machte den Eindruck, als hätte er noch etwas auf dem Herzen.

»Ist noch was, Dad?«

Jayden schien noch mit sich zu kämpfen, ob er aussprechen sollte, was ihn beschäftigte.

»Ich glaube, Ihre Mutter braucht Sie jetzt, Holly«, stieß er schließlich gepresst hervor.

Holly verdrehte genervt die Augen. »Ich glaube nicht, dass ich im Moment etwas für meine Mutter tun kann. Wir haben gerade eine Auszeit. Aber offenbar ist sie gesund und munter, denn ich habe sie eben auf einem lokalen Fernsehkanal gesehen. Und Sie ebenfalls. Sie wollten sie ganz offensichtlich verteidigen. Was soll ich dabei tun?«

Jayden stieß einen tiefen Seufzer aus. »Bitte, Sie sollten zu ihr fahren, mit ihr reden, Sie zur Vernunft bringen. Sie bringt sich in Teufels Küche, wenn sie Waltman öffentlich anprangert und vor allem beleidigt …«

»Waltman? Ich kenne keinen Waltman und möchte ehrlich gesagt mit ihren ganzen Problemen gar nichts zu schaffen haben. Habe nämlich genug eigene!«, entgegnete Holly unwirsch.

»Dad, hör auf, Holly zu nerven. Sie hat gerade gar keinen Bock auf ihre Mutter. Du bist doch Miss Wilsons Lover. Dann steh du ihr doch bei!«, zischte Niclas und zog Holly energisch mit sich fort.

36.

Oliver verspürte ein schlechtes Gewissen, weil er seinen Freund nicht gleich am Telefon darüber aufgeklärt hatte, warum er sich mit ihm treffen wollte. Jonathan hatte ziemlich verzweifelt geklungen und sich bitter darüber beklagt, dass Holly seine unzähligen Nachrichten unbeantwortet gelassen hatte.

Oliver tröstete sich damit, dass es auf jeden Fall schonender sein würde, ihm die Wahrheit persönlich beizubringen. Was ihm allerdings gar nicht behagte, war die Tatsache, dass Jonathan ihn gebeten hatte, zu ihm ins Apartment zu kommen. Ein neutraler Ort wäre Oliver wesentlich lieber gewesen. Er hatte die Bar des Hotels vorgeschlagen, in der er sich für diese eine Nacht einquartiert hatte, und er wünschte, er hätte die Aussprache bereits hinter sich. Der ganze Stress machte sich nämlich auch in einer gewissen körperlichen Erschöpfung bemerkbar, aber er tröstete sich damit, dass er die nächsten Tage im Krankenhaus zur Ruhe kommen würde. Er hatte sich allerdings immer noch nicht zu erkennen gegeben, sondern unter einem falschen Namen gebeten, den vereinbarten Untersuchungstermin bei Professor Snyder vorzuverlegen. Eine Bitte, die man ihm seitens der Klinik erfüllt hatte. Mindestens drei Tage wollte man ihn vorerst dortbehalten. Das war alles noch völlig im terminlichen Einklang mit seiner Tourneeplanung. Wenn alles gut ging und man ihn in die Studie aufnahm, würde er nach Abschluss der Konzertreise mit der Therapie beginnen.

Er war so in Gedanken versunken, dass er beinahe an dem imposanten Haus, in dem sein Freund lebte, vorbeigegangen wäre. Er merkte es gerade noch rechtzeitig. Das Klingelschild mit den Namen Taylor/Wilson erinnerte ihn an die unangenehme Aufgabe, die er zu erledigen hatte.

»Oliver? Kommst du bitte ganz nach oben?«, sagte Jonathan über die Gegensprechanlage. Der Summer ertönte.

Jonathan wartete oben bereits ungeduldig vor der Wohnungstür auf seinen Freund. Er sah derart mitgenommen aus, dass er Oliver zutiefst leidtat. Vor allem, als er sich vorstellte, was der arme Mann heute noch so alles würde verkraften müssen. Die Freunde umarmten sich.

»Schön, dass du da bist. Es geht mir dreckig. Ich weiß nicht mehr, wo mir der Kopf steht. Dass sie mir so etwas antut! Aber komm erst mal rein.« Jonathan schob Oliver in die Wohnung. Mit einem Blick erfasste Oliver, dass die gesamte Einrichtung in Weiß gehalten war. Zu Jonathan passte dieser kühle Stil, dachte er, aber für Holly schien ihm das alles zu endgültig, zu festgelegt, zu kalt zu sein. Vor allem, wenn er bedachte, dass sie auf Taupatiti aufgewachsen war unter dem Einfluss der malerischen Farbtöne von Meer, Regenwald und Stränden.

Jonathan führte ihn zu einem voll eingedeckten Tisch. Eine Tatsache, die Oliver verunsicherte, zumal er sich nur auf einen Drink mit Jonathan hatte treffen wollen. Was ihn aber noch mehr irritierte, war die Tatsache, dass für vier Personen gedeckt war. Nun entdeckte er die junge Frau, die in der offenen Küche damit beschäftigt war, ein Essen zu zaubern.

»Joey, was wird das?«, fragte er leicht missgestimmt. »Ich wüsste nicht, dass wir zum Essen verabredet sind.«

»Na, wenn du mich schon mal besuchst. Meine Mutter hat sich doch so gefreut, dich endlich einmal wiederzusehen. Sie besitzt die Tonträger deiner sämtlichen Konzerte.«

Oliver wusste nicht recht, wie er auf diesen Überfall reagieren sollte. Mrs Taylor hatte ihm zu seinem Glück noch gefehlt. Es fiel ihm doch schon schwer genug, seinem Freund reinen Wein einzuschenken, aber ihm in Gegenwart seiner Mutter die Wahrheit zu sagen, stresste ihn ungleich mehr.

»Pass auf, Jonathan, ich würde gern mit dir unter vier Augen sprechen. Es ist wichtig«, erklärte Oliver mit Nachdruck.

»Kein Problem, wir verziehen uns nach dem Essen in eine Bar, aber ich konnte meine Mutter nicht davon abbringen. Du weißt doch, du warst immer schon ihr erklärter Liebling.«

Oliver atmete einmal tief durch. Er war ziemlich ratlos. Wie sollte er denn ein Essen mit Jonathans Eltern überstehen, ohne sich anmerken zu lassen, dass ihm etwas Wichtiges unter den Nägeln brannte?

Das Klingeln der Türglocke riss Oliver aus seinen Gedanken.

Er straffte die Schultern. Dann musste er eben gute Miene zum bösen Spiel machen, entschied er kurz entschlossen, sah er unter diesen Umständen doch keinen anderen Ausweg.

»Maestro!«, rief Mrs Taylor verzückt aus, als sie die Wohnung betrat und ihn erblickte. »Lass dich mal ansehen. Oje, du bist aber sehr blass um die Nase. Kein Wunder, denn du hast ja keinen mehr, der sich um dich kümmert. Wir haben natürlich vom Tod deiner lieben Frau erfahren. Ach, du Armer.« Voller Überschwang strich sie ihm durchs Haar.

Oliver war diese Begrüßung zutiefst unangenehm. Er hatte Mrs Taylor seit weit über fünfundzwanzig Jahren nicht mehr gesehen, und dafür war das ziemlich vertraulich, zumal er daran denken musste, was ihm Holly über die Dame berichtet hatte.

»Schön, Sie zu sehen, Mrs Taylor«, begrüßte er sie steif. Dann ging er auf Jonathans Vater zu, der sich peinlich berührt im Hintergrund gehalten hatte, und reichte ihm freundlich die Hand. Ihn hatte er schon als Kind gemocht.

»Mensch, mein Junge, du hast aber eine steile Karriere hingelegt. Alle Achtung!«, sagte Joseph Taylor bewundernd. »Darauf müssen wir anstoßen!« Er machte Chrissie, die mit einem Tablett voller Champagnergläser abwartend in der Küchenzeile stand, ein aufmunterndes Zeichen.

Oliver nippte nur pro forma an seinem Glas.

»Kommt, setzt euch«, bat Jonathan seine Gäste.

Kaum dass sie ihre Plätze eingenommen hatten, spürte Oliver, wie ihm der Schweiß ausbrach. Er fühlte sich schrecklich unwohl in dieser Runde, zumal Mrs Taylor ohne Punkt und Komma Geschichten von früher zum Besten gab.

»Wisst ihr noch, wie ihr beide zeitgleich schrecklich verliebt in Vivien gewesen seid? Ach ja, Vivien ist übrigens frisch geschieden und hat mir gestanden, dass sie dich ja gern mal in Neuseeland besuchen kommen würde.«

»Mutter, was soll das? Lass mich endlich mit Vivien in Ruhe!«, zischte Jonathan.

Oliver aber nahm das Tischgespräch nur wie ein fernes Rauschen von Stimmen wahr und wünschte sich weit weg. Obwohl das Essen vorzüglich war, konnte er es nicht genießen.

»Ach, ich freue mich so auf dein Konzert«, bemerkte Mrs Taylor überschwänglich.

»Mutter, nun lass den armen Mann doch in Ruhe essen«, mischte sich Jonathan ein und warf Oliver einen besorgten Blick zu. Offenbar war ihm aufgefallen, wie unwohl sich sein Freund fühlte.

»Aber ich freue mich doch so, dass ihr beide euch wiedergefunden habt. Und sei bloß froh, dass du nun nicht Trauzeuge werden musst.«

Oliver horchte auf. Hieß das etwa, dass Jonathan von sich aus einen Rückzieher gemacht hatte? Das würde ihm die Überbringung von Hollys Botschaft zumindest erleichtern.

»Mutter, hör bitte auf damit! Die Hochzeit wird wie geplant stattfinden. Wie oft soll ich dir das noch sagen?«, ereiferte sich Jonathan.

»Oliver, nun hör dir das an. Er will es partout nicht wahrhaben, dass die junge Dame nichts für ihn ist. Was sagst du dazu?«

Oliver zuckte hilflos die Schultern, obwohl es ihm schwerfiel, nicht auf der Stelle mit der Wahrheit herauszuplatzen. Das Einzige, was ihn davon abhielt, war die Befürchtung, dass sich Mrs Taylors Anwesenheit bei dieser Beichte alles andere als positiv auf den Gemütszustand seines Freundes auswirken würde.

»Aber du musst doch eine Meinung dazu haben, Junge! Ist das eine Art, einfach aus dem Restaurant zu stürmen und ohne weitere Erklärung zu verschwinden?«

»Keine Ahnung. Sie wird sicher ihre Gründe haben«, seufzte Oliver.

»Mutter, wie oft soll ich dir noch sagen, dass sie einen Zettel hinterlassen und mir mitgeteilt hat, dass die Hochzeit nach deinen Wünschen stattfinden wird? Vielleicht muss sie erst einmal verarbeiten, dass ihre Mutter nicht dabei sein wird.«

»Das ist doch kein Grund, wie ein dummes Gör fortzulaufen. Also wirklich, das zeugt von keinem guten Benehmen. Aber woher soll die Dame das auch haben? Man sollte sich immer die Mütter ansehen, bevor man sich bindet, nicht wahr, Oliver?«

»Was haben Sie denn gegen die Mutter der jungen Frau?«, fragte Oliver in scharfem Ton. Er schwitzte jetzt so stark, dass ihm der Schweiß von der Stirn lief und in die Augen tropfte. Er wusste nicht, wie lange er diese Farce noch mitspielen konnte.

»Diese Muschelzüchterin ist eine ganz einfache Person ohne jegliche Bildung und bar jeglichen Anstands. Sie hat mir ein Glas Campari mit Orangensaft ins Gesicht gekippt, musst du wissen.«

»Ohne Grund? Einfach so?«, hakte Oliver provozierend nach.

»Nein, meine Frau hatte sich zuvor darüber mokiert, dass

Holly Maori-Wurzeln besitzt«, mischte sich nun Joseph ein, der den Weißwein, der zum Essen serviert wurde, wieder einmal ganz unaristokratisch eingeatmet hatte.

»Joseph, halt deinen Mund!«, fuhr Mrs Taylor ihren Mann barsch an.

»Was haben Sie denn gegen Maori?«, fragte Oliver lauernd.

»Du wirst wohl verstehen, dass ich kein dunkelhäutiges Enkelkind mit Kräuselhaar haben möchte, oder?«

»Nein, Mrs Taylor, das verstehe ich nicht«, entgegnete Oliver mit bebender Stimme. Noch ein Wort dieser Frau, und er würde sich vergessen.

»Oliver, ich bitte dich, man sollte meinen, du hast vergessen, woher du kommst«, entgegnete Mrs Taylor schnippisch.

»Vor allem ist das kompletter Unsinn. Holly ist die Tochter von Weißen«, mischte sich Jonathan aufgeregt ein.

»Und wenn es anders wäre, würdest du sie trotzdem heiraten wollen?« Oliver wischte sich den Schweiß aus den Augen.

»Was ist bloß los mit dir? Ist dir nicht gut?«

»Hollys Ahnen haben nun einmal Maori-Blut in ihren Adern«, entgegnete Oliver unbeirrt.

»Sorry, mein Freund, aber ich glaube, das kannst du wohl kaum beurteilen«, konterte Jonathan in bissigem Ton. »Du hast sie doch nur einmal kurz gesehen. Und man sieht es ihr beileibe nicht an. Ich habe gleich gemerkt, dass du sie mir nicht gönnst, aber, was du auch immer von dir gibst, sie wird meine Frau!«

»Nein, das wird sie nicht!« Kaum hatte Oliver die Wahrheit ausgesprochen, hörte das verdammte Schwitzen auf, und er hatte die Gewissheit, dass ihn keine Rücksicht der Welt mehr davon abhalten würde, die Wahrheit auszusprechen. Er fühlte in jeder Pore, dass es richtig war, wenn seine Tochter Jonathan nicht heiraten würde. Nein, er war wahrlich nicht der Mann, den er sich für sein einziges Kind wünschte!

»Was redest du da für einen Unsinn?«, fuhr Jonathan ihn wütend an. »Du wirst sie mir nicht ausreden. Verstanden?«

»Bitte, Jungs, nicht streiten. Nicht wegen dieser Göre, die gar nicht zu würdigen weiß, was Jonathan alles für sie auf sich nehmen würde«, mischte sich Mrs Taylor beschwichtigend ein.

»Keine Sorge, Mrs Taylor, diese Göre wird Ihren Sohn nicht heiraten«, verkündete Oliver ganz ruhig. Seine Anspannung war von ihm abgefallen, seit er erkannt hatte, dass es nicht mehr darum ging, seinem Freund die Sache so schonend wie möglich beizubringen, sondern seine Tochter zu verteidigen.

»Olli, woher willst du das denn wissen? Nur weil du in meine Verlobte verliebt bist, kannst du noch lange nicht für sie sprechen«, bemerkte Jonathan spöttisch.

»Ich habe sie gestern auf der Fähre nach Picton getroffen. Und sie hat mich gebeten, dir zu sagen, dass es vorbei ist«, verkündete Oliver in sachlichem Ton, doch da war Jonathan bereits aufgesprungen und hatte ihn am Kragen gepackt.

»Du lügst, wenn du nur den Mund aufmachst!«, brüllte Jonathan seinen Freund an.

»Nein, ich sage die Wahrheit. Holly wird dich niemals heiraten!«

Mrs Taylor riss begeistert die Arme empor. »Gott, bin ich froh. Danke, Oliver, das ist eine wunderbare Nachricht. Mein Sohn muss sich doch glücklich schätzen, diese Frau los zu sein. Und nun vertragt euch wieder!«

»Halt endlich den Mund, Mutter!«, herrschte Jonathan sie an, während er von Oliver abließ und sich auf seinen Stuhl fallen ließ.

»Du hast sie nicht getroffen! Oder war das etwa ein abgekartetes Spiel? Hast du versucht, sie mir auszuspannen? Hast du den großen Meister raushängen lassen und ihr signalisiert, dass du der Erfolgreichere von uns beiden bist? Komm, gib es zu, Arschloch!«, zischte Jonathan.

»Jonathan! So etwas sagt man nicht«, empörte sich seine Mutter.

»Nein, es war purer Zufall, dass wir uns auf der Fähre wiedergesehen haben«, widersprach Oliver seinem Freund mit letzter Kraft.

»Nein, mein Freund, ich glaube dir kein Wort. Jetzt verstehe ich, warum sie abgehauen ist. Du bist der Grund. Wie hast du das angestellt, sie mir vor meinen Augen auszuspannen?«

»Oh, mein Gott, diese Schlampe hat dich ja völlig verhext«, zeterte Mrs Taylor.

»So redest du nicht von dieser reizenden jungen Dame«, meldete sich ihr Mann zu Wort.

»Ihr Mann hat recht. So reden Sie nicht von Holly, Mrs Taylor!«, sagte Oliver in ruhigem Ton.

»Ach, du bist doch genauso verblendet wie mein Sohn. Da muss so ein junges Ding nur mit ihrem Hintern wackeln und schon verlieren die Kerle ihr Hirn!«, schnaubte Mrs Taylor abfällig.

»Du willst sie doch nur flachlegen, um mir zu zeigen, dass du sie alle haben kannst«, stieß Jonathan wütend hervor.

»Nein, flachlegen möchte ich sie ganz bestimmt nicht«, widersprach Oliver gefasst und wusste in demselben Augenblick, dass er die Wahrheit keine Sekunde länger für sich behalten konnte. »Holly Wilson ist meine Tochter!«

Jonathan sah ihn fassungslos an.

»Ja, das ist der Grund, warum ich das Gespräch mit dir gesucht habe. Ich wollte dir das in aller Ruhe erklären, denn ich kenne die Wahrheit auch erst, seit wir uns zufällig auf der Fähre wiedergetroffen haben. Die Tatsache, dass Stella es ihr am Telefon gestanden hat, war der Grund, warum sie das Lokal so fluchtartig verlassen hat. Sie stand unter Schock.«

»Du bist der Vater dieser ... Person?«, kreischte Mrs Taylor entsetzt.

»Halt endlich deinen Mund!«, fuhr Joseph seine Frau an.

»Ich hätte es dir gern in Ruhe erzählt«, stöhnte Oliver, aber in dem Moment sprang Jonathan so heftig von seinem Stuhl auf, dass er umkippte, und rannte fluchend davon.

Nach einer Schrecksekunde folgte Oliver seinem Freund bis auf den Flur. Er konnte sehen, wie sich die Fahrstuhltüren vor seiner Nase schlossen. Obwohl Oliver sich ziemlich schwach fühlte, entschied er sich, die Treppen zu nehmen, um seinen Freund im Erdgeschoss abzufangen. Er spürte die Anstrengung bei jeder Stufe. Als er keuchend unten ankam, schoss Jonathan gerade aus dem Fahrstuhl und auf die Eingangstür zu.

»Halt! Bitte, Joey, warte, wir können doch über alles in Ruhe reden«, rief Oliver.

Jonathan drehte sich um. »Hau ab! Ich will dich nicht mehr sehen. Du hast Holly die Hochzeit ausgeredet!«, brüllte er zurück, bevor er blitzschnell aus der Tür ins Freie stürmte.

Oliver aber wollte den Freund auf keinen Fall in diesem Ausnahmezustand alleinlassen. Sein Puls raste wie wild. Trotzdem preschte er los und verfolgte Jonathan, der, ohne sich umzudrehen, die Straße entlang in Richtung Hafen nahm.

»Joey! Sei kein Kindskopf. Bleib stehen!«, schrie ihm Oliver hinterher, als er ihn fast eingeholt hatte.

Jonathan aber rannte, ohne links und rechts zu blicken, kopflos auf den viel befahrenen Waterloo Quay.

In dem Moment sah Oliver den Lastwagen mit hoher Geschwindigkeit von rechts heranrasen. Er wollte den Freund warnen, aber die Stimme versagte ihm den Dienst. Stattdessen nahm er alle seine Kraft zusammen und stürzte sich auf den Freund, um ihn zurückzuhalten. Er schaffte es sogar, ihn am Ärmel seiner Jacke zu packen, doch es war zu spät. Der Lastwagen hatte nicht nur seinen Freund erfasst, sondern auch ihn mit sich gerissen.

3. Teil

Stella und ihre Tochter

37.

Die Folgen ihres unüberlegten Fernsehauftritts im Lokalsender hatten Stella wie ein Tsunami überrollt. Einige Stammkunden hatten wenigstens den Anstand besessen, ihr bedauernd mitzuteilen, dass sie vorerst keine Geschäfte mehr mit ihr tätigen würden. Wieder andere ließen sich am Telefon verleugnen, nachdem sie einen Rundruf an all ihre Kunden gestartet hatte, um ihnen zu erklären, dass das Ganze eine üble Intrige wäre. Des Weiteren wies sie darauf hin, dass sie wieder liefern könnte, sobald die Ware seitens der Polizei freigegeben würde.

Selbst einige Stammkunden aus Picton, Havelock und Blenheim machten deutlich, dass sie zunächst einmal abwarten wollten, wie sich die Sache entwickelte. Nur Mary vom »Muschelhaus« und John vom »Pelorus« hatten ihr versichert, dass sie die Vorwürfe gegen sie absurd fänden und sie die Muscheln bis zu ihrer Lieferung von der Karte nehmen würden. Zu Stellas großem Verdruss hatten auch schon ein paar vereinzelte Kunden ihrer Paua-Muscheln die Aufträge zurückgezogen, nachdem sie Stellas furiosen Auftritt vor der Kamera gesehen hatten.

Obwohl der Kopfschmerz ihr ständiger Begleiter war und sie sich schlapp und müde fühlte, hatte sie das Versprechen, das sie Jayden gegeben hatte, nämlich sich zu schonen, nicht eingehalten. Im Gegenteil, sie arbeitete oft bis in die Nacht hinein. Und zwar nicht nur, weil so viel anlag, sondern auch und vor allem, um ihre persönlichen Probleme zu verdrängen und nicht an Holly, Oliver oder gar Jayden denken zu müssen.

Doch leider überfielen die verdrängten Gefühle sie dann in der Nacht, indem sie sich in ihre Träume schlichen, aus denen sie jedes Mal schweißgebadet erwachte. Einige Träume wiederholten sich auch, etwa der, in dem Holly und Oliver sie durch den Regenwald von Taupatiti jagten, bis sie sich erschöpft in der Frauenbucht in Sicherheit wähnte, doch dort erwartete sie bereits ein triumphierend grinsender Ralph Waltman in Begleitung von Jayden, der beteuerte: »Er hat nichts getan. Glaube es mir doch!« Und als sie vor den beiden flüchten wollte, versperrten Holly und Oliver ihr den Weg.

Der einzige Lichtblick in dieser Krise waren der unermüdliche Einsatz ihrer Paua-Kriegerinnen und die Tatsache, dass Ani sie unterstützte, wo sie nur konnte. Ihre Freundin, die Goldschmiedin Susan, hatte Stella voller Begeisterung von dem Gespür der jungen Maori für die Perlen vorgeschwärmt. Trotz all des Kummers, den Stella zurzeit hatte, erfüllte es sie mit Stolz, wie Ani mit den Herausforderungen, die an sie gestellt wurden, wuchs. Sie hatte kein einziges Mal mehr den Constable erwähnt und ging förmlich in der neuen Arbeit auf. Stella hatte sie inzwischen von allen Haushaltspflichten freigestellt. Sie selbst kümmerte sich zurzeit um Absatzmöglichkeiten von Paua-Muscheln auf dem asiatischen Markt, was ihr, je tiefer sie in die Materie einstieg, zunehmend widerstrebte. Doch langsam blieb ihr keine andere Wahl, vor allem, falls ihr noch weitere treue Kunden abspringen sollten.

Nach außen funktionierte Stella trotz des Stresses immer noch außerordentlich gut. Im Inneren beschlich sie zunehmend das Gefühl, in ihrem Leben alles falsch gemacht zu haben. Überdies fühlte sie sich zum ersten Mal in ihrem Leben einsam. Weder Holly meldete sich bei ihr noch hatte Oliver einen einzigen Versuch unternommen, nach dem Eklat das klärende Gespräch mit ihr zu suchen. Was für sie aber mindestens genauso schmerzlich war, war Jaydens Schweigen. Seit sie ihn vor die Wahl »Waltman oder ich!« gestellt hatte, herrschte Funkstille zwischen ihnen. Nur Helen hatte mehrfach besorgt bei ihr angerufen und angeboten, sie auf der Insel zu besuchen, damit sie sich einmal ihren ganzen Kummer von der Seele reden konnte. Stella hatte das freundlich gemeinte Angebot der Freundin allerdings abgelehnt, zumal Helen hatte durchblicken lassen, dass sie inzwischen über Oliver Bells Vaterschaft Bescheid wusste.

Stella hatte seit Tagen nicht mehr richtig gegessen, in ihrem Kopf pochte ein leichter Schmerz, während sie an diesem Morgen nach einer schrecklichen Nacht die Kundendatei durchging, um sich einen Überblick zu verschaffen, wer ihr denn überhaupt noch die Treue hielt. Das waren vor allem die Kunden, die auf der Nordinsel saßen und von dem Interview nichts mitbekommen hatten, und die ausländischen Firmen, die ihre Grünlippmuscheln zu Pulver gegen allerlei Beschwerden verarbeiteten.

Natürlich ließ es sie nicht kalt, dass ausgerechnet die Restaurantbesitzer, die sie teils noch persönlich beliefert hatte, auf Abstand zu ihr gingen. Dabei war es nicht nur der Fernsehauftritt selber, der ihrem Ruf derart massiv geschadet hatte, sondern auch ein großes Interview, das Ralph Waltman in der örtlichen Presse zu den Vorfällen gegeben hatte. Darin hatte er sich als Opfer einer Rufmordkampagne dargestellt und rechtliche Schritte gegen die Muschelzüchterin angekündigt.

Das Klingeln des Telefons riss sie aus ihren trüben Gedanken, und sie meldete sich mit fester Stimme.

Es war Inspector Green, auf dessen Anruf sie bereits seit Tagen sehnsüchtig wartete. Natürlich hoffte sie, er würde ihr endlich mitteilen, dass er ihr glaubte und sie die Muscheln ausliefern konnte, doch schon am Ton seiner Stimme erkannte sie, dass das nicht der Fall sein würde.

»Ich habe wirklich alles versucht, Miss Wilson«, versicherte er ihr bedauernd. »Aber mein Chef sieht nur die Aktenlage, und da gibt es nun einmal zwei übereinstimmende Zeugenaussagen. Hinzu kommt die Bestätigung der Versicherung, dass sie den Schaden in voller Höhe übernehmen, Ihre Fingerabdrücke auf Ihrer Waffe ...« Er unterbrach sich seufzend. »Jedenfalls habe ich den Auftrag, die Sache an die Staatsanwaltschaft weiterzugeben, wobei es weniger um Ihre Muscheln geht als um die Bedrohung mit der Schreckschusspistole.«

»Ihr Chef glaubt wirklich, ich hätte das Ding auf diesen Kerl gerichtet. Ich kann es nicht fassen«, stieß Stella empört hervor. »Haben Sie ihm nicht weitergegeben, was Ani bezeugen würde, dass Richards die Waffe in unserer Schublade mit eigenen Augen gesehen hat?«

»Sicher habe ich das! Aber er ist der Meinung, dass Ihre Hausangestellte keine glaubwürdige Zeugin sein kann, weil sie angeblich einen sehr persönlichen Grund hätte, Richards eins auszuwischen. Er hat jedenfalls ausführlich zu Protokoll gegeben, dass die junge Frau ihm Ihre Waffe gezeigt und angedroht habe, ihn fertigzumachen, sollte er sie je verletzen.«

»So ein Mistkerl. Er weiß genau, was Ani alles durchgemacht hat. Ich könnte ihn eigenhändig erwürg–«

»Miss Wilson, wenn, dann hat er ganze Arbeit geleistet, denn er hat zu Protokoll gegeben, dass die jungen Frauen bei Ihnen auf der Insel darauf trainiert worden sind, sich gegen Männer zu wehren.«

»Das ist eine Farce! Wie kann ein vernünftiger Mensch wie Ihr Chef solch einen Unsinn glauben?«

»Er kennt Sie nicht. Und meine Eindrücke von Ihrer Glaubwürdigkeit scheren ihn herzlich wenig. Und außerdem steht er ...«, der Inspector hielt inne und räusperte sich nervös, bevor er weiterredete, »... mein Chef ist Stammgast im ›Dine & Vine‹.

Dort macht er mindestens einmal im Jahr mit seiner Familie Urlaub. Was ich Ihnen jetzt verrate, muss unter uns bleiben. Ralph Waltman hat mehrere Male mit ihm in der Sache telefoniert und wohl ordentlich Druck gemacht, damit die Sache nicht eingestellt wird und Sie einen Prozess bekommen. Aber er soll auch davon Abstand genommen haben, Sie strafrechtlich wegen der Beleidigung zu verfolgen, obwohl mein Chef der Meinung ist, dass Ihr TV-Auftritt dazu Anlass genug gewesen wäre. Kurz, was Sie da vor der Kamera abgelassen haben, war nicht besonders klug, um nicht zu sagen, hirnrissig.«

»Das weiß ich selber«, konterte Stella aufgebracht. »Aber haben Sie sich mal gefragt, wer das Team vom Lokalsender informiert hat? Wenn Sie es nicht waren, wenn ich es nicht war, käme doch nur noch einer infrage.«

»Sie verdächtigen Ihren speziellen Freund Richards, oder? Es wird Sie vielleicht interessieren, dass er schon in den nächsten Tagen aus dem Polizeidienst ausscheiden wird, um den Job bei Waltman anzutreten.«

»Und warum wundert mich das nicht? Sie sind doch ein kluger Mann. Da müssten bei Ihnen doch auch alle roten Lampen blinken.«

»Wer sagt denn, dass das nicht der Fall ist? Aber mir sind die Hände gebunden, solange die Beweislage gegen Sie erdrückend ist. Und deshalb kann ich Ihnen nur raten: Versuchen Sie, sich stichhaltige Beweise zu verschaffen!«

»Gut, dann wird meine Mitarbeiterin Ani beschwören, dass sie den Kerl dabei beobachtet hat, wie er den Brief von der Versicherung und die Schreckschusspistole hat verschwinden lassen. Denn das Fiese an Waltmans teuflischer Intrige ist, dass dieser Plan zu funktionieren scheint, weil die Leute berechtigterweise an meiner Unschuld zweifeln. Solche krummen Dinger mag man nämlich in unserer Gegend gar nicht. Wenn sich das in den Köpfen meiner Kunden festsetzt, bin ich als Geschäftsfrau erledigt und kann Waltman meine Insel zum Dumpingpreis in den Rachen werfen, weil ich mit diesem Makel bestimmt nicht mehr viele Freunde in den Sounds hätte.«

»Genau, und deshalb lassen Sie es schön bleiben, Ihre Mitarbeiterin zu einer Falschaussage anzustiften. Wir müssen etwas Besseres finden.«

»Sagten Sie gerade ›wir‹?«, hakte Stella nach.

»Ich sagte, *Sie* müssen etwas Besseres finden, aber beeilen Sie sich. Wenn die Akte erst beim Staatsanwalt liegt, könnte es zu spät sein. Aber Sie haben Glück. Ich habe im Augenblick so viel zu tun, dass ich noch ein paar Tage benötige, um meinen Ermittlungsbericht fertigzustellen.«

»Okay, ich werde alle Hebel in Bewegung setzen, um legale Beweise vorzulegen«, versprach Stella Green hoch und heilig, obwohl sie keine Ahnung hatte, wo sie solche Beweise herbekommen sollte. »Und was geschieht mit meinen Muscheln?«, fügte sie zaghaft hinzu.

»Leider kann ich sie Ihnen nicht freigeben. Auch das war offenbar ein ganz besonderer Wunsch Ihres speziellen Freundes. Ein Schelm, der dabei etwas Böses denkt«, seufzte er.

Obwohl Green Stella keine positiveren Nachrichten hatte überbringen können, war sie ihm sehr dankbar, dass er auf ihrer Seite stand. Schon um ihn nicht zu enttäuschen, würde sie sich etwas einfallen lassen müssen, um ihre Unschuld zu beweisen.

»Und ab sofort ist Constable Baxter wieder für den Fall zuständig, den Richards bei meinem Chef übrigens als Ihren potenziellen Mittäter angeschwärzt hatte. Das musste er inzwischen zurücknehmen, und ich vermute, dass der gute Baxter Ihnen helfen wird, so gut er kann. Er wird Ihnen in den nächsten Tagen einen Besuch abstatten, um mit Ihnen zu besprechen, wo unter Umständen die Schwachstellen im Plan Ihrer Widersacher sind.«

»Sie glauben also doch an eine Intrige Waltmans?«

»Ich habe keine Namen genannt, und das werden Sie aus meinem Mund auch nicht hören, solange wir keine Beweise haben. Aber was mich außerordentlich stutzig macht, ist ein Gerücht, wonach Waltmans Stuhl bei Luxury Resorts wackelt, und man schon über seine Entlassung spekuliert.«

»Aha, und wo sitzt die Firma?«, erkundigte sich Stella nicht ohne Hintergedanken.

»Der Vorstand der Firmengruppe residiert in Wellington«, erwiderte Green wie aus der Pistole geschossen, was Stella in ihrem Verdacht bestätigte, dass Green ihr durch die Blume nahelegte, den Herren dort einen Besuch abzustatten. Sie war aber schlau genug, das nicht offen auszusprechen. Es war ohnehin schon ungewöhnlich genug für einen Inspector, eine angebliche Kriminelle gegen seinen Vorgesetzten zu unterstützen.

»Danke, dass Sie angerufen haben«, bemerkte Stella stattdessen.

»Und beeilen Sie sich!«, knurrte er zum Abschied in den Hörer.

Stella beschloss, den Besuch in der Firmenzentrale ganz kurzfristig in die Tat umzusetzen, und wollte gerade für den nächsten Tag ein Fährticket buchen, als ihr Blick auf eine gerade eingehende Mail fiel. Es handelte sich um eine Erklärung, in der die Restaurantbesitzer der Marlborough Sounds, die bisher von Miss Stella Wilson beliefert worden waren, an die Adresse der örtlichen Presse versicherten, dass sie zu ihrer Lieferantin stünden und Grünlippmuscheln erst wieder auf die Speisekarte nehmen würden, wenn der unberechtigte Vorwurf gegen Miss Wilson ausgeräumt wäre. Initiatoren waren Mary und John, aber es hatten auch etliche Restaurantbesitzer unterzeichnet, die sich vorher eher herausgehalten und sogar von ihr distanziert hatten.

Stella nahm diese Nachricht als Zeichen, alle Kraft daranzusetzen, um sich gegen Waltmans Intrige zu wehren. Aber dieses Mal nicht unüberlegt und gekränkt, sondern mit kühlem Kopf, nahm sie sich fest vor. Sie druckte die Erklärung aus, denn diesen Text würde sie den Herren vom Vorstand auf jeden Fall zu lesen geben. Stella fühlte sich gleich ein bisschen besser. Sie war zwar noch nicht in der Stimmung, Bäume auszureißen, aber sie spürte, wie sich ihr legendärer Kampfgeist zumindest merkbar regte.

Mit diesem Elan wollte sie nun endlich das Fährticket buchen, als ihr Telefon erneut klingelte. Die fremde Dame stellte sich Stella als Tracy Fielding vom Wellington Regional Medical Center vor. Stella zuckte leicht zusammen, denn der Anruf eines Krankenhauses ließ böse Überraschungen vermuten, aber dann beruhigte sie sich gleich wieder, weil weder Holly noch Oliver zurzeit in der Hauptstadt waren.

»Und Sie sind Stella Wilson?«, hakte Tracy Fielding nach.

»Ja, die bin ich, aber sagen Sie mir bitte, was Sie von mir wünschen.«

»Wir würden Sie dringend bitten, zu uns in die Klinik zu kommen, um einen Patienten mit retrograder Amnesie zu besuchen. Vielleicht hilft das seinem Gedächtnis auf die Sprünge. Wir haben in seiner Brieftasche Ihre Kontaktdaten gefunden und ...«

»Wie heißt denn Ihr Patient?«

»Oliver Bell. Er ist Engländer, und wie wir bislang herausgefunden haben, sollte er demnächst ein Konzert in Wellington geben, was in seinem Zustand unmöglich ist, denn er weiß nicht mal, dass er Pianist ist. Die Schwestern haben nur berichtet, dass er in den ersten Tagen oft Ihren Namen gerufen hat.«

»Um Gottes willen, was ist passiert?«, fragte Stella aufgebracht.

»Ein Autounfall, aber mehr möchte ich Ihnen am Telefon nicht mitteilen. Sie würden uns sehr helfen, wenn Sie sich die Mühe machen würden, ihn zeitnah zu besuchen. Natürlich haben wir keine Garantie, dass er sich dann wieder an alles erinnert. Diese Amnesien sind unberechenbar. Mal dauern sie Stunden, mal Monate. Und wir hatten auch schon Patienten, bei denen zumindest die Zeit vor dem Unfall für immer aus dem Gedächtnis getilgt war.«

»Ich nehme die Mittagsfähre und fahre gleich mit dem Taxi zur Klinik«, versprach Stella sehr zur Freude von Mrs Fielding, die Stella allerdings dringend bat, erst bei ihr vorbeizuschauen, bevor sie Oliver besuchte.

Nachdem sie das Ticket ausgedruckt hatte, rief sie nach Ani und berichtete ihr kurz und knapp, dass sie dringend nach Wellington fahren müsse, unter anderem um dem Vorstand von Luxury Resorts einen Besuch abzustatten. Dass sie darüber hinaus private Gründe für ihre überstürzte Reise hatte, verschwieg sie Ani. Sie zeigte ihr stattdessen die Mail der Restaurantbesitzer, was Ani ein Lächeln auf das Gesicht zauberte. »Es wird alles wieder gut, Miss Wilson«, seufzte sie. »Wenn es Ihnen recht ist, werde ich mich in Ihrem Namen persönlich bei Ihren Kunden bedanken«, fügte sie eifrig hinzu.

»Eine wunderbare Idee, nur, wie willst du dorthin kommen? Ich meine, du hast keinen Führerschein. Vielleicht sollten wir das nach meiner Rückkehr gemeinsam erledigen«, gab Stella zu bedenken.

»Ich würde Nyree bitten, mich zu fahren. Sie hat doch ein kleines Auto drüben in Havelock stehen«, schlug Ani vor.

Gerührt strich ihr Stella über die Wange, und sie spürte die Erleichterung bei dem Gedanken, Taupatiti zu verlassen, ohne dass sie Sorge haben musste, ohne sie würde der Betrieb zusammenbrechen.

»Gut, dann ist alles in Ordnung. Ich packe und mache mich auf den Weg. Sobald ich weiß, wann ich zurückkomme, sage ich dir Bescheid«, sagte Stella und überließ ihren Schreibtisch der jungen Maori mit einem Lächeln auf den Lippen.

»Nicht dass ich schließlich noch ganz überflüssig auf Taupatiti werde«, scherzte sie.

Ani erwiderte ihr Lächeln. »Aber Miss Wilson, Sie sind doch das Herz der Insel.«

Stella verließ gerührt ihr Büro.

Während sie ein paar Kleidungsstücke in ihre Reisetasche stopfte, kämpfte sie mit der Frage, ob sie Holly über Olivers Unfall informieren oder ihr sogar anbieten sollte, sie nach Wellington zu begleiten.

Doch sie kam zu einer klaren Entscheidung, als sie kurz darauf hektisch zum Steg eilte: Auf keinen Fall würde sie Holly involvieren, bevor sie sich ein Bild von Olivers Zustand gemacht hatte. Außerdem gab es da ein technisches Problem. Holly hatte offenbar ihre Nummer blockiert, denn jedes Mal, wenn sie bei ihr angerufen hatte – und das hatte sie in den letzten Tagen wiederholt versucht, einfach nur, um Hollys Stimme zu hören –, hatte es nur ein einziges Mal geklingelt, und der Anruf war dann sofort auf die Mailbox weitergeleitet worden, auf die Stella allerdings nie gesprochen hatte.

38.

Stellas Herz klopfte bis zum Hals, als sie das Krankenhaus betrat und sich nach Mrs Fielding erkundigte. Die Dame an der Rezeption teilte ihr mit, sie möge warten, bis sie abgeholt würde. Stella hasste den Geruch in Krankenhäusern und versuchte, ihn nicht allzu tief einzuatmen. Sie hatte das Glück, dass sie sich noch nie länger als zu einem kurzen Besuch in einer Klinik hatte aufhalten müssen. Selbst Holly war eine Hausgeburt gewesen, die sie mithilfe von Doc Stevens und der Hebamme Judy gemeistert hatte. Trotzdem wurde ihr sofort unwohl, als sie all die Kranken sah, die in ihren Bademänteln auf den Fluren herumliefen.

Ihre Stimmung änderte sich schlagartig, als eine sympathisch aussehende Frau in ihrem Alter auf sie zukam. Sie hatte dunkles glattes Haar, und es war für Stella schwer zu schätzen, ob sie Maori-Gene in sich trug, denn ihre Gesichtszüge waren eher untypisch für eine Maori. Nur das pechschwarze Haar brachte Stella auf den Gedanken, dass zumindest ein Elternteil womöglich Maori-Wwurzeln besaß. Das war übrigens ein Aspekt, auf den Stella erst neuerdings achtete. Eigentlich erst, seit sie das Tagebuch ihrer Urgroßmutter gelesen hatte. Seitdem nämlich sah sie in den Maori-Ahnen keine Angst verbreitenden Ungeheuer mehr, sondern ihre Familie, mit der sie sich im positiven Sinn zutiefst verbunden fühlte. Die Frau begrüßte Stella wie eine alte Bekannte, reichte ihr die Hand und stellte sich locker mit »Tracy«

vor. Sie führte sie zu einem freundlichen Büro im Erdgeschoss, von wo aus man einen weiten Blick ins Grüne hatte. Nein, hier war wirklich nichts von der grauen, krank machenden Klinikatmosphäre, die Stella noch kurz zuvor gespürt hatte.

»Schön, dass du gekommen bist, Stella.«

Stella war etwas irritiert über den persönlichen Umgangston.

»Wir duzen uns hier alle, auch die Ärzte die Patienten und umgekehrt«, erklärte Tracy fast entschuldigend.

»Kein Problem«, erwiderte Stella lächelnd. »Ich habe nur schreckliche Vorurteile gegen Krankenhäuser. Das letzte Mal habe ich dort eine junge Maori kennengelernt, die von ihrem Mann schrecklich zugerichtet worden war und die dann bei mir in Taupatiti ein neues Zuhause gefunden hat.«

»Ach, du bist die legendäre Stella Wilson mit dem Frauenhaus auf der Insel. Schön, dich kennenzulernen, euer Haus steht bei uns ganz oben auf der Liste der Adressen, die wir den misshandelten Frauen empfehlen.« Tracy zählte die Namen von mehreren jungen Frauen auf, die auf Taupatiti in den vergangenen Jahren vorübergehend ein neues Zuhause gefunden hatten. Das schuf eine vertrauensvolle Atmosphäre zwischen den beiden Frauen.

Trotzdem machte sich in Stella eine leichte Ungeduld breit. Es war durchaus nett, mit dieser Frau zu plaudern, aber ihr brannte auf der Seele zu erfahren, was mit Oliver geschehen war. Und als könnte Tracy Gedanken lesen, kam sie nun selbst auf das Thema.

»Darf ich fragen, in welchem Verhältnis du zu Oliver Bell stehst?«

»Du darfst«, seufzte Stella. »Er ist der Vater meiner erwachsenen Tochter. Wir sind kein Paar und nicht verheiratet. Oliver hat mich auf meiner Insel besucht, weil er wegen einer Konzertreise nach Neuseeland gekommen ist.« Stella hatte versucht, die Wahrheit so zu verkürzen, damit die junge Frau nicht sofort witterte, dass ihr Verhältnis im Moment mehr als angespannt war.

»Gut, dann solltest du die Vorgeschichte erfahren. Jedenfalls, soweit wir es vonseiten der Polizei erfahren haben. Oliver wurde vor circa drei Wochen als Notfall bei uns eingeliefert, nachdem ihn ein Lastwagen erfasst hatte ...«

Stella schlug vor Entsetzen die Hände vor das Gesicht. Tracy wartete geduldig mit ihrem Bericht, bis sich Stella wieder einigermaßen beruhigt hatte.

»Eigentlich hat er noch Glück gehabt, denn er wurde nur auf die Straße geschleudert und hat sich am Kopf verletzt, während sein Begleiter regelrecht unter dem Zwölftonner zerquetscht wurde.«

»Und wie heißt der Begleiter?«

»Da müsste ich in der Akte nachsehen. Jedenfalls war der Mann wohl sofort tot, während Oliver bereits nach kurzer Bewusstlosigkeit mit uns sprechen konnte. Sein Sprachzentrum war zwar beeinträchtigt, aber wir konnten uns trotzdem verständigen. Es stellte sich heraus, dass er sich tatsächlich an rein gar nichts mehr erinnern konnte. Nicht einmal seinen eigenen Namen kannte er. Das ist ungewöhnlich, weil sich die Gedächtnisverluste meist nur auf die Gegebenheiten beschränken, die dem Unfall vorangegangen sind. Wegen seines schweren Schädel-Hirn-Traumas und der Gefahr einer Blutung mussten wir ihn dann doch ins künstliche Koma versetzen. Aber auch danach kam sein Gedächtnis nicht zurück. Wir haben über seinen Ausweis herausgefunden, wer er ist, aber erst durch Ihre Adresse hatten wir einen Bezug in Neuseeland.«

»Kann ich ihn sehen?«, fragte Stella ungeduldig, während sie sich den Kopf über die Frage zermarterte, ob der Tote ein Fremder oder möglicherweise Hollys Verlobter war.

»Aber natürlich«, sagte Tracy. »Ich bringe dich zu seinem Zimmer.«

Als sie aus dem Fahrstuhl stiegen, hörten sie bereits lautes

Gezeter über den ganzen Flur schallen. Stella zuckte erschrocken zusammen, denn sie hätte schwören können, dass dies die unverkennbare Stimme von Mrs Taylor war. Das bestätigte sich, als sie näherkamen und eine resolute Schwester mit Jonathans Mutter streiten sahen.

»Oh nein, die schon wieder. Eigentlich hat sie hier Hausverbot«, stöhnte Tracy.

»Was will sie hier?«, erkundigte sich Stella.

»Ihr Sohn wurde bei dem Unfall tödlich verletzt. Und sie will nun unbedingt mit Oliver sprechen, bevor sie nach England zurückfährt, was zum Glück in den nächsten Tagen der Fall ist. Wir können sie unmöglich zu ihm lassen, weil er behauptet, keine Mrs Taylor zu kennen!«

Stella atmete tief durch. Die Frau hatte ihr noch gefehlt.

Als Mrs Taylor sie erkannte, verstummte sie kurz, ließ Stella näherkommen und redete dann ungebremst auf sie ein.

»Gut, dass Sie hier sind, vielleicht können Sie dafür sorgen, dass ich mich von Oliver verabschieden kann. Er soll noch versucht haben, meinen Sohn in Sicherheit zu bringen, und hat sich dabei selbst gefährdet.«

Stella lief ein kalter Schauer über den Rücken. Wieso sprach Mrs Taylor plötzlich leidlich respektvoll mit ihr? Und was wusste sie von ihrem Verhältnis zu Oliver?

»Mrs Taylor, zunächst mein aufrichtiges Beileid, aber ich kann Ihnen gar nichts versprechen. Ich muss mich erst einmal mit eigenen Augen von Olivers Zustand überzeugen«, erklärte Stella, bemüht, nicht allzu kalt zu klingen.

»Sie müssen das schaffen, denn Sie sind doch an allem schuld. Wenn Sie Oliver nicht verheimlicht hätten, dass Sie eine Tochter von ihm haben, hätte sich mein Sohn niemals in Ihre Tochter verliebt. Nein, dann würde er noch leben. Aber der Schock, dass sie ihn nicht mehr heiraten wollte, nachdem sie erfahren musste, dass sein bester Freund ihr Vater ist, hat ihn kopflos auf die Straße rennen lassen!« Und schon ist sie wieder ganz in ihrem Element, die gute Mrs Taylor, dachte Stella und wandte sich Hilfe suchend an Tracy.

»Sie verlassen jetzt bitte das Krankenhaus, Mrs Taylor«, befahl Tracy mit Nachdruck. »Lassen Sie bitte Miss Wilson in Frieden. Es ist Mr Bells ausdrücklicher Wunsch, Sie nicht zu ihm zu lassen.«

»Aber warum? Was habe ich ihm getan?«, jammerte Mrs Taylor.

Stella wandte sich ihr jetzt zu. »Passen Sie mal auf. Sollte Olivers Erinnerung zurückkehren und er Sie empfangen wollen, rufen wir Sie im Hotel an.«

»Wir wohnen in Jonathans Apartment, bis unser Flug in drei Tagen geht. Wir nehmen Jonathan ja mit nach Hause.« Stella fröstelte bei dem Gedanken, dass diese Frau, so wenig sie die Person auch leiden konnte, mit dem Sarg ihres toten Sohnes nach Europa zurückreisen musste. »Wir haben das Penthouse übrigens zum Verkauf angeboten und wissen nicht, wohin mit den Privatsachen Ihrer Tochter. Ob Sie so freundlich wären, sie mitzunehmen, denn bei unserem Abflug müssen alle Schränke leer sein. Die Möbel und den Flügel übernehmen die Käufer.«

Der Gedanke, Hollys Privatsachen auszuräumen, missfiel Stella außerordentlich, besonders in dieser prekären Lage.

»Ich weiß nicht«, murmelte Stella mehr zu sich selbst. »Ich sollte das nicht tun.«

Mrs Taylor zuckte die Achseln. »Tja, dann werden wir den Kram entsorgen lassen«, erklärte sie ungerührt.

Stella stand vor der Wahl, ihre Tochter um Erlaubnis zu bitten, die Sachen mit nach Taupatiti zu nehmen, oder sich nicht darum zu kümmern, was allerdings bedeutete, dass Hollys private Sachen im Müll landeten.

»Passen Sie mal auf, Mrs Taylor, ich komme einfach nachher persönlich vorbei, aber nur unter einer Bedingung: Sie hören mit Ihren haltlosen Vorwürfen auf. Sie dürfen mir glauben: Ich habe es bitter bereut, Holly und Oliver nicht die Wahrheit gesagt zu haben, aber dafür, dass Ihr Sohn vor den Lastwagen gerannt ist, kann ich nichts.«

Stella war auf eine laute Widerrede von Mrs Taylor vorbereitet, aber die Dame nickte nur. »Gut, dann bis nachher!« Mit diesen Worten drehte sie sich auf dem Absatz um und ging hocherhobenen Hauptes zum Fahrstuhl.

»Wow! Die Dame hast du aber zur Räson gebracht«, bemerkte Tracy bewundernd. »Das hat nicht mal unsere gefürchtete Oberschwester geschafft.«

»Danke, und du hast dann wohl mitbekommen, dass Oliver, unsere Tochter und ich keine harmonische Familie sind. Um der Wahrheit die Ehre zu geben, die beiden wissen erst seit wenigen Wochen von der Existenz des anderen. Und weder Holly noch Oliver haben sich seitdem je wieder bei mir gemeldet. Bei Holly hat mich das nicht ganz so gewundert wie bei Oliver. Aber das hier erklärt ja alles.« Sie deutete seufzend zur Tür seines Krankenzimmers. »Also, versprich dir nicht zu viel von meinem Besuch. Vielleicht bin ich der Mensch, den er am liebsten gänzlich aus seinem Gedächtnis streichen möchte.«

»Vergiss nicht, er hat deinen Namen gerufen, das ist wohl ein Hinweis, dass du ihm im Kopf herumspukst«, sagte Tracy. »Soll ich mitkommen? Ich kenne ihn nämlich schon ganz gut«, fügte sie mit sanfter Stimme hinzu. Stella stutzte, denn aus Tracys Augen sprach etwas mehr als das bloße Interesse einer Krankenhausangestellten an einem Patienten ohne Gedächtnis.

»Seit ich weiß, dass er Pianist ist, bringe ich ihm manchmal Aufnahmen klassischer Klavierkonzerte mit«, bemerkte sie fast entschuldigend. »Und neuerdings kann er sogar sagen, um welche Sonate es sich handelt. Ist das nicht großartig? Nur bei seinen eigenen CDs wollte ihm der Name des Pianisten partout nicht einfallen.«

»Das ist sehr freundlich von dir«, erwiderte Stella ehrlich begeistert. »Vielleicht solltest du mich wirklich begleiten.«

»Aber wundere dich bitte nicht, dass ich ihn sehr förmlich anspreche. Es würde ihn zu sehr irritieren, wenn ich ihn duze«, erklärte Tracy Stella, bevor sie die Tür zu seinem Zimmer öffnete.

Oliver lag mit geschlossenen Augen in seinem Bett. Er war sehr blass und sein Gesicht ein wenig eingefallen, stellte Stella erschrocken fest. Jedenfalls sah er um Jahre gealtert aus.

Leise trat Stella an sein Bett und nahm seine kalte Hand. Bei seinem jämmerlichen Anblick wollten ihr die Tränen kommen, aber sie schaffte es, sie zurückzuhalten. Das mochte sie ihm nun wirklich nicht zumuten. Eine heulende fremde Frau an seinem Bett. Sie ließ ihn hastig los und eilte zum Fenster. Dort atmete sie ein paarmal tief durch, um ihre Fassung wiederzuerlangen.

Als sie sich umdrehte, war Tracy an sein Bett getreten. In dem Moment öffnete er die Augen und lächelte sie an. »Haben Sie mir wieder ein schönes Konzert mitgebracht, Tracy?«

»Nein, heute nicht, aber ich habe Ihnen eine alte Bekannte mitgebracht. Schauen Sie.« Tracy deutete auf die andere Seite seines Bettes, an das Stella mit klopfendem Herzen getreten war.

Oliver musterte sie prüfend und durchaus wohlwollend. »Entschuldigen Sie, aber ich habe mein Gedächtnis verloren. Ob Sie mir auf die Sprünge helfen könnten? Woher kennen wir uns? Sind Sie auch Pianistin? Das nämlich, behauptet Tracy, soll mein Beruf sein.«

Stella musste leise lächeln. »Nein, ganz und gar nicht. Ich besitze eine Muschelzucht im Pelorus Sound, genauer gesagt im Mahau Sound ...« Sie legte eine Pause ein in der Hoffnung, dass sich etwas bei ihm tat, aber er blickte sie völlig ahnungslos an.

»Erzählen Sie nur weiter. Sie haben eine ausgesprochen angenehme Stimme. Außerdem erinnern Sie mich an jemanden. Die Locken. Ich kannte mal eine Frau mit einem solchen Lockenkopf.«

Stellas Herz pochte bis zum Hals. »Sagt dir Taupatiti etwas?«

Oliver dachte angestrengt nach.

»Es klingelt etwas, aber nein, was ist das?«

»Die Insel, von der ich stamme.«

Oliver wandte den Blick nun kurz von ihr ab und schenkte Tracy ein Lächeln. »Haben Sie mir nun Musik mitgebracht?«

»Heute nicht, aber morgen wieder«, erwiderte sie verlegen.

»Vielleicht sagt dir Holly etwas«, sagte Stella nun.

Wie der Blitz fuhr Oliver herum. »Holly, aber sicher. Ich habe eine Tochter. Stella hat es mir nicht gesagt. Das war nicht fair, aber ...« Er stutzte, starrte jetzt geradeaus ins Leere, als würde er dort die Bilder der Vergangenheit vorüberziehen sehen.

»Stella ist die Liebe meines Lebens. Ich bin doch nur zu ihr zurückgegangen, um in Frieden in ihren Armen zu sterben ...«

Die beiden Frauen warfen sich einen erschütterten Blick zu, doch dann setzte er sich abrupt auf.

»Warum kommst du erst jetzt?«, fragte er mit glasklarer Stimme und sah Stella anklagend an.

»Ich ... ich habe erst heute von dem Unfall erfahren«, erwiderte sie beinahe schuldbewusst.

»Und wo ist Holly?«

Stella zuckte die Achseln. »Ich weiß es nicht. Sie hat sich nicht wieder bei mir gemeldet, und wenn ich sie anrufe, klingelt es nur einmal, und dann geht sofort die Mailbox dran. Ein Indiz dafür, dass sie mich blockiert hat.«

Er hörte ihr aber gar nicht zu, sondern mit einem Mal begannen seine Augen nervös zu flackern. »Ich muss doch unbedingt mein Konzert geben.«

Stella legte ihm beruhigend die Hand auf den Arm.

»Das haben wir bereits abgesagt. Das wäre nämlich schon übermorgen, und wir können es nicht verantworten, Sie zu entlassen. Aber es gibt schon Vorschläge mit neuen Terminen«, erklärte Tracy ihm.

»Aber das ist doch nur der erste Termin. Es handelt sich schließlich um eine ganze Tournee«, entgegnete Oliver unwirsch.

»Ich weiß, aber das übernimmt der Veranstalter in Wellington. Sie werden Ihre Konzertreise bekommen, aber nun müssen Sie bitte vernünftig sein. Wissen Sie denn wieder, wer Sie sind?«

»Was für eine Frage. Ich bin Oliver Bell, wer denn sonst?«

Stella musste wider Willen schmunzeln, und sie war sehr erleichtert, dass ihr Besuch tatsächlich dabei half, seinem verlorenen Gedächtnis auf die Sprünge zu helfen.

»Hatte Oliver ein Telefon bei sich?«, fragte sie Tracy. »Vielleicht könnte ich mal eine Nachricht an meine Tochter schreiben, denn über mein Telefon wird das wohl nicht klappen.«

»Leider nein, er hatte nur eine Brieftasche dabei.«

»Ich weiß, wo das Telefon ist«, mischte sich Oliver ein. »Es wird in meinem Hotelzimmer sein.« Er nannte Stella den Namen und die Adresse und bat sie inständig, Holly zu informieren. »Sie muss ja glauben, ich hätte sie im Stich gelassen. Und was ist mit ...«, er stockte, »... Jonathan?«

»Für Ihren Freund konnten wir leider nichts mehr tun. Er war auf der Stelle tot«, erwiderte Tracy bedauernd.

»Kannst du Holly das bitte auch mitteilen? Ich bin doch nur nach Wellington gefahren, um Jonathan die verworrene Lage zu erklären.«

»Das hat mir bereits seine Mutter erzählt«, seufzte Stella.

»Mrs Taylor? Wo hast du die denn gesehen?«

»Die Dame lungert bereits seit Tagen vergeblich auf unserer Station herum, um Sie zu besuchen, aber bislang haben wir verhindert, dass sie Sie belästigt, zumal Sie hartnäckig behauptet haben, die Dame nicht zu kennen.«

»Dann sollte ich, was Mrs Taylor angeht, dabei bleiben«, erwiderte Oliver, und ein Lächeln umspielte seine Lippen.

»Ach, wie schön, dass Sie Ihr Gedächtnis wiederhaben«, freute sich Tracy.

»Ich gehe nachher zu ihr, muss ein paar von Hollys Sachen aus dem Apartment holen, und werde ihr sagen, dass du sie nicht sehen möchtest«, bot Stella an.

Oliver runzelte nachdenklich die Stirn. »Gut, denn sie wird mir sicher den Kopf abreißen, weil ich Jonathan die Botschaft mit der Wahrheit überbracht habe.«

Stella schüttelte eifrig den Kopf. »Nein, nein, die Schuldige an Jonathans Tod bin im Grunde ich, weil ich Holly und dir verheimlicht habe, dass es euch gibt.«

»So ein Blödsinn. Dass das der größte Mist war, den du je verzapft hast, keine Frage, aber dafür, dass Jonathan vor einen Lastwagen läuft, kannst du wirklich nichts, vor allem, weil er sich …« Oliver unterbrach sich nervös.

»Er hat sich doch nicht umgebracht, oder?«, fragte Stella entsetzt.

»Sagen wir mal so, er hat in die Richtung des Lkws gesehen und ist trotzdem auf die Straße gerannt.«

Stella schlug die Hände vors Gesicht. »Also doch Selbstmord. Dann verstehe ich, dass Mrs Taylor einen Schuldigen sucht.«

»Der Einzige, der davon weiß, bin ich. Und glaube mir, wenn sie mich befragen sollten, werde ich das verschweigen.«

Stella nickte. »Mrs Taylor fliegt in drei Tagen nach London zurück. Mit Jonathan«, seufzte sie. »Bei dir will sie sich dafür bedanken, dass du noch versucht hast, Jonathan von der Straße zu ziehen. Du weißt, ich kann sie nicht leiden, aber tu es für deinen toten Freund.«

»Dann sag ihr meinetwegen, dass sie mich besuchen kann. Ungern, aber ich stehe es im Gedenken an Jonathan durch. Und ich werde schwören, dass es ein Unfall war«, knurrte Oliver.

»Warum ist es nur manchmal besser, nicht die Wahrheit zu sagen?«, sinnierte Stella bekümmert.

Oliver drohte ihr spielerisch mit dem Finger. »Das soll dir auf keinen Fall als Entschuldigung dafür dienen, dass du mir Holly unterschlagen hast«, versuchte er zu scherzen.

Stella aber brach sofort in Tränen aus. »Ich werde mir das nie verzeihen«, schluchzte sie.

»Doch, meine Süße, das wirst du sehr wohl. Ich ahne doch, was dich dazu bewogen hat. Die ganze Geschichte mit dem Fluch und den Schwüren, die du mir erzählt hast. Du musst Holly endlich die Hintergründe offenbaren. Hörst du? Ihr dürft einander nicht verlieren! Das wäre ein Drama.«

Stella hörte bei seinen Worten abrupt zu weinen auf und blickte ihn dankbar an. »Du hast recht. Wenn ich das für mich behalte, muss sie mich für eine egoistische Kuh halten, die das alles nur getan hat, damit Holly nicht zu ihrem genialen Vater geht und mich einsam auf Taupatiti zurücklässt.«

»Du bist alles andere als das, mein Lieb«, flüsterte er zärtlich.

»Tja, ich muss zurück an meinen Schreibtisch. Ich komme morgen wieder vorbei. Was würden Sie denn dann gern für Musik hören?«, erkundigte sich Tracy zaghaft aus dem Hintergrund.

»Haben Sie vielleicht etwas von Keith Jarrett?«

»Aber sicher«, entgegnete Tracy und strich ihm zum Abschied kurz über den Arm. Stella entging nicht, wie verträumt er ihr hinterhersah, bevor er sich wieder Stella zuwandte. »Komm, setz dich an mein Bett. Ich muss mit dir reden.« Er nahm ihre Hand und hielt sie ganz fest. »Es hatte auch einen Vorteil, nicht mehr zu wissen, wer ich bin«, murmelte er.

Stella wurde bei der Schwere, die in seinen Worten lag, ganz flau im Magen. Was wollte er ihr sagen? Dass ihm etwas auf der Seele brannte, war keine Frage.

»Oliver, was ist los?«, fragte sie mit bebender Stimme.

»Nicht nur du hast mir ein Geheimnis vorenthalten. Ich habe dir auch nicht die ganze Wahrheit gesagt«, gestand er ihr mit belegter Stimme. »Ich habe dir von der Krankheit geschrieben. Erinnerst du dich?«

Stella nickte.

»Die Krankheit war der eigentliche Grund, warum ich es aufgegeben habe, dich jemals wieder zu kontaktieren. Bei mir wurde damals ein Prostata-Tumor festgestellt. Ich konnte zwar geheilt werden, ohne meine Manneskraft ganz zu verlieren, aber ich war nur noch ein Schatten meiner selbst. Du hättest mich nicht wiedererkannt. Die Diagnose und die anschließende Behandlung haben schwere Depressionen bei mir ausgelöst. Ich habe aber keinen einzigen Auftritt ausfallen lassen, um mich ans Leben zu klammern. Und trotzdem war ich nicht selten kurz davor, mich umzubringen, weil ich mich nicht mehr als vollwertiger Mann gefühlt habe. Doch dann trat Gloria in mein Leben, und sie wurde meine Lebensretterin ... Ich habe es ihr aber nicht gedankt, sondern mich auf den Tourneen von den Frauen anhimmeln lassen. Und wenn ich einen guten Tag hatte, dann habe ich auch mit ihnen geschlafen. Dabei habe ich immer nur versucht zu wiederholen, was ich mit dir erlebt habe. Vergeblich. Gloria hat wahnsinnig unter meiner Kälte gelitten. Kurz bevor sie in das Flugzeug gestiegen ist, habe ich ihr angeboten, sie freizugeben, aber sie wollte nicht ...« Er hielt erschöpft inne.

Stella drückte fest seine Hand. »Willst du dich nicht lieber erst einmal ausruhen? Ich merke doch, wie sehr du dich anstrengen musst. Ich bleibe noch ein paar Tage in der Stadt. Glaubst du, ich lasse dich allein hier zurück ...?«

»Danke, das ist lieb von dir«, seufzte er. »Ganz allein bin ich dennoch nicht. Die Ärzte und auch Tracy kümmern sich rührend um mich. Aber ich glaube, ich habe keine Zeit mehr zu verlieren«, fügte er gehetzt hinzu.

»Gut, dann sage mir jetzt bitte, was dich so sehr bedrückt«, stöhnte Stella.

»Vor knapp einem Jahr ist die Krankheit erneut ausgebrochen, und zwar in aller Heftigkeit. Noch sind keine Metastasen festgestellt worden, aber ich glaube, das ist nur eine Frage der Zeit. Jedenfalls haben mir die Ärzte zu einer Prostatektomie geraten. Das möchte ich allerdings nicht, obwohl ich eh schon so gut wie impotent bin.«

Stella schluckte. Mit einem Mal waren alle ihre Fragen beantwortet, warum Oliver keinerlei Anstalten gemacht hatte, sich ihr als Mann zu nähern, aber sie befürchtete, dass das noch nicht alles war, was er ihr beichten wollte. Mit einem Kloß im Magen musste sie an seinen Satz von vorhin denken: *Ich bin doch nur zu ihr zurückgegangen, um in Frieden in ihren Armen zu sterben …*

Ein schrecklicher Verdacht beschlich sie. Dass das nämlich nichts als die Wahrheit gewesen war, die er damit von sich gegeben hatte.

»Oliver, du bist doch nicht nach Neuseeland gekommen, um hier zu sterben, oder? Bitte sag, dass das nicht wahr ist!«

Er drückte ihre Hand so fest, dass Stella beinahe aufgeschrien hätte, aber er schien das nicht einmal zu bemerken, weil er nun mit den Tränen kämpfte.

»Wenn ich sterben muss, dann in deinen Armen!«, schluchzte er schließlich hemmungslos auf.

»Wer sagt, dass du sterben musst? Nach allem, was man so liest, gibt es Fortschritte in der Krebstherapie«, versuchte Stella ihn zu trösten.

»Schon, aber ich bin nicht der tapfere Kämpfer, der sich an

jeden Strohhalm klammert. Nur noch an den einen ...« Er sah sie aus verweinten Augen bekümmert an. »Es gibt in Wellington eine Privatklinik, die sich auf die Behandlung von hormonell bedingten Krebsarten spezialisiert hat. Der Klinikchef Prof. Dr. Snyder beginnt demnächst eine Studie mit einem neuartigen Mittel, zu der ich mich angemeldet habe und in die ich hoffentlich aufgenommen werde.«

»Warum hast du mir das bloß bislang verschwiegen?«, fragte Stella erbost. Schon als sie den Satz beendet hatte, war ihr klar, dass sie nicht in der Position war, sich über sein Schweigen zu erregen.

»Ach, Stella, weil es nicht den richtigen Zeitpunkt gab und weil ich warten wollte, bis der Professor mich untersucht und mir bestätigt hat, dass ich an der Studie teilnehmen kann.«

»Ich weiß, mein Herz, und auch, dass ich die Letzte bin, die dir jetzt Vorhaltungen machen darf.«

»Ach, ich bin so froh, dass es heraus ist!« Oliver blickte sie erleichtert an. Er sah auch nicht mehr ganz so elend aus wie am Anfang ihres Besuches, doch dann verdüsterte sich seine Miene wieder. »Aber wie soll ich es bloß Holly schonend beibringen? Sie will mit mir zurück nach London, weil sie glaubt, Neuseeland wäre für mich nur ein kurzes Gastspiel.«

Stella spürte, wir ihr diese Worte einen Stich gaben, obwohl sie sich im Grunde hätte denken können, dass Holly alles hinter sich lassen würde, um Oliver in die weite Welt der Musik zu folgen.

»Ich denke, du solltest es ihr offen sagen, aber vielleicht tatsächlich erst, nachdem du die Sicherheit hast, in die Studie aufgenommen zu sein«, riet ihm Stella.

»Das sehe ich genauso. Deshalb möchte ich dich bitten, Prof. Dr. Snyder anzurufen, dessen Kontaktdaten du in meinem Telefon findest, und ihm eine Botschaft von mir zu überbringen. Sag ihm einen schönen Gruß von Oliver Bell. Es läge jetzt an ihm, ob er seine Frau in ein paar Wochen mit Konzertkarten beglücken kann. Der bei ihm zur Studie angemeldete Mr John Miller läge unter dem Namen Bell im Wellinton Regional Medical Center und würde dringend seinen Besuch erwarten. Sein Zusammenbruch auf der Fähre hätte doch einen triftigen Grund gehabt.«

»Ich verstehe kein Wort«, entgegnete Stella kopfschüttelnd.

»Das musst du auch nicht. Hauptsache, du behältst den Inhalt der Botschaft!«

»Ich denke schon.«

»Gut, dann lass mich jetzt allein ...«

»Aber ich kann nicht einfach gehen, nachdem du mir gebeichtet hast, wie es wirklich um dich steht.«

»Doch, heute schon. Ich brenne nämlich darauf, dass Holly von dem Unfall erfährt. Und ich hoffe natürlich, dass ich Klarheit habe, ob ich in die Studie komme, wenn sie mich hier besucht.«

Er streckte beide Arme nach ihr aus. Stella ließ sich an seine Brust sinken.

»Ich liebe dich«, flüsterte Oliver.

»Ich liebe dich auch«, raunte Stella.

»Und über deinen neuen Freund reden wir dann mal, sobald ich wieder gesund bin. Ob ich ihn dulden oder umbringen muss.«

Stella schreckte hoch. »Was soll das denn heißen? Neuer Freund? Wie kommst du auf diesen Unsinn?«

»Na ja, ich ... äh, das habe ich von Holly.«

»Wie bitte? Wie kommt sie denn auf so einen Quatsch!«

»Heißt das, du hast gar keinen Freund?«

»Nein, das wüsste ich ja wohl«, erwiderte Stella mit Nachdruck und verspürte in demselben Augenblick, in dem sie sich vehement von ihm distanzierte, eine so tiefe Sehnsucht nach Jayden, dass es ihr fast die Luft zum Atmen nehmen wollte. Doch dann riss sie ein mörderischer Kopfschmerz aus ihren romantischen Empfindungen und katapultierte sie im freien Fall auf den Boden der Realität zurück. Es ließ sich nicht länger verdrängen: dass sie immer noch unter Kopfweh litt, war nicht normal, sondern ein klares Indiz dafür, dass die Missachtung von Doktor Stevens Anordnungen offenbar nicht folgenlos geblieben war!

39.

Für Holly war alles ganz anders gekommen als geplant. Bei ihrer Freundin Susie befürchtete man das Risiko einer Frühgeburt und hatte ihr strenge Bettruhe verordnet. Und zwar im Krankenhaus, sodass Holly sie zwar ein paarmal in der Klinik besucht hatte, aber nicht in ihrem Haus wohnen wollte. Niclas schien diese Entwicklung nicht zu erschüttern, sondern er hatte Holly angeboten, so lange auf dem Weingut zu bleiben, wie sie wollte. Das fand sie natürlich bezaubernd von ihm. Trotzdem konnte sie das Angebot nicht annehmen. Sie ertrug den Gedanken nicht, dort noch einmal seinem Vater zu begegnen, aber sie hatte auch Bedenken, ob Niclas das wohl richtig verstehen würde. Wenn sie bleiben würde, könnte er das auch als Zeichen auffassen, dass sie mehr von ihm wollte. Und genau darauf konnte und wollte sie sich partout nicht einlassen, weil sie den Kopf mit anderen Dingen voll hatte.

Beispielsweise quälte sie sich unablässig mit der drängenden Frage, warum ihr Vater sich nicht mehr bei ihr meldete, obwohl sie ihn mit diversen Nachrichten bombardiert hatte. Sie steigerte sich zunehmend in den Gedanken hinein, dass Oliver schlichtweg überfordert damit war, plötzlich eine erwachsene Tochter zu haben, um die er zeitlebens betrogen worden war. Aber auch die Frage, wie Jonathan das Ende ihrer Beziehung aufgenommen hatte, ließ Holly keine Ruhe. Um das zu erfahren, war sie über ihren eigenen Schatten gesprungen und hatte bei ihm angerufen, aber sein Telefon war abgestellt gewesen, und auf seiner Festnetznummer hatte sich Mrs Taylor gemeldet, woraufhin Holly sofort wieder aufgelegt hatte. Nein, es war kein günstiger Zeitpunkt, sich Hals über Kopf in eine neue Beziehung zu stürzen. Hätte sie Niclas unter anderen Umständen kennengelernt, wäre sie aller Voraussicht nach wahrscheinlich seine Freundin, so gut wie sie sich verstanden. Obwohl sie in Helens Hotel gezogen war, verbrachten sie sehr viel Zeit miteinander. Niclas hatte mit ihr eine Führung über das Weingut gemacht, sie hatte seinen leckeren Champagner probiert, und er kam rein zufällig jedes Mal, wenn sie in der Bar spielte, noch auf einen Absacker vorbei.

An diesem Abend hatte Holly frei und wartete auf Niclas, der es endlich geschafft hatte, sie zu einem kleinen Segeltörn zu überreden. Sie war gerade dabei, sich das Segeloutfit aus dem Schrank, in dem die neuen Sachen hingen, die sie gemeinsam mit Helen in Blenheim gekauft hatte, zu nehmen, als ihr Telefon klingelte. Sie erschrak ein wenig, als sich Professor Kenwood meldete, ihr Dozent für Klavier und Klaviertechnik. Das erinnerte sie schmerzhaft daran, dass sie sich endlich offiziell von der Hochschule abmelden sollte.

»Wir vermissen Sie«, seufzte der Professor nach einer kurzen förmlichen Begrüßung.

»Entschuldigen Sie bitte, Professor Kenwood, es ist unverzeihlich, ich hätte mich längst offiziell exmatrikulieren müssen«, erwiderte sie kleinlaut.

»Was reden Sie denn da für einen Unsinn? Sie sind meine beste Studentin, und ich habe doch nicht umsonst alles darangesetzt, dass Sie Ihren Soloabend bekommen. Oder haben Sie schon vergessen, dass Sie im März im großen Saal der Akademie auftreten werden?«, fragte er vorwurfsvoll.

Wenn sie ehrlich war, hatte sie ihren Soloauftritt tatsächlich verdrängt, aber das konnte sie ihm unmöglich gestehen.

»Nein, aber wenn Sie schon am Telefon sind. Vielleicht darf ich Sie bitten, anderen begabten Kommilitonen eine Chance zu geben. Ich ... ich kann aus ganz persönlichen Gründen mein Studium an der Hochschule in Wellington nicht fortsetzen.«

»Das kann ich verstehen. Ich habe mir schon gedacht, dass der große Verlust des geschätzten Kollegen Jonathan Taylor der Grund für Ihr Fernbleiben ist«, erwiderte er in verständnisvollem Ton.

Offenbar weiß man an der Akademie über unsere Trennung Bescheid, und der Gedanke, dass sich womöglich alle über sie beide das Maul zerrissen, behagte ihr ganz und gar nicht.

»Ja, das müssen Sie verstehen. Unser privates Verhältnis war ja kein Geheimnis, und ich bin seinetwegen nach Wellington gewechselt. Es ist seine Akademie, und da fordert es der Anstand, dass ich ihm den Vortritt lasse. Ich befürchte, er möchte mir nach der Trennung dort nicht jeden Tag über den Weg laufen«, stieß Holly angestrengt hervor.

In der Leitung herrschte langes Schweigen, dann vernahm sie ein verlegenes Räuspern.

»Miss Wilson, ich weiß nicht, was zwischen Jonathan Taylor und Ihnen privat vorgefallen ist, und, mit Verlaub, es geht mich nichts an, aber offenbar haben Sie keine Kenntnis davon, dass der geschätzte Kollege ...« Er unterbrach sich, um sich erneut zu räuspern.

»Was ist mit Jonathan?«, fragte Holly, während sich eine unbestimmte Angst wie ein Stein auf ihre Brust legte.

»Entschuldigen Sie, Sie wissen wirklich nicht ...?«

»Nein, ich habe seit Wochen keinen Kontakt mehr zu ihm. Aber nun sagen Sie schon: Ist etwas passiert mit ihm? Ist er krank. Ist er ...« Sie stockte, nein, das würde sie nicht über die Lippen bringen.

»Jonathan Taylor hatte einen Unfall. Er ist tot.«

Holly stieß einen spitzen Schrei aus. »Um Gottes willen, nein, was ist passiert?«

»Einzelheiten sind uns nicht bekannt. Nur das, was auf der Trauerfeier gesagt wurde, und na ja, die Gerüchte eben.«

»Was?« Holly zitterte am ganzen Körper, während sie das Unfassbare zu begreifen versuchte.

»Ach, Sie wissen doch, was man redet, aber offiziell spricht man von einem Unfall.«

»Nein, oh Gott, nein!«

»Miss Wilson, ich hatte doch keine Ahnung, dass Sie ... verzeihen Sie mir.«

»Sagen Sie mir bitte, was geschehen ist!«, verlangte Holly mit bebender Stimme.

»Nun, Taylor ist von einem Laster überrollt worden. Wir waren alle sehr schockiert, auch darüber, dass der von uns sehr geschätzte Oliver Bell ebenfalls von diesem Monstrum erfasst worden ist. Bell soll noch versucht haben, Jonathan Taylor von der Straße zu zerren, aber dabei ist er selbst zum Opfer geworden ...«

»Nein!«, schrie Holly auf. »Ist er etwa auch ...?«

»Nein, nein, er liegt im Krankenhaus und soll auf dem Weg der Besserung sein. Wenn ich gewusst hätte, dass Sie völlig ahnungslos sind, ich hätte Sie doch niemals angerufen. Wir dachten, dass Sie noch in Trauer sind, und ich wollte Sie nur ermuntern, dass das Leben weitergeht und wir Sie brauchen.«

In Hollys Kopf ging alles wild durcheinander. Endlich hatte sie eine Erklärung dafür, dass sich ihr Vater nicht mehr bei ihr gemeldet hatte. Sie empfand eine gewisse Scham darüber, dass sie ihm unterstellt hatte, er wäre mit voller Absicht sang- und klanglos aus ihrem Leben verschwunden.

»Herr Professor, ich ... ich werde es mir überlegen. Geben Sie mir ein wenig Zeit. Ich melde mich bei Ihnen«, sagte sie mit letzter Kraft und beendete das Gespräch.

Sie blieb eine ganze Weile wie erstarrt auf dem Bett sitzen, während bis in ihr Inneres vordrang, was sie soeben hatte erfahren müssen. Sie bebte am ganzen Körper, und eine solche Eiseskälte machte sich in ihr breit, dass ihre Zähne unkontrolliert aufeinanderschlugen. Sie konnte nicht wirklich begreifen, dass Jonathan tot war.

In diesem Zustand fand sie wenig später Niclas vor, als er sie gut gelaunt zu ihrem Segeltörn abholen wollte. Nachdem sie auf sein Klopfen nicht reagiert hatte, war er leise ins Zimmer gekommen. Sie saß in sich zusammengesunken auf ihrem Bett und hob nicht einmal den Kopf. Vorsichtig setzte er sich neben sie und sprach sie leise an. Endlich reagierte sie. Niclas erschrak bei ihrem Anblick. Holly sah aus, als hätte sie ein Gespenst gesehen.

»Um Gottes willen, was ist mit dir?«, fragte er besorgt und legte den Arm um sie.

»Es ist etwas Schreckliches passiert«, presste sie gequält hervor. »Und ich bin schuld.«

Niclas zog sie etwas näher an sich heran. »Willst du es mir erzählen?«

Holly zögerte kurz, aber dann berichtete sie Niclas, was sie eben von ihrem Professor erfahren hatte.

»Das tut mir so leid«, sagte er schließlich. »Aber gib dir bitte nicht die Schuld. Du stehst unter Schock. Vielleicht sollte ich einen Arzt holen.«

»Auf keinen Fall. Ich bin nicht krank«, erwiderte sie energisch, doch dann fragte sie ihn in flehendem Ton. »Was soll ich tun?«

Niclas straffte die Schultern.

»Was hältst du davon, wenn wir zusammen nach Wellington ins Krankenhaus fahren? Weißt du denn, wo dein Vater liegt?«

Holly schüttelte den Kopf.

»Vielleicht weiß es deine Mutter«, sagte er.

»Ich will nicht mit ihr sprechen«, erklärte Holly trotzig.

»Und wenn ich sie anrufe?«, schlug er vor. »Ich muss sie ja nur fragen, ob sie weiß, in welcher Klinik er liegt.«

»Ich denke, du magst meine Mutter nicht«, entgegnete Holly und merkte in diesem Augenblick selbst, wie gut ihr Niclas' Gegenwart tat. Er wirkte kompetent und ruhig. Und er spendete ihr Trost.

»Manchmal muss man eben über seinen Schatten springen«, entgegnete er und lächelte ihr aufmunternd zu.

Holly zuckte die Schultern. »Gut, dann frag sie.«

Niclas holte sein Telefon hervor und ließ sich von Holly Stellas Nummer diktieren. Er wunderte sich, dass sie sich sofort meldete, und teilte ihr kurz und sachlich mit, dass Holly erfahren hatte, dass ihr Vater im Krankenhaus in Wellington liegen würde, und den Namen und die Adresse des Hospitals bräuchte.

Er war auf alles gefasst, aber nicht auf einen Wortschwall, wie er nun über ihn hereinbrach. Er verstand nicht alles, nur ihre dringende Bitte, Holly zu sprechen.

»Ich werde sehen, was sich machen lässt«, seufzte er und fragte Holly, ob sie bereit wäre, das Gespräch zu übernehmen.

Holly rollte mit den Augen, nahm aber das Telefon schließlich entgegen.

»Ich wollte nur die Adresse des Krankenhauses, in dem mein Dad liegt. Weißt du, dass er in der Klinik ist, und weißt du, wo das ist?«

»Ja, Süße, ich bin gerade aus der Klinik gekommen. Ich stehe vor dem Eingang. Es ist das Wellington Re...«

»Wie bitte? Du bist schon bei ihm? Und hast mich nicht informiert? Vielleicht wäre ich gern mitgekommen! Was für eine Scheiße ist das? Dann weißt du ja auch, dass Jonathan tot ist?«

»Holly, du hast mich auf deinem Telefon blockiert, ich konnte dich nicht ...«

»Du bist ja um Ausreden nie verlegen, wenn du den Kontakt

zwischen meinem Vater und mir nur verhindern kannst!«, brüllte Holly in den Hörer.

»Wellington Regional Medical Center«, sagte Stella ganz ruhig.

»Danke«, keifte Holly, doch dann merkte sie, dass ihre Mutter bereits aufgelegt hatte.

Niclas blickte sie besorgt an.

»Und?«

»Ich habe die Adresse, aber meine Mutter hat es nicht für nötig befunden, mich gleich darüber zu informieren, geschweige denn, dass sie ein tröstliches Wort wegen Jonathan über die Lippen gebracht hätte ...« Holly ballte die Fäuste.

»Aber du hast sie doch auf dem Telefon blockiert. Wie sollte sie dich erreichen?«, gab er zu bedenken. »Und so wie du sie eben angeschnauzt hast ...«

»Auf wessen Seite stehst du eigentlich?«, schrie Holly ihn an, doch Niclas ignorierte ihren aggressiven Ton.

»Hast du die Adresse?«, fragte er mit leicht verdrehten Augen.

Holly nickte.

»Gut, dann werden wir hinfahren«, sagte er energisch.

Erst in diesem Moment wurde Holly bewusst, dass Niclas es nicht verdient hatte, Opfer ihres geballten Zorns zu werden.

»Tut mir leid. Es ist alles zu viel«, sagte sie, während sie mit den Tränen kämpfte.

Niclas nahm sie behutsam in den Arm und ließ es zu, dass Holly sich an seiner Brust ausweinte. Jonathans Tod ging ihr verdammt nahe.

Als sie schließlich den Kopf hob und ihn aus verheulten Augen schuldbewusst ansah, fragte sie verzweifelt: »Warum tust du das alles für mich?«

»Muss ich dir diese Frage wirklich beantworten, oder kennst du die Antwort nicht schon längst?«, seufzte er.

Doch, ich kenne sie, dachte Holly gerührt, und ein warmes Gefühl der Zuneigung für diesen Mann durchflutete ihren Körper. Der Widerstand, sich weiter auf Niclas einzulassen, schmolz dahin, denn es fühlte sich verdammt gut an, dass er bei ihr war.

»Ich weiß«, flüsterte sie. »Aber du musst mir Zeit geben. Ich will dich nicht verletzen. Sieh doch nur, wie ich Jonathan behandelt habe. Auf mich kann man sich nicht verlassen«, fügte sie gequält hinzu.

»Holly, ich bin immer für dich da«, seufzte Niclas, während sich seine Lippen ihrem Mund näherten.

Holly verspürte für den Bruchteil eines Augenblicks einen Widerstand gegen seine zärtlichen Gefühle, aber dann ließ sie sich trotz ihres schlechten Gewissens, einen anderen Mann zu küssen, nachdem sie gerade erst von Jonathans Tod erfahren hatte, darauf ein.

40.

Stella versuchte, nicht an das Telefonat mit Holly zu denken, während sie Olivers persönliche Sachen im Hotel an sich nahm. Es war gar nicht so einfach gewesen, den Mitarbeiter an der Rezeption davon zu überzeugen, dass sie befugt war, Oliver Bells Eigentum mitzunehmen, doch schließlich hatte sie behauptet, seine Frau zu sein. Sie war sich zwar nicht sicher, ob man ihr das wirklich glaubte, aber immerhin übergab man ihr seine wenigen Habseligkeiten, die sie eilig in ihrem Rucksack verstaute.

Hatte sie das Gespräch mit Holly tatsächlich so abrupt beenden dürfen?, fragte sie sich, während sie auf das Apartmenthaus zusteuerte, in dem Jonathan Taylor gewohnt hatte. Aber sie hatte doch keine andere Wahl gehabt. In dem Augenblick, in dem Holly sie mit Vorwürfen überschüttet hatte, hatte der Kopfschmerz wieder mit aller Macht zugeschlagen, und nicht nur das. Ihr war leicht schwindlig geworden, und außerdem hatte sie es satt, bei Holly als Prügelknabe für alles herzuhalten. Das mit der blockierten Nummer war ja nun wirklich nicht auf ihrem Mist gewachsen.

Doch je mehr sich Stella in ihren Zorn über Hollys Ungerechtigkeiten hineinsteigerte, desto bewusster wurde ihr auch, wie ähnlich sie einander doch waren. Hatte sie früher oft geglaubt, dass ihre Tochter und sie wie Feuer und Wasser waren, erkannte sie sich zu ihrem Entsetzen in Hollys Sturheit und Unversöhnlichkeit selbst wieder. Deshalb fiel es ihr besonders schwer, einen moderaten Weg zu finden, mit dieser Ungerechtigkeit umzugehen. Eigentlich sollte ich darauf vertrauen, dass wir einander im Grunde unseres Herzens lieben, sprach sie sich gut zu. Sie musste doch nur in ihr eigenes Herz blicken. Bei aller Dickköpfigkeit fand sie letztendlich meist zu einer versöhnlichen Lösung. Sie erinnerte sich nur an wenige Ausnahmen. Bei diesen Ausnahmen fiel ihr als Erstes Jayden ein, und sie nahm sich fest vor, sich bei ihm zu entschuldigen, sobald sie wieder auf Taupatiti war. Sie hegte zwar immer noch einen leichten Groll gegen ihn, weil er auf Waltmans Seite stand, aber dafür ihre Freundschaft wegzuwerfen, nein, das war übertrieben. Dieser Entschluss, versöhnlich auf ihn zuzugehen, entspannte Stella, und sie musste sich sehr beherrschen, nicht sofort zum Telefon zu greifen, um ihr Vorhaben in die Tat umzusetzen. Das war auch so eine Eigenschaft, in der sie sich bei Holly widergespiegelt sah. Ihre Ungeduld. Ihre Tochter hatte ihr eben nicht die leiseste Chance gelassen, eine Erklärung abzugeben. Im Gegenteil, sie hatte sofort scharf geschossen. Ach, mein Kind, wir werden einander nicht verlieren, dachte Stella gerührt.

Als sie das Art-déco-Apartmenthaus erreicht hatte, zögerte sie kurz, die Klingel zu betätigen. Die erneute Begegnung mit Mrs Taylor stand ihr ziemlich bevor. Was diese Dame anging, hatte sie keine Ambitionen, es zu einer Versöhnung kommen zu lassen. Ihr ging es allein darum, Hollys Privatsachen aus der Wohnung zu holen und Mrs Taylor auszurichten, dass sie sich von Oliver verabschieden durfte.

Allein die herrische Stimme, mit der sie sich über die Gegensprechanlage meldete, bestärkte Stella in ihrer Abneigung gegen diese Frau. Allerdings hoffte sie, dass sie bei der Gelegenheit auch Joseph begegnen würde, um ihm gebührend zu kondolieren.

Wie erwartet stand Mrs Taylor bereits mit verschränkten

Armen oben in der geöffneten Wohnungstür. Die beiden Frauen begrüßten einander kühl. Es war ein merkwürdiges Gefühl für Stella, diese Wohnung noch einmal unter derart veränderten Vorzeichen zu betreten. Auch wenn sie Jonathan nur flüchtig und mit Sicherheit nicht von seiner allerbesten Seite kennengelernt hatte, spürte sie, wie sehr er in dieser Wohnung fehlte.

»Dann suchen Sie bitte die persönlichen Dinge Ihrer Tochter zusammen, und es wäre mir lieb, wenn Sie mir kurz zeigen könnten, was Sie mitnehmen«, sagte Mrs Taylor in überheblichem Ton.

Es kostete Stella einige Überwindung, nicht zu kontern, dass sie sich schon nicht an Jonathans Eigentum vergreifen, sondern nur das Allernötigste mitnehmen würde. Stattdessen nickte sie zustimmend und fragte höflich, ob sie im Schlafzimmer beginnen dürfte. Wortlos eilte Mrs Taylor voran und öffnete ihr die Tür.

Diesen Raum hatte Holly ihr bei der Wohnungsführung vorenthalten, aber er bot auch keine besonderen Überraschungen. Über dem weißen Bett war eine ebenso weiße Tagesdecke ausgebreitet. Ansonsten gab es einen Kleiderschrank und zwei Nachttische, die natürlich auch weiß waren. Seufzend ließ sich Stella auf das Bett fallen und warf einen Blick in die Nachttischschubladen. Hollys Seite war leicht zu identifizieren durch eine angebrochene Packung mit Antibabypillen. Des Weiteren fand Stella mehrere echte Schmuckstücke vor, die sie noch nie zuvor gesehen hatte. Es war kein moderner Schmuck, sondern es handelte sich eindeutig um Erbstücke älteren Datums, und es war ihr klar, aus welcher Familie sie stammten. Offenbar hatte Jonathan Holly bereits mit Familienschmuck beglückt. Stella überlegte kurz, ob sie sie mitnehmen sollte, aber ihr Bauchgefühl gab ihr das klare Signal, die Ketten und Ringe zurückzulassen. Sie konnte sich kaum vorstellen, dass Holly Interesse daran hatte. Natürlich wäre es in diesem

Augenblick praktischer, wenn sie Holly unkompliziert hätte fragen können, aber das erschien Stella kurz nach ihrem hässlichen Telefonat unmöglich.

Dann entdeckte sie ein Lederband mit einem Delfin aus Rinderknochen – ein Geschenk, das sie ihrer Tochter zum zehnten Geburtstag gemacht hatte. Sie erinnerte sich in aller Deutlichkeit an diesen besonderen Nachmittag, an dem sie mit ihr am Strand gesessen und Delfine beobachtet hatte. Damals hatte auch Holly die magische Anziehung der Natur gespürt, denn an diesem Tag hatte eine Delfingruppe eine regelrechte Show extra für sie veranstaltet. Dass man die Delfine im Sound schwimmen sah, war keine Seltenheit, aber dass sie in freier Wildbahn eine Art Delfinballett aufführten, war auch im Mahau Sound etwas ganz Besonderes. Wie oft hatte Holly noch von diesem Erlebnis gesprochen und sich über den Anhänger von Herzen gefreut und ihn sogar noch getragen, als sie schon im Internat gewesen war. Zärtlich nahm Stella das Band mit dem Anhänger aus der Schublade und legte es auf die Überdecke des Bettes.

Als sie ein Tagebuch aus der Schublade hervorholte, war ihr zwar klar, dass sie es mitnehmen würde, aber genauso entschlossen war sie, keinen Blick hineinzuwerfen. Doch noch während sie sich dieses Verbot auferlegte, hatte ihre Neugier bereits gesiegt, und sie blätterte die letzte Seite auf. Ihr Herzschlag beschleunigte sich, als sie das Datum entdeckte. Es war ein paar Tage nach ihrem Besuch geschrieben, und plötzlich sah sie ihren Namen. In dem Augenblick waren Stellas Vorsätze vergessen und sie vertiefte sich in Hollys Zeilen.

Es ist entsetzlich. Und ich weiß nicht, was ich tun soll. Wird mir Stella je verzeihen, dass ich sie aus unserer Wohnung geworfen habe? Dabei hat »Mum«, die alte Hexe, angefangen. Und nun verlangt sie, dass wir meine Mutter nicht zur Hochzeit einladen. Da mache ich nicht mit! Und auch Jonathans sogenannter Kompromissvorschlag ist selten dämlich. Meine Mutter zum Standesamt zu locken und ihr zu verheimlichen, dass das große Fest tags drauf ohne sie stattfindet. Nein, das bringe ich nicht übers Herz. Man kann gegen meine Mutter sagen, was man will, aber das hat sie nicht verdient. Sie ist der aufrichtigste und ehrlichste Mensch, den ich kenne. Und wenn sie herausbekommt, dass ich ihr so etwas Wichtiges verschwiegen habe, wird sie mit Recht tief verletzt sein. Nein, ich streike. Entweder Hochzeit mit allen oder ohne mich!

Stella klappte das Tagebuch energisch zu. Ihr Herz schlug ihr bis zum Hals angesichts dieser warmen Worte ihrer Tochter. Vor diesem Hintergrund, dass sich Holly ihretwegen mit ihrem Mann und ihrer Schwiegermutter angelegt hatte, musste ihr ihre Vaterlüge wie ein böser Verrat vorgekommen sein. Stella hoffte inständig, dass sie die Gelegenheit bekam, sich für diese ganz besondere Enttäuschung, die sie ihrer Tochter zugefügt hatte, zu entschuldigen. Hastig legte sie das Tagebuch zu der Kette und leerte die Schublade.

Dann öffnete sie den Kleiderschrank und war etwas irritiert über die Vielzahl an Kleidern, die sie noch niemals zuvor an ihrer Tochter gesehen hatte. Nur ein einziges Kleid kannte sie aus Dunedin. Der Rest wirkte wie ein Sammelsurium an dezenten Kleidchen, die aus ihrer Tochter eine Dame machen sollten. Energisch schlug sie die Tür zu. Nein, davon würde sie nichts mitnehmen. Lieber gab sie Holly, sobald sie sich wieder vertragen hatten, ein bisschen Geld, damit sie sich nach ihrem eigenen Geschmack neu einkleiden konnte. Oder Holly ging mit ihrem Vater shoppen, wenn der die Therapie bei diesem Snyder erfolgreich hinter sich gebracht hatte. In diesem Moment fiel ihr siedend heiß ein, dass sie den Mann noch gar nicht angerufen hatte. Sie suchte in ihrer Tasche nach seinem Telefon und wählte hektisch seine Nummer. Snyders Sekretärin wollte sie nicht durchstellen, aber als sie behauptete, es wäre privat, verkündete ihr die Dame schnippisch, dass sie den Professor fragen würde, und erkundigte sich nach ihrem Namen.

»Sagen Sie einfach, es geht um die morgigen Konzertkarten«, entgegnete Stella. Sekunden später meldete sich eine sympathische männliche Stimme und fragte, was er für sie tun könnte. Stella erklärte ihm kurz, wer sie war, und berichtete ihm von dem Unfall, bevor sie ihm Olivers kryptische Nachricht überbrachte.

Zunächst herrschte Schweigen in der Leitung.

»Ich habe es mir doch gedacht. Ein gesunder Mann kollabiert nicht einfach so«, murmelte er. »Aber wer in aller Welt ist John Miller?«

»Ich glaube, Oliver hat sich unter dem Namen für Ihre Studie zu dem neuen Krebsmittel angemeldet.«

»Aha, na, so wird ein Schuh draus. Bitte sagen Sie ihm, ich würde ihn aufsuchen, sobald es mir mein Terminkalender erlaubt, und schon am selben Tag die Untersuchung vornehmen. Das kann ich auch in der Klinik machen. Ich würde mich um die Zurverfügungstellung der Mittel und des Raumes kümmern. Und sagen Sie ihm einen schönen Gruß. Ich werde alles dafür tun, um Erfolg zu haben. Allein wegen der Karten. Sonst reißt mir meine Frau den Kopf ab.«

Nachdem Stella das Gespräch beendet hatte, stopfte sie die spärliche Ausbeute in ihren Rucksack und verließ das Schlafzimmer. Vor der Tür lauerte bereits Mrs Taylor.

»Und? Was haben Sie mitgenommen?«

»Das geht Sie gar nichts an«, erwiderte Stella und drückte sich an der streitbaren Dame vorbei ins Wohnzimmer. Zügig öffnete sie Schublade für Schublade, Fach für Fach, und warf prüfende Blicke hinein. Das Einzige, was sie fand, waren Hollys Studienunterlagen, die sie eilig zusammenraffte. Ansonsten schien ihre Tochter so gut wie keine persönlichen Gegenstände zu besitzen.

Nur im Bad war ein ganzer Schrank gefüllt mit Kosmetika und teuren Cremes, die nun Stellas Rucksack bis zum Rand füllten. Sie verrichtete ihre Arbeit zügig, denn sie hatte das dringende Bedürfnis, diese Wohnung auf schnellstem Weg zu verlassen.

Zurück im Wohnzimmer, blieb sie kurz stehen, bevor sie sich an Mrs Taylor wandte, die offenbar immer noch jeden ihrer Schritte beäugte.

»Ich würde mich gern von Ihrem Mann verabschieden«, sagte Stella mit fester Stimme.

»Da kommen Sie zu spät«, zischte Mrs Taylor. »Mein Mann ist bereits nach England geflogen. Er hat einen Antrag auf gerichtliche Trennung gestellt.« Sie lachte gehässig. »Das muss man sich mal vorstellen. *Er* will sich von *mir* scheiden lassen. Aber das wird er kaum überleben, jedenfalls nicht finanziell. Ich werde ihn mit dem Unterhalt ausbluten lassen. Mir gehört laut Gesetz ein Drittel seines Vermögens.«

Stella schüttelte sich in Anbetracht der abwertenden Art, wie diese Frau über ihren Noch-Ehemann sprach. Joseph allerdings wünschte sie insgeheim alles Gute. Dass er so mutig sein würde, hätte sie ihm gar nicht zugetraut.

»Und jetzt zu Ihnen!«, fügte Mrs Taylor drohend hinzu. »Ich habe den Fall von meinem Anwalt prüfen lassen, aber man kann Sie gerichtlich nicht dafür belangen, was Sie meinem Sohn angetan haben. Moralisch allerdings wird Sie keiner je freisprechen.«

»Und wie ich Ihnen bereits im Krankenhaus mitteilte, mich trifft keinerlei Schuld daran, dass Ihr Sohn sich das Leben ...« Stella schlug sich die Hand vor den Mund und betete insgeheim, dass Mrs Taylor nicht gemerkt hatte, dass sie sich so ungeschickt verplappert hatte, doch ihre Reaktion bewies das Gegenteil.

Wie eine Furie baute sich die Dame vor Stella auf. »Wenn Sie das noch einmal behaupten, dass mein Jonathan sich umgebracht hat, werde ich Sie verklagen. Und Sie haben sehr wohl Unglück über meinen armen Sohn gebracht. Sie und Ihre unselige Brut. Wahrscheinlich haben Sie Oliver das Kind untergeschoben und …«

»Halten Sie einfach Ihren Mund!«, zischte Stella. »Und den Besuch bei Oliver können Sie vergessen. Er wird Sie nicht empfangen. Es tut mir in der Seele leid, dass Sie Ihren Sohn auf so tragische Weise verlieren mussten, aber es ist gemein und entbehrt jeder sachlichen Grundlage, anderen Menschen die Schuld daran zu geben!«

Mit diesen Worten wollte sich Stella auf dem Absatz umdrehen und gehen, doch in dem Augenblick drehte sich alles vor ihr. So heftig, dass sie den Halt verlor und zu Boden stürzte. Sie verlor nur kurz das Bewusstsein, aber als sie wieder zu sich kam, fühlte sie sich zu schwach, um ihre Augen zu öffnen oder ein Lebenszeichen von sich zu geben.

Deshalb musste sie hilflos mit anhören, wie die völlig aufgelöste Mrs Taylor einen Krankenwagen rief. Danach zog sie es vor, sich weiterhin ohnmächtig zu stellen, weil Mrs Taylor hysterisch auf sie einredete und auch nicht davor zurückschreckte, Stella mehrfach unsanft zu schütteln.

Erst nachdem zwei junge Männer in der Wohnung aufgetaucht waren, sie auf eine Trage gehievt und hinausgetragen hatten, öffnete sie die Augen.

»Ich glaube, ich kann allein gehen.«

»Das glaube ich kaum. Sie müssen zumindest gründlich untersucht werden«, widersprach einer der beiden Rettungssanitäter energisch.

»Es ist nichts«, protestierte Stella, als ein höllischer Schmerz, der gegen ihre Schädeldecke pochte, sie zum Schweigen brachte.

»Könnten Sie mich denn wenigstens ins Wellington Medical Center bringen?«,

»Das haben wir vor. Und jetzt entspannen Sie sich bitte. Ich würde nämlich auf dem Weg dorthin gern eine erste Untersuchung vornehmen«, sagte der Mann, der sich ihr nun als Rettungssanitäter Johns vorstellte. »Sie kennen mich auch Tom nennen«, fügte er freundlich hinzu, während sein Kollege und er die Trage in den Wagen schoben. Tom blieb bei ihr, während der andere den Wagen fuhr.

»Ich bin Stella«, seufzte sie, während der junge Mann mit der Untersuchung ihres Kopfes begann.

»Es ist keine Verletzung erkennbar. Haben Sie irgendwelche Beschwerden?«, fragte er prüfend.

»Ja, mein Kopf tut höllisch weh«, gab Stella zögernd zu.

»Vielleicht haben Sie sich beim Sturz doch eine Gehirnerschütterung zugezogen, ohne dass es eine Platzwunde gegeben hat«, sinnierte er.

»Nein, eine Gehirnerschütterung hatte ich vor ein paar Wochen, nachdem ich eins über den Schädel bekommen habe«, gestand sie ihm, weil sie einsah, dass es wenig Zweck hätte, den Sanitäter zu beschwindeln, zumal sie es gerade selbst ein wenig mit der Angst zu tun bekam.

Tom runzelte kritisch die Stirn. »Hat man Ihnen denn nicht gesagt, dass auch bei der leichtesten Gehirnerschütterung ein paar Tage absolute Ruhe ein Muss ist?«

»Doch, das hat mir der Arzt gesagt, aber ich hatte keine Zeit, mich richtig auszukurieren, und habe das auch nicht ganz ernst genommen. Sehen Sie, ich habe noch nie auch nur einen einzigen Tag Arbeit wegen einer Krankheit versäumt …«, versuchte sie sich zu verteidigen.

»Tja, dann werden Sie jetzt ein wenig umdenken müssen. Ich werde Ihrem behandelnden Arzt ans Herz legen, Sie für mindestens eine Woche aus dem Verkehr zu ziehen, denn mit einem postkommotionellen Syndrom ist nicht zu spaßen. Und sorry, dass ich mich hier quasi als Experte aufspiele, aber ich bin angehender Facharzt und habe gerade über Schädel-Hirn-Traumata promoviert.«

Stella wurde noch blasser. Sie hatte zwar noch nie zuvor von diesem Syndrom gehört, aber sie konnte sich sehr wohl ausmalen, was das im Klartext hieß. Sie hatte unter den Folgen ihrer verschleppten Gehirnerschütterung zu leiden.

»Könnte ich nicht nach Hause fahren und mich dort hinlegen?«, fragte sie zaghaft.

»Wo wohnen Sie denn?«

»In den Marlborough Sounds auf einer Insel.«

»Sorry, aber das ist in Ihrem Zustand zu weit und beschwerlich. Ich glaube, Sie machen sich keinerlei Begriff davon, wie riskant Sie mit Ihrer Gesundheit gespielt haben. Wenn man eine Kommotio nicht auskuriert, kann sich ebendieses Syndrom einstellen, was bedeutet, dass Sie über Monate, Jahre und wenn es ganz dumm kommt, ein Leben lang unter Beschwerden wie Schwindel, Übelkeit, Reizbarkeit, vermehrtem Schwitzen und Kopfschmerzen leiden. Wir können das Rad zwar nicht mehr zurückdrehen, aber das Neurologen-Team im Wellington Medical Center, das für Schädel-Hirn-Traumata zuständig ist, hat sehr positive Erfahrungen mit einer einwöchigen Ruhebehandlung gemacht, also mit dem, was Sie eigentlich gleich hätten tun sollen. Und wenn ich sage, Ruhebehandlung, dann ist das auch tatsächlich so gemeint. Sie liegen in einem abgedunkelten Zimmer, kein Telefon, kein Kontakt zur Außenwelt ...«

Stella stöhnte laut auf. »Aber das ist unmöglich. Ich muss meiner Mitarbeiterin doch Anweisungen geben.«

Tom zuckte mit den Schultern. »Stella, es ist Ihre Gesundheit und Ihre Entscheidung. Ich kann Sie nicht daran hindern, ein solches Risiko einzugehen. Meinetwegen kann ich den Krankenwagen auch anhalten lassen, und Sie machen das, was Sie für richtig halten. Aber sagen Sie nie, man hätte Sie nicht gewarnt.«

»Danke, Tom«, seufzte Stella. Obwohl sie wusste, dass es unvernünftig war, konnte sie sich unmöglich für eine Woche im Krankenhaus auf die faule Haut legen. »Ich verspreche, ich lege mich zu Hause ins Bett. Ich würde allerdings erst mit Ihnen in die Klinik kommen, weil ich dort noch einen Krankenbesuch machen muss«, erklärte Stella geschäftsmäßig und verdrängte in diesem Augenblick, dass ihr Schädel schier platzen wollte.

Tom musterte sie kopfschüttelnd. »Sie gehören zu den Menschen, die eines Tages tot umfallen, nur weil sie sich für unentbehrlich halten und nicht in der Lage sind, die Realitäten anzuerkennen. Das nenne ich störrisch und leichtsinnig!«

Stella wollte diese klaren Worte nicht an sich herankommen lassen, sondern versuchte, sich langsam aufzusetzen, doch kaum hatte sie den Oberkörper aufgerichtet, begann es vor ihren Augen zu flimmern.

»Oh Gott, es verschwimmt ja alles!«, stieß sie entsetzt hervor.

»Ach ja, Sehstörungen habe ich vergessen zu erwähnen. Die tauchen auch häufig bei diesem Syndrom auf.«

Stöhnend ließ sich Stella zurück auf die Trage fallen. Noch nie hatte sie sich derart schwach und hilflos gefühlt. Nicht einmal, als Holly und Oliver unter derart unseligen Umständen von ihrer Verbindung erfahren hatten, und auch nicht, als sie hatte feststellen müssen, dass jemand versuchte, ihr Lebenswerk und ihren Ruf zu zerstören ... aber vor den deutlichen Zeichen, mit denen ihr Körper ihr signalisierte, dass er nicht länger ignoriert werden durfte, kapitulierte sie nun.

»Darf ich denn wenigstens noch meine Mitarbeiterin informieren und jemandem Bescheid sagen, der auch Patient im Wellington Medical Center ist?«

Toms Mundwinkel zuckten. Offenbar versuchte er, ein Grinsen zu unterdrücken, aber dennoch konnte er seine Reaktion auf ihre Unvernunft kaum verbergen.

»Ich bin nicht Ihr Arzt, aber ich weiß zufällig, dass es zu Ihrem Vorteil ist, Ihren gestressten Körper zu entspannen.«

Stella aber hörte ihm gar nicht mehr zu. Konzentriert erstellte sie im Kopf eine Liste, wen sie über ihre Schlaftherapie, wie sie diese Behandlung insgeheim getauft hatte, informieren sollte. Das waren nicht nur Ani und Oliver, sondern auch Constable Baxter. Natürlich hoffte sie darauf, dass Anis Zeugenaussage, wie sich Richards mittels eines Tricks von ihr die Schreckschusspistole hatte vorführen lassen, sogar Greens Chef in Christchurch zum Nachdenken anregen würde. Während sie fieberhaft darüber nachgrübelte, ob sie auch ja nichts vergessen hatte, tobte der Schmerz mit unverminderter Härte durch ihren Kopf.

Stella hatte gar nicht bemerkt, dass der Wagen angehalten hatte. Erst als Toms Kollege die hintere Klappe des Krankenwagens öffnete, registrierte sie, dass sie am Ziel waren, und sie wollte sich aufrichten, um die Klinik auf eigenen Beinen zu betreten, doch Tom forderte sie auf liegen zu bleiben. So ließ sie sich auf der Trage in das Krankenhaus bringen und fand es ausgesprochen befremdlich, auf diese Weise durch die langen Flure transportiert zu werden.

41.

Hand in Hand betraten Holly und Niclas das weiträumige Areal des Wellington Regional Medical Centers und steuerten auf die Treppe zu, die zum Haupteingang führte. Das Krankenhaus war eines der größten des Landes und von der Bauweise nicht besonders ansprechend, wie Holly feststellte. Es war eher ein abweisender Klotz, und sie erschauderte bei dem Gedanken, dass irgendwo in dieser Betonwüste ihr Vater lag.

Sie hatten mit der Fahrt nach Wellington zwei Tage warten müssen, weil die Fähren alle ausgebucht waren, selbst ohne Pkw, denn im Januar herrschte in Neuseeland Hochsaison, und seit der »Hobbit« auf der Kinoleinwand Riesenerfolge gefeiert hatte, boomte der Filmtourismus auch auf der Südinsel. Hinzu kamen die Krisen durch Kriege und Terror in den herkömmlichen Touristengebieten, was auch zu einem enormen Besucherzuwachs in Neuseeland führte.

Jedenfalls hatten sie Tickets für die heutige Mittagsfähre bekommen. Niclas' Vater war nicht begeistert gewesen, dass sein Sohn Urlaub machte, wie er irrtümlich vermutete. So war es vor ihrer Abfahrt zu einem heftigen Streit zwischen Vater und Sohn gekommen.

Holly dachte mit einem unguten Gefühl daran, wie sie Zeuge dieser Auseinandersetzung geworden war, denn Jayden, der den beiden sonst stets rücksichtsvoll aus dem Weg ging, war wutentbrannt in die Küche gekommen, wo sie gemeinsam gefrühstückt hatten. In der Hand einen Zettel, auf dem Niclas ihm geschrieben hatte, dass er jetzt mindestens drei Tage weg wäre.

»Was fällt dir denn ein? Seit wann nimmt sich jeder ohne Absprache seinen Urlaub nach Gutdünken? Hast du mal in den Kalender gesehen? Wir haben die nächsten Tage Führungen und Weinproben im Zweistundentakt. Das ist schon zu zweit, zumal neben der sonstigen Arbeit, kaum zu schaffen«, schimpfte er.

Niclas wollte sich gerade aufbäumen und seinem Vater heftige Widerworte geben, als Holly ihm sanft die Hand auf die Schulter legte und das Wort ergriff. »Entschuldigen Sie, es tut mir leid, wenn ich Ihnen Niclas entführe. Es ist nur so, dass mein Vater einen schweren Unfall hatte und im Krankenhaus in Wellington liegt. Niclas war so nett, mir anzubieten, mich zu begleiten. Aber wenn er hier unabkömmlich ist, fahre ich allein«, hatte sie Jayden aufrichtig versichert.

»Nein, das konnte ich doch nicht ahnen. Nein, nein, fahrt nur, ich hole mir eine Aushilfe«, hatte sein Vater ihr eifrig versichert. »Es stehen ja immer ein paar Burschen auf Abruf bereit. Es wäre nur nett gewesen, wenn mein Sohn mir einen Hinweis gegeben hätte, dass es ein Notfall ist. Und darf ich fragen, wie es Ihrem Vater geht?«

Niclas hatte Jayden daraufhin finster angesehen, und diesmal konnte Holly seinen Wutausbruch nicht verhindern. »Tu doch nicht so. Du weißt doch von deiner Freundin, dass Oliver einen Unfall hatte. Und du kannst ihr einen schönen Gruß bestellen: Es ist nicht nett, dass sie Holly verschwiegen hat, dass ihr Vater in der Klinik liegt.«

»Niclas, es reicht!«, hatte Jayden seinen Sohn daraufhin in scharfem Ton zurechtgewiesen. »Ich habe Hollys Mutter seit neulich Abend nicht mehr gesehen und weiß von gar nichts!«

Holly wusste auch nicht, warum, aber plötzlich sah sie diesen

Mann mit völlig anderen Augen. Was, wenn Niclas sich die ganze Affäre zwischen den beiden nur eingebildet hatte?

Niclas aber hatte sich seinem Vater gegenüber als völlig verbohrt erwiesen und war wütend aufgesprungen. »Komm, Holly, wir müssen los.« Er hatte sie förmlich mit sich gezogen. In der Tür hatte sich Holly noch einmal umgeblickt, und der traurige Gesichtsausdruck, mit dem Niclas' Vater ihnen hinterhersah, gab ihr einen Stich. Sie verstand ja selbst nicht, warum sie mit einem Mal so milde gestimmt war, aber der Mann tat ihr wirklich leid.

»Worüber grübelst du eigentlich die ganze Zeit? Es wird schon nicht so schlimm sein mit deinem Vater«, vernahm Holly in dem Moment wie von ferne Niclas' besorgte Stimme.

Holly erwachte aus ihren Gedanken und stellte fest, dass sie gerade vor dem Haupteingang angekommen waren.

»Dein Wort in Gottes Ohr«, seufzte sie.

Am Empfang schickte man sie in den zweiten Stock und bat sie, dort erneut nach Mr Bells Zimmer zu fragen, weil man ihm, da er so berühmt war, außer der Reihe ein ganz besonderes gegeben hatte, das noch nicht im System eingespeichert war.

»Dein Vater ist ja ein echter Promi«, lachte Niclas, als sie in den Fahrstuhl stiegen.

Kaum dass sie auf der Station angekommen waren, stürzten gleich zwei Schwestern auf sie zu und fragten, wen sie suchen würden.

»Ich bin auf der Suche nach Oliver Bell, meinem Vater«, entgegnete Holly, woraufhin sich die beiden Krankenschwestern einen fragenden Blick zuwarfen.

»Entschuldigt bitte, aber bei diesem Patienten sind wir mit den Besuchern etwas vorsichtig. Deshalb werde ich ihn erst einmal fragen, ob es ihm recht ist«, erklärte eine der Schwestern bedauernd, bevor sie in einem der Zimmer verschwand.

Niclas umarmte Holly zärtlich. »Schon saublöd, so einen berühmten Dad zu haben«, flüsterte er.

Holly kuschelte sich dicht an ihn und fühlte sich geborgen an seiner Brust.

»Oliver erwartet euch«, riss die Stimme der Schwester Holly aus ihrem warmen Gefühl für Niclas.

Sie stoben auseinander und folgten der Schwester zu dem Krankenzimmer. Hollys Herzschlag beschleunigte sich, als die Schwester die Tür öffnete und Niclas und sie in das geräumige Krankenzimmer wies. Das Ganze machte einen durchaus komfortablen Eindruck, doch als sie ihren blassen Vater in dem Krankenhausbett erblickte, stürzte Holly weinend auf ihn zu.

»Ich habe schon gedacht, du wärst überfordert mit meiner Existenz und einfach geflüchtet«, schluchzte Holly verzweifelt.

»Bist du bescheuert?«, erwiderte er in besonders burschikosem Ton, um seine Rührung zu verbergen. »Ich bin erst seit ein paar Tagen wieder bei Trost. Ich wusste weder, wie ich heiße, noch, dass ich ein bekannter Pianist bin, geschweige denn, was für eine hochbegabte Tochter ich ...« Er stutzte, während er seinen Blick auf Niclas heftete. »Und wer ist der junge Mann? Wenn ich mich recht erinnere, war er Zuschauer bei unserem Konzert in Helens Bar. Er hat dich an dem Abend schon so intensiv angehimmelt.«

Niclas wurde rot und reichte Oliver verlegen die Hand. »Ich bin Niclas, ein Freund Ihrer Tochter.«

»Das freut mich. Ich hatte in meinem Leben viel zu wenig Gelegenheit, Freunde meiner Tochter kennenzulernen«, entgegnete Oliver, während er Holly aufmerksam musterte. So als würde er herausfinden wollen, ob die beiden nur Freunde oder mehr waren.

In diesem Moment klopfte es an der Tür und ein Mann, der Holly entfernt bekannt vorkam, betrat das Zimmer.

»Entschuldigen Sie, ich kann auch später wiederkommen«, schlug der Besucher vor, doch in dem Moment erkannte ihn

Holly an seiner Stimme. Es war der Arzt, der bei dem Zusammenbruch ihres Vaters auf der Fähre Erste Hilfe geleistet hatte.

»Nein, kommen Sie ruhig herein. Jetzt erkenne ich Sie wieder. Das ist ja sehr freundlich, dass Sie meinen Vater besuchen. Woher wissen Sie, dass er im Krankenhaus liegt?«, erkundigte sich Holly. Sie wunderte sich allerdings ein wenig über den erschrockenen Gesichtsausdruck ihres Vaters. Ob er nicht wollte, dass ihn der nette Arzt besuchte?

»Stell dir vor, Doktor Snyder ist mein behandelnder Arzt. Wir haben uns hier zufällig wiedergesehen. Er war richtig beleidigt, dass ich ihn nicht erkannt habe, bevor deine Mutter mir kräftig geholfen hat, mein Gedächtnis wiederzuerlangen«, stieß Oliver gehetzt hervor.

Er wirkte furchtbar nervös, wie Holly fand. Außerdem erschien es ihr merkwürdig, dass der Arzt Sportkleidung trug, ganz so, als sei er gerade vom Joggen gekommen.

Auch Doktor Snyder machte einen irritierten Eindruck. »Ich kann wirklich später wiederkommen. Ich könnte inzwischen nach Hause fahren und duschen. Ich komme direkt vom Laufen«, erklärte er hastig.

»Nein, auf keinen Fall. Gehen Sie nicht. Ich ... ich ...« Oliver wand sich. »Holly, würde es dir etwas ausmachen, wenn ihr beide für zehn Minuten draußen wartet? Ich muss dringend etwas mit Doktor Snyder besprechen.«

»Können wir gern machen«, erwiderte Holly und verließ mit Niclas zusammen das Krankenzimmer.

»Was war das denn?«, stieß sie verwundert hervor, kaum dass sie auf dem Flur waren.

»Merkwürdig war es schon, muss ich zugeben«, bekräftigte Niclas kopfschüttelnd. »Hast du gesehen? Dein Vater ist ganz rot geworden, als er gesagt hat, der Mann wäre sein behandelnder Arzt.«

Holly erzählte Niclas, unter welchen Umständen sie Doktor Snyder schon einmal getroffen hatte, und sie fügte entschlossen hinzu: »Komm, wir setzen uns auf eine Bank, und ich frage ihn nachher einfach, ob dieser Snyder wirklich ein ganz normaler Arzt ist.«

Sie setzten sich am anderen Ende des Flurs auf eine Wartebank neben eine junge Frau, die ebenfalls Joggingzeug trug.

»Komisch auch, dass Doktor Snyder in Joggingklamotten Visite auf seiner Station macht, oder?«, raunte Holly Niclas zu.

»Entschuldigen Sie, ich will mich nicht in Ihr Gespräch einmischen«, begann daraufhin die junge Frau, »aber ich habe das eben mit angehört. Ich bin Patricia Snyder, seine Tochter. Mein Vater arbeitet nicht hier. Er besucht einen Patienten, der demnächst an Dads Studie teilnimmt. Und nur weil das Wellington auf unserer Joggingstrecke liegt, hat er das mit der Vorbesprechung verbunden.«

Holly musterte die Tochter des Arztes ungläubig. »Und darf man fragen, was das für eine Studie ist?«

»Ja, gern, das ist sozusagen mein Lieblingsthema, denn ich werde meinem Vater dabei assistieren. Es ist eine Art Immuntherapie, die man hoffentlich bald bei allen hormonell bedingten Krebsarten zulassen wird.«

»Krebs?«, wiederholte Holly fassungslos.

»Ja, mein Vater ist Onkologe«, plauderte Patricia Snyder ahnungslos drauflos. »Und wir sind ganz stolz, dass die Probanden sogar aus Europa herkommen, um sich der Therapie zu unterziehen, wie der Patient, bei dem mein Vater gerade ist. Das ist ja für viele die letzte Rettung ...«

Holly überkam die Übelkeit mit solcher Macht, dass sie befürchtete, sich auf der Stelle zu übergeben, aber sie schaffte es, mit vorgehaltener Hand zu den Waschräumen zu rennen. Dort erbrach sie sich ins Waschbecken. Als sie schließlich nichts mehr im Magen hatte, betrachtete sie voller Entsetzen ihr Spiegelbild. Ihre Haut war aschfahl, und kalter Schweiß stand ihr auf der Stirn.

Sie bemerkte die fremde Frau erst, als diese sie vorsichtig ansprach. »Brauchen Sie Hilfe?«

Holly drehte sich erschrocken um.

»Nein, es geht schon«, stieß sie hastig hervor und verließ den Waschraum. Vor der Tür wartete Niclas mit besorgter Miene.

»Zieh bloß keine voreiligen Schlüsse. Vielleicht ist das alles nur ein Missverständnis«, sagte er, wobei der Ton in seiner Stimme verriet, dass er selbst nicht an seine Worte glaubte.

»Lieb gemeint, Niclas, aber da gibt es kaum eine andere Erklärung, als dass mein Vater todkrank ist und mir das bislang verschwiegen hat.«

»Okay, das Beste ist, wir gehen jetzt zurück, und du fragst ihn ganz direkt. Ich kann auch draußen warten.«

Holly sah Niclas entgeistert an. »Denkst du etwa, dass ich zu ihm gehe? Meine Eltern mit ihren scheiß Geheimnissen. Sollen sie doch daran ersticken!«, stieß sie wutentbrannt hervor.

»Aber das kannst du nicht in einen Topf werfen. Dein Vater wollte dich bestimmt nur schützen«, entgegnete Niclas beschwörend.

»Es ist mir so was von egal, *warum* er mir seine Krankheit verschwiegen hat. Er hat es schon gewusst, als wir gemeinsam auf der Fähre waren. Deshalb ist er umgekippt.« Sie löste sich unsanft aus der Umarmung und steuerte zielstrebig auf den Ausgang zu, getrieben von dem einen Wunsch: weit weg von hier zu sein! Vor der Tür holte Niclas sie ein.

»Bitte, renn jetzt nicht fort. Das kannst du ihm nicht antun!«

»Ach, das sagt der Mann, der seinen Vater wie einen Aussätzigen behandelt wegen einer alten Geschichte, die längst verjährt ist! Davon wird deine Mutter auch nicht wieder lebendig.«

Niclas wich bei ihren Worten sämtliche Farbe aus dem Gesicht.

»Holly, merkst du gar nicht, wie ungerecht du bist?«

»Ach, lass mich einfach in Ruhe. Du kannst ja meinem Vater das Händchen halten. Ich will mit meinen Eltern nichts mehr zu tun haben«, brüllte sie, bevor sie Niclas einfach stehen ließ und loslief.

Ohne sich noch einmal umzudrehen, rannte sie die Treppen hinunter, als wäre der Teufel hinter ihr her. Erst als sie das Gebäude verlassen hatte, blieb sie keuchend stehen und wandte sich um. Sie rechnete fest damit, dass Niclas ihr gefolgt war. Es tat ihr schon in diesem Augenblick leid, dass sie ihren Zorn und ihre Enttäuschung darüber, dass ihr Vater offenbar keinen Funken Vertrauen zu ihr hatte, an ihm ausgelassen hatte, aber sosehr sie auch auf die Tür starrte, Niclas kam nicht. Stattdessen kam in dem Moment die Frau aus dem Waschraum auf sie zu.

»Sie haben ja wenigstens schon wieder ein wenig Farbe bekommen«, bemerkte sie freundlich. »Ich hatte das damals auch so schlimm während meiner Schwangerschaft«, fügte sie tröstend hinzu.

Holly aber wandte sich grußlos ab und wankte wie ferngesteuert in Richtung Treppe. Dort klammerte sie sich ans Geländer, denn die blitzartige Erkenntnis, was ihr in letzter Zeit vermehrt diese Übelkeit beschert hatte, ließ ihre Knie weich werden. Vor ihrem inneren Auge lief das Gespräch mit Jonathan ab, nachdem sie vor etwa drei Monaten vom Frauenarzt zurückgekehrt war, der ihr wegen wiederholter schwerer Migräneanfälle von einer weiteren Einnahme der Antibabypille abgeraten hatte. Holly sah Jonathan und sich an dem weißen Tisch sitzen. »Und was tun wir nun?«, hatte sie ihn gefragt. »Kein Problem, ich passe einfach auf, und wenn es schiefgeht, macht es doch nichts. Wir wollen schließlich ein Kind«, hatte Jonathan daraufhin gut gelaunt geantwortet.

Wie in Trance ging Holly die große Treppe hinunter, und zum ersten Mal nach ihrem Zerwürfnis sehnte sie sich nach ihrer Mutter. Aber ich habe keine Mutter mehr, fügte sie voller Selbstmitleid hinzu ... und auch keinen Vater. Von einer neuen Beziehung ganz zu schweigen, denn Niclas würde sich wohl kaum freiwillig auf sie einlassen, wenn sie ein Kind von Jonathan bekäme ...

42.

Stella fühlte sich so erholt wie schon lange nicht mehr, als sie das Klinikgebäude verließ. Die Tage im Krankenhaus waren ihr wie eine halbe Ewigkeit vorgekommen. Zunächst hatte sie gehofft, auf eine Station mit Oliver zu kommen, aber in dem Punkt wurde sie enttäuscht. Die Reha-Station, auf die man sie gebracht hatte, befand sich in einem völlig anderen Gebäude fernab der neurologischen Station.

Die ersten Tage hatte sie innerlich kaum Ruhe gefunden, weil sie über ihre unterschiedlichen Probleme nachgegrübelt hatte, doch dann hatten sich ihre überdrehten Nerven zunehmend entspannt, und sie hatte aufgehört, um jeden Preis für alles Lösungen finden zu müssen. Im Gegenteil, sie hatte erst einmal versucht, alles so anzunehmen, wie es war: die Intrige, Olivers Krankheit und ihre Tochter, die nichts mehr mit ihr zu tun haben wollte. Voller Dankbarkeit dachte sie an ihre behandelnde Ärztin, Doktor Williams, die sie ermutigt hatte, einfach einmal ungefiltert über ihre Sorgen zu sprechen. Wie es Stellas Art war, hatte sie es zunächst weit von sich gewiesen, dass sie unter enormem psychischem Druck stand, doch die einfühlsame Ärztin hatte es schließlich geschafft, Stellas Mauern zu überwinden, indem sie die richtigen Worte gefunden hatte.

»Ich kenne das von mir selbst. Mein Anspruch ist auch, mit allem allein fertigzuwerden und meine Mitmenschen bloß nicht mit meinem Kummer zu belästigen, aber manchmal wirkt es Wunder, wenn man diese selbst erschaffenen Barrieren überwindet.«

Mit diesem Ratschlag hatte die Ärztin bei Stella einen Nerv getroffen, sodass sie zunächst zögernd und dann immer bereitwilliger von ihren unterschiedlichen Baustellen zu berichten begann. Sie hatte sich bemüht, sachlich zu bleiben, aber die Ärztin hakte mit Fragen gezielt nach, sodass Stella schließlich in Tränen ausgebrochen war. Offenbar hatte die Ärztin das beabsichtigt, denn kaum hatte Stella zu schluchzen aufgehört, hatte sich Doktor Williams danach erkundigt, ob es ihr nun besser ginge. Stella war selbst darüber erstaunt, dass dieser kleine emotionale Ausbruch wie ein Reinigungsprozess auf ihre Seele gewirkt hatte.

In beinahe heiterer Stimmung und beschwerdefrei war sie schon nach fünf Tagen auf eigenen Wunsch entlassen worden. So gut ihr diese Auszeit auch getan hatte, es zog sie voller Ungeduld nach Taupatiti zurück. Auch wenn sie nicht mehr ganz so getrieben war wie vor diesem Klinikaufenthalt, wollte sie Anis Unterstützung nicht überstrapazieren. Sie war immerhin entspannt genug, um nicht gleich zu Hause anzurufen und ihr Kommen anzukündigen, womit sie womöglich alle in Aufregung versetzt hätte, sondern eine Stippvisite bei Oliver und einen Überraschungsbesuch in der Firmenzentrale von Luxury Resorts einzuplanen, bevor sie zurückfahren würde.

Das gleißende Licht blendete Stella trotz der Sonnenbrille, die sie trug. Ihr erster Gang führte sie zu Oliver, dem sie, bevor sie sich der Behandlung unterzogen hatte, noch hatte ausrichten lassen, was geschehen war.

Auf dem Flur traf Stella auf Tracy, die sie etwas verwundert ansah.

»Guten Tag, schön, dich zu sehen. Ist Oliver überhaupt noch in dieser Klinik?«, begrüßte Stella die Verwaltungsleiterin freundlich.

»Du hast Glück, er wird morgen verlegt. Aber ich wusste gar nicht, dass du heute schon entlassen wirst«, erwiderte sie etwas verunsichert und reichte Stella die Hand.

»Mir kam das vor wie eine halbe Ewigkeit, aber ich bin nach fünf Tagen als geheilt entlassen worden. Wolltest du ihn auch gerade besuchen? Dann können wir gemeinsam gehen«, schlug sie vor, doch Tracy winkte ab. »Nein, geh du nur allein. Ich habe noch was anderes auf dieser Station zu erledigen.«

Stella hatte den Eindruck, dass das nur eine Ausrede war und Tracy Oliver und ihr die Gelegenheit geben wollte, unter vier Augen zu reden.

Als sie sein Zimmer betrat, saß er an einem Tisch und war in eine Zeitung vertieft. Er hob den Kopf und schien überrascht. Er sieht wesentlich besser aus als beim letzten Mal, dachte Stella, während sie ihn umarmte.

»Wie geht es dir? Stimmt es? Tracy hat mir berichtet, dass du deine Gehirnerschütterung nicht auskuriert hast und die Ärzte dich vorerst aus dem Verkehr gezogen haben«, fragte Oliver besorgt, nachdem sie sich zu ihm an den Tisch gesetzt hatte. Jetzt merkte sie, dass sie trotz aller Erholung noch immer ein wenig erschöpft war und erinnerte sich an Doktor Williams mahnende Worte. *Sie haben unglaubliches Glück gehabt, dass Sie die Kopfschmerzen losgeworden sind, aber Sie sollten weiterhin auf sich achten. Ruhen Sie sich aus, wenn Sie einen Anflug von Überanstrengung spüren.*

Stella spürte deutlich, dass sich ihr Kreislauf noch in Unruhe befand. Sie stieß einen tiefen Seufzer aus, weil sie der Meinung war, dass ihre harmlose Gehirnerschütterung im Gegensatz zu Olivers lebensbedrohlicher Krankheit nicht der Rede wert war.

»Ich habe gehört, du wirst morgen verlegt. Heißt das, du kommst in die Studie?«, erkundigte sie sich hastig, um von sich abzulenken.

Oliver nickte eifrig. »Aber woher weißt du das schon? Hat sich das im gesamten Krankenhaus herumgesprochen?«

»Nein, ich habe gerade Tracy getroffen. Das ist eine wunderbare Nachricht.«

»Ich bin auch sehr froh, dass es morgen losgeht«, erwiderte er, doch Stella bemerkte an seiner belegten Stimme, dass er noch etwas auf dem Herzen hatte.

»Gibt es einen Haken?«, fragte sie besorgt.

»Im Gegenteil. Snyder hat mir echt Mut gemacht. Also, wenn alles gut geht, werde ich den Mist überleben«, entgegnete er und rang sich zu einem Lächeln durch.

»Und was verschweigst du mir dann?«, insistierte Stella und strich ihm aufmunternd über den Handrücken.

»Dir kann man wirklich nichts vormachen, mein Herz. Ich mache mir Sorgen um unsere Tochter«, seufzte er.

»Was ist mit ihr?«, fragte Stella erschrocken.

»Sie hat durch einen dummen Zufall erfahren, dass ich Krebs habe und nach Neuseeland gekommen bin, um an Snyders Studie teilzunehmen …«

»Wie, durch Zufall? Du hast es ihr nicht gesagt?«

Oliver schüttelte bedauernd den Kopf. »Leider nicht! Sie wollte mich besuchen, zusammen mit diesem jungen Mann.«

»Mit welchem jungen Mann?«

»Na, dem Sohn deines neuen Freund… ich meine, deines alten Schulkameraden.«

Stella blickte Oliver irritiert an. »Was hat Holly mit Niclas zu tun? Kein allzu netter Bursche, wenn du mich fragst«, stöhnte sie.

»Da habe ich ihn anders kennengelernt. Aber wie dem auch sei, er ist wohl ihr neuer Freund. Jedenfalls habe ich die beiden rausgeschickt, weil in dem Moment Doktor Snyder vorbeikam. Seine Tochter hat im Flur gewartet und ist mit Holly und Niclas ins Gespräch gekommen, und sie hat ganz treuherzig ausgeplaudert, dass ihr Vater diese Studie leitet und dass sogar Patienten aus aller Welt auf Heilung durch seine Therapie hoffen.«

»Um Gottes willen. Was für ein blöder Zufall.«

»Tja, die am strengsten gehüteten Geheimnisse kommen immer durch blöde Zufälle ans Licht. Das müsstest du doch wissen«, knurrte er.

»Jedenfalls ist sie, nachdem sie das erfahren und das Krankenhaus verlassen hat, spurlos verschwunden.«

»Woher weißt du das?«

»Niclas kam völlig aufgelöst allein zurück in mein Zimmer und hat mir berichtet, wie aufgebracht Holly gewesen und dass sie abgehauen sei. Er hat mir versprochen, Bescheid zu geben, wenn er sie findet oder sonst etwas von ihr hört. Aber bislang hat er sich nicht gemeldet.«

»Mist! Ich befürchte, jetzt fühlt sie sich von uns beiden verlassen. Hätte ich doch bloß nie ...«

»Stella, genug mit der Selbstkritik! Hast du eine Ahnung, wo sie stecken könnte?«

Stella zuckte die Schultern. »Nein, aber ich verspreche dir, dass ich so lange in Wellington bleibe, bis wir mehr wissen. Ich werde all ihre Freunde, auch die in Dunedin, anrufen, sofern ich Nummern von ihnen habe«, versicherte sie.

Oliver aber winkte ab. »Nein, du fährst jetzt auf deine Insel zurück und versuchst, von dort aus etwas herauszufinden.«

»Aber ich kann dich nicht mit dieser Ungewissheit allein lassen.«

»Mach dir um mich keine Sorgen. Tracy kümmert sich um mich.«

Obwohl Stella eine gewisse Erleichterung bei dem Gedanken, auf schnellstem Wege nach Taupatiti zu fahren, empfand, gab ihr seine Bemerkung einen leichten Stich. Offenbar hatte sich die freundliche Tracy als Olivers Trösterin bewährt.

»Gut, ich sehe zu, was ich erreichen kann. Hast du versucht, sie anzurufen?«

Oliver rollte mit den Augen. »Tausendmal? Aber ihr Telefon ist abgestellt.«

»Ich verspreche dir, ich melde mich, sobald ich etwas erfahren habe. Und wie lange wird die Studie dauern?«

»Vier Wochen.«

»Und danach?«

»Keine Ahnung. Ich werde wohl die Tournee machen und dann ... ja, dann ...«

»Dann kommst du nach Taupatiti und erholst dich von allem.«

»Ist das dein Ernst?«

»Bitte! Du kannst bei uns im Gästezimmer wohnen oder in der Frauenbucht. Dort stehen ein paar Holzhäuser leer.«

Oliver ergriff gerührt Stellas Hände und führte sie an seine Lippen.

»Das wäre wunderbar. Davon habe ich in einsamen Nächten geträumt. Aber da hätte ich eine Bitte. Könnte ich mich auch in der einsamen Bucht auskurieren?«

»Du meinst, die Bucht, in die ich unsere kleine Reisegruppe damals entführt habe?«

»Das ist ein dummer Gedanke, oder?«

»Nein, nur dort gibt es immer noch kein Haus, und die Bucht ist nicht mehr abgelegen wie damals, als man sie nur vom Wasser aus erreichen konnte. Es gibt jetzt einen Weg durch den Dschungel dorthin.«

Oliver bekam einen verträumten Blick. »Dort würde ich gern wohnen. Könnte ich mir nicht eine Hütte bauen und dort leben?«

Stella musste wider Willen grinsen. »Du und bauen?«

»Na ja, ich würde sie mir bauen lassen. Und sie müsste auch so viel Platz haben, dass ein Klavier Platz hat.«

»Du möchtest in Neuseeland bleiben, oder? Und was ist mit London und deiner Karriere, wenn du wieder gesund bist?«

»Ach, mein Herz. Ich werde vielleicht noch ein paar wirklich schöne Jahre erleben, aber die möchte ich nicht dem Ruhm opfern.«

»Aber du in der Einöde?«

»War ja nur so eine Idee. Jetzt muss ich erst einmal Doktor Snyders Experiment überstehen«, lachte er.

»Gut, dann werde ich jetzt noch einen Firmenbesuch in der Luxury-Zentrale hinter mich bringen und dann zurückfahren, um nach dem Verbleib unserer Tochter zu forschen. Aber wo auch immer sie steckt, mach dir keine Sorgen. Unser Kind neigt nicht dazu, Blödsinn zu machen. Sie wird einsehen, dass du triftige Gründe hattest, ihr deine Krankheit zu verschweigen.« Mit diesen Worten stand Stella auf und verabschiedete sich von Oliver mit einem Kuss auf die Wange.

»Ich halte dich auf dem Laufenden«, versprach sie ihm, bevor sie Anstalten machte, das Zimmer zu verlassen. In der Tür stieß sie mit Tracy zusammen, die ganz rot wurde.

»Ich will nicht stören«, sagte sie und trat hektisch einen Schritt zurück.

»Du störst doch nie«, entgegnete Oliver in liebreizendem Ton und zwinkerte Stella, die ihm zum Abschied zuwinkte, verschwörerisch zu.

43.

Das gläserne Geschäftshaus, in dem die Firmenzentrale untergebracht war, befand sich in der Innenstadt. Am Empfang erklärte man Stella, dass sie ohne Termin wenig Chancen hätte, einen der Herren vom Vorstand zu sprechen. Stella aber ließ sich nicht abwimmeln, sondern machte deutlich, dass sie extra aus den Marlborough Sounds hergekommen wäre und dass es um den Verkauf der Insel Taupatiti ginge.

Die Dame telefonierte daraufhin und bat Stella, noch einen Augenblick zu warten, bis sie abgeholt würde.

Kurz darauf erschien eine Sekretärin, die sie freundlich begrüßte und zu einem der Büroräume führte. Wie Stella an dem Schild vor der Tür erkennen konnte, war es das Zimmer des Vorstandsvorsitzenden Derek Henson persönlich. Der ältere beleibte Herr erwartete sie bereits voller Neugier.

»Guten Tag, mein Name ist Stella Wilson, ich bin die Eigentümerin der Insel Taupatiti«, erklärte sie förmlich, während sie ihm die Hand schüttelte.

»Und was kann ich für Sie tun? Soviel ich weiß, ist die Sache abschlussreif. Oder wollen Sie den Kaufpreis hochtreiben?« Er lachte aus voller Kehle.

Stella ließ sich vor Schreck auf den Besucherstuhl fallen. Sie hatte mit allem gerechnet, aber damit nicht! Und wenn sie bislang noch den geringsten Zweifel gehegt hätte, dass Waltman seine dreckigen Finger im Spiel gehabt hatte, spätestens in diesem Moment wären sie endgültig zerstreut gewesen. Sie hätte am liebsten sofort gekontert, aber ihr Mund war so trocken, dass sie sich erst einmal kräftig räuspern musste.

»Ach, es gibt schon einen Vertrag über die Insel?«, fragte sie schließlich, ohne die Miene zu verziehen.

»Na, das werden Sie ja am besten wissen. Warten Sie, ich lasse mir mal eben den Vorgang bringen. Ich weiß nur, dass wir Ihnen ein großzügiges Angebot gemacht haben.« Er griff zum Hörer und bat seine Sekretärin, ihnen die Akte »Inselresort Taupatiti« zu bringen. Dann fügte er mit einem wohlwollenden Blick auf Stella hinzu, dass sie gleich eine Flasche von dem guten Champagner mitbringen möge zum Anstoßen auf den Vertragsabschluss.

Stella konnte es kaum fassen, wie dreist Waltman vorging, dass er sogar seinem Chef vorgaukelte, bereits am Ziel seiner Träume zu sein, ohne auch nur irgendetwas in der Hand zu haben. Das deutete darauf hin, dass er sich seiner Sache ziemlich sicher war. Offenbar hielt er sie bereits für erledigt.

Stella überlegte fieberhaft, wie sie Mr Henson wohl besonders geschickt auf den Zahn fühlen könnte. Wenn sie jetzt sofort lauthals protestierte, würde sie nie erfahren, was Waltman seinem Chef so alles vorgelogen hatte.

»Schön jedenfalls, Sie persönlich kennenzulernen. Wir sind sehr glücklich, dass wir dieses Sahnestück doch noch bekommen. Es ist eine kluge Entscheidung von Ihnen, unser Angebot anzunehmen.«

In dem Moment kam die Sekretärin mit der Akte herein.

»Moment, ich schau mal eben, ob wir den Vertrag bereits in der Akte haben.« Er vertiefte sich in die Dokumente und sah sie schließlich verwundert an.

»Nein, aber die Vertragsunterzeichnung steht unmittelbar bevor, besagt eine Mail Waltmans. Aber jetzt ahne ich, was Sie eigentlich von mir wollen. Und ich sage mal, ja, das kriegen wir hin. Dreihunderttausend Dollar Aufpreis?«

»Aufpreis?«, wiederholte Stella.

Henson grinste breit. »Na, Sie sind mir ja eine. Warum haben Sie Waltman nicht persönlich gesagt, dass Sie mehr haben wollen?« Er stöhnte laut auf. »Vierhunderttausend mehr als im Angebot?«

»Ob Sie mir das mal zeigen könnten? Ich habe den Preis nicht mehr im Kopf«, flötete Stella, doch an der skeptischen Miene des Vorstandsvorsitzenden konnte sie erkennen, dass sie ihre naive Rolle etwas überzogen hatte.

»Sie werden doch wohl nicht vergessen, was wir Ihnen bieten? Sagen Sie, sind Sie wirklich Stella Wilson, oder sind Sie von der Presse und wollen mich über unseren Deal mit der Eigentümerin ausfragen?«

Stella merkte, wie sie rot anlief.

»Ich bin Stella Wilson, aber Sie haben recht, ich wollte mehr über den Deal erfahren, von dem ich nämlich rein gar nichts weiß!«

»Wie bitte? Sie wollen behaupten, Sie kennen dieses Angebot nicht?«

Er schob ihr energisch den Ordner hin. Ganz vorne war das Angebot eingeheftet, das sie angeblich anzunehmen bereit war. Der Betrag war unter einer Million Dollar, sodass sie laut auflachte.

»Und das haben Sie diesem windigen Betrüger abgenommen?«, erklärte sie kopfschüttelnd.

Henson musterte sie verblüfft, griff nach der Akte, blätterte hektisch darin und deutete triumphierend auf eine Notiz.

»Unter diesen Bedingungen schon. Gegen Sie wird seitens der Staatsanwaltschaft wegen Betrugs ermittelt und ...« Er stockte, blickte erst sie ungläubig an und dann noch einmal in die Akte.

»Sie sollen einen Ihrer Komplizen mit einer Waffe bedroht haben. Das sieht man Ihnen nicht an. Also, in Ihrer Lage würde ich Ihnen dringend anraten, den Vertrag sofort bei mir zu unterzeichnen …«

»Nur über meine Leiche«, konterte Stella kühl. »Waltman versucht, mich fertigzumachen, aber das wird ihm nicht gelingen«, fügte sie hinzu.

»Sie sind wohl nicht ganz bei Trost. Diese Notiz ist eine Kopie aus der offiziellen Polizeiakte.«

»Interessant! Und das macht Sie gar nicht stutzig, wie Ihr Mister Waltman an diese vertraulichen Unterlagen gekommen ist?«

Hensons Gesichtsfarbe wechselte zu einem Tiefrot. »Was wollen Sie damit sagen?«

»Dass die Sache stinkt. Und dass ich, selbst wenn der Mistkerl es schaffen sollte, mich in den Ruin zu treiben, niemals an ihn verkaufen würde. Er ist schon einmal an seinen schmutzigen Tricks gescheitert, als er versucht hat, einen kleinen Bankangestellten mit Schmiergeld dazu zu bewegen, eine Kreditzusage für meine Paua-Muschelzucht zurückzunehmen.«

»Passen Sie bloß auf mit dem, was Sie hier von sich geben!«, brüllte der Vorstandsvorsitzende.

Stella zuckte die Schultern und wunderte sich, dass sie nicht ebenfalls ausrastete. Dass dies nicht der Fall war, hatte sie eindeutig den heilsamen Tagen in der Klinik zu verdanken.

»Ich sage nur die Wahrheit. Wenn Sie mir nicht glauben, können Sie bei meiner Bank anrufen. Wahrscheinlich wird man Ihnen bestätigen müssen, dass mein damaliger Sachbearbeiter ganz plötzlich versetzt wurde. Dass er sich hat Kohle zustecken lassen, wird man Ihnen nicht unbedingt auf die Nase binden«, bemerkte Stella in süffisantem Ton.

»Jetzt mal ganz ruhig«, schnaubte Henson. »Sie behaupten also, der Taupatiti-Deal ist nicht in trockenen Tüchern?«

»Das sagte ich bereits. Was auch immer geschehen wird und selbst wenn der Gauner mit seinen miesen Machenschaften durchkommt, an Ihre Firma würde ich Taupatiti niemals verkaufen. Erstens, weil ich Waltman nicht in die Hände spiele, und ...«

Henson kämpfte schwer, um bei ihren Worten nicht noch den Rest seiner Selbstbeherrschung zu verlieren.

»Und wenn Sie das Geschäft direkt mit mir abschließen?«, unterbrach er sie.

»Sie sollten mich ausreden lassen, Mr Henson. Und zweitens, weil es auf Taupatiti kein Luxusresort geben wird!«

»Der kann was erleben«, schimpfte der Vorstandsvorsitzende. »Hätte ich ihn doch bloß schon an die Luft gesetzt, aber plötzlich hat er mir diesen Deal versprochen. Na warte, Bürschchen!«

Wütend griff Henson zum Hörer und wählte eine Nummer, ohne Stella weiter zu beachten.

»Was heißt, er ist beschäftigt? Ich will ihn sprechen, und zwar sofort!«, brüllte er in den Hörer.

Stella hielt die Luft an, denn sie ahnte, wen der Chef zu sprechen wünschte, und Schadenfreude machte sich in ihr breit. Wie auch immer er seine Intrige gesponnen hatte, er würde über seine eigenen Fallstricke stolpern ...

»Na endlich. Wissen Sie, wer bei mir im Büro sitzt? Nein? Dann werde ich Ihnen das mal verraten. Miss Wilson, die mir gerade recht glaubwürdig versichert hat, dass es diesen Deal, der Ihren Kopf bei Luxury Resorts hätte retten können, niemals geben wird!«

Dann lauschte er mit hochrotem Kopf, was Waltman dazu zu sagen hatte. Henson schnaufte zwischendurch mehrmals wie ein altersschwaches Walross, doch dann unterbrach er seinen Geschäftsführer barsch.

»Schluss jetzt mit den leeren Versprechungen. Ich gebe Ihnen eine Woche, und wenn Sie dann keinen Vertrag über Taupatiti abgeschlossen haben, können Sie direkt Ihre Sachen packen! Und keinen Cent mehr als fünfhunderttausend obendrauf«, zischte er und legte ohne Abschiedsfloskel auf.

»Haben Sie es mit den Ohren? Ich verkaufe nicht! Und das wird sich auch nicht binnen einer Woche ändern«, verkündete Stella mit Nachdruck.

Henson warf ihr einen abschätzigen Blick zu. »Nicht, wenn mein Mitarbeiter nicht doch recht behält, dass Sie nur bluffen, um den Kaufpreis hochzutreiben. Und deshalb schlagen Sie meinetwegen fünfhunderttausend drauf. Aber das ist mein letztes Wort! Und nun verlassen Sie mein Büro. Sie haben mir genug meiner wertvollen Zeit gestohlen.«

Stella erhob sich ganz ruhig und in der festen Überzeugung, dass Waltman lediglich verzweifelt versucht hatte, seine Hinrichtung aufzuschieben, aber dass sie ihren Gegner bereits schachmatt gesetzt hatte und es ein Leichtes sein würde, ihren Ruf wiederherzustellen, sobald Henson ihm endgültig den Stuhl vor die Tür gesetzt hatte.

»Danke für Ihre kostbare Zeit. Und ich hoffe, Sie haben einen Nachfolger im Auge, der dem Ruf Ihrer Firma nicht mit kriminellen Methoden schaden wird«, sagte Stella spöttisch, bevor sie das Büro des Vorstandsvorsitzenden ohne weiteren Gruß verließ.

44.

Holly hatte ein paar Nächte in einem Backpacker-Hostel am Hafen von Wellington verbracht. Die meiste Zeit hatte sie auf der Terrasse der Jugendherberge gesessen und gegrübelt. Der Test, den sie sich aus der Apotheke geholt hatte, war positiv gewesen. Damit waren alle Zweifel beseitigt, dass sie sich doch irren könnte. Erst hatte ein ziemliches Chaos in ihrem Kopf geherrscht, doch dann hatte es sich ganz langsam, Punkt für Punkt, geklärt, und sie hatte schließlich eine Herzensentscheidung getroffen. Die Einzige, der sie sich in ihrer prekären Lage anvertrauen wollte, war Stella.

Und dann hatte ihr das Schicksal in die Hände gespielt. In der Jugendherberge hatte sie eine Gruppe junger Australier kennengelernt, die sich ein Segelboot gechartert hatten, um damit einen Törn durch die Marlborough Sounds zu machen. Ihnen war kurzfristig ein Crewmitglied abgesprungen. Als sie hörten, dass Holly demnächst in die Marlborough Sounds fahren wollte, hatten sie ihr spontan angeboten, sie mitzunehmen und sie in Picton, dem ersten Ziel auf ihrem Törn, wieder von Bord zu lassen. Holly hatte zunächst gezögert: Sie fühlte sich unwohl auf schwankenden Planken und hatte Sorge, dass ihr die Schwangerschaftsübelkeit auf einem Boot zu schaffen machen würde, doch die australischen Segler hatten sie schließlich überreden können und ihr versichert, bei der Wind- und Wettervorhersage wäre die Überquerung der Cook Strait ein Kinderspiel. Der Wind kam aus nordwestlicher Richtung und würde sie quasi mit halbem Wind über die Meerenge fliegen lassen, behaupteten sie.

Trotzdem war Holly mulmig zumute, als sie am Steg der Chaffers Marina stand und an Bord gehen sollte. Für einen Augenblick spürte sie den Impuls, einen Rückzieher zu machen und doch die Fähre zu nehmen, vor allem, weil ihr in dem Moment die sogenannten Roaring Forties, die jedem Kind aus den Marlborough Sounds als stürmische Westwinddrift bekannt waren, einfielen. Doch die Crew schwor, dass an diesem Tag kein solcher Wind vorhergesagt war, und ermutigte sie, sich das Vergnügen nicht entgehen lassen. Schließlich überwand Holly ihre Bedenken und kletterte an Bord. Dort wurde ihr die passende Bootskleidung gereicht und ihr geraten, sich trotz der an Land herrschenden sommerlichen Temperaturen sowohl die Seglerhose als auch die Jacke anzuziehen. Nun war sie bereit für das Abenteuer.

Zunächst stellte sich genau das flaue Gefühl ein, das sie von Kindheit an kannte, wenn sie mit ihrer Mutter auf deren Segeljacht mitgesegelt war, doch dann ließ sie sich von der Begeisterung der Australier anstecken. Die Crew bestand aus drei jungen Männern und zwei Frauen, deren Enthusiasmus sie sich bald nicht mehr entziehen konnte.

Nachdem sie den sicheren Hafen von Wellington unter Motor verlassen und die Segel gesetzt hatten, bekam Holly kurz einen Schreck, als sich das Boot auf die Seite legte, aber nach und nach gab sie sich der Faszination des Segelns hin, denn das Boot glitt bei schönstem Wetter mit guten sechs bis sieben Knoten, wie die Australier begeistert feststellten, über die Wellen, die Holly sehr hoch erschienen. Aber die Segler erklärten ihr, das sei völlig im Rahmen. Ein bisschen flau wurde ihr, als die Berge der Nordinsel außer Sicht gerieten und vor ihnen noch kein Land zu sehen war, aber die Crew wirkte derart routiniert und entspannt, dass sie schließlich aufhörte, sich Gedanken zu machen. Je mehr sie sich auf das Erlebnis einließ, desto entspannter wurde sie. Ihre Sorgen schienen wie weggepustet. Was sie wunderte, war die Tatsache, dass ihr kein bisschen übel wurde. Nur von der Schnapsflasche, die schließlich im Cockpit kreiste, nahm sie keinen Schluck. Solange sie nicht wusste, ob sie dieses Kind behalten wollte oder nicht, würde sie sich wie eine verantwortungsvolle Schwangere verhalten. Sie verzichtete ebenfalls auf das Wasser, das man ihr stattdessen anbot, weil ihr die Vorstellung, dass sie womöglich irgendwann unter Deck gehen musste, nicht behagte.

Schließlich erfuhr sie, dass die zwei jüngsten Mitsegler, ein Paar aus Sydney, nach Wellington gekommen waren, um die Aufnahmeprüfung an der Musikakademie zu machen, die sie beide bestanden hatten. Das brachte Holly in Erinnerung, dass sie auch eine Entscheidung getroffen hatte, was ihre weitere Berufsausbildung anging. Sie würde ihr Studium beenden. Das hatte sie von Wellington aus mit einem Anruf bei Professor Kenwood geklärt, verbunden mit der Bitte, ihr noch ein paar Tage Auszeit zu gewähren. Sie hatte seine Erleichterung förmlich durch das Telefon gespürt.

Als sie sich als Studentin der Akademie outete, gab es ein großes Hallo an Bord. Und als sie zugab, dass sie in vier Wochen ein eigenes Konzert geben würde, war ihr die Bewunderung der beiden angehenden Musikstudenten und auch der anderen sicher. Holly fühlte sich mit jeder Seemeile, die sie zurücklegten, immer besser. Wie lange war sie nicht mehr so nah am Puls der Natur gewesen wie auf diesem Schiff? Wehmütig dachte sie an das Segelboot, das ihre Mutter ihr zum elften oder zwölften Geburtstag hatte schenken wollen, und daran, wie sie es mit nichts als Todesverachtung gestraft hatte. Vielleicht hätte sich ihre Leidenschaft zur Musik doch mit der Liebe zur Natur verbinden lassen. Etwas, das ihr als junges Mädchen undenkbar erschienen war, weil Letzteres bedeutet hätte, wie ihre Mutter zu werden. Und das hatte Holly damals völlig abgelehnt.

Sie verspürte in diesem Moment erneut eine tiefe Sehnsucht danach, Stella in die Arme zu sinken, und war sehr froh darüber, sich zu diesem Überraschungsbesuch durchgerungen zu haben. Sie war jetzt schon gespannt auf die erstaunten Augen ihrer Mutter, wenn sie erfuhr, auf welchem Weg ihre Tochter von Wellington nach Taupatiti gekommen war. Natürlich war die Wunde, die Stella ihr durch die Heimlichtuerei zugefügt hatte, noch nicht verheilt, aber Holly war immerhin bereit, ihre Mutter auch in diesem Punkt anzuhören. Sobald sie nach Wellington zum Studium zurückgekehrt war, würde sie auch ihren Vater in der Privatklinik besuchen. Noch hatte ihr der Mut gefehlt, ihn nach ihrem kindischen Verhalten neulich zu kontaktieren.

Niclas hatte vollkommen recht gehabt mit seiner Vermutung: Ihr Vater hatte sie mit dieser schrecklichen Diagnose vorerst schlicht verschonen wollen. Kaum waren ihre Gedanken bei Niclas angelangt, fragte Holly sich, wie sie sich wohl ihm gegenüber verhalten sollte, aber in dem Punkt war sie immer noch völlig ratlos. Wäre es nicht das Beste, sich nie wieder bei ihm zu melden? Sie war fest entschlossen, auch in dieser Sache ihre Mutter um Rat zu fragen.

Als die schneebedeckten Gipfel der neuseeländischen Alpen in der Ferne auftauchten, waren die Australier schier außer sich vor Begeisterung und stolz darauf, dass sie die Überfahrt über die Cook Strait wie eine Spazierfahrt hinter sich gebracht hatten. Und sie jubelten, dass sie diesen Törn in einer nur knapp über der von ihnen errechneten Zeit geschafft hatten.

Da es bereits früher Abend war, überlegten sie allerdings, ob sie sich einen Ankerplatz suchen und erst am nächsten Tag bis Picton segeln sollten. Holly mischte sich in die Diskussion lieber nicht ein, weil ihr der Gedanke, eine Nacht zu verlieren, ganz und gar nicht behagte, sie den netten Australiern allerdings auch nichts vorschreiben wollte. Trotzdem war sie sehr erleichtert, als die

Crew entschied, direkt weiter bis Picton zu segeln, selbst wenn es schließlich dunkel würde.

Bald darauf näherten sie sich der Einfahrt zum Queen Charlotte Sound, und die Crew war damit beschäftigt, die Segel richtig zu trimmen, denn der Wind flaute ab, kaum dass sie im Schutz der Berge weitersegelten. Das Tempo hatte sich merklich verringert, aber es war noch genug Wind da, um sportlich zu segeln.

Obwohl Holly diese Einfahrt schon seit Kindheit kannte, war sie völlig fasziniert, wie sich schlagartig die Natur um sie herum veränderte. Das Wasser, das in der Cook Strait dunkelblau bis grau wirkte, bekam seine unvergleichliche Jadefarbe. Alles wirkte so lieblich und besaß eine magische Ausstrahlung. Die grünen Hügel mitten im Sound und die vielen kleinen Buchten mit ihren weißen Stränden lösten ein wohliges Gefühl von Nachhausekommen in Holly aus.

Sie fühlte sich inzwischen so sicher auf dem Boot, dass sie von dem sanften Schaukeln schließlich einschlief und erst aufwachte, als die Crew die Segel noch einmal neu trimmte, weil der Wind ein wenig gedreht hatte und sie nun kreuzen mussten.

Langsam legte sich die Dämmerung über den Sound, und Holly fragte sich, wie sie um die späte Zeit überhaupt noch von Picton nach Havelock kommen sollte. Soviel sie wusste, fuhren die letzten Busse gegen 19 Uhr. Sie hatte nicht damit gerechnet, dass das Kreuzen mindestens doppelt so viel Zeit in Anspruch nehmen würde wie die vom Wind geschobene Fahrt vorhin über die Cook Strait. Zur Not würde sie in einem der Backpacker-Hostels übernachten und am nächsten Morgen den Bus bis nach Havelock nehmen. Und schon stellte sich eine weitere Frage, über die sie sich bislang noch keine Gedanken gemacht hatte. Wie sollte sie zur Insel gelangen, wenn sie nicht die stets in Havelock am Steg bereitliegende Nussschale mit Außerbordmotor nehmen wollte? Und ob sie sich das zutraute, wagte sie zu bezweifeln. Zur

Not würde sie von Havelock aus ihre Mutter anrufen, entschied sie und zog den Kragen ihrer Segeljacke höher, denn mit der Sonne war auch die Wärme verschwunden.

Die letzten Seemeilen verliefen schleppend. Auch die fröhlichen Australier redeten nicht mehr viel, sondern schienen das Festmachen im Segelhafen von Picton herbeizusehnen.

Als sie endlich am Ziel waren, fuhr hinter ihnen gerade die Fähre aus Wellington ein. Die Australier waren wieder hellwach und freuten sich über ihr gelungenes Anlegemanöver.

Der Abschied von Holly war herzlich, wobei sie dem jungen Paar versicherte, dass sie einander bald an der Akademie wiedersehen würden. Sie fügte in Gedanken hinzu, dass sie dann womöglich schon einen Bauch vor sich hertrug, falls sie das Kind bekam. Ein befremdlicher Gedanke, wie Holly empfand, aber die Vorstellung, dieses Kind nicht zu bekommen, erschien ihr dann doch ungleich abwegiger.

Als Hollys erster Gang sie in die Waschräume des Fährterminals führte, spürte sie, dass der Boden unter ihr heftig schwankte und es sich immer noch so anfühlte, als befände sie sich auf dem Boot. Trotzdem erfüllte sie dieser Segeltörn mit Stolz. Wenn sie das geschafft hatte, so müsste sie doch eigentlich den Rest auch schaffen. Hatten nicht schon etliche Frauen in ihrem Alter Kinder bekommen und das spielend gemeistert? Sie musste ja nur an ihre eigene Mutter denken. Wenn sie sich vorstellte, dass sie erst neunzehn bei ihrer Geburt gewesen war, überkam sie ein ganz zärtliches Gefühl für Stella. Ob sie auch nur eine Sekunde daran gedacht hatte, sie nicht zu bekommen? Merkwürdig, das konnte sich Holly kaum vorstellen. Zum ersten Mal fragte sie sich, wie sie sich wohl verhalten hätte, wenn Jonathan nicht verunglückt wäre. Hätte sie ihm von dem Kind erzählt auf die Gefahr hin, dass er es dann für sich beansprucht hätte? Holly wurde ganz mulmig bei der Erkenntnis, dass sie sich diese Frage gar nicht so einfach beantworten konnte. Ach, wie gern würde sie endlich ihrer Mutter in die Arme sinken.

Während sie noch überlegte, wie sie zu dieser späten Stunde herausfinden konnte, wo das nächste Hostel war, wurde es in der verwaisten Lobby des Terminals plötzlich lauter. Die Ankömmlinge der Spätfähre eilten in Scharen in Richtung Ausgang. Das brachte Holly auf eine Idee. Sie würde versuchen, nach Havelock zu trampen, denn mit Sicherheit fuhr der eine oder andere auch in Richtung Nelson. In dem Augenblick hörte sie, dass jemand ihren Namen rief. Sie drehte sich entgeistert um und entdeckte in dem Pulk ihre Mutter, die mit ausgebreiteten Armen auf sie zustürzte. Holly zögerte nicht, sondern rannte ihr entgegen.

»Holly, mein Kind!«

»Mum, Mum!«

Die beiden fielen sich in die Arme.

Stella fand als Erste die Sprache wieder. »Holly, was machst du hier mitten in der Nacht? Warst du auch auf der Fähre? Wieso habe ich dich nicht gesehen?«

»Konntest du nicht, weil ich von Wellington rübergesegelt bin«, erwiderte Holly. Sie weidete sich an dem ungläubigen Blick ihrer Mutter und war zugleich überglücklich.

»Das ist doch alles ein Traum. Kneif mich, damit ich aufwache, ich … ich … kann es nicht fassen«, stammelte Stella. »Das musst du mir in Ruhe erzählen …« Stella stockte. »Oder bist du wieder auf der Flucht und …«

»Nein, Mum, ich bin auf dem Weg nach Taupatiti!«

»Du willst wirklich zu mir?«, fragte Stella gerührt und wischte sich eine Träne aus dem Augenwinkel. »Dann komm nach Hause!« Arm in Arm verließen Mutter und Tochter das Terminalgebäude.

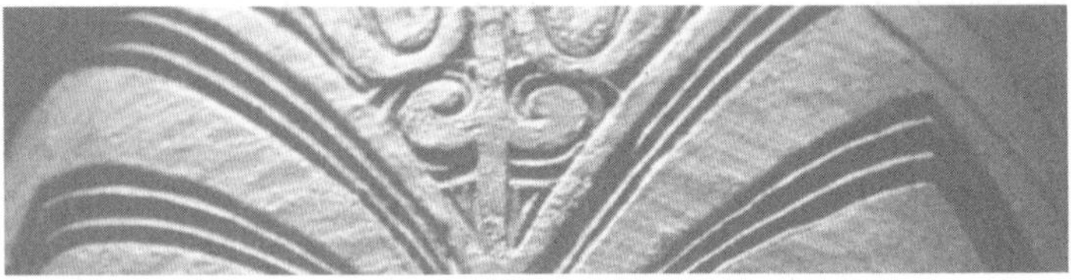

45.

Ani warf sich in dieser Nacht unruhig von einer Seite zur anderen. Sie war früh ins Bett gegangen. Aber sie hatte nicht einschlafen können, weil, wie in den vergangenen Nächten auch, merkwürdige Geräusche aus dem Regenwald gekommen waren. Manchmal war es ein Zischen, dann ein Pfeifen, dann ein Rascheln, dann hörte es sich an wie ein Gemurmel. Aus lauter Panik, dass es etwas Bedrohliches sein könnte, hatte sie Nyree gebeten, mit ihr im Haus zu übernachten, bis Miss Wilson wieder da war, doch die Freundin besaß einen gesunden Schlaf und hörte nichts davon.

Ani schaltete seufzend das Licht an und lauschte angestrengt. Bis auf die natürlichen Geräusche der Natur, etwa das Kreischen der Möwen und den Wind in den Eukalyptusbäumen, war es in dieser Nacht still auf der Insel.

Vielleicht habe ich mir das auch alles nur eingebildet, dachte Ani erschöpft. Das passierte ihr nämlich öfter einmal, seit Hare sie fast zu Tode geprügelt hatte. Sie hörte und sah nachts schreckliche Dinge, die gar nicht vorhanden waren. Manchmal wusste sie auch nicht, ob sie wach war oder schlief. Die Bilder waren dann so real, dass sie zumindest glaubte, es geschähe gerade wirklich.

Sie hatte so gehofft, dass die Gespenster der Nacht endlich Ruhe geben würden, aber nachdem ihr Frank so übel mitgespielt hatte, war es wieder schlimmer geworden. Die Tatsache, wieder einmal dem Falschen ihr Vertrauen geschenkt zu haben, nahm sie wesentlich mehr mit, als sie je zugeben würde. Es nagte fürchterlich an ihr, dass sie schon wieder wie Müll behandelt worden war. Denn genau so empfand sie es. Frank hatte sie zwar nicht umbringen wollen, aber er hatte sie weggeworfen, nachdem er sein Ziel erreicht hatte, an die Waffe von Stella Wilson zu kommen.

Plötzlich meinte Ani, ein Knacken zu hören, als würde jemand unten mit schweren Schuhen über den Holzboden gehen. Sofort saß sie senkrecht im Bett. Da hörte sie es wieder. Nein, das war keine Einbildung. Da schlich jemand durch das Haus. Natürlich konnte das auch Nyree sein, versuchte Ani sich zu beruhigen. Am liebsten würde sie aufstehen und sich davon überzeugen, dass das Geräusch eine völlig harmlose Ursache hatte, doch sie traute sich nicht. Warum war die treulose Cora, die sicher angeschlagen hätte, wenn sich ein Fremder im Haus aufhielt, nur wieder in der Frauenbucht geblieben? Anis Atem flog regelrecht, und das Herz klopfte ihr bis zum Hals. Sie lauschte angestrengt. Da war es wieder, und dann kam das Knarren näher und wurde lauter. Keine Frage, jemand schlich die Treppe hinauf.

Ani war wie erstarrt, vor allem, als sie leise Stimmen vernahm, was ihre Hoffnung, es könnte sich um Nyree handeln, mit einem Schlag zunichtemachte. Ihr nächster Gedanke galt Hare. Was, wenn er doch hinter dieser ganzen Geschichte steckte und nicht ruhte, bis er sich für ihre Aussage vor Gericht gerächt hatte? Sie würde nie seinen teuflischen Blick vergessen, als man sie in den Zeugenstand gerufen hatte. Darin hatte sie die überdeutliche Warnung lesen können, ihren Mund zu halten. Und wenn Miss Wilson nicht gewesen wäre und ihr versprochen hätte, er könnte ihr nichts mehr antun, wenn sie ihn für sein schauderhaftes Verbrechen hinter Gitter brachte, sie hätte sich wahrscheinlich einschüchtern lassen, doch mit ihrer Unterstützung im Rücken hatte sie schließlich geredet. Ani würde nie vergessen, wie die junge

Staatsanwältin bei ihrer Schilderung in Tränen ausgebrochen war, und auch niemals die Geste Hares, wie er mit dem Finger über seine Kehle gefahren war, um ihr anzudrohen, dass er sie ihr durchschneiden würde, sobald er könnte.

Ani bebte am ganzen Körper. Die Schritte kamen immer näher, und plötzlich wurde eine Tür aufgerissen. Es war nicht ihre, sondern offenbar die zum Gästezimmer nebenan. Sekunden später hörte sie einen markerschütternden Schrei. Auch wenn er fast unmenschlich klang, gab es keinen Zweifel, dass Nyree ihn ausgestoßen hatte. Danach war es kurz still, dann hörte sie Nyree wütend brüllen: »Was wollt ihr hier? Wer seid ihr?« Es folgte ein Poltern, und Nyree fluchte laut. Ob sie sich wehrte? Dass sie in Gefahr war, war keine Frage mehr für Ani.

Aber was sollte sie nur tun? Sie konnte doch unmöglich in ihrem Bett tatenlos mitanhören, wie ihre Freundin überfallen wurde. Todesmutig sprang sie hoch und griff nach dem Taiaha, dem traditionellen hölzernen Kampfstock der Maori, den sie einst von ihrem Vater geerbt hatte und den sie stets unter ihrem Bett aufbewahrte, seit sie auf Taupatiti lebte. Sie wusste, dass er ihr nicht wirklich helfen würde, denn ihr Vater hatte sie niemals eingeweiht in die Kunst des Stockkampfs, weil sie schließlich ein Mädchen war. Trotzdem gab ihr der Stock mit der hölzernen Speerspitze eine gewisse Sicherheit.

Mit der Waffe in der Hand schlich sie hinaus auf den Flur und hörte aus Nyrees Zimmer einen Mann zischen: »Ihr Idioten, das ist die Falsche, wir brauchen die Hausperle, hat der Chef gesagt! Und ohne Blutvergießen!«

Ani hielt vor Schreck den Atem an. Sie kannte die Stimme, und zwar sehr gut. Mit einem Satz stand sie im Türrahmen und fuchtelte gefährlich mit dem Taiaha in der Luft herum. Drei schwarz maskierte Männer blickten auf die am Boden auf dem Bauch liegende Nyree, die am Hinterkopf blutete.

»Ihr Schweine!«, schrie Ani und stürzte sich auf die Kerle. Wie wild drosch sie auf die Männer ein, doch kaum dass sie sich von ihrem ersten Schreck erholt hatten, sprang der Kräftigste von ihnen auf und schlug ihr mit einem gezielten Hieb die Waffe aus der Hand, während ein anderer sie mit einer Pistole bedrohte.

»So, meine Liebe, du kommst jetzt schön mit uns!«, befahl der Hüne, packte Ani grob am Oberarm und schob sie aus dem Zimmer.

»Sie braucht einen Arzt! Wollt ihr sie verbluten lassen?«, schrie Ani und wehrte sich nach Kräften, aber der Mann war stärker.

»Deine Freundin schläft nur ein bisschen. Wir bringen doch niemanden um«, lachte der mit der Waffe.

Nur der dritte Mann gab keinen Laut von sich. Und Ani wusste auch, warum. Er hatte Angst, sie würde ihn an seiner Stimme identifizieren, doch das war längst geschehen, nur würde sie ihr Wissen nicht preisgeben. Noch nicht jedenfalls!

Die Männer trieben Ani vor sich her die Treppe hinunter bis in das Wohnzimmer. Dort schubsten sie sie auf einen Stuhl. Der Hüne holte ein Blatt Papier und einen Stift aus seiner schwarzen Kapuzenjacke. Den Zettel legte er vor Ani auf den Tisch, den Stift drückte er ihr in die Hand.

»Schreib, was ich dir sage!« Er holte einen zweiten zerknitterten Zettel hervor und las den Text ab, den er ihr nun diktierte.

»Man hat mich entführt«, bellte er. Anis Hand zitterte so sehr, dass sie keinen leserlichen Buchstaben zu Papier brachte.

»Reiß dich zusammen, Mädchen. Wir tun dir doch nichts. Aber schreiben musst du schon allein, denn es muss deine Schrift sein. Verstehst du? Sonst glaubt das deine Miss nicht«, zischte der Hüne.

Der dritte Mann schwieg immer noch, und es kostete Ani viel Überwindung, ihm nicht an den Kopf zu werfen, dass ihm das auch nichts nützen würde, wenn sie das hier überlebte. Dann würde sie jeden Eid schwören, dass er zu dieser Verbrecherbande gehörte. Und nur die Hoffnung auf diese Genugtuung ließ ihre Hand ruhiger werden. Sie schrieb einigermaßen leserlich.

Man hat mich entführt

»Siehst du, geht doch, meine Schöne«, lobte sie der mit der Pistole.

»Weiter!«, knurrte der Hüne. »Miss Wilson, wenn Sie mich lebend wiedersehen wollen, unterschreiben Sie bitte. Dann werde ich freigelassen. Und sollten Sie die Polizei holen, dann bin ich tot. Bitte retten Sie mich!«, diktierte er Ani, die schaudernd zu Papier brachte, was er verlangte, und insgeheim hoffte, dass Miss Wilson sich nicht erpressen ließ.

Der ihr so vollmundig angedrohte Tod schreckte Ani weniger als die Vorstellung, womöglich schuld daran zu sein, dass Miss Wilson ihre Insel verlor. Außerdem gab ihr der dritte Mann, so abgrundtief sie ihn auch verachtete, die Sicherheit, dass sie niemals so weit gehen würden, sie umzubringen. Sie fühlte förmlich, dass die Männer keine Killer waren, denn sie wusste, wie Mordlust wirklich roch. Bei Hare hatte sie das erlebt. Nein, diese Kerle führten einen Auftrag aus, indem sie Angst und Schrecken verbreiteten. Für Ani stand außer Frage, dass es sich bei zwei von ihnen um dieselben Kerle handelte, die auch die Muscheln gestohlen hatten.

»So, und nun wollen wir mal sehen, was du deiner Miss Wilson wert bist«, lachte der Kerl mit der Waffe, bevor der Hüne sie vom Stuhl riss und erneut unsanft mit sich zog.

Vor der Haustür ließ der Untersetzte die Waffe sinken und fragte sie freundlich, ob sie vorhätte zu schreien. »Mal abgesehen davon, dass es hier keiner hört, weil deine Freundin ein bisschen schläft, müsste ich dir sonst einen Knebel ins hübsche Mündchen schieben.«

Ani erschauderte. Was für erbärmliche Figuren das bloß waren!

Besonders der schweigende Dritte. Nein, ihre Angst hatte sich verflüchtigt. Was ihr allerdings große Sorge bereitete, war Nyrees Zustand. Nur allzu gern hätte sie geglaubt, dass es nur eine harmlose Ohnmacht war, aus der Nyree unbeschadet aufwachen würde, aber wenn sie an ihre eigenen Verletzungen zurückdachte, waren die Schläge auf ihren Schädel damals das Gefährlichste gewesen, was Hare ihr angetan hatte.

»Wenn ihr nicht zu Mördern werden wollt, solltet ihr unbedingt einen Notfall-Hubschrauber nach Taupatiti anfordern«, sagte sie mit klarer Stimme.

Der Hüne und der Kleinere warfen sich einen Blick zu, während der schweigende Dritte nervös an seiner schwarzen Wollmütze kratzte. Da wusste sie, dass sie ins Schwarze getroffen hatte. Die Kerle waren keine mordlüsternen Monster, sondern dumpfe Befehlsempfänger. Diese Erkenntnis versuchte sie, für sich zu nutzen.

»Und Sie glauben wirklich, dass Miss Wilson sich so plump erpressen lässt? Da wäre ich mir nicht allzu sicher. Nicht dass ihr Boss da zu hoch pokert!«

»Schnauze!«, zischte der Hüne, und Ani sah ein, dass sie mit einem Appell an den Verstand der Männer nicht weiterkommen würde. Nun konnte sie nur noch hoffen, dass Miss Wilson ihnen nicht auf den Leim ging. Sie ließ sich widerstandslos zum Bootssteg schubsen und beobachtete aus dem Augenwinkel, dass der schweigende Dritte kurz telefonierte. Sie konnte nur hoffen, dass er die Notfallnummer gewählt und Nyree Hilfe geschickt hatte.

Ani kletterte freiwillig an Deck des Bootes, und es überraschte sie nicht, als sie am Heck den Namen »Bonheur« las.

46.

Holly war ein paarmal auf der rasanten Fahrt über die kurvige Küstenstraße versucht, ihre Mutter zu bitten, etwas vorsichtiger zu fahren, weil sich ihre Übelkeit wieder bemerkbar machte, aber so schlimm, dass sie sich übergeben musste, war es nicht. Und um Stella von ihrer Schwangerschaft zu berichten, war nach Hollys Einschätzung noch nicht der richtige Zeitpunkt. Das wollte sie ihr erst offenbaren, nachdem sie die Insel erreicht hatten und zur Ruhe gekommen waren. Holly ahnte bereits, dass es eine lange schlaflose Nacht werden würde.

Stella redete vor lauter Aufregung ohne Punkt und Komma, allerdings erwähnte sie mit keinem Wort den Grund für ihr Zerwürfnis. Diesen neuralgischen Punkt anzusprechen wollte sich Stella für später aufbewahren. Aber sie klärte ihre Tochter wortreich über die Intrige auf, die ihrer Meinung nach von Waltman gegen sie ausgeheckt worden war. Dabei gab sie sich optimistisch, dass der Spuk vorüber wäre, und berichtete ihr triumphierend, dass Waltman nach ihrem Besuch bei Henson nur noch kapitulieren konnte. Ganz nebenbei erwähnte sie, dass sie von Medizinerseite gezwungen worden wäre, ihre erlittene Gehirnerschütterung doch noch verspätet im Wellington Medical Center auszukurieren. Holly schlug die Hände über dem Kopf zusammen wegen der Unvernunft ihrer Mutter, war aber im Grunde ihres Herzens heilfroh, dass Stella wieder fit war.

Schließlich fragte Stella Holly in ihrer unnachahmlich offenen Art ganz direkt, wo sie denn die ganze Zeit gewesen wäre. Allerdings merkte sie, kaum dass diese Frage im Raum stand, wie ausweichend ihre Tochter reagierte. Holly redete nämlich über etwas völlig anderes als das, wonach Stella sie gefragt hatte. Stella hütete sich jedoch, Holly damit zu konfrontieren, denn so groß die Wiedersehensfreude auch auf beiden Seiten war, noch war Vorsicht geboten. Stella befürchtete, dass ein falsches Wort genügen würde, um den Streit erneut zu entfachen. Und das würde sie um keinen Preis der Welt riskieren, denn sie war überglücklich darüber, dass ihre Tochter freiwillig zurückgekommen war. Wenn sie erst einmal sicher auf der Insel angekommen waren, würden sie allerdings nicht umhinkommen, auch die unangenehmen Themen zu berühren, aber dafür war diese nächtliche Autofahrt über kurvige Straßen nicht geeignet.

So ließ Stella ihre Tochter das erzählen, was sie wollte. Holly berichtete ihr ausführlich von ihrem Besuch bei Oliver und wie sie von seiner Krankheit erfahren hatte. Als sie beteuerte, dass sie ihrem Vater die Geheimniskrämerei verziehen hatte und ihn gleich nach ihrer Rückkehr nach Wellington besuchen würde, war Stella außer sich vor Glück und wünschte sich nichts sehnlicher, als dass Holly das auch eines Tages über Stellas Lebenslüge sagen würde.

Es waren nur noch wenige Meilen bis Havelock, als das Gespräch verstummte. Um keine verräterische Stille, die deutlich machte, dass sie einen Bogen um die eigentlichen Probleme schlugen, aufkommen zu lassen, fragte Stella wie beiläufig nach Hollys Beziehung zu Niclas Lengston. Aus dem Augenwinkel sah sie, wie sich Hollys Miene verdüsterte. Wieder ein Fettnapf, dachte Stella, und sagte hastig: »Guck mal, wir sind gleich da!«

»Mum, es ist rührend, wie du versuchst, die Klippen zu umschiffen, aber ich denke, über derartige Beziehungsfragen klären wir einander später auf«, entgegnete Holly mit einem leichten Grinsen auf den Lippen. »Sonst müsste ich dich nämlich gleich mal direkt nach deinem Verhältnis zu seinem Vater löchern.«

»Touché!«, erwiderte Stella betont locker.

Sie war trotzdem erleichtert, als die ersten Straßenlaternen von Havelock auftauchten. Stella fuhr auf den Parkplatz am Steg, der bis auf die ihr bekannten Wagen einiger Soundbewohner, die ebenfalls nur per Boot zu ihren Inseln gelangten, ziemlich leer war. Nur ein schwarzer Lieferwagen fiel auf, vor allem durch sein Autokennzeichen *King Ralph*.

»Wir sind ja einiges an Autonummern gewöhnt, aber das finde ich extrem blöd«, bemerkte Stella eigentlich nur, um das Gesprächsthema auf unverfängliche Dinge zu richten.

»Stimmt. Jonathan konnte sich immer gar nicht beruhigen über unsere neuseeländische freie Wahl bei den Autokennzeichen.«

»Oliver hat sich auch immer gewundert, wenn jemand ungestraft mit Nummern wie *Kiwi* oder *Aussie* auf der Straße fahren durfte«, lachte Stella, doch dann zog ein Boot, das gerade ein Anlegemanöver am Steg machte, ihre ganze Aufmerksamkeit auf sich.

»Nanu, wer ist denn da noch so spät unterwegs?«

»Nächtliche Partyfahrt«, erwiderte Holly, doch dann verstummte sie. »Um Himmels willen. Was ist das?«, stieß sie erschrocken hervor, als zwei schwarz maskierte Männer von Bord gingen.

Auch Stella wollte ihren Augen nicht trauen, als nun ein dritter Mann auftauchte und eine Frau so grob auf den Steg schubste, dass sie ins Straucheln kam und beinahe gestolpert wäre, wenn sie nicht einer der anderen beiden aufgefangen hätte.

Es war fast Vollmond in dieser Nacht, sodass die Kerle und auch die Frau wie in einem milden Scheinwerferlicht dastanden.

Stella wurde blass, als sie nicht nur erkannte, dass der eine von ihnen eine Pistole in der Hand hielt, sondern auch, wer die Frau war. »Um Gottes willen, sie sind bewaffnet. Komm, raus aus dem Wagen, wir verstecken uns«, raunte sie. Die beiden verließen auf leisen Sohlen und ohne mit den Türen zu klappen den Wagen. Holly blieb aufrecht neben der Beifahrertür stehen, doch da zog Stella sie auch schon hinter das Fahrzeug. »Verdammt, sie haben Ani«, flüsterte sie schockiert. »Pass auf, weißt du, wo die Polizeistation ist?«

Holly nickte.

»Gut, dann renn hin und hole Hilfe. Wenn die Station nicht besetzt ist, klingelst du Baxter aus dem Bett. Er wohnt nebenan.«

»Und du?«

»Ich halte sie zur Not auf!« Stella versuchte, sich ihre aufkommende Panik nicht anmerken zu lassen.

»Aber bitte sei vorsichtig.« Holly schlich sich aus der Deckung und lief los.

Auf der Hauptstraße blieb sie schwer atmend stehen und musste sich erst einmal orientieren. Sie war so durcheinander, dass sie im ersten Moment nicht wusste, ob sie nach links oder rechts rennen sollte.

In dem Augenblick sah sie einen alten Mann, der ihr entfernt bekannt vorkam, mit einem Hund aus seinem Haus kommen. Panisch stürzte sie auf ihn zu, und beim Näherkommen erkannte sie, wer er war.

»Doktor Stevens, Sie müssen uns helfen«, keuchte sie. »Im Hafen sind drei maskierte Männer. Sie haben eine von Mums Kriegerinnen in ihrer Gewalt, und meine Mutter ist allein auf dem Parkplatz bei ihrem Wagen geblieben. Ich soll Baxter holen, aber ich habe Angst, dass sie meine Mutter entdecken und ...«

»Okay, lass mich nur machen. Du holst Baxter, und ich gehe

zum Hafen, aber ohne den Hund. Der ist leider ein Schmusetier.«

»Aber gegen die Kerle können Sie allein doch nichts ausrichten. Sie dürfen sich nicht auch noch in Gefahr bringen.«

»Keine Sorge, das haben wir gleich. Renn und vertraue mir!«, entgegnete der Doktor.

»Muss ich links oder rechts?«, fragte Holly panisch.

Doktor Stevens deutete nach links, bevor er flink wie ein Wiesel in sein Haus zurückeilte und schon wenige Augenblicke später mit einem Gewehr in der Hand in Richtung Hafen verschwand.

Stella beobachtete voller Entsetzen, wie die Verbrecher Ani den Steg entlang in Richtung des Parkplatzes trieben. Wenn wir Pech haben, sind sie verschwunden, bevor sie jemand aufhalten kann, ging ihr bestürzt durch den Kopf, als ihr Blick an dem Nummernschild des schwarzen Lieferfahrzeugs hängen blieb. King Ralph? Die Erkenntnis durchfuhr sie wie ein Blitz. Das Fahrzeug gehörte Ralph Waltman und das, was auf dem Steg geschah, war sein letztes Aufbäumen, nachdem Henson ihm quasi den Stuhl vor die Tür gesetzt hatte, sollte er sie nicht zur Unterschrift unter den Kaufvertrag bewegen. Aber was, wenn die Kerle mit Ani davonfuhren, ohne dass sie sie aufhalten konnte? Dann war womöglich Anis Leben in Gefahr, und sie stand wieder ohne Beweise da, dass Waltman ein teuflisches Spiel trieb.

Da hörte sie bereits die Stimmen der Männer von ferne und fasste einen Entschluss: Sie musste das Fahrzeug stoppen. Am liebsten würde sie ihnen die Reifen zerstechen, aber woher sollte sie so schnell das passende Messer bekommen? In diesem Augenblick ertönte das ohrenbetäubende Geräusch eines tief fliegenden Hubschraubers, der immer näher kam. Die Männer am Steg blieben für einen Moment unschlüssig stehen. Als der Hubschrauber mit ohrenbetäubendem Getöse den Parkplatz in Richtung Sound überflog, nutzte sie die vorübergehende Irritation der Entführer. Sie sprang in ihren Wagen, startete ihn und blockierte den Lieferwagen, indem sie sich hinter ihm quer hinstellte. Vorn war eine Mauer, die ihm den Weg versperrte. So schnell sie konnte, sprang sie aus ihrem Fahrzeug und ging hinter einem anderen parkenden Wagen in Deckung.

»Verdammt, was ist das?«, brüllte wenig später der Hüne, der als Erster das eingekeilte Fahrzeug entdeckte.

»Es fragt sich wohl eher, wer das war!«, schrie der Mann mit der Pistole. »Na warte, der Kerl muss ja irgendwo sein!« Mit diesen Worten begann er den Parkplatz abzusuchen, und es würde nur eine Frage der Zeit sein, wann er hinter den Wagen blickte, hinter den sich Stella gekauert hatte.

Ihr Herz pochte bis zum Hals, während sie versuchte, sich noch kleiner zu machen, aber da hatte der Kerl sie bereits entdeckt und hielt die Waffe auf sie gerichtet.

»Ach, sieh mal einer an«, zischte er und blickte sie durch die Schlitze seiner das ganze Gesicht verhüllenden Balaclava an. Stella erkannte ihn nicht nur an der Stimme wieder, sondern an seiner gesamten Gestik. Dieser Mann hatte schon einmal eine Waffe auf sie gerichtet. Beim ersten Mal war es bloß eine Schreckschusspistole gewesen, und sie konnte nur beten, dass seine Waffe auch dieses Mal keine scharfe Munition enthielt. Trotz eines Risikos setzte sie alles auf eine Karte. Mit einer Haltung, als hätte sie nicht die geringste Angst vor ihm, erhob sie sich und ging einfach stumm auf ihn zu.

»Bleiben Sie stehen! Sonst schieße ich!«, brüllte der Mann, doch in diesem Moment tauchte hinter ihm wie ein einsamer Rächer Doktor Stevens mit einem Gewehr im Anschlag auf.

»Waffe fallen lassen! Polizei!«

Der Mann ließ daraufhin die Waffe sinken, die der Doktor

ihm abnahm, bevor er ihm befahl, zu den anderen zu gehen. Stella warf Stevens einen bewundernden Blick zu, doch es blieb keine Zeit, sich für die Rettung zu bedanken. Als sie sich den zwei Männern näherten, die gerade versuchten, Stellas Wagen zur Seite zu heben, wollte einer von ihnen flüchten, doch er lief geradewegs Baxter in die Arme, der inzwischen auf dem Parkplatz eingetroffen war.

Der Hüne packte in dem Moment, als er begriff, dass die Polizei sie gestellt hatten, Ani grob am Arm und drohte lautstark, ihr etwas anzutun, wenn es die Männer wagen sollten, sich ihnen zu nähern, doch ehe er sichs versah, hatte Ani ihm so kräftig in die Hand gebissen, dass er sie vor Schreck losließ. Ani nutzte die Sekunde und rettete sich in Stellas schützende Arme.

Baxter befahl den drei Maskierten nun, sich mit dem Rücken zu ihm an den Lieferwagen zu stellen, um sie nach Waffen zu durchsuchen, während Stella sie mit seiner Dienstpistole in Schach hielt. Einem nach dem anderen riss er ihnen die Mützen herunter und forderte die Männer mit ihren nunmehr ungeschützten Gesichtern auf, sich umzudrehen.

»Warum wundert mich das nicht?«, fragte er spöttisch, als er in Frank Richards versteinerte Miene blickte.

»Ich wusste nicht, was die Kerle vorhatten«, stieß der ehemalige Constable hektisch hervor. »Ich dachte, wir würden nur ein wenig nächtlichen Lärm wie die Nächte zuvor auf der Insel veranstalten, um Miss Wilson zu erschrecken.«

»Du Schwein, du bist doch der Handlanger vom Chef«, widersprach ihm der junge Maori voller Empörung. »Du wusstest, dass Miss Wilson in Wellington ist. Das hat uns der Chef ja gesteckt! Wir sollten die da entführen!« Er deutete auf Ani.

»Das stimmt«, pflichtete Ani ihm mit eiskaltem Blick auf Richards bei. »Ich habe selbst gehört, wie er sagte, sie hätten die Falsche erwischt, nachdem sie Nyree niedergeschlagen haben.«

»Um Himmels willen!«, rief Stella entsetzt aus. »Habt ihr sie etwa verletzt zurückgelassen, ihr Mistkerle?«

»Keine Sorge, Miss Wilson, der Hubschrauber, der eben über den Sound flog, ist auf dem Weg nach Taupatiti.«

»Die lügt doch, wenn sie nur den Mund aufmacht«, zischte Frank Richards und funkelte Ani zornig an.

»Tja, mein Freund, das wird das Gericht klären«, erwiderte Baxter mitleidslos.

»Es stimmt, er ist echt die rechte Hand vom Boss«, bemerkte der Maori mit Nachdruck. »Schon als er noch bei der Polizei war, hat er für ihn gearbeitet.«

»Schnauze!«, zischte Richards, aber nun trat der Doc auf den Maori zu und klopfte ihm anerkennend auf die Schulter. »Wusste ich es doch, Rongo, dass bei dir nicht alles verloren ist. Dann wirst du sicher vor Gericht aussagen, wie und vor allem wer versucht hat, Miss Wilson derart zu schaden, oder?«

Rongo Lomu senkte den Kopf. Offenbar wollte er sich unwillkürlich vor den einschüchternden Blicken schützen, die Richards und der Hüne ihm zuwarfen.

»Komm, mein Junge, ich werde deinen Eltern berichten, wie du geholfen hast, ein paar üblen Burschen das Handwerk zu legen. Dann sind sie sicher mächtig stolz auf dich.«

Rongo Lomu schien heftig zu grübeln, was er tun sollte, doch dann blickte er den Doc flehend an. »Aber wenn ich ins Gefängnis muss, dann bitte nicht dahin, wo Hare ist. Der bringt mich um.«

»Also doch!«, schrie Ani entsetzt auf. »Er steckt dahinter! Ich habe es gewusst!«

»Nein, er ist nur einer von vielen, die für Waltman alles tun. Aber er hat Jimmy ...«

»Schnauze, Verräter!«, fauchte der Hüne.

Rongo zuckte merklich zusammen. »Und ich muss wirklich

nicht nach Paremoremo? Denn da bringen sie mich um!« Panik sprach aus seinen Augen.

»Ich kann es dir nicht versprechen, mein Junge, bin schließlich nicht bei der Justiz, aber ich verspreche dir, dass ich alles tun werde, dich davor zu beschützen«, versprach ihm der Doc, während sich Baxter dem Hünen zuwandte. »Sie sind also Jimmy Franklin. Dann haben wir ja die ganze Bande beieinander. Fehlt nur noch der Boss.«

»Waltman hat uns gut bezahlt für die Muschelsache«, gestand Rongo nun. »Und dafür, dass ich Miss Wilson ins Kühlhaus gelockt und ihr einen übergebraten habe, hat es einen Zuschlag gegeben. Tut mir leid, Lady.« Er wandte sich zerknirscht an Stella. »Hoffentlich war es nicht so schlimm.«

Stella machte eine wegwerfende Handbewegung. »Nein, gar nicht. War nur eine kleine Gehirnerschütterung. Nicht der Rede wert, jedenfalls nicht, wenn Sie vor Gericht bei Ihrer Aussage bleiben, dass Ralph Waltman der Drahtzieher war«, sagte sie spöttisch.

»Großes Ehrenwort«, erwiderte er, was ihm erneut hasserfüllte Blicke seiner Komplizen einbrachte.

In diesem Augenblick hielten zwei Polizeiwagen auf dem Parkplatz, und mehrere Beamte in Uniform kamen herbeigelaufen. Nachdem sie kurz mit Baxter gesprochen hatten, wurden die drei Männer auf die zwei Fahrzeuge verteilt.

Stella atmete auf, nachdem die Wagen im Dunkel der Nacht verschwunden waren, und blickte sich suchend nach Holly um. Sie entdeckte ihre Tochter im Schatten einer Hauswand. Sie sah sehr mitgenommen aus. Kein Wunder, dachte Stella, sie ist ein musikalischer Schöngeist aus der Stadt und Erlebnisse dieser Art mit Sicherheit nicht gewohnt.

Dann dankte sie ganz besonders dem Doktor und fragte ihn, seit wann er denn eine Waffe besitzen würde.

»Das würde mich allerdings auch interessieren«, mischte sich Baxter in übertrieben strengem Ton ein. »Einen Waffenschein hast du nicht. Jedenfalls nicht, dass ich wüsste.«

Doktor Stevens' Antwort war ein dröhnendes Lachen. »Ich glaube kaum, dass man für eine Attrappe einen Schein braucht. Ich habe früher mal im Laientheater gespielt, und die gefährliche Waffe war mein Requisit.«

Stella und Baxter fielen erleichtert in sein Lachen ein, doch dann wurde Stella wieder ernst und ging zu Holly hinüber, die immer noch mit blassem Gesicht an der Häuserwand lehnte.

»Komm, wir fahren nach Hause. Das war einfach alles zu viel für dich«, sagte Stella und hakte ihre Tochter unter.

Baxter und der Doktor brachten sie noch zur »Daniel«, die nun seit über einer Woche auf ihrem Liegeplatz am Steg vor sich hindümpelte. Nachdem Stella den Motor gestartet, die Positionslichter angeschaltet und abgelegt hatte, winkten die beiden ihnen noch zu, bis sie aus dem Hafen waren.

Es herrschte völlige Stille dort draußen auf dem Mahau Sound. Die drei Frauen hingen ihren Gedanken nach, und keine von ihnen sprach ein einziges Wort.

47.

Als Stella am Steg auf Taupatiti anlegte, wurde sie bereits von Nyree und einer bellenden Cora erwartet.

Kaum dass die Frauen von Bord waren, berichtete Nyree ihnen von dem dreisten Überfall und dass sie nur eine kleine Gehirnerschütterung erlitten hätte. Und dass sie sich geweigert hätte, sich deshalb ins Krankenhaus bringen zu lassen.

»*Nur* sagst du? Damit ist nicht zu spaßen. Marsch ins Bett!«, befahl Stella, obwohl sie sich ein Schmunzeln verkneifen musste, denn diese unvernünftigen Worte hätten aus ihrem eigenen Mund stammen können. Jedenfalls bevor man sie eine Woche ruhiggestellt hatte.

»Aber ich traue mich nicht durch den Wald allein zur Frauenbucht zurück«, protestierte sie.

»Das verlangt auch keiner. Du gehst ins Gästezimmer und legst dich hin, und zwar sofort und für eine Woche.«

»Dann hat deine Zwangseinweisung in die Klinik doch Früchte getragen«, lachte Holly, die die ganze Zeit auf dem Parkplatz in Havelock gegen ihre Übelkeit angekämpft hatte, die aber, kaum dass sie ihren Fuß auf die schwankenden Planken der Daniel gesetzt hatte, wie weggeblasen war.

»Du bist mir ja eine«, tadelte Ani Cora. »Als wir dich gebraucht haben, warst du nicht da.«

In diesem Augenblick tauchten aus dem Wald die drei

Frauen auf, die außer Nyree zurzeit in der Frauenbucht lebten.

»Wir wollten nur gucken, ob bei euch alles in Ordnung ist. Da ist nämlich eben ein Hubschrauber über dem Sound gekreist.«

»Genau, der ist meinetwegen gekommen. Ich bin überfallen worden und ...«, plauderte Nyree aufgeregt aus.

»Du gehst ins Bett, und zwar sofort!«, ordnete Stella an und lud die anderen ein, noch mit ins Haus zu kommen.

Wenig später saßen sie alle – bis auf Nyree – auf der Terrasse. Ani hatte aus dem Nichts ein paar Leckereien gezaubert, und Stella hatte auf den Schrecken einen Kiwilikör spendiert. Als sie darauf anstießen, dass der Spuk nun ein Ende hatte, bemerkte Stella, dass Holly keinen Schluck davon nahm. Das wäre nichts Ungewöhnliches gewesen, wäre sie nicht immer ganz verrückt danach gewesen, sobald sie ihre Mutter zu Weihnachten auf Taupatiti besucht hatte. Das zusammen mit der blassen Gesichtsfarbe ihrer Tochter machte Stella stutzig, doch den Gedanken, der ihr in dem Zusammenhang als erster kam, schob sie weit weg.

Der Morgen graute schon, als die fröhliche Spontanfeier auf Taupatiti beendet war. Ani wollte unbedingt noch Ordnung auf dem Terrassentisch machen, aber da teilte ihr Stella unmissverständlich mit, dass sie ihr den Job als Haushaltshilfe hiermit kündigen würde.

Ani sah Stella fassungslos an, und auch Holly schüttelte ungläubig den Kopf.

»Das bisschen Haushalt werden wir in Zukunft gemeinsam schaffen. Du bist ab morgen meine Mitarbeiterin im Betrieb und bekommst natürlich ein anderes Gehalt. Außerdem lass endlich das blöde Miss Wilson. Ich bin Stella.« Sie reichte ihr die Hand, die Ani kräftig schüttelte.

Ani strahlte über das ganze Gesicht. »Und nun darf ich keine schmutzigen Gläser mehr anfassen? Nein, das gefällt mir nicht, Stella«, sagte sie und stapelte die Reste der Feier auf dem Tablett.

»Ach, es tut mir so leid, dass du schon wieder das Opfer eines gemeinen Angriffs geworden bist. Ich hoffe, du kannst das verkraften. Sonst gehen wir noch einmal zusammen zu Mrs Myer«, seufzte Stella.

Mrs Myer war die Therapeutin aus Blenheim, die Ani eine Weile psychologisch betreut hatte, nachdem Hare ihr das Unfassbare angetan hatte.

»Nein, das brauche ich nicht. Sie werden es nicht glauben, aber so gruselig es auch war, der Vorfall hat mir meine Angst genommen. Ich wusste, dass die Kerle nur bellen und nicht beißen.«

»Komm her, Ani«, entgegnete Stella gerührt, stand auf und drückte die Maori fest an sich. Aus dem Augenwinkel sah sie, dass Holly diese Innigkeit offenbar mit gemischten Gefühlen wahrnahm. Das erinnerte sie daran, dass Holly und sie noch einiges zu klären hatten.

»Schlaf gut, Ani«, sagte Stella, als sich die junge Frau mit dem Tablett in der Hand von den beiden verabschiedete.

»Schön, dich kennengelernt zu haben. Bislang kannte ich dich ja nur aus Erzählungen meiner Mutter«, setzte Holly hinzu.

»Ich Sie auch, Miss Holly ...«

»Für dich bin ich Holly.«

»Dann schlaf du auch gut, Holly. Ich finde es schön, dass wir uns endlich persönlich gesehen haben.« Mit diesen Worten verschwand Ani im Haus.

Holly blickte ihr seufzend hinterher. »Eine tolle Frau! Ich meine, die anderen auch. Ich gebe zu, ich war ziemlich eifersüchtig, als du mir zum ersten Mal davon erzählt hast, dass du diese Kriegerinnen, wie du sie immer nennst, bei dir auf der Insel aufgenommen hast. Für mich fühlte sich das immer an, als hättest du mich ersetzt.«

Stella blickte ihre Tochter erstaunt an. »Das hätte ich niemals gedacht. Ich glaubte immer, es wäre dir völlig egal, was auf der Insel passiert. Hauptsache, du bist weit weg und kannst deine Musik machen und …« Erschrocken hielt Stella inne, denn Hollys Miene hatte sich bei ihren Worten verfinstert.

»Du, Schatz, das war nicht so gemeint, ich …«

»Mum, alles gut! Ich hatte, seit ich denken kann, immer das Bedürfnis, mich von dir abzugrenzen. Du warst so mächtig, so klar, so stark, hattest vor nichts und niemandem Angst. Ich wusste, das würde ich niemals schaffen. Es gab nur eines, in dem ich besser war als du: die Musik. Kannst du dich erinnern, dass ich dir gern bescheinigt habe, dass du nicht singen kannst, obwohl du eigentlich eine schöne Stimme hast?«

Stella musste wider Willen grinsen. »Oh ja, wie war das noch? Eine Stimme, die man für versoffene Seemannslieder braucht?«

»Das weißt du noch?«

»So etwas vergisst man nicht, aber was mich viel heftiger trifft, ist die Tatsache, dass du mich als Powerfrau ohne Furcht und Tadel gesehen hast. Das erschreckt mich.«

»Mum, das war ein Kompliment, aber ich habe früh gemerkt, wie verschieden wir beide sind.«

»In einigen Dingen, aber in anderen sind wir uns verdammt ähnlich«, widersprach Stella ihr.

Holly seufzte tief. »Mum, darf ich dir eine ganz persönliche Frage stellen: Hast du je mit dem Gedanken gespielt, mich nicht zu bekommen?«

»Nein, darüber habe ich keine Sekunde nachgedacht«, erwiderte Stella erschrocken, und im selben Augenblick war ihr wieder der Verdacht präsent, der ihr vorhin schon bei Hollys Anblick durch den Kopf geschossen war. Dieses Mal konnte sie sich nicht beherrschen.

»Holly, kann es sein, dass du schwanger bist?«

Hollys Augen füllten sich mit stummen Tränen, während sie schwach nickte.

»Und du weißt nicht, was du tun sollst, weil das Kind von Jonathan ist, oder?«

»Ja, Mum, ich weiß es nicht. Ich weiß es wirklich nicht. Es wird ohne Vater aufwachsen, und ich habe noch so viel vor mir. Wenn es wenigstens von Niclas …« Sie unterbrach sich hastig.

»Du magst den Burschen, oder?«

»Ich habe mich in ihn verliebt, aber das war, bevor ich von meiner Schwangerschaft wusste. Ich kann unmöglich etwas mit ihm anfangen, obwohl ich von einem anderen ein Kind erwarte. Mal abgesehen davon, dass er kein Interesse daran haben wird, mit mir unter diesen Umständen eine Beziehung einzugehen«, stieß Holly verzweifelt hervor.

»Er weiß es also nicht?«

»Wie denn? Ich habe es erst gemerkt, nachdem ich hysterisch aus dem Krankenhaus gerannt bin. Und er ist mir nicht gefolgt. Ich glaube, er hatte in dem Moment schon die Nase voll von mir«, stöhnte Holly.

»Das glaube ich weniger, denn er ist zu deinem Vater zurückgegangen und hat ihm zu erklären versucht, warum du derart aufgelöst warst. Er ist in großer Sorge um dich. Du solltest ihn wenigstens anrufen«, riet Stella ihrer Tochter.

»Ich weiß nicht. Ist es nicht besser, ich melde mich gar nicht mehr? Es hat doch noch gar nicht richtig angefangen mit uns beiden. Da tut es noch nicht so weh.«

»Was sagt dein Herz?«

»Wozu? Zu Niclas oder dem da?« Sie deutete auf ihren Bauch.

»Zu beidem«, erwiderte Stella sanft, während sie die Hand ihrer Tochter nahm und streichelte.

»Tja, wenn es danach ginge, möchte ich sie alle beide behalten«, seufzte Holly. »Aber ich will keine alleinerziehende Mutter werden wie du!«, fügte sie entschieden hinzu.

»Gut, dann solltest du mit Niclas reden und ihn nicht einfach ohne Erklärung im Regen stehen lassen. Sag ihm die Wahrheit! Es gibt keinen vernünftigen Grund, warum du auf einen Vater für dein Kind verzichten müsstest, immer vorausgesetzt, er liebt dich so, dass er das Kind in Kauf nimmt.«

Holly rollte mit den Augen. »Das sagt die Richtige. Du hast Oliver auch nichts gesagt, obwohl er sogar mein leiblicher Vater ist.«

»Das stimmt. Und es gibt kaum etwas, das ich mehr bereue«, stöhnte Stella. »Aber ich glaubte damals, dass ich ihn in Gefahr bringe, wenn ich der Stimme der Liebe folgen würde.«

»Verstehe ich nicht!«

»Das glaube ich dir. Aber sollen wir nicht lieber morgen darüber reden, wenn wir ein bisschen geschlafen haben?«

»Nein, Mum, es ist nie der richtige Zeitpunkt, um die Wahrheit auszusprechen. Und deshalb lass es uns nicht verschieben. Ich könnte eh nicht schlafen.«

Stella holte neue Gläser, schenkte ihrer Tochter einen Ananassaft und sich noch einen Kiwilikör ein und berichtete Holly, wie die Schwüre und Flüche das Leben ihrer Mutter und schließlich auch ihr eigenes dramatisch beeinträchtigt hatten.

Holly sah sie die ganze Zeit nur mit großen staunenden Augen an und unterbrach sie nicht.

Nachdem Stella ihr ausführlich geschildert hatte, wie ihr ihre Mutter im Traum erschienen war und dass sie geglaubt hatte, keine andere Wahl zu haben, als allein mit ihrem Kind auf Taupatiti zu bleiben, hielt sie erschöpft inne.

»Du hattest also wirklich Angst, der Fluch könnte Oliver und dich töten, wenn du Taupatiti den Rücken kehren würdest. Und überhaupt nur, weil du einen Mann geliebt hast, wähntest du dich in Gefahr? Was ist das für eine Welt?« Holly schüttelte sich.

»Deshalb habe ich dir diese Geschichten von Flüchen, Erben, Strafen und Verderben erspart.«

Holly warf sich ihrer Mutter schluchzend an die Brust. »Gott, wenn ich das gewusst hätte!« Als sie den Kopf wieder hob, stand plötzlich Panik in ihrem Blick. »Und was, wenn das alles stimmt? Wenn Jonathan deshalb sterben musste, weil ich das Erbe von Taupatiti nicht antreten wollte?«

»Nein, Holly, nein, vergiss es. Bitte! Deine Großmutter ist dem Ruf der falschen Ahnen gefolgt. Warte!«

Mit einem Satz war Stella aufgesprungen und in ihr Büro gerannt, um Manukas Tagebuch zu holen.

Als sie damit zurückkehrte, saß Holly regungslos und sichtlich schockiert da.

»Es stimmte nicht, was deine Großmutter geglaubt hat. Wenn du magst, lies es selbst. Ich habe es erst vor ein paar Wochen erfahren. Meine Mutter hat es mir auf ihrem Totenbett zugesteckt, in der Hoffnung, mich damit endgültig an meine angebliche Verpflichtung zu fesseln. Aber jemand hat die Drohungen an die Nachwelt gefälscht.«

Holly nahm zögernd das brüchige Leder zur Hand. »Wärest du sehr böse, wenn ich mich damit jetzt zurückziehe? Wo soll ich eigentlich schlafen?«

»Na, wo wohl. Du glaubst doch nicht, dass ich in deinem Zimmer auch nur das Geringste verändert habe, oder?«

»Ach, Mum, ich habe dich so lieb«, seufzte Holly, bevor sie ihrer Mutter noch einen Gutenachtkuss gab und ins Haus ging.

Stella atmete tief durch. Sie musste nicht nur die Tatsache, dass sie ein Enkelkind bekommen würde, verarbeiten, sondern auch das unfassbare Glück, ihre Tochter wiederzuhaben, und zwar inniger als je zuvor, weil nun nichts mehr zwischen ihnen stand.

48.

Am nächsten Morgen erwachte Stella von den Klängen des Klaviers. Holly spielte »Hey Jude«. Stella sprang aus dem Bett, zog ihren Morgenmantel über und stellte sich oben an die Galerie, um ihre Tochter spielen zu sehen. Ihr ging förmlich das Herz über bei dem Anblick. Wie sehr hatte sie sich gewünscht, Holly noch einmal voller Inbrunst an dem schwarzen Klavier sitzen zu sehen, dem das begabte Tastentalent so wunderbare Töne entlockte.

Sie merkte allerdings erst, als Holly grinsend zu ihr hochsah, dass sie vor lauter Begeisterung laut mitsang. Erschrocken schlug sie sich die Hand vor den Mund, doch Holly winkte eifrig. »Komm!«, rief sie ermunternd. »Lass es uns gemeinsam singen.«

»Du willst die Seemannsbraut grölen hören?«, lachte Stella.

»Du singst doch gar nicht so schlecht, Mum, jedenfalls für den Hausgebrauch«, gab Holly kichernd zurück. »Nun komm!«

Das ließ sich Stella nicht zweimal sagen. Hastig eilte sie die Treppen hinunter und stellte sich in Divenpose neben dem Klavier auf.

Voller Inbrunst und mit einem Riesenspaß sangen die beiden »Hey Jude«. Als der letzte Ton verklungen war, ertönte Applaus von der geöffneten Terrassentür her. Die beiden fuhren herum und entdeckten Ani in Begleitung zweier Männer.

»Stella, die zwei Herren behaupten, dass sie einen Termin mit dir haben«, sagte Ani. Ein gewisser Zweifel daran, ob das auch stimmte, schwang in ihrer Stimme mit.

Stella musste sich beim Anblick von Jaydens zerknirschter Miene und dem Riesenblumenstrauß in seiner Hand ein Grinsen verkneifen.

»Das ist in Ordnung, Ani. Kannst du mich noch ein bisschen im Büro vertreten? Ich komme dann mittags und unterstütze dich«, versprach Stella eifrig, was Ani ein Lächeln auf das Gesicht zauberte. »Das wäre wunderbar, denn seit heute früh geht ununterbrochen das Telefon. Wir haben schon drei Anfragen für Interviews.« Sie blickte auf die Uhr. »Ich sage allen, sie sollen nicht vor siebzehn Uhr zurückrufen.«

»Das ist übertrieben, ich ...« Stella stockte, weil ihr Blick auf die alte Standuhr fiel. »Was, schon ein Uhr mittags? Oh Gott, so lange habe ich seit meiner Kindheit nicht mehr geschlafen.«

»Steht dir aber gut«, bemerkte Jayden und überreichte ihr den Strauß.

Statt sich zu bedanken, fragte sie wenig charmant: »Womit habe ich das verdient?«

Das brachte ihr einen liebevollen Hieb Hollys in die Seite ein.

»Ich wollte mich in aller Form dafür entschuldigen, dass es mir so verdammt schwerfällt, an das Schlechte im Menschen zu glauben. Aber nun pfeifen es ja schon die Spatzen vom Dach. Ralph ist gestern Nacht verhaftet worden. Das hat heute Morgen schon auf der Internetseite der Zeitung als Aufmacher gestanden. Er hat alles zugegeben und behauptet, sein Chef hätte ihn dazu angestiftet.«

Dass es bereits in den Marlborough Sounds die Runde macht, habe ich Constable Baxter zu verdanken, dachte Stella gerührt. »Kommt doch rein«, sagte sie dann. Interessiert beobachtete sie aus dem Augenwinkel, wie Jaydens Sohn Niclas Holly regelrecht mit seinen Blicken verschlang.

Sie führte die Gäste zu der Sofaecke im Wohnzimmer und erklärte bedauernd, ihnen nichts anbieten zu können, weil sie keine Haushaltshilfe mehr hätte. Jayden aber hatte wohl an alles gedacht und zauberte aus einer Umhängetasche eine Flasche seines Champagners.

Stella holte vier Gläser aus dem Schrank und stellte sie ihm hin. Er füllte sie, und sie stießen an. Stella und Jayden nahmen einen kräftigen Schluck, während Holly und Niclas ihre Gläser unberührt sinken ließen.

»Könnte ich dich mal kurz unter vier Augen sprechen?«, bat Niclas Holly nun mit ernster Miene. Holly zögerte, aber dann stand sie auf und verschwand mit Niclas im Garten.

Jayden blickte ihnen wohlwollend hinterher. »Ob das was Ernstes ist zwischen den beiden?«, fragte er mit einem zufriedenen Lächeln auf den Lippen.

Stella zuckte die Schultern. »Keine Ahnung«, seufzte sie und hoffte inständig, dass Holly das Richtige tat.

Da spürte sie Jaydens Hand auf ihrer. »Es tut mir wirklich von Herzen leid, dass ich dir nicht geglaubt habe. Ich bin ein Idiot. Ich hoffe, du kannst mir verzeihen.«

»Ach, Jayden, ich war viel zu streng mit dir. Wie sollte man so etwas auch für möglich halten? Ich bin nur froh, dass der Spuk vorbei ist«, erwiderte sie und hoffte, er würde seine Hand nicht mehr wegnehmen, doch da zog er sie bereits fort.

»Ich will dir auch gar nicht zu nahe treten, denn ich denke, jetzt, wo deine große Liebe wieder aufgetaucht ist und hoffentlich wieder gesund wird ...«

»Jayden, Oliver und ich sind nur Freunde«, hörte sich Stella da bereits entschieden sagen, und sie wunderte sich selbst, dass sie diese Erkenntnis so gelassen aussprach.

»Oh nein, das ist ja noch schlimmer«, entgegnete Jayden schmunzelnd.

»Wieso?«, fragte sie irritiert.

»Na ja, ich weiß doch, wie das bei dir läuft, wenn es nur eine Freundschaft ist. Und der Gedanke würde mich sehr eifersüchtig machen, mir vorzustellen, dass du mit ihm diese Art Freundschaft pflegst wie mit mir ...« Bei diesen Worten näherte sich sein Mund vorsichtig ihren Lippen. Stella kam ihm entgegen, und die beiden küssten sich leidenschaftlich, bis sie den Kuss erschrocken beendete.

»Die Kinder können jeden Augenblick hereinkommen«, flüsterte sie.

»Na und?«, konterte Jayden und nahm sie zärtlich in den Arm.

»Was willst du von mir?«, fragte sie ihn nun ganz direkt.

»Zum Beispiel mit dir alt werden«, erwiderte er ungerührt.

»Spinner!«

»Okay, ich bescheide mich erst mal damit, dass wir einen gemeinsamen Stand auf dem Weinfest machen, und dann sehen wir weiter ...«

»Du machst ja schon wieder einen Rückzieher«, seufzte Stella.

»Nein, das war nur ein kleiner Test, ob die Eisprinzessin aufgetaut ist oder immer noch gegen die Macht der Liebe kämpft!«, lachte er, bevor sich ihre Lippen erneut zu einem intensiven Kuss fanden.

49.

Stellas und Jaydens Stand auf dem Blenheimer Weinfest war ein regelrechter Publikumsmagnet. Die Kombination aus Stellas Grünlippmuscheln und Jaydens Sauvignon Blanc galt als besonderer Tipp. Der Stand war überdies in der Presse als das Highlight angekündigt worden. Und auch wegen der vielen Interviews in diversen Fernsehsendern, die Stella in letzter Zeit gegeben hatte, wollten die Besucher die spannende Muschelzüchterin einmal hautnah erleben. »Die kommen nur deinetwegen«, hatte Jayden ihr scherzhaft zugeflüstert, als der Run auf den Stand begonnen hatte.

Die Paua-Kriegerinnen, Ani, Niclas und die Helfer vom Weingut hatten alle Hände voll zu tun, den Andrang der Gäste zu bewältigen. Stella und Jayden waren auch schon seit dem frühen Morgen auf den Beinen und gönnten sich an einem der Tische, die zu dem Stand gehörten, eine kleine Ruhepause, um selbst zu probieren, was den Leuten so mundete.

Jayden beobachtete gerade kopfschüttelnd seinen Sohn, der verträumt in Richtung Straße blickte.

»Der Junge ist nicht bei der Sache. Den sollten wir aus dem Verkehr ziehen. Sonst füllt er womöglich noch die Muscheln ins Weinglas und umgekehrt«, stöhnte er.

»Liebster, ist das ein Wunder bei dem Chaos, das zwischen unseren Kindern herrscht? Er ist wahrscheinlich aufgeregt, weil Holly heute zurückkommt.«

»Ach, warum hat er sich denn auch nicht gleich zu ihr und dem Kind bekannt? Er liebt sie doch und leidet wie ein Hund, seit sie nach Wellington abgereist ist.«

»Nun, das kann ich ihm nicht übel nehmen. Hättest du mich damals geheiratet, wenn ich dir offenbart hätte, dass ich schwanger von einem anderen bin?«

»Das ist doch was ganz anderes. Wir waren damals noch nicht verliebt ineinander. Ich glaube, ich muss mal mit ihm reden.« Jayden wollte aufspringen, aber Stella hielt ihn zurück.

»Nicht! Ich habe Holly auch nicht ins Gewissen geredet, als sie nach Wellington zurückgefahren ist, ohne Niclas zu offenbaren, dass sie sich sehr wohl wünschen würde, dass er sie mit dem Kind nimmt. Sie kann fürchterlich stur sein.«

»Woher sie das wohl hat?«

Stella gab ihm einen liebevollen Stoß in die Seite, doch dann sprang sie laut juchzend auf und rannte Holly und Oliver entgegen. »Wie schön, dass ihr es rechtzeitig geschafft habt!«, rief sie aus und strich ganz unauffällig über Hollys noch kaum gewölbtes Bäuchlein. In ihrer Euphorie hätte sie beinahe Tracy übersehen, die zusammen mit Holly und Oliver gekommen war, aber die Begrüßung holte sie rasch nach. Also doch, dachte sie amüsiert, da bahnt sich etwas an. Das gönnte sie Oliver von ganzem Herzen, zumal man ihm nach der Behandlung bei Professor Snyder eine bessere Prognose gegeben hatte.

Stella bat die drei aufgeregt an ihren Tisch. Sie hatte sich vorher gar keine Gedanken gemacht, wie es wohl wäre, wenn die beiden Männer aufeinandertreffen würden, aber zu ihrer Erleichterung begrüßten sie sich freundlich. Stella hatte Oliver zwar noch nicht offiziell von dem Mann an ihrer Seite unterrichtet, aber Olivers wissender Blick sprach Bände. Ebenso die zärtliche Geste, mit der er Tracy signalisierte, dass sie sich neben ihn setzen möge.

Nur Holly war reichlich unentspannt. Kein Wunder, denn

sie hatte nur Augen für Niclas, der sich soeben dem Tisch näherte.

»Die Kritiken eurer Auftritte waren ja bombastisch«, bemerkte Stella begeistert. »Schade, dass ich so viel zu tun hatte.«

»Es war Dads Konzert«, widersprach Holly. »Wir haben nur zum Schluss vierhändig ein Gershwin-Potpourri gespielt.«

»Aber es hat Eindruck gemacht«, mischte sich Niclas ein, während er sich ungefragt auf den leeren Platz neben Holly setzte. *»Die wunderbare Tochter des Meisters überraschte nicht nur durch herausragende Virtuosität, sondern auch durch eine Bühnenpräsenz, die ihresgleichen sucht«*, zitierte er aus einer Kritik.

»Wow! Stand das in der Zeitung oder hast du dir das ausgedacht?«, fragte sie ihn lächelnd.

Niclas erwiderte ihr Lächeln. »Ich habe es gelesen, aber es könnte auch von mir sein.«

Jayden stieß Stella an. »Ich glaube, sie haben die Bedenkzeit zum Guten genutzt«, flüsterte er ihr aufgeregt zu.

»Ihr habt alle die Gelegenheit, uns demnächst gemeinsam in Christchurch auf der Bühne zu bewundern, denn man hat uns eine Tournee mit einem ganzen vierhändigen Abend angeboten«, verkündete Oliver voller Stolz.

»Ja, aber erst, wenn das Kind da ist, und dann bleibt noch die Frage, wer das Kleine ...«

»Natürlich nehme *ich* das Kind, wenn du auf Tournee bist!«, verkündete Stella entschieden.

»Den Job würde ich auch übernehmen«, mischte sich Niclas entschlossen ein.

»Du?«, fragte Holly überrascht.

»Ich glaube, wir sollten mal einen kleinen Spaziergang machen«, schlug Niclas vor.

Holly zögerte, obwohl ihr Stella zuraunte: »Nun mach schon!«

»Sonst könnten wir ja auch Oma Taylor fragen«, lachte Oliver.

Stella und Holly sahen ihn gleichermaßen entrüstet an. »Niemals! Die wird von diesem Baby nichts erfahren«, empörte sich Holly.

»Ganz deiner Meinung«, pflichtete Stella ihr bei. »Der werden wir das Enkelkind schön verheimlichen.«

»Das wollte ich ja nur hören«, lachte Oliver und gab Tracy einen Kuss auf die Wange.

»Wollen wir?«, hakte Niclas nach. Holly stand wortlos auf. »Wir sehen uns dann morgen«, verkündete Niclas an seinen Vater gewandt und zog Holly mit sich fort.

»Aber wieso morgen erst?«, fragte Holly ihn lächelnd, kaum dass sie außer Hörweite waren.

»Meine Entscheidung ist klar: Ich will euch beide. Ich habe nur noch eine Bedingung.«

Hollys Lächeln gefror ihr auf den Lippen. »Was denn für eine Bedingung?«

Niclas riss sie stürmisch in seine Arme. »Na, glaubst du, ich kaufe die Katze im Sack?«, lachte er und küsste sie stürmisch.

Als Holly wieder Luft bekam, fuhr sie ihm neckisch mit den Fingern durch seine schwarze Lockenpracht.

»Der Vorschlag hätte von mir kommen können, aber ich bin zuversichtlich, dass wir diese Hürde spielend nehmen«, lachte sie.

Eng umschlungen verließen sie das Festgelände.

»Ich glaube, das wird was mit den beiden«, raunte Jayden Stella befriedigt zu.

»Solange wir uns nicht in ihre Planung einmischen«, gab Stella zurück, während sie sich ihrerseits bereits in buntesten Farben ausmalte, wie ihr Enkelkind eines schönen Tages das Erbe von Taupatiti antreten würde.

Lesejury